四十年來中國文學

邵玉銘・張寶琴・瘂弦 主編

聯合文叢 078

目次

II 台灣

III 大陸

Ⅳ 香港

Ⅴ 海外

VI 附錄

（代序）
寫在「四十年來中國文學會議」之前

邵玉銘

有一句話說出就是禍，有一句話能點得著火。
別看五千年沒有說破，你猜得透火山的緘默？
說不定是突然著了魔，突然青天裡一個霹靂，
爆一聲：「咱們的中國！」

——聞一多

一九四九年，中國大陸進入另一個歷史階段。此後中國人民歷經：一九五〇年代的「抗美援朝」及「三面紅旗」；六〇年代開始的「十年文革」；七〇年代末期開始的「四化」運動以及今日如火如荼進行的「經濟改革」計畫。這四十年來，從北大荒到海南島，從浦東到新疆，整個大陸進行了一場社會主義的大革命。「為有犧牲多壯志，敢教日月換新天」，這句詩可說道盡了大陸四十年來追求的目標，但也解釋為這目標所付出的代價。總之，大陸這四十年來的發展，是一首血淚交迸的民族史詩。

同樣的一九四九年。在台灣一個四分之三為高山的孤島，五百餘萬曾經生活於日本帝國主義下的遺民，加上二百萬左右來台的大陸同胞，從當年光腳上學、地瓜果腹到今日所謂「錢淹腳

目」以及燈紅酒綠；從昔日的風雨飄搖到現在品嚐實踐民主的果實與紛擾，台灣不僅是五千年來中華民族第一個真正的「民族大熔爐」，更是一個傳統與現代互相激盪與融匯的實驗地。所以，台灣這四十年來從挫折到再起的生命，也是一首血淚交迸的民族史詩！

同樣的一九四九年。我們的同胞，有人前往港澳、前往歐美以及世界其他各地。從舊金山麓到塞納河畔，從南澳大陸到北歐冰原，幾乎凡有人住的地方，就有我華人移居的足跡。他們之中，有的雖然花果飄零，但仍為延續儒家香火而盡心盡力；有的則縱身異域，為謀生而再創新業。這批遠離炎黃土地的子民所嚐過的辛酸與悲歡，確實是有「不足為外人道者」！因而，這四十年來海外華人的生涯，也是一首血淚交迸的民族史詩。

面對今日民族分離的現實以及對未來統一所抱持的憧憬，我們認為凡我炎黃子孫，應先對這四十年來民族的巨變有一省思。假如我們不能對民族經驗作一感性的擁抱與理性的檢視，我們又怎能恢復民族情感、建立共識並進而邁向統一？

文學能反映時代，傾訴心懷並激發理想。她是一個媒介，一種藝術，有時甚至是一股能移山倒海的力量。我們認為，她既然有這些功能，應最有助於我們省思這四十年來民族的巨變，所以我們決定舉辦這一次會議。

我謹以會議原始發起人的身分，並和張寶琴女士與瘂弦先生代表會議籌辦單位，歡迎來自海內外每一位參加會議的朋友，以及感謝所有支援這次會議的朝野人士。讓我們以共同的努力，來重溫這四十年來的中國文學，並從而繫起民族的臍帶，讓我中華能夠再生並重新出發。

一九九三年十二月　台北

四十年來的台灣文學

——從灰濛凝重到恣肆揮灑

齊邦媛

今日文化史論者，每逢激烈變遷時刻就會自傲地說，「看啊，我們正在寫歷史！」這種心情中，欣喜多於悲悼，肯定多於否定。最重要的是「我們」寫的是衆人都參與的歷史，對歷史的解釋權也已由少數人手中擴散於多數人手中，後世讀史當可看到這個時代的多重面貌。

再過兩年，台灣重回中華文化即將滿半世紀。這四十多年間，台灣的文學創作潮流在不斷地受衝擊，不斷地推翻、顚覆、創新、反省、再創新，所寫歷史頗爲壯觀。這個充滿了激情與爭辯的半個世紀，正在以歷史上前所未見的自覺與自信抹掉前半個世紀異族統治的屈辱記憶。

自一九四五年日治結束，在台灣恢復中文教育的工作立即開始，而且自始即懸的甚高，幾乎未經摸索階段。雖然在推行的過程中，政策的急切性與威權性產生了一些可憾的後遺症，中文（或華文）在十年內已成爲台灣普遍使用的書寫文字，而且水準頗高。有此書寫工具，台灣的文學創作很快就有了可見的成績。四十多年來的時間並未浪費，新詩、散文、小說和文學評論都有可以傳世的作品。新詩最大的成就就是題材的拓展，語言與內涵日趨精深；散文質量皆重，發展與時代變遷密切配合；小說創作的歷程與文學理念的轉移，社會關懷的增長最是息息相關。它們所呈現的台灣是一個比較正常的、寬容的，允許自我表現，大膽思想的社會。

但是這並不是說我們的文學歲月是順暢舒展的，四十多年來文壇上因藝術理念與地域題材而起的論爭不斷，也因此促成了許多關鍵性的自我檢討與變革。在中文寫作的最初十多年實在是個灰濛濛的文學天地。日治時代以日文寫作的前輩作品尚未譯成中文（以吳濁流的《亞細亞孤兒》爲例，日文本以《胡太明》爲名出版於一九四六年，一九五九年才有中文版，譯名爲《孤帆》，直到一九六二年由傅恩榮中譯，定名爲《亞細亞孤兒》才成普及本。）而大陸三、四十年代的作品被禁止發行，當年執筆寫作的人並無完整的現代文學資料與知識，幾乎全是由古典文學、片段的西方文學和少數的白話文作品中摸到一條相當短窄的路。本省作家和隨國民政府來台的作家所共同面對的是一個斷裂的時代。外省作家占了語文的優勢，成爲當年文壇主力。詩人與小說家中許多是隨軍隊來的青少年，戰爭與離散是他們僅有的故鄉記憶，也成了他們日後寫作的主要題材。家國之痛與身世之悲全灌注在被稱爲「反共懷鄉文學」中，近五年來本土觀點所寫論著和大陸研究台灣文學著作將它統稱「戰鬥文學」甚多政治性嘲諷。王德威即將在本會宣讀的「五十年代反共小說新論——一種逝去的文學？」開篇即言：

到了我們這個年頭還談反共小說，要從何談起呢？

> 那邊要統，這邊要獨。「漢」「賊」早已兩立，「敵」「我」正在言歡。四十年前的神聖使命，成了四十年後的今古奇觀。……
>
> 本土派與大陸派的評論者在意識形態上的差距不可以道里計，但論及反共文學的功過時，他們早就統一了。……
>
> 不論我們如何撻之伐之，反共文學是台灣文學經驗中的重要一環。它的興起與「墮落」與彼時的政治環境緊緊相扣；……我們要問，反共文學如何主導了一個時代台灣文學的話語情境？如何抹銷周遭的雜音？如何銘記歷史的傷痕？又如何迎向一己的宿命？……

筆者在《千年之淚》中論及，由八十年代大陸傷痛文學那種「強烈的似曾相識的感覺，使我們必須回頭去肯定當年懷鄉文學的預言性。那些歌哭追懷故鄉廢墟的塵封之作，竟是全然契合成爲傷痕文學的前奏，中國現代苦難的序曲！」①王德威更進一步地說，「它應被視爲近半世紀以來傷痕文化的第一波，爲日後追憶、記述文革創傷，二二八事件、白色恐怖、兩岸探親、乃至天安門大屠殺的種種文字，寫下先例。……如果我們希望在下一個世紀毋須再見到另一波的傷痕文學或意識形態小說，那麼正視反共小說的功過，此其時也。」

實際上，在那些年月中認眞寫下重要作品的作家都不是「戰鬥文學」口號的呼喊者。姜貴的《旋風》與《重陽》都是在極度的困頓與悲憤中寫成。在一篇自述性的短文，〈護國寺的燕子〉中，他敘述中年來台，妻病子幼，潦倒落魄之際，執筆爲文的情境。文中只淡淡幾行寫燕子，無一字寫悲情，卻深蘊著無巢燕之悲②。千古文人遭逢國破家亡之痛，杜甫「悵望千秋一灑淚，蕭條異代不同時」的浩歎自然湧現。《旋風》以傳統的叙事風格，條理分明地詳述一九三〇年代山東一個名爲方鎭的地方，共產黨的滲入、滋長與壯大的過程。封建社會的封閉、愚昧；世家富戶的奢靡墮落實在是共產黨崛起的最適宜溫床。這個眞實的情景，大陸無人敢寫；大陸之外，姜貴這一代身歷其境的作家逝去之後，也無人有此關懷與見識能寫了。更何況隨著全世界政治情勢的劇變，台海兩岸已大量交流，「反共」反而成了開放時代的另一種禁忌，常被各種新興的政治型態所嘲弄。唯有當變局的新鮮感折舊之後，歷史終會冷靜評估每一個時代的得失。陳紀瀅以簡潔清晰的新聞記者風格的《荻村傳》則以一個孤兒的一生見證了自太平天國、民初軍閥爭戰、日本侵略到土共進佔村鎭時民間所遭受的燒殺蹂躪。張愛玲的《秧歌》寫上海近郊一個小鎭在共產黨進佔時，村民受飢餓的熬煎，但人性與親情在面臨生死存亡關頭時仍未泯滅。潘人木的《蓮漪表妹》、潘壘的《紅河三部曲》、王藍的《藍與黑》、彭歌的《落月》、楊念慈、尼洛、田原、墨人、姜穆等人的小說都爲當年的反共懷鄉文學開拓了寬廣的領域。

一九五〇年隨國民政府來到台灣的一批少年兵中，有一些日後成長爲著名的文學作家，初起時被稱爲「軍中作家」。小說家如朱西甯、司馬中原、段彩華等，詩人如洛夫、羅門、瘂弦、管管、楊喚、商禽、辛鬱、張默等。他們具有天賦的才情和對文學的熱愛；在無根的歲月裡，藉療飢似的閱讀教育了自己，用膾炙人口的作品在台灣生了根。朱西甯的短篇小說〈鐵漿〉、〈冶金者〉、〈狼〉和〈破曉時分〉等，長篇小說《旱魃》等；司馬中原的長篇小說《荒原》、《狂風沙》和他許多篇文字瑰麗、情節奧秘的鄉野傳奇；段彩華充滿象徵意象的《花雕宴》等都已樹立獨特的風格。影響了無數青年的作家，在文學史上有不可忽視的地位。這些早期的作品雖然多是源出於對失去故土的鄉愁，或是以大陸爲背景的故事，但是它們與前一輩所寫的《旋風》和《荻村傳》等反共懷鄉小說不同之處是朱西甯等人的作品的重點已不是刻骨銘心的拔根之痛，而是藝術境界的經營。他們用精鍊的文字所鋪陳的情節，塑造的人物，烘托的氣氛已遠遠超越了「反共懷鄉」的既定時空。探討人性與現實、命運與意志間種種沖擊時；他們所懷念的「鄉」也未必即是狹義的故鄉，而是許多失去不可復得的地方與歲月吧③。司馬中原在《荒原》中那片長遍紅草的紅土荒地也許確是存在淮河平原，洪澤湖旁，也許它只存在作者的想像中。在大火焚燒之後的春天，荒原上仍然長出了草木的嫩芽與新枝，年輕的母親帶著遺腹子去上墳，教他認野菜的名字。作者用幾十種花草，幾十種樹木的茁生繪製出一幅燦爛無比的希望遠景。這個遺腹子所繼承的是墳墓外充滿生機的天地，擴大了也可詮釋爲人間一切鄉土。這些面貌不同的鄉土，由播遷至此的遊子在台灣以詩和小說形式重塑，出版之後曾引起無數共鳴，何嘗有異於吳錦發在〈重返心靈的故鄉〉④文中描述他看到電影《青春無悔》重現高雄美濃一片綠波盪漾似的菸田景色時的虔敬感動。

文學寫作的潮流不僅受時代變遷的影響，也有它自身興衰的必然性。六十年代興起的現代主義文學，在某種意義上顚覆了也取代了反共懷鄉文學的地位，但是沒有任何寫作的潮流是可以驟然切斷的。八十年代有一批軍眷宿舍中生長的第二代作家，如朱天文、朱天心、蘇偉貞、袁瓊瓊、蕭颯、張大春、孫瑋芒、張啓疆等開始寫他們獨特的生長經驗和批判，這種被稱之爲眷村文學的作品已受到相當重視。一九八七年開放大陸探親以後，風起雲湧似地興起大量的探親文學的寫作，在台灣多元化社會都有發展的意義。

現代主義文學的定義自始即有爭論。自從紀弦、林亨泰、鄭愁予等九人一九五六年發起現代派詩社宣言引發與創立藍星詩社的覃子豪之間「橫的移植或縱的繼承」論戰開始。

現代詩在台灣的生長不僅比其他文類早，且一直是認眞的，充滿了自信與展望。一九五四年前後創立的「現代」、「藍星」和「創世紀」詩社，一九六四年成立的「笠」詩社，一九七一年宣言「我們敲我們自己的鼓，舞我們自己的龍」而成立的「龍族」詩社和以後十年間以高度期許命名的「大地」、「草根」、「陽光小集」、「四度空間」等詩社都以充沛的使命感擴充了新詩創作的視野。各詩社之間的路線之爭與一些嚴厲的評論，今日看來，對新詩的健康發育反而是有益的，激勵了在寂寞中寫作的詩人作詩思之外更深更廣的檢討，因而加深了作品的內涵。由於台灣高等教育的普及，文藝人口數量不小，四十年來，著名的詩人如紀弦、覃子豪、林亨泰、周夢蝶、楊喚、余光中、洛夫、瘂弦、鄭愁予、羅門、商禽、白萩、葉維廉、楊牧等人的一些著名詩句已由書中走出，融入生活的各種情境，成了活的語言，提升了它靈活細緻的層面，數十年來也啓發了無數年輕的新詩人。在文學出版事業陷入低潮的時期，詩作乃至詩集仍不斷推出佳績，以創新又創新的藝術挑戰方式，表現出新的思維形式，如瘂弦在〈年輪的形成——序八十一年詩選〉中所說：

我們的詩壇從沒有像今天這麼富有信心，所有的爭論好像都結束了，試驗期的矯枉過正，革命期兩極化傾向已不存在，早年主張「橫的移植」的國際化，重視「縱的繼承」的民族化，以及稍後強調鄉土情懷的本土化，三者的界限漸趨模糊，這種經過長期痛苦演化獲致的必然的模糊，加速了不同文學觀點交集、融合的速度……

在包容了國際、民族與本土的題材，實驗過各種文學理論所主張的技巧，「一種正確的辨別力，批判力是普遍養成了，任何新興事物，我們都可以加以選汰、過濾、進行正常的轉化和吸收。」⑤

近十年來的新興事物幾乎都以「迅雷不及掩耳」的速度來到，如政治的變革和高度的參與；繁雜的多元思考、爭奇鬥妍的傳播手法；壓縮人性的都市文化和環保意識的對立等等，令大多數「走過從前」的人頗感眼花撩亂，但是我們的新世代詩人卻似乎優遊其間，他們對世事有批判與抗議，卻絕不用前輩詩人那種感時憂國的語調，字裡行間常能注入諧趣，輕諷，將新興詞彙「詩化」，寫出反映自己時代的佳作，如蕭蕭的〈解嚴之後〉、蘇紹連的〈錄影機〉、林彧的〈單身日記〉、林燿德的〈終端機〉等幾首短詩可作例證。而前輩詩人林亨泰、周夢蝶、余光中、洛夫等人仍不時有新作問世，對世事提出詮釋。叙事詩、散文詩都有更新穎的嘗試，使詩的取材與技巧拓寬了發展空間。

一九五六年台大外文系教師夏濟安與吳魯芹等人創辦了《文學雜誌》以鼓勵古今中外藝術交融，創作與理論並重的文學爲宗旨，辦了四年停刊，一九六〇年他的學生白先勇等繼續這個理想，成立了「現代文學社」，在雙月刊發刊詞中清晰地表達了以下的主張：

我們不想在「想當年」的癱瘓心理下過日子。我們得承認落後，在新文學的界道上，我們雖不至一片空白，但至少是荒涼的。……

我們感於舊有的藝術形式和風格不足以表現我們作為現代人的藝術情感。所以，我們決定試驗、摸索和創造新的藝術形式和風格。

我們尊重傳統，但我們不必模倣傳統或激烈的廢除傳統。不過為了需要，我們可能做一些「破壞的建設工作（constructive destruction）。」

以上所引用的幾句話，說明了他們對「想當年」的反共懷鄉文學的不滿，認爲那是一種癱瘓心理；由於對中國文學前途的關心，他們要創造新的藝術形式和風格。《現代文學》在發行了五十二期之後停刊，它所發掘培養的作家如王文興、陳映眞、王禎和、黃春明、陳若曦、歐陽子、施叔青、林懷民等，在台灣文學史上都已有了公認的貢獻。已成現代經典之作的白先勇的《台北人》和紐約客系列小說都是爲《現代文學》的理想而寫。它們的藝術成就，至今難以超越。各篇都以縝密的佈局，豐富的意象，用字遣詞「充分利用且發揮唯中國文字才具有的那種暗示潛能。」⑥合輯成書，道盡千古同悲的流離歲月與滄桑。藝術成就已有國際固定評價。

白先勇在《現代文學小說選》（一九七七年）序，〈《現代文學》的回顧與前瞻〉中說：

他們（入選的三十三篇小說的作家）得在傳統的廢墟上，每一個人，孤獨的重新建立自己的文化價值堡壘，因此，這批作家一般的文風，是內省的，探索的，分析的；然而形諸外，他們的態度則是嚴肅的、關切的。……在這個選集中，我們找不出一篇對人生犬儒式的嘲諷，也找不出一篇尖酸刻薄的謾罵。這批作家，到底還是受過儒家傳統的洗禮，文章以溫柔敦厚為貴。

這一篇序言，在本會宣讀的〈六十年代現代主義文學？〉一文中，柯慶明認爲「其實是關於六十年代文學的最重要的反省與證詞。」他進一步指出爲作家和作品冠以流派之不妥：

……不知曾幾何時被稱為「反共懷鄉小說」的作家，如朱西甯、司馬中原、段彩華等人，他們在當時的稱呼是「鄉土作家」，而非「反共懷鄉」作家。在一個已然全力衝向現代化的社會中，寫作「鄉土小說」的意義，並不就是在於「懷鄉」，而是在於「他們得在傳統的廢墟上，每一個人，孤獨的重建自己的文化價值的堡壘。」……因而最終的問題，是在一個多變而物化或逐漸疏離化的社會中，傳統文化中所肯定的人性尊嚴，與人生價值，如何依歸，如何轉化或求存的問題。

《現代文學》的宗旨既可用以解釋過去十年的文學，也仍存在於近二十年創新的發展中，用「六十年代」限制現代主義文學即將它狹化了。現代文學對於形式、技巧的關注，尤其是象徵層面的經營與寫實層面的平衡的期許在台灣四十年的傑出作品中都是可見的成功因素，並未受到時代變遷的太大牽制。所謂「後現代」文學所作的一些顚覆創新努力，仍在嘗試階段，是否能完全成功地推翻這個宗旨，仍待時間與讀者決定。

鄉土文學這個名稱，在台灣文學四十年發展史上亦有廣義與狹義兩種可能解釋，且可並行不悖。它比現代主義文學更難設時間與空間之限。廣義的鄉土文學可用於任何地區，人類建立家園之地都是鄉土。狹義的祇指台灣一地，且屬於一九四五年前定居者的土地。但即使在這個定義中也有許多不同的意見漸漸浮現。

台灣的鄉土文學早在賴和的〈一桿秤仔〉或更早即已奠基。葉石濤在《台灣文學史綱》即有專章討論「台灣話文和鄉土文學」，述及一九三〇年前後知識界已撰文討論關係到台灣文學形式與內容的「鄉土文學」和「台灣話文建設運動」兩個課題⑦。彭瑞金在《台灣新文學運動40年》書中亦以大量篇幅評介一九四五年以前蓬勃的新文學運動。在四十年代，龍瑛宗、張文環、呂赫若、楊逵已「展現了他們個人文學生命史上最重要的十年。」⑧陳火泉、吳濁流、王昶雄、葉石濤、陳千武等也崛起文壇。他們以日文寫作的作品在一九六〇年以後大量被譯爲中文結集出版。《亞細亞孤兒》普及本的出版過程是個最好的例子。

一九五二年廖清秀以中文寫作的長篇小說《恩仇血淚記》贏得設立二年的「中華文藝基金獎」，鍾理和的〈笠山農場〉於一九五六年得此獎。鍾理和一生貧病交纏卻堅守文學理想，可惜一九六〇年祇四十五歲即因肺病逝世，未見台灣後日朝民主、繁榮發展的較好歲月。令人想起姜貴，文人坎坷不分省籍！

眞正反映五十年代的本土現實面，而且中文技巧甚高的是黃春明的〈鑼〉和〈兒子的大玩偶〉等鄉土人物系列小說，陳映眞早期短篇小說〈將軍族〉、〈第一件差事〉、〈綠色的候鳥〉等，王禎和的〈嫁粧一牛車〉等將那個年代卑微、善良的小人物描繪得栩栩如生，都已成爲鄉土文學中的經典之作，也引領鄉土文學走向自信的道路。

隨著時代的進展，黃春明的〈莎喲娜啦‧再見〉、〈蘋果的滋味〉和王禎和的〈小林來台北〉開始寫鄉鎮人物到都市所面臨的種種現實情境，嘲諷之中充滿悲憫，鄭清文以穩定平和的風格寫了無數現實生活中典型人物，如〈現代英雄〉（亦名〈龐大的影子〉）、〈三腳馬〉，和〈最後的紳士〉等，七等生、楊青矗、王拓、洪醒夫、宋澤萊等人的各具特色的小說，使台灣文學的內涵更加豐富。台灣土地雖小，人口衆多，形形色色的人生在這些文字成熟、關懷深入的作家筆下呈現出一個高度自覺的社會群相。

近年來本土作家又增添了引以爲傲的「大河小說」成績。「大河小說」一詞或許受法國和俄國的「江河文學」一名稱影響。在台灣其實應是由鍾肇政的《台灣人三部曲》、《濁流三部曲》、李喬的《寒夜三部曲》開始引起廣泛討論，一九九一年東方白以十年寫成一百五十萬字的《浪淘沙》出版，大河小說這名稱更響亮起來。以三部曲形式所寫的長篇小說，在五四運動之後，抗戰時期、來台後的反共懷鄉階段常有佳構，多以亂離人生爲題材。而台灣本土作家的三部曲小說則多是作者對台灣百年來情境的思索，在心中腦裡匯成滔滔文思，進而搜集資料，日積月累，孜孜不倦，以敘事抒情之筆寫成。它們記錄了百年來台灣走過的灰濛凝重的路程，在今日這個充滿了焦躁不安的現實世界裡，在讀者心中，引起思慕童年曾依傍過，讚歎過，而到了都市後遺失了的江河吧。

以量而言，四十年來的散文遠超過新詩和小說。表面上，散文不標榜主義，也甚少公開研討自己的技巧，對世事興衰、文壇風暴亦少有戲劇性反映，但是這構成每日出刊的報紙副刊，月月上市的雜誌主幹的文類影響讀者卻是最大。這些可大可小的篇章，靈活坦率，娓娓對談的形式，易於在讀者心中產生親切的魅力。林語堂、梁實秋、臺靜農的文人風範；吳魯芹、言曦、琦君、思果、張秀亞、羅蘭所留住的中國人優美情操；子敏的和諧人生觀眞曾是許多青少年生長期間的小太陽；王鼎鈞自《開放的人生》到《左心房漩渦》將文學語言帶到一座難以超越的高峰；林文月、西西、張曉風、席慕蓉、愛亞等雖是「女作家」，卻因各人的學養與心靈觀照而有女性之外的文學天地。陳火泉、陳冠學、孟東籬、許達然、吳晟、粟耘、陳列、洪素麗、阿盛、劉克襄、吳鳴、簡媜所寫的鄉土和自然都完全走出了陶淵明悠然所見的南山視野，反覆映照今日台灣這複雜喧擾但卻飽含都市智慧的人生。尤其爲台灣散文增添丰采的是用左手寫散文的詩人（如余光中《左手的繆思》、葉維廉、楊牧等人）和小說作家所寫的散文作品。

隨著社會生態的繁複化，散文的題材範圍擴增不已，一些已有固定讀者的報紙專欄常可作小型的社論；方興未艾的報導文學更涉足深入散文前所未見的領域，如科學技藝，自然保育，政治經濟現象……形成了新聞的文學化或文學的新聞化。更有日漸增多的文化論評文章，索性操控了原屬文學作品的地盤，在書市與報章雜誌上成了支配「時代思想」的主流，藝術性較強的創作和文學評論漸被逼至冷落邊緣。幸而「純文學」的作者多數仍能鍥而不捨地耕耘。好的文集仍不斷問世。

進入八十年代，隨著政治的解嚴，文學素材也更見豐富，六、七十年代小說中蹲坐在村鎭廟口前老榕樹下的老人物已漸漸消失。正像林懷民創辦雲門舞集之前寫的一篇名爲〈辭鄉〉的小說中的青年人一樣，人們大量移往都市，留下年老的父母在鄉村，無數的王禎和筆下的小林來到台北尋找各自的前途，新興的迷惘與鄉愁賦予文學寫作又一種新貌。（在這方面，詩的成就甚高，量亦甚豐，台灣的新詩自五十年代起即已風起雲湧，質量均極充沛，應另文討論，無法在此短短演講中匆匆交代。）年輕一代的小說作家如吳錦發、東年、吳念眞、李赫、古蒙仁、劉克襄、履彊等人的小說中都有生動的記錄。履彊的〈楊桃樹〉中的父母與回鄉探親的兒孫之間已經有了很深的價值觀鴻溝，下一代重回鄉土的路已很艱辛了。

今天在文壇上握有詮釋權的已不再具有灰濛凝重的任何鄉愁，他們是恣肆揮灑的一代。新的文學潮流也許可以統稱之爲「都市文學」吧。最受矚目的作家黃凡、張大春、平路、林燿德、楊照等人如果不是生在都市，至少他們大部分年輕的生命是在都市公寓中度過的。所以黃凡的《慈悲的滋味》，張大春的《公寓導遊》才能達到那麼繁複卻又可信的層面。黃凡自成名作〈賴索〉至長篇《反對者》和《傷心城》對都市人與政治現實間的關係充滿了嘲弄，可惜已停筆許久。張大春的〈將軍碑〉、〈四喜憂國〉對功業的觀念與過去三十年僵化的政治意識有高度藝術性的批判，到了《大說謊家》更是嘻笑怒罵的全然創新寫法。他的《少年大頭春的生活週記》已成爲今日青少年皆讀的暢銷書，它模仿國民中學作業的週記形式，對今日家庭，學校，乃至社會風氣的種種缺失加以指責，雖是以一個十三歲男孩的口吻表達他對今日教育方式與親情不穩的不滿，字裡行間仍充滿了對美好人生的憧憬。

平路是一位典型的新女性，台大心理系畢業，到美國進修，有正常的家庭，她並不標榜女性主義立場，或者是不過度自覺自己的女性身分，而以文化評論者的冷靜觀察詮釋女性的處境，她的短篇小說〈五印封緘〉和〈紅塵五注〉以所謂後設小說的技巧檢討了女性情境，〈紅塵五注〉

寫了五個女子向卜者探問命運的精闢對話，但是對於平路這樣的知識性女作家來說，這些女子所要問的顯然不是命運，而是各自生存方式的意義，甚至是超越那些既定的意義。平路也寫文化和政治評論，對今日世界種種現象與原因有冷靜思考的分析，她的新評論集（一九九二年）《非沙文主義》即以「非男性」、「非沙文」、「非霸權」、「非國際」、「非媒體」、「非主流」、「非正統」作爲各輯的標題。而文中並無情緒性的，或製造對立的預設立場。她擅長用否定的辯證表現實踐的挑戰⑨，開拓讀者質疑深思的問題。是最具潛力的新世代作家之一。

林燿德不到二十歲即以造境詭奇，語言強烈的新詩崛起於台灣文壇，引起相當的關注。他在一篇訪問記中說，站在一個創作者的立場，他個人的觀點可透過十二字來道破——「無範本、破章法、解文類、立新意。」⑩他的詩集《銀碗盛雪》和評論集《一九四九以後》同時出版。詩集中的主題：星球、戰爭、都市、性。「這些主題的背後都有一種『不安』的底色作基調：對生命、對愛、對存在、對有與無、對形而上與形而下、對宇宙與地球全體，都感到一種『變的不安』和『不變的不安』……」⑪這些主題與不安心態，詩中使用的科學、玄妙奧秘的語言及意象，可作後現代主義在文學上創新、突破的例證。他的長篇小說《高砂百合》取材寬廣、時間縱橫於歷史座標，實際上仍是他詩作的延長。散文集《一座城市的身世》和新詩集《都市終端機》都明確地透露出二十世紀末的新人類心態。今年只有三十二歲作者在即將到來的新世紀會繼續以蓬勃的才情走向新的成熟之境吧。

比林燿德小一歲的楊照，也是以凌厲、自信的語氣和風格既寫創作，也寫文化評論，在各種傳播媒體上常以鮮活有力的方式宣示這一代新人類的文化觀點。他的短篇小說集《黯魂》中有幾篇頗見才情的作品，作者序中說，「可以作台灣社會歷史求索過程的一點見證。」他說，「長期讀理論分析的緣故吧，也很在乎寫小說與講故事之間的差異。……所以嚴格要求自己要精減，把時間、場景都儘量濃縮，最好是濃縮到抽空了背後的寫實指涉，讓小說裡的每一個角色，每一項動作，都成爲象徵，連綴起來就結爲互相呼應的意義晶體。故事情節本身沒有主體性，眞正重要的是它們所要象徵、代表的某些意念、理想。例如說愛情比道德更普遍、更永恆。例如說反抗資本主義要靠理直氣壯的良心直覺作根基。例如說批判跨國企業扭曲、異化了人與人之間的情誼、批判聯考用分數定人的價值傷害了年輕生命眞實的發展可能。例如說解釋中國近代史的主題是一代代輪番背叛其前行代，等等等等。每一篇小說都是承載這些沉重訊息的工具。」⑫楊照的另一本短篇小說集子《紅顏》，中篇小說〈獨白〉和長篇小說《大愛》（在同序中他自稱它爲「超級嚕嗦、超級瑣碎的廿四萬字長篇小說。由象徵寓言慢慢向生活瑣事靠攏……」）和他的評論集《流離觀點》、《異議筆記》、《臨界點上的思索》等書中都以不同形式在敍述、鋪陳這些意念與關懷，而且都作了相當淩厲的批判。作批評者當然有相當的自信，但是這是一個繁複難測的時代，這一代新人類作家在恣肆揮灑他們的才華與信心之餘，對現實世界也應有靜思的時候。

在一篇名爲〈幻戲記〉的散文中，林燿德描寫在一座都市中找路的情景：

> 我的確正失陷在這巷道的迷陣之內，腦中那幀鳥瞰圖不但發揮不了效果，甚至開始背叛我，緩緩變形、扭曲，和這些如此真實的巷道共同謀殺了我的方向感。⑬

這種迷失的感覺，也許是許多讀者在這個看來玩世不恭的新文學世界裡必然會產生的吧。以後的發展且讓我們拭目以待。今後的時日裡，讀者和作者都需要更堅韌的神經面對這個會背叛、變形、扭曲的眞幻難辨的世界，且需要一些新的智慧，能在深陷層出不窮的變局之際，思考「變」本身的意義。同時我們會看到，現代主義文學、鄉土文學、乃至反共懷鄉文學仍在生產線上，只是穿上了八十年代，九十年代的新衣服而已。這一切的筆墨，我認爲，是對一個允許衆聲喧嘩的自由世界，最具原創性的禮讚。

註釋

①齊邦媛著《千年之淚》，爾雅出版社，一九九〇年初版，第三十一頁。
②姜貴〈護國寺的燕子〉轉載於林景淵編選《讀書樂》書中，洪建全基金會附設書評書目出版社，一九八六年初版（原載《書評書目》四十九期），第二三九－二四三頁。
③朱西甯〈豈與夏蟲語冰〉（中國時報人間副刊主辦「從四〇到九〇」文學研討會論文，一九九四年一月八日台北）和〈光輝永續的反共文學〉，《聯合報》副刊，一九九四年一月十一日，對反共懷鄉作家之界定提出更深一層詮釋。
④吳錦發〈重返心靈的原鄉〉，《自立晚報·本土副刊》，一九九三年十二月七日。
⑤瘂弦〈年輪的形成〉序《八十一年詩選》，創世紀詩社出版，一九九二年。
⑥歐陽子著《王謝堂前的燕子》，爾雅出版社，一九七六年初版，第四十頁。
⑦葉石濤著《台灣文學史綱》，文學界雜誌社，一九八七年初版，第二十四－二十八頁。

⑧彭瑞金著《台灣新文學運動40年》，自立晚報社文化出版部，一九九一年初版。
⑨平路《非沙文主義》中杭之序，唐山出版社，一九九二年初版。
⑩林燿德《都市終端機》詩集，書林出版公司，一九八八年初版，第二八七頁。
⑪仝右，第十八頁。
⑫楊照《黯魂》序，皇冠出版社，一九九三年版。
⑬林燿德散文集《一座城市的身世》，時報文化出版公司，一九八七年初版。

大陸文學四十年的發展輪廓

——從獨白的時代到複調的時代

劉再復

獨白時代之一：「新台閣體」詩文的興衰

關於大陸當代文學的群體性現象，我在已發表的幾篇文章中曾作過描述。例如，在〈中國當代詩文中的「新台閣體」〉（《九州學刊》一九九一年十月號四卷三期）一文中，我就對五十到七十年代中國的詩歌和散文的基調和基本體式作了概括，認爲這個年代的詩文乃是明代永樂成化年間三楊（楊士奇、楊溥、楊榮）「台閣體」的重新顯現。「台閣體」的特點就是以千篇一律的僵化形式粉飾太平，頌揚帝王的權威，從而喪失了個體的生命感覺和個性經驗語言。以郭沫若、賀敬之、臧克家爲代表的「新台閣體」也有類似特點。不過，它開始時還帶著某些眞情與豪氣，不失雍容典雅，屬於革命後的謳歌文學，但發展到了六、七十年代，則變成充滿矯情的獻媚文學和阿諛文學，詩文成了貪緣求進的階梯，完全失去文學的價值。而郭沫若、賀敬之、臧克家等則成了現代的宮廷詩人。可以說，就其境界而言，七十年代「台閣體」後期的詩作，已降到本世紀現代詩歌的最低點。然而，在瀰漫著「台閣」氣的二、三十年中，也有一些詩歌是特殊而有價值的。例如艾青的〈海岬上〉，穆旦的〈葬歌〉，郭小川的〈望星空〉和〈將軍三部曲〉，聞捷的〈吐魯蕃情歌〉、〈天山牧歌〉和〈復仇的火焰〉等。其中郭小川的〈望星空〉竟寫出熱火朝天時代的大寂寞感，而〈將軍三部曲〉寫了戰爭中情愛與人性的掙扎，眞是空谷足音。但是，這些詩歌一出版就遭到批判，因此，整個詩壇還是被「新台閣體」的空疏之氣所籠罩。這種詩歌的絕境，直到一九七七年才被北島、舒婷、芒克、楊煉等「今天派」詩人所衝破。「今天派」詩歌的功績在於它打破「新台閣體」那種「代聖賢立言」的詩路，重新復活詩歌的個體生命感覺和個性經驗語言。除了這群年輕詩人之外，老詩人艾青、邵燕祥、綠原、蔡其矯、公劉、彭燕郊、流沙河、劉湛秋等，也爲打破詩歌的僵死模式作出貢獻。

除了詩歌之外，散文也陷入「新台閣體」的基本格式。「五四」和「五四」之後二十年間的散文成就是很高的，它的基調乃是表現自我人格和自我對時代的感受。到了四十年代，延安開始大力提倡寫作「戰地通訊」，使散文變成描寫前線事態和集體事功的時事性文學。一九四九年之後，「戰地通訊」成爲散文的主流。劉白羽的《光明照耀著瀋陽》（一九四九年，山東新華書店）、《偉大的戰鬥》（一九四九年，海燕出版社），魏巍的《誰是最可愛的人》（一九五〇年，人民文學出版社），楊朔的《鴨綠江南北》（一九五〇年，三下圖書公司）等成爲散文的樣板。這種散文基調高亢激昂，時事性和通訊性壓倒文學性。一九六〇年前後，這群時事性散文家力圖改變這種散文體式，著意強化散文的詩意，但其基調又是對紅太陽的謳歌，華麗的辭藻仍然掩蓋不住其內容的空疏，因此，又流入「台閣體」的格局。直到七十年代末和八十年代，劉賓雁、蘇曉康、戴晴等的報告文學，巴金的懺悔文學，冰心、楊絳的散記文學和一群中青年作家的散文才打破這種「代聖賢立言」的格局。對於這些散文，特別是報告文學，其文學價值常有爭議，但它的道義水平之高，社會震撼力之大，卻是不容忽視的文學現象。

獨白時代之二：從獨白走向轉達政治意識形態的獨霸

本文爲了避免和以往自己寫過的文章重複，選取小說爲論述對象，兼顧話劇，並且以「從獨白的時代到複調的時代」這一角度來叙述大陸四十年文學。

我用「獨白」和「複調」這兩個中心概念說明，從五十年代到七十年代的大陸文學大體是獨白的時代，而經過七十年代末和八十年代上半期的過渡，到了八十年代中期之後大體上進入了複調時代。我從俄國文學理論家巴赫金借用「獨白」與「複調」這兩個概念，在此文中主要不是說明小說的文本，而是說明一個時代的美學原則和文學生態。

所謂複調性小說，是指多聲部人物思想的共時表現和各自具有獨立品格的多重對話形式的運用。杜思妥也夫斯基的偉大，正是他稟賦了傾聽時代對話的才能，不只是注意自身的聲音，而且注重種種不同聲音之間的對話關係。「他不只是聆聽時代主導的、公認的、響亮的聲音（不論它是官方的還是非官方的），而且也聆聽那微弱的聲音和觀念。」（巴赫金語，引自李幼蒸的《理論符號學導論》第二二三頁）對話中的兩個聲音是人類生存中最小的必要因素，這就是始終處於對立之中的「我」與「他者」。而「我」與「他者」之雙音，雖對立，則均具有存在的充分理由。作爲複調性的文學時代，它至少具有兩個標誌：⑴這個時代不只是存在一種主導的、公認的、壓倒一切的聲音，也不只存在一種壓倒一切的對文學的全能的認識和取代一切的創作方式；⑵構成這個時代的主要作品，所依據的不是作家先驗的獨白原則構成的作品，而是雙音或多音的對話式作品，即這些作品存在著作者自身意識和自身之外衆多「他者」意識的對話。作品的敘述和價值評價不再納入作者意識的統一系統內。

從五十年代到七十年代的大陸文學，從總體上說，正是一個獨白的時代，而且是一個從文學獨白走向文學獨斷和文學獨霸的時代。這種獨白，在政治觀念上是馬克思主義政治意識形態的獨白；在文學觀念上是毛澤東〈在延安文藝座談會上的講話〉和列寧的文學黨性原則的獨白；在創作方式上則是「社會主義現實主義」（也稱「革命現實主義與革命浪漫主義兩結合」方式）的獨白。一九四二年毛澤東〈在延安文藝座談會上的講話〉批判政治與文學分離的二元論，確定文學服從政治並統一於政治的一元論。這種一元論，就是政治話語主宰和壟斷文學話語的一元性霸權，它不僅把文學變成單一的獨白形式而且把文學變成政治獨白的轉達形式。一九四九年後二、三十年間大陸文學最突出、最基本的特徵，就是文學成爲高度統一的政治獨白的表達和演繹，政治意識形態成爲文學創作的前提，馬克思主義對於社會歷史的全盤性解釋成爲文學敘述的根據和構架。這樣，因此，這個時期的文學就形成一個中心意識形態所覆蓋的封閉性系統。這個系統內的某些作品也有文學價值，但總的說來，顏色和聲音是單一的。一九四八年三月，郭沫若發表著名的〈斥反動文藝〉一文（原載香港《大衆文藝叢刊》一集，收入《沫若文集》第十三卷），把藍、紅、黃、白、黑等五種顏色的文學，即沈從文所代表的「桃紅色文學」，蕭乾所代表的「黑色文學」，朱光潛所代表的「藍色文學」以及衆多上半世紀中國作家所寫作的被命名爲「黃色文學」與「白色文學」等文學現象，統統界定爲「反動文藝」，這就表明，在高度統一的封閉系統裡，是不容許其他聲音存在的。從二、三十年代開始就進入文壇的非革命文學範圍內的老作家在踏入這個新的獨白時代時，有的意識到自己已無寫作權利，於是沉默，如沈從文、蕭乾等；有的則未充分意識到這一點，仍然帶著浪漫的期待和改造自己的熱情硬要踏入這個被主流意識形態所籠罩的獨白系統，這在文學理論領域中有朱光潛先生等，在文學創作中有老舍、巴金等。但是，不管朱光潛先生怎樣誠懇地自我批判，一些自稱馬克思主義的美學家總是說他是反動的唯心論。而老舍、巴金等則無論如何滿腔熱情地謳歌新中國，也最終被視爲階級異己作家。僅在一九五〇年，老舍就發表了《龍鬚溝》和《方珍珠》兩個純粹謳歌性話劇劇本，一九五一年又發表了《過新年》、《柳樹井》、《生日》等劇本。一九五二年他發表了《毛主席給了我新的文藝生命》之後又更熱情地創作了《春華秋實》、《西望長安》、《茶館》、《紅大院》、《女店員》、《全家福》、《青蛙騎手》、《寶船》等劇本和小說。而巴金則在一九五一年出版了《華沙城的節日》，之後又親自奔赴抗美援朝前線並寫作了《我們會見了彭德懷司令員》、《平壤》、《朝鮮戰地的春夜》等一系列戰地通訊文學，一九五三年又寫了《一個英雄連隊的生活》和出版了《保衛和平的人們》一書。一個聞名於世的「老秀才」，不僅遇到「兵」而且還到戰火烽煙的前線以全部生命的激情擁抱士兵和謳歌士兵，這是何等的赤誠。然而，這種赤誠並沒有被接受，正像阿Q被認爲不配姓趙不配進入趙太爺的話語獨白系統一樣，他們始終被視爲不配稱作無產階級作家而不配進入主流話語系統。「你配姓趙嗎？」這個鄙視之後便是一個響亮的巴掌，於是，巴金很快就被指責爲「宣揚無政府主義」而遭到姚文元的批判，文化大革命中則被送入「牛棚」，而老舍則自殺身亡。

這個獨白的文學時代的強烈排他性，還波及到「革命作家」範圍內，先前屬於「革命作家」但現在發出一點微弱的與中心意識形態不和諧的聲音也被視爲異己的「他者」之音。所以在展開衆所周知的對胡適、俞平伯等「資產階級學者」的大規模批判之外，還展開對胡風以及蕭也牧的《我們夫婦之間》、路翎的《祖國在前進》、《窪地裡的戰鬥》等作品批判，此外還有許多人們忽視的諸如秦兆陽的〈對「改造」的檢討〉（一九五〇年《人民文學》）、方紀的〈我的檢討〉（一九五〇年《人民文學》）、卞之琳的〈關於「天安門四重奏」的檢討〉（一九五一年《文藝報》三卷）等文章，他們在發出一點細微的、幾乎聽不見的雜音之後便被迫自我撲滅。在不和諧的聲音中，一九五六年出現了劉賓雁的〈在橋樑工地上〉（《人民文學》四月號）、〈本報內部消息〉（《人民文學》六月號）等報告文學和王蒙的小說〈組織部新來的年輕人〉（《人民文學》九月號），引起更大的波動。王蒙在這篇小說中敘述一個年輕的共產黨員幹部在面對官僚主義之困惑的同時，還對一位有夫之婦產生了曖昧之情，這無論在現實上還是在文學裡都是不容存在的異端之音。因此，劉賓雁和王蒙很快就被劃入「資產階級右派」的範圍裡。

經過了一九五七年政治運動的刷洗之後，文學獨白的時代便進一步純化，變成了幾乎沒有雜音的時代。這個時代從一九五七年到一九六五年大約八年之間，是社會主義現實主義文學發展到全盛的時代。這個時代出現了一系列的發行量數以百萬計的長篇小說和難以計數的短篇小說。儘管這些小說強化了單一政治意識形態的表達，特別是革命英雄主義的表達，但是，作家在表達時，還是努力地組織自己的藝術經驗，因此也呈現出表達風格的差別。這種差別大約可分爲下列五種類型：第一類是英雄傳奇式的表達。這種表達的代表作是《林海雪原》（曲波，一九五七年）、《野火春風鬥古城》（李英儒，一九五八年）、《敵後武工隊》（馮志，一九五八年）等。第二類是仿英雄史詩式的表達。其代表作《紅日》（吳強，一九五七年）、《紅旗譜》（梁斌，一九五八年）、《六十年的變遷》（李六如，一九五七—一九六一年）、《創業史》（柳青，一九五九年）等。第三類是社會風俗畫式的表達。其代表作是《三里灣》（趙樹理，一九五八年）、《山鄉巨變》（周立波，一九五八年）、《李雙雙小傳》（李凖，一九六〇年）等。第四類是苦肉計式的表達，即描述舊社會的大痛苦與新社會的大翻身以說明革命的根據。這就是以四十年代的《白毛女》爲開端到五、六十年代又繼續出現的《紅岩》（羅廣斌、楊益言，一九六一年）、《苦菜花》（馮德英，一九五八年）和話劇《槐樹莊》（胡可，一九五九年）等。第五類是革命赤子佳人式的表達。這類的代表作是《青春之歌》（楊沫，一九五八年）、《三家巷》（歐陽山，一九六〇年）等。

上述這些作品儘管表達技巧上有些差別，但在總的創作方法上卻表現出「社會主義現實主義」的絕對同一，所有的描述都明顯地表現出下列獨白式的特徵：

(1)所有的作品中的人物的意識形態立場最後都可以找到作者先驗的政治和道德的獨白原則，即他們所遵循的「政治路線」原則。與此相應，作品中只有一個作者所依據的外在的價值評估系統，沒有第二個或多個評估系統。

(2)作品中作爲兩個對立階級和兩條對立路線之化身的「正」、「反」兩組人物，均是政治的載體和傀儡，他們之間的關係都是你死我活、一個吃掉一個的關係，而不是作爲獨立個體的聲音而產生的靈魂對話關係。

(3)每部作品都有一個與先驗的「主義」相一致的明確性的結論，而不容許爭論和中間性觀念。六十年代初批判「中間人物」論就是批判某些作家企圖擺脫絕對性的結論而尋找中間性概念。

(4)所有的作品都依據目的論的時間觀和歷史觀，都明示或暗示一個未知的天堂作爲歷史的終極，在此觀念之下，作品中的人物被分爲阻擋歷史前進的承擔全部人類罪惡的「歷史罪人」和爲接近歷史目的而奮鬥的「歷史英雄」，因此，歷史罪人不僅失去對話權，而且任何對其懲罰的殘暴手段都是合理的與神聖的。

這些獨白原則使這時期的大陸文學缺乏對生活獨特的認識，也缺乏對藝術個性眞實的追求。而且，由於獨白原則的強制性，又使這個時期的文學缺乏超越性的永久品格，無法對人類共同性的不幸和普遍性的生存困境及人性困境進行思索，因此，隨著時代的推移和政治觀念的變遷特別是對階級鬥爭思維結構荒謬性的發現，這種作品便失去感人的力量，只給社會留下一段現代政治史特別是政治路線鬥爭史的文學圖解。

但是，這個時期的文學因爲得到政治權力的支持和得到報刊電影的配合，形成了氣勢宏大的一股潮流，對大陸一兩代人的精神性格確實產生很大的影響。可惜，這種精神性格帶有太多的殺氣與硝煙味。這個年代的文學也並非都沒有文學價值，其中一些作品所提供的片斷的歷史場景和現實場景，還是具有文學價值，例如《紅日》中的戰爭場面的描寫，《紅旗譜》中關於農民革命英雄性格的塑造，《山鄉巨變》、《創業史》以及在此之前的《鐵木前傳》（孫犁）中一些富有鄉村氣息的生活圖畫的描摹，都有相當高的敘述技巧和描寫技巧。還有的少數小說思路不同凡響，例如杜鵬程一九五九年所作的《在和平的日子裡》，竟寫了一個經歷戰爭之後的革命者內在的複雜心緒和對於人生充滿矛盾的思索。特別值得注意的是趙樹理，他和其他作家不同，沒有亢奮的筆調和英雄的色彩，仍然用農民的眼光、農民的口吻寫著道地的農民文學，創造出一個一個在時代大轉型中靈魂難以跟著轉向而被歷史車輪拖著走的莊稼漢，這些半快樂半辛酸的小說還是有生命力的。很奇怪，這個時期幾乎所有的城市生活題材的作品都很乏味。草明的《乘風破浪》和她寫於四十年代的《原動力》一樣，讓人難以卒讀。而最讓人感到奇怪的是很有文學才華並且很有小說創作實績的艾蕪寫的《百煉成鋼》也轉述教條，索然寡味。艾蕪、沙汀、路翎、師陀、端木蕻良這群四十年代崛起的作家，有的很有才華，有的甚至是未完成的天才（如路翎），但在五十年代之後，卻很不幸，有的完全被扼殺（如路翎），有的則俯就政治需求而浪費了自己的智慧。

大陸五十年代的獨白性文學到了一九六三年又有新的發展。這一年的元旦，身居高位的中共中央政治局委員、上海市委書記柯慶施揣摩到毛澤東對文藝現狀的不滿，便在上海文藝工作座談會上提出「寫十三年」的口號，並在一月六日的《文匯報》上發表。這就意味著，連革命傳奇和革命史詩式的作品也不符合政治需求，只有在取材上選擇十三年的社會主義革命和社會主義建設才符合文學的政治標準。這樣，大陸文學獨白原則就帶上更大的強制性，而獨白的範圍也突然進一步縮小，縮小到從一九四九年至一九六二年的十三年的現實時間的框架之內。通過柯慶施的提倡，「寫十三年」變成一種政治霸權支持下的文學霸權，於是，大陸的文學獨白進入了一個題材的獨霸時期。當時獨步文壇的只有適應這種政治霸權與文化霸權雙重要求的小說，例如《歐陽海之歌》（金敬邁）和《艷陽天》（浩然）等少數幾部小說。《艷陽天》第一卷於一九六四年一月發表於《收穫》雜誌，在文化大革命中，浩然又寫了《金光大道》，連主人公也命名為「高大全」，到了此時，文學已表現出對政治意識形態的無條件順從，謳歌式與獨白式的文學發展成一種與頌揚政治絕對權威相適應的現代神話。當時與《艷陽天》、《金光大道》並行的雖然不是寫十三年的長篇歷史小說《李自成》（第一卷出版於一九六三年，作者姚雪垠），但第二卷之後因為作於獨白範圍進一步縮小的年代裡，只能在歷史故事中強化突出當代政治意識，把古人現代化和革命經典化，這是很可惜的。「寫十三年」的文學霸權在文化大革命中進一步與政治霸權結合，大部分作家連獨白的可能性也完全喪失，整個大陸文壇就蛻變為八個「樣板戲」獨霸的一統天下，「五四」之後的新文學除了魯迅之外，幾乎全被打入精神牛棚，眞是慘不忍睹。

過渡時代：新時期文學的草創和獨白時代的裂變

由於獨白式的文學與政治的緊密聯繫，因此在一九七六年文化大革命結束之後，文學界也經歷了一個「解凍」時期，即從政治霸權與文化霸權高度統一的文字獄解脫出來的時期。這個時期的文學通稱為「新時期文學」。這個時期的文學可以八十年代中期為時間點大致劃分為兩個大的段落。

前一段落大體上可稱爲新獨白式文學時期。也就是說，這時期的多數作品還是泡浸著作者先驗的意識形態性的獨白原則，作品中的人物還是意識形態的載體，而且都有一個明確性的結論。但是，這時期的文學與前三十年的獨白文學有著質的巨大差別。這就是文學的靈魂發生了根本的變化。作者獨白的內容已不是「革命神聖」和「階級鬥爭神聖」這類原則，也不再是謳歌領袖的現代神話。他們獨白的原則是「人」的原則，是對人的尊嚴和人的價値的重新發現，是對在革命神聖名義下的精神奴役的譴責與抗議。這個時期的文學實質上乃是一種受難文學，它展示的是一個時代的大悲劇和一個歷史時代在中國人民心靈中留下的巨大創傷，因此通常被稱爲「傷痕文學」。這時期的文學雖然依據的還是獨白式的美學原則，但它是作家良知的獨白——感受一個時代的大苦難和大苦悶之後的獨白。在這種新的獨白中，文學呈現出靈魂的巨大變遷。除了靈魂的更新外，這時期的文學在創作方式上又打破流行一時的社會主義現實主義的話語霸權，恢復了批判現實主義的文學方式。在人文環境非常嚴酷的條件下，這個時期的文學能重新舉起自己的負載人類苦痛的心靈和高舉人的尊嚴的旗幟，重新呼籲救救孩子，重新讓文學發出人道與人性的光輝，這是大義大勇的智慧展現，其功勞是不可磨滅的。這個時期的文學，通常以劉心武的小說《班主任》爲開端性的標誌，其有創作實績的作家包括重新著筆的老作家巴金、艾青、冰心、聶紺弩、夏衍、蕭乾、楊絳、汪曾祺、林斤瀾等，而領風騷的則是一九五七年被打成「右派分子」的一群作家和一些新起的作家，他們包括王蒙、劉賓雁、劉心武、張潔、陸文夫、張賢亮、高曉聲、周克芹、古華、從維熙、李國文、宗璞、諶容、馮驥才、戴厚英、張抗抗、張辛欣、史鐵生、陳建功、孔捷生、路遙等。

這個文學時期大體上是文學獨白的時代，但它又是醞釀著複調的時代，即作家已開始尋找自我獨白之外的「他者」之音，包括意識形態的「他者」與創作方法的「他者」。在這種轉變中，王蒙扮演著小說結構的語言變革的急先鋒的角色。一九八一年，王蒙推崇高行健的《現代小說技巧初探》一書，並由此引起一場有王蒙、劉心武、李陀、高行健等作家參與的現代主義與現實主義的爭論，這場爭論標誌著獨白式的文學時代開始發生裂變。論爭之後，王蒙積極進行改革小說文體的創作實驗，把「意識流」等手法帶入自己的叙述，創作了《夜的眼》、《海的夢》、《蝴蝶》、《雜色》等富有現代色彩的小說，這些小說主題朦朧，結構奇突，語言俏皮，富有幽默感，語言意識和文體意識很強，確實打破現實主義的叙述模式。在王蒙進行小說實驗的同時，高行健努力進行話劇實驗，他的劇作《絕對信號》、《車站》在北京人民藝術劇院內外演出，宣告了先鋒戲劇在中國的誕生。高行健通曉西方現代文學與戲劇，把荒誕意識引入自己這兩部作品和之後創作的《野人》、《彼岸》、《生死界》、《山海經傳》等十五部劇本，又從中國戲曲傳統中找到自己獨特的戲劇觀念與形式，突破了大陸話劇創作數十年一貫的僵化模式。

複調時代徵象之一：文化小說和諸新型小說的歷史出場

如果把王蒙、高行健等看作從獨白時代向複調時代的過渡，那麼到了八十年代的中後期，則可以說複調時代已初見徵象。

八十年代中期，是大陸文學燦爛的時期，它開始引人注目的是兩股嶄新的文學潮流的歷史出場。一是尋根小說的出場，可劃入這一範圍的作家是阿城、韓少功（楚文化）、鄭義（太行山）、賈平凹（商州）、張承志（疆、蒙）、李杭育（越文化）、扎西多娃（西藏）、鄭萬隆（關東）、王安憶（滬）等；二是現代基調小說的出場，屬於這一範圍的有殘雪（《山上的小屋》）、馬原（《岡底斯的誘惑》）、劉索拉（《你別無選擇》）、莫言（《透明的紅蘿蔔》）、徐星（《無主題變奏》）、陳村（《一天》）、馬建（《亮出你的舌苔或空空蕩蕩》），而在這些作品出現之前，已有李陀的《自由落體》和張辛欣的《在同一地平線上》。這兩種文學新潮，是八十年代末和九十年代初大陸文化小說和先鋒小說的另一源頭。它的出現，表明大陸的文學眼光發生兩種很大的轉變：第一是把眼光從現實層面移向超越層面，即從對社會現實的注視轉向對文化的注視，筆鋒從社會批判轉向文化開鑿。這樣，文學就從社會大衆寓言轉變爲民族群體寓言和個體生命寓言。在這之前，新時期文學的草創者們，均取材於自己立足的社會生活經驗，表現同時代的現實生活，以全部熱情擁抱社會大衆，而這兩股文學潮流開始表現出對現實的疏遠，他們開始取材於地域文化中的故事傳說和風土人情以及人的積澱性的文化心理，與自身的生活經驗拉開距離。第二是作家的眼睛從普通的、反映現實的眼睛變成「荒誕」的可以看到現實變形變態的眼睛，即只能反映世界的「第一視力」發展爲能夠穿透世界的「第二視力」。這種眼睛也可以說是鬼才的眼睛，魔幻的眼睛，荒誕的眼睛，杜思妥也夫斯基似的那種從黑暗的地下室裡看穿世界的眼睛。莫言、殘雪們因爲有了這雙眼睛而使自己的創作具有豐富的想像力和語言的奇氣。

在尋根小說和現代基調小說出現之後一兩年，特別是到了八十年代末期和九十年代初期，大陸的文化小說有了很大的發展，出現了莫言的《紅高粱家族》、《酒國》，殘雪的《天堂的對話》、《突圍表演》，李銳的《厚土》系列，張煒的《古船》和《九月的寓言》，劉恆的《狗日的糧食》、《伏羲伏羲》，高行健的《靈山》，史鐵生的《原罪·宿命》等一批文化小說的傑作。說這些作品屬於文化小說，是因爲它們也是在大文化的層面上捕捉叙述對象，並也常常從民族文化傳統中尋找題材和賦予這種題材以當代意識。然而，它們又和尋根小說不同：尋根小說關注本土的精神家園，著意尋找某種地域文化的起源；而這些小說只關注先於本質的存在（甚至完全揚棄本質），即只展示文化存在而不追根索源。

上述這些文化小說眞是不同凡響。由於他們的眼光特異和叙事本領高強，很快就引起國內外文學界的注目。以寫農民題材的李銳、劉恆而言，前者的《厚土》，把自己提升到一個很高的文化層面，然後幽默地展示中國底層的農民那種善良中的愚昧，老實中的狡猾，純樸中的荒唐，從而端出這些農民在生存線上掙扎的麻木的靈魂。而劉恆的代表作《狗日的糧食》和《伏羲伏羲》則把農民的食飢餓意識和性飢餓意識寫得耳目一新。李銳、劉恆不僅突破了趙樹理那種從山西人看山西人的格局，而且也突破了高曉聲的農民小說的框架和其他知青小說的框架，反映出大陸農民文學新的水平。

把文化小說推向極端並在創作觀念上和叙述方式進行顚覆性的變革與實驗的是出現在八十年代末和九十年代初的另一群新生代作家。這些作家非常年輕，年齡大約二十幾歲到三十幾歲之間。這一作家群中，最有代表性的是一九六三年出生的蘇童。他在一九八九年下半年發表了典型的文化小說也是成名作《妻妾成群》之後，又發表了《紅粉》、《我的帝王生涯》、《米》、《南方的墮落》等一系列小說。這些小說取材於自己出生之前的時代，在題材上與自己的直接生活經驗無關，他對那個時代的描寫也不依傍歷史學家對那個時代的考證，而是以自身的主觀想像構築另一存在世界。他的小說文體由於具有內在的反叛性，因此適合於寓言式的表述。與蘇童齊名的還有余華、格非、李曉、葉兆言等。他們的小說也不刻意復原歷史，而是將個人在現實中的體驗假託於他們選中的時代、意象和人物加以隱喩性展開，因而構成一種新的文學現象。本來也屬於這群新生代作家的王朔，最近兩三年，則異軍突起，以自己的小說撕破一切流行的價值觀念，把社會底層的看破紅塵的「痞子」腔調引入作品，給因爲傳統生活原則日趨瓦解而精神空虛的中國大衆得到一時的心理滿足，因此造成全社會的轟動效應。在九十年代的大陸，王朔是具有最大覆蓋面的作家。

複調時代徵象之二：先鋒小說的「解構」革命

先鋒小說這一文學現象，引起爭議是不可避免的。因爲他們以一種極度的主觀想像和非常奇特、生動的文字著意構成一種顚覆的力量，著意反叛和解構已有的主流文化意識和敘述規則。「存在的便是合理的」這一黑格爾命題被他們改變爲「存在的並不合理」。他們對已存在者的解構主要有四個方面：

(1)**對大寫的人的解構**：七十年代末和八十年代初的作家們重新呼喚「救救孩子」、「救救人」，要求無條件地肯定人的尊嚴，不僅證明人＝人的公式，而是證明人應當是大寫的人。因此他們歌頌不屈的靈魂，抗議對人的靈魂的奴役與剝奪，表現出一種可貴的古典人道主義精神。古典人道主義觀念作爲歷史觀並不深刻，但是，在文學領域上揭示最普通的人道觀念在一個具有五千年文明國度中難以存活的特殊困境，卻是深刻的。但先鋒派作家否認這種「深刻」，並著意顚覆「人＝人」的公式。這種顚覆不是回歸到六、七十年代的人＝神（高大完美的英雄），而是揭示人＝狼，人＝獸的人性惡。「萬物皆備於我」，一切獸類的邪惡都存在當代人的身上。他們不是呼籲救救人和救救孩子，而是感到人的無可救藥，通篇作品浸透著對人的絕望，他們追求的是絕望的「深刻」。因此，他們「無情」地顚覆「人」，解構「人」，把人當作灌滿暴力的狼體和機器來加以解剖，一件一件地加以拆除、支解、割切、觀賞，而且支解和割切得非常冷靜，津津有味。而筆下充滿狼性和集合著各種獸性的「人」，當他們砍殺、吃掉另一些人時也絕不動心。這種解構，在余華的《一九六四》、《現實一種》和《古典愛情》等小說中被推向了極致。然而，讀者難免會從這種描述中又感到一種作者「解構的暴力」，而這種暴力本身是不是也包含著危險與殘忍呢？

在這裡，我想穿插講述一種有趣的現象，這就是包括原來大聲呼籲過「人」的一些作家，他們雖然沒有像余華那樣把人的野獸性推向極致，但也從對人性善的呼喚轉向對人性惡的揭示。例如劉心武最近出版的長篇《風過耳》就揭示了九十年代初中國社會中各種人所面臨的生存困境與心靈困境，特別是一些知識分子在一九八九年之後的精神墮落和淪喪，變成一群只會鑽營苟安欺騙的精神侏儒。而莫言最近出版的《酒國》，則直接描寫了一個在經濟改革浪潮中突起的巨型暴發戶，「一尺酒店」的總經理，被稱爲「酒國」靈魂但身高僅五十七釐米的侏儒余一尺發跡的魔幻故事。這些侏儒再加上王朔筆下的痞子群落，眞讓人感到大陸文學的審美趣味已發生重大位移，這就是從「高大全」的英雄王國到「余一尺」的侏儒王國的位移，也可以說是從武松王國到武大郎王國的位移。這種文學現象不僅反映著文學的滄桑，也映射著社會文化心態的滄桑。

(2)**對歷史的解構**：新生代的作家不僅如上文所說的在描述歷史中不依傍歷史家的考證，而且直接對「歷史」本身進行顛覆和解構，在他們根本不存在一種「實有」的「客觀」的歷史，一切「歷史」都是權力生產出來的。重要的不是話語講述的歷史年代，而是講述話語的當今年代（傅科語），即重要的是用當代的意識去觀照「歷史」被生產的過程。在他們看來，歷史故事充滿荒謬與偶然，連革命歷史也是如此，因此，他們也解構了革命史的嚴肅性，打破種種莊嚴的必然神話。這種對歷史的解構的先行者本是莫言。他把原先被視爲至神至聖的革命的歷史，變成了「我奶奶和我爺爺」的被原始生命所轉動的歷史，而根本不是按照什麼必然律去創造的歷史。人爲的革命理性使人「種」萎縮得走到死亡的邊緣，唯有原始的生命野性，才是種的強大和歷史再生的動力。在莫言的小說中，歷史乃是一股原始的生命流。到了實驗小說作家的筆下，歷史更是充滿偶然。一種生命的原素，例如性的原素，就可能決定歷史的導向。在蘇童的筆下，革命史往往不是理念安排下的行動邏輯史，也不是土匪史，而幾乎是性史。性幾乎是歷史的圖騰和動因。他所作的《一九三四年的逃亡》，這個年頭在中國現代史上並不是重要的年頭，它不是一九三七，也不是一九四九，但是在蘇童的小說裡，它卻是至關重要的。它是中國傳統社會與現代工業社會的分界點，而性的糾葛又幾乎是這種歷史的分野的標誌。而在《罌粟之家》裡，土地改革運動的歷史也全被性解構了。土改的歷史不過是《罌粟之家》地主老爺劉老信和長工陳茂以及身兼地主與長工之「妻」的翠花花再加上身兼地主與長工之子劉沉草性愛糾葛的歷史。蘇童在小說中敘述女主角翠花花時說：「翠花花的女性形象使我疑惑。她幾乎是這段歷史的經脈，而所有的男人像拴螞蚱一樣串連起來在翠花花的經脈上搭起一座橋，橋總有一側落在翠花花那頭。……我曾依據這段歷史畫了一張人物圖表，我驚異於圖表與女性的生殖器的神似之處。」蘇童似乎發現了頹廢在歷史發展中的作用，也發現「翠花花」這種「尤物」不僅使男人致命，也使「革命」致命。頹廢尋找刺激，革命也尋找刺激，兩者本就容易相通。頹廢可以刺激革命，也可以改變革命，使革命歷史發生變形和改觀。

(3) **對意義的解構**：在先鋒派小說的觀念中，文學本身就是一種權力，對文學的眞誠就是爲文學而文學，文學不再是意義的載體。因此，作家最重要的乃是對叙述負責並尋找一種眞正屬於自己的獨特的叙述方式，叙述者的背後沒有意義的闡釋者也沒有價值判斷的主體。關於這一點，我在一九九〇年發表的〈告別諸神〉一文中就這樣說過：這些新小說極端性地追求自滿自足的能指世界，著意反道德、反規範，努力瓦解根深柢固的被世俗普遍接受的世界，用世俗難以習慣的叙述方式，向過去多年營造的神聖的意義世界開玩笑。他們相信歷史是人闡釋出來的，意義是人讀出來的，他們不是在尋找迷失的意義世界，而是欣賞意義世界的迷失。在這個方面，王朔表現得最爲典型。王朔的小說《頑主》、《玩的就是心跳》、《過把癮就死》、《千萬別把我當人》等無一不是對世俗世界流行的各種意義特別是視爲崇高和神聖意義的嘲弄。著意褻瀆崇高與神聖，讓崇高腔與痞子腔並置和對話，正是王朔的特點。

王朔對一切被稱爲意義的東西和觀念都採取「玩」的態度。如果說，蘇童是用頹廢來解構一切，那麼，王朔就是用「玩」來解構一切，包括解構自我。因此，他在褻瀆老一代中年一代心目中的崇高時，也自我褻瀆，用頑皮、玩鬧、調侃的方式反叛現存的一切價值觀念。在政治頻繁變動和經濟潮流席捲一切的社會氛圍中，大陸的千千萬萬以小市民爲核心的「人民群衆」不能不感到喪魂失魄和心煩意亂，而王朔把一切當作玩笑的調侃文字正可以幫助人們化解煩悶和憂愁，因此引起新一輪的「轟動效應」是不奇怪。可惜，王朔的語言比較粗糙，可讀性強但耐讀性卻不夠強。

(4)**對元敘述即總體敘述的解構**：實驗小說對人、對歷史、對意義的解構之後，使得文學敘述（形式、能指）成爲唯一重要的東西，即敘述、形式、語言等不再是表現人、歷史、意義的手段，而是目的本身，它具有獨立的價值甚至是唯一的價值。這種文學觀，就從傳統的「意義目的論」（以負載歷史、意義爲目的）變成形式目的論或稱功能目的論。所謂實驗，就是探討形式本身或敘述本身成爲文學目的的可能性。因此，它就反對敘述背後有一個全知全能的主體，並著意顚覆這一主體。這樣，文學的重心就從敘述的故事變成故事的敘述，即只顧及文學的敘述的精采性、獨到性而不顧及敘述之外的現實性、思想性、意義性等，這樣，人、歷史、意義等，就變成只是敘述過程中的符號編碼，各種敘述意象中的一種意象，它並不比陽光、河流、花草等意象重要。

在實驗小說群中，有一種被稱作現代主義後現代主義，另有一種則被稱作新現實主義。這種新現實主義與舊的各種類型的現實主義包括批判現實主義的不同之處就在於，舊有各種類型的現實主義均把現實主義當作創作手段去負載現實內容與現實意義，而「新現實主義」則把現實主義作爲目的本身，它追求的是敘述現實時敘述本身的魅力，「現實」只是表現這種魅力的器具。這種魅力是敘述過程的魅力，是故事本身和語言本身的魅力，因此，敘述就必須全力營造意象（不是營造性格），營造敘述過程中的隱喻，暗示和注意敘述過程中視角的多變，讓敘述自身的權力表現到極致並表現得多彩多姿，而絕不能有傳統寫作方式中那些全知全能的、由單一創作主體主宰一切的總體叙述。

複調時代的初步形成：若干文學異質性單元的共生和對話

在尋根小說、現代基調小說和實驗小說出現的同時，七十年代末和八十年代初出現的新時期文學草創者們仍然在他們熟悉的寫作路途上前行，現實主義創作仍然很有實績，一些代表性的作家幾乎都有一兩部新的長篇問世，儘管他們仍然採取現實主義手法，但是他們已不是以黨派的成員或革命者的主體身分進行寫作，而是以獨立人格和藝術家的身分進行寫作，因此，作品中的意識也是獨立而複雜的，已不是統一的黨性原則和某種固定的意識形態原則。

因此，從八十年代中期到九十年代初，儘管大陸人文環境時而寬鬆時而惡劣，但文學的複調已基本形成。這種形成的標誌有兩個：一是這個時代的文學包含著多種互相對立的衆多聲音，包含著各有其平等權利和來自各自世界的衆多聲音，而不是過去那種統一的貌似百家其實只有一家的聲音。複調的關鍵點在於獨立的聲音，在於各種聲音都是異質性風格和異質性話語的單元。這一美學風貌，在大陸文學的前三十年是絕對沒有的，但在最近的十年裡，不管其作家採取什麼樣的叙述方法，他們都具有獨立的語言意識，獨立的叙述意識並發出獨立的異質性的聲音，其作品都成爲一種異質性的單元，這些異質性的單元共存共生，就構成一個多語言、多風格、多聲部的文學現象。原先大陸那種衆多作家統一於某種「主義」與「思想」的一個時代文學的同質性現象已經基本消失，而異質的世界觀念和文學觀念以及異質的敘述方式並置和對話的時代已經開始。現實主義敘述方式和現代主義、後現代主義敘述方式並不相互排斥。重意義的語言和輕意義的語言，重人道的語言和輕人道的語言，重歷史的語言和輕歷史的語言，重性格的語言和重意象的語言，都呈現爲一種個體經驗語言並存和對話。這種狀況如果用中國文學界常用的批評語言，就是爲人生而藝術之聲、爲藝術而藝術之聲、爲大衆而藝術之聲、爲自我而藝術之聲都得以共存並形成一個時代文學的多聲部。而如果用西方流行的批評語言表述，則是現實主義藝術個體經驗語言、現代主義、後現代主義的個體經驗語言、馬克思主義先鋒派的個體經驗語言並存而形成一種多音並置和複調交響時期。

異質性寫作方法由不同作家負載而構成一個多聲部，這是大陸文學進入複調時代的一個標誌；此外，異質性風格單元又常常在一個作家的小說中呈現，不少作家著意在自己的一部作品並置各種獨立的聲音和並置各種不同的文體，讓它們展開對話，這也是過去所沒有的。作品中的各種聲音已不反映作者的統一意識。

在我們上述的八十年代的作家作品中，無論是王蒙的《活動變人形》、張煒的《古船》、高行健的《靈山》、莫言的《酒國》等長篇，還是文化小說、實驗小說中的衆多作品，都具有複調形式和對話結構。在《活動變人形》中，西方文化意識和中國文化意識展開激烈衝突，而審判西方文化的聲音和審判中國文化的聲音都符合充分理由律；在《古船》中，由兩兄弟從完全對立的地位發出的報復的聲音和取消報復的聲音也都符合充分理由律；在《酒國》中，莫言的聲音和莫言的學生批評老師的聲音以及酒國中殘酷的開發的聲音和調侃殘酷開發的聲音也都符合充分理由律。而在高行健的《靈山》中，全書八十一章則全是「第一人稱」的「我」和第二人稱的「你」和分別在第一第二人稱中出現的「她」三者的對話和變奏。這種種異質性的雙音或多音世界又廣泛存在於實驗小說之中，在這些小說中，我們聽到革命和宿命（《紅粉》）有趣的對話，聽到革命與頹廢有趣的對話（《罌粟之家》），聽到歷史主義與倫理主義有趣的對話（《一九三四年的逃亡》），甚至是最崇高最經典的語言和最鄙俗最平民化的語言的對話（王朔的諸小說）。上述這些小說，都不是封閉性的已完成的話語系統，而是未完成的敞開的運動與交流和難解的命運之迷與語言之迷。

這裡，還應當說明的是，儘管在八十年代中期之後，大陸文學的基本生態發生重大變化，逐步進入複調時代並出現一些複調性的作品，但是，就單部作品的文學價值和內在規模來說，仍然和杜思妥也夫斯基那種經典性的複調作品有相當大的距離；而就時代來說，這個剛剛萌動的複調時代又是很脆弱的雛形時代，它仍然時時被政治陰影所覆蓋，因此，距離狂歡節似的複調時代仍然甚遠。然而，既然時代已經變遷，再回到一個文學獨白或文學獨霸時代就很難了。

一九九三年十一月於溫哥華卑詩大學

談四十年來香港文學的生存狀態

——殖民主義、冷戰年代與邊緣空間

鄭樹森

如果將香港的文學成長放在大英帝國在全世界殖民的漫長歷史來觀察，香港的情況相信是獨一無二的。香港雖然被英國統治了一個半世紀，但和非洲、印度、加勒比海等地不同，並沒有發展出一個英語的文學創作傳統。不單如此，在這麼長的殖民統治過程，港英當局一直對上層建築的文學及文化領域，採取相當被動、甚至是不聞不問的態度（或政策？）。除了早年的金文泰總督大力標榜中國舊文化，港英統治集團的冷淡和漠然，使到這個空間一直能由中文及中文創作繼續占領，在一種似乎較為自由，但實際上「自生自滅」的狀況中薪火相傳（這種自由空間相對於海峽兩岸兩黨政權一九四九年後約三十多年的監控，明顯地是個特色；但相對而言，海峽兩岸對文學的「重視」又使到文學的實際生存條件得到不少物質上的支援，雖然文學付出的代價也極大）。

港英當局何以長期沒有主動和全力爭奪及霸占上層建築裡這個重要空間（既是私人的，又是公共的），在沒有大量港英內部或公開文件可供參考的限制下，祇能夠就外部條件作一些初步推測：㈠中國文學及文化傳統源遠流長，從未中斷瓦解，要和這個傳統抗衡極爲困難；這與君臨沒有書面語及漫長的文學書寫傳統的地區完全不同（印度的情況另有一些英國進步學者的解釋）。㈡中國作爲一個政治實體的存在從未消失，而香港與原宗主國的各種關係（尤其是與廣東地區）至爲密切，母國在地理條件上尚能值此多少有點影響。㈢不同於非洲、加勒比海、甚至印度，香港是割讓得來，而不是大英帝國「發明」、「建構」出來（從無到有）的政治實體，因此香港的中國人長期以來在國家認同、文化認同上，並沒有方向上的迷失，更談不上以民族主義的訴求追尋「獨立」。㈣中國人一向的心態是所謂「華夷有別」，也自有其種族歧視，甚至文化歧視的老傳統；在如此接近母國的這個環境裡，如果全力強制壓抑母語，對實際統治亦未必斷然有利。㈤不同於印度四分五裂而可以個別擊破、隨後全面殖民統治，中國是勉強維持統一的大國，甚難鯨吞。因此，英國的對華政策是通過所謂「自由貿易」搶掠經濟利益，故此香港及「租借」的新界祇是經貿踏腳石，似無需大力推行語文上的殖民，以爲「長治」及「擴拓」的基礎。（這也是新界地區較爲廣大的面積及祇是「租借」九十九年，而有一九九七年歸還主權之歷史因由；此點可參看黃宇和〈租借新界：爲何「租借」？爲何「新界」？爲何「九十九年爲期」？〉一文，香港《明報月刊》一九九四年一月號。）總的來說，港英當局似乎長期以來滿足於扮演「仁慈的獨裁者」（benign dictator）角色，大體上採取放任和袖手旁觀的態度。但由於五〇年代開始，行政體系日益擴展，港英開始積極鼓勵英語教學，並以公務人員體制的優厚待遇來吸引香港本地人學習英語，因此也就同時間接或直接打擊中文學校的成長（表面上以中文為授課語言的學校在九〇年代已萎縮到僅剩一小堆過去「親台」的僑校和至今「親中」的幾家學校；但其實今天的大多數中學都面臨中、英語文程度普遍下降的致命傷，因此從前的中文學校和英文學校的分別已日益模糊）。一九七〇年港英政府面對中文合法化（可為法定語文、與英文地位「同等」）的學生及市民廣泛支持的運動，作出表面讓步，稍後在一九七二年終於讓中文「合法化」。隨著七〇年代的香港從工業化逐步走向經濟多元化，八〇年代又從經濟多元化走上經濟轉型（國際化和製造業大舉北移珠江三角洲），香港經濟日益繁榮，加上麥理浩一九七一年就任總督以來（一九八二年卸任返英），在社會福利上（尤其是居住、醫療、教育、甚至勞動階層的保障），一改傳統殖民地政府的不干預及官商一體政策，積極介入，逐步改善香港居民基本民生。麥理浩的施政，配合香港的經濟起飛，奠下社會安定的基礎，同時也自此開啓港人對香港產生歸屬感。這種歸屬感和自覺意識的萌芽也許在當時並不明顯，但今日回顧，可說如果沒有麥理浩的「新殖民地」式執政，或許不會產生，而香港的轉型及成功肯定會很片面。當然，從辯證的角度來看，麥理浩的積極干預（包括廉政公署的成立來確保法治，甚至不惜追訴英國官員）和主動推展社會福利，未嘗不可視為針對一九六六年天星小輪加價暴動、一九六七年左派的「反英抗暴」運動、一九六八年至六九年香港大學的學生運動、一九七〇年的中文「合法化」運動、一九七一年的維多利亞女皇公園保衛釣魚台示威運動等社會及民心的騷亂，作出有效、積極和及時的反應，以保衛英國在香港的利益及統治。

替麥理浩施政預行「鋪路」的還有美國在越南的戰爭。越戰令美國的「大社會」計畫破產，但卻為日本、南朝鮮、香港和菲律賓等地帶來不少「周邊」利益，其中香港也賺到補給、供應和出口的經濟利益。麥理浩在香港的波動期末端來港執政，但越戰的「周邊」利益使當時的香港經濟得到意外的支援，讓麥理浩執政初期的經濟更能穩住腳步。隨著七〇年代香港的經濟起飛，教育日趨普遍、大專院校及學額開始增加（一九六九年香港中文大學作為政府承認的第二所公立大學的沙田新址完成，正式集中辦公；一九七〇年港英政府同意將原紅磡工專改為香港理工學院），受教育人口的數量及質素開始上升；加上無線電視（一九六七年開播）七〇年代開始隨著電視機的增加深入民間，加強資訊流通；七〇年代初又正式廢止大清律例的殘餘；或許可以說，麥理浩的上台標誌著香港的邁入「現代」（此處指一定程度的合理化）時期。這樣的話，五〇及六〇年代勉可視為「前現代」期。

如果越戰對香港經濟曾有實質影響，那麼韓戰對香港的影響更大。美國對中國大陸的禁運和封鎖，加上第七艦隊的庇護台灣，使到香港在偷運物質、突破封鎖、對台及對外工作上，成為大陸的重要窗口。一九四八年雖有幹部南來，似乎是為日後解決香港問題而布置，但韓戰爆發將香港的政治位置（即港英統治的延續）穩定下來。但先前提過的港英對上層建築裡文學藝術的態度，使到這個空間成為冷戰年代裡國共兩大陣營及個別外國勢力在香港努力爭奪和意圖占領的。

文學的生存必須依附報紙副刊、雜誌和出版社。冷戰年代的意識形態鬥爭，使到報紙、雜誌和出版社又可粗分為有外來經濟（政治）背景、全人性質較為獨立及以牟利為主要目標的商業行為等三大類。在報紙副刊方面，一九五二年曾被港英政府控告刊登煽動性文字的《文匯報》、《大公報》和《新晚報》，一直都有綜合性副刊，並長期維持周刊式純文藝版面。在作家群方面，除了南來的左翼作家（如葉靈鳳、曹聚仁等在早年就特別活躍），還有不少大陸來稿。右派報紙主要是《香港時報》，在六〇年代劉以鬯主編〈淺水灣〉文藝副刊時爲全盛期；當時〈淺水灣〉的作者幾囊括香港倡議現代主義文藝的年輕人，並同時吸納不少台灣來稿。立場上親台但運作上爲商業機構的還有當年的大報《星島日報》和《華僑日報》；兩報均有綜合副刊，純文學版面則斷續出現；直至最近《星島日報》尚有每日見報的〈文藝氣象〉專業版面。而《星島晚報》的副刊在早年也不時有佳作出現。劉以鬯的意識流小說《酒徒》及張愛玲重寫〈金鎖記〉的《怨女》都曾在《星島晚報》連載。曾經同屬星系報業的《快報》在七〇年代時，副刊雖已版面固定、劃爲個人專欄式的全版「賣文認可區」，但仍能偶然容納西西海闊天空的隨筆、散文和長期連載的小說，後來又有也斯接棒（而西西及也斯在報章副刊上出現時，一九四九年後第一批南來作家已大體上本地化，如果沒有返台或赴美的話；因此七〇年代或可視爲香港文學最本地化的時期）。七〇年代創刊、由林山木獨力經營（任社長兼總編輯）的《信報》雖是財經新聞報，沒有文藝副刊，但有文化版面，是各報中一個特色。

在專業雜誌方面；五〇年代的仝人刊物以《人人文學》和《文藝新潮》較具代表性，而後者在二十世紀西方文學譯介上，領先海峽兩岸，極見開拓性。六〇年代則有《好望角》和《華僑文藝》，兩份刊物都有台灣來稿，後者並曾發表紀弦、洛夫、鄭愁予等人作品。前者則以譯介評論見勝。跨越六、七〇年代的仝人刊物有《盤古》月刊（七〇年代向左轉，以論述爲主）。七〇年代中葉又有以《盤古》左翼仝人爲班底的《文學與美術》（一九七八年以《文美》名稱結束）。仝人詩刊方面七〇年代有《詩風》和《羅盤》，而前者持續最久。七〇年代的綜合性仝人刊物附帶文學版面的有《大拇指》周刊及香港托洛斯基派的喉舌《七〇年代》（名稱及創刊時間與當時左派支持、李怡主編的《七十年代》很接近）。八〇年代的仝人刊物主要是《八方》（七九年創刊）及《素葉文學》，後者本地色彩鮮明，前者則在當時企圖發揮香港的特殊自由，同時發表海峽兩岸三地及海外華人的文學創作。

在五、六〇年代，國共兩方均有文藝刊物，右派是《文壇》，左派是《文藝世紀》。但對左派眞正有威脅的其實是美國幕後出資的友聯出版社轄下的幾個綜合性雜誌。《中國學生周報》曾經培養不少本地小說家、散文家及詩人，電影版和譯林曾經介紹過大量外國前衛作品，在一九七三年停刊前在香港文壇舉足輕重，影響至爲深遠。友聯另一份刊物《大學生活》半月刊（余英時、孫述宇、胡菊人等都曾參與），在文藝評論上似乎貢獻較多，但影響遠不及《中國學生周報》。在兒童刊物方面，友聯的《兒童樂園》（也發表兒童文學）曾經暢銷一時。左派與這些刊物對著幹的主要是《青年樂園》和《小朋友》，但銷路差很遠；文藝刊物則在六〇年代出版《海光文藝》、《文藝伴侶》，意圖較有彈性地抗衡，但都很快停刊；維持較久的衹有作風保守的《海洋文藝》，但從未打開局面。八〇年代則有外圍的《香港文學》月刊的創辦。

在商業機構的產品裡，星系報業七〇年代的《文林》（林以亮主編）印製極爲精美，後不堪賠累而停刊。稍後則有八〇年代的城市文化刊物《號外》（七〇年代後期開始時有「地下」文化雜誌味道，但不久變質），也曾培養過一些年輕作家（如陳輝揚、黃碧雲等）及幾位市場取向、「中間品味」的作者。而在南洋一帶排華之前，徐速主編的《當代文藝》是獨資經營而又能在商業市場立足的普及性文藝刊物，後因喪失南洋市場而停刊。

從《號外》的不斷變化，但又斷續產生過一些作者的情況來看，香港文學的生存其實還有一個特色，就是長期在一些基本上與文學無關的雜誌上依賴掛單；甚至在一些十分主流的刊物上偶然露面，例如鍾玲玲等的作品在一般視爲「八卦」雜誌的《明報周刊》出現。而女性雜誌從七〇年代的《象牙塔外》到八〇年代的《姸》，都曾發表過一些中堅作家的創作，又是一例。《明報月刊》在七〇年代曾發表當時自大陸來港的陳若曦的短篇小說、逃港紅衛兵的創作、香港旅居海外作家的一些作品，雖有配合刊物政治評析爲主的傾向，但這些作品的文學成色絕無可疑。同樣，《七十年代》（現爲《九十年代》）在八〇年代也發表過來港定居的施叔青的香港背景小說。

在文學書籍的出版上，也有這種依賴純商業出版社，偶然出現認眞作品的情況。例如八〇年代的博益、明窗、突破等出版社，都有過令人意外的文學書。而自左翼外圍的上海書局改頭換面而成的天地圖書公司，亦舒系列一百五十多種之餘，也有鍾曉陽、鍾玲玲和顏純鈎等的專集。其實這種意外掛單的情形在五〇及六〇年代也出現過。專門量銷「浪漫」小說的環球出版社在五、六〇年代雖然以鄭慧和依達等爲重點，但也曾「誤出」西西以電影手法寫成的中篇《東城故事》。不過，五、六〇年代仍是以外來政治經濟背景的出版社比較活躍和認眞。美國出資的今日世界出版社曾經刊行張愛玲的《秧歌》和《赤地之戀》。在趙滋蕃被迫離港之前，美方支持的亞洲出版社刊行過不少反共作品，但偶然也有至今仍有研究價值的，例如趙滋蕃自己的《半下流社會》。自由出版社的書幾乎都是流亡、懷鄉的反共小說。友聯出版社相形之下，似在文學上較爲單薄，但早年也曾刊行孫述宇等的小說創作。左派在出版社方面自然也有對應性行動，但似乎不夠密集;也可能是筆陣不足、書籍不夠(據說早年調景嶺賣文爲生的就有五百多人)。當時左派的文學作品,較爲引起注意的似都是多人合集的散文和詩。倒是以老派現實主義爲藍本的阮朗,後來用筆名唐人發表的《金陵春夢》(蔣介石通俗演義小說),在香港和海外都很暢銷。

從地理上看,香港相對於大陸和台灣,應都是邊陲的。但在冷戰年代,兩大霸權在全世界的抗爭、國共兩黨隔著台灣海峽的對峙,使到邊陲的香港成爲「文鬥」(意識形態的戰爭)的交鋒地點,而香港的特殊自由,令到連「第三勢力」及「托派」等本來就很邊緣性的聲音,都能在香港這邊陲空間的邊緣發言。而美國的直接介入,更使這場「文鬥」國際化起來。從文化及文學的觀點來看,相對於北京及台北都以「正統」自居,香港文學大概祇是劉紹銘教授所自嘲的「化外之民」的活動,是「中央」一時無法管治的地方小支流。如果大陸有些作家及評論家對台灣文學四十多年來的重要成績,都動輒以「中原心態」視爲「無甚足觀」,那麼香港在這些人眼中的邊緣性,自不在話下(但如果從大衆文化及通俗小說在大陸風行的現象來看,或許可以說,香港其實是以邊陲在反攻和占領核心)。在香港本地,文學本來就不是港英政府關心的對象;而面對近年來商品化的通俗小說大潮,比較認眞的香港文學越來越邊緣化,似是無可避免的發展。但另一方面,個別嚴肅的文學工作者,有時透過報刊上頻密出現的專欄,使到他們的見解,對從來不閱讀他們文學創作的讀者,都並不陌生;這未嘗不可形容爲在香港本地範圍裡,邊緣對核心的另一種喊話。而在香港即將回歸中國(在英國殖民地歷史上,這將是首次主權歸還,而不是獨立建國的撤退方式),即將正式在文化及文學上歸入核心的管治範圍,港英當局卻弔詭地在夕陽期對文學表示關心,在一九九四年要成立的藝術發展局納入文學創作。這個新政策對香港文學的邊緣聲音會有什麼影響，則還有待時間來說明了。

*本文在構思階段曾與小思女士、古兆申先生及黃繼持先生等《八方》友人討論，獲益良多，特此致謝。一切舛誤，當然由作者負責。

四十年來的海外文學

李歐梵

談四十年來的海外文學，我想先從聶華苓的《桑青與桃紅》①談起，因爲我認爲這是一本界定海外文學最恰當的作品。

看過這本小說的讀者都知道：桑青和桃紅是一個人的雙重性格和經歷，桑青代表的是大陸，桃紅代表的是海外。桑青的經歷——從抗戰時期到四十年代末北京易手、到五十年代的台北——顯然是一個大陸知識分子從內陸到海外、從中心到邊緣的逃亡歷史。這段歷史是從另一個角色桃紅倒叙的，而桃紅的性格才是眞正分裂的，因爲她已經身在六十年代的美國，她的流浪過程似乎在中國歷史範疇之外（小說故意用空間的模式表述，甚至還附了一張中西部的美國地圖），但內心深處卻仍然有桑青的影子，像一個陰魂附體，苦苦不能驅除。所以她必須放蕩形骸（而當時從一個女性的角度寫放蕩形骸的作品還不多），必須向一個美國的移民局官員彙報，這當然是一個寓言，正像卡夫卡的《審判》一樣，審判者和接受審判者也是主客一體的兩面。換一句話說：桃紅在海外必須向祖國做一番交代，而同時她又想從這個「祖」先（這本是一個男性霸權意象甚濃的字眼）的控制下再度爭取個人解放，再度做一個新人。

過去我讀《桑青與桃紅》，腦子裡想的都是桑青的故事；事隔多年，在美國住久了，重讀這本小說的反而重視桃紅：她在美國的經歷，表面上看似乎是一個女人的「性」路歷程，但實際上她追求的是一個新的認同（identity），這樣才能夠把她的雙重性格合而為一。然而，她成功了嗎？她解放了嗎？即使在性生活方面，她仍然是失落的：從一個男人到另一個男人，像是在一個異國的地圖上找尋幾個暫時的立足點，依然沒有歸棲。所以，小說中的「海外」是美國中西部四顧茫茫的大草原，一望無際的大公路，在路上每一個人都是過客，不是歸人。

有家歸不得——這句俗話變成了早期（六十年代到七十年代）海外文學的主題。然而，這個家在那裡？桃紅沒有家，因為桑青已經搞得家破人亡。在白先勇的〈芝加哥之死〉這篇小說中，家明明是在台灣，而且母親死了，而這個在芝加哥苦苦讀博士學位的主人公卻偏偏不要回去，甚至還要到酒吧，與妓女鬼混，在床上也要受其種族歧視。這一切又為的是什麼？也許郁達夫陰魂不散，暗暗地鼓勵白先勇再寫一篇〈沈淪〉，因為〈沈淪〉建立了一種中國文學上的 trope，必須符合它的形式上的要求：從屈原以降，所有流亡、放逐、沈淪在海外的人，都注定要受罪——受苦戀祖國的罪。

所以，我們可以說，四十年以來的海外華文文學所反映的都是身在異域而心在祖國；在海外愈失落，對祖國愈嚮往，甚至於魂牽夢縈，變成了小說的內在主題和詩的主要意象。余光中的

〈敲打樂〉是一個里程碑，在這首長詩中，卅八歲的詩人在美國駕車流浪，「七十哩高速後仍然不快樂」，「食罷一客冰涼的西餐」，還有「燕麥粥，以及草莓醬／以及三色冰淇淋義大利烙餅」，患了花粉熱，「啊嚏嘖嚏打完後仍然不快樂／而且註定要不快樂下去」，原因無他，因爲「中國中國你是條辮子／商標一樣你吊在背後」。詩人心中在盼望「有一種奇蹟發生」：「中國啊中國／何時我們才停止爭吵？」②

然而，詩人當年所盼望的奇蹟終於發生了：海峽兩岸的中國人已經交流互動了（雖然仍有些許政治上的爭吵），所以在世紀末的今天再來探討海外文學的問題，我們的眼界也勢必有所改變。

一個不容忽視的問題是時間的過渡和歷史的變遷：六十年代的憤怒的年輕人如今已臻中年遲暮，「昨日之怒」似乎已煙消雲散，而當年的反越戰、釣魚台運動、和回歸祖國後的失望和幻滅——這一連串的心路歷程也都成了回憶和歷史，對於年輕一代海峽三岸的中國人似乎也變成了（再引余光中的詩句），「一則神話，一種蒼老的謠言／在少年時代第幾頁第幾頁第幾頁？」③而「鐵絲網的另一面才是中國」的中國，也已經開放，大批的留學生湧向海外，順理成章地也產生了留學生文學。第一本重要的著作就是查建英的《到美國去！到美國去！》。這本小說從書名到內容都很適切，它似乎回應了於梨華早年的《又見棕櫚》和《考驗》；故事中的男男女女留學生，又在美國這個大熔爐中「熔」不下去，先和同胞、繼又與洋人戀愛，而當年的失落、疏離、和無根的情緒，似乎經過歷史重演之後，也從悲劇變成喜劇，甚至還無意間加添了一點鬧劇的色彩。即使聶華苓女士本人，在她的近作《千山外水長流》中，對於中國和美國這兩種不同的文化，都採取肯定的態度，它所肯定的不是歷史的斷層，而是代代相承和淵遠流長的人性，而故事的女主人公本身就是一個混血兒，她兼有中美兩種人和文化的血統。也許，桑青和桃紅的後代終於在美國找到安身立命之所。

也許這本小說對我們的啓示是：祖國是追不回來的，它是上一代遺留下來的一個歷史冤孽，而下一代的人也必須正視它。小說中女兒讀母親的信，並逐漸瞭解母親的愛情故事——這個解決方式本身就和《桑青與桃紅》大相逕庭，因這本小說的出發點本來就是：在祖國的千山之外，海外之水仍然可以長流——譬如在愛荷華。這一個對海外在觀念上的改變，是作者本人在美國住久了以後的另一種體會：雖不能生根，但仍可落地；而美國雖非故土，但亦非異邦。換言之，一個在海外久居的華文作家在思念祖國之餘，也必須正視居留國的歷史和文化。這就牽涉到另一種雙種性格和雙重文化的問題。

在作另一層文化的轉折之前，我必須先談談與此密切相關的概念問題——邊緣。其實「海外」本身就是一種「中心」話語，它涵蓋了一個內陸中心向邊緣推展的視野，所謂「放諸四海而皆準」——這句成語的背後也有一個堅定不移的中心信仰。然而，我們試觀這一百多年來的中國近代史，其改革的動力往往產生於沿海邊緣，而以新的思想向內陸挑戰，逐步逼使內陸的中心承認變革的事實。只有中共的革命似乎是一種內陸型的鄉村包圍城市，但近幾年的經濟發展的跡象已很明顯：採取主動而欣欣向榮的仍然是沿海地區，它在商業文化上更受到港台「邊緣」地區的影響。所以，我認爲，在廿世紀末的中國，所謂海外已經不是邊緣，或者可以說，邊緣的文化已經逐漸在瓦解政治上的中心。關於這一點，我在一篇英文文章中論述甚詳④。

所以，再從這個邊緣觀點來審視這四十年來的海外文學，我們不難發現：上面所提到的種種失落、疏離、和無根現象，都是一種民族主義——以祖國為中心話語——的產物。它的狹義表現方式是愛國，然而由於多年來意識形態的影響，在一般愛國人士心目中國家又等同於政府，愛國情緒遂變成向政府（或政黨）效忠。然而廿世紀下半期的中國偏偏有兩個政府，兩個政治實體，狹義的愛國情緒一時無法得到出路，所以在異邦產生了疏離感。我認為表現得最大膽的還是《桑青與桃紅》的開頭，桃紅的室內牆上的幾句話：「Who Is Afraid of Virgiuia Woolf? 誰怕蔣介石? 誰怕毛澤東?」這幾句話的旁邊還畫了一個男性的陽具。作者無意間把性別意識加在政治的圖騰上，使讀者感到一種異樣的震撼：在這裡，祖國顯然是男性，他對女性的凌虐，成了桃紅性心理的根源，而〈敲打樂〉中的詩人顯然是男性，因為他把中國比作「處女雖然你被強姦過千次。」⑤

其實，如果用邊緣的視野重新審視祖國和祖國的文化，照樣會得到另一種深刻的感受，這種感受不一定是失落和痛苦，而是一種異樣的滿足。在這方面，我認為留在美國的海外作家反而沒有香港作家感受得深。也許，香港本來就是一個在大陸邊緣的城市，香港作家在「後現代」的商業文化中生活，面對神州大陸，心態上反而沒有六十年代的海外作家那麼嚴肅。譬如也斯的詩，頗多自嘲又（對中西文化）反諷之作，我隨手拈來一首，寫的是美國〈樂海崖（La Jolla）的月亮〉，可以用來和余光中的〈敲打樂〉作對照（為了節省篇幅，引句不作詩的排法並隨詩作評解）：

「我可以把香港的月亮／翻譯成樂海崖的月亮嗎？／我可以把唐詩的具體意象／翻成異國的

言語／而不必細分時態和人稱／不必用上解釋性的語法嗎？」（這開頭幾句看來不像詩，但反諷意識甚濃，其典出自美國的月亮比中國的更圓，又出自唐詩中衆人皆知的名句：舉頭望明月，低頭思故鄉；更重要的，卻是詩中明示的雙語（bilingual）挑戰——把祖國文學翻譯成異國的言語問題。）「月出驚起汽車／在黑夜裡繼續鳴叫／這裡是什麼地方？／公路伸向漠漠的遠方／沒有帶一張地圖所以迷路了／坐在長椅上候車的女孩問我們時間／我沒有帶錶所以不知道／今天到底是中秋還是重陽呢？／沒有帶日曆所以不知道。」（這幾句明顯的有如寫實，但又在寓言的層次上諷刺——並自嘲——在異國的時空失落感；《桑青與桃紅》還附了一張地圖，這裡連地圖也沒有帶，詩人迷路，但並無失落的情緒。）「具體的名字／31 Icecream ／Soup Express ／Sun's Kitchen ／我其實並不喜歡在一首詩裡／用上太多外國食店和超級市場的名字／只是無從用唐詩的言語／描繪一個陌生世界的細節」（三色冰淇淋變成三十一色；中文詩裡乾脆用英文，作爲新的符號，指涉一個新的陌生世界，詩人想到的是創新，而非懷舊。）「高度具體的冰淇淋／冷／逐漸溶化／記得那時在香港／我們談法蘭克·奧哈拉的詩／直至凌晨一時／我們大笑／連椅子也坐破了。」（像是一個電影「溶入」鏡頭。冰淇淋的冷溶進了故鄉——香港——的回憶，不過談的還是美國詩；但又何嘗不可懷舊，於是——）「我們各自在不同的地方／煮一壺茶讀一首唐詩／異國的晚上同在一起／新識文字我們的舊相識」⑥。

這首詩的最後幾句，終於點出了全詩的主題：它把海外形容爲不同的地方，而在不同地方的朋友各自並不失落，因爲他們有一個共同的回憶：在一個異國地方晚上同在一起讀一首唐詩，而唐詩既是舊相識，也是新知，因爲他們這一群來自各地的中國人，在樂海崖「圍坐一起談詩／我們一同迎著海邊初生的明月」而變成朋友。於是明月的意象又從唐詩的境界轉回到一個新近的時空點，但這個時空點卻在異國，所以，異國並沒有令人陌生化，反而促成一個溫馨的回憶。誠然，也斯所歌頌的友情，本也是唐詩的主題？

我在此引了這麼多也斯的詩句，並不表示我認爲他的詩比別人的好，而是我比較贊同這一個反對祖國／異邦的隔離心態。從一個邊緣人的目光看來，在異國也是邊緣，而把這兩個文化邊緣連起來，可以思考和感受的空間就大多了，我所謂的雙重文化，指的也就是如此：只有邊緣人才可以在文化上有雙重性格——不中不西，亦中亦西；不今不古，既今亦古——而在思想上更可以越界（border crossing），也斯的這首詩，寫的就是這種邊緣人的心態：從中國的邊緣跑到美國的邊緣又跑回來（甚至唐詩中的月亮也跟著跑），而在遊程中不失其樂。

中國現代文學的傳統是（正如夏志清先生所說）感時憂國，而海外的作家有時候更感時憂國，其原因不說自明：由於失去了祖國，所以更想把祖國據爲己有。也許，祖國並不一定是一個大一統的客觀存在，而是主觀上的多元意象，而每一個海外華人心中都可以有幾個祖國。

我不禁想起一位捷克詩人的話：

不要把祖國的神聖名字
放在我們居住的國家
眞正的祖國我們放在心裡
那是不受壓迫也不能竊奪的。

註釋

①此書原在台灣報紙副刊連載，但未刊完就遭禁。香港友聯版及大陸版皆有刪節。

②余光中：〈敲打樂〉，《中國現代文學大系》第一輯（台北：巨人出版社，一九七二），頁八〇。

③余光中：〈忘川〉，同上，頁八六。

④Leo Ou－fan Lee, "On the Margins of Chinese Discourse," *Daedalus*（spring of 1991），頁二〇七—二二六。

⑤見註②，頁八三。

⑥梁秉鈞：《形象香港》（*City of the End of Time*）（Hong Kong：Twilight Book Company, 1992），頁一二六—一三二。

五十年代反共小說新論

——一種逝去的文學?

王德威

到了我們這個年頭還談反共小說，要從何談起呢?那邊要統，這邊要獨。「漢」「賊」早已兩立，「敵」「我」正在言歡。四十年前的神聖使命，成了四十年後的今古奇觀。反共復國文學此時不銷聲匿跡，更待何時?文學律動是有生命周期的，政治文學尤其倉促難測。觀諸反共小說的一頁消長，信然。

本土派與大陸派的評論者在意識形態上的差距不可以道里計，但論及反共文學的功過時，他們早就統一了。反共文學是一種附庸政策的「墮落」，是一種「歌功頌德」的「夢囈作品」，「令人生厭的、劃一思想的口號八股文學」①。這一文學潮流「不僅被廣大的台灣同胞所厭惡，而且被他們自己的第二代所唾棄」②。這樣的評論儘管不是無的放矢，但一再重複之下，已經形成一種批判八股文學的八股，了無新意可言。

不論我們如何撻之伐之，反共文學是台灣文學經驗中的重要一環。它的興起與「墮落」與彼時的政治環境緊緊相扣；它的「八股」敘事學是辯證國家與文學、歷史與虛構的最佳（反面？）教材。在海峽兩岸一片重寫文學史的風潮裡，我們對反共文學的審思不應僅止於猛打落水狗的心態而已。我們要問，反共文學如何主導了一個時代台灣文學的話語情境？如何抹銷周遭的雜音？如何銘記歷史的傷痕？又如何迎向一己的宿命？更弔詭的是，反共文學眞是一種已逝去的文學麼？本文將以小說爲例，對上述問題試作解答。我的討論，當然會引出更多問題，因此不妨視爲我們繼續研究五十年代反共文學的起點，而非結論。

1

一九四九年大陸變色，國府遷台，數以百萬計的人民辭鄉去國，輾轉流離。多少恨事，因之而起。在這樣一段驚心動魄的歲月裡，寫作何能視爲兒戲？同年十一月孫陵主編《民族報》副刊，率先喊出「反共文學」的口號。之後馮放民在其主編的《新生報》副刊，更提出「戰鬥性第一，趣味性第二」的宣言。以後的十數年間，有成千上百的創作蜂擁出現③，或控訴共黨暴虐，或緬懷故里風情，或細寫亂世悲歡，或寄望反攻勝戰。不論題材爲何，這些創作的基調不脫義憤悲愴，而作家筆耕的目的，無非是求藉由文字喚出力量——反共復國，既是創作的動力，也是目標。

反共文學因應歷史環境而起，固然有強烈的自發性，但若無政治力量的因勢利導，亦不足以形成日後的氣勢。一九五〇年張道藩成立中華文藝獎金委員會，鼓勵反共文藝，七年之間，發掘不少健筆。作家如潘人木（《蓮漪表妹》、《如夢記》）、端木方（《疤勳章》）、王藍（《藍與黑》）、彭歌（《落月》）等，皆是一時之選。另由國防部設立的軍中文藝獎金又號召了一批軍中及軍眷作家，如田原、尼洛、朱西甯、司馬中原、段彩華、郭良蕙、侯榕生等。而各種雜誌及會社的此起彼落，也說明斯時文壇盛況之一斑④。至於一九五五年老蔣總統提出「戰鬥文藝」的號召，足可視作整個反共文化的終極意識形態依歸。

作爲一種見證歷史創痕，宣揚意識形態的文學，反共小說蘊藏一套獨特的叙事成規，不是一兩句「夢囈」或「八股」可以一筆鈎銷的。它至少有三個層面，值得我們思考。第一，反共小說既以戰鬥爲目標、控訴爲職志，作家（與評者）所服膺的審美原則，自有其獨特方向。一反日後文學以曲折婉轉，隱喻多義爲能事，反共小說必須直截了當的劃分敵我，演述正邪。就算是反攻必勝，復國必成的眞理是「不言自明」的，把話說明白了畢竟有益無害。而政治的複雜運作往往亦化約爲簡單的道德選擇題。論者每每詬病反共小說千篇一律，重複累贅，其實正是在其一律性與化約性間，我們得見意識形態文學的重要特徵⑤。

對於策畫、鼓吹戰鬥文藝的黨政機器而言，反共小說既是文宣的「武器」，營造不妨多多益善，以應付在所難免的損耗。這樣的態度與我們習知的文學創作目的，頗有差距。國難當頭，還能提文章是否成爲藏諸名山，以俟百年的大業?歷史的危機意識及意識形態的「環保」觀念，使反共小說「可以」成爲一項用完即棄的文藝產品——推陳出新，無非是重複回收創作資源，以確保政治環境的清潔。評論家每喜攻擊反共文學不能超越時空限制，觀照「永恆」的人性與歷史，殊不知是類文學的「千秋」，正是源於它是否能爭得「一時」的優勢⑥。

我這樣的說法，並無意輕視反共作家的創作熱忱。恰相反的，我希望自不同的角度，肯定他們的存在意義。政治小說的難爲，恰在作家必須在政治信仰與個人情性間、教條口號與美學構思間，尋找出路⑦。在反共抗俄的前提下，作家如何同中求異，已是值得注意的好戲。但更重要的是，在非常時期寫非常的作品，作家對一己的創作歷程，必有特殊寄託。反共題材未必人人能得而擅之，但這裡的問題不是會不會寫，或寫得好不好而已，而是基於另一種信念：作家若未能爲這樣的時代，留下片紙隻字的見證，才是眞正遺憾。換句話說，作品寫得好，自然是反共抗俄的利器，即便寫得不好，不也可成爲一種自我犧牲，一種爲主義而明志的姿態？儘管預知自己的作品有終將流於八股的危險，我以爲一批信仰堅定的作家依然會全力以赴。這一爲求全而自毀的寫作立場不能僅以「文學爲政治服務」一語帶過，而實已帶有荒謬意味。這種荒謬意味是現代中國政治小說中，不可忽視的傳統。從早期的批判現實小說到抗戰宣傳小說，都有前例可循。而晚近的各種「傷痕」文學（文革、白色恐怖、二二八等），也可置於其下觀之。

以上的論式，引導我們觀察反共小說的另一截然不同的層面。絕大部分的反共作家，都是四、五十年代之交，倉促來台的流亡者。他們有的少小離家，有的拋妻棄子，避亂海角，而對家國命運的憂疑，未嘗稍息。發爲文章，故園之思與亡國之痛，竟成互爲表裡的象徵體系。五十年代懷鄉小說的興起，不是偶然。國共意識形態的鬥爭，由時空遽然的分裂睽隔所顯現，而文字可能解釋或彌補這一分裂睽隔的事實麼？

「勿爲死者流淚，請爲生者悲哀」，趙滋蕃《半下流社會》的開場白，道盡了流亡人士的辛酸⑧。死者已矣，有幸苟存於亂世者仍需面臨茫茫生路，繼續行進。但對小說創作者而言，趙的話應別具意義。處身這樣慘烈的歷史變動中，小說家有可能盡得其情麼？國家分裂了，家園離散了，僥倖逃脫者眞能一點一滴的寫出「完整」的故事，記叙那分裂、離散、逃脫麼？痛定思痛，生者是可悲哀的。國破家亡，這一切究竟是怎麼發生的？他（她）的每一回憶的姿勢必定指向一歷史記憶的斷層，每一書寫的行爲必定影射文字功能的匱缺。在表面的喧囂與憤怒下，五十年代的小說難掩一股惘惘的悵然若失之感。

以往作者論及共黨暴行，每喜用「罄竹難書」一語狀其慘酷。暴行之所以難書，不只是因其超乎常情常理的負荷，也因其在犧牲者及倖存者間，畫下了難以逾越的鴻溝。身陷大陸者，或生或死，早已失去了說話的權利。身在自由地區的作家儘可按照自己的經驗代言他們的遭遇，卻不能代表甚或代替他們的苦難。越是虔誠堅貞的反共小說，也因此越難擺脫寫作上的道德兩難：不去鞭撻紅禍、控訴不義，何能一遣國讎家恨？但聲嘶力竭的反共文字徒然提醒我們，不該發生的已經發生，此岸渡不過彼岸，未來能救贖過去麼？

反共小說因此是一種文字的宣傳攻勢，也是一種文字的猶豫失落；它的誇張，來自它的焦慮。作家們一再的重複個人及群體的痛苦經驗，與其說是臥薪嚐膽，以俟將來，更不如說是自圓其說，重溯安身立命的源頭。他（她）們不斷的在紙上重回鄉土、追憶過去，歸納各種可能的因素，解釋眼前的困境。罪魁禍首當然是那萬惡的共產黨，但如何以文字鎖定亂源，並不容易。如前所述，反共小說如果讀來空洞或空虛，不只是來自文學爲政治服務的動機，更有其歷史及心理的因緣。而這一點是歷來推崇或譏刺反共文學者，皆所未能迄及的。

反共復國小說第三個値得探討的層面，是它對歷史時間的演述與安排。顧名思義，「反」共與「復」國一詞已包含了時間的辯證向度。沒有共黨的坐大，何來反共之舉；不是國土已喪，怎須復國行動？這一反一復，實點出了空間的損失，時間的位移。所謂還我河山，不僅指的是收復故土而已，也更是一種「贖回」歷史的手段。

絕大多數的長篇反共小說都分享了如下的時間架構：共產黨崛起前中國社會的浮動現象；共黨「邪惡」勢力的滲透；國共內戰期的悲歡離合；國府遷台後的復員準備。這基本上是個《失樂園》式的故事。不少作品，如姜貴的《重陽》（1961）、潘人木的《蓮漪表妹》（1952）、或潘壘的《紅河三部曲》（1952）都以初出茅廬的青年人由天眞到墮落、從無知到有知的過程出現，也就不足爲奇了。這一認知的過程，也是重新銘刻歷史的過程。正本必須清源，歷史的眞相必予重予發掘。如果當年國民黨治下的中國未必是個安和樂利的社會，那麼強調其法統的正確性，以及歷史治亂相隨的必然性，都成爲作家回顧過去的方法。共黨的邪惡，因此不惟表現在其兇殘無道上，也表現在其「篡奪」了**歷史**命定的發展上。這一對「歷史」所有權的爭奪，無巧不巧的，也是彼時中共革命歷史小說的特色之一。

但反共小說不是簡單的歷史小說；未來的玄機早已埋藏在過去。無論「共匪」如何猖狂，小說家告訴我們，反攻必勝，暴政必亡。反共小說也因此是一種預言小說。它提示一明白的天啓訊息，從善惡有報到邪不勝正到否極泰來，在在可見端倪。回首過去的後見之明，因此也可以是一種預知未來的先見之明。反共小說之多有光明的尾巴，除了回應現實政治宣傳的需要外，也點出一代流亡作家汲汲於將歷史合理化的欲望。反共小說同時經營了一線性及循環性史觀：迎向未來也正是回到過去。

但反共小說的「現在」呢？擺盪於已失去的以及尚未得到的，歷史的回顧及神話的憧憬間，反共小說裡的現在，成為一尷尬的環節。它或是歷史隕落的低潮，或是未來昇揚的契機。所謂的生聚教訓、枕戈待旦，無非是相對過去與未來的過渡階段。除此，「現在」的其他層面都被有意或無意抹銷了。只有在四十年後，那影影綽綽的「現在」以說部形態出現在記述二二八或白色恐怖的文學中，反共小說在演義歷史上強烈的排他性，於焉浮現。

當然，反共小說最後的宿命是時間本身。設若反共大業眞已完成，反共小說在理論上也完成任務，可以功成身退——它的成功帶來了它自身的消失⑨。但更弔詭的是，當那個「共」因內在或外在因素的使然，變成不能反，甚或不必反時，反共復國小說的存或歿，才眞正成為一場徒然的辯證，一段無奈的遺事。惟從文學史的觀點來看，也只有在急切政治因素沈澱後，我們可以平心靜氣的重估反共小說的意義。

2

根據保守的估計，五十年代台灣小說創作的字數總量，約有七千萬字⑩，執筆為文的作者，也有一千五百人至兩千人之譜⑪。反共小說是當時的主要文類之一，也得到最大的迴響。這些小說的結論——控訴「匪」禍，宣揚反攻——並無二致，但作家如何運用不同人物素材來彰顯這一結論，永遠值得注意。融合五四以來的感時憂國精神，以及抗戰期間「為戰爭而文藝」的宗旨，反共小說所顯露的激憤沈鬱特色，可謂其來有自。在情節情境的安排上，我們可見以家族盛衰喻國運消長者，如陳紀瀅的《赤地》（1954）與姜貴的《旋風》（1957）；以農村鄉土的蛻變寫民生的疾苦者，如陳紀瀅的《荻村傳》（1951）、張愛玲的《秧歌》（1954）、司馬中原的《荒原》（1961）；以匪窟紀實寫政治詭譎者，如尼洛的《近鄉情怯》（1958）、張愛玲的《赤地之戀》（1954）；以男女愛情的顚仆烘托亂世悲歡者，如王藍的《藍與黑》（1958）、彭歌的《落月》（1955）；以天眞青年的遭遇探索意識形態的罪與罰者，如姜貴的《重陽》（1961）、潘人木的《蓮漪表妹》（1952）、《馬蘭自傳》（1955）；以軍旅生涯申明反共事業，未有已時者，如朱西甯的《大火炬的愛》（1952）、端木方的《疤勳章》（1951）等。

尤其値得注意的有趙滋蕃的《半下流社會》（1954）、潘壘的《紅河三部曲》（1952；後改名爲《靜靜的紅河》）、及鄧克保（郭衣洞）的《異域》（1961）。三書各以香港、越南、緬北爲背景，確能展現不同的地域風貌及政治關懷。《半下流社會》寫大陸淪陷後，一群避居香港調景嶺的難民，如何掙扎求存的故事。這些人來自不同背景，卻爲時局生計所迫，形生一「半下流」社會。全書不乏八股說教的篇章，但趙寫其中人物的種種遭遇，從鋌而走險到自甘墮落、從含冤自戕到苟且偸生，確鋪陳一觸目驚心的劫後浮世繪，煽情而不濫情，自有一自然主義特色。《紅河三部曲》則以越南爲背景，娓娓敘述一華僑子弟輾轉愛情與政治間的冒險。架構綿長、辭切情深。作爲一史詩式小說家，潘壘顯然力有未逮，但他能塑造一個有詩人氣質的主角，貫串全局，並點染異國情調，仍可記一功。

鄧克保的《異域》敘述大陸淪陷後，自黔滇撤退至緬北的一批孤軍，如何在窮山惡水的異域裡，繼續抗爭求存的經過。退此一步，即無死所，此書所展現的孤絕情境，扣人心弦；而部分角色知其不可爲而爲之的悲劇意識，比起彼時一片鼓吹反攻必勝的作品，誠屬異數。在反共文學式微之後，此書仍能暢銷不輟，除了得力於討好的戰爭場面及異鄉風情外，恐怕也正因其觸動了一輩讀者難言的隱痛吧？

在我們重審反共復國小說時，至少下列作家如陳紀瀅、潘人木、姜貴、張愛玲、司馬中原的作品，不容忽視。這些作家或以生動鮮明的人物，或以驚心動魄的情節，或以喻意深邃的視景，一抒感時憂國的塊壘。而筆鋒盡處，他們更能針對歷史的劇變、政治的遞嬗，提出一套論式，因此爲反共的前提增加了可資對話的餘地。

陳紀瀅應是當年反共作家的重鎭之一。由於他與黨政的密切關係，許多日後的批評往往因人廢言，其實並不公平[12]。陳的作品雖乏一鳴驚人式的丰采，但他經營文字場景，酣暢翔實，爲許多徒以呼口號爲能事的作家所不及。在他衆多作品中，我以爲《荻村傳》、《赤地》、《賈雲兒外傳》（1956）最值得一提。《荻村傳》以一北方農村爲背景，寫一憊懶無行的無賴傻常順兒如何藉著亂世發跡變泰，又如何難逃兔死狗烹的下場。此作上承魯迅《阿Q正傳》的傳統，看「小」人物在「大」時代中的升沈。笑謔無奈，兼而有之。陳不如魯迅般尖銳的追究國民性問題。他的關懷側重於市井人物的無知與殘酷；對他而言，這些道德上的缺陷成爲共黨得以成事的主因。《赤地》則走的是三、四十年代家族小說（如《家》、《四世同堂》）的路子。而《紅樓夢》式的人物與場景，每每呼之欲出。此作另安排一群販夫走卒旁觀書中大家族的盛衰，兼評每下愈況的國事，可見巧思。陳寫東北保衛戰的始末，極見聲勢；而他刻意凸顯家族中靈魂人物二少奶的無力回天，終以身殉的故事，則顯然是搬演反共版的王熙鳳悲劇了。

反共小說（一如大陸的革命小說），每以忠奸正邪的道德尺度，衡量意識形態的左右衝突。

陳紀瀅的《賈雲兒外傳》則另闢蹊徑，從宗教（基督教）的試煉與救贖入手，別有見地。故事中的女主角賈雲兒動心忍性，除了顯現亂世兒女的堅毅外，尤其見證了上帝選民的特殊情操。而小說終了，賈雲兒其人其事究是眞是幻，引來讀者作者及書中人物「一齊」追尋，一方面說明反共事業，人（虛構或現實）同此心，一方面已具強烈後設小說風味——我們當代的後設作家果眞其生也晚！

女作家潘人木的三部小說，《如夢記》、《蓮漪表妹》、《馬蘭的故事》都以女性在戰亂中的遭遇爲重心，鋪陳共黨禍國殃民的主題。與六十年代以後，許多女作家勇於探索筆下人物的內心世界不同，潘人木的角色並不是精雕細琢的產品。她的世界是一正宗煽情悲喜劇（melodrama）的世界，情節曲折離奇，人物錯綜複雜，點題則務求絲絲入扣。而我以爲這正是潘之所長。身陷亂離，女性所可能遭受的痛苦，尤其較男性急迫。以往女性的生活重心，從家庭到婚姻到子女，皆受到重大衝擊。潘對政治的憂思，最後即落實到這些傳統女性活動的領域。以《蓮漪表妹》爲例，潘以一對表姐妹的成長爲主線，寫表妹的醉心政治，因之墮落而幾乎百劫不復；寫表姐的安守本分，終於歷盡艱辛而倖存於紅禍。潘的政治觀也許失之單薄⑬，但她能娓娓敘述所見所思，並自其中淘揀出一套明白的道德意義，瑣細中見眞章，是當年女性文學的重要聲音。

姜貴是反共小說中的一項異數。早於抗戰末期，他已開始創作，但要到《旋風》、《重陽》等作品，他才眞正一顯所長。姜貴是忠貞的國民黨員，他爲反共而寫作的初衷，殆無疑義。何其反諷的是，他的反共作品最精采部分竟不能見知於當時的讀者。他困頓半生，日後雖得大獎（吳三連文藝獎），不免有事過境遷之憾。

姜貴作品最為人忽視的特色有二，一是他把政治情欲化，或情欲政治的傾向；一是他營造一鬼魅世界，群醜跳樑的用心。誠如夏志清教授所言，姜對共產革命者與色情狂一視同仁，因兩者皆有絕難饜足的（政治與身體）欲望，對人生百態，卻殊少同情寬貸⑭。閱過《旋風》的讀者，不會忘記其中恐怖的姦淫及性虐待場景，而《重陽》中寫同性戀、亂倫、穢物狂、窺淫癖、通姦、強暴的情節，更是前所僅見。藉此姜貴寫出了變態情欲的蠱惑與共產意識形態的信仰，如出一轍。另一方面。姜貴將他的反共故事，沈浸在荒謬怪誕的敘述中。他所預期的讀者反應，恐怕不是淚，而是笑——令人慘然、駭然的笑。⑮《旋風》、《重陽》中的角色不論正邪，都難逃墮落醜化的命運。歷史的無常，使所有的暴行或義舉皆沾染血腥的嘉年華魅影。

姜貴的立場，因此望之保守，實則激越。反共小說在醜化敵人的過程，眞能狀其邪惡者，並不多見，姜貴的作品不容輕忽。而他寫革命庸俗的一面，理想齷齪的暗流，代表其人與歷史對話的激進姿態，也間接暴露了五十年代多數反共或擁共的小說，故作「天眞無邪」的教條眞相。而他何以不受同道重視，亦可思過半矣。

反共小說的作家還應包括張愛玲。我們通常論張愛玲，多著重她寫上海繁華、人世風情的作品。事實上她的兩部反共小說，《秧歌》與《赤地之戀》，均各有可觀。《秧歌》寫農村土改、《赤地之戀》寫城市革命，雖然題材耳熟能詳，張卻能營造屬於一己的世紀末視景：穠麗卻荒涼，嘈雜卻空洞。《秧歌》描述一群農民在天翻地覆的改革中，盡其所能的適應新的環境，新的人際關係。然而他們的逆來順受終成為一種荒謬的應景演出，一場黑色的秧歌戲。張雖寫農村，卻不走以往三十年代作家故作質樸的風格。她盡情鋪張華麗的象徵場景，刻畫人物內心曲折，即對於所謂反派人物，她亦能施予有情眼光。這使全書凸現一極世故的面貌，因此獨樹一格。

但張所長的，畢竟是都市風景。《秧歌》善則善矣，仍不乏斧鑿痕跡。《赤地之戀》回到了張熟悉的上海——即便是（再度）淪陷後的上海——方才烘托出她所擅的世派兼嘲弄風格。書中的主角，進行著一場又一場的情愛徵逐，這在一個新桀的共產社會中，不啻是一種絕望的，「美麗而蒼涼」的浪漫姿勢。《傾城之戀》的時代已經落幕，面臨一個改頭換面的共和國，張的主角們不能逃避他（她）們的宿命了。當她的男主角成了韓戰戰俘，不選擇去台灣「投奔自由」，而寧願回大陸從事地下反共工作時，張道盡了她獨有的荒涼心事。反共專家固然可藉此大吹此書犧牲小我、完成大我的含意，但不知張的這樣安排，是否才眞正成就了她的小我徜徉鬼域，極自毀也極自戀的姿勢？張本人是在五十年代初才倉皇離滬赴港的，《赤地之戀》可曾寫下她個人生命中的另一可能？

近年以談玄說鬼而持續受到歡迎的司馬中原，早期也有如《荒原》般的小說，堪列反共文學的佳作。《荒原》以司馬中原所熟悉的家鄉（蘇北魯南）爲背景，自是懷鄉文學的正宗。但另一方面，他明白的在鄉土之上，架構了一國家興亡的寓言。全作上承三、四十年代作家如蕭軍（《八月的鄉村》）、端木蕻良的（《科爾沁旗的草原》）敘述農民抗暴的史詩視野，穿插司馬獨擅的傳奇風格，筆觸沈鬱，論者謂之含蘊一股「震撼山野的哀痛」⑯，誠不爲過。司馬將四十年代中期的歷史空間化，於他的荒原中介紹了日寇、共匪、農民，及流浪的中央軍數股力量，看它們如何相互爭逐，未有已時。時代考驗英雄，司馬的英雄卻不能創造時代⑰。小說結束於日軍偃退、赤禍將起之際。荒原大火，盡焚一切。撫今追昔，確令人油然而生天地不仁的慨嘆。小說最後一章卻以「這是一個結局的結局；另一個開始的開始」破題，正一語囊括了彼時所有反共小說重塑歷史，「回到」未來的主要精神。

3

在海峽兩岸交流日趨頻繁，在統獨爭辯方興未艾的今天，談反共復國文學還有什麼樣的意義呢？我們是否只能對這樣的一段文學經驗故作視而不見，或依賴「反反共」的新八股，斥爲胡言夢囈呢？反共復國小說既爲一種政治小說，自難免因意識形態而興，因意識形態而頹的命運。但口號之外，這些作品裡也銘刻上百萬中國人遷徙飄零的血淚，痛定思痛的悲憤，不應就此被輕輕埋沒。重思反共小說，我以爲它應被視爲近半世紀以來傷痕文學的第一波⑱，爲日後追憶、記述文革創傷，二二八事件、白色恐怖、兩岸探親、乃至天安門大屠殺的種種文字，寫下先例。

「傷痕」一詞，源出於七十年代末、八十年代初一段時期，大陸作家回顧文革苦難的作品。十年浩劫，忽焉已過，卻留下無數血淚往事，有待作家勉力寫出。我刻意使用「傷痕」二字來泛指國共隔海對峙後，種種記述政治盲動與劫難的文學，無非是有感於中國人因黨禍政爭所經受的苦難，豈曾因時因地而異。我絕不忽視作家創作環境的差距，及訴求動機的不同。要強調的是他（她）們在浩劫之後，努力藉虛構方式重現那不可思議、也不堪一提的史實，藉敘述力量彌補那散裂的、崩頹的血肉犧牲，其哀矜之情，應如出一轍。傷痕原是不需要專利權的。

在過去數十年的文學史中，傷痕文學式的寫作風潮一再出現，不代表作家創造力的豐沛，而代表歷史對當代中國人的殘酷；不代表文學力量的強大，而代表文字下的血腥氾濫。傷痕文學有其創作上的弔詭。我們要問文字真能「起死回生」麼?小說真能讓歷史歸零麼?還有對傷痕的傳述,也需推陳出新麼?猶記魯迅的〈祝福〉裡,祥林嫂喪夫喪子,落得以她悼亡傷逝的「故事」,一博聽者的眼淚,兼亦自遣悲懷。只是當她的故事一再重複後,竟成了鄉里的笑話,旁觀者的奇談。傷痕與表達傷痕的文學間,因此展開最無奈的循環追逐遊戲。另一方面,傷痕也可以成為意識形態文學的宣傳利器。所謂血債必須血還,反共八股所一再重複的生死亂離,是要喚起同讎敵愾的殺氣的,可為一例。但對有心的作家而言,儘管主義口號因此得以申明,他(她)終必須意識到,以文字寫作來見證傷痕,畢竟只能寫出那寫作本身的「不可能」。而我以為這是我們重估反共文學內蘊緊張性的開端。

在回顧二次大戰期間,納粹屠殺六百萬猶太人所造成的大浩劫時,法蘭克福學派大師阿多諾(Theodor Adorno)曾有名言:「在奧悉維茨(Auschwitz)集中營大屠殺後,詩不再成為可能。」⑲藉此,阿多諾強調任何「事後」的文字書寫,不足以形容「事發」時的情形於萬一;而文學作者如果霸氣十足的以權威自居,企圖為浩劫下「定論」,非但不能為受難者平反,反有成為迫害者的同謀之虞。這並不是說我們無從再判斷歷史是非的歸屬。恰相反的,作家拒絕以文字為浩劫作定論,正是因為任何定論都將「賦予」強權暴政一意義,反而歸結、了斷其歷史的罪愆。倖存者不能夠代理受難者的創傷,文學何能補償歷史的錯誤於萬一?浩劫的意義只有在我們一再「不成功」的書寫、敘述中,被不斷的重估與重寫。浩劫文學因此必須以自我質疑、否定其功能的姿態出現。⑳

從反共小說以降的傷痕文學,是有與猶裔浩劫文學可資比附之處,但至少有以下的不同。浩劫文學關係到一亡國滅種的大災難，隱含其下的國族喻意，值得重視。而回頭來看有關反共、文革、二二八、白色恐怖、及天安門事件的文學，我們不禁要慨嘆在台灣與大陸的中國人關起門來相煎相殘，眞是何其忒甚。這一場又一場主義與政權的傾軋所造成的血淚創傷，恐較日寇侵華後果，尤爲慘烈。不僅此也，傷痕文學意在療傷止痛，但卻可能以又一場意識形態之爭爲其代價。兩者的糾結，從過去到現在，能不讓人觸目驚心？以反共文學爲例，作家與政府聯成一氣，控訴共黨禍國殃民，固是良有以也。但在反共的大纛下，有多少新的傷痕被割裂？有多少異議的聲浪被消音？八十年代末期以來，見證二二八及白色恐怖的文學開始浮現，無疑成了針對反共文學遲來的對話。看藍博洲的《幌馬車之歌》、陳燁的《泥河》、陳映眞的〈山路〉這樣的作品，我們更意識到那個時代詭譎陰暗的一面，寧不令人三嘆！

彼岸的文學史論者在痛斥反共八股文學之餘，如不能對共和國文學的類似經驗多所反省，無異是五十步笑百步。罵陣四十年，是該換個調門的時候了。而另有一批以革命建國爲職志的作家與評論者，將「傷痕」當作獨門企業來經營。他們儼然把反共老手們賴以鞏固權力，消除雜音的那套寫作、敘事策略，挪爲已用。歷史的嘲弄，一至於斯！

我們在九十年代讀反共復國小說，因此不只是承認其記錄一個階段的文學及歷史經驗，也更須檢討此一文類所顯現的寫作僵局或契機。如前所述，反共小說是一種意識形態文學，也同時是一種傷痕見證文學。前者強調對政治理念作斬釘截鐵的表態，後者卻藉不斷的「延宕」歷史事件的終極意義，來「延續」我們對傷痕的警醒與反思。兩者都奠基於修辭的重複性，但其道德動機，何其不同。擺動在這兩種不同的訴求間，反共復國小說曾顯現了最好與最壞的可能，而其效應也可不斷的驗證於過去四十年來種種政治文學上。我們可以不(再)認同反共的意識形態，但卻不能看輕因之而生的種種，而非一種，血淚傷痕。明乎此，我們又怎能輕易的認為這是一種逝去的文學呢?如果我們希望在下一個世紀毋須再見到另一波的傷痕文學或意識形態小說，那麼正視反共小說的功過，正是此其時也。

註釋

①葉石濤，《台灣文學史綱》(高雄：文學界，一九八七)，頁八八—八九。黃重添等，《台灣新文學概觀》(台北：稻鄉，一九九二)，頁六九。鍾肇政，《台灣作家全集》序(台北：前衛，一九九二)，頁三。

②白少帆，《現代台灣文學史》，引自龔鵬程，〈「我們的」文學史〉，《中國時報》人間副刊(一九九三年十月一日)。

③有關五十年代反共文學的出現，可參見如司徒衛，〈五十年代自由中國的新文學〉，《文訊》，七期(一九八四年三月)，頁一三—二四；李牧，〈新文學運動歷程中的關鍵時代：試探五〇年代自由中國文學創作的思路及其所產生的影響〉，同上，頁一四四—一六一。

④李牧，頁同上。

⑤參見Susan Rubin Suleiman, *Authoritarian Fictions: The Ideological Novel as a Literary Genre* (Princeton: Princeton Univ. Press, 1983), 3－24, 149－198.

⑥Irving Howe, *Politics and the Novel* (New York: Avon, 1967), 5.

⑦如龍應台讚美張愛玲的《秧歌》，謂其反映「人類歷史」的悲劇（《龍應台評小說》（台北：圓神，一九八五），頁一〇七）。龍的品評當然有其見地。但如果張愛玲的《秧歌》超乎了政治層次，不能緊扣一時一地的意識形態訴求，作爲反共小說而言，其效果豈不大打折扣？又如前引葉石濤的評論，謂「五〇年代所開的花朵是白色而蒼涼的，缺乏批判性和雄厚的人道主義關懷，使得他們的文學墮落爲政治的附庸。」墮落爲政策的附庸，是意識形態文學最惡劣的下場。但這不表示類文學就缺乏「批判性」及「人道主義」關懷。反共八股對特定人或事的批判性豈可謂不強？而其批判的基礎往往就是標榜一己對「人道主義」、「人性」的關懷！自五四以來，批判、寫實、人道主義之類的字彙已不斷被各類作家及評者所引用，而指涉的對象往往相互衝突。在我們使用這些字彙來「批判」反共小說的同時，能不三思一己的政治立場，以免淪爲又一場政治辯論的附庸？

⑧趙滋蕃，《半下流社會》（香港：亞洲，一九五四），頁一。

⑨但反共小說也可能擔負新的意識形態任務而得持續存在。中共的革命歷史小說在革命成功後才源源出現，爲毛的繼續革命論吶喊助威，在革命成爲歷史後不斷號召革命，正是一例。見黃子平深刻的討論，〈革命歷史小說〉，《倖存者的文學》（台北：遠流，一九九一），頁二二九—二四五。

⑩張素貞，〈五十年代小說管窺〉，《文訊》，第九期，頁八八。

⑪司徒衛，〈王集叢的《中國文藝問題》〉，《書評續集》（台北：幼獅，一九六〇），頁一一。

⑫彭瑞金，《台灣文學運動四十年》（台北：自立，一九九一），頁七〇。

⑬見拙作〈蓮漪表妹：兼論三〇到五〇年代的政治小說〉，《小說中國》（台北：麥田，一九九三），頁七一—九四。

⑭C. T. Hsia, *A History of Modern Chinese Fiction* (New Haven: Yale Univ. Press, 1971), 558, 560.

⑮同上。亦見拙作，〈小說，淸黨，大革命〉，《小說中國》，頁四〇—四一。

⑯齊邦媛，〈震撼山野的哀痛：司馬中原的《荒原》〉，《千年之淚》（台北：爾雅，一九九〇），頁七五—八八。

⑰見拙作，〈鄉愁的超越與困境：司馬中原與朱西甯的鄉土小說〉，《小說中國》，頁二七九—二八五。

⑱傷痕文學以盧新華的小說〈傷痕〉（一九七八）而得名，指稱大陸文革後，作家揭露十年浩劫血淚的作品。本文擴大其意義，用以泛指一九四九年以來，海峽兩岸各時期見證政治動亂及迫害的文學。

⑲Theodor Adorno, "Affter Auschwitz"(1949), "Meditations on Metaphysics," in *Negative Dialectics*, trans. E. B. Ashton (New York: Continuum, 1973), 362.

⑳參見 Shoshana Felman and Dori Laub, *A Testimony: Crisis of Witnessing in Literture, Psychoanalysis, and History*. (New York: Routledge, 1992), 12–56.

六十年代現代主義文學？

柯慶明

1

是否在「閏秒」的年代裡，時間顯得特別迫促？還是早就習慣於在國際貿易體系中，長年和流行的短暫季節作日光的競賽？我們的文學史的觀照，越來越行縮短，恐怕十年都要成為一個漫長的世代了。但弔詭的是，作家的壽命，包括生理的與寫作的，卻越來越長。令我們不安的是，我們好不好只是切取他們的寫作與人生於某一個短短的五年或十年，然後就將他們投入歷史暗處的垃圾箱？所謂六十年代作家，今天又有那些人，眞的不在，或者是不寫了？並且可能反而是更成熟了。那麼爲什麼我們只該談論他們初露頭角時的少作，而非更加圓融成熟的近作？這是不是另一種「青春的崇拜」?還是對於銷售市場之流行的捕風捉影?因此,對於習慣於探討、講授動輒三四千年的中國文學史的人而言,被指派撰寫一篇「六十年代現代主義文學」的論述,首先就有難以適應的「時差」問題。

其次,「現代主義」在西方,不但有它一定的時空指涉,而且更有其前後銜接的文化傳統轉換與開展的意義。一方面它代表一次世界大戰前後起,對於西方文藝傳統與布爾喬亞社會的深切質疑,所激發的一系列的對於人類生存的眞實處境,在解構了啓蒙時代的理性、人本的神話之後的,重行發現與詮釋;它的種種策略與效果,正來自它的對於西方既有傳統的深質與力抗,並且亦因此而形成了與所謂「後現代」的差異。但是自有三四千年文學傳統的中國,並不具有這種自希臘、羅馬、中世紀以降,以至文藝復興、啓蒙時代、工業革命、甚至浪漫主義等等的文化背景,因此既無這套特殊文化價值面臨崩潰的危機意識,更無所謂布爾喬亞的自滿文化的可以顚覆與震撼。對於我們而言,「上帝」,早在荀子寫〈天論〉或司馬遷寫〈伯夷列傳〉時,就已經「死亡」了。從老子的「天地不仁」,孟子的「率獸食人」,以至王安石的「天下紛紛經幾秦」,我們亦有足夠的歷史證言與經驗,確認這種感受。我們會有西方人在初聆尼采宣布,並在兩次大戰中印證:「上帝死亡」的那種悲愴與失落嗎?假如我們從來就不特別重視宇宙與人生的種種變化,有其不可變易的理性規律與奧秘神意的存在,更不以內在統一,邏輯發展作爲文本結構的基礎;對一個充斥著詩話與筆記的寫作傳統,所謂:即興、片斷、以至詭異、怪誕等等的文體與表現,眞的足使我們驚異或震恐?還是習以爲常而已?

那麼所謂:「六十年代現代主義文學」的「現代主義」又是什麼意思呢?

2

一九五三年二月，紀弦在《詩誌》停出後，籌畫主編的《現代詩》季刊問世，並在其宣言中強調：

我們認為，一切文學是時代的。唯其是一時代的作品，才會有永久的價值。這就是說，對於詩的社會意義和藝術性，我們同樣重視；而首先要求的，是它的時代精神的表現與昂揚，務必使其成為有特色的現代的詩，而非遠離著今日之社會的古代的詩。更不應該是外國的舊詩！

要的是現代的。我們認為，在詩的技術方面，我們還停留在相當落後十分幼稚的階段，這是毋庸諱言和不可不注意的。唯有向世界詩壇看齊，學習新的表現手法，急起直追，迎頭趕上，才能使我們的所謂新詩到達現代化。而這，就是我們創辦本刊的兩大使命之一。另一個更重大的使命是反共抗俄，……

雖然詩刊的名稱，已由「新詩」進而轉換爲「現代詩」，但強調的其實是「新詩」的「現代化」，並未明顯的標榜「現代主義」。它的整套意理，其實與胡適的「建設的文學革命論」的強調：「第一、中國文學的方法實在不完備，不夠作我們的模範。」「第二、西洋的文學方法，比我們的文學，實在完備得多，高明得多，不可不取例。」因而主張：「如今且問，怎樣預備方才可得著一些高明的文學方法?我仔細想來,只有一條法子:就是趕緊多多的翻譯西洋的文學名著做我們的模範。」是如出一轍的。所謂「向世界詩壇看齊」,自然指的不是印度,或菲律賓的詩壇,而是歐美。這基本上是技術後進國家,向技術先進國家,學習其「技術」,即爲所謂的「現代化」的一種素樸的想法,向文藝領域的延伸。所以,雖然強調「有特色的現代的詩」與「時代精神的表現與昂揚」,但無形中卻以「技術」、「新的表現手法」爲「時代精神」或「現代」的「特色」的表徵。自然除了歐美的先進國家,其他技術落後的國家遂亦不可有其獨自的「時代精神」,更不許其獨特的「時代精神」,作「有特色」的「表現與昂揚」了!

但是,此時的紀弦,所強調的「現代的」,似還不具所謂的「現代主義」的意涵,在一九五五年編成,五六年出版的《新詩論集》中,他在一篇題爲〈一切文學是「現代的」〉的文章中,強調:「一切文學尤其是詩,必須是在產生該作品的時代成其爲『現代的』。否則非詩;亦不得歸屬於文學的任何一個族類裡去。凡摹倣前人的,就是不創造的,也就是不文學的。」因而提出了如下的警句:

> 唯其是「現代的」,才有其永久性,唯其是「摩登的」,方得列入古典。

並且論以《離騷》之爲古典,正在不步三百篇的後塵,而是「獨創的,是在他的那個時代成其爲『現代的』」,《神曲》之爲古典,正由於「在但丁的那個時代,它是完全『摩登的』,空前的獨創的」,因而接著強調李白、杜甫、拜倫、雪萊、波特萊爾、象徵派,以至「唐詩、宋詞、元曲，都是在它們的時代成其爲『現代的』，所以其中的傑作，便成爲中國文學之古典了」。

這篇文章辯護「現代的」的策略，顯然和胡適的《白話文學史》辯稱一切好的文學皆是「白話的」，同一機杼。但其立場，卻與晚明性靈派所主張的：

> 曾不知文準秦漢矣，秦漢人曷嘗字字學六經歟？詩準盛唐矣，盛唐人曷嘗字字學漢魏歟？秦漢而學六經，豈復有秦漢之文？盛唐而學漢魏，豈復有盛唐之詩？唯夫代有升降，而法不相沿，各極其變，各窮其趣，所以可貴，原不可以優劣論也。（袁宏道〈小修詩叙〉）
>
> 故善畫者，師物不師人；善學者，師心不師道；善為詩者，師森羅萬象，不師先輩；法李唐者，豈謂其機格與字句哉？法其不為漢，不為魏，不為六朝之心而已，是真法者也。是故滅竈背水之法，跡而敗，未若反而勝也。夫反，所以跡也。今之作者，見人一語肖物，目為新詩；取古人一二浮濫之語，句規而字矩之，謬謂復古：是跡其法，不跡其勝者也，敗之道也。（袁宏道〈叙竹林集〉）

基本上是同一種立場，同一種側重文藝的「時代性」、「創新性」的態度。所以，紀弦的接著提出，與公安派的「獨抒性靈，不拘格套」的主張近似的：「內容決定形式，氣質決定風格」的說法，來爲新詩的「正路」，「必須使用自由詩的形式」作辯解，也就無足爲怪了！

但是這篇文章的重要性，卻還不只在對於「現代的」的鼓吹，而是提出了，一如艾略特〈傳統與個人才具〉一文所主張的「現代」與「古典」必須有別，但卻相容，甚至互補相成的觀念。「古典」之所以爲「古典」，正因爲它們都是在其各自的時代，「成其爲『現代的』」，並且是「其中的傑作」，因而「便成爲中國文學之古典了」。這顯然和陳獨秀〈文學革命論〉所謂：「際茲文學革新之時代，凡屬貴族文學、古典文學、山林文學，均在排斥之列」，以爲「古典文學，鋪張堆砌，失抒情寫實之旨也」的理解和態度，迥然不同。因此，自清季維新運動以來的，一連串關於「新」的訴求：新民、新政治、新中國、新小說、新文化、新青年、新潮、新詩、新生活……等等，在凡有求「新」之際，必然反「舊」的，「新」「舊」互斥的假定；在漸漸使用「現代」，甚至「現代化」來代替「新」的強調時，就慢慢滲入「現代」與「傳統」有別，但卻同時具有連續與發展的相容性；因而進一步就轉化爲「現代」與「古典」爭勝而不妨相成，甚至相得益彰的理解。這種觀念與態度，當然不是紀弦所獨創，甚至獨具。因此這篇文章在當時究竟有何影響，亦殊可懷疑；但是作爲時代精神轉移的指標，卻是一個方便的參考與信息。

畢竟，自晚清以來，以「新」「舊」爲名所造成的對立與衝突，也太久了，久到所有當年的「新」都不免要顯得陳「舊」不堪了。同時以「立新」「破舊」爲宗旨的革命，由政治、社會、以至文學的各種「革命」，所造成的破壞與傷害，也夠慘烈與全面了。也許，革命與救國的破壞的時期終該告一段落，而該是開始建設的時候了：當時台北市的三個男子中學，被分別命名爲：「建國」、「成功」、「和平」，多少也透露出這種心理消息來。身爲「成功」中學歷史教師的紀弦，當不致全無感應吧！

在要求革命破壞之際，「新」「舊」的對立，似乎是最有力的修辭（北宋的慶曆新政、熙寧新法，亦何嘗不然），但是若從建設，尤其在一片廢墟中的重建，「現代」與「古典」的爭勝互補，似乎是更有效的鼓舞。整個五十年代到七十年代，台灣社會各方面的包括政治、經濟、文化等等的「現代化」運動，其實流貫的正是這種日益珍視古典，但卻力求現代的精神趨向。所以，余光中得了文藝協會的新詩獎，所撰的自述寫詩經過的文章，即名爲〈從古典詩到現代詩〉，而引杜甫詩「但覺高歌有鬼神，焉知餓死塡溝壑」爲副題。文中強調的正是：「反叛傳統不如利用傳統」，「對於傳統，一位眞正的現代詩人應該知道如何入而復出，出而復入，以至自由出入」。

一九六一年七月，余光中一方面總結暫告一段落的「中西文化論戰」，一方面根據方興未艾的包括：現代詩、現代畫、現代音樂等五六年前即已展開的現代文藝運動，寫了一篇〈迎中國的文藝復興〉（一如當年反省五四的李長之），引王維詩「行到水窮處，坐看雲起時」爲副題，明白的主張：

> 中國現代文藝如有大成之一日，那必是在作品中使東西文化欣然會合之時。到那時，不但現代文藝運動成功，且亦實現了我們的文藝復興，對我們的古典文藝，對五四的新文藝，也才算有了一個交代。
>
> 因此，我們的理想是，要促進中國的文藝復興，少壯的藝術家們必須先自中國的古典傳統裡走出來，去西方的古典傳統和現代文藝中受一番洗禮，然後走回中國，繼承自己的古典傳

統而發揚光大之，結果是建立新的活的傳統。換言之，我們從長安去巴黎，目的地並非巴黎。巴黎只是中途的一站，我們最終的目的地仍是中國。我們也許在巴黎學習冶金術，但真正的純金仍埋藏在中國的礦中，等我們回來採鍊。

雖然余光中的「冶金術」與「金礦」之喻，仍然因襲了胡適的向西洋學習「文學方法」，以及紀弦的「向世界詩壇看齊」，學習「詩的技術」、「新的表現手法」的想法。但畢竟肯定了「純金仍埋藏在中國的礦中」，強調了「繼承自己的古典傳統而發揚光大之」，因而期待的是「中國的文藝復興」，是「建立新的活的傳統」，他在文首預言：「一九六二年的文化界是多采多姿的。」

這種古典／現代；或者傳統／現代的理念下的宣揚「現代」，就是「六十年代的現代主義」嗎？

3

一九五六年一月十五日由紀弦發起，經九人籌備委員會籌備的現代派詩人第一屆年會，在台北舉行，宣告現代派的正式成立，在二月一日公布現代派詩人群名單有八十三人，在四月三十日公布的第二批名單有十九人。同年二月出版的《現代詩》季刊第十三期封面上，則刊出「現代派的信條」：

第一條：我們是有所揚棄並發揚光大地包容了自波特萊爾以降一切新興詩派之精神與要素的現代派之一群。

第二條：我們認為新詩乃是橫的移植，而非縱的繼承。這是一個總的看法，一個基本的出發點，無論是理論的建立或創作的實踐。

第三條：詩的新大陸之探險，詩的處女地之開拓。新的內容之表現，新的形式之創造，新的工具之發見，新的手法之發明。

第四條：知性之強調。

第五條：追求詩的純粹性。

第六條：愛國。反共。擁護自由與民主。

紀弦並在〈現代派信條釋義〉一文中解釋第一條，說：

正如新興繪畫之以塞尚為鼻祖，世界新詩之出發點乃是法國的波特萊爾。象徵派導源於波氏。其後一切新興詩派無不直接間接蒙受象徵派的影響。這些新興詩派，包括十九世紀的象徵派、二十世紀的後期象徵派、立體派、達達派、超現實派、新感覺派、美國的意象派、以及今日歐美各國的純粹詩運動，總稱為「現代主義」。我們有所揚棄的是它那病的、世紀末的傾向：而其健康的、進步的、向上的部分則為我們所企圖發揚光大的。

顯然紀弦心目中的「現代主義」的涵意是相當寬泛而且模糊的，因爲它「包容了自波特萊爾以降一切新興詩派之精神與要素」，在這種意義下，所謂的「現代主義」的「時間性」或「時代性」的意義，就要遠遠大於具體的「精神與要素」了。尤其這「一切新興詩派之精神與要素」，能不能再用「知性之強調」與「追求詩的純粹性」來完全加以規範，事實上不免於一廂情願。相同的一廂情願，亦見於他的要「揚棄的是它那病的、世紀末的傾向；而其健康的、進步的、向上的部分則爲我們所企圖發揚光大」的主張。假如「現代主義」可以被冠以「病的、世紀末的傾向」，那麼它又如何可以被分割或抽離出「健康的、進步的、向上的部分」來？而不論是「知性之強調」或「追求詩的純粹性」，其實都無關於是否「病的」或「健康的」，「世紀末的」或「進步的、向上的」，那是兩種不同範疇的理念，彼此並不能相涉。

同樣的，一旦作了「知性之強調」與「追求詩的純粹性」的限制，則所謂「詩的新大陸之探險，詩的處女地之開拓」，新的「內容」、「形式」、「工具」、「手法」等等的追求，事實上都受侷限。尤其「自波特萊爾以降，一切新興詩派之精神與要素」，是否就不算已陳之芻狗，而完全符合，他在解釋第三條所強調的：「我們認爲新詩，必須名符其實，日新又新。詩而不新，便沒有資格稱之爲新詩。所以我們講究一個『新』字」的要求？只從「新」字去講究，則誰「新」誰「舊」，就完全是相對性的。對誰而「新」，對那個傳統而言是「新」的？事實上就會有完全不同的理解。當他在第二條主張「橫的移植」時，許多對於西方的傳統而言，是「新」的精神與要素，但對於中國或東方的傳統而言，其實是「陳舊」的；反而從西方傳統而言是「陳舊」的事物，對於中國卻眞反而是「新奇」的。整個的問題是紀弦等人，未必眞的深入的瞭解西洋文學的大傳統，更談不上瞭解中國自詩經以降的詩歌的大傳統。當他或者談「古典」而只及於「李白、杜甫」，「唐詩、宋詞、元曲」，或者言「國粹」只涉指「唐詩、宋詞之類」，反映的正是他對於漢魏六朝，以及宋元清詩的全然無知。至於「唐詩」；他對四唐詩之差異與演變，「宋詞」，他對晏歐、蘇辛、柳周、姜張，以至吳文英、王沂孫等人的作品與風格上的演變與開拓，有多少的瞭解，亦殊可懷疑。所以同是「現代派」的九人籌備委員會的林亨泰，就在「現代詩」季刊第十八期，發表了一篇〈中國詩的傳統〉，以爲中國詩的傳統：「㈠在本質上，即象徵主義，㈡在文字上，即立體主義，因此，他認爲『現代主義即中國主義』」。

針對著紀弦的〈現代派信條釋義〉，尤其是第一條的提倡所謂「現代主義」，第二條的主張「新詩乃是橫的移植」，第四條的「知性之強調」，以及第五條的「追求詩的純粹性」，覃子豪在一九五七年《藍星詩選》獅子星座號，發表了〈新詩向何處去？〉，首先反對「中國新詩是吸收了西洋詩的營養而長成、壯大，是世界詩壇之一環；因而世界詩壇的方向，便是中國新詩的方向」，認爲：

> 中國新詩之向西洋詩去攝取營養，乃為表現技巧之借鏡，非抄襲其整個的創作觀，亦非追隨其蹤跡。技巧之借鏡，無時空的限制，無流派的規範。其目的在求新詩有正常之進步與發展。

因此強調：「中國新詩應該不是西洋詩的尾巴，更不是西洋詩的空洞的渺茫的回聲，而是中國新時代的聲音，眞實的聲音。」因而質疑：「若全部爲『橫的移植』，自己將植根於何處？」以爲：「外來的影響只能作爲部分之營養，經吸收和消化之後變爲自己的新血液。新詩目前極需外來的影響，但不是原封不動的移植，而是蛻變，一種嶄新的蛻變」。所以接著強調，「理性與知性可以提高詩質，使詩質趨醇化」，但若要「表現出詩中的含意」，卻「非藉抒情來烘托不可」，「最理想的詩，是知性和抒情的混合產物」，因此接著提出：「凡屬具有永恆性的藝術，必蘊蓄著人生的意義」；詩必須成爲「作者和讀者溝通心靈的橋樑」，「詩人的目的，是在和讀者作心靈的共鳴，和讀者共享神聖的一刻」，因此反對非由本質而徒具外觀的晦澀；詩的「生命是完整的」，必須出以「完美之表現」，「瑣屑、零亂的表現」，「那是殘缺的，斷片的」，「局部誇張，是畸形的發展」；須「尋求詩的思想的根源」，「思想是詩人從現實生活感受中所形成的人生觀和世界觀」，「所謂理性與知性」，其意義正在「對人生的探索，理想的追求」；以及「從準確中求新的表現」與「風格是自我創造的完成」等論點，尤其最後一點，他強調：

風格在個人來說，是人格的代表，也是一個人精神的超越的表現。在一個民族來說，是一個民族氣質，精神的代表，也是一個民族氣質，精神的超越的表現。在一個時代來說，是一個時代精神的代表，也是一個時代精神超越的表現。時代風格，就是超越了舊傳統的新風格。民族風格，就是超越了民族古老氣質的新風格。個人的風格，就是超越了現實中的舊我的新風格。而這新風格要在自我創造中求完成，和個人氣質，民族氣質，時代精神不可分割的。

在這一段話裡，覃子豪一方面肯定了藝術品所賦形的美感經驗，來自創作者的現實經驗。因此在某種意義上反映了創作者的生活狀態，以至生命型態，可以視爲是其「人格」的「代表」；但另一方面更重要的，卻是美感經驗，或者說賦形呈現於藝術品的「內容」，也就是與「形式」結合後，所形成的整體「風格」，則已非現實經驗，甚至已非現實中的自我——他稱之爲「現實中的舊我」——而是其超越，因而也就是「一個人精神的超越的表現」，是以創作者在藝術中昇華了自我，也在藝術品的創造中，創造了一個嶄新的自我，因此作爲統一了形式與內容的作品的「風格」，一種精神的實體與面貌，也就可以視爲是「自我創造的完成」。同時，這種「反映」與「昇華」，「代表」與「超越」的有關「自我」與「風格」的辯證關係，又可以同時應用到「個人」、「民族」與「時代」的層面上。在這種應用的推擴之際，覃子豪其實是提出了一個「民族」，以至一個「時代」的「主體性」的概念。這也就是他所以強調：「無庸否認一個新文化之產生，除了時代和社會爲其背景外，外來文化的影響亦爲其重要的因素。但應以自己爲主。」的基本立場。

同時，由於提出的不僅是「民族」的「主體性」，還更是「時代精神」的「主體性」，因而相對於「傳統」，也就更有了「相承」而「超越」的辯證的關係，或者說類似現實經驗爲藝術經驗的「創造」所「超越」、所轉化，但確爲其材料，其基礎，也就是「營養」與「吸收和消化之後變爲新血液」的「蛻變」、「嶄新的蛻變」中「自我創造的完成」的關係。因此，這一方面類似於我們在第二節所討論過的「古典／現代」或者「傳統／現代」的理念，但是在其提出的時候，卻有了更爲深入的闡釋，更深刻的理解。並且，由於「個人」是單一的「主體」，可以有完整統一的「自我」，所以，他以「人格」論個人的「風格」。但是「民族」，作爲集體的「主體」，它的「主體性」卻是多元、多面、多「自我」的，因此，只能以共同或近似的「氣質」，而非以具體的「人格」，來理解與掌握。在強調：「風格，……在一個民族來說，是一個民族氣質，精神的代表，也是一個民族氣質，精神的超越的表現」之際，似乎他正以子之矛，攻子之盾的以紀弦的「氣質決定風格」的理念，來凸顯「民族主體性」的不可否定與喪失。但是「氣質決定風格」的主張，其實是一種強調表現個性的浪漫理念；而「民族氣質，精神的超越的表現」，「民族風格，就是超越了民族古老氣質的新風格」，則顯然具有「克己復禮」或「詩者，持也。持人情性」的古典程序與「開物成務」的創新精神。

因此，結果非常顯然：主張「知性之強調」與「追求詩的純粹性」的紀弦的詩作，卻一再的反映了「氣質決定風格」，寫出了〈狼之獨步〉的狂想「以數聲悽厲已極之長嗥」，「使天地戰慄如同發了瘧疾」，而強調「這就是一種過癮」；或者〈在禁酒的日子〉，「把那些喝空了的瓶」，「又對準了水泥牆，離遠些，使勁地」，「一隻隻，一雙雙拋擲過去」，「使發出乒乓劈拍之聲——」，而宣稱：「不也是一種大大的過癮嗎？」的這種一再的以「過癮」作結的，宣洩無聊無賴情緒的「新」抒情詩（其實是「元曲」風的）。而在當時，寫下像〈瓶之存在〉：

不是偶像，沒有眉目
不是神祇，沒有教義

是一存在，靜止的存在，美的存在
而美形於意象，可見可感而不可確定的意象
是另一世界之存在
是古典、象徵、立體、超現實與抽象
所混合的秩序、夢的秩序
誕生於造物者感興的設計
顯示於渾沌而清明，抽象而具象的形體
存在於思維的赤裸與明晰

這樣的主要以「知性」所構築的詩作來的，反而是覃子豪。在上引節錄的段落中，覃子豪以「瓶」為「象」，指出它同時具有了「古典、象徵、立體、超現實與抽象」等「秩序」，承認此「秩序」是「夢」，是「感興」，但仍然是「秩序」與「設計」，他一方面詮釋了「現代主義」的諸流派中，他個人的選取，一方面眞正被排除或者省略的，卻反而是浪漫主義的個人情緒的宣洩。同時，該詩以：

似坐著，又似立著
禪之寂然的靜坐，佛之莊嚴的肅立
似背著，又似面著

背深淵而面虛無
背虛無而臨深淵
無所不背，君臨於無視
無所不面，面面的靜觀
不是平面，是一立體
不是四方，而是圓，照應萬方
圓通的感應，圓通的能見度
是一軸心，具有引力與光的輻射

起始，不但用了「禪」、「佛」、「靜觀」、「圓通」等東方的思維與理念；更基本的，在它近似「弔詭」的「矛盾語法」（The Language of Paradox）的底層，是中國詩歌的「對句」或「對比」的思維形式。這不正是或多或少的實現了，余光中所期待的「在作品中使東西文化欣然會合」呢？

由於覃子豪在〈新詩向何處去？〉的質疑，不但引起了紀弦接著撰寫〈從現代主義到新現代主義〉、〈對於所謂六原則之批判〉等文，引發了覃、紀二人的論戰，事實上也擴大爲「現代詩社」與「藍星詩社」之間的論爭。但是誠如前引詩例可以見到的，詩人們的「詩」之創作，並不一定與他們的「散文」的論說一致。雖然「現代派信條」的第二條，強調了：「新詩乃是橫的移植，而非縱的繼承」，在當時的創作，最充分利用中國傳統的意象與情韻，作爲想像的基底的，仍屬現代派九人籌備委員會的鄭愁予，像〈殘堡〉的：

百年前英雄繫馬的地方
百年前壯士磨劍的地方
這兒我黯然地卸了鞍
歷史的鎖啊沒有鑰匙
我的行囊也沒有劍
要一個鏗鏘的夢吧
趁月色，我傳下悲戚的「將軍令」
自琴弦……

這樣的段落，更不用提他的〈錯誤〉或〈情婦〉等詩，其婉約與抒情，其實更在徐志摩的某些詩作之上。所以，在《現代詩》復刊第二十期，「四十週年專輯」上鄭愁予要重提「氣質決定內容，內容決定形式」，而要強調的卻是：

這前後期的現代詩人群，從他們的作品和交往中，我發現有顯著的共同基因，那就是他們的氣質極為接近——寫詩不以做詩人為目的卻生活得實實確確是詩人。

即使是紀弦的〈四十年前〉的回顧的文章，提到他自己寫於一九四七年的〈詩的滅亡〉與一九五三年的〈詩的復活〉，強調的是「農業社會有農業社會的詩，那是昨天的；工業社會有工業社會的詩，這是今天的。」「新詩之所以新，除了工具、形式、題材、手法之必須新，更重要的是：意識形態的新，思想觀念的新。必如此，方足以言新詩，方足以言新詩的現代化」，他以爲自己在「詩的滅亡」中反映的是「一種反二十世紀文明的意識形態」，他「詩的復活」中終於「把它的偏差給糾正了過來」了。但不論是前者的：

便是「舉杯」在手，
也覺得頭頂上的「明月」，
不過是個衛星，
有什麼值得「邀」的？

或者是後者的：

被工廠以及火車、輪船的煤煙燻黑了的月亮
　不是屬於李白的；
而在我的小型望遠鏡裡：
上弦、下弦，

時盈、時虧，
或是被地球的龐大的陰影偶然而短暫地掩蔽了的月亮
也不是屬於李白的。
李白死了，月亮也死了，所以我們來了。

其實整個的詩意結構，都建立在傳統的神話性的「明月」與現代的科學性的「衛星」，在觀感心情上的差異與對比上，正是一如崔護「題昔人所見處」的「去年今日此門中，人面桃花相映紅；人面不知何處去，桃花依舊笑春風」的示意結構（傳統絕句最典型的示意結構），而且貫穿二首詩作全篇的，全是李白詠月詩的影子！那裡見到「自波特萊爾以降一切新興詩派」的影子？在一篇回顧自己提倡現代派、現代詩的紀念文字中，所特別徵引的竟然是這樣的兩首詩，我們似乎也不妨反問：這是「橫的移植」？還是「縱的繼承」？還是「氣質決定內容」，每個人寫每個人自己的詩？

4

一九六〇年三月五日《現代文學》雙月刊第一期，在台北出版。〈發刊詞〉上寫著：

本刊是我們幾個青年人所創辦的。創辦的動機一是我們對中國文學前途的關心。二是我們在這幾年來一直受著對文學熱愛的煎磨和驅促。……

我們願意《現代文學》所刊載的不乏好文章。這是我們最高的理想。我們不願意為辯證「文以載道」或「為藝術而藝術」而化篇幅，但我們相信，一件成功的藝術品，縱使非立心為「載道」而成，但已達到了「載道」目標。

我們打算分期有系統地翻譯介紹西方近代藝術學派和潮流，批評和思想，並盡可能選擇其代表作品。我們如此做並不表示我們對外國藝術的偏愛，僅為依據「他山之石」之進步原則。

我們不想在「想當年」的癱瘓心理下過日子。我們得承認落後，在新文學的界道上，我們雖不至一片空白，但至少是荒涼的。祖宗豐厚的遺產如不能善用即成進步的阻礙。我們不願被目為不肖子孫，我們不願意呼號曹雪芹之名來增加中國小說的身價，總之，我們得靠自己的努力。

我們感於舊有的藝術形式和風格不足以表現我們作為現代人的藝術情感。所以，我們決定試驗，摸索和創造新的藝術形式和風格。我們可能失敗，但那不要緊，因為繼我們而來的文藝工作者可能會因為我們失敗的教訓而成功。……

我們尊重傳統，但我們不必模倣傳統或激烈的廢除傳統。不過為了需要，我們可能做一些「破壞的建設工作」（Constructive Destruction）。

對於國家，我們有傳統中國知識分子的熱愛，甚至過而遠之。我們有生而為中國人的光榮驕傲，儘管我們的國家今天正處於存亡絕續之秋，但我們的驕傲中有著沉痛的自責。讓我們——中國的知識分子——鞭策自己吧！

即使就以上節錄的片斷，我們已經可以看出這份名爲《現代文學》的文學雜誌，其實有著極爲濃重的「中國」意識：創辦的動機，首先是爲的「對中國文學前途的關心」。接著談「一件成功的藝術品」，即「已達到了『載道』目標」，強調的正是「文以載道」傳統的新詮釋。再則談到「祖宗豐厚的遺產如不能善用即成進步的阻礙。我們不願意被目爲不肖子孫」，以至歸結到「我們尊重傳統」，「有生而爲中國人的光榮驕傲」，並要以「中國的知識分子」的自覺，「鞭策自己」！〈發刊詞〉提到二個人名：曹雪芹，代表中國小說過去的成就；胡適，作爲倡導白話文和新詩的歷史「先驅者」，關懷的正全部是「縱的繼承」的問題！所以，對於「決定試驗，摸索和創造新的藝術形式和風格」，並不特別求其成功，反而是「因爲繼我們而來的文藝工作者可能會因爲我們失敗的教訓而成功」，因而，「我們希望我們的試驗和努力得到歷史的承認」。（一如胡適的以「先驅者」的歷史價值，而非所寫的是最好的白話文和新詩，得到承認。）

假如其中有可能和「現代主義」這個觀念發生關連，除了名稱是《現代文學》外，恐怕是「打算分期有系統地翻譯介紹西方近代藝術學派和潮流，批評和思想，並盡可能選擇其代表作品」的構想有關。因此到一九七三年九月五十一期止，「現代文學」雜誌先後以專輯的方式介紹了 Franz Kafka, Thomas Wolfe, Thomas Mann, Archibald Macleish, James Joyce, D. H. Lawrence, Virginia Woolf, K. Anne Porter, F. Scott Fitzgerald, Jean－Paul Sartre, Eugene O'Neil, William Faulkner, John Steinbeck, W. Butler Yeats，橫光利一，August Strindberg, T. S. Eliot, J. Ramon Jimenez, Albert Camus, Ernest Hemingway, Sherwood Anderson, Andre

Gide, Samuel Beckett, Henry James，與大島渚等外國作家和作品，並旁及古希臘二大悲劇家，以及佛洛依德與心理分析。這些作家與作品，固然都是近代的名家，是否可以用「現代主義」一詞來加以涵蓋，亦不免大成問題，而且譯介，終究不等於創作。這些譯介，對於當時的創作者究竟有何影響，實在亦很難評量。在這些外國作家作品的譯介的同時，《現代文學》並先後於第三十三期推出「中國古典文學研究專號」，第四十四期、四十五期推出「中國古典小說研究專號」，第四十六期推出「現代詩回顧專號」，並自第三十五期起，一直維持刊出近四分之一篇幅的「中國古典文學研究專欄」。那麼〈發刊詞〉的：「我們如此做並不表示我們對外國藝術的偏愛，僅為依據『他山之石』之進步原則」，則似乎是言而有徵的。

假如《現代文學》雜誌，可以和「六十年代現代主義」發生牽連，可能就在於「我們感於舊有的藝術形式和風格不足以表現我們作為現代人的藝術情感。所以，我們決定試驗，摸索和創造新的藝術形式和風格」，「為了需要，我們可能做一些『破壞的建設工作』」的主張與實踐上。並且誠如〈發刊詞〉特別在「我們不願呼號曹雪芹之名來增加中國小說的身價」下，強調：「總之，我們得靠自己的努力」，這種試驗、摸索、創新特別集中在小說的寫作上。因此，早在「現代文學」還在刊行的前期，就首先單獨的出版了一本《現代小說選》，在五十二期休刊後，又出版了《現代文學小說選集》。白先勇在為這個選集所寫以代序的〈「現代文學」的回顧與前瞻〉上特別強調：

《現文》最大的貢獻，在於發掘培養台灣年輕一代的小說家。這本選集中三十三篇小說，大多傑出，可以稱為六十年代台灣小說的優秀典例。……綜觀選集中三十三篇作品，主題內容豐富而多變化，有研究中國傳統文化之式微者，如（朱西甯）〈鐵漿〉、（白先勇）〈遊園驚夢〉；有描寫台灣鄉土人情者，如（王禎和）〈鬼·北風·人〉，陳若曦的〈辛莊〉，林懷民的〈辭鄉〉，嚴（曼麗）的〈塵埃〉；有刻劃人類內心痛苦寂寞者，如水晶的〈愛的凌遲〉，歐陽子的〈最後一節課〉；有研究人類存在基本困境者，如（叢甦）〈盲獵〉，（奚淞）〈封神榜裡的哪吒〉，施叔青的〈倒放的天梯〉。有人生啟發故事（initiation stories），如王文興的〈欠缺〉；有讚頌人性尊嚴者，如（陳映真）〈將軍族〉，（黃春明）〈甘庚伯的黃昏〉；還有描述海外中國人的故事：如於梨華的〈會場現形記〉，吉錚的〈偽春〉。三十三位作家的文字技巧，也各有特殊風格，有的運用寓言象徵，有的運用意識流心理分析，有的簡樸寫實，有的富麗堂皇，將傳統溶於現代，借西洋揉入中國，其結果是古今中外集成一體的一種文學，這就是中國台灣六十年代的現實，縱的既繼承了中國五千年沉厚的文化遺產，橫的又受到歐風美雨猛烈的沖擊，我們現在所處的，正是中國幾千年文化傳統空前劇變的狂飆時代，而這批作家們，內心是沉重的、焦慮的。求諸內，他們要探討人生基本的存在意義，我們的傳統價值，已無法作為他們對人生信仰不二法門的參考，他們得在傳統的廢墟上，每一個人，孤獨的重新建立自己的文化價值堡壘，因此，這批作家一般的文風，是內省的，探索的，分析的；然而形諸外，他們的態度則是嚴肅的，關切的，他們對於社會以及社會中的個人有一種嚴肅的關切，這種關切，不一定是五四時代作家那種社會改革的狂熱，而是對人一種民胞物與的同情與憐憫

——這，我想是這個選集中那些作品最可貴的特質，也是所有偉大文學不可或缺的要素。在這個選集中，我們找不出一篇對人生犬儒式的嘲諷，也找不出一篇尖酸刻薄的謾罵。這批作家，到底還是受過儒家傳統的洗禮，文章以溫柔敦厚為貴。六十年代，反觀大陸，則是一連串文人的悲劇，老舍自沉於湖，傅雷跳樓，巴金被迫跪碎玻璃，丁玲充軍黑龍江，迄今不得返歸，沈從文消磨在故宮博物館，噤若寒蟬。大陸文學，一片空白。因此，台灣這一線文學香火，便更有興滅繼絕的時代意義了。

白先勇的這篇代序，寫於一九七七年二月，上引的這段話，雖然因爲題爲〈「現代文學」的回顧與前瞻〉，夾纏在一大段的對於籌辦、支撐《現代文學》雜誌的回憶，以及由停刊的悵惘與復刊的期盼當中，不易受到學術界的重視，其實確是關於台灣六十年代文學的最重要的反省與證詞。首先，白先勇是身歷其境的重要作家，並且由於創辦《現代文學》的緣故，和當時的許多重要的寫作者，都有直接或間接的接觸與連繫，因而他自己現身說法，格外能將他們寫作當時的「時代」與「文化」感受，和盤托出。其次，因爲是要給選集作序，他剛「重讀一遍這本選集的小說」，而這個選集又是經由歐陽子把《現代文學》上的二百零六篇小說（包括七十位作者），「從頭至尾很仔細地又讀過一遍」，以一人一篇的方式選編出來的。除了有若干的遺珠（如《現代文學》第四期上司馬中原的〈黎明列車〉，支撐了第三十三期中葉維廉所發表的〈現代中國小說的結構〉的大半論點，卻未被選入），差不多涵括了當時的重要作家；而歐陽子和白先勇又是《現代文學》小說家中，最用心於當代小說批評的。前者爲白先勇《台北人》的研析與索隱，寫了《王謝堂前的燕子》這部以新批評的方法探討中國當代小說的範作；後者則先後爲叢甦、施叔青、歐陽子、陳若曦的小說集寫序或寫評。兩人的品味與判斷，其實亦有其代表性。所以，雖然只能自《現代文學》雜誌，甚至《選集》的櫥窗展示來觀察，或許未窺全豹，但可見一斑則是無疑的。

白先勇的這段文字中，在文化情境上，他強調了「縱的繼承」與「橫的沖擊」中，正是「傳統空前劇變的狂飆時代」，「新舊交替多變之秋」。「沉重」、「焦慮」是基本心態，因爲得在「傳統」的廢墟上，每一個人，孤獨的重新建立自己的文化價值堡壘」，「文化價值」而用「堡壘」來象喩，正反映了缺乏集體共識，必須出以衛護、固守的姿態。在某種意義上，這種「我們的傳統價值，已無法作爲他們對人生信仰不二法門的參考」，但又無法像五四時代，盲信單憑「科學」與「民主」，即可重建全部的文化樓景的困境，亦可見於六十年代重新引發的中西文化的論戰。論戰中「西化派」的主要思想家殷海光，卻在批判：「我們的傳統文化價值取向把重點放在名教、儀制、倫序、德目的維繫這一層次上，而不太注重生物文化層。於是精神文化和現實生活脫了節」之餘，亦不忘批評在西方文明影響下的「進步主義」的「時代精神」：「『進步』本身其實只是一個程序而已；本身並不是價值，只是一個演變的程序而已！好！所謂『進步』，進步到那裡？伊於胡底！沒有底止的進步，使人仍然在一個過程中滾動，像潮水一般；永遠沒有站穩似的，像狂奔的汽車一般。」「在進步主義的觀點下，所謂『好』無非是指技術精進，技術精進除了帶給人物欲的滿足外，使人有更多的幸福嗎？使人有更高的精神嗎？」「這無非是製造緊張，製造繁忙，製造汙染的空氣，或者把人類的占有欲帶到遙遠的星空。」這裡所謂的「進步主義」，正是胡適等人在鼓吹發展科技，以及技術官僚階層在提倡經濟發展，追求成長之際，所不自覺的思想預設與樂觀心態。

這種不自覺的思想預設與樂觀心態，亦見於紀弦等人的相信，只要將西方的「現代主義」（方法，以及其背後的「工業文明」一起）作「橫的移植」，然後發揚光大；或者如洛夫等人（他們被林亨泰認爲是後期現代派運動的代表），認定只要將「虛無精神與存在主義」重作詮釋，再應用「超現實主義」的知覺與態度生活，即可得到生命精神的安頓。因爲他們，在某種意義上言，正都是由五十年代發軔，到了六十年代開始盛行的廣泛的「現代化運動」的一環。他們所看到的西方的「美麗新世界」（Brave New World），終究是米蘭達（Miranda）版，而不是赫胥黎（Aldous Huxley）版！

六十年代所以重燃中西文化論戰的戰火，其實是中國與台灣社會已有足夠的經驗，體認到不僅傳統文化的殘破，而且也終於感受到西方文化的「月亮背面的陰暗」，因此雖然新舊中外文化雜陳並列，但卻都是拆碎的七寶樓台，零亂不成片斷。中西文化論戰以一種低空掠過，把問題向後追溯的方式，草率的處理了當時面臨的文化危機。文學創作，不論是現代詩或現代小說，反而無可逃避的，在處理具體情境與經驗時面對了它。當白先勇將〈鐵漿〉與〈遊園驚夢〉劃歸爲同一類「研究中國傳統文化之式微者」時，他正親切的認知到所謂「鄉土小說」與「現代小說」之劃分的不當。不知曾幾何時被稱爲「反共懷鄉小說」的作家，如朱西甯、司馬中原、段彩華等人，他們在當時的稱呼是「鄉土作家」，而非「反共懷鄉」作家。在一個已然全力衝向現代化的社會中，寫作「鄉土小說」的意義，並不就是在於「懷鄉」，而是在於「他們得在傳統的廢墟上，每一個人，孤獨的重新建立自己的文化價值的堡壘」，因爲他們見證了這個由「傳統」轉入「現代」的「新舊交替多變之秋」，而他們未必能夠在「進步主義」中找到精神的安頓。孟昭有喝鐵漿的尖叫，終究掩不過火車汽笛的長鳴；但是我們可願意杜麗娘的驚夢，從此成爲絕響？而所謂「描寫台灣鄉土人情者」，其實正亦一樣的在刻劃鄉土傳統的如何面臨新市鎮的商業經濟的文化衝擊。因而最終的問題是在一個多變而物化或逐漸疏離化的社會中，傳統文化中所肯定的人性尊嚴，與人生價值，如何依歸，如何轉化或求存的問題。因此六十年代作家的迫切問題，並不是「社會改革」的問題，因爲「社會改革」早由科技發展以及經濟發展所主導，不管喜不喜歡，這並不是能依恃「狂熱」就可以阻擋或改變的。作家的使命卻是在於物化的經濟社會體制裡，重新發現生命的意義，重建他們一己的人生信仰以及人類共通的生存之道，所以「這批作家一般的文風，是內省的、探索的、分析的」；「他們對於社會以及社會中的個人」，尤其卑微、弱勢的個人，「有一種嚴肅的關切」，「一種民胞物與的同情與憐憫」。

這些文章的「以溫柔敦厚」爲貴，或許不全是因爲「這批作家，到底還是受過儒家傳統的洗禮」，最早的編輯方針與後來的選集的品味，自然都會有所影響，（所以，這一點倒可以是白先勇與歐陽子等人的「夫子自道」）但是面臨文化解組之後的價值重建，事實上除了人性感通的自然律法，以及設身處地同情共感的人心法庭，我們已經無可憑仗，也無可投訴了。這時「溫柔敦厚」的表達，自然要比「犬儒式的嘲諷」、「尖酸刻薄的謾罵」是一種有效的修辭策略，以及更好的美學典範了。畢竟，整個六十年代的文學寫作與閱讀背景，還是有著很濃很重的「同是天涯淪落人，相逢何必曾相識」的意味啊！

但是這種風格的形成，也跟形式技巧的講求與成熟有關。

5

事實上不少《現代文學》上的作家，他們更早發表作品的地方是《文學雜誌》。當時不論《文學雜誌》或《筆匯》都介紹西方的現代作家與作品；《文學雜誌》同時刊載中國古典文學的論文。我們現在可以很容易翻檢到的，《文學雜誌》至少刊載過類似 William Barrett 的〈現代藝術與存在主義〉、William Van O'Connor 的〈談現代小說〉、William York Tindall 的〈現代英國小說與意識流〉、Malcolm Cowley 的〈論批評家影響下的美國現代小說〉，Philip Rahv〈論自然主義小說之沒落〉，以及文孫所譯評的〈一篇現代小說中象徵技巧的分析——試論 K. A. Porter's "Flowering Judas"〉等評論，不但對於「自然主義」以後的新的小說技巧多所列論，甚至連小說批評家斯高婁（Mark Schorer）所謂的：「技巧是一個作家用來發現、探索、和擴展他的題材，傳達它的意義以及估量它的價值的唯一方法」，都已經譯介進來。

但是，影響最大的可能是夏濟安所親自撰寫的〈評彭歌的《落月》兼論現代小說〉一文。夏濟安在該文中，幾乎近於批改敎寫式的示範了〈落月〉作爲自然主義小說的不足，如何可以有效的改寫爲「有意模仿詩的技巧」，「講究節奏，講究旋律的進行，講究主題的反覆呼應與發展」的「樂曲結構」，如何用「一個觀點」與「戲劇手法」交替，以「意識流」代替「歷史編排法」，採象徵主義詩的表情手法來創作「心理小說」，但是他在題目上使用了「現代小說」，無形中就給「象徵主義小說」與「心理小說」和「現代小說」劃上了等號。白先勇的〈遊園驚夢〉，事實上幾乎是亦步亦趨的遵行了文中的指示，包括「愛情」與「藝術」兩個主題、描寫罪惡，甚至倒嗓……。王文興在《十五篇小說》的〈序〉中，特別提及兩處與內容有關的修改，其中：

另一處，在「龍天樓」，最後一句，自「整座樓沒進暗影中」，改為「整個樓面落進暗影中」。當初也是過度注重內在的象徵一面的意思。仔細讀的話，都可讀出先前的語病，若要整座樓都沒入暗影中，除非還有一座更高的樓在牠的背後擋住。一旦修改過困擾了我十多年的問題，就像治好了十多年的痼疾一樣，頓然輕鬆許多。

其實也是文中「虛構」不能違背「寫實」之論點的實踐。葉維廉的〈現代中國小說的結構〉一文，在許多的論點上亦可視為是此文的引伸與發揮，該文甚至一如本文的引王昌齡〈閨怨〉詩來解說現代西洋心理小說的特質，引了李白的一首古風〈胡關饒風沙〉來解說「主題的結構」與「語言的結構」。

引用唐詩，作為技巧的示例，似乎是當時常見的修辭策略：覃子豪不但引陳子昂〈登幽州臺歌〉解釋抒情詩的形態與詩的特性（〈論現代詩〉）；並且在其《詩創作論》第四章「學習的方法」，以第一節的篇幅，舉了十一個例句，七點理由，強調「從中國舊詩中學習」的重要。余光中則在〈從一首唐詩說起〉一文，由賈島的〈尋隱者不遇〉，以至王維、錢起、韓翃、崔顥等人的詩作，重新以時空交感，抽象畫的趣味看古典詩，因而反過來質疑，即使在「現代美感」上：

「現代詩眞能和唐詩並肩而立，不顯得矮一截？」洛夫在其《石室之死亡》詩集的自序〈詩人之境〉，不但引了李商隱〈錦瑟〉詩，作「超現實手法的詩」的例證，甚至以《老子》書中的「無」，來重新詮釋存在主義的Nothingness。（葉維廉在〈美國*TRACE*季刊「中國現代詩特輯」前言〉，亦以〈錦瑟〉五、六行爲超現實主義與印象主義表現手法。該文的中文版爲洛夫所譯，故洛夫的說法亦有可能是沿用）這些例子與現象，無形中不但可以肯定了六十年代，不論現代詩與現代小說，顯然在技巧上，都具有「將傳統溶於現代，借西洋揉入中國」的自覺與用心的一面；而且都特別偏愛唐詩，這顯然一方面是《唐詩三百首》一類的讀物，原就廣爲流傳之故，另一方面也因爲如葉維廉一方面藉嚴羽《滄浪詩話》的「空中之音，相中之色、水中之月、鏡中之象」來解釋：

> 這些詩句之妙處（對中國讀者尤為如此），乃在表面上看來似乎是一些信手拈來的事物，但實際上卻能直接表現出自然之體，意象——即構成詩句之客體事物——在同一平面上似乎互不相關，但我們所欲觀賞的並不是這種表面的意象所構成的關係，而是它指出的言外之意，即所謂「境界」，這種言外之意乃由意象本身或由自然中一草一木所構成之意象所暗示出來。

並且以李白〈玉階怨〉，王維〈山居秋暝〉等「神韻」詩句來詮釋這種「寫實主義的抽象手法」。或者如他的〈靜止的中國花瓶——艾略特與中國詩的意象〉一文所指出的，中國詩與艾略特詩都深具「詩的意象『使景物自己安排起來』，而能容許盡多的餘弦」的效果，因而強調了中國古詩與艾略特、馬拉梅、喬艾斯，及普魯斯特分享了共通的藝術界的眞理。是以，唐詩，尤其是深具「神韻」風味的作品，異於五四時代的批判，反而成了「現代」的典範。

這種對於形式、技巧的關注，尤其是象徵層面的經營與寫實層面的平衡，不但可以見於前引王文興討論「龍天樓」的一句景象的描寫，亦見於他在同一篇〈序〉中，討論修改「黑衣」中，「秋秋初見黑衣人時，說的：她怕他，怕他穿的這一身黑衣服。改成：她不喜歡他穿的這一身黑衣服。」因爲「其時，我更注重『怕』一字的內在含義，我希望用這個『怕』字，可以隱喩靈魂對『邪惡』基本的畏懼意思」，但是他終於做了以上的修改：「如今，想想，覺得倒是平易近人些好——由厭惡，轉爲對抗，畢竟較因害怕而對抗要平易近人一些」。一詞之轉，一個意象的半面與全體的差異，尙且成爲「十多年的痼疾」；所以他視「小說」爲精讀的文體：

理想的讀者應該像一個理想的古典樂聽衆，不放過每一個音符（文字），甚至休止符（標點符號）。任何文學作品的讀者，理想的速度應該在每小時一千字上下。一天不超過二小時。

也就不足爲異了。六十年代期間，朱西甯確曾在信中告訴過筆者，他與司馬中原等人，就是以近乎王文興前引文字的方式，精讀魯迅、張愛玲、曹禺等人的作品而學習其寫作技巧的。

因爲關注的重心，逐漸轉移到「藝術情感」的「表現」，以及「新的藝術形式和風格」的

「試驗、摸索和創造」，所以，寫作素材所選擇的反而是日常的經驗，王文興在《現代文學小說選集》代序的〈給歐陽子的信〉上說：

我跟他們一樣相信經驗的重要——只是，我認為經驗有兩種，一種是現實的經驗，一種是浪漫的經驗；如果說我是經驗的信徒，我祇是現實經驗的信徒，而非浪漫經驗的信徒。革命、戰爭、饑餓、五角戀愛、重婚，諸般經驗並非人人可得，但是普通人的週遭事故、成長、職業、婚嫁、生老病死，普通人唾手可得，普通的作家都可採用——而作品未必普通。太多的名字可供佐證：奧斯汀、佛樓拜爾、莫泊桑、契可夫、亨利詹姆斯、喬埃斯、卡夫卡、湯瑪斯曼、梭貝羅……

同樣的，白先勇在回顧他自己寫作歷程的〈驀然回首〉一文，一樣的提到：

現在看看，出國前我寫的那些小說大部分都嫩得很，形式不完整，情感太露，不懂得控制，還在嘗試習作階段。不過主題大致已經定形，也不過是生老病死，一些人生基本永恒的現象。

由於深切體認到，包括中國的古典小說：「我研讀過的偉大小說家，沒有一個不是技巧高超的，小說技巧不是『雕蟲小技』，而是表現偉大思想主題的基本工具」，白先勇不但提出了「作品的文字技巧及形式結構是否成功的表達出作品的內容題材」，作為小說批評的第一項標準，而且在他為別的小說家的作品寫序或寫評時，往往正從「傑出的小說家，在其寫作技巧上，一定有一二處為旁人所不能及者」入手。如他論叢甦的小說：「其力量輒在於作者對小說的細節有效的控制與巧妙的安排」，「她的才華則表諸於小說文字中比喻（Metaphor）的塑造」，論施叔青的小說，則強調她慣用的比喻：「明喻、暗喻、象徵、意象」的特質，並以其「凌遲的抑束」為例，強調：「作者將一連串豐富複雜的意象，借內心獨白的方式，巧妙的連貫在一起」，評歐陽子的小說，則強調「她對小說語言的應用」、「她對觀點（Point of View）的運用」，「在小說形式之控制上，可以說做到了盡善盡美的程度」。而歐陽子討論白先勇《台北人》的《王謝堂前的燕子》，我們只看它們的篇名：〈永遠的尹雪豔〉之語言與語調，〈一把青〉裡對比技巧的運用，〈歲除〉之賴鳴升與其「巨人自我意象」、〈金大班的最後一夜〉之喜劇成分、〈那片血一般紅的杜鵑花〉裡的隱喻與象徵，〈思舊賦〉裡的氣氛釀造、〈梁父吟〉影射含義的兩種解釋、〈孤戀花〉的幽深曖昧含義與作者的表現技巧、〈花橋榮記〉的寫實架構與主題意識、〈秋思〉的社會諷刺和象徵含義、〈滿天裡亮晶晶的星星〉之語言、語調與其他、〈遊園驚夢〉的寫作技巧和引申含義、〈冬夜〉之對比反諷運用與小說氣氛釀造、〈國葬〉的象徵性、悲悼性與神秘性等等，就可以對其關注與用心之點，思過半矣。而其總論的一篇，名為〈白先勇的小說世界〉，已經將「小說」視為一個自足的「世界」，而無須再是「世界」的反映，因此文中歐陽子反駁顏元叔的強調「白先勇是一位時空意識、社會意識極強的作家」說法的內在含義，以為「但如果說《台北人》止於寫實，止於眾生相之嘲諷，而喻之為以改革社會為最終目的維多利亞時期之小說，我覺得卻是完全忽略了《台北人》的底意」。因此她一方面強調：「《台北人》充滿含義，充滿意象，這裡一閃，那裡一爍，像滿天裡亮晶晶的星星，遺下遍處『印象』，卻彷彿不能讓人用文字捉捕」，一方面卻將其主題命意，三分節來討論，即「今昔之比」，「靈肉之爭」與「生死之謎」。

事實上，六十年代文學作品的多意複旨，往往並不是來自解讀者或批評者的多元性，多角度，或者心思複雜。相反的，正來自作者們有意構設的匠心，在他們對於技巧與形式的充分自覺的講究與用心之際，他們往往同時經營一個作品的，誠如王文興談修改自己作品的例子所顯示的，象徵與寫實層面，而這兩面的意旨，既分別獨立，又交相融滲，彷彿樂曲的對位手法，所以，一方面是明確的時空、甚至社會階層、自然環境的指涉，作爲寫實的基本架構，另一方面，卻是經由：意象、象徵、語調、觀點，以對比或反諷的方式，呈現出遠超出寫實架構，所能陳述的旨意來，因此不同的讀者往往很容易只執其一面，而無法同時叩其兩端，尤其當論述受到篇幅或主旨之限制的時刻，例如：王文興的〈欠缺〉，白先勇只能以一句：「人生啓發故事（initiation stories）」來談它的主題。但是它的時空架構卻是很清楚，故事發生的時刻是師大還是師院，並且還有初中部時代的，台北市同安街，未見汽車通行的日子。「正是樸素淡雅的台北市開始步向經濟繁榮的初期」，而人生啓蒙的事例，並不只是性醒覺的稚戀的幻滅而已，他所崇慕的對象，正是新興家族企業的小資本家，住三層洋樓，既開店又出租，還經營地下錢莊，最後令主角感到幻滅的，正是她的經濟犯罪型的惡性倒閉，尤其是她倒了他家代表善良勞工的莪芭尙，爲了讓小孩念書的全部積蓄。因此，幻滅的不僅是「人間」或「人生」有「欠缺」，而同時也是對進入經濟起飛期萌芽的資本社會的企慕。小說結束前，特別讓「母親看見我進來便喃喃聲說」：

「真是沒有想到，真是沒有想到。人心一年不如一年。市上發財的人多了，詐財欺騙的事也多了。市面的景象固鬧熱，但要人心壞了，要這樣的鬧熱做甚麼？」

具有「美麗而慈善的臉」，終抵不住「委確是一個騙子」，於是主角，終於由盡日嬉戲與迷戀，逐漸收心：「我預備聽從我母親的話溫一點功課了」。小說一方面以事過境遷已然長大的主角作敘述者，一方面故事卻是在主角十一歲的春夏之間進行，敘述者的我與經歷事件的被述的十一歲的我，兩種年紀，兩種閱歷，兩種情懷，彼此交響辯證，不但形成了豐富而難以立即確指的意涵，而敘述者的癖性顯著，事實上其不可靠與不足信賴，亦一如十一歲時癡迷的他。王文興非常顯然並不願意就是以「敘述者」爲其思想的代言人。這種透過「不可靠」的敘述者來敘事的手法，幾乎就是當時作者們意匠心營，一個更爲豐富複雜、層次繁多的藝術情感與作品世界的基本匠心。這種「寫實」與「象徵」兼顧，交響頡頏的表現，在詩歌方面的討論時，就成了葉維廉所謂的：「寫實主義的抽象」。

覃子豪在〈現代中國新詩的特質〉一文中，強調：「中國現代詩的特質，便是表現生活的感受和強調中國的現代精神」，而以楊喚的〈二十四歲〉一詩：

白色小馬般的年齡。

綠髮的樹般的年齡。
微笑的果實般的年齡。
海燕的翅膀般的年齡。

可是啊，
小馬被飼以有毒的荊棘，
樹被施以無情的斧斤，
果實被害以昆蟲的口器，
海燕被射落在泥沼裡。

Y．H你在那裡？
Y．H你在那裡？

作爲「確有不少詩人對中國現實生活的反映，有極出色的表現」的例證，而申論：「這首詩表現了中國青年對現實生活眞實而深切的感受，道盡中國青年的遭遇。它反映出這個恐怖時代和中國苦難的現實，讀者可以在這十一行詩裡體味出這悲劇的成因。」但是在這裡沒有一句是「現實」的「寫實主義」的呈現，不但全部用的是「象徵」，而且「小馬」、「樹」、「果實」、「海燕」等意象，其實並不具有任何內在的「情景」或「義理」的關連，它們只是平行的並列而已，在這種淩亂割裂的羅列雜陳，若有任何關係，只能說，它們皆被用來比喻「二十四歲」，皆被用來表達被傷害的情境與痛苦。但是理解那時代的讀者，如覃子豪，他的對於現實的體認：「中國的現實和歐美的現實完全不同，中國人在身體上和心靈上所遭受的傷害，和所積壓的苦悶，實較之任何一個國家的人民都深切，其表現於詩中的情感，無疑的是更爲深刻、沉痛」，卻可以使他產生上述的解讀。就像畢卡索爲了反映他對西班牙內戰的感受，開始的卻是充滿了象徵圖象的立體主義的畫作。苦難與恐怖，超過了某種臨界點，寫實主義的技法就會開始不夠應用，於是象徵、片斷、拼湊就成爲不得不爾的「現實」的語言，經由「象徵」，經由將「現實」「抽象化」，反而能夠以小見大，以少見多，以部分呈現整體，而眞正的掌握或傳達出「時代」的現實來。

同樣的，在《歐洲雜誌》上，有一位署名江萌的論者，曾對林亨泰的〈風景NO－2〉，從用字、句法、結構、意象，甚至心理基型的角度，對於其中可能蘊涵的寓意，作了極爲豐富而深刻的討論。這些其實都是關連到該詩的「象徵」層面。而儘管林亨泰自己的現身說法云：

> 在一連串顛覆「認識論」的累積之後，有了結構性的改變，兩篇〈風景〉便是在這種情況下所完成的。……實驗到了這樣的階段，幾乎可以說是已經走到了極限。〈風景〉兩篇作品從根本揚棄了「修辭學」上的運用，而走向「結構性」、「方法論」上的策略，也就是說，放棄一味追求「字義」營造的淋漓盡致，而將對於「字義」的依賴降至最低，讓每一個字成為一個「存在」。針對於此，若評論者不經過「認識論」的顛覆，而退回到「修辭

學」上的策略時，原本是一個「立體的存在」，便只能淪落為「平面圖案」了。

但是，像如此「排列」而「寫」成的詩：

防風林　的
外邊　還有
防風林　的
外邊　還有
防風林　的
外邊　還有
然而海　以及波的羅列
然而海　以及波的羅列

只要坐過西部幹線海線的火車，對快速通過車窗的「風景」，稍有經驗，或者曾經留意的人，都會發現此詩的高度的「寫實」性，以及對於「經驗」之模擬的眞實。一如「山從人面起，雲傍馬頭生」，只要不是從「存在」的情狀，而是從「經驗」的角度，觀察與瞭解，其實未必即是弔詭或顚倒。事實上，許多所謂怪異或晦澀的表達，其實都是對於「經驗」的更深入、更眞實的模擬。像洛夫〈石室之死亡〉的這樣的表達：

祇偶然昂首向鄰居的甬道，我便怔住
在清晨，那人以裸體去背叛死
任一條黑色支流咆哮橫過他的脈管
我便怔住，我以目光掃過那座石壁
上面即鑿成兩道血槽

只要瞭解洛夫是在太武山中石壁裡鑿成的坑道，在金門戰地的砲彈爆炸聲中寫作，許多的字句也就昭然可解了。同樣的，只要熟知像阮籍〈詠懷詩〉八二首，李白〈古風〉五十首等「組詩」的傳統與其結構的似連非連，似斷非斷的首與首之間的關連方式，則六十四首的〈石室之死亡〉的組合，其實亦只是印證了中國心靈終究的一致性罷了！王文興的《家變》以由A到O的十五則片斷，寫尋父的行動經過，以1到157的一百五十七則片斷，寫對於與父親生活的追憶，其結構不僅有類於上述的「組詩」傳統，其實應用的更是如冒辟疆《影梅庵憶語》、蔣坦《秋燈瑣憶》，以至沈復的《浮生六記》的明清之際的筆記傳統。王文興未必會讀遍這些著作，但喜愛張岱《陶庵夢憶》，習慣於把《聊齋誌異》當作一部書，而非一本「集」子的他而言，這樣的修辭策略，未必就是破空飛來，而不能視為是另一種意義上的「寫實」！

6

「作家的文字技巧，也各有特殊風格，……有的簡樸寫實，有的富麗堂皇。」事實上六十年代文學的傾向，不但側重在「有的運用寓言象徵，有的運用意識流心理分析」，事實更在文字的鍛鍊上，尤其使用意象語的排比鋪陳上。夏濟安在評彭歌〈落月〉的文字時，強調：

小說家所應該注意的，是這個小女孩子初次進戲院的一剎那，看見的是什麼。前面我說過了一剎那，這裡又得強調「一剎那」的重要。前面所說的是意義最豐富的一剎那，這裡所說的是色彩最豔麗在感覺上給她最大刺激的一剎那。尤其她吃了梨園行的飯之後，再回想起來，這一剎那一定是給她開闢了新的天地，使她領略到從來未有的快感美感和奇異之感。要描寫這一類的經驗，文字「調門」必須「拔高」，明白清楚通用的散文，在這裡是不夠的。作者應該慎選華麗但也是妥切的字眼，句法的安排不妨上應戲台上戲劇進行的節奏，下合小女孩加速的心跳，連用明喻暗喻各種修辭技巧；從耀眼的燈光，描寫到台上幾個穿了特殊服裝的演員，然後眼花撩亂的小女孩子才漸漸的能辨認出那些演員的動作。這一剎那的描寫，對於作者的文字技巧，該是一種考驗，一種挑戰。每個偉大的小說家，幾乎都曾有過幾節超越散文而接近詩的描寫。……

雖然我們不能確知，是否受到了上述主張的影響，但是六十年代的許多作品，有意無意間，不但往往描寫的正是「意義最豐富的一剎那」，而且往往意匠心營的也是「色彩最豔麗在感覺上」具有「最大刺激的一剎那」，並且往往是「連用明喻暗喻各種修辭技巧」：

然而他卻偏捧著酒杯過來叫道：夫人。他那雙烏光水滑的馬靴啪嗒一聲靠在一處，一雙白銅馬刺扎得人的眼睛都發疼了。他喝得眼皮泛了桃花，還要那麼叫道：夫人。我來扶你上馬，夫人，他說道，他的馬褲把兩條修長的腿子繃得滾圓，夾在馬肚子上，像一雙鉗子。他的馬是白的，路也是白的，樹幹子也是白的，他那匹白馬在猛烈的太陽底下照得發了亮。他們說：到中山陵的那條路上兩旁種滿了白樺樹。他那匹白馬在樺樹林子裡奔跑起來，活像一頭麥稈叢中亂竄的兔兒。太陽照在馬背上，蒸出了一縷縷的白煙來。一匹白的，一匹黑的——兩匹馬都在流汗了。而他身上卻沾滿了觸鼻的馬汗。他的眉毛變得碧青，眼睛像兩團燒著了的黑火，汗珠子一行行從他額上流到他鮮紅的顴上來。太陽，我叫道。太陽照得人的眼睛都睜不開了。那些樹幹子，又白淨，又細滑，一層層的樹皮都卸掉了，露出裡面赤裸裸的嫩肉來。他們說：那條路上種滿了白樺樹。太陽，我叫道，太陽直射到人的眼睛上來了。於是他便放柔了聲音喚道：夫人。（白先勇〈遊園驚夢〉）

現在我坐在台車上。我為這新的經驗與奮得心裡跳躍。看，我又聽見那莊嚴的轆轆聲了，在雨夜之中，那車輪輾轉的聲音在怒吼著，我們就在那晶瑩的銀蛇身上滑了過去。樹影依舊搖曳著，風雨卻是益加淒厲了。

在風馳電掣之中，嗶的一聲，我的祖父的傘翻成了一朵黑色的花朵。

「哎！小心呀！」車夫叫著說。

我居然對他大聲地笑了起來，一把抱著傘的屍骨。

雨密密地打在我的臉上，閃光數度照耀著前面無盡的兩條銀色的蛇。（陳映眞〈祖父和傘〉）

上引的兩段文字：一段寫錢夫人和錢將軍的隨從參謀，由「遊園」而至「驚夢」的回憶，對紅杏出牆的私情與性愛的描寫，採的是《西廂記》：「春至人間花弄色」與「露滴牡丹開」的象徵性寫法，只是加上了心理分析對於象喩中情欲意義的自覺與意識流的內在獨白的結構，眞的是「富麗堂皇」的文字風格。一段寫礦山中相依爲命的祖孫，小孫子爲了替病倒的祖父求醫，首次自作主張拿了祖父寶愛的長山雨傘下山，這裡以初看似乎「簡樸寫實」的文字，描寫小孫子初次乘坐台車飛馳的興奮之「成長」，以及痛苦的「啓蒙」之經驗——因爲結果竟是祖父的傘毀人亡：「祖父的傘翻成了一朵黑色的花朵」，他所眞正獲致的其實只能是：「一把抱著傘的屍骨」，從此橫亘在他面前的是再無遮蔽的無盡的雨打的痛楚與電閃的恐怖。寫來淒厲而陰森，但卻寓意深遠而豐富。

有的時候，這種「超越散文而接近詩的描寫」，亦不只限於「意義最豐富的一刹那」或「感覺上……最大刺激的一刹那」，或者竟是在作品的整個故事結束之後，而以弦外之音的方式出現，一樣的亦能形成一種餘音裊裊的抒情表現。例如朱西甯〈鐵漿〉的結尾，描寫孟昭有喝鐵漿包定了鹽槽，他的兒子竟因此而鴉片煙抽上癮，終至家滅人亡：

五年過去了，十年二十年也過去了。鐵道旁深深的雪地裡停放著一口澆上石灰的白棺材。這夜月亮從雲層裡透出來，照著刺眼的雪地，照著雪封的鐵道，也照在這口孤零的棺材上。周圍的狗群守候著。

有一隻白狗很不安，走來又走去，只可看見雪地上牠的影子移動著。

雲層往南方移動，卻像月亮在向北面匆匆的飛馳。

狗群裡不知哪一隻肯去撞第一頭。

那隻白狗終於望著揚旗號誌上的半月，呲出雪白的牙齒，低微的吼叫。然後牠憤恨的刨劃著啼爪，揚起一遍又一遍的雪粒，雪地上刨出一個深坑，於是牠臥進去，牠的影子消失了，仍在低沈的吼哮。

那一盞半月又被浮雲暫時的遮去。夜有多深呢？人們都在沈睡了，深深的沈睡了。

在這雲移月馳，充滿了變幻與錯覺的時代裡，那隻不安的白狗，可如孟昭有，竟是一頭撞向死亡的憤恨的意志?但人們終究是深深的沈睡了，誰又在乎雪地裡的這種雲月影響下的「狗」瘋呢？

當然，最特殊的時候，竟亦可以驅使這種「連用明喻暗喻各種修辭技巧」的「詩意」的文字，來描摹構設全篇的內容，就像司馬中原的〈黎明列車〉：

黎明正在展開。霞光從那面的玻璃映入這邊的玻璃。一塊方方的淡紅中顯露出山的黑影。它與車廂的影子燈的影子以及我和她的影子疊印在一起復與窗外的原野疊印在一起。閃過去。一池欲吐的荷菡。閃過去。一排叢竹的嘯聲。而黎明正在展開。迎光的樹木籠滿清晨的氤氳。背光的樺林如一把把黑色的火炬。一群熱帶燕逐舞於初露的曙色之中。一隻展翼的蒼鷹在電線那邊翱翔。列車牽動頹圮的古城的城齒。霧昇起。

這段引文，即使因爲抽離了上下文，而使得其中每個意象所顯然會在全篇的象徵結構裡凸顯的寓意，隱晦而減弱了。但是仍無礙於其讀來的富於詩意，以及其所隱涵的觀察入微的驚人的寫實性質，一種在曙色中行進的列車的可能之所見。但是取消掉了任何因果關連的，景象的呈現（行進的車窗中閃現的景象，幾曾有過因果關連？），就使這種寫作形態，自然的變成了典型的詩句與詩句的關連。於是一場驚心動魄的亂離重逢，就化作一首濃豔多感的印象與印象重疊，片斷與片斷輻輳，回憶與現實頡頏，情感與道義掙扎的繁複的構圖與多音的交響。正是所謂亂中有序，支離中有條理。雖然都未必這樣極端，但這或許正是六十年代的「現代」文學的一種特色。

7

假如，所謂的一首「詩」，亦不過如林亨泰〈黃昏〉所顯示的，只是：

蚊子們　在香蕉林中　騷擾著。

那麼，我們實在也看不出，爲什麼像《家變》中，這樣的獨立的段落：

82
下午五六點時蝙蝠在屋子前亂飛。

或者詳細一點如：

63
於夏天時經常下一陣熱帶巨雨畢盡，空氣顯得極其沁清。他媽媽在房中徐舒的整拾四處的衣裳和瑣雜。
夜晚放置月光牌蚊香的裊裊淡煙。
深夜時他聆及蟄蟲的響顫像耳鳴。

就一定是「散文」了？事實上，六十年代，對於文字的刻意講求，強調其意象性的獨立演出，強調其內容的密度與結構上的對比與繁複，亦使不少「散文」，迥異於傳統「散文」的風格，雖然未必對偶成句，故不能逕以駢文視之，但其意象之濃豔與豐褥，有時讀來卻有辭賦的韻致。僅僅在瘂弦所編的《風格之誕生——當代散文選》一冊中，我們隨手就可以拾掇到，像下列的例子：

日落，月落，倦睏的雙眼及四肢的癱瘓。我初次品嘗這無邊不眠的痛楚，思緒啊，你是永恆的星辰，不滅的火把。

想著，呼吸該是多麼笨拙的吞吐。

時間啊，攤開雙臂，讓我接受你的凌遲。（王愷〈扉頁·一九六二〉）

開始落著雨，只是疎疎地落著，頃刻便填滿列車遺下的空寂。二月的寒夜，母親的鬢髮上結了雪花，風吹來，她像猛然領悟了什麼，顫抖地張起黑傘……

而那黝暗的簷角下，立著柏樹一樣寂寥的女孩子。她輕輕掀動眼睫，水珠沿著臉頰，簌簌地落在石板上；她沒聽見，她只幽幽地，幽幽地穿行過天橋。（李蕿〈列車〉）

晨起；高臨這陽臺，溪流從雲深處蜿蜒奔來，整個的風景，像被尖拔的奏鳴曲魅惑了樣的，有一種飛揚與騰起的蠢動，每棵傘一般撐開的樹，每匹草葉，每朵花：

雲絲綢般的鋪展著，滑翔著，海是女子動情時的乳房。（沈臨彬〈巨樹〉）

不論抒寫的是一己主觀的失眠體驗，或者是列車離站後原本是客觀的所見景象，基本上都是以獨立的意象段落，省略了彼此的語句間的連結，來作情意的詩性表達。往往外在景象的段落，如：「日落，月落」，「開始落著雨」，一下子就切入了內在心象的段落，如：「思緒啊，你是永恆的星辰，不滅的火把」，「二月的寒夜，母親的鬢髮上結了雪花」，而且在兩者之間，形成一種微妙的因為平行並列而產生的對比的效果：「日落」，「永恆的星辰」；「月落」，「不滅的火把」；目前白晝的「落雨」，「二月的寒夜」，不但在實景與虛景之間，也同時是寫景與比喻之間，「日落，月落」與「星辰」，「火把」；「落雨」與「雪花」；「簷角」，「柏樹」：因而都形成了一種似斷還連的，另一序列上的祕響旁通，事實上正打破了一般散文的連結而至表現經驗的方式。而且，甚至可以完全如沈臨彬〈巨樹〉所引段落的，完全以主觀的體會，甚至潛抑的欲念與感官的知覺，來作詮釋或投射性的對於景象的呈現：「像被尖拔的奏鳴曲魅惑了樣的，有一種飛揚與騰起的蠢動」，正是作者對於春天降臨的「每棵傘一般撐開的樹，每匹草葉，每朵花」的主觀的體會與詮釋。「樹」如「傘一般撐開」，「草葉」躍動如馬「匹」，以至於「雲」如「絲綢般的鋪展著，滑翔著」都是以感官知覺的明喻暗喻來具現。而「海是女子動情時的乳房」就已經不只是尖新的譬喻，刻劃不只是海水的波濤起伏，反映的正是觀賞者的潛抑的欲望所引生的聯想，所形成的主客重疊的複雜心理了。

這種內外相切，虛實並列，想像與回憶交織，平行對比成為全篇的基本結構，就會產生像葉珊〈陽光海岸〉那樣的作品。該篇一方面是北方的「陽光海岸」；一方面是「多雨的南方」的反覆對比，一方面則是實景與虛想的交切。例如，文章一開頭：

我悄悄悄離開那海岸。那是一片美麗、光輝的海岸。

但是，事實上是：

我走的時候已是深夜，但我走得很慢。……然後我上了車站，我回頭沒看到你，你大概在暗處，我真後悔沒有好好找你。

先前緊接著「我走得很慢」，作者卻欲露還遮的敘述說：

我記得一路上我都想著：「我要重來的。」我惦記著你；不只是你，我惦記著你坐在領事館短垣時背後慢慢湧起的夕照，我真希望那時就有一顆星。你髮絲飄搖間是一片草原，但那不是牧羊的。「南方沒有牧場！」我心裡想，「但為什麼一定要有牧場呢？」我真喜歡那兒，看到那一幢幢西歐式的紅房子，我忽然想：「荷蘭人也是值得感謝的。」

架架叨叨，呑呑吐吐，不敢開門見山的表達，正是更加完整的表達。因爲同時表達的正是那分欲蓋彌彰中初經戀愛的羞澀靦腆與意亂情迷。作品的表達，不僅是依賴語句的內涵，也同時憑藉的是語句之連續與銜接，在表面上的缺少關連之際，所達成的對於心意流動的模擬，於是「結構」本身，一如「媒介」，也就同時成爲「訊息」與「內容」，正是這種由「言說」（Telling）而轉向「呈現」（Showing），因此，作品也就由「所指」（To mean）變成了「所是」（To be）的一種存在了。

在這樣的修辭策略下，所謂「詩」與「散文」的界限就模糊了。因此，它們往往就成爲「不分行的詩」。甚至說明性的文辭，也不妨採取詩意的修辭了，像余光中爲他的第一本散文集《左手的繆思》所寫的〈後記〉：

我們這一代是戰爭的時代；像一朵悲哀的水仙花，我們寄生在鐵絲網上，呼吸令人咳嗽的火藥氣味。上一次的戰爭，燒紅了我的中學時代，在一個大盆地中的江濱。這一次的戰爭，烤熟了我的心靈，使我從一個憂鬱的大一學生變成一個幾乎沒有時間憂鬱的教師，在一個島上的小盆地裡。從指端，我的粉筆灰像一陣濛濛的白雨落下來，落濕了六間大學的講台。幸好，粉筆的白堊並沒有使我的思想白堊化。走下講台，回到書齋，我用美麗的藍墨水沖洗不太美麗的白粉灰。血自我的心中注入指尖，注入筆尖，生命的紅色變成藝術的藍色。十三年來，這隻右手不斷燃香，向詩的繆思。可是僅飲汨羅江水是不能果腹的。漸漸地，右手也休息一下，讓左手寫點散文。……

看了這種「後記」，很難相信，這種「散文」是用「左手」寫的，終究作者不斷燃香，所向的只是一位相同的「詩的繆思」，只是，有的時候是「詩學的繆思」，有的時候是「修辭學的繆思」罷了！

8

六十年代的文學作品，由於在其基本結構上，往往採取類似「滕王高閣臨江渚，佩玉鳴鸞罷歌舞」與「閣中帝子今何在，檻外長江空自流」的並列對照；或者「昔人已乘黃鶴去，此地空餘黃鶴樓」與「鳳凰台上鳳凰遊，鳳去台空江自流」的承接，以至「何事吟餘忽惆悵，村橋原樹似吾鄉」的興感等等的形式，因此充滿的就是兩度以上之時空並置，錯綜、交揉、滲溶的表現方式。白先勇《台北人》一書，引劉禹錫〈烏衣巷〉：「朱雀橋邊野草花，烏衣巷口夕陽斜。舊時王謝堂前燕，飛入尋常百姓家。」作為題詞。這固然有他對於這首詩，在寓意上的取義；但詩中拼合的景象，兩度時空的並列與承轉，卻更是該集書內各篇作品的基本結構方式。《台北人》一書的創作，自然明顯的有喬哀思《都柏林人》影響的痕跡，但是自〈永遠的尹雪豔〉起而終於〈國葬〉的篇次結構，其實更具中國古典組詩的風韻，而反映的卻是大陸遷移流離來台的群體普遍性與各別特殊性的交織。因此，它的兩個時空，就很明顯的是以台北的現在，反襯延伸為大陸上各地的過去。一方面有萬方歸一的多樣與單一的對比；一方面往往正是由昔日的繁華輝煌淪落為今日的凡庸憔悴。王文興的〈龍天樓〉雖然只是單一的作品，卻利用了宴聚中各人自敘的手法，達到類似的雜多而至統一的效果，強調的反而是遷移逃離的過程，因此，其敘事性以及其經歷的恐怖怪異的性質，反而迴異於《台北人》的抒情與感傷。

但是，台北／大陸的二元時空架構，僅是當時盛行的二元架構之一種。另一種顯然是光復／日據時期或者竟是台灣與南洋，像陳映眞的〈鄉村的教師〉，黃春明的〈甘庚伯的黃昏〉，敘述的正都是南洋戰場上的受難與創傷者的即使回到台灣，依然無法恢復或適應的悲劇，吳錦翔自殺，阿興發瘋，其反映的時代的苦難與悲劇，正不下於中國的內戰。

至於前面已然引述的像〈鐵漿〉或〈欠缺〉，雖然空間或在大陸，或在台北，時代亦略有前後，但反而是屬於同一類型的二元結構，也就是空間地點上沒有變動，但在文化的變遷之際，卻成了截然不同的兩種時空，也就是傳統鎮/現代的社會差異，當然懷舊與趨新，情懷有異，而其中所反映的不可逆的變化，正成了人們所無法抵抗的命運。當然，另外一種遊離的個人，由鄉村流落往都市，或者經由都市，基於種種原因，再度回歸，或渴望回歸鄉土，或者鄉土已經面目全非，或者鄉土在心中成了一片淨土，像黃春明的〈兩個油漆匠〉，〈莎喲娜啦·再見〉，以至陳映眞的〈夜行貨車〉等，那都已是七十年代以後的作品與主題了。

前述幾種六十年代的二元時空結構，一方面反映的是歷史上的，光復與遷台的政治變動，一方面顯示的是，社會上的，傳統邁向現代的文化變遷。不論修辭策略爲何，風格表現爲何，這種表現與形態，本身即是一種時代關切點的反映，其基本的感受是一種斷絕的，不連續的變遷的時代感受。誠如 Peter F. Drucker 在一九六八年出版的分析當時社會處境的名著：*The Age of Discontinuity* 的書名所顯示的：這種「不連續性」或變動的跳躍與不可逆的性質，未必即是台灣社會所特有的現象。當時因爲這種「不連續性」而形成的另外一種指標，正是 Margaret Mead 所提出的「代溝」（The generation gap）。但是，光復、遷台，以及經濟社會的現代化的幾乎是接踵而至，使得台灣社會所遭受的衝擊，一方面似乎是格外兇猛而強烈；一方面卻反而較爲具體而可有所歸咎，反而不致產生如同「失落的一代」的價值的失落。結果是唐詩常見的這種「物是人非」的歷史感興，而爲一種方便的意義與詮釋的架構，因而將它們只當作永恆的歷史興亡的一環看待，產生的只是懷古歎今的吟詠抒情的現代版，用力的倒反而是經驗具體呈現的新風格的試驗與探索。

另外，不論追溯或對照的是台灣的過去，或大陸的過去，其實都是由立足台灣的人的現在出發。這種二元結構就在明知其爲斷裂，而仍然有其尋根，有其解釋當前，明白處境，甚至續接失連的生命歷史與意義的功能，不同的族群與階層，也因「同是天涯淪落人」而有互相瞭解的可能。這一類作品的產生，雖然未必是高度自覺，但總是有其潛在的認清台灣社會的「風雨同舟」本質之欲望與時代需求存在。因此，它們的產生與流行，亦自有其不可抹殺的時代社會功能。

同時，由於「現代化」，意即是「西方化」，甚至是「美國化」；加上國際交流，因爲交通與資訊的進步，而突飛猛進，當全世界大多數地區的人，都在同一時刻，自電視中看到人類登陸月球的畫面時，所謂「地球村」已漸形成。當越戰隨著每日新聞，在大多數人家的客廳進行，越南戰場上度假的美軍彳亍在台北街頭；台灣開始轉趨出口導向的貿易。世界已如大家的後院，於是「放眼世界」和「瞭望太空」的作品，也就應運而生，而非不可想像的脫離現實。余光中寫〈芝加哥〉，夏菁寫〈自由神像〉，洛夫寫〈西貢詩抄〉，固然都有親身的經歷，但是瘂弦寫〈芝加哥〉、〈巴黎〉、〈倫敦〉、〈那不勒斯〉，其實亦如余光中寫〈如果遠方有戰爭〉，羅門寫〈彈片·TRON的斷腿〉一樣的有另一種間接經驗的基礎。羅門在該詩的註上說：

TRON是被越共擊斷一隻腿的越南小女孩（見五十七年十二月份的生活周刊）

這種「立足台灣」卻「放眼世界」的經驗與思維的擴大，正可以在瘂弦的〈如歌的行板〉的一方面是：

君非海明威此一起碼認識之必要
歐戰，雨，加農砲，天氣與紅十字會之必要

小說與電影，正都提供了這一方面的經驗。另一方面則是：

觀音在遠遠的山上
罌粟在罌粟的田裡

罌粟田可能在大陸西南或金三角，但觀音山或山上供有觀音的寺廟，卻是足跡耳目之所及。同樣的如瘂弦〈下午〉一詩的：

莎孚就供職在
對街的那家麵包房裡

或者是：

鐵道旁有見人伸手的悠里息斯
隨便選一種危險給上帝吧

的這一類的句子，同時和諸如：

紅夾克的男孩有一張很帥的臉
在球場上一個人投著籃子

以及一再反覆的：

（在簾子的後面奴想你奴想你在青石鋪路的城裡）
（奴想你在綢緞瑪瑙在晚香玉在謠曲的灰與紅之間）
（輕輕思量，美麗的咸陽）

就自然形成了一種古今中外，薈萃一堂，交相詮釋，彼此嘲諷的奇妙視野，以及綜攝而不融合的時空，一種在中西文化意識兼容並包下擴大的時空。更不必談吳望堯〈我航行火星的運河〉一類的詩作了。

9

二元以上的時空經驗，採取近乎唐詩的平行對比的手法，似乎也可以處理。但是斷裂失連的社會處境與多重文化的碰撞，所引起的信仰危機，卻仍是必須克服的困境。這種信仰的危機，往往來自逼使人們採取言行不符的艱難處境。其中，因爲中國內戰的浩劫，以及內戰後台海分隔，而台灣的前景仍不明朗，因此不但產生了一批以歸化留學爲目標的，新一代的留學生；也產生了一種新的留學生文學。在這種新的留學生文學中，一樣有著幾乎是類似定命的，無可回逆，無法接續的斷絕的經驗特質。也因此而在一般的異國旅愁之外，加添了一種文化認同的意義危機。居留而意圖入籍於異邦，但卻念念不忘要用中文寫作，本身就是精神分裂的現象，尤其不像／大陸台灣，或者日據／光復的二元架構，雖爲經驗上的斷裂，但終究仍是集體的，族群的社會現象，個人並不必須擔負起，銜接全部生命經歷而又賦予意義的重任與決斷。白先勇的〈謫仙記〉與〈芝加哥之死〉中，「中國」李彤與吳漢魂的先則試圖放浪形骸，玩世麻醉，終至都以自殺的方式，結束其生命，不論其二元的時空架構是：中國／美國，或者台灣／美國，終究反映的仍是這種分裂的認同危機，無法達成有意義的妥協或整合。

當這種生存的社會情境的連續性，突然因爲偶發的災難而斷裂中止時，其所經歷的生活調適，以至行爲規範和價値意義的被迫重整，可以是在矇矓中進行，而包裹在許多的感傷與怨歎中，也可以是高度清醒而自覺的。當這種斷絕而重整的理路，以「寓言象徵」的方式來表現時，就成了七等生的〈我愛黑眼珠〉。基本上，小說中李龍第所作的選擇，並沒有比晏殊〈浣溪沙〉詞的：「滿目山河空念遠，落花風雨更傷春，不如憐取眼前人」相差太遠。但是，把它道德化，甚至爲此而得更改自己的姓名爲「亞茲別」；而要堅持「爲什麼人在每一個現在中不能企求新的生活意義呢？」以至於否定自己眞實的內在感受，就是被這種「不連續性」的特殊情境所蠱惑，而妄圖在嘗試將這一特殊情境視爲普遍人類處境的本質，以重建堅牢的生命意義——事實上也就是「生命」作爲一個連續的過程，並不具有意義；只剩下恆是片段的「現在」的「生活意義」——的迷執。它所以引起許多的詮釋與爭議，也正在於其中所涉及的「連續」與「不連續」的辯證，不僅是觸及了歷史時代的痛楚，也正是高速流動中，人們生活所可能淪落的「常態」，於是一切「恆常」或「長久」的人際關係與生活意義，都受到了這種可能的「新」的生活型態的質疑——假如我們夠眞誠的去面對它的話！

同時，形成生命意義之迷惘的，亦正在東西古今文化與思想的雜陳並列（而不純粹是生命情境的「不連續」）。文化再不能以其作爲社會之共識，形成我們可以信賴的世界來保護，以至保障我們的生命意義與價值。有關生命意義的思想與信仰，亦如時裝，只成爲一時的流行之際，它們就成爲裝飾，而不再是生命的安頓了。陳映眞的〈唐倩的喜劇〉，王尙義的〈大悲咒〉，嘲諷惋歎的正是這種眞實信仰與信心的「無可奈何花落去」。不論是「存在主義」或「邏輯實證論」，以至於美國的工業技術，開明而自由的生活方式，對於唐倩而言，都不過是性無能與去勢的懼怖感的外在虛飾（佛洛依德式的解構？）。而在〈大悲咒〉中一開始的「結論」，就是：

「其實我們還是沒有信仰。」

儘管「把柏拉圖、黑格爾、康德圈在一個圈子裡，把老子、莊子、釋迦、尼采圈在另外一個圈子」，甚至出家了，叙事者所敬愛的主角：「雖然他竭力顯得自信樂觀，可是也很難壓抑住他虛無的本質」，「他不斷地追逐，不斷地貪圖，妄想，顚倒執著，不過把生命看得太重，不過是沒有看破，這世界不乏聰明之人，也必然會想到如果可以唸大悲咒，也同樣可以唸康德，唸黑格爾，甚至可以唸唸沙特，但是許多人正是這樣唸過，許多人不得解脫。」當多種文化，多種思想，以知識爆炸的形態，輻輳聚集在一起之際，不但有莫所適從與歧路亡羊的困惑；更重要的是它剝奪了眞實信仰的可能：

——許多年來，我們把握不住現在，我們飄浮、流浪、追逐、丟棄，被存在否定，被虛無的風向撥動，被痛苦撕碎、埋葬……。

這種痛苦，一方面正是來自不願生活得「既沒有悲傷也沒有虔敬，像碎落的磚頭；貧乏，刻薄，無情」，所必須付出的代價；一方面正在於當信仰，只是習得的一時流行的思想，和生活脫節，「根本沒有同情，甚至不知道在做什麼」，就變成了「只見他嘴唇微微掀動，聲音單調而刺耳，像沒有淚的哭泣，聽不出什麼意義」了。

社會因文化的多元雜陳，欠缺根本的共識，信仰就成了「像拼湊的馬戲，表演得也並不逼眞」，對於不想渾渾噩噩，隨波逐流，麻木不仁的過日子的人而言，生命意義遂成爲一種孤獨而痛苦的尋索。不論是〈我的弟弟康雄〉或者是〈第一件差事〉，陳映眞小說中遠非叙事者所能充分瞭解的「存在英雄」，儘管擁有一切的可能，但皆因缺乏眞正的「同情」和自我超越或者與超越界連繫之道，而以自殺的方式，標誌了他們孤獨探尋的失敗。在王尙義的〈大悲咒〉中，叙事者至少有兩位密友一起追問，即使是那位「昔爲人所羨，今爲人所憐」的主角，也有師傅帶領，因此即使「不得解脫」，亦不必陷入全然的絕望。

在納粹集中營裡發展出存在心理分析與意義治療學的 Viktor E. Frankl，不但指出了 Man's Search for Meaning，在生活中的重要性，而且在他的反向治療法的策略中，喜歡詢問：「那麼，你爲什麼不自殺？」作爲發現一己存在意義的關鍵。但在孤絕或疏離的情境中，這種詢問，假如是孤單的自問的話（意義治療學中上述的詢問，必須出以醫生以救助指導者身分，在對話的情境中，以關心的方式導引），結果往往不是瘋狂，如施叔青〈倒放的天梯〉中的潘地霖，就是自殺，如陳映眞小說中的康雄與胡心保；省略了身居異國中的文化認同的困惑的話，白先勇小說中的李彤與吳漢魂，亦然。

由於工商業化的結果，人際日漸疏離，生活日漸孤獨單調，甚至要求以顚倒扭曲的方式生存——如潘地霖的必須倒掛於半空工作，黃春明〈兒子的大玩偶〉中的坤樹必須裝扮怪異的作廣告——，再加上社會缺少強而有力的傳統與信仰的共識，除非能夠找到或建立起強韌的個人關懷，如坤樹的對於妻子阿珠和兒子阿龍的惦掛，或〈看海的日子〉中白梅對於家人和孩子的關愛與渴望；同時又不願以一種玩世不恭的方式，自嘲嘲人的生活：

懶洋洋之必要
而既被目為一條河總得繼續流下去的
世界老這樣總這樣：——（瘂弦〈如歌的行板〉）

零時三刻一個淹死人的衣服自海裡飄回
而抱她上床猶甚於
希臘之挖掘
在電單車的馬達聲消失了之後
伊璧鳩魯學派開始歌唱

——墓中的牙齒能回答這些嗎
星期一，星期二，星期三，所有的日子？（瘂弦〈下午〉）

前述的結論與結果，幾乎就是不可避免的。因為生存的情境，越來越接近於羅門〈死亡之塔〉中所謂的：

生命只是一堆天色　摺在那把黑傘裡
一陣浪聲　疊在風中

酒宴過後　僕役是最忙的掃墓人
花燭夜　愛琴海的琴聲碎於一聲歡叫
我們曾以掌聲擊亮一枚勳章
　曾闖入瑪麗亞不認識的黑巷子
　曾爲一句流言與讚美弄亂了白晝夜晚
而我們總是陌生得叫不出名字
　總是想不出鳥飛出翅膀的時候

只是〈死亡之塔〉外，暫時被觀望的「無益的激情」而已。這正是人生在多元文化的衝激中失去了信仰的保護，在社會變遷與高速流動裡失去了連續性，以及日益繁忙與扭曲的工作中，陷於孤獨與焦慮，而且逐漸失去了深厚長遠的情感連繫之後的生存困境。王文興以一則寓言，點出了可能的病根，並且幾乎是回答了，瘂弦在〈下午〉一詩中的詢問。在「最快樂的事」中，他寫初經性行爲的一個年輕人，「睜開眼」，仰視天花板，離開床上的女子，自窗戶垂視樓下的街：

　冰冷，空洞的柏油馬路面，宛如貧血女人的臉。天空灰濛，分不出遠近的距離，水泥建築物皆停留在麻痺的狀態。同樣的街，天空，建築，已經看了兩個多月，至今氣候仍沒有轉變的徵象。

但是這位年輕人，顯然是拒絕接受「世界老這樣總這樣」，以及「既爲目爲一條河總得繼續流下去的」苟且偷生的想法。因而在這樣的一場自我告解與質詢：

「他們都說，這是最快樂的事，but how loathsome and ugly it was!」他對自己說。

幾分鐘後，他問自己：

「假如，確實如他們所說，這已經是最快樂的事，再沒有其他快樂的事嗎？」

之後，「在是日下午自殺」了。

也許「追求幸福」，這往往也就被解釋爲「追求快樂」的簡單的生活假定，畢竟並不能解釋而且解決，我們深沉的尋求實現人生意義的渴望與需要。六十年代文學的充斥著死亡與瘋狂的影像與沉思，反映的並不是無法生存的時代苦難，反而是在文化撞裂之餘，尋求生命更高意義的重建價值的努力；象徵與寓言的妙用，正在它令人思索高層的問題，而不必然反映低層的現實。

10

六十年代的文學，是否爲「現代主義」？這是一個有爭議，但也可能只是「名詞」用法的問題。但六十年代的「新」文學，確實有其特色，雖然在那年代裡，大部分的作者都還很年輕，但是他們的作品，不論在藝術的表現或思感的深度或廣度而言，都已經擺脫了純粹的「嘗試」而是成熟的。這既拜承平歲月所賜，也由於能夠汲引古今中外的諸多傳統資源，自然與五四的草萊初闢，以及抗戰的顛沛流離不同。視野闊大而不失其出於本土現實的立足點，技巧多變而能妥適運用，形成言之有物的內容，套一句古語，可謂：「文質彬彬」矣！

本文只簡略的討論了，當時的現代詩、現代小說，以及稍稍觸及現代散文。至於現代戲劇的部分，就筆者有限的閱覽所及，似乎只有姚一葦先生一人，他的作品「將傳統溶於現代，借西洋揉入中國」，以及力圖綜合多種演出的傳統，在古典情境中發掘現代意義，在現代生活中注入古典深度的意圖與表現，皆是昭然可見，與本文的論點大體相合，恕不另立專章再述。

七、八十年代台灣鄉土文學的源流與變遷

——政治、社會及思想背景的探討

呂正惠

一九七〇年前後崛起於台灣的鄉土文學運動，與當時台灣知識分子正在進行的，對台灣處境的總反省有著密切的關係；而這些反省，又是受到台灣政治、社會情況急遽變化的刺激而來的。後來，鄉土文學的發展與演變，也跟七、八十年代台灣政治氣候的激化息息相關。檢討鄉土文學的流變，如果不能從這些方面入手，恐怕不能直探問題的核心。

本人過去曾寫過兩篇論文，分析鄉土文學的發展過程，並批評一些代表作的優劣得失①。論文的著眼點主要集中在文學上，因此，在論文寫成後，總覺得深度不足。現在想藉這個機會，從政治、社會與文學互動的關係，重新來探討「鄉土文學」這一文學史的現象，希望彌補前兩篇論文的缺失。

一、知識分子的「回歸」運動

一九七〇年左右，知識分子對台灣問題的總反省，導源於當時台灣在政治、社會方面所面臨的大變局。這一變局動搖了前二十年國民黨威權體制所建立的穩定局勢，暴露了台灣社會所潛藏的種種問題，因而改變了知識分子整體的思想傾向。

一九四九年以後台灣二十年的發展，可以用兩句話來概括：政治保守、經濟、文化西化。自從對內進行農地改革、對外有美軍協防台灣海峽以後，國民黨在台灣的統治已經穩定下來。從此以後，國民黨以黨、政、軍結合的方式，在台灣厲行威權統治。雖然有按時舉行的地方選舉，但絲毫影響不了國民黨掌控一切的局勢。國民黨的基本方針是：發展經濟，讓人民富裕起來，但不允許他們插手於政治；另一方面則鞏固國防，先求自我防衛（針對中共而言），再伺機反攻大陸。

這種政策在推行了將近二十年之後，累積了不少問題。首先，隨著經濟的發展，必須有各種現代化的改革來進一步配合未來的前景，並且改善一般民衆的生活需求（如居住條件與交通等）。但是，由於蔣介石把重點擺在「國防」，這些問題（可以總稱之爲「建設台灣」）都受到漠視。長期下來，等到這些問題一齊爆發的時候，就成爲整體的政治問題，而不是個別的社會問題。

其次，長期的威權統治，剝奪了許多人參與政治的機會。有三種人對此特別不滿：首先，本省人覺得自己長期受「外省人」統治，心懷不平；其次，在經濟發展過程中產生出來的許許多多的中、小企業主，認爲自己沒有像大財團那樣受到政府的照顧；最後，知識分子長期被迫躲在學術與藝術的殿堂中，也想伺機爭取公共事務的發言權。（這三種人有相當的重疊性，以上只是就「性質」來加以說明。）

社會上有許多心懷不滿的人，社會上也累積了許許多多的大、小問題，等到時機成熟，就會一起爆發出來，而且必須進行長期的改革。這個決破口終於出現，時間上就在一九七〇年左右。

危機第一次出現的地方是在國民黨一直引以爲傲的經濟上。中東戰爭引發了阿拉伯國家的石油戰，由此產生了第二次大戰以後西方經濟的第一次普遍危機，從而波及到台灣，使得戰後台灣「經濟起飛」的神話首次遇到挑戰。從這個時候開始，才逐漸有人意識到台灣經濟對美、日倚賴過深的情況，才了解到台灣經濟基礎的不穩定性。

危機的正式出現還是在政治上，並以兩個焦點作爲代表：中共終於取得了中國在聯合國的代表權，台灣被迫退出聯合國；以及，美國與中共建交，承認中共爲代表中國之政權。二十多年來台灣人民一直習慣在這樣的觀念下生活：台灣的中華民國是世界五強之一（聯合國安全理事會的五個常任理事國之一），是中國唯一合法的政府，對大陸廣大的土地與衆多的人民擁有正當的統治權——只是暫時被「共匪」「竊據」而已。這樣的神話在幾年之間突然破滅，現在的人很難想像當時一般人心理所受到的衝擊：台灣似乎一夜之間從世界強國的位置上被拋棄，不知該處身於何地？

這樣的危機引發了戰後台灣第一次大規模政治改革的契機：許多重大的政治問題開始被提出來（包括持續了二十年的中央民意代表全面改選的問題）。當時剛接長行政院的蔣經國，甚至還利用了這一股「革新」的熱潮，來和黨內保守的元老對抗。（代表當時革新理念的，是集結在《大學雜誌》周圍的一群知識分子，包括後來退出國民黨的張俊宏和許信良。）

以上所描述的是，七十年代初期台灣社會「山雨欲來」那種一觸即發的局面，正是這種局面導致了台灣知識分子對台灣整體問題的大反省。

自從國民黨在五十年代初期對島內左翼進行大整肅以後，台灣知識界基本上噤若寒蟬。台灣知識分子的希望轉而寄託在知識上——不管大家是否清楚的意識到，一般總把追求西方現代知識當作進步的象徵，並模模糊糊的相信，這樣的追求不但可以對抗保守的政治，甚至還可能反過來改變保守的政治，把這種信念表達得最明確的殷海光和李敖，長期被國民黨視爲危險人物，就是這種傾向的證明之一。

這種「向西方學習」的知識探求，雖然隱含了某種「對抗政治」的潛意識，但也造成知識分子普遍不了解現實，不了解經濟，不了解「本土」的缺失。在文學、藝術上，表現爲一面倒的「模仿」西方的現代主義，最能清楚看到知識分子「失根」的病徵。

台灣知識分子的這種偏失，跟五、六十年代西方世界及台灣普遍的反共浪潮有著密切的關係。在美、蘇兩大集團的對抗及海峽兩岸對峙的局面下，知識分子一面倒的接受西方的自由主義思想。在這種情形下，他們所想的「中國」問題，其實只是「台灣如何現代化」的問題；他們不了解造成兩岸對峙的歷史因素，更不會從更高一層的角度，把大陸包括進來，而思考眞正的中國問題，以及因此而引發出來的台灣問題。

當七十年代初期台灣各種政治、社會問題一一呈現出來的時候，一向習慣於「向外」追求知識、習慣於自由主義思考的知識分子，突然之間不得不轉回來「面向本土」，並尋求另一種思想（社會主義）的可能性，從而因此找到了「大反省」的契機。

從實際歷史來看，知識分子這一反省運動的「源頭」可以追溯到六、七十年代之交的海外釣魚台運動，海外釣運激發了留學生的民族主義意識，開始反省民族主義和現代化（即「西化」）的微妙關係；同時也激起了一些知識分子對「中國」問題的關係，並開始想要去了解中共及左翼思想。

釣運對知識分子所進行的「再洗禮」作用，也逐漸影響到台灣，慢慢改變了台灣知識界的氣候。剛好這時候台灣的社會局勢也產生大變化（如前所述），兩相結合之下，更加促進了台灣知識分子思想的改變。

這種改變所形成的「運動」，剛開始還是相當模糊的，而且範圍也相當廣泛，並不僅限於文學。這一種氣候，我們可以用當時流行的口號，稱之爲「回歸鄉土」運動。這是一種模糊的意識，只想到從西方轉回眼光來關心自己，但至於「回歸」所要採取的理論與步驟，大家並沒有想得很清楚；對於這一運動所潛藏的各種彼此矛盾的傾向，也看得不夠透徹。

七十年代初期的「回歸」現象，是非常複雜而有趣的，有林懷民企圖表現中國風格的雲門舞集、有黃春明早期鄉土小說的結集出版與暢銷、有台北市茶館的鄉土式陳設、台灣早期歷史與文學的再發現，等等。眞是五光十色，異象雜陳。當時知識界的表現也是相當複雜的，有《大學雜誌》的偏重現實政治批判，有《仙人掌》雜誌的力圖重現五四的文化批判與愛國主義傳統，也有《夏潮》雜誌所表現的泛左翼色彩，可以看出知識分子急於尋找出路的傾向。

二、左翼鄉土文學

七十年代「鄉土文學」是前面所述知識分子「回歸」運動的一部分，是「回歸」潮流在文學上的表現。

在此之前二十年，居於台灣文學主流地位的是現代主義。正如當時一般的知識分子，以追求西方的現代知識爲進步，作家們也以模仿、學習西方現代主義文學爲榮。他們把這種文學視爲「進步」文學的模範。

「鄉土文學」興起的第一個徵候，就是對這種「向外看」的文學傾向開始加以整體性的抨擊。在一九七二年，關傑明、唐文標先後發表文章，強烈批評現代主義色彩最爲鮮明的台灣現代詩②。關傑明認爲，台灣的現代詩完全是西洋詩的翻版，一點也看不到台灣的特質，看不出這是「台灣的」詩人寫的。

當時，要求作家從模仿西方轉回來關心自己身邊的現實問題，這樣的呼聲，並不僅限於關傑明和唐文標兩人。譬如，在一九七三年，我們又看到李國偉和顏元叔有類似的意見，只是語調比較溫和而已③。且看顏元叔在〈期待一種文字〉一文裡所作的具有典型性的期盼：

> 讓我們的雙目注視著時代，近五年，近二十年……
> 我們期待的文學，應是寫在熙攘的人行道上，寫在竹林深處的農舍裡。

從這裡可以看到，「回歸」潮流對文學的第一個影響是，要求文學「回歸」到台灣的現實上來。

在這種潮流的影響下，人們終於重新發現了黃春明在六十年代後半期所寫的一些描寫台灣鄉土小人物的小說。這些小說以前曾經結集出版過，但並未引起注意。七十年代初，由於遠景出版社的重新出版，居然成爲暢銷書。在黃春明熱的推動下，王禎和以前所寫的鄉土小人物故事也由遠景出版社重新結集。就這樣，以黃春明、王禎和的鄉土小說爲代表，「鄉土文學」的名號終於登上台灣的文壇。

事實上，黃春明、王禎和的早期小說，主要都刊登在《文學季刊》（一九六六－一九七〇，共十期），現在回顧來看，以尉天驄、陳映眞爲首的《文學季刊》同仁，在六十年代後半期已在探索著：如何讓文學從現代主義走回現實主義的道路。鄉土文學的興起，黃春明、王禎和早期小說的受到重視，終於把《文學季刊》同仁過去的努力推向前台，讓他們在鄉土文學的發展中繼續扮演領導者的角色。

在這個時候，這一群人的中心人物陳映眞又恰好回到台灣文壇上來。一九六七年，他由於政治案件而被捕；繫獄七年後，終於在一九七三年釋放。兩年後，遠景出版社把他早期的小說結集爲兩冊出版，而他也開始恢復寫作。

就在一九七五年前後，舊《文季》的同仁開始對新興的鄉土文學產生另一種新的指引作用。以陳映眞、尉天驄、唐文標爲代表的文藝理論，越來越無忌諱的表現他們對「階級」文學的關懷。在創作上，黃春明、王禎和、陳映眞的新作，則轉而描寫台灣殖民經濟性格對小人物命運的影響。另外，新起的作家，如王拓、楊青矗、宋澤萊，又以階級觀點來表現漁民、工人、農人的生活。

就這樣，到了七十年代中期，鄉土文學已經具有了明顯的左翼色彩，強調文學的社會功能與階級性，揭發台灣經濟發展中所隱含的殖民地性格與階級剝削問題。這樣的意識形態，限於當時的政治環境，雖然不能講得過分明白，但也昭然若揭了。

這種情形，國民黨是非常清楚的，並且伺機想要加以整肅。於是，就在一九七七年，彭歌率先在聯合報副刊上發動攻擊，因而就引發了鄉土文學論戰。論戰持續了一年，國民黨懾於輿論，終於不敢「整肅」，不了了之，不久之後，在一九七九年發生了政治上的高雄事件，從而左右了鄉土文學的發展，使得鄉土文學的左翼色彩逐漸喪失影響力，而為強調台灣本土色彩的「台灣文學論」所取代。

綜合來看，可以說，「回歸」運動到七十年代中期，由具有左翼色彩的鄉土文學取得了思想上的主導地位。但進入八十年代以後，由於台灣「本土」文化與文學論述的急遽興起，左翼思想逐漸喪失影響力，到八十年代將近結束時，已成為台灣知識界的極少數派。我們如何來解釋這種大起大落呢？

左翼鄉土文學在思想上蘊含了兩種傾向：民族主義和社會主義。七十年代台灣社會開始發生巨變的時候，這兩種傾向可以說是絕大部分知識分子所關懷的焦點。只是，基於當時的現實條件，大家還不能看到這兩種因素將來可能的發展；都還不能了解到，他們接受這兩種思想傾向時，可能是基於不同的理由。也就是說，「回歸」運動是一個包含眾多矛盾因素的含混的大運動，這樣的「眞相」大家還未完全認識到，因此，基本上還願意接受當時居於主導地位的左翼鄉土文學思想的「指引」。

譬如說民族主義的因素。民族主義的復活，首先是釣魚台運動激起的，接著則是「中華民國」在外交上的挫敗（以退出聯合國及「中」、美斷交爲頂點）所激發的。當鄉土文學在呈現民族主義的因素時，主要是強調台灣對美、日依賴所形成的殖民經濟的性格，還未能及到，基於民族主義應該認同於那一個「中國」的問題。也就是說，兩岸的「矛盾」還沒有浮現出來。因此，擁抱台灣的「中華民國」，爲「中華民國」的受挫而憤怒的民族主義，和已經暗中（當然還不能明講）認同彼岸「中華人民共和國」的民族主義，都可以在「鄉土」的模糊意義下「和平共存」。

再說到社會主義。這是知識分子在長期忽視現實的情況下的一種「反彈」，知識分子「覺醒」了，基於「自我救贖」，基於知識分子先天具有的「人道主義」關懷，他們很容易轉而同情下階層人民，並開始注意到台灣經濟發展中的階級剝削問題。事實上，知識分子對社會主義的認識還是相當模糊的，經不起考驗的。

從另一個方向來看，也可以了解到鄉土文學的「含混」性格。這個「鄉土」文學運動，如前所述，是針對台灣社會情勢的大變化而發的「反省」運動。在性格上，這是一個知識界的「反對」運動——反對國民黨的現行體制。這吸引了先天性格上傾向於反對國民黨的本省籍知識分子。

對這些知識分子來說，「鄉土」意謂著「台灣鄉土」，「鄉土小人物」意謂著他們從小所熟悉的，佔台灣人口絕大比例的台灣父老。在台灣內部的省籍矛盾還沒有因為高雄事件而表面化時，在兩岸矛盾還沒有鮮明化時，他們可以接受鄉土文學的左翼思想，沒有感到有什麼不妥的地方。就這樣，左翼「鄉土文學」影響了（甚至可以說「培育」了）一批年輕的、本省籍的知識分子反對派。

這些知識分子，思想上接受鄉土文學，政治上支持日漸發展的黨外運動，一點也不會感到自我矛盾。實際上，在高雄事件之前，泛左翼知識分子領導的知識反對運動，和本土人物領導的黨外政治反對運動也是彼此呼應，互相支援的。這就可以看出，左翼鄉土文學運動在七十年代台灣社會所扮演的複雜角色④。

二、「台灣文學」論的興起

綜合以上所說可以知道，七十年代的鄉土文學是整個「回歸鄉土」運動的一環，而這個運動，又是知識界面對台灣的變局而發的，兼具反省與反對性質的廣泛運動。不過，就「現象」而言，其理論及作品則表現了相當明顯的左翼色彩；並且，這樣的風格被當時「進步」的知識界所普遍接受。

這一鄉土文學運動，在七、八十年代之交發生大變化，從而改變了「鄉土文學」的面貌與詮釋方式。用最簡單的話來說，就是：「鄉土文學」的領導權與解釋權從「左派」轉移到「本土派」手中，而「鄉土文學」的名號也逐漸改為「台灣文學」，最後終於被「台灣文學」所取代。

這個變化的大關鍵就是一九七九年的高雄事件，不過，在這之前不久，分化與轉變的痕跡已露出端倪。

在鄉土文學論戰的高潮中，葉石濤發表了〈台灣鄉土文學史導論〉，談到台灣文學的「特殊性」問題（針對中國文學而發）。由於葉石濤的文章具有分離主義的色彩，陳映眞即爲文加以批評，並引發了鄉土文學內部的爭議。但由於爲了共同對付國民黨，矛盾並沒有進一步激化。

不久之後就爆發了高雄事件，國民黨爲壓抑方興未艾的黨外政治運動而對其領導人物展開大規模的逮捕行動，由於黨外運動主要是本省人想爭取自己的政治權力，這樣的逮捕立刻激起了強烈的省籍矛盾，並且對本省籍知識分子產生極大的衝擊，使他們不得不重新思考一些問題。

七十年代支持鄉土文學的本省籍知識分子，其動機包含了兩種心理因素：由於長期受到壓抑而蘊藏的反國民黨傾向，以及，基於知識分子的理想色彩而懷抱的對下階層的人道主義的同情。這些知識分子有許多出身於台灣較貧窮的農村、小鎭，因其生長背景，他們很容易把這兩種因素融合在一起。

但是，現在面對像高雄事件這種赤裸裸的政治迫害，基於最直接的現實利害，拋棄模糊的社會主義理想，而選擇省籍對抗，是不難理解的。何況，在心理上他們還可以認爲：一旦「台灣人」出頭天，也就是台灣的窮人出頭天，這跟他們模糊的人道主義理想並不衝突。以前，他們可以同時是知識上的反對者，又是政治上的反對者；現在，他們主要是政治上的反對者，而且是站在省籍立場上的反對者。

於是，我們就看到，在進入八十年代的前幾年，葉石濤的「台灣鄉土文學」理念逐漸產生影響力。其跡象有二：首先，「鄉土」兩個字慢慢消失於無形，而成爲「台灣文學」，原本還兼帶階級色彩的「鄉土文學」，成爲完全以區域爲中心的「台灣文學」了。其次，追溯台灣文學的歷史，建立台灣文學的傳統，使台灣文學成爲「台灣政治實體」的文化支柱。

到八十年代將近結束後，這種論述方式已經完全成形，並且成爲台灣文壇的主流。因此，我們可以說，當鄉土文學向台灣文學過渡時，鄉土文學正在日漸消蝕；當「台灣文學」的理念完全確立時，「鄉土文學」時期也就結束了。

這種說法還可以從陳映眞的文學發展得到證明。當陳映眞還在寫《華盛頓大樓》系列「殖民經濟」小說時，他並未脫離「鄉土文學」的範圍。可是，當他轉向五十年代白色恐怖的題材時，「國家認同」已經成爲主要焦點了，其情形正如本土派的「台灣文學」一般——雖然兩者的立場剛好截然對立。

所以，我們可以說，「鄉土文學」運動的理念，起源於七十年代左右台灣知識分子對台灣問題的初步回歸與反省，而結束於八十年代中期「國家認同」問題的尖銳對立與分化。

這種尖銳對立，促使原本基於省籍立場而產生的「台灣文學」理念的進一步擴大，而爲省籍意識較爲模糊的知識分子所轉化、所接受。在了解八十年代的台灣文學發展上，這一點是非常重要的，因爲這牽涉到八十年代台灣政治處境、焦點的轉移——從內部的「百病俱發」，轉移到對彼岸「大陸」的矛盾上。

八十年代人們對台灣問題注意的焦點，已和七十年代有所不同。七十年代的衝擊，對外來自於外交的挫敗，對內來自於反對力量（政治上以及知識上）的挑戰。到了八十年代中期，當反對力量已經站穩了腳步（以民進黨組黨爲代表），台灣內部的矛盾已經部分得到緩和時，人們開始注意到中共對台灣的「威脅」問題了。

以前台灣對大陸的印象非常模糊，由於兩岸完全隔絕，也由於心理上覺得有美國在協防，很少人會從實際上去思考兩岸關係。美軍退出台灣海峽、中共進入聯合國、美國承認中共，這一切雖然引起一陣恐慌；但由於兩岸並未開始接觸，這種恐慌還沒有「現實」基礎，過一些時候也就淡忘了。但等到兩岸開始接觸，中共的形象就變得具體起來。報紙上每天都有關於大陸的報導，每天都有人到大陸去；大陸人民的衆多、土地的廣大、軍事、外交力量的強大、經濟潛力的雄厚，逐漸被人們所體認到（當然口頭上不一定承認）。但是，基於以前三十多年的反共宣傳，這又是一個落後而野蠻、高度集權而沒有個人自由的國家。更糟糕的是，這個國家又宣稱對台灣擁有主權（凡與中共建交的國家都承認這一點），總有一天，它要「統一」台灣。每當台灣明顯的表現「自主性」時，它就放話說，在必要時它不放棄「武力」統一。總之，一句話，中共對台灣的「威脅」日漸清晰而具體起來。

這種可能被「併呑」的危機感，使得內部黨派的矛盾變得次要而可以妥協了——內部頂多是「執政」之爭，中共問題則是「存亡」的關鍵了。

「自決」、「獨立」的主張雖然是反對派的民進黨先喊出來，但「危機」日深時，也就變成朝、野及一般人日漸明顯的隱憂了。因此，我們可以說，「台灣意識」雖然首先起源於內部的省籍矛盾，但到八十年代，隨著兩岸矛盾的發展，已經成爲一般人的「共識」了——當然，其程度有強弱之別。

在中共威脅之下日漸強固的台灣「主體」意識，使得一般人很容易接受「台灣文學」的理念，因爲「自主」的文學正是「自主」的台灣「實體」的一部分。於是，原來起源於本土反對派知識分子的「台灣文學」理念，也就逐漸成爲大家共同的觀念了。所不同的是：本土派所詮釋的台灣文學傳統要比一般人狹窄得多。

所以，簡單的說，在高雄事件之後，由於省籍矛盾而激發出來的「台灣文學論」，到了八十年代中、後期，基於中共的威脅、基於台灣的「存亡」，逐漸爲一般人所廣泛接受——當然，每種黨派的人在接受時可以隨著自己的立場，變更其所包含的內容。

名號上從「鄉土文學」轉變成「台灣文學」，而「台灣文學」的適用性又從較狹窄的本土派擴大到更多的台灣知識分子的觀念中。在這一過程裡，我們淸楚看到「鄉土文學」原有的左翼色彩的消蝕。

不但如此，即使就知識分子的所謂「左」的傾向而言，我們也看到，八十年代逐漸出現一種迥然不同於七十年代鄉土文學左翼的所謂「新左派」。

七十年代的左翼知識分子，由於當時台灣政治環境的限制，對於馬、恩、列、毛的著作並不一定非常熟悉，理論素養不一定好。但他們對階級性、對第三世界問題，對中國社會主義的民族主義色彩，都相當了解，也相當堅持。

八十年代台灣的「新左」派的性質則完全不同。由於社會越來越開放，他們更容易看到馬、恩、列、毛的著作。但同時，他們也閱讀在西方資本主義社會興起的「西方馬克思主義」的經典。當歐美的「西馬」熱潮逐漸讓位給所謂「後現代主義」時，他們又接受了「後現代主義」。簡單一句話，八十年代的「新左派」在意識形態上更傾向於「西方」，不同於七十年代左翼的

「鄉土」色彩。

所以就「鄉土」一面而言，新起的「台灣文學」以「本土」取代之，就「左」的一面而言，「新左派」以西方馬克思主義及後現代主義來取代。在兩頭落空的情況下，七十年代的左翼就成爲「孤立」於時代之外的極少數。他們所倡導的那種左翼鄉土文學當然也就無形中瓦解了。

註釋

①〈七、八〇年代台灣現實主義文學的道路〉、〈八〇年代台灣小說的主流〉，見《戰後台灣文學經驗》，新地出版社，一九九二。

②關傑明〈中國現代詩的困境〉、及〈中國現代詩的幻境〉，分別刊於《中國時報·人間副刊》一九七二年二月二十八、二十九日；及九月十、十一日。唐文標（筆名「史君美」）〈先檢討我們自己吧〉，見《中外文學》一卷六號，一九七二年十一月。

③李國偉〈文學的新生代〉、顏元叔〈期待一種文學〉、李國偉〈略論社會文學〉，分別見《中外文學》一卷十二期、二卷一期、二期、一九七三年五—七月。

④我最近參加一個「左統」派前輩的葬禮告別，發現有幾個民進黨員也來了。從讀祭文中可以了解到，他們的深厚友誼是在七十年代的反對運動中建立起來的。

當代台灣都市文學的興起

——一個小說本行的觀察

張大春

出生於澳大利亞的英國考古學家柴爾德（Vere Gorden Childe, 1892－1957）首先以「城市革命」（urban revolution）這個術語來描述人類社會定居型態的進化過程。柴爾德在愛丁堡和倫敦大學執教的三十年間（1927－1956）正是有史以來人類都市文明發展最爲急劇的關鍵年代；而在柴爾德的理論之中，城市革命的十個主要特徵便成爲邇來學者認識城市文明的基本架構。以這十個特徵——大型住宅區、財富集中、大規模公共建築、出版物、表演藝術、科學知識、對外貿易、非生產勞動的專業人口、階級社會、以居住區域而非親屬關係爲基礎的政治組織等；作爲參考，二十世紀因工商業城市發展而出現的行政規畫、管理和控制（如：市民活動區位、土地、公共設施與公用事業等）便形成了諸多複雜且難以分立的鑑別城市的標準。正因城市（甚至都市、都會、大都會區／帶）的認定在不同發展進程的國家和地區有著不易釐淸的判準，是以本文文題中的「都市文學」這個複合語彙也就成爲一個較具彈性的討論對象。例言之：如果以「人口高密度聚集且長期居住」爲主要參考指標，則聯合國建議各國（在作人口普查和官方統計的時候）以「居民二萬以上的集中地區爲城市」的義界都可能游移而模糊；因爲像一九七一年底王禎和發表的〈兩隻老虎〉作品中淸楚勾勒的花蓮市早已擁有超過兩萬的人口，但是論者卻很難說服熟悉王禎和作品的讀者相信：〈兩隻老虎〉是一部「城市文學」之作，而一九七〇年代的花蓮市無疑已經可以被稱作城市或都市了。

前述這個例子促使我們思考的應該不祇是「城市／都市文學」的定義，而是這個語彙的彈性是什麼?事實上，這個語彙的彈性不祇在城市（或都市）以及城市、都市之間的義涵因使用者言人人殊的個別差異而充滿著不確定性，也由於作家對城市或都市的關切態度有別而亦顯朦朧。在王禎和的〈小林來台北〉中，台北是個（相對於小林出身的養鴨之鄉）在疾速現代化、國際化發展航線上充滿階級歧視和崇洋虛榮的罪惡淵藪。〈小林來台北〉發表於一九七三年十月的《文學季刊》，方此兩年半之前，白先勇出版了他的《台北人》，而在白先勇的筆下，台北卻是一個寄寓著渾身鄉愁懷舊之思的飄蓬落土。至於黃春明在一九七五年二月出版的《小寡婦》一書中，〈小寡婦〉這個中篇的第六節「一九七〇年」已經透過主人翁馬善行之口這樣說道：

現在我們的經濟起飛，工商業發達，都市繁榮起來了。我們繁忙的加工出口業，需要人力，因此大批向農村吸收，而造成急速的國內移民。人口一下子都往都市湧到，都市最顯著的問題發生了，那就是房荒。……

馬善行買空賣空炒地皮，並於發跡之後表示了一個都市投機客的「國際視野」：「這個能撈盡量撈。五角大廈的國防預算，快不編你們的部分了。」然則，在黃春明的筆下，台北又已經在爲二十年後被視作貪婪之島的台灣跨出了先驅的一步。

發生結構主義的文學批評家戈德曼（L. Goldmann, 1913－1970）的基本假設：「作品世界的結構乃是與特定社會群體的心理原素結構相通，或至少有明顯的關聯，文學創作的集體特徵也就源自於此。」其實可以視爲前述三位作家對七十年代台北這個都市的反省的瞭解基礎。然而，無論讀者或批評家多麼寬鬆地將王禎和、白先勇和黃春明三位作家「世代同儕」的屬性納入文學社會學的範疇來考察其集體特徵，吾人都無法不面對另一層底蘊：他們並未試圖同樣認識或處理一個同名爲台北的都市。在王禎和那裡，小林所處身的台北和台灣的鄉土（廣大而經濟落後的農村）失去了聯繫，成爲象徵性過客飛往舊金山的起跑點。而在白先勇眼中，和台北發生辨證性失落關係的鄉土則是四十年代的上海。到了黃春明筆下，非但毋須上海這一類的襯景，即使連舊金山都成爲不必存在的蜃影。（「美國要是從越南撤軍，還有什麼搞頭？」）

這些發表於七十年代中期鄉土文學熱潮之前的作品無論在當時、抑或稍晚出現的「鄉土文學論戰」（一九七七、七八年間台灣各文藝媒體間的漫長筆戰）之中，乃至於今日，都沒有被納入「城市／都市文學」的範疇加以討論。其原因不外是過去二十餘年間批評界尚無在一充分定義的共識基礎上針對「鄉土文學」這個議題發掘進一步的思考空間；從而也祇有任「鄉土」一詞敷衍成爲各種意識形態膠著鼓勇的認同辨識標記，如果站在這樣的基點上作一歷時性的印象觀察，復加以「世代交替」的簡化形模，很容易導入一個在認識上的暗礁區，那就是誤以爲「鄉土文學」之後，八十年代成爲「城市文學」或「都市文學」的興起時代。然而，這樣也就無從認識：作爲一種類型而言，「城市／都市文學」——尤其是在小說這種敘述文本裡；不必要等到陳映眞的《華盛頓大樓》、黃凡的《賴索》、《大時代》、甚或朱天文的《世紀末的華麗》才算出現。我們甚至可以這樣說：以鄉土文學爲顯著標示的七十年代台灣小說發展進程之初，「城市」或「都市」早已經是作家急於認識、反省和嘲諷的主題了。即以陳映眞早期的作品爲例：一九七五年九月廿六日脫稿的〈試論陳映眞〉是小說家託名許南村的自評文字，收錄於同年十月出版的《第一件差事》。在這篇文字裡，陳映眞總結自己從一九五九到一九六八年的作家身分時說：「基本上，陳映眞是市鎭小知識分子的作家。」倘若不泥於「市鎭」字面本身（或者深究作者言「市鎭」而不言「城市」的底意），陳映眞所謂的小知識分子正是前文柴爾德所表述的城市特徵之一：從事非生產勞動的專業人口，而這種城市人口所關切的政治組織、階級社會、對外貿易、人際關係（大型居住區）、財富集中等等課題也正是和他自己一同構築起「城市」的種種特徵。設若他關切的更內省或閉鎖、而在某種精神或哲學的「高度」上，則下面這段摘自〈故鄉〉一文（收錄於一九七五年十月出版的《將軍族》）則更得見「從事非生產勞動人口」的心理狀態：

> 吃光了父親的保險金，四年的波希米亞式的大學生活也終於過去了。現在，我憂愁的倒不

是職業，倒不是前途，也不是軍訓，而竟是我之再也沒有藉口不回到一別四年的故鄉了。

在七十年代中期以前，小說裡的城市也好、都市也好，無論它是港口、加工區、政經中心，都與鄉間的、郊區的、小村鎮的庶民產生莫名的緊張關係，彷彿都市人與都市生活的觸角一旦探入鄉村之間，便會自動摧毀後者自然的、純樸的、美好的一切，這裡所謂的「一切」包括：家庭、倫理、經濟、人際網絡、風光景物、宗教習俗以及價值觀。黃春明〈莎喲娜啦‧再見〉裡來自都市的某公司業務主管媒介日本商人往礁溪嫖妓的故事已經成爲極其通俗的當代文學典故，〈溺死一隻老貓〉裡以身殉泉的阿盛伯也堪稱無力卻奮勇捍衛田園風情（即使包括迷信）的烈士象徵，楊青矗的〈工廠人〉、〈工等五等〉更強烈而不假掩飾地宣示一種反資本集中、反商業機制、反經濟剝削的天眞的社會正義。至於王拓，更公開在一篇訪問稿中坦言自己幼年時代成長於八斗子貧苦漁村的生活經驗對他感情和思想上的影響——「這些耳聞目見的經歷，使我對討海人的生活辛酸與痛苦有極深的認識，使我對貧窮的人產生更強烈的認同。」（《街巷鼓聲》附錄）這篇發表於一九七七年初的訪問稿中還透露出王拓的決定論式的思考模式：「我在很小的時候就發現，不同環境下的人對相同的事情有他們不同的想法與意見。」

本世紀初的都市研究學者確實也曾經在不同思考領域和專業立論上採取決定論式的意見，認爲都市是現代社會問題的根源。某些芝加哥學派的學者甚至暗示：「一個由鄉村移居都市的人，必因都市過量感官與心理負擔而變壞；在此種複雜的都市社會中，似乎失去了改變和控制環境的能力。」（參見葉肅科著《芝加哥學派》，一九九三年遠流出版）這一類的看法在融入各種大衆習見的廣泛性論述之後，不難形成種種以都市、鄉村為二元的對立關係。都市宰制鄉村、剝削鄉村、侵擾鄉村，而鄉村唯一可能反擊此一凌虐關係的便是透過文學作品中獲得最終覺悟（epiphany）的素樸主人翁經由咒罵（〈小林來台北〉）、辭職（〈獎金二千元〉）、自殺（〈溺死一隻老貓〉）、瘋狂（〈第一件差事〉）來斬斷這種近乎箝制性的關係。

在一個大體而言相互排斥的城鄉對立狀況中，容有主體性訴求的鄉土小說之為一種「地區小說」（regional novel）在義涵上排除「城市／都市小說」之稱其實不免有情感上或道德上的自動濾清作用。另一方面，鄉土小說也在它主體性的訴求之下形成了獨特的傳統，其中，抗拒或試圖推翻並重建城市邏輯的悲劇英雄為此一傳統塗染了最為鮮明的浪漫色彩，其次，諸多反復出現且永不厭倦的主題——如：對農業社會的眷戀、對卑微際遇的悲憫、對落魄生活的關懷、對貧窮困苦的同情、對單純價值的堅持、對富裕虛榮的不屑、對機械理性的掙脫、對商業文明的焦慮……凡此種種，未必祇能被編入寫實主義的使命傳統，反而洋溢著濃郁的傳奇性格及抒情況味。同時，以鄉村、郊區、偏壤以及城市中鮮為人知的小角落為意識中心以與都市巨獸頑抗的故事中不可或缺的鄉愁與懷舊情感也影響到它的敘述形式，幾乎沒有一篇所謂的鄉土小說能夠自免於插敘過往以干擾順時性的情節發展。王禎和甚且表示：他認為最恰當的敘述形式是從整個情節的「頸部」開始，不時透過敘述者的倒敘（或角色的回憶）交代人物或事件的背景。這種敘述形式有效地壓縮了小說情境中的時空因素，在程度上容或不免受到西方現代主義小說大潮的衝擊與影響，然而微妙的是：「過去」、「現在」兩個時空的敘述於交疊出現時往往暗合於前述那種決定論式的基調，這個基調暗示著：小說中人物和事情的當下情境都隱然受制於他（它）的過去。可憎的現實（城市）與可愛的過去（鄉村）也因此一敘述對比而益發確立其二元張力。當這個敘述形式被廣泛運用之後，有些作品甚至擁有了更為確鑿的美學解釋——即使這些作品並未刻意經營「城／鄉」對立的氛圍或主題。像白先勇的《台北人》，就在歐陽子倡論「今昔之比」的引申之下，展示了勻稱的意義結構。歐陽子那篇著名的《台北人》導論〈白先勇的小說世界——《台北人》之主題探討〉寫於一九七四年春，她這樣寫道：

> 事實上，我們幾乎可以說，《台北人》一書只有兩個主角，一個是「過去」，一個是「現在」。籠統而言，《台北人》中之「過去」，代表青春、純潔、敏銳、秩序、傳統、神、愛情、靈魂、成功、榮耀、希望、美、理想與生命。而「現在」，代表年衰、腐朽、麻木、混亂、西化、物質、色慾、肉體、失敗、猥瑣、絕望、醜、現實與死亡。

接著，歐陽子復提出「農業社會／工商業社會」、「中國傳統精神文化／西洋機器文明」等駢儷工整的對立觀，為《台北人》塑造了平衡對稱的詮釋架構。無論歐陽子的美學是否令人滿意，讀者或評者都可以從《台北人》的本文中找到敘述形式方面的證據。

不過當代都市小說的發展並未終結於都市的墮落——或者我們可以這樣說：小說家意識到的都市墮落尙不祇乎此。更複雜而繁瑣的敘述形式將在不久的未來出現，我們有了黃凡。

正如每一個所謂時代或世代的文學史斷代一般，當代作家和作品也從來沒有因應過某一個十年為期，去調整步伐。黃凡之出現於一九七九年末，以〈賴索〉這部短篇敲開了「八十年代」的大門或許祇是一個數字上的巧合。不過，值得注意的是這篇漫染著索爾·貝婁（Saul Bellow，1915－）式諷謔又嘮叨的叙述風格的作品之所以出現及其影響。

首先要從一九七七和七八年伊始的聯合報小說獎和時報文學獎說起。方此之前，全國性的文學獎並非闕如，祇是由官方機構設置、頒發的此類獎勵一直未能在一個民間社會逐漸展現旺盛活力的時代造成持續、廣泛以及深刻的影響。如果我們沒有忘記黃春明在〈小寡婦〉中借馬善行之口描述一九七〇年台灣經濟起飛情景的話，則很可以理解：因工商業活絡、長期間受報禁庇翼而快速成長的報紙媒體藉大量廣告而聚集的雄厚資本使原本就較具競爭力的業者更具招徠之力，聯合與中時這「兩大報系」便逐漸掌握了除電視之外最富資源及公信力的媒體。報紙媒體的副刊既然原本是華文新聞紙的一大特色及傳統，更於長期以來不斷吸收一批又一批無法鬻文維生的文學人才，當報紙不得增張（報禁解除之前最多以三張全開紙爲限）而文學副刊又獨占十到十二分之一（含廣告篇幅在內）的時候，版面的顯著性與人力資源的充沛性使得文學成爲十分突出的論述形式，這個論述形式既可以在言論箝制較緊的時期以微言大義的巧飾吸引知識分子與都市中產階級，亦有效地消化了報業體本身所吸收的文學人口之生產力。圍繞著文學副刊的讀者、編者以及透過這兩者長期以來相互默許的作者遂於七十年代以降漸漸形成一個隱然無形卻確然存在的共謀圈。爲了凸顯各自屬身的媒體形象，副刊不祇在爭取作家、作品的行動上趨近熱戰，在設計內容和活動上也多見較長議短之勢。這種由報業體競爭所延伸出來的文學園地戰線無疑也對衝撞言論尺度有著深遠的影響；不過，其中最明顯的爭勝場域便是文學獎。文學獎在兩大報副刊主編瘂弦和高信疆（他們都是詩人的身分自然是不容忽視的）的主持之下有一個在日後看來意義重大的相同點：雙方都願意完全尊重每年一任、每任人選皆不固定的評審者最後的評審結果，而不必過分顧慮報體本身所擁有的政治立場及所承受的尺度壓力。此一評審制度的設計巧妙地發揮了另一波衝撞言論尺度的力量——至少在早期幾年中，年高德劭、宿負重望且流派俱全的決審委員們成功地扮演了分擔政治或意識形態指控壓力和風險的角色。若非如此，〈賴索〉未必有機會發表。

一個受僱散發反政府傳單的小販賴索被捕入獄，主事者「韓先生」卻出境流亡。多年後獲釋的賴索成爲台北這個大都市的邊緣人，發現「韓先生」居然載譽歸國——因爲他在海外經商發跡，並公開宣告悔悟投誠，搖身一變，成了媒體英雄，小人物賴索費盡辛苦匆促地和「韓先生」見了一面，對方卻冷漠地表示不記得他了。

在解嚴前的台灣，黃凡這篇初試啼聲之作顯示了驚人的勇氣與技法，也爲鄉土文學論戰之後因筋疲力竭而創作銳減的台灣文壇注入了相當的刺激。〈賴索〉所呈現的勇氣不祇在作品影射了某旅日財閥和執政當局不擇手段的粗暴及怯懦，更重要的是作者無視於體制和反體制兩造勢力在鄉土文學論戰之後完全構築起來的分明壁壘，黃凡跡近虛無的誇張嘲謔固然使賴索這個角色游移於城市小知識分子和無知愚民之間而有些模糊失措，卻有力地顛覆了論戰期間兩個對反勢力各自營造起來的正義神話。在技法上，〈賴索〉則示範了一個更具自由度的叙述形式。黃凡似乎無視於當代稍早出現的前輩傑作所豎立起來的寫實典範，即使連那個陳舊且鞏固的叙事觀點也經常懶得持守。他總是願意讓叙述者喪失準確的時間感以便汪洋恣肆地噴湧他對資本家、政商關係、宗教、知識分子及其所寄身的學術文化圈、大衆傳播媒體、較高的階級和品味、愚昧的（被愚昧的）小人物、道德教諭、色慾男女、時尚……幾乎一切的敵意。黃凡的嘲笑之聲則彷彿永遠縈繞在都市之中。《賴索》一書問世之後，黃凡以無比旺盛的創作力連續出版了《零》、《大時代》、《傷心城》、《東區連環泡》等，不斷對一個曾經令前輩作家憎惡的都市發出冷慄的訕笑，也一貫保持著割裂、雜沓但繁複靈動的敘述風格。

八十年代開始的幾年之中，因受到相繼設立的文學獎鼓勵而崛起的作家活躍起來，他們大多出生於一九四〇年代末期以後，與台灣各地城市／都市化的步驟同時成長，其中有相當數量的人在寫作之前、之餘亦從事與文學相近或相關的行業，如報刊雜誌的編輯或記者、廣告公司的文案、教員、流行歌詞創作、電視或電影編劇、出版社甚乃至於專業作家。由於文字工作幾乎無一例外地屬於城市行業，這批生力軍所生長、歷練的又是一個以更強大的力量向都市凝聚的環境，是以在經驗面上，他們較諸前輩者尤有更豐富的資源，其中包括人在權力、財富、性等方面因都市化進程而暴露或面對的內外在衝突。

曾經擁有豐富航海經驗且多次獲得文學獎的東年在一九八八年出版的長篇《模範市民》代序文〈飆車的精神分析〉裡描述：

> 現代社會與文化是高度經濟發展的結果，在經濟活動中，個人相互競爭是主要的原則，競爭是社會關係內主要的決定因素。因此，競爭對於我們文化的每一個人都會構成問題，並且在日常生活中散佈難以紓解的壓力和焦慮不安。

這段聽來耳熟的話語之中並非作者強調的「日常生活」倒是很可以爲八十年代體驗了多采／單

調、豐盈／空虛、自在／規律、便利／阻滯等諸般分裂特性的都市生活的作家下一旁注——作家們（即使出於某種割捨不掉的心理）是如此專注於他們平凡庸碌的日常生活，從而對感官性細節的掌握尤其不吝下筆。概略地說：新世代的都市小說作者（以女性居多）常為讀者勾繪出意象鮮明細膩的心理狀態或動作，甚至有意犧牲掉都市律動本身的節奏感。於是我們在袁瓊瓊、蘇偉貞、廖輝英、朱天文、蕭颯、鄭寶娟以至於稍晚出現的張曼娟等作家的作品中極少感受到浮躍跳動的節奏，這些作家對於透過文字符號再現一狀態、情境的興致極高，除了朱天文以及《離開同方》的蘇偉貞之外更不憚辭費地將日常對話忠實且完整地移置到小說人物的口中。

整體說來，女作家群在八十年代前期為台灣的小說界示範了一種介於浪漫傳奇和寫實小說之間的類型，即使像學院批評家絕少提及的朱秀娟的《女強人》、廖輝英的《盲點》、蕭颯的《愛情的季節》等作，也都觸及了都市男女愛情與婚姻之中權力和財富的分配課題。不過，將筆鋒直指政治與性問題的（容後述）並不多見。這個「群而不黨」的女作家爭出的現象在混揉「浪漫／寫實」兩大傳統上的表現令人不免想到維多利亞風格（Victorian 1837－1901），大部分作品在男女關係的處理和意識形態的選擇上也和彼一時風般小心翼翼且莊重拘謹。

頗見例外的是李昂、平路、朱天心。

六十年代即已嶄露頭角的李昂在十八歲那年以一篇取材於大學生發生婚前性行為而遭退學處分的小說〈人間世〉聲名大噪，此後不時與「引起爭議」四字結緣。一九八三年，李昂以《殺夫》一文獲聯合報中篇小說首獎，接下來，一九八七年的《暗夜》和一九九一年的《迷園》無不引發相當程度的討論。其中《殺夫》雖取材自野史《春申舊聞》，李昂卻將故事場景從上海搬到了鹿港——一個李昂認為是「市鎮」、「市鎮與農村有……巨大的不同」（《殺夫》〈寫在書前〉）而《暗夜》和《迷園》更積極且具體地將都市中產階級和豪門巨賈兩種權力和財富階級的性愛遊戲、政治遊戲刻畫得既冷刻、又煽動。敏於發掘、追蹤那些頗富爭議性的材料固已不凡，李昂經常會引人好奇的是：她雖不祗一次地宣稱自己採取了「女性主義」的寫作角度，可是從殺死一個橫暴的屠夫到為替父系先祖修復一座殘園而身陷重重詭謀迷情的鬥爭，李昂為女性角色賦予的自主性意義若非過度簡約，即成過度模糊。在修辭上，李昂也一貫地未曾遠離七等生早年即已豎立的語言風格（習慣性地省略介繫詞、虛字以及將副詞置於句首，或將動詞置於句尾當形容詞使用）。

不亞於李昂，平路的成名作〈玉米田之死〉在一九八三年贏得聯合報短篇小說首獎，這篇作品也有一個可資「對號入座」的影射性取材——轟動一時的陳文成命案。自茲而後，平路更不時透過作品顯示她擅於捕捉重大新聞訊息和流行話題與觀念的能力，亦絕不放過較具前衛實驗性格的寫作技巧。同時，她也是一個和李昂一樣，經常藉雜文專欄直抒女性主義意見的作家。

儘管在小說語言上和李昂、平路的差異極大，朱天心卻同樣在題材面的寬廣度和勇於嘗試處理複雜敘述形式這兩點上與平路、李昂分庭抗禮，成為當代最活躍的中堅小說家。朱天心一九七九年與黃凡的〈賴索〉同時披露，並獲得時報文學獎小說優等獎的〈昨日當我年輕時〉不期然是個具有〈告別既往〉象徵意味的標題，同名小說集在一九八〇年出版，此後相繼於一九八二和一九八四年問世的《未了》和《時移事往》雖偶然還在向八十年代以前某些兒女情長的成長啓蒙牽懷出神，卻已經明顯地暴露出要將家國大事或世局變化的背景織入悼情傷逝的故事正文（〈時移事往〉），而在〈主耶穌降生是日〉裡，朱天心也預習了數年後她益發熟練的手法——大量摭拾新聞材料並出之以擬聲摹狀逼眞又諧諷的訕嘲。她在一九八九年和一九九二年再度出發，出版的《我記得》和《想我眷村的兄弟們》兩部短篇集，非但更加確證了她身爲一位都市小說作家的身分，更向讀者展現了領先同儕男性作家的取材、剪裁、敘述能力。正由於朱天心有極強的胃納和消化能力，是以她消耗素材的（尤其是寫實性細節）吞吐量亦高，在小說敘述形式方面亦顯現了更快的節奏與更繁複的時空變化。一九九二年開始，朱天心也一如平路和李昂稍早時那樣，密集地揮舞一枝書寫時論的健筆，投入雜文專欄的戰場。自稱在三十歲之前沒有讀過父親朱西甯小說的朱天心因整理朱西甯舊作而受到的浸潤較朱天文晚，然而《我記得》與《想我眷村的兄弟們》二書之中已明顯承襲了朱西甯〈現在幾點鐘〉、〈春風不相識〉諸作時期獨特的世故男性敘述腔調。

李昂、平路和朱天心的崛起或成熟可以視之爲都市小說作家和包圍著他們的大量資訊周旋、奮戰以至於反控和操弄的一個歷程。這些作家所生存的都市不衹在景觀上迥異乎前，他們在六十年代初識世事時的成長洗禮中還留有西方現代主義甚至更早的文學傳統的影響，而與流行舞步一樣快速交替更迭的各種知識以資訊化、消費化的閃逝速度帶來無休無止的刺激，這是「世紀末的華麗」（朱天文小說），考驗著都市小說作家與整個環境之間相互辯論與容受的關係。而一個自鄉土文學大興以來便不時質問著許多作家的疑惑於焉彰顯：最值得掌握的現實究竟是什麼？

這個疑惑在都市小說的關切之下喚起衆聲喧嘩的答案，構成這個世紀末台灣文壇的交響主題，它們是遠比七十年代以前質樸單純的懷舊愁鄉、感時憂國更令人錯愕的、也更令人不得不逼視的迷宮，挑戰著小說家面對赤裸裸的各種鬥爭與支配課題：權力、資源、財富、性和身分認同。它們猬集於都市，構成難以辨認的糾結體，也反而勾引小說家放棄那個「最值得掌握的現實是什麼？」的疑惑，他們自己構築現實，經營歷史，甚至顛覆小說叙述的本質。

歷史大河中的悲情

——論臺灣的「大河小說」

楊照

1

要談「大河小說」，不能不先提戰後臺灣小說史上兩項嚴重的偏缺。第一是歷史、歷史意識、歷史敘事一直都未在純文學主流領域扮演重要角色。自五十年代的反共主題到六十年代的現代主義，乃至進入七十年代的鄉土寫實，……強烈的當即現實性是這段文學史的共同基調。

「反共文學在意識形態掛帥領導下，必須訴諸於一些簡單的是非善惡概念，宣傳昂奮、樂觀的戰鬥精神，因而對於充滿複雜轉折、悲情挫敗的過去基本上是能躲則躲。現代主義表現為一種移植的苦悶、背叛，其文學寫作背後的動力乃是以個人存在的種種困局為主，標榜『現代』的同時亦代表宣告與『過去』的斷裂，歷史在這樣的作品中付諸闕如亦是可以自然推知的事實。鄉土寫實一方面固然對現代主義式的自我中心耽溺大加撻伐，然而其所提出的對治策略畢竟是以刻畫、呈現臺灣當下社會現實為中心的，歷史來龍去脈的追索、歷史情境的重構捕捉，一直並未成為關懷重點。」①

第二個偏缺則是長篇小說一直都不能算是創作的重心所在。從六十年代開始，一波波重要的文學概念推陳出新、美學評價翻攪革命，幾乎都是由短篇小說創作打先鋒，而且最為膾炙人口的重要作品也是以短篇居多。七十年代中後期，兩大報先後創設小說獎、文學獎，更加強了這種趨勢，雖然獎項中也斷斷續續列入中、長篇項目，然而不可否認地，短篇始終是核心主角。一經文學獎提點便躍居文壇的戲劇性效果，也是在短篇部門最見顯著。

影響所及，甚至在文壇產生了一種「以篇幅論英雄」的價值觀。這套價值偏見非但不是覺得長篇卷帙浩繁、難度較高，所以比較值得尊敬，反而是認定嚴肅文學的實驗、突破與短篇文類連繫緊密，相形之下，長篇作品則比較接近通俗文學。所以我們現在能叫得出名字的長篇作家作品，除了極少數外，當時在文壇地位都不是頂高，反而是在商業市場上開拓出一片江山來。②

考慮臺灣戰後小說史上的這兩大偏缺，我們可以更清楚看出所謂「大河小說」強烈的異數性格。

「大河小說」這個名詞直接的來源應該是法文的 Roman－fleuve。Roman 意指小說，Fleuve 則是向大海奔流的河。而法文 Roman－fleuve 最早的意思只是用來形容長度滔滔不絕的故事，並沒有特定文類成規的概念。③到了十九世紀之後，Roman－fleuve 才被拿來對應指稱英文中的 Saga Novel 或德文裡的 Sagaroman。所以溯源來看，「大河小說」在性質上是比較接近 Saga

的。

Saga 最原始指的是北歐中世紀的一種叙事文體。其主要內容處理傳奇或歷史英雄個人、家族的歷險經過。Saga 流行的年代約莫是從十一到十四世紀，原先是以吟誦口傳形式存在，到了十二世紀之後才陸續被書寫記錄下來。④

由北歐文學傳統逐漸擴大，到了十八、十九世紀就出現了較廣義的 Saga Novel。Saga Novel 有時還是以 Saga 直稱，不過其內容已經受到近代 Novel 形式的衝擊洗禮，在題材上當然不再局限於中古北歐，在叙事手法上也揚棄了傳奇怪力亂神，逐步走向眞實理性，變成一種特定形式的歷史小說。⑤

Saga Novel 與其他小說最大的不同點，第一是其中濃厚的歷史意味，故事發生的背景往往設定在某個變動劇烈的歷史大時代；第二是其叙述是以一位主角或一個家族爲中心主軸，利用一人或一家貫串連續的經歷來鋪陳、凸顯過去的社會風貌；因此第三，Saga Novel 中會以較多的篇幅處理社會背景以及當時日常生活中的種種細節；綜合以上諸條件，要都能盡職達成的話，Saga Novel 當然不可能是短篇小說，Saga Novel 的第四個特色就是其叙事綿綿不斷，好像可以和時間一般永續不斷，一路講下去成就了的不止是長篇小說，更是特大號的超級長篇。⑥

欠缺歷史主題，又不重視長篇創作的環境裡，要產生「大河小說」當然是難之又難，也因此在臺灣可以被劃歸入這個類別裡的小說，眞是可以用「屈指可數」來形容。

2

在進入作品討論之前，我們還必須注意「大河小說」這樣一個名詞，在臺灣文學史脈絡下的特殊意義。前面雖然說「大河小說」大致可以對應於西洋文學分類中的Saga Novel，然而在臺灣的情況下，符合於Saga Novel文類條件的，卻不一定都被歸納在「大河小說」的範疇裡。亦即是「大河小說」的定義比Saga Novel其實要來得狹窄些，「大河小說」此一名詞除了其文體規範上的意義外，還負載了內容取材的目的性價值，這點下面還會詳細說明。

單就文體成規上看，司馬中原早年幾部上千頁的作品其實就頗接近Saga Novel的形式。最明顯的作品應數《狂風沙》、《路客與刀客》，刻畫清末民初的中國鄉野，並且塑造了如關八這樣的中心角色，讓歷史視角隨著他的英雄式經歷而移轉、呈露。

另外一部也非常接近Saga Novel形式的超級長篇是馮馮的《微曦》。四巨冊、厚度幾達一千五百頁的《微曦》，從頭到尾都是在描述主人翁范小虎成長過程中所遭遇的波折、苦難，以迄最後靠勇氣、毅力克服一切成爲精通數國語言的國際性重要作說家。而伴隨著這段人生逆流上游故事的背景、襯底，則是由抗戰中國到「轉進」臺灣的混沌、暗晦時代。不管從篇幅、從歷險落難到英勇脫困的主題，或從刻畫時代的歷史感來看，《微曦》都應該算是一部不折不扣的Saga，然而就我所知，卻從來不曾有人以「大河小說」來定位、定性《微曦》。

更擴大來說，事實上臺灣過去主流的文學論述裡，根本就很少出現「大河小說」這種說法。到目前，還有許多長期只關注主流論述的人完全無法理解「大河小說」究竟何指，所以這篇論文開頭才需要拿 Saga 和 Saga Novel 來作一番解釋。「大河小說」這個名詞、說法，過去基本上是流傳於處於邊緣地位的本土文學論述裡，也因此在如 Saga Novel 般的文體、文類規定之外，「大河小說」還有一項沒有明說的內容標準：那就是「大河小說」要刻畫、建構的歷史敘述，是相對於中國史，外於中國史的臺灣歷史。

文體規定加內容標準，「大河小說」這個門類中，一般公認最傑出、最具代表性的作品，大概就數鍾肇政的《臺灣人三部曲》、李喬的《寒夜三部曲》以及東方白的《浪淘沙》。

3

鍾肇政的《臺灣人三部曲》可以算是臺灣「大河小說」的奠基之作。在《臺灣人三部曲》之前，鍾肇政先寫了一部總字數約在七十萬的自傳性小說《濁流三部曲》。從字數上看，《臺灣人三部曲》與《濁流三部曲》約莫相等，然而在意義上卻不完全一樣。《濁流三部曲》最大的成就乃在於鍾肇政十分誠實地面對了自己少年時代處於日據末期的經驗，一方面細膩建構、重現日本「皇民化運動」下意識統控的天羅地網，另一方面更是極其耐心地追索小說主人翁如何在這天羅地網中生出苦惱、疑惑，進而一步步尋找新認同、新信仰的過程。再者，在小說敘事者「我」思想變動的同時，他遇見各式各樣對「皇民化運動」、對「（日本）內地認同」抱持相異態度的人，大致地展現了當時臺灣社會殖民化的光譜，是不可多得的歷史社會學素材。

從今天的角度回頭看《濁流三部曲》，我們不禁替當年鍾肇政的誠實捏一把冷汗，他自己恐怕並未意識到如此一部自傳直敘，對當時官方體制的歷史刻板印象，具有多大的顛覆潛能。在簡化的官方版本裡，日據時代每個臺灣人都是中華民族主義者、祖國派，只是被日本殖民者以暴力脅迫、敢怒不敢言。也因此抗戰勝利後依照「開羅宣言」把臺灣交給蔣介石領導的「國民政府」，對臺灣同胞來說是順理成章的事。這種黑白分明的高反差圖像，背後一個未經明說的假設是：中國人就是中國人，本質是什麼，認同就是什麼。本質不可能改變，認同因而也不可能改變。臺灣人從頭到尾就是中國人，只有極少數人爲了私人利益才改變認同，「假裝」自己是日本人。

《濁流三部曲》告訴我們的是：認同其實是流動可塑的。在日據後期，尤其是一九三七年「皇民化運動」展開後，年輕一輩臺灣人中愈來愈多眞正相信自己是「日本人」；更重要的，日本敗象顯露之後，中國認同並不是自然而然就在臺灣人心中被「喚醒」，中國認同其實是個歷經掙扎、選擇才建立起來的新認同。

由於用太細膩的筆法模想那一時代中故事主人翁的個人思想、周遭人際，《濁流三部曲》對社會觀照的幅度不大，所處理的時間縱深更不能與《臺灣人三部曲》相提並論。然而換個角度看，《臺灣人三部曲》所試圖建立的歷史觀、歷史意識，在原創性、顚覆性上卻遠遜於《濁流三部曲》。

《臺灣人三部曲》可以算是第一本用小說形式貫寫臺灣史的「大河小說」。由於採取「三部曲」的形式，而且將第一部的重心放在淸治臺灣，很容易讓人聯想以爲「三部曲」的三部會按臺灣政治史上三次「改朝換代」來安排。然而事實上，「三部曲」全部寫完，臺灣才光復，戰後的部分並未觸及。⑦

《臺灣人三部曲》雖然是第一部貫寫的「大河小說」，然而依照鍾肇政自己的講法，早年鍾理和也曾有過類似的構想⑧，而且隨後李喬也以《寒夜三部曲》跟進⑨，另外還有廖清秀未見發表出版的《第一代》，陳千武的《臺灣志願兵回憶——獵女犯》，葉石濤希望從明鄭時代寫起的歷史小說⑩，顯見再現日據時代歷史風貌，是許多本土作家很早就共同具有的創作動機。造成本土小說家比一般主流小說家懷抱更強烈的歷史熱情，一個很重要的原因就在：臺灣歷史長期被忽略，一般生活中不再能展現從日據時代以降的連續性。亦即是我們很難由對現實的描述、思考連絡上過去那個時代的風華，然而對這些「身經二朝」的本土作家而言，那個時代卻是他們確確實實活過的童年、少年，他們必須依靠講叙歷史方才能護持、尋回自己生命的連續性，不至於被零落切割。

4

儘管不少本土作家共同希望藉由小說來保留、連接戰前臺灣經驗，不過眞正在作品上拿出成績來卻一直要等到七十年代。七十年代之前，除了鍾理和在林海音的鼎力支持下勉強算是例外，基本上臺灣本土題材的作品在文學價值位階上，明顯是排列於外省懷舊大陸情緒以及新興都會知識分子「存在」強說愁之下的。以跨越淡水河以外的「下港」經驗爲基礎的本土文學，一直無法獲得主流體制的充分認同，在寫作、發表上有著重重困難、阻卻。現實條件不利的情況下，即使再怎麼有心，要想完成「大河」規模、介於虛構與史跡之間的小說，談何容易。

《臺灣人三部曲》完成時，正好是臺灣政治新世代全面接班，「本土化」政策初露端倪，而到了《寒夜三部曲》發表時，臺灣已然走過了「本土化」思潮對文學、文化的第一波衝擊，那便是「鄉土文學論戰」。「鄉土文學論戰」以文學爲名，骨子裡卻是對臺灣戰後社會、政治、經濟走向的大清算、大辯論⑪，整體說來在文學上最重要的影響就是將文學作品中出現的本土鄉村題材、關於貧窮的多方描述，予以合法化，不再屈居價值系統下游、邊緣，而能夠與都會、「中國」經驗平起平坐，甚至凌而越之。

不過正如本論文一開始指出的，「鄉土文學」理念雖然標榜描寫農村、照顧低下階層觀點，然而理念要轉換爲作品，中間卻卡了很重要的一層打不開的關節。那就是大部分的作家其實並不具備有充分的寫實能力，更對農村、低下階層生活嚴重陌生，因而「鄉土文學」吵嚷半天，也大量生產了夾雜閩南語對話，以鄉村爲背景的小說，然而傳流至今、值得一再重讀的，卻仍只局限於黃春明、洪醒夫等眞正身具「庄腳」經驗作家的作品。

「鄉土文學」論戰中暴露出的另一個問題，則是臺灣知識分子型作家對本土的無知。「鄉土文學」要求知識分子放下身段、關懷周遭，好像理解臺灣只是一個純粹的態度問題。走出都會就立刻能夠看到「鄉土」、看懂「鄉土」。當時風起雲湧出現的「鄉土小說」、「報導文學」證明：「鄉土」關懷如果只停留於表面的層次，其所造成的問題還遠超過所能提供的答案、解決。而要眞正深入「鄉土」、「呈現」（represent）「鄉土」，一個不可或缺的條件是豐富的歷史背景，撫今溯古式的脈絡思考。

「鄉土文學」先有概念再落實作品的一場熙攘實驗，如浮雕般凸顯了臺灣本土歷史在長期忽視、壓抑後所具有的貧乏、蒼白色彩。我們想要用中國式的歷史思考，嫁接臺灣的現實經驗，注定只能鬧出一堆不合邏輯的笑話。

在這樣的環境、氛圍底下寫作產生的《寒夜三部曲》，因此就含夾了《臺灣人三部曲》中所沒有的一份激越情緒。《寒夜三部曲》不只是要用小說來貫穿戰前戰後臺灣人生活世界的圖象，這樣一部書更要扮演通俗臺灣史教科書的角色。

讓我們再回頭拿西洋的 Saga 作參考，比對之下，更可以看出臺灣「大河小說」的沈重包袱。人家的 Saga 通常表現爲對英雄的一闋頌歌，在前面盡力渲染逆境、危難的可怕，然而終局必定是英雄精神的徹底發揚，克服一切獲致成功。Saga 中所編織的歷史質地（historical texture）帶有濃厚的神話傳奇樂觀色彩，因而在傳誦、閱讀的過程中，幫忙塑造了民族的認同與自信心。⑫

臺灣的「大河小說」，主題是臺灣人對統治者與周遭環境無窮無盡的反抗。不論是《臺灣人三部曲》或是《寒夜三部曲》，都非常強調臺灣人「三年一小反、五年一大反」的「反骨」精神，也都透過故事中的主角參與二十年代中最重要的幾場反抗運動，從「議會設立請願」到「文化協會」到「農民組合」到「民衆黨」乃至到左翼臺共活動。這樣無窮無盡地與支配者周旋，能說不英雄、英勇嗎？然而小說中不可能虛構改變的歷史事實卻是：這一連串的反抗波折終究都未能開花結果。才短短幾年，到一九三一年後，不管左、右翼溫和或激進的反抗活動，都在殖民政府的堅心鎮壓下，逐步銷聲匿跡，三七年「日華戰爭」開始，「皇民化運動」更是徹底解消了臺灣人任何反抗的武裝。

處理日據時期臺灣歷史，對臺灣本身的集體認同非但不是一份足以昂奮人心的助力，相反地還是製造混亂的泉源。尤其是日據最後幾年，臺灣被捲入太平洋戰爭中，成了日本帝國重要的南進中心，先有軍伕後有所謂「志願軍」被送到南洋參與戰役對抗同盟國，而且臺灣本島也因其戰略地位之突出，而遭到美軍反覆空襲轟炸。沖繩島戰役前後還一度盛傳麥克阿瑟將軍將率大軍登陸臺灣。⑬在這種情形下，臺灣人事實上是在打一場只輸不贏的戰爭。日本不可能贏，臺灣卻無法不幫日本；日本戰敗後，臺灣必須立刻忘卻戰爭、空襲所造成的損害，視美國爲救主、認中國作依歸。

這種矛盾、低盪的情緒，是戰事末期臺灣的歷史實況，可是卻不能見容於國民黨治下的大中國政治意識形態，對任何歷史的書寫者都是一個嚴重考驗。史家在面對這項挑戰考驗時，還可以用「一筆帶過」的方式，選擇性地以較抽象的語句宣告一番⑭，小說家卻沒有這種空隙、餘裕可供逃躲。他必須描述情節、刻畫細節。

《臺灣人三部曲》的第三部《插天山之歌》寫作時臺灣還是典型的極權宰制社會，依鍾肇政在〈後記〉中的告白⑮，這本《插天山之歌》竟然還是聽聞傳言有「奉命不得刊載……（鍾肇政）的文章之說」，連忙寫來投寄給當時最高言論權威《中央日報》，以作「澄清」用的。如此背景下，《插天山之歌》便選擇了描寫陸志驤在深山林內逃躲日本警部追捕的故事，一方面固然是翔實地重現了日據末期臺灣最邊遠地區的生活實況，另一方面顯然也就刻意逃躲掉了被「皇民化」徹底洗禮的都市地區，勉強過關。

《寒夜三部曲》講到這段，也不約而同地把故事場景調離「皇民化」的主題，遠走到南洋的戰場上。對戰爭慘酷一面的描寫，使得這本《孤燈》成爲臺灣軍事體制籠罩下，少數帶有明顯

「反戰」訊息的小說，不過其中所反的除了戰爭本身之外，更重要的是日本帝國主義。利用人命的生死掙扎指控戰爭發動者，既合情合理也能照應到現實意識形態要求。

總而言之，這兩部「大河小說」都沒有能夠營造出一個 Saga 式的光榮、輝煌結局，不過那不是作家的問題，而是臺灣歷史本身的尷尬、悲情。

5

與西洋主要的 Saga 比較，臺灣的「大河小說」還背著兩項沈重的擔子。第一是官方所營造的歷史版本距離眞正事實太遠，然而又有充分的政治權力在背後，確保這個版本必須被視爲眞理、不得質疑、不得違逆。

戒嚴時代官方正統歷史中，戰後這一段根本沒有臺灣社會、臺灣人民。終戰接收，臺灣人是「歡欣鼓舞」地回到祖國懷抱的，所以「劫收」的醜劇沒有上演過，「二二八」屠殺沒有發生過。四九年國民政府遷臺，然後歷史的全本內容就是大有爲政府的種種德政、復興基地日復一日的長足進步，這個戰後史框框架起來之後，根本就不容有歷史小說想像置喙的餘地。這段歷史，隨便一寫一定會寫到官方沒有講的東西，官方沒有律定是好是壞，如果寫到一不小心就會觸犯無所不在的禁網。所以實際上，戰後史不只對小說、甚至對歷史學而言都是一個不容涉足的禁地。

所以「大河小說」再怎麼「大河」，時間洪流再怎麼浩浩湯湯，到一九四五年就非中止不可。切近自身經驗的時代不能寫進小說裡，「大河小說」作家只能摸索檔案、童年記憶，神遊日據時代。

另一個沈重包袱是：社會上的閱讀大衆對臺灣歷史的常識太過缺乏，小說家不能假設說一般讀者對某某史家應有基本認識。小說不只要講主軸的情節故事，還得概略介紹當時民情細節，更需解釋社會上大事的來龍去脈。尤其是把大事硬插擠在小說裡，常常把小說的叙述語氣切割得支離破碎，甚而小說角色變成爲了引出大事而設計的工具。

這種情形在《寒夜三部曲》中最嚴重，第二部寫「文化協會」抗日活動的《荒村》尤爲其甚。完全從美學觀點來衡量，這樣的小說寫法是充滿缺陷的，然而也正是因爲如是不統一、不完美，《寒夜三部曲》在戒嚴時代就不只是一部小說，還是一本教育了一整代新醒覺本土主義者的重要教科書。我們今天回頭評價《寒夜》，絕對不能忽略了這一點。

6

《臺灣人三部曲》、《寒夜三部曲》之外，八十年代以後，又出現了兩部歷史野心雄厚的「大河小說」，那就是姚嘉文在獄中苦寫的《臺灣七色記》以及東方白的《浪淘沙》。

《臺灣七色記》隨姚嘉文出獄而問世，在當時確曾轟動一時，具有無可取代的重大政治象徵意義，而其高達三百餘萬字的篇幅，更是超級中的超級。然而這部書的特色也同時成了它的缺點。姚嘉文以律師、政治反對人物的身分，利用在獄「進修」時涉足文學、歷史，卻在尙未充分掌握文史寫作美學規範前便貿然嘗試難度最高的「大河小說」，因而嚴重缺乏建構、堆砌情節的技巧；更糟的是，也沒有推敲、揣測歷史的功夫。《臺灣七色記》冗長的篇幅其實有一大半是情節無法有效推動製造出的浪費，而且文中到處可見粗拙、幼稚，明顯屬美學上「技術犯規」的段落，更在在地阻卻了讀者接近文本的企圖心。另外，姚嘉文不懂得如何營造異質時空的感覺，使得《七色記》中每一段歷史都有太強烈的「現代干擾」，古早人講現代話的情況頻密出現，未經詳細考證的場景破綻百出，其綜合結果是恐怕少有讀者能從頭到尾卒讀《七色記》，政治性的熱潮降溫後，《七色記》也就很少再被提起了。

東方白的《浪淘沙》是部在臺灣社會大變動環境下，意外崛起的作品。說「意外」並沒有貶抑這部作品價值的意思，而是要強調指出《浪淘沙》在不同文學典範中穿梭、跳躍的事實。《浪淘沙》開頭寫時，正是「美麗島事件」餘波盪漾的一九八〇年，當時本土意識受到重挫，「鄉土」被體制收編。《浪淘沙》處於這種情況下，只能在臺灣文學生態的邊緣地帶掙扎求活。《浪淘沙》第一部《浪》發表後獲「吳濁流文學獎」，更確立了其在「本土文學」論述中小衆流傳的性格，沒有兩年，《浪淘沙》甚至連載中斷，被迫轉移陣地。

由這樣的環境裡開頭，歷經整整十年，才算寫完一百五十萬字。書出版時，臺灣已經走完了解嚴的險象，進入「後蔣經國時代」，社運烈火正在街頭熱熱地燒，開放探親後重新調整的「臺灣—中國」關係初露端倪。多重機緣泊湊衝擊，竟使得《浪淘沙》搖身一變進入主流媒體成爲熱門話題。這當中我們也不能忽略了東方白寫作過程中的幾度發病經驗，更增其作品的傳奇色彩，《浪淘沙》於是被讚譽爲執志寫作的典範，「大河小說」的極致。

撥開這些主流媒體製造的迷霧，平心而論，《浪淘沙》的文學成就其實不見得一定高於鍾肇政與李喬的作品。寫作時間拖得太長，使得《浪淘沙》中夾雜了太多與小說叙事不太相干的雜質，不時牽離叙事主軸只爲了抄補一些臺灣民俗史料。在八十年代初期，我們還可以體諒東方白努力搶救、保留本土庶民細節史料的用心，然而後解嚴的九十年代再看，這些「插曲」就顯得囉嗦累贅了。

更要緊的恐怕還有《浪淘沙》中缺乏如《臺灣人》或《寒夜》中，那種與現實辯論呼應的張力。《浪淘沙》所用的敘事手法極其老舊、極其「前現代」，以描述表面現象爲已足，根本不曾深挖主角的心理層，而且現象間所連絡出的意義也都太一元、單面，字數雖多，但其文本的解釋可能性卻奇少無比，與《寒夜三部曲》那種峰迴路轉的集體心理學建構取徑，不可以道里計。

《浪淘沙》最大的長處在於可以把小說一直往下寫，寫超過了終戰，寫進了「二二八」等戰後事件。這是前輩鍾肇政、李喬當時寫作環境所不許可的。因此就完整性來說，《浪淘沙》應該略勝一籌。不過時移事往，進入九十年代之後，鍾肇政也交出了新的成績《怒濤》，這本再度以陸家人爲中心寫「二二八」的小說，應該視爲是《臺灣人》後續的第四部。李喬亦不落人後，努力寫作也是以「二二八」作中心的《埋冤、埋冤》，想必也是作爲《寒夜》「大河」的下游續流。

臺灣政治的連串改革，總算是祛除了大部分「書寫臺灣史」的禁忌，這兩年臺灣戰後史浮上檯面成爲爭議重點。「大河小說」這個文類若要保持活力，勢必得讓歷史之流向戰後貫串。走過「二二八」，進入五十年代，如何處理臺灣社會隨國府遷來而產生的複雜、異質面貌，將是未來「大河小說」創作較勁最重要的關鍵之處。

一九九三年十二月於臺北內湖

註釋

①見拙作，〈歷史小說與歷史民族誌——高陽作品中的傳承與創新〉，收於張寶琴編，《高陽小說研究》（臺北：聯合文學，一九九三年），頁一二九—一四八。引文見頁一三一。

②以寫長篇爲主，被納歸爲通俗作家的，例如：寫歷史小說的高陽、寫鄉野小說的司馬中原、寫愛情小說的瓊瑤，還有後來才正式引進臺灣的金庸。

③詳 S. Flaub, *The Flowing Narrative: Representations of Time in Modern Fiction* (Toronto: Quebec University Press, 1991), pp. 5–8.

④參見 Robert G. Forte, "Introduction," in Snorri Sturluson, *Heimskringla* (New York: Penguin, 1990), pp. iii–xxii.

⑤關於 Saga 與 Saga Novel 兩種文類間的承傳及差異問題，感謝陳映眞先生在會議中的批評與提醒。

⑥西方文學傳統中關於 Saga 的種種討論，可參見 C. J. Betts, "Sagacious Saga: The Significance of Detail," in John Clive ed. *Writing History in Novel* (Oxford: Oxford University Press, 1991), pp. 284–363.

⑦葉石濤已先提出這點批評。見氏著，《臺灣文學史綱》（高雄：文學界雜誌社，一九八七年），頁一五二。

⑧見《臺灣人三部曲》的〈後記〉。《臺灣人三部曲》今年由遠景出版公司合裝爲一帙，再版發行，列爲「臺灣文學叢書」之六。

⑨《寒夜三部曲》的第一部《寒夜》初稿最早於一九七五年起稿。當時《臺灣人三部曲》的第二部《滄溟行》正在連載中。見《寒夜》（臺北：遠景，一九八六再版本，頁一），《臺灣人三部曲》頁一一一一。

⑩彭瑞金，《臺灣新文學運動四十年》（臺北：自立晚報，一九九一年），頁一七二。

⑪參見拙作，〈惡化的歷史失憶症——「鄉土」重訪〉，收於《流離觀點》（臺北：自立晚報，一九九一年）中。

⑫同註④，pp. xvi－xvii.

⑬吳相湘，《第二次中日戰爭史》（臺北：婦女雜誌社，一九七七年）。

⑭即使是強烈反國民黨的史家史明，也選擇用「一筆帶過」來處理這段「皇民化」歷史。史明一千五百頁的巨著《臺灣人四百年史》中，竟然只分配了三頁講這幾年內的世界戰局，完全不提「皇民化」。見《臺灣人四百年史（漢文版）》（San Jose：蓬島文化），頁六九六—六九八。

⑮同註⑧，頁一一〇九—一一一〇。

女性主義與台灣女性作家小說

鍾玲

這篇論文企圖探討近十多年來台灣出版的女性小說家作品之中，呈現了那類女性主義的主題。當然，最難有定論的就是什麼是女性主義這個問題。我是主張以寬廣的角度來看女性主義。一九九〇年代美國女性主義學者的立場，可以由蘿冰·沃何（Robyn Warhol）與黛安·賀恩德（Diane Herndl）的看法略窺一二。她們編一千多頁的《女性主義眾學說》（*Feminisms*）的序中說：

女性主義批評家一般來說都同意女性受壓迫是生活裡不爭之事實，她們也同意在文學作品中及文學歷史上性別都留下其痕跡，而且女性主義文學批評在作品以外的世界中止壓迫的鬥爭之中，扮演具有影響力的角色。……即使當她們專注在以下這些比較抽象的事物上，如論述、美學，或主體之建構，女性主義者總是一點也不含糊地涉入一種政治上的努力，總是在學術界及學術界以外盡力改變現有的種種權力結構。（頁十）

Feminists critics generally agree that the oppression of women is a fact of life, that gender leaves its traces in literary texts and on literary history, and that feminist literary criticism plays a worthwhile part in the struggle to end oppression in the world outside of texts…… 〔E〕ven when they focus on such comparatively abstract matters as discourse, aesthetics, or the constitution of subjectivity, feminists are always engaged in an explicit political enterprise, always working to change existing power structures both inside and outside academia.（x）

本人倒並不完全認同美國女性主義學者的立場，本論文的目的也並非試著改變「現有的種種權力結構」，而是試圖客觀地反映文學作品的內容脈絡，當然，此論文專論台灣女作家作品中之女性主義思想，此主題本身並非絕對客觀，也有某程度之政治性。我認同這兩位美國學者所言的「女性受壓迫是生活中不爭的事實」，也認同「在文學作品中及文學歷史上性別都留下其痕跡」。以下爲我對所謂女性主義的作品的界定，這些作品中的論述對作品中的女性角色，對女性的社會、經濟、政治地位及對女性敘述者，女性的文字、文體，都持一種反省、反思的態度，對於父權社會的制度和文字，或持挑戰，或持批判，或持顛覆，或持改革的方式；更甚者，提倡女性權力、姐妹情誼、女性聯盟，建構女性文化等等。當然台灣很多女性小說家都處理不少女性主義的主題，尤以廖輝英及李昂比較激進。其他女性小說家即使常偏重他種主題，總會有一些作品處理這個主題。還有一些小說以女性主義爲主要論述，但也加入其他的論述，尤其是長篇小說，如李昂的《迷園》，除了表現女主角朱影紅如何由一傳統的女性角色轉變爲女獵人，獵取一個男性強人爲丈夫之外，更要呈現台北的現代商場景觀及台灣傳統世家的園林文化。廖輝英的《盲點》除了寫女主角丁素素如何掙脫了受虐待媳婦的命運，出來商場打天下，寫她的掙扎和角色之轉換，也著力描寫丁素素的丈夫齊子湘夾在母親與妻子兩個對立的女人之間，內心的矛盾和痛苦。尤其是在寫長篇的時候，女作家通常是不以女性主義題材爲滿足的。廖輝英在〈我爲什麼寫《盲點》〉中就說：「自命爲『合理化兩性關係』而努力的作者，《盲點》叙述的，不單是女性的問題。如果您是一位認眞的生活者，一定可以看出我的誠意。」（《盲點》頁四〇七）

本文將根據我所閱讀的近十多年台灣女性作家之小說之內容及論述方式，分爲三個題目來探討女性主義的問題。因爲作品很多，難免有遺漏之處，必然也會有漏網的重要主題。以下爲三個題目：㈠對傳統中國女性角色之詮釋與顚覆，㈡都市女性的婚姻處境，㈢兩性的鬥爭。

一、對傳統女性角色之詮釋與顚覆

中國傳統女性的美德，如堅貞、吃苦耐勞、寬厚、慈愛、具韌性等，是一些女性小說家處理的題材。尤以蕭颯著墨最多。她的長篇小說《返鄉劄記》及中篇小說《霞飛之家》都是以具傳統美德的女子爲貫穿全篇的女主角。在以前，這種典型的角色不是沒人寫過，像琦君散文筆下叙述者的母親，就是一位具慈愛、寬厚等美德的女性。鍾理和在〈貧賤夫妻〉中描寫的妻子就是堅貞、吃苦耐勞、具韌性的可敬女子。王拓筆下的金水嬸除了這些美德，便有無限的寬容和愛。但像蕭颯這般洋洋灑灑，以長篇的篇幅來刻劃傳統女性美德的作品，以前是沒有過的。由女性主義的觀點來看，她是把對女性角色之詮釋權收回來，由女性作家自己來作比較全面的詮釋。

蕭颯的長篇小說《返鄉劄記》著力描寫一位愛情堅貞，天生韌性強，個性厚道的女主角：碧春。由她的少女時代寫到老年，由一九四〇年代寫到一九八〇年代。她外貌美麗端莊，嫁的丈夫是專業人才工程師，她從一而終，等丈夫等一輩子。他們夫妻都是台灣人，丈夫卻在抗戰期間被日本人調到遼寧工作。勝利後，八路軍來了，丈夫被扣下來工作，她一個人帶著小姑與兒子逃難，逃難期間有一個忠厚的司機愛上她，但改變不了她的堅貞。她韌性極強，自己身為小學老師，但落難時，什麼都做，像是叫賣豆腐，做編織女工等。碧春等於是一個內外兼美的傳統女性典範。《霞飛之家》中的女主角桂美則不像碧春那樣是個美化的典範，桂美的形象比較寫實。她外貌平庸，出身貧苦，是逃難來台的外省少女，隨表姐一家人住違章建築，後來嫁給侯永年。侯永年是圓山飯店的侍者，好賭成性，太太跑了，留下三個小孩。所以桂美可以說是集各種苦命於一身。但她天性寬厚，對前妻的子女公正，刻苦耐勞，並且有經營頭腦，看中台北東區地段，開了一家著名的餐館「霞飛之家」，她終成為全家人精神上與實質上的支柱。蕭颯筆下的這兩位女主角，生動地刻劃了中國數千年來，沒沒無聞有德行的女性。

蕭麗紅的《桂花巷》中大量採用了傳統的世界觀，如宿命論，佛家的緣及因果觀念等。但是小說的中心，女主角高剔紅雖生長在傳統的世界中，相信傳統的觀念，但是她一些自主的行動卻解構了傳統的德婦形象。高剔紅出生於晚清，生長在台灣西岸沿海一個小漁港北門嶼的漁家，幼時喪父，十一歲喪母，然後就撐著家帶大幼弟。因爲她「好齊整人品，這麼一雙小腳」（頁八三），加上性情和針黹都極出色，所以會有林石港的大富人家辛府來提親，但她卻鍾情於一漁家子弟秦江海。然而命中注定她必嫁入豪門，因爲正巧她的弟弟出海打魚淹死了，她受了刺激，再也不願做漁家婦，就答應辛家的親事。她後半輩子卻枉然盡享富貴，雖與夫婿相愛相親，卻很早做了寡婦；兒子雖孝順聽話，她卻不喜歡媳婦，逼她離開辛家；後來兒子與再娶的媳婦在外工作，高剔紅晚年常獨守孤寂。

作者用女主角的一雙斷掌來合理化她孤獨的命運：父、母、弟弟、丈夫全給她剋死。表面上，高剔紅受制於命運，她個性有些方面很符合世家主婦的典型：聰慧、能幹、雍容大方。但作者賦給她好強、狠心、尖銳的另一面，把傳統守節寡婦（如《紅樓夢》中李紈等）的形象解構了。她十歲時候，爲了脫離窮困，心甘情願地受皮肉之苦去裹小腳，「反正她要綁一雙全北門嶼無人看過的小腳」（頁三六），可見她好強爭勝的個性。她守寡之後，因爲家中來了個長工春樹，只因爲他長得像初戀愛人秦江海，她就與他私通，但不幸卻懷了孕，她去日本生下一個女嬰，卻任人抱走，「竟無一絲不捨」，連小說的敘述者也下按語說「最毒婦人心。竟是無有錯的！」（頁三三一）多年後，她偷聽到丈夫的兄長辛瑞堂說她出牆的事，她心中狠狠道「我高剔紅怕死就不敢做，敢做便不怕死！」（頁四三九）一副是賭命狠角色的派頭，令人聯想到張愛玲〈傾城之戀〉中的雙面美人白流蘇。高剔紅對媳婦碧樓的趕盡殺絕，把她掃地出門，也令人聯想到張愛玲〈金鎖記〉中的七巧，把媳婦壽芝步步逼死的過程。張愛玲筆下的白流蘇與七巧可說是原創性比較大的角色。但蕭麗紅筆下的高剔紅表面上雖然很像是個任由宿命擺佈的傳統女性角色，內裡卻是個獨特、強悍、具反叛性的女子。這種故意採用傳統模式以解構之的策略，也很獨特。

何洛·布隆（Harold Bloom）的「影響的焦慮」（anxiety of influence）概念，衆所週知。仙蒂拉·吉爾伯（Sandra Gilbert）與蘇珊·古巴（Susan Gubar）則由女性書寫來重新探討及改寫布隆的觀念：

> 男性藝術家與他的先行者搏鬥，會以布隆所謂的修正的偏離軌道，逃離及誤讀等形式進行，正如同他們，女性作者的自我創作戰鬥也投入一種修正的過程。然而她的戰鬥並非反抗她的（男性）先行者對世界之解讀，而是反抗他對「她」的解讀。（頁二九二）
>
> 〔J〕ust as the male artist's struggle against his precursor takes the form of what Bloom calls revisionary swerves, flights, misreadings, so the female writer's battle for self-creation involves her in a revisionary process. Her battle, however, is not against her (male) precursor's reading of the world but against his reading of her. (292)

張愛玲在塑造她的女性角色上，蕭麗紅在塑造高剔紅上，都可以說是反抗父權社會對女性之解讀，並進行修正。只是她們兩位修正的程度不同。此外吉爾伯與古巴也論及女作家與其女性先行作家之關係，跟男作家與其男性先行作家之關係不同；女性先行作家是她們「積極尋求」（actively seeking）的對象，因爲在她們身上可以證明反抗父權權威是可能的，而男性先行作家對男性作家而言則是「一種可加否定與滅絕的威脅力量」（a threatening force to be denied or killed）（二九二）。因此張愛玲對蕭麗紅而言（如果她細讀過張的作品），應是這種積極尋求的對象，當然受張愛玲啓發的女作家爲數非常之多。

二、都市女性的婚姻處境

近十多年來，女性小說家大多處理都市女性的處境，很少有寫大都市以外城鎭或農村的婦女生活。這也許與大多數女性小說家都住在都市裡有關，她們的住處大抵集中在台北地區。她們筆下的女主角大多數是白領階級工作者，小部分是全職的家庭主婦。而小說的主題或小說所「縈繞的意念」（obsession）則是婚姻與兩性愛情。當然不以婚姻與兩性愛情爲主的女作家也有數位，如朱天文、朱天心，及在台灣發表作品之平路、李黎、西西等。女主角的事業很少成爲小說的重心，通常事業只是相對於婚姻與兩性愛情以外的「另一選擇」（alternative），如果由激進的女性觀點而言，台灣女性作家筆下絕大部分女性角色沒有一個能徹底跳出男權社會的婚姻制度與愛情觀。但就台灣社會的現實面而言，女性小說家的內容可說反映了都市女性在婚姻與愛情方面的各種處境，更特別著重描寫她們因婚外情而陷入的困境，如因投入愛情所受的痛苦，有些更試圖刻畫離婚與失婚婦女如何走出自己獨立的路子來。

女性小說家最常處理的是以丈夫爲中心婚外情中兩個女性角色的處境。即太太或情人之爲受害者的處境。第三者一向是社會輿論譴責的對象，廖輝英的長篇小說《不歸路》首次以寫實的筆觸，把台灣都市社會一個愛上有婦之夫上司的女職員，陷入不能自拔的愛情之中，寫的絲絲入扣。她在長篇小說《盲點》中，女主角丁素素的小姑齊子沅也是婚外情的第三者，她成爲婚外情的祭品。男方是公司裡她的頂頭上司，他的太太找到公司來當衆羞辱她，然後找到齊子沅家中來鬧，齊子沅自己的母親因爲震驚而奚落她，於是齊子沅受不了重重打擊，吃藥割腕雙料自殺身亡。齊子沅既不要求男人什麼，只是一味地痴情，遂成爲父權社會愛情觀的犧牲品。另一個成爲祭品的是廖輝英中篇〈焚燒的蝶〉（一九八六）之中的妻子封碧嫦。她是個極平常的女子，因爲相貌平常，個性不積極，婚前婚後都得不到丈夫的疼愛，婚後七年她三十三歲時，已有一子一女，身材也暴漲爲七十公斤，是時發現丈夫已有情婦林莉安多年。封碧嫦去爭，不但受情婦口舌侮辱，還被丈夫打罵，廖輝英藉著封碧嫦內心的自省，來描寫家庭婦女的不堪處境，實傳達了女性主義的訊息，丈夫在此成爲父權社會的劊子手：

> 她豈能不恨他？他造成一頂「她是下等動物」的帽子，緊緊扣在她的頭上；他使所有的人——包括他們周遭所有熟人和她自己——都相信她是無可救藥的討厭女人。然後，她在這張看不到的網下，一點一滴消蝕掉信心、樂趣、青春，以及尊嚴。（九三—四）

剛烈的封碧嫦把丈夫趕出去，試圖自立，不但減了肥，而且學做緞帶花，以求經濟獨立。但作者已決定讓她作婚姻制度的祭品，所以安排一對兒女車禍死亡，結果在後悔的丈夫眼前，封碧嫦活活地傷心氣絕。正直的無罪妻子及天眞無邪的子女三人都成爲犧牲品，以控訴壓迫女子的婚姻制度。在廖輝英三篇處理婚外情的小說《不歸路》、《盲點》、〈焚燒的蝶〉之中，三角關係中的男主角全部是自私自利的男性，足踏兩條船，不對任何一方負責任。作者應是以此種男性角色來抨擊這個社會的雙重標準，因爲這種制度允許男性如此。然而廖輝英在《盲點》中的另一個三角關係中，解構了典型的婚外情模式。女主角丁素素受不了婆婆的虐待，離了婚，她父親爲她投資開了一家健身美容院，她的生意合夥人，已婚的彥長波愛上了她。他們的角色對換了，彥長波經濟上靠丁素素貸款，情感上對她糾纏不休，他很像是典型婚外情中的情婦，丁素素反倒是一直想脫身出來。因此丁素素與彥長波太太會面的場面，也解構了兩個女人爭男人的鬥爭模式：

> 本來是尖銳而尷尬的妻子與情婦的對峙局面，卻因一個無心戀棧，另一個教養矜持，而使會面顯得平和冷靜，好像只是兩個前來談事情的女人罷了。（三八五）
>
> ……
>
> 丁素素看到修剪整齊而未塗蔻丹的手指甲，明白她是一個護家持家的人，剎那間，想到自己帶給她的苦惱和傷害，突然心生不忍，換了誠懇的口氣，認真的說：
>
> 「彥太太，彥長波對妳而言，是丈夫，也是所有的天地。但對我而言，他只是一個男人而已。我不願意為一個男人去傷害另一個女人……。」（三八五；三八七）

這場面精采地以兩個女人的諒解與信賴完滿結束。

至於離婚或失婚婦女尋求自立的主題，袁瓊瓊〈自己的天空〉（一九六九）以亦莊亦諧的語調開了先河。典型的、內向的家庭主婦靜泯，被丈夫逼她離婚，離婚後卻變成一個「自主、有把握的女人」（頁一五一），成為一個業績好的保險員，而且要什麼男人，就自己採取主動，因此她成為既有愛情又有事業的成功女性。廖輝英就說「現代女性對愛情和婚姻，更是充滿自信和主動，這種自信主動，不僅表現在爭取之上，也表現在結束和放棄的行為之中」（《女性出頭一片天》頁一二）。張靄珠的長篇小說《神話、夢話、情話、大都會》也是處理離婚婦女的處境：蕭蓴在美國離了婚，回到台北，成為傳播界的女強人，然而她的事業並沒有帶給她快樂，只是一種忙碌的麻醉劑。眞正帶給她生命的仍是愛情。但張靄珠也並非寫傷情的戀愛小說，她讓女主角經驗到各種脫軌的、異常的愛情：她完美的丈夫原來是同性戀者，她的法國情人與她只有性關係，沒有精神上之交流，她深情的愛人是比她小十多歲的年輕狂人。張靄珠沒有讓女主角反思她的女性地位，尋求精神的自主，只給她一些脫軌的愛情經驗，至少，婚姻不再是她追求的目標。

廖輝英說她在英國遇見一些台灣去的女學生，她們大都排斥婚姻，「認為婚姻會帶給她們大幅度的人生變化，而那種變化，常是負面佔大多數」（《女性出頭一片天》頁九）。蕭颯與朱天文在小說中都曾細寫過排斥婚姻的都市女性。蕭颯的長篇《單身薏惠》的女主角薏惠，是個一輩子處身婚姻之外的女人，是個受盡父權社會壓迫的女性。在男友與她分手後，發現自己懷了孕，生下女兒，自己一個人帶大。她建立起自己的事業——一家兒童美術補習班。人到中年與一電腦公司高級職員莊哲銘相戀，莊要出國主持分公司，向她求婚，她卻拒絕了。她列舉各種理由，如事業和女兒的適應問題等，但最重要的理由是，她理性地決定：「她深愛莊哲銘沒錯，但是卻似乎並沒有愛到願意為他放棄自己所有堅持的地步啊。」(頁三〇四),她為了自我的完整,而犧牲了婚姻,在這一點上,她是一個女性主義的實踐者。

朱天文的短篇小說〈世紀末的華麗〉的女主角米亞,是個離開城市就不能活的典型都市女性。她的職業是服裝模特兒,品味細緻而頹廢。米亞與一年齡可以做她父親的有婦之夫富商老段相戀,表面上看來她是拜金主義者,是墮落的女人。王德威認為米亞是「一個金光璀璨、千變萬化的卻又空無一物的衣架子」;她與老段的愛情是「露水姻緣」(頁九三—九四)。我卻不作如是觀。米亞固然頹廢,沈迷於布料、時裝、香料,但在視覺與顏色方面,她實具有詩人之敏感,例如,她養了滿屋子的乾燥花草,「所有起因不過是米亞偶然很渴望把菊蘭玫瑰的嬌粉紅和香味永恆留住」(頁一八六—八七)。她對老段的愛是很認眞的,而且是從一而終的。他們的愛情開始充滿激情喜悅,而後「溫瀹似玉」(頁一九〇),且「老段使米亞沈靜,她日漸脫離誇張的女王蜂時期」(頁一八五)。小說結束時,米亞在經濟上不願依賴男友,她為未來老段死後而打算,自己試驗製紙箋的手藝。因此,由表面上看來,此小說很世紀末,骨子裡卻表現了浪漫的愛情,浪漫到視婚姻為無物,且女主角絕對不拜金,反而尋求經濟的自立。這一點則有一絲女性主義的色彩。

三、兩性的鬥爭

許多台灣女性小說家作品中的兩性關係是一面倒的。或是著墨女性受盡某一男人,或整個父權社會的欺凌;或是集中描寫女主角尋求心理及經濟上的獨立,而男性角色則大多個性比較模糊。只有少數作品寫男女之間面對面血肉模糊的鬥爭，也很少出現像是女人族阿瑪松（Amazon）的女戰士。以下將分述兩性鬥爭之中的女殺手、女獵人及姐妹情誼三個主題。

台灣女性小說家作品中爲受壓迫的女性而復仇的女殺手，實在不多。李昂的《殺夫》是旗幟鮮明地寫這個主題。陳江水對他妻子所做所爲，如視妻子爲性的發洩物，爲所有物，並對她實施經濟壓逼，可以說是代表了父權社會的典型邪惡，因此當林市用豬刀把她丈夫砍死、切碎，可以象徵她已化身爲復仇女神，爲自己報了仇，也爲幾千年被壓迫的女性報仇。但在她殺夫的時候，她實已精神錯亂：「一定是作夢了，林市想，再來應該輪到把頭割下來……林市繼續揮刀切斷，到腳處，即靠身體的部分有大塊肉塊纍，而且豬腳一定還沒有熟……」（頁一九九）。因此她不是一個處心積慮，冷血執行任務的女殺手，她是迫不得已而殺夫的。袁瓊瓊〈燒〉之中的女主角安桃，則是一位冷血的女殺手，她把生病的丈夫關在家中，不給他看醫生，斷絕他與外界的關係，十四天後丈夫病死了。但安桃害死丈夫跟女性的復仇完全沒有關係，純粹是因爲對丈夫的佔有慾。因此就我所讀過的台灣女性小說而言，還沒有看到一位眞正的女性主義殺手，像美國女劇作家蘇珊·葛拉絲貝（Susan Glaspell, 1882－1948）在短劇《瑣碎事物》（*Trifles*）中殺夫的烏萊特太太（Mrs. Wright）。

李昂的《迷園》則呈現了張力極大的兩性鬥爭。女主角朱影紅由一個傳統的名門淑女，搖身一變爲陰狠的女獵人，就爲了獵取建築界大亨林西庚爲丈夫。黃毓秀的分析相當精采，稱此二人之爭鬥爲「陰陽決戰」：

這是一場陰陽決戰。林西庚有著種種陽的物件與特質：他強霸、炫誇、果敢、快速、凡事作主，他人長得高大，他擁有龐大的事業與錢財……朱影紅則被安排在陰的位置。她長得嬌小，她穿有美麗蕾絲花邊的內衣和柔媚的服飾，她住的房子有陰氣深重的荒敗院落……林西庚是個純陽、最男子氣概的男人，面對著他，本來就已陰弱的朱影紅特意排出純陰、最女人化的陣式。（頁八一）

黃毓秀又稱讚朱影紅爲「戰略天才」，爲了壓抑她身體對林西庚的強烈慾求，她想出一個「匪夷所思的計謀」：

找一個安全的男人來幫她解除肉體的負擔！這個計謀有其必要性與必然性。若不如此，她可能早早「被完全得到」，然後被棄；她也可能為了抗拒慾求而耗弱、憔悴，失去吸引像林西庚這樣的男人的唯一資本，結果一樣是被棄。（頁八〇—八一）

我想朱影紅之爲獵人非常高明，因爲她能完全掌握獵物的心態。例如她知道林西庚有錢，不會在乎錢，但會在乎錢買不到的東西，所以她用品味來引誘他，用名貴內衣裏住的身體來引誘他：「他瞭解那極致的精細優美代表的另個意義，絕對不光是金錢即能買到」（頁一五九），她完全懂得欲擒故縱和若即若離的獵術最能獵取愛情，就用身體的一部分，長髮來執行這個獵術，在他的勞斯萊斯房車中，她放下帶蘭花香的濃密黑髮，他「受不住誘惑」伸手撫握它，並迷亂地用語言挑逗她，她雖也「心跳神馳」，卻坐直將頭髮攏起吊他胃口，並說正經的話，但又「傾身欲依向他懷裡」（頁一五〇）。以上兩個例子中她都是用女人天賦的本錢——身體——來作武器，且在出擊時很沈得住氣，有大將之風。然而朱影紅是個成功的獵人嗎，答案是否定的。她所獲得的狩獵成果，即林西庚的求婚，並非是因爲她獵術之高明。在她成爲林西庚之情婦以後，處心積慮要他投降，即離婚娶她爲妻。但林西庚是個不上鈎的人，知道她懷了孕，他寧可收她爲姨太太。她最後一擊則是利用林西庚合夥人馬沙奧的非禮事件：馬沙奧喝醉了酒對她摟摟抱抱。她採取了心戰術，她判斷嫉妒心重的林西庚會因此事而用婚姻來宣告「朱影紅爲他所有」（頁二七六）。於是她把此事告訴了林，但他遠比她所想的老謀深算。他逼馬沙奧離開公司以爲報復，而且不再與她來往，至此朱影紅一敗塗地。

那麼朱影紅又怎麼結成了婚呢？我們先要由她的動機來看。這位女獵人開始狩獵時動機有二，一是好勝：「從來沒有任何一個男人，這般三番兩次地自她身邊走開，而且說走就走，毫無餘地」（頁一四四）。第二個理由是她身心都迷戀他。光就第二個理由來看，她已立於必敗之地，打獵的人怎麼能迷戀獵物呢？這部小說的情節安排顯示了命運的弔詭：當女獵人不再迷戀獵物，對牠不再有興趣，她反而獵取到牠。朱影紅打了胎之後心就死了，回到菡園，她恢復了世家小姐的尊貴風格，不再以柔媚迎合他，他反倒陷入迷戀中不能自拔而娶了她。朱影紅之爲女獵人的結局是悲劇。因爲獵物到手是情勢使然，非戰之功。而且她已不再愛戀林西庚了，不再有慾求了，也就是獲得獵物已完全無贏得戰利品的感覺了。

台灣女性小說家中有沒有作品標榜「姐妹情誼」（sisterhood）以對抗父權社會呢？蕭颯的

〈失節事件〉是一個很好的範例。光看小說題目中封建意味濃厚的「失節」二字就可知是處理父權社會壓迫女性的體裁。故事有兩個重要的女角，一位是被強姦的電視演員邵婷，一位是敘述者中學英文教師廖淑容。廖淑容是社會的邊緣人物，因爲她離了婚，且爲一政府高官有婦之夫的情人。邵婷則被一個差兩個月十八歲的男孩強姦。廖淑容充分表現了姐妹情誼，她把失魂落魄的邵婷帶回家照顧，還與她聯手對付來挖消息的記者。她勸邵婷去報案，告姓劉的強姦，到最後，廖淑容對邵婷的關心遠超過她對情夫的感情。爲了邵她甚至冒了學校開除她的危險，可見廖淑容爲了保護受父權社會壓迫的姐妹，非常勇於擔當。但報案以後，事情上了報，壓力接踵而來，有些報紙反而站在姓劉的一邊，說邵婷「狐媚劉某」（頁一九九），邵的男友也不要她了，她的母親甚至對她謾罵。最後邵婷潑了姓劉的硫酸後自殺死了。故事結尾廖淑容只能哀傷地控訴父權社會：「這個社會對待女人有太多的不公平。」（頁二一二）。姐妹情誼在此並沒有拯救到可憐的女子，反而使她成爲犧牲品。

結論

本論文探討台灣女性小說家作品中的三個主題，在第一節「對傳統女性角色之詮釋與顚覆」中採的樣本是三位具有傳統女性美德之角色，看蕭颯與蕭麗紅如何塑造這些角色。蕭颯可以說是以女性作家身分收回詮釋權，她基本上是肯定傳統之婦德。蕭麗紅則藉著傳統女性的角色來顚覆角色本身，製造不同以往的女性模式。三個角色中蕭颯筆下的桂美與蕭麗紅的高剔紅都出身貧苦的底下階層，而且都是孤兒，她們可以說是由社會的邊緣位置晉身爲比較中心的位置，而且都是憑自身的努力與聰明。在第二節「都市女性的婚姻處境」之中探討作品中的女性角色如何在婚姻制度與父權社會之愛情觀之下，受到壓迫，以及她們的應付方法。女作家在此大都是站在同情女性，爲女性呼冤的立場，如描寫婚外情中第三者女子的痛苦，或婚外情中妻子的痛苦，或足踏兩條船男子之不負責任，或由正面積極的態度來處理這些問題，如描寫第三者女子與妻子之間的諒解，或離婚、失婚女子如何尋找自己的一片天空，甚至尋求在婚姻制度外的求自適之道。第三節「兩性的鬥爭」審視她們的作品中有沒有比較激進，與父權社會正面宣戰的女性角色，像李昂《殺夫》中的林市這種阿瑪松式的女殺手角色還是少之又少。李昂《迷園》中的女主角在故事進行到一半時，由扮演淑女忽然轉換爲女獵人，以一男強人爲其獵物，表面上她是成功地結成了婚，甚至婚後繳了他的械，令他失勢，但就狩獵本身而言，她是個失敗的獵人。蕭颯的〈失節事件〉標榜姐妹情誼，但這情誼完全無法拯救受壓迫的女子，反而促成其滅亡。因此就這三篇小說而言，女性對父權社會的戰爭沒有贏得勝利，結局只悲劇式的玉石俱焚。

那麼男性小說家有沒有過處理女性主義的主題呢？當然是有的，前面已經提過鍾理和與王拓都寫過具有傳統美德的女性。還有白先勇在〈孤戀花〉中描寫的可憐的妓女，及妓女之間的姐妹情誼，〈金大班的最後一夜〉也是處理了姐妹情誼的主題，或是黃春明在〈看海的日子〉中以同情及欽佩的筆觸來寫妓女白梅，也都帶有替受壓迫女性申冤的女性主義色彩。那麼這些男性作家呈現女性主義主題與女性作家所呈現的有沒有什麼不同呢？我想男性作家在其作品中應該也是「留下了其性別痕跡」（“gender leaves its trace”）（Warhol x），例如何以男性作家會專挑妓女、舞女等爲其小說之女主角呢？這種選擇是否多少帶有男性以拯救者自居的沙文主義心理呢？此外以上討論的幾位女性小說家是否充分反映了女性主義的主題呢？當然是不可能反映了所有的女性主義主題，以英美女性小說家作品中所反映的主題而言，羅沙琳·柯瓦（Rosalind Coward）提過以下的主題都是台灣女性小說作家所沒有處理的，如「在一群女性之中個人之歷史的重建」（the reconstruction of personal histories within a group of women）（頁一五五），或探討「什麼是女性的性喜悅？」（What is female sexual pleasure?）（頁一五九）。還有，在激進的女性主義詩人艾德里安娜·里奇（Adrienne Rich）詩中所傳達的思想和女性論述的建立，雌雄同體思想之認同，包括男性在內的無性別歧視之世界觀。這些主題都沒有在台灣女性小說家筆下出現。但話又說回來，如果沒有表現這些女性主義主題，是否就可以指摘台灣女性小說家的思想不夠前進，作品不夠好呢？那又未必然。我們應該可以要求女性主義批評家在思想上能追得上時代潮流，但是論作家之成敗功過是在於他或她對自己所處理的社會是否作充分之反映，對自己作品的思想是否有充分之反省及反思，作品中是否夠一定的美學的水準，就本文所論述的女性小說作品而言，用以上三個標準都在水準以上的就不多了。《殺夫》、〈世紀末的華麗〉可以說是夠水準之作。本論文中所討論的小說，大約是反映了作者所處身的社會，或是說反映了作者主觀所瞭解的台灣女性狀況。但是至於作品中是否表現了對女性地位充分的反省及反思，則不盡然做到。而這些作品是否夠美學的水準，則是另外一個課題了。

引用書目

王德威，《閱讀當代小說》。台北：遠流，一九九一。

朱天文，〈世紀末的華麗〉。收於《世紀末的華麗》。台北：遠流，一九九二。一七一—二〇二。

李昂，《迷園》。台北：李昂，一九九一。

李昂，《殺夫——鹿城故事》。台北：聯經，一九八三。七五—二〇二。

袁瓊瓊，〈自己的天空〉。收於《自己的天空》。台北：洪範，一九八一。一三三—五一。

袁瓊瓊，〈燒〉。收於《情愛風塵》。台北：洪範，一九九〇。七五—九〇。

黃毓秀，〈《迷園》中的性與政治〉。收於《當代台灣女性文學論》，鄭明娳主編。台北：時報，一九九三。七一—一〇五。

張靄珠，《神話、夢話、情話、大都會》。台北：九歌，一九九一。

廖輝英，《女性出頭一片天》。台北：九歌，一九九〇。

廖輝英，《盲點》。台北：九歌，一九八六。

廖輝英，〈焚燒的蝶〉。收於《焚燒的蝶》。台北：時報，一九八八。七—一一七。

蕭颯，〈失節事件〉。收於《死了一個國中女生之後》。台北：洪範，一九八四。一四五—二一二。

蕭颯，《單身薏惠》。台北：九歌，一九九三。

蕭颯，《返鄉劄記》。台北：洪範，一九八七。

蕭颯，《霞飛之家》。台北：聯經，一九八九。

蕭麗紅，《桂花巷》。台北：聯經，一九七七。

Coward, Rosalind. "This Novel Changes Lives: Are Women's Novels Feminist Novels? A Response to Rebecca O'Ronrke's Article 'Summer Reading'." *Feminist Literary Theory: A Reader*. Ed. Mary Eagleton. Cambridge. Mass.: Basil Blackwell, 1986.

Gilbert, Sandra and Susan Gubar. "Infection in the Sentence: the Woman Writer and the Anxiety of Authorship." *Feminisms: An Anthology of Literary Theory and Criticism*. New Jersey: Rutgers UP, 1991. 289–300.

Warhol, Robyn r. and Diane Price Herndl. "About Feminisms." *Feminisms: An Anthology of Literary Theory and Criticism*. ix–xvi.

八十年代台灣小劇場運動

馬森

一、宏觀的社會與文化背景

做爲社會中的一種文化現象，戲劇運動不是孤立獨行的，而是與整體社會的政經發展以及其他領域的現狀聲息相通，密不可分。中國自鴉片戰爭開始，就步上了以西方國家做爲先進模式的現代化的不歸路。經濟上，從小農經濟走向工業生產；政治上，從寡頭獨裁政體走向議會民主政體；文化上，從染有濃厚家族倫理與君主崇拜色彩的文化走向比較個人的及契約法制的多元文化。這種種導向，都是西潮東漸所衍生的結果。

仔細分析起來，東漸的西潮有兩次巨大的浪頭：一次是從鴉片戰爭到中日戰爭；另一次則從一九四九年國府遷台以後直到今日。第一次浪頭的高潮在五四運動前後，浪高濤響，具有無能抗拒的威勢，終於使國人認清了若不實施以西方發展爲模式的現代化，即無能苟存於世界，因此在各個領域內均有不同程度的改弦易轍。然而到了中日戰爭爆發，接續八年的艱苦抗戰，以及以後四年的內戰，中國陷入連綿的戰禍之中，不但西來的影響受到外力的阻阨，戰爭中的國人救難之不暇，也無力再取法歐西從事現代化運動了，所以其間西潮的東漸無形中陷入停頓狀態。這種停滯的現象，在中國大陸上因爲人爲政策上的閉關自守，一直延伸到七十年代毛澤東去世之後才重新對西方開放。但在台灣，情況卻有不同。從一九四九年國府遷台之後，台灣一地重新又開始受到西潮的衝擊。這一次的西潮東漸，表面上看來雖不像第一次那般浪高濤響，但卻是暗潮洶湧，形晦而勢大，力緩而入深，這第二度的西潮使台灣在短短的四十年間，經濟、政治、社會、文化各方面均產生了巨大的變貌。

第一次的西潮爲中國帶來了現代話劇，第二次西潮爲台灣帶來了話劇的革新。八十年代的台灣小劇場運動，也就是在這種二度西潮的社會與文化背景下，展開了一幅生氣勃勃的圖景。

二、小劇場的前奏

從一九四九到一九六〇十來年間，台灣的現代戲劇可以稱之謂「官方戲劇」，或「宣傳劇」，因爲劇作的主題多半是配合反共抗俄國策的「戰鬥文藝」，演出的劇團也多數附屬於公家機構，或受到政府的津貼。所以那時期話劇的活動大致局限在軍中、政府機構和校園中，未曾深入社會。

不過到了六〇年以後，台灣的經濟開始起飛，社會的下層建構發生變化，諸如人口向大都市集中，工商業日漸繁榮，仰賴於國外的資金與技術愈多，而西方文化的影響也日大。

在文學和戲劇的領域內，一九六〇年創辦了《現代文學》，一九六五年創辦了《歐洲雜誌》和《劇場》。這幾本刊物都熱心於介紹西方當代文學和戲劇的新潮流。存在主義的劇作、荒謬劇場、殘酷劇場等當日在西方引領風騷的潮流都因而介紹到台灣①，在知識界產生了相當的反響。

熱心推展劇運的李曼瑰教授也於一九六〇年從歐美考察戲劇返國，又帶回了西方「小劇場」的觀念②，率先成立了「三一戲劇藝術研究社」，舉辦話劇欣賞會。後來獲得「青年救國團」的協助，成立了「小劇場運動推行委員會」，同時在民間和學校推行小劇場運動。

一九六二年，教育部出資成立「話劇欣賞演出委員會」，集合了黨政軍主管戲劇的機構，由李曼瑰出任主任委員，經常舉辦話劇公演。自一九六二年十一月至一九七四年十一月十二年間共演出話劇二百三十六場次③。

一九六七年，李氏又創立了民間戲劇機構「中國戲劇藝術中心」，從事有關戲劇組訓、聯絡、出版的活動。並在教育部的支援下配合「話劇欣賞演出委員會」大力推展學校劇運，先後開始舉辦「世界劇展」和「青年劇展」④。前者以演出原文的或翻譯的外國名劇爲主；後者則演出國內作家的作品，把校園中的話劇運動往前推進了一大步。

這些話劇活動一直延伸到七十年代，鼓起年輕一代對戲劇的熱情，也吸引了大批在學的或已離校的青年參與話劇的活動。

在劇本創作方面，六、七十年代逐漸出現了反傳統戲劇模式的聲音，像姚一葦、張曉風、黃美序和筆者，都在這個時期發表了迴異於傳統話劇形式的劇作⑤，激發了小型劇場實驗性的演出。

以上的種種現象和活動，都爲八十年代的小劇場運動做了鋪路的工作。

二、實驗劇與小劇場

六、七十年代是當代西方劇場對台灣劇場大力衝擊的時期。考察歐美戲劇的學者帶回來西方小劇場的模式，新生一代的文化人努力把西方現代主義以降的種種戲劇新潮流引介到台灣，在西方研究戲劇的學者和身受西方當代劇場影響的作家開始突破話劇中「擬寫實主義」的傳統⑥，創作出不寫實和反寫實的作品，成爲思想前衛的青年學生們做實驗性演出的腳本。

凡是一個潮流的誕生，無不先從實驗開始，台灣的小劇場運動也是來自實驗劇的演出。實驗，一方面指對前衛性劇作的考驗，另一方面也實驗觀衆的反應。

一九七九年的一次學生劇展，被姚一葦稱作「一個實驗劇場的誕生」⑦，成爲八十年代一系列實驗劇的前導。

自美學戲劇返國在文化學院（後改爲大學）教授戲劇的汪其楣，於一九七九年五月五、六日及十八、十九日指導文化學院藝術研究所戲劇組的研究生分兩梯次演出了八個實驗性很強的現代劇。計第一梯次：

(一)《魚》——根據黃春明的小說改編，于玉珊編劇及導演；

(二)《春姨》——王禎和原作，吳振芳導演；

(三)《獅子》——馬森原作，于復華導演；

(四)《橋》——根據朱西甯的小說改編，楊明鍔編劇及導演。

第二梯次：

(一)《車站》——根據叢甦的小說改編，程玲玲編劇及導演；

(二)《凡人》——根據康芸薇的小說改編，黃建業編劇及導演；

(三)《一碗涼粥》——馬森原作，張妮娜導演；

(四)《女友艾芬》——根據陳若曦的小說改編，吳家璧編劇及導演。

我們看這些個劇目中只有三個是戲劇原作，其他五個都是根據當代台灣小說家的作品改編的。這一面說明了當時前衛性的劇作還不多見，另一方面也說明了劇展意在實驗的企圖。姚一葦在爲這次演出所寫的評論裡說：

「此次演出，……所有的演員均係各大專及社會人士的志願協助。因此在一般人看來，或許認為它因陋就簡，倉促草率，不夠成熟，只不過是一次學生的實習，但是我的看法有所不同，我認為這是一次真正的實驗演出，是我多年來的夢想的初步實現。……

自此次的實驗演出中，不難發現，所有現在的舞台原則和慣例，沒有一條是不可更易的，除了演員。」⑧

實驗是開路的工作，並不表示實驗本身有所成就。一九七九這一年姚一葦出任「中國話劇欣賞委員會」的主任委員，基於他對實驗劇的認識與熱心，便著手策劃一個全省性的「實驗劇展」，終於在一九八〇年七月十五日到三十一日實現了他這一個多年的夢想。在這第一屆的「實驗劇展」中共推出了五個劇目：

七月十五日，由「蘭陵劇坊」演出

《包袱》——集體編劇，金士傑導演

《荷珠新配》——金士傑編劇／導演

七月十六、十七日

《我們一同走走看》——姚一葦編劇，牛川海導演

七月二十八、二十九日

《凡人》——黃建業編劇／導演

七月三十、三十一日

《傻女婿》——黃美序編劇，黃瓊華導演

除了《凡人》外，其他全是首次演出的新作。其中尤以「蘭陵劇坊」金士傑編導的《荷珠新

配》大放異彩，受到了觀衆和傳播媒體的熱烈鼓掌。

「蘭陵劇坊」原來名叫「耕莘實驗劇團」，曾經演過多齣張曉風的戲。此團當日的負責人金士傑於一九七七年夏天找上了參加過紐約前衛劇場「拉瑪瑪實驗劇場」（La Mama Experimental Theatre Club）的心理學家吳靜吉擔任指導老師。吳靜吉於是採用西方現代劇場的訓練方法，突破演員的心理障礙，加強肢體語言的訓練，苦訓兩年後，在一九八〇年改名爲「蘭陵劇坊」，終於在第一屆「實驗劇展」中放出了異彩。《包袱》一劇呈現了當代西方劇場肢體訓練的成果，而《荷珠新配》一劇則使「蘭陵劇坊」在此後十年中引領風騷，成爲台灣最受注目的當代小劇場。⑨

從一九八〇年起，「實驗劇展」共舉辦了五屆，計：

●第二屆　民國七十年六月三十日—七月十四日

六月三十日—七月二日：蘭陵劇坊

《家庭作業》——黃承晃編導

《公雞與公寓》——金士會編導

七月四日—七月六日：

《木板床與席夢思》——黃美序編劇，司徒芝萍導演

七月八日—七月十日：

《早餐》——黃建業編導

《嫁粧一牛車》——王禎和原作小說，張素玲編導
《救風塵》——吳亞梅編劇，吳家璧導演
七月十二日—七月十四日：文化大學戲劇系影劇組
《群盲》——梅特林克原作，侯啟平導演
《六個尋找作家的劇中人物》——皮藍德婁原作，楊金榜導演

●第三屆　民國七十一年八月十五日—二十五日

八月十五日—八月十七日：方圓劇場
《八仙做場》——陳玲玲編導
八月十九日—八月二十一日：大觀劇場（藝專影劇科）
《金大班的最後一夜》——白先勇原作小說，李文惠編劇，張新發導演
《看不見的手》——陳榮顯編導
八月二十三日—八月二十五日：小塢劇場
《速食酢醬麵》——蔡明亮編導
《九重葛》——劉玟、王友輝、張國祥編導

●第四屆　民國七十二年七月十八日—八月三日

七月十八—十九日：華岡劇團（文化大學戲劇系影劇組）
《當西風走過》——集體創作，李光弼導演
七月二十一—二十二日：方圓劇場

《周臘梅成親》——陳玲玲編導

七月二十四—二十五日：小塢劇場

《黑暗裡一扇打不開的門》——蔡明亮編導

《素描》——王友輝編導

七月二十七—二十八日：蘭陵劇坊

《貓的天堂》——卓明編導

《冷板凳》——金士傑編導

八月二—三日：大觀劇場

《百分生涯》——陳榮顯編劇，張新發導演

《救命的謊言》——毛建秋編劇，李文惠導演

●第五屆　民國七十三年七月八日—二十四日

七月八—九日：華岡劇團

《回家記》——李光弼編導

《黃金時段》——集體創作，李光弼編導

七月十一—十二日：大觀劇場

《她們的故事：敘》——李文惠編導

《她們的故事：情何以堪》——張詠蓮編導

《她們的故事：檔案七十五》——林呈炬編導

七月十四—十五日：工作劇團（藝術學院戲劇系）
《我們都是這樣長大的》——集體創作，賴聲川導演
七月十七—十八日：小塢劇場
《房間裡的衣櫃》——蔡明亮編導
七月二十—二十一日：方圓劇場
《什麼》——洪祖瓊編劇，陳玲玲、洪祖瓊導演
七月二十三—二十四日：人間世劇場（中國文化大學藝術研究所戲劇組）
《交叉地帶》——蔡秀女編劇，金美美、蔡秀女導演
《乾燥花》——金蘭蕙編導⑩

從以上五屆「實驗劇展」看來，在這五年中，「實驗劇展」不但帶動了小劇場的成立，也促成了年輕一代編導人才的產生。參加「實驗劇展」由民間組成的小劇場計有：「蘭陵劇坊」、「方圓劇場」、「小塢劇場」；大專院校成立的小劇場計有：藝專影劇科的「大觀劇場」、文化大學戲劇系影劇組的「華岡劇團」、藝術學院戲劇系的「工作劇團」、文化大學藝研所戲劇組的「人間世劇場」。新生代的編劇計有金士傑、黃建業、黃承晃、金士會、張素玲、吳亞梅、陳玲玲、李文惠、陳榮顯、蔡明亮、劉玟、王友輝、張國祥、卓明、毛建秋、李光弼、張詠蓮、林呈炬、洪祖瓊、蔡秀女、金蘭蕙等。其中金士傑的創作力最為旺盛，在《荷珠新配》和《冷板凳》之後，新作繼續不斷，王友輝也續有新作。新生代的導演計有：金士傑、牛川海、黃建業、黃瓊

華、黃承晃、金士會、司徒芝萍、張素玲、吳家璧、侯啓平、楊金榜、陳玲玲、張新發、陳榮顯、蔡明亮、劉玟、王友輝、張國祥、卓明、李文惠、李光弼、張詠蓮、林呈炬、賴聲川、洪祖瓊、金美美、蔡秀女、金蘭蕙等。其中牛川海在文化大學影劇系執教，黃建業成爲重要的影評家，蔡明亮轉爲電視及電影編導，陳玲玲、卓明和賴聲川則是八十年代的劇場中堅導演。參加實驗劇展的演員也有不少在八十年代大放光芒的，像李國修自己創辦了「屏風表演班」，自任編導；劉靜敏創辦了「優劇場」，從事草根性的戲劇嘗試，馬汀尼在國立藝術學院戲劇系教授表演課程；李天柱成爲影視明星、王振全開拓民間說唱藝術，對八十年代的劇運貢獻良多。

四、八十年代的小劇場

由於「實驗劇場」的激發與帶動，小劇場如雨後春筍般萌生出來。在短短的數年間，台灣從南到北湧現出數十個小型的劇團。這些小劇團開始時沒有政府的津貼，也沒有外在的資助，全靠自己的力量組成。團員們多數是二三十歲間的年輕人，只憑一股對戲劇的熱情，利用課餘或業餘的時間投身小劇場運動。他們以充沛的活力、學習新事物的旺盛的慾望、關懷鄉土和求變創新的熱情，把台灣的當代劇場渲染成一番多采多姿的新面貌。

據一九八七年十月三十一日成立的「台北劇場聯誼會」的紀錄，當時台北一地參加聯誼會的小劇場就有「屏風表演班」、「魔奇兒童劇團」、「果陀劇場」、「蘭陵劇坊」、「冬青劇團」、「九歌兒童劇團」、「方圓劇場」、「媛劇團」、「隨意工作坊」、「一元布偶劇團」、「染色體劇社」、「水磨曲集劇團」、「京華曲藝團」、「龍說唱藝術實驗群」、「相聲瓦舍」、「外一章藝術劇坊」、「鞋子兒童劇團」、「當代傳奇劇場」、「銅鑼劇團」等十八個團體。當時已存在但尚未參加「台北劇聯」的劇團尚有「杯子兒童劇團」、「糖果屋劇團」、「眞善美劇團」、「中華漢聲劇團」、「零場一二二五劇團」、「中華文化劇團」、「表演工作坊」、「優劇場」、「環墟劇場」、「河左岸劇團」、「臨界點劇象錄」、「蒲公英劇團」、「溫馨劇團」、「人子劇團」、「人間世劇團」等十五個組織⑪。

「台北劇聯」紀錄以外的，至少尚有「薪傳劇場」、「結構生活表演劇場」、「故事工作坊」、「四二五環境劇場」、「幾何劇場」、「小塢劇場」、「湯匙劇團」。其中「小塢」與「湯匙」那時已形同停頓狀態。大多數小劇場均集中在台北一地，只有「薪傳劇場」在高雄。但是一九八七年同一年內在台南成立了「華燈劇團」，在台中成立了「觀點劇坊」，在台東成立了「公教劇團」。一九八九年「屏風表演班」在高雄成立了分團。高雄的「南風工作藝術坊」和台南市的文化基金會都有組織小型劇團的計畫，而且到了九十年代也都實現了。八十年代，可說是台灣小劇場走向蓬勃發展的十年。

這些小劇場的活力，正表現在他們不計商業價值的頻繁演出上。「蘭陵劇坊」，做為台灣小劇場的主力，在《荷珠新配》之後，演出了一系列風格別具的佳作，例如《貓的天堂》（一九八〇）、《影》（一九八一）、《懸絲人》、《社會版》、《那大師傳奇》（一九八二）、《演員實驗教室》、《冷板凳》、《代面》（一九八三）、《摘星》（一九八四）、《謝微笑》、《今生今世》、《九歌》（一九八五）、《家家酒》（一九八六）、《一條蜿蜒的河流》（一九八七）、《明天我們空中再見》、《黎明》（一九八八）、《螢火》（一九八九）和《戲螞蟻》

（一九九〇）。

如論在票房上最有成績的，則當推一九八四年十一月成立的「表演工作坊」和一九八六年十月六日成立的「屏風表演班」。「表演工作坊」在一九八五年三月推出的第一個劇目《那一夜，我們說相聲》，利用民間技藝包裝起現代的內涵，不想竟意外的轟動，連演二十場，打破了那些年舞台劇連續演出的紀錄，使兩位主演的演員李立群和李國修也因此而名聲大噪。接下去，「表演工作坊」又推出了《暗戀桃花源》（一九八六年三月）、《圓環物語》（一九八七年三月）、《今之昔》（一九八七年九月）、《西遊記》（一九八七年十二月）、《開放配偶——非常開放》（一九八八年十月）、《回頭是彼岸》（一九八九年五月）、《這一夜，誰來說相聲？》（一九八九年九月）、《非要住院》（一九九〇年四月）、《如果在冬夜一個旅人》（一九九〇年九月）、《來，大家一起來跳舞》（一九九〇年十月）、《台灣怪譚》（一九九一年四月）都是既有藝術魅力，又具票房價值的演出。

出身「蘭陵劇坊」，又參加過「表演工作坊」演出的李國修，於一九八六年自組「屏風表演班」，翌年即演出創團作品《一八一二與某種演出》及《婚前信行爲》，走喜鬧劇的路線，頗引起人們的注意。同年又推出《三人行不行》及演唱會形式的《娃娃丘丘臉》，首開餐廳劇場的先例。以後一連串推出的劇作有《民國七十六備忘錄》（一九八七年十二月）、《西出陽關》（一九八八年一月）、《沒有「我」的戲》（一九八八年六月）、《三人行不行Ⅱ——城市之慌》（一九八八年十二月）、《變種玫瑰》（一九八九年四月）、《半里長城》（一九八九年五月）、《愛人同志》（一九八九年九月）、《民國七十八備忘錄》（一九八九年十二月）、《從此以後，她們不再去那家 coffee shop》（一九九〇年三月）及高雄分團演出的《港都又落雨》（一九九〇年四月）和《從此以後，我們不再去那間 PUB（男人版）》（一九九〇年十二月）等都甚能招徠觀衆，使該團能夠在經濟上獨立而維持不墜⑫。

然而以在學及剛走出校門的大學生所組織的劇團情形就很不同。譬如淡江大學學生組織的「河左岸劇團」和台大學生組成的「環墟劇場」，都是創造力旺盛的團體。在短短的幾年中，前者演出了《我要吃我的皮鞋》（一九八五年六月）、《闖入者》（一九八六年四月）、《拾月——在廢墟十月看海的獨白》（一九八七年三月）、《兀自照耀的太陽——Ⅰ》（一九八七年五月）、《兀自照耀的太陽——Ⅱ》（一九八七年七月）、《無座標島嶼——「迷走地圖」序咒》（一九八五年七月）、《十五號半島：以及之後》（一九八六年二月）、《舞台傾斜》（一九八八年十月）及《在此地注視容納逝者之域》（一九八九年七月）；後者演出了《永生九八六年八月）、《家中無老鼠》（一九八七年二月）、《流動的圖象構成》（一九八七年五月）、《對於關係的印象》（一九八七年六月）、《奔赴落日而顯現狼》（一九八七年七月）、《被繩子欺騙的慾望》（一九八七年九月）、《拾月——丁卯記事本末》（一九八七年十月）、《星期五／童話世界／躲貓貓》（一九八七年十二月）、《零時六十一分》（一九八八年十月）、《我醒著而又睡去》（一九八九年二月）、《木樨香》（一九八九年二月）、《方塊舞》（一九八九年二月）、《搶救台灣森林》（一九八九年三月）、《五二〇》（一九八九年五月）。但是他們絕無票房價值，因爲實驗性太強，尙無法爲一般觀衆所接受。

從以上這兩個業餘的小劇場的演出劇目在觀衆有限的情況下尙且如此頻繁看來，這兩個團體的創作力是非常驚人的。如果分析這兩個劇團創作的靈感源泉和對戲劇的理念，就可以看出來，不是來自西方的文學名著，就是來自西方的「殘酷劇場」、「貧窮劇場」、「環境劇場」等的影響。其前衛性可以說是西方一些前衛劇場衝擊的餘波盪漾。譬如說拋棄文學劇本、反敘事結構、減輕對話而以肢體、聲音和意象符號來代替，都是西方當代劇場實驗過的形式。

其他劇團的演出，例如「果陀劇場」成功地改編了奥比的《動物園的故事》（一九八八）和懷爾德的《小鎮》、《淡水小鎮》（一九八九）、「臨界點劇象錄」演出的探索同性戀的《毛屍》、幾乎全裸的《夜浪拍岸》（一九八八）、突破政治禁忌的《亡芭彈予魏京生》、《割功送德——四十里長鞭》和加強環保意識的《搶救台灣森林》（一九八九）、「優劇場」演出的《地下室手記浮士德》、《那年沒有夏天》（一九八八）、政治劇《重審魏京生》、尋根製作《溯——鍾馗系列第一部：鍾馗之死》（一九八九）、《溯——鍾馗系列第二部：鍾馗返鄉探親記——中國民間儺堂戲、地戲大展》（一九九〇），都可見到西方當代劇場的種種影子。

台灣自一九八八年以來的政治解嚴與解除黨禁，是促生文化精神解放的有利先決條件。西方現代劇場的多樣風潮，正好爲當下的台灣小劇場提供了具體的有效的樣板和激素⑬。

另一方面，八十年代的台灣，經濟發展已經顯出成效，工業產值穩定地成長，外匯存底名列世界第一，社會上的財富顯著地增加，人民生活日益富裕。在生活品質提高的同時，自然面臨到建立自我形象的問題。表現在政治上的是統獨之爭，表現在文化上的則是向本土尋根。如果說統獨之爭也不過是潛在的「本土意識」的一種外在表現，那麼本土之根其實隱含有兩個方向：一個是向台灣本土尋索，另一個則是向大中國的縱深挖掘。這兩個方向相對於東漸的西潮而言，都是本土的。

八十年代的小劇場無庸諱言地接受了二度西潮的強勁衝擊，然而在這二度西潮之時，台灣的知識分子卻比五四的一代多了一份明智的警惕。五四那一代面臨西方強勁的文化之時，對西方的戲劇是讚佩有加，絕少微詞，對中國傳統的戲劇則採取否定的態度。八十年代的台灣同樣取法歐西，但並非不加選擇，不加批評⑭；同樣面對著傳統戲劇的式微，卻懷有更多的眷戀，更濃的惋惜。在本土意識高漲的氣氛中，很多小劇場雖置身西潮的洪流，卻不忘做出尋根的努力，像「蘭陵劇坊」的《荷珠新配》、「優劇場」的《溯——鍾馗系列》、《山月記》、《水鏡記》及「表演工作坊」的《那一夜，我們說相聲》等，其企圖承接固有文化傳統的居心至為明顯。看來，由二度西潮所激生的小劇場運動，表面上雖穿出了西式的服裝，卻仍保有了強韌的本土性格。這也正是十年來台灣小劇場的一種特色。

五、結語

我國現代話劇的產生是中國現代化過程中必然的文化變革之一環。當文學、繪畫、音樂均因受到西潮的衝擊而有不同程度的西化時，現代的話劇從西方移植到中國的土地上來不但不顯突兀，反倒是順應環境與潮流的一種自發現象。八十年代在台灣的小劇場運動，在二度西潮的洪流中，同樣地不由自主地接受了西方當代劇場巨大的影響。小劇場既然早已在當代西方的社會中蔚然成風，而且肩負了大部分戲劇創新的職能，常常成為未來新潮流的導向與指標，這個模式順流而下衝擊到政經均在美、日勢力籠罩下的台灣，只是時間的問題而已。

之所以到了八十年代小劇場運動在台灣才能夠水到渠成，原因是多方面的。第一，因爲七十年代以來的國民生產力已達到足以負荷一些民間個人小型企業的程度；第二，六七十年代知識界和學術界均開拓了西方文化東流的渠道；第三，政治的解嚴，使成立劇團和演出都不再像過去似地需要突破種種管制，而成爲可行且易行之事；第四，反對黨的出現，使民間的言論自由大幅放寬，在演出的內容上不致動輒得咎。

由於以上種種條件的成熟，促成了八十年代台灣小劇場的蓬勃發展。這些小劇場的共同特點是業餘性和前衛性。業餘性，是因爲這些劇團並非官方劇團，沒有固定的財源支持，也一時無法達到商業上的自給自足，全靠團員利用業餘的時間來自行籌謀，才能維持不斷的演出。前衛性，一方面來自對西方前衛劇場的模擬，另一方面由於革新獨創的企圖心非常熾烈，以至於製造出一些曲高和寡、不同流俗，或莫名其妙、不知所云的作品。一般來說，除了一兩個企圖走雅俗共賞的商業化劇場道路的小劇場外⑮，多數的小劇場的活動範圍均十分有限，演出時的觀衆也局限在相知者或對前衛藝術具有好奇心的青年人圈子。但是因爲這樣的小劇場數目衆多，演出也相當頻繁，經過傳媒的報導渲染之後，也自會形成一種不容漠視的社會現象。

站在文化評論的立場上，這些小劇場的產生、發展與影響及其所代表的意義，是不容忽視的。就台灣一地整體文化的發展而言，這個運動代表了從官式文化到民間文化、從群體文化到個人文化的轉變。從話劇誕生到今日，中國的青年人第一次得以通過小劇場的演出表達個人的人生觀和個人的私密的情懷，而不是只傳達一種爲集體所認可的公衆的聲音。往日的話劇，不管目的是爲了改革社會，還是爲了救亡圖存，都不出預蓋了經世濟民的冠冕戳記的微言大義；今日比較個人化的戲劇卻更利於發掘人性中未知的領域。這種轉化，將來在大陸上的文化變革中，勢必也要來臨。

到了九十年代，雖然有些小劇場已顯出力竭勢衰的趨向，譬如在八十年代引領風騷的「蘭陵劇坊」如今已不見活動，但卻又有一批生力軍起而填充空位，像台北的「民心劇團」、「台灣渥克」、「天打那實驗體」、「劇場工作室」、「大大小小藝人館」、「進行式劇團」、「戲班子劇團」、「浮生演出組」、「比特工作群」、「亞東劇團」、「紙風車劇坊」，高雄的「南風劇團」、「息壤戲劇工作坊」和「狂徒劇場」、台南的「魅登峰劇團」等，都成立於九十年代初期。總數只有增多，未見減少。

在衆多的小劇場中，也有幾個劇團苦心做商業化的經營。像「表演工作坊」和「屏風表演班」，經過多年的努力，終於贏得了口碑，而且在台灣社會的轉型期中，也獲得企業界的支援，前者有「國泰航空」的資助，後者有「7－11」的合作，終於在小劇場中脫穎而出，有向職業劇團轉化的跡象。也許不久的將來，台灣就會出現一二民營的職業劇團了。

註釋

①《現代文學》介紹過「存在主義」以及沙特和卡繆的作品。《歐洲雜誌》介紹過法國戰後的戲劇運動及沙特、卡繆、讓·阿諾義、尤乃斯柯、白凱特、讓·惹奈、高克多、畢勒都等人的劇作。《劇場》則介紹過「殘酷劇場」、皮蘭德婁、白凱特、品特、奧比等人的劇作。

②實驗性的小劇場世紀初已在西方出現。早期的我國話劇也曾有類似小劇場的演出。

③參閱吳若、賈亦棣著《中國話劇史》(民國七十四年文建會出版),頁二二八。

④「世界劇展」始於一九六七年,「青年劇展」始於一九六八年。

⑤姚一葦於一九七三年發表了《一口箱子》,張曉風於一九七一年發表了《畫愛》,黃美序於一九七三年發表了《傻女婿》,筆者於一九六七年發表了《蒼蠅與蚊子》。以上諸劇都超出了傳統話劇的表現方式。這幾位劇作家以後續有不寫實或反寫實的作品發表。

⑥關於「擬寫實主義」,參閱拙作〈中國現代小說與戲劇中的「擬寫實主義」〉,收在《東方戲劇·西方戲劇》(一九九二年文化生活新知出版社出版),頁六七—九二。

⑦參閱姚一葦〈一個實驗劇場的誕生〉一文,民國六十八年八月《現代文學》復刊第八期,頁二三九—二四四。

⑧仝前註。

⑨關於「蘭陵劇坊」的成立與發展,參閱吳靜吉編著《蘭陵劇坊的初步實驗》一書,民國七十一年台北遠流出版社出版。

⑩參閱陳玲玲〈我們曾經一同走走看——記實驗劇展〉,民國七十六年八月《文訊》月刊第三十一期,頁三二—四五。

⑪見《台北劇場》雜誌創刊號,一九八九年四月一日試刊,頁一九。

⑫有關「表演工作坊」及「屏風表演班」的一些演出。可參閱拙著《當代戲劇》一書,一九九一年台北時報出版社出版。

⑬本節材料取自拙著《中國現代戲劇的兩度西潮》,一九九一年文化生活新知出版社出版。

⑭譬如鍾明德在〈當代台北人的劇場和宣言——台北文化就是仿冒文化〉一文中對台北文化自主性的質疑。原載民國七十六年十二月一——三日《自立晚報》副刊。

⑮例如「表演工作坊」和「屏風表演班」。

後現代主義與當代臺灣小說創作

陳長房

討論現代主義大概總會有個結論。但是，若想說明後現代主義，則頗費思量。本篇論文擬先概括性地描述後現代主義，就其在西方文壇上的嬗遞變衍以及此一思潮對當代文學的影響略作說明，最後再勾勒後現代主義如何在當代臺灣小說創作上衍生回應和衝擊。探討後現代主義時，我們至少會面臨下列幾點值得深思的問題：㈠繼承與斷裂的問題——後現代主義到底是斷然與過去決裂？抑或僅是極端的現代主義之延續？這個問題顯然無法單就歷史面向釐清，而其中因為地域性問題也不免衍生另一項難題。㈡到底後現代主義的範疇界定的基準在何處？到底它又是如何發軔和起源？顯而易見的，這些問題必定也與㈢符號語碼的問題糾纏不清；我們到底是得先釐清後現代主義諸種南轅北轍的範疇來作分際呢？抑或將所有的問題視為一個整體之物，以更開闊的思維、形而上的論述模式取代游移不定的論述？

這些問題繁複轇轕，一時恐無法解釋清楚，本文將一一試作剖析。到底我們可以將那些作品視爲後現代主義的典範作品呢？以下我們所列舉的作家和他們的作品或許能勾勒出一個大致的面貌和輪廓：博赫士（Borges）、柯塔札（Cortazar）、賈西亞・馬奎斯（Garcia Marquez）、巴斯（Barth）、巴莎姆（Barthelme）、庫佛（Coover）、品瓊（Pynchon）、傅敖斯（Fowles）、畢佗（Butor）、霍布・葛宜葉（Robbe－Grillet）、卡維諾（Calvino）等人不一而足。當然，並不是我們所列舉這些作家的所有作品皆呈現了後現代主義的特徵。然而，毋庸置疑，我們以下所討論的作品，必然多少皆呈現了後現代主義的成規和特質。本文將先討論西方後現代主義作品的發展情形，然後再回頭探討國內一些具代表性的作家。國內的確也有不少作家勇於從事試驗和創新，因而也不乏有內容上顯露出後現代主義特質的作品，張大春、黃凡、蔡源煌、林秀玲、林燿德、葉姿麟等人的作品只是少數的幾個例子。

1

現代主義與後現代主義的關係到底如何？後現代主義與現代主義的分際在那裡？也許我們可以針對二者歧異的部分大書特書，但是我們實際上卻無法證明後現代主義與現代主義斷裂的部分要比承繼的部分來得重要，而且也無法反其道而行，證明承繼的部分要比斷裂的部分更爲突出。如果我們想尋找出形而上的抽象模式來涵蓋一切的概念，恐怕我們會發現後現代主義與現代主義的相似點仍要比歧異處來得多。柯莫德（Kermode）和葛拉芙（Graff）兩人顯然皆認爲，後現代主義並非因承續了現代主義的餘緒，而得以與現代主義呈現更多相似的觀點；他們兩人的論點基本上皆言之成理（Kermode, 66－92; Graff, 217－249）。當然，若能將歷史與地域層面的差距拉大，大多數的作家和讀者的確可以輕易地看出「現代」作品與「後現代」作品之間的迥異處。只是，隨著時移勢易，或假若是在千年之後，再將作品置於不同的文化範疇中視之，讀者可能會有不同的感受。到底有多少人能夠看出焦易士的《尤里息士》（*Ulysses*）與《芬內根守靈》（*Finnegans Wake*）或是紀德的《僞幣製造者》（*Les Faux－Monnayeurs*）與霍布·葛宜葉的《迷宮中》（*Dons le Labyrinthe*）之間的差別在那裡？

後現代主義最早可能濫觴自美洲大陸，而後再影響歐洲文學的創作傳統；其間，恐怕再也找不到任何作家的貢獻能比博赫士這位三〇年代就開始寫作的作家來得更鉅大了，也只有博學如博赫士的作家才能創造出新的文學模式。博氏的短篇小說〈迷宮〉，早在一九五二年就被譯成法文，十年之後才又輾轉被譯成英文。博赫士這位一向被視爲極具創意的作家，曾自行翻譯吳爾芙的《奧蘭多》（*Orlando*，1937）一書；博氏在譯文中逸趣橫生地呈現了因爲斷裂的現象而引發的一連串難題。他不僅喜愛此書，還別出心裁，將吳爾芙書中的主角改妝易容，並且使主角長命百歲。博氏以洋溢想像的手法處理了時空的問題，開啓了後現代主義的思潮。時空觀念的突破，也使得許多作品破繭而出，想像馳騁進而能夠遨翔於超脫永恆的境界。

當然，我們也必須把「新小說」（roman nouveau）視爲是後現代主義的一支，我們可以說，在不同的時空範疇裡，彼此類似的文學成規可能衍生出同樣的結果。或許，後現代主義是從法國和拉丁美洲本土發展出來的；但是，無論如何，「後現代主義」是因爲其本身在北美地區廣受接納與注意進而形成了極具影響力的創作特質。同時，此一思潮在北美地區的發展也得到了回饋，甚至又影響了「新小說」的後續發展，並輾轉對義大利作家產生了推波助瀾的效果。臺灣的作家何以突然對此後現代主義萌生好感，並且汲汲從事後現代主義作品的創作？其原因十分複雜；然而，其中若干作家大量閱讀翻譯小說，襲用外來的觀念與文學成規，著實也是一項有趣的現象。

我們若假設後現代主義爲一九五〇年代之後即統領西洋文學風騷，恐怕就得先探討整個西方戰後的文學運動與新的創作技巧。特別是要回溯到第二次世界大戰後，圍繞著文學創作變衍等鮮爲人知的特殊現象，諸如具體詩（concrete poetry）、通俗文學（pop literature）、荒謬劇場（the absurd theater）、超現實主義（surrealism）、達達主義（dadaism）等文學思潮和運動，這些皆催化了新的文學創作模式（Solt；Fiedler，344－366）。

若說現代主義有意提供積極、眞誠、純屬私我的宇宙觀論述，那麼，後現代主義則似乎擯斥了任何呈現個人特質的信念和情感的觀點。崇尙現代主義的作家固然不會自詡其個人觀點百無一失，但是，他們卻確信個人的價值判斷，並進而奉之爲處事的圭臬，信守不渝。然而，秉持後現代主義觀念的作家固然也發抒個人的觀點，但卻不認爲自己的觀點高人一等。對於現代主義作家在作品中所楬櫫的諸般理念，後現代主義作家認爲，難免有些狂妄和專斷，與現實顯然是風馬牛不相及。早在一九四〇年代，狄倫·湯姆斯（Dylan Thomas）在其諧擬焦易士的作品《一隻幼犬藝術家的自畫像》（*Portrait of the Artist as a Young Dog*）一書中，即百般調侃了英國現代主義無的放矢的毛病。透過作品裡的人物，湯姆斯語帶諷刺地說道：「每個人的性格皆可能與布倫斯百瑞筆下瘋癲的英國詩人同樣令人興趣盎然」（Thomas，144－145）。後現代主義的作家絕對不作高低程度上的辨別，或是表現歧視尊卑地位的舉動，不作畛域之分。在上帝已死的論點大行其道之後，道德世俗化，逼使力倡現代主義的知識分子紛紛抬頭，個個皆欲登基於上帝遺留下來的寶座，大事揭櫫蘊涵於私我語碼的「福音」。但是，後現代主義作家卻批判知識分子的思維運作，刻意將知識分子原來在學術領域所作的辨識、評騭、抉擇等思維能力拋棄於一隅。我們可以依此推論：後現代主義在本質上似乎是朝向民主、普及、破除偶像崇拜的方向前進，不過，這樣的論點卻未能審視其與歷史的互動關係。第二次世界大戰結束之後，現代主義的勢力已經逐漸式微。由於所有揭櫫現代主義觀念的知識分子和作家，皆未能阻止戰爭的爆發，雖然他們都曾經加入歐陸「護衛文化」(Congresses "pour la defense de la culture")和反法西斯的行列，並曾大力抨擊戰爭的野蠻和殘酷，但是，他們的嘶喊最後所換得的，卻是人類的浩劫和文明的瀕臨崩潰。現代主義的思潮在煙硝瀰漫的戰火廢墟中，幾乎徹底摧殘了許多作家的創造力。

除了歷史的變衍嬗遞之外，其他的因素也有可能促使後現代主義的崛起。現代主義所衍生的語碼，自有其侷限——其實任何的文學語碼皆有其潛藏的侷限——當然，其中自然也可能隱涵著內在的自我批判。在《芬內根守靈》一書中，焦易士擺脫了對於往昔歷史的重組模式，希望能擁抱李文（Harry Levin）所謂的「千年福祐的永地」("the timelessness of a millennium")(Levin, 165)。在《浮士德博士》（*Doktor Faustus*）裡，湯姆斯・曼（Thomas Mann）也特別提到，知識分子極度的懷疑論調和置身度外的冷漠，同樣有其缺陷。《浮》書的出版無非開啓了批判現代主義言論的先河。

到底後現代主義所揭櫫的信念又是什麼呢？以下的敘述頗能精簡地勾勒出其輪廓：「我們或

許未曾提出任何理論。但是，我們考慮的觀點並非全然建構於揣測臆說之上。我們必須捨棄一切的詮釋，而以描述取而代之。此等描述得以詳細闡述其中有關哲學的問題，藉以揭示本身的目標。當然，這些都不是只存在於人生經驗的問題而已」（Wittgenstein, Section 109）。這段話引自大哲學家維根斯坦（Wittgenstein）於一九四五年所撰寫的《哲學的探究》（*Philosophical Investigations*）一書，其內容與後現代主義的論點並無關係。但是，此段文字卻提供了另一層的思考空間，並且說明了何以我們必須暫時放棄現代主義所探索的種種揣測和詮釋技巧——雖然有人會認爲現代主義畢竟也只是權宜之計，自然無法避免錯誤。

現代主義的作品是建築於臆測的結構選擇之上，但是後現代主義的作品卻不作任何抉擇，並且排斥畛域高低等級的區分，無論如何，對於虛實、眞假、今昔、相關或無關等問題，皆拒絕作任何分際和辨識。不過，由於作品中所揭示的語碼，皆可能是文中所討論的有關哲學的基本問題，因此，類似因果、本質、道德、演繹、時間、無限等哲學上的基本問題，全然皆與當代思潮息息相關。在以下的論述中，我們要討論後現代主義的主要襲例和成規如何影響其作品的結構（包括本文結構和句型結構），並探討這些成規在溝通上所發揮的功能。以下的說明綜合了許多批評家的觀點，旨在研究後現代主義理論中犖犖大者，其中包括了依哈布·哈山（Ihab Hassan）、傑隆·柯林克維茲（Jerome Klinkowitz）、大衛·洛奇（David Lodge）、布魯斯·墨瑞塞特（Bruce Morrissette）、金·李卡度（Jean Ricardou）、羅勃·史構思（Robert Scholes）、佛烈克·詹明信（Fredric Jameson）等人的觀點（Hassan; Klinkowitz; Lodge; Morrissette, 253－262; Ricardou; Scholes; Jameson）。

一、就後現代主義的觀點而言，作品與作者之間的關係，並不存在著現代主義中那種外弛內張的關係。作者似乎不太在意作品的地位；何處啓首，如何啓首，如何傳承接續，如何結束，何處結束，是否包括語言學或其他的符號，這一切悉數皆非作者所關心的焦點。現代主義作品中，如法國作家紀德（Gide）所寫的《沼澤地》（*Paludes*, 1895）就安排了二種不同的結局。但是，在後現代主義中，多數的作品大都沿襲了多重結局的寫作技巧；其間，傅敖斯的《法國中尉的女人》（*The French Lieutenant's Woman*, 1969）、馬拉末（Marlamud）的《房客》（*The Tenants*, 1971）以及許多試圖要突顯虛構特質的作品皆屬之。此外，我們也看見一些比較罕見的例子，例如富連·奧柏藍（Flann O'Brien）的 *At Swim－Two－Birds* 一書，即捨棄了多重結局的寫作手法，而相對地採用了多重啓首的技巧。巴莎姆（Donald Barthelme）的《城市生活》（*City Life*, 1970）作品中，則更是特意穿插了爲數不少的附加圖畫，使其巧妙地與文本融爲一體；而伊泰羅·卡維諾（Italo Calvino）在《命運播遷的城堡》（*Il Castello dei destini incrociati*）一書中，也運用了同樣的技巧。無疑的，巴斯（John Barth）有意朝傳統對書籍的觀念挑戰，在他的作品《歡樂宮迷途》（*Lost in the Funhouse*, 1968）一書中，他所撰構的故事便以混合「印刷、錄音帶、實況聲音」的方式一體呈現。在【水精靈】（Le G'enie du lieu）的第三卷《作繭自縛》（*Boomerang*, 1978）一書中，法國作家畢佗（Michel Butor）更以黑色、藍色、紅色等不同的顏色，嘗試要同時呈現故事中的各種文本；如此，至少可以維持這本書最低程度的可讀性。

也許，現代主義的作品中所呈現的，並非就是最後的文本；但是，後現代主義的作家卻可能在任何的時刻隨意結束故事。相較之下，現代主義的作品維持了前後銜連的句法、段落和章節的準則；而後現代主義的作家則運用了中間插敘的文字、問卷，或是其他不相干的文字片段，刻意強調文本中的斷裂和不連貫，以破壞連續性的概念。巴莎姆的《白雪公主》（*Snow White*, 1967）就是其中顯著的一個例子（Barthelme；林素娥）。不少後現代主義的作品，往往充斥著跡近不相干的片語／段落的總合，對於試圖在文學模式中找尋一貫脈絡的讀者而言，閱讀此類的作品恐怕是一項艱難的挑戰。在後現代主義的作品裡，即便是段落與段落之間的關連，也一樣受到質疑；由於句子未必完整，因此，迫使讀者有必要在匱缺空白處自行補足文義（巴斯的《歡樂宮迷途》即是如此）。後現代主義作家在創作時最常採用的技巧，就是將所有的素材鉅細靡遺地縷列臚比，儼然就像是在處理類似的數學定理，不論是加法、乘法，或是物項的累積，完全可以任意增刪。在博赫士的作品、柯塔札的《焚火》（*Todos los Fuegos el Fuego*, 1960）、傅安蒂（Carlos Fuentes）的《晨星》（*Aura*, 1962）裡，重複或是鏡子的映像皆為文本中關鍵性的技巧。在後現代主義的作品中，其多重結局處固然可見其疊覆特質，但是，此一重疊覆述卻可能漫無頭緒，不知所終，形同墮入了文字的迷宮，或陷入了五里霧中。在霍布·葛宜葉的《迷宮中》、品瓊的《四十九區之吶喊》（*The Crying of Lot 49*）等作品裡，穿錯於中的故事情節推移，最後並沒有得到任何結論。其迷宮似的故事情節，打破了我們平常對於時空的瞭解，這恰好是後現代主義小說的重要敘述技巧。

二、就作品與社會的外緣關係來看，現代主義作家斷然拒絕任何對於「現實」所作極其規律的詮釋。相反的，誠如維根斯坦所言，後現代主義的作家卻完全不作任何詮釋。在敘述的過程裡，後現代主義作家偏向於運用諧擬的寫作方式，自行演繹出一套邏輯推論，而且容許作品中的矛盾存在（如博赫士的《歧路園》（*El Jardin de los senderos que se bifurcan*, 1941）），或是將原先存留於腦海裡的概念賦予具體的形象。墨西哥作家傅安蒂在一九八二年八月的國際比較文學會議所作的演講，曾經揭示了一種不作選擇、不任意武斷的立場，他說道：「萬事都成，樣樣皆通。」（Nothing matters; anything goes.）的確如此，後現代主義者認爲，任何事物只要能給個名字，一切就似乎言之成理了。就後現代主義作家的觀點而言，基於文字創造、銘鑄了我們的世界，文字因而成了這個世界存在的唯一理由。如此的認知使得後現代主義作家都口若懸河，滔滔不絕，儘管自己心知肚明，所能作的充其量只不過是反芻前人早已陳述過的，僵斃痲痺的語言和文字；然而，不論是巴斯，或是庫佛、巴莎姆等人，個個卻還是照樣不斷地回收訊息，而且繼續不斷地製造文字垃圾（semantic waste）。

後現代主義作家相信，社會的外緣意義必然包括文字，而且每一部新作品充其量只不過是「老話新詮」（Each new text is written over an old one.）。美國文化批評家威爾遜（Edmund Wilson）大概是運用「疊景」（palimpsest）這個譬喻的第一位學者；在《艾克索之古堡》（*Axel's Castle*, 1931）一書中，論及焦易士的《尚待完成的作品》（*Work in Progress*）（Wilson, 234–235），威氏將「疊景」視爲後現代主義的特色。不久，此術語頓然成了廣爲流傳的學院術語，不但與後現代主義的關係極深，就連批評家在談論一般的文義互涉和記憶運作，也都必然會提到「疊景」一詞。巴莎姆的《白雪公主》、邦德（Edward Bond）的《李爾王》（*Lear*, 1971）、畢佗的《公使》（*Envois*, 1980）等作品皆採用了此種技巧。雖然後現代主義作家相信社會的外緣意義主要是以文字架構營造而成，而且需要更多的文字以供驅遣使用，但是，這種不加選擇的態度仍然會有例外。後現代主義作家堅持的意見是，後現代主義對懷疑一切本體，相信人類世相只能以文字表達，而且僅只涵攝於文字中。

三、就作品與符號之間的關係來看，後現代主義作品中所強調的符碼，遠比現代主義作品中所呈現的面目要來得清晰。在後現代主義的作品中，故事該怎麼述說有時要比故事本身還重要。例如月前才去世的費里尼（Fellini）所導的電影《八又二分之一》、巴斯的《歡樂宮迷途》、畢佗的《時間之運用》（*L'Emploi du temps*, 1957）等作品皆可作如是觀。而巴莎姆的《白雪公主》則證明，故事的意義包括了學會如何解讀符碼——符碼讓我們眼界大開，讓我們發現到自己不自知地反芻文字垃圾的習慣。《白雪公主》中有一位角色如此說道：「我們喜歡書。書中有許多狗屎都不如的廢話，述說著點點滴滴互不相干的事；不過，若再仔細推敲，這些廢話卻足以彌補世相的『意義』。文義無法從行與行之間的關係獲得（因為在行與行之間的空白處原本就是一無所有），而是要直接自書寫中的文字脈絡中得到——凝視每一行的文字，在完成閱讀的過程中採擷意義；縱然如此，讀者未必就會有躊躇滿志的感覺（這太苛求了），感受到的可能只是那種完成某事之後的心情而已。」（Barthelme, 96, 106, 107）巴莎姆警告我們，在閱讀的過程中不要事事追根剖底，物物鑽研。這和霍布·葛宜葉在《迷宮中》的序言中所揭示的警告，頗有異曲同工之妙。葛氏認為，作品不應該皆以寓言的方式閱讀和詮釋。職是，在他的作品《去年在馬倫巴》（*L'Annee derniere a Marienbad*, 1961）裡，他堅稱其中人物塑形皆是平鋪直敘，一點也沒有隱含其他額外的意義。

四、後現代主義號稱是所有文學符碼中最「民主」、最具「平民風格」的一種。其間，讀者的地位遠比現代主義時期更受重視。當然，在後現代主義的作品中，不時可以見到文字內容鋒頭直指讀者、提醒讀者、質疑讀者。雖然作者刻意避免作出好惡之抉擇，但是，作品設若採取多重結局的寫作方式，讀者仍得選擇自己喜歡的一種故事結局。如此，讀者可能變成作品裡的主人翁，或是刻意把作品人物視爲讀者或是聽衆。這種情形或可解釋爲何畢佗的《修正》（*La Modification*, 1957）和傅安蒂的《晨星》要運用第二人稱的敘述技巧，其理自明。這些作品絕對沒有作者或是讀者所共同認可的象徵和詮釋。而巴莎姆所提出的忠告「切勿事事追蹤」（not to go reading things into things），還是値得認眞思索。然而，我們不禁要問：在這一套質疑眞假、虛實、心物、今昔、彼此的文學體系中，我們又該如何尋覓作品中的意義呢？在後現代主義的符碼範疇裡，任何仰賴人類知識和依據邏輯常理推論而得的詮釋，雖然並非完全錯誤，但卻也如畫蛇添足般的多餘。不過，學院裡「戒愼小心」的學者毛病到底還是積重難返，總想對事物先理出個頭緒而後再作詮釋和說明。

後現代主義與現代主義中符碼可語意，當然可以彼此互作對照和比較，但是，這個問題依舊意謂著重重的困難。假若後現代主義者基本上就喜歡不作抉擇，或是，刻意不在相干與無關事物之間作畛域之分，我們又該如何在一切語意範疇中再作區別，甚至進而比較相關和全然無涉的事物呢？我們已經察覺現代主義作品中，堆砌冗詞贅字的傾向，但是，即使是後現代主義對所有事物皆一視同仁，完全不作任何選擇，事實上，他已經作了選擇。後現代主義堅持其「不作抉擇」的原則（the principle of nonselection）本身，業已暴露了本身已作的「抉擇」。這點正是後現代主義衍生齟齬矛盾之處——一道不可解的兩難論題。

說明了後現代主義的語意世界結構後，我們著實認為，「不作抉擇」無疑地就是後現代主義的特色；在後現代主義的中心核心裡，我們看見「包羅萬象」（inclusiveness）和「融於一爐」（assimilation）的語意範疇，有著別出心裁的安排。

2

八○年代的臺灣文壇也出現了不少作家嘗試創作後現代小說，在杜撰故事的同時，一併將情節佈局的動機和緣由，一一透露給讀者，張大春、陳裕盛、林燿德、黃啓泰、葉姿麟、黃凡、蔡源煌、陳燁、駱以軍、張啓疆等人的後現代主義作品，即經常探索文學是否能夠反映眞實的議題，認為文學以語言構築而成，其中的罅隙、破綻、斷層、空白所在多有。因此，作者運用「語言」虛構現實，俾讓讀者重新架構「現實」。蔡源煌的〈錯誤〉、林燿德的《惡地形》、葉姿麟的〈那麼，這個故事你喜歡嗎?〉、張大春的〈自莽林躍出〉和〈寫作百般無聊賴的方法〉、陳裕盛的〈騙局〉、黃凡的〈如何測量水溝的寬度〉和《曼娜舞蹈教室》、張啓疆的《如花初綻的容顏》、駱以軍的《紅字團》、陳燁的《孤獨和年輕總是睡在一張床上》和《燃燒的天》等，則更包括了許多試驗性技巧，後現代主義的特色偶爾閃現於作品中，作者刻意促狹讀者，測試讀者因襲的閱讀成規或策略。早在王文興的《家變》一書中即有許多針對語言所作的創新，其中以符號分章的方式尤其迥異於昔日的分章模式，嘗試著挑戰讀者的鑑賞能力。王禎和更在作品中加入「光怪陸離」的外來語言；他所運用的語言中既有顚覆、諧謔、諷刺、逆轉的策略，大大降低了讀者對於習以爲常的語言的熟悉度，逼迫讀者重新思索再思索。創作的目的即在老生「常談」之餘，能革故鼎新，再現語言之生機，斯證是言。

人類的世界原本即負荷並生產著超量的訊息，日復一日地把鉅量蕪雜的資訊推擠到你的鼻子前，然後又迅速抽換遞補增殖，宛如一個詭異幽深的黑洞，令人難以辨識、決定、記憶。因此，新聞與現實、眞實與小說、小說與虛構之間，究竟是建構著怎樣環扣回復的效應或網絡關係？確實不易回答。張大春的《大說謊家》收錄了從一九八八年十二月五日到一九八九年六月十三日一百七十多天的新聞事件，採擷了政治醜聞、社會騙局、家族秘辛、偵探故事、城市觀察、歷史神話、都會情色……，羅織編結了這本「新聞小說」。

「新聞小說本來即是眞假莫辨，任何『客觀的』敘述皆有人質疑。」對於語言的顚覆性，張大春一直深諳箇中三昧，在這些作品中，他另闢蹊徑：「而且，把新聞夾雜在非新聞的上下文脈間，稍等時效消失後，新聞反而最像是小說文本。」因此，《大說謊家》雖然亦步亦趨地取材於新聞事件，但最後文本中虛構的情節卻和現實的新聞事件糾纏搪塞在一起，連創作者的張大春在校稿時，恐怕連費神也弄不清楚何處是新聞？何處是扯謊編造的？

在寫作模式上，《大說謊家》別開生面，每天在《中時晚報》連載的小說內容，幾乎是與當天的新聞同步。爲了要更貼切地依附每日的新聞，張大春往往仰賴晚報截稿前的最新消息，立即更動或增補當日故事的內容，蔚爲「小說追新聞」的奇觀。

雖然故事與新聞互生共存，然而，《大說謊家》在本質上卻是顚覆「新聞」。「新聞原是『必要之惡』，不管信或不信，你都需要它；而新聞媒體的自我省思和解構能力極爲薄弱」。對新聞有豐富工作經驗的張大春，深切體認出新聞的眞僞之間充滿著暗影與弔詭。他說，採取這樣誘寫法，除了想「引誘」那些只看新聞、不讀小說的讀者，更重要的是要「提供一種讀法」，讓讀者「在衆多新聞與虛構的混合體中，辨識出更眞實、更客觀的東西」（蔡源煌；張大春）。

對張大春來說，《大說謊家》是一項極具創意的嘗試；他希望透過這種類似遊戲人間的寫作模式，另外開啓文學創作的空間；遊戲自有豐富意涵和活潑生機。這不禁讓我們想起濫觴後現代主義的作品《崔士坦‧單第》（*Life and Opinions of Tristran Shandy*）。史騰（Lawrnece Sterne, 1713－1768）。這部作品把一個人卑微瑣碎的一生寫出來，這是一部具有高度實驗性的作品。全書共有九卷，而結局並非十分重要，因爲作者原無意完成此書。史騰對於主角的家世、出生、幼年遭遇等等的描繪，鉅細靡遺。從人的起源開始叙述：主角出生前，其母親如何受孕，乃至其父母之間的關係和性格，對主角日後個性形成決定性的影響等，不一而足。主角出生前的篇幅即已著墨甚多，而其他諸如陰錯陽差的出生過程更是涓滴不漏的描寫。

叙述過程裡，作者個人的感覺和意見著墨並不多，但卻予人繽紛繁賾、枝節龐雜之嘆。故事純以詼諧、幽默口吻取勝，樂而不淫，使讀者心領神會於悠悠文字間的幽默之際，更有峰迴路轉、粲然一笑的感覺。例如，主角單第赴歐洲旅行時，其所乘坐之馬車在半途赼趄不前，他心想以髒話罵之，以傾吐心中的怨氣，卻因幾經思索而想不出比較文雅的字眼詈罵，因而支吾其詞。同樣的情形也令人忍俊不禁：一女修道院院長和修女遇上馬車裹足不前，欲以言語詬詈之，卻也囁嚅不語，二人只是各說出髒話的第一個字母聊表一洩心頭之恨。

後現代主義作品的困難在於閱讀成規的調整，作品非以故事取勝，而是以叙述技巧之披露見長，堆砌語言架構情節之推移，似寫實似諧擬。作者慣將作品「置於前景」，援用迥異於傳統的敘事概念。例如，史騰透過主角單第清晰地表達他的寫作意圖：「我這個月比去年這個月足足大了一歲，雖然第四卷快寫完了，仍在寫出生以後的第一天，這表示我要寫的只比開始寫時又多了三百六十四天的事，因此，我無法像尋常作者一樣的邁步前行，設若我這一生每天都和第一天那樣多事的話，我尚未寫的更多，每天百物紛陳，諸般意見不少，我有何理由避而不談？因此，我的生命顯然比我寫的生命快了三百六十四倍，我寫得愈多，愈來不及寫的將變得更多。」作者暗喻人生猶饒是如此。只是此種語言的論述對於讀者來說無非是一大考驗，讀者若欲捕捉史騰或是張大春的敘事情節，顯然會徒勞無功。一般後現代文學作品的特徵即在此，其所呈現的敘述無非就是作者欲引領讀者進入其寫作時的心路歷程。

八〇年代的臺灣小說家也採取了實驗性的敘述技巧，因而其作品中也展現了類似西方後現代主義作家的創作模式。他們創作上的最大特色，即在於放棄傳統小說的特色——故事、人物、主題、編年紀元的次序等，因爲這些皆非作家採用和探討的重點。作品代之以客觀、超然、冷靜的敘述，對事實或現象不作任何詮釋，自然也無庸作者提供主觀之評價或刻意安排敘事之順序和平衡（蔡源煌；張大春）。易言之，小說中決無前後一貫之情節，而且時空混淆，敘述顚倒所在多有。職是，新小說乃是對傳統小說所作的革命性改變，進而烘托出人生本無確定不疑的眞理，眼前所見的是追尋過程的游移和迷惘；並且，暗喻讀者不妨以「有色」眼光來觀看外在世界，時時以「懷疑」的態度看盡人生的滄桑、悲苦和喜樂。

後現代主義作家的出發點，在於要對語言的功能提出質疑，因而有時會將創作視爲一場文字遊戲；於是，「反映」在作品上的，就是對傳統上種種成規的質疑辯詰。在小說中，後現代主義作家刻意凸顯作品的顚覆性，在作品中顯露出對於創作行爲的極端自覺和敏感；或自行暴露創作的過程，強調一切「尚在進行中」、「尚待完成」的特質；或刻意談論作品的角色、情節等（如張大春的〈寫作百般無聊賴的方法〉、黃凡的〈如何測量水溝的寬度〉、蔡源煌的〈錯誤〉、林燿德的《惡地形》、葉姿麟的〈有一天，我掉過臉去〉、黃啓泰的〈少年維特的煩惱導讀〉等）。或是藉著「自省」（自省創作行爲）的方式，邀請讀者介入作品與作者一起陷入文字的迷宮中。而在技巧上，「諧擬」和「框架」方法的運用，也是其中一大特色。前者（兩種符號或聲音併存其中，彼此頡頏）在於藉由「逆轉」和「破壞」等衆人皆熟悉的文學傳統來達到批判的目的（如張大春的〈自莽林躍出〉和〈最後的先知〉、葉姿麟的〈仙蒂瑞拉與貓〉和〈那麼，這個故事你喜歡嗎？〉等）；後者在於指出傳統所謂「開端」或「結局」的武斷與侷限，並藉著框架的瓦解來建立幻覺及持續暴露框架以破壞幻覺，以達到徹底顚覆的目的（如張大春的〈透明人〉和《公寓導遊》、黃凡的〈紅燈焦慮狂〉等）（張惠娟；周慶華）。

一般人總以爲作品勢必「反映」生命，以及捕捉「眞實」人世的諸貌。但是晚近文學發展趨勢卻以爲「語言」的本質即隱含很多破綻、罅隙、匱缺和不足，實無可能完全捕捉「眞實」，因此，批評家會懷疑語言是否能迴映眞實。誠然，作品或許只是一場文字遊戲，一種虛構，而虛構之物又該如何反映眞實？而人生本是一場虛幻，以虛幻的語言呈現虛幻的人生，豈非有其對應反襯之意？

現代人平日的生活經緯萬端，皆可透過語言文字披露出來。作者以幽默的手法，表現人生的頓挫折磨與蹣跚顛躓。而作者則相信寫作過程同樣充滿失望挫折、焦慮困頓；職是，他有意將創作上所遭遇的挫折、困頓和焦慮在在皆呈現在讀者眼前。寫作實爲稠密繁複轇轕纏繞的語言運作，寫作是否必須關注人間世情？語言是否必須強調與人生建立任何關係？透過無可理喻、悠忽荒謬的語言，豈非一樣可以展現生命中極多的荒謬、孤寂、恍惚迷離？

不論是張大春、林燿德，抑或是黃啓泰，其作品在在皆呈現了臺灣現代作家的困頓，以及解讀行爲的繁複，和讀者與作者之間的緊張關係。

寫作小說的最根本追求，就是對叙事方式從事無休無止的探索。在荷馬、莎士比亞、關漢卿、曹雪芹和每一位我們心儀的作家和作品裡，在在皆可見到同樣的探索和追求。荷馬、莎士比亞、塞萬提斯（Cervantes）、曹雪芹等作家深藏不露的絕藝，遠遠超過力倡現代主義的那批作家。我們心目中所認同的「後現代主義」（postmodernism）是：回歸到以叙事和情節爲特色、抽絲剝繭的表現方式（羅青；蔡源煌；詹明信）。

今天的文壇有個奇特的現象：寫作的人多，閱讀的人少。從事寫作無須出動成隊人馬，無須勞駕一組攝影師；而作家更用不著親自出面，也不必費盡唇舌去哄戲院老闆或是提供資金的財主，以徵求對方助其一臂之力。其間，我們看到，很多有心從事寫作的學生在心裡頭，都恨不得用攝影機取代寫作的那枝筆。他們經常看電影、看電視，就是不多讀點書。這是件可悲的事。他們無非想一步登天，同時躋身於發展了數千年的文學傳統範疇裡；然而，他們卻又不肯腳踏實地先把經典名著好好讀一讀。

這就意謂著，如果作家是爲了社會上廣大的讀者群寫作，便不會再有多少文化座標可以視爲作品中的意象定位。以往，只要作家一提起黛玉葬花、林冲夜奔、李逵負荆等字眼，他就有把握在讀者心中激起自己意料中的反應。如今，這可就難了。今天能取代古典意象的，就只有電影，要不然，就是那些白天時段裡電視播放的通俗連續劇或是搖滾樂曲。這些文化座標都具有一種流行時髦的特質，足以匹敵以往由包括詩經、楚辭、紅樓夢、水滸傳、儒林外史、莎翁名劇等不朽名著所建構的文化座標。此外，今天如果一位作家想在小說裡運用典故，他就得先確定，讀者對小說情節的興趣，並不絕對取決於這些典故。如果讀者想閱讀一本這類的小說，那麼，他就非得瞭解其中的典故不可，否則，根本無從「看懂」，更別提要如何享受聽故事的樂趣了；如此，不管是在任何世紀，這樣的作者都不可能成爲成功的作家，而在我們的這個世紀裡，那就更加困難了。一部小說得有迷人的魅力。講故事的人應該師法《天方夜譚》（*Thousand and One Nights*）中的蘇丹妃子夏赫拉佐德（Scheherazade）。

有人說，八〇年代的臺灣小說發展已到盡頭，而「泛文學」（paraliterature）——亦即所謂文化評論性的作品——將會大行其道，取代傳統營造故事情節的小說（孟樊，世紀末，頁七五）。然而，我們同時卻也看到，仍有不少小說家依舊兢兢業業地從事創作，依舊對寫作小說的敘事方式從事無止境的探索，見到如此光景，我們不禁對小說又恢復了一些信心。人活著，一輩子都在爲自己的生命歷程編織情節，因爲我們每個人似乎都有「講故事」的本能，沒有人抗拒得了動聽的故事。或許曾經讀過《天方夜譚》的人並不多；但是，幾乎人人都知道一個意象：蘇丹的妃子夏赫拉佐德爲了保命，夜夜熬通宵爲蘇丹講故事。夏赫拉佐德這個意象所具現的，似乎正是小說家的處境：從事小說創作的命運繫於下一部作品。就某種意義來說，講故事（narrating）

就等於維續了生命（living）。只有在我們對講述奇聞逸事的興趣維持不變時，我們才能保有作爲「人」的生存價值。當代批評家米樂（J. Hilis Miller）曾說：如果我們需要故事以面對用任何其他方式所無法輕易面對的事情，那麼我們總是需要更多的故事。沒有一個最終的故事能滿足我們對故事的需求（Miller, 130；米樂，頁一〇九）。就這個意義而言，我們可以說，故事是驅邪的……。如此，自然可以延遲直接面對無法解決的困頓和弔詭。但是，也許眞正被抵擋的是死亡。班雅明（Walter Benjamin）曾說：「吸引讀者讀小說的是希望：希望用讀到的死亡來溫暖自己顫抖的生命。」我們需要更多的故事來延緩死亡——許多的故事，就像《天方夜譚》中的夏赫拉佐德一樣，是藉著說故事延遲自己的死亡。八〇年代的臺灣後現代主義作家，只是許多本土作家中師法蘇丹妃子的叙事藝術的一個小小見證。

引用書目

一、英文部分：

Alazraki, Jaime. 1971. *Jorge Luis Borges*. New York: Columbia UP.

Barrenechea, Ana Maria. 1965. *Borges, the Labyrinth Maker*. Ed. and trans. Robert Lima. New York: NYUP.

Barthelme, Donald. 1982. *Snow White*. New York: Atheneum.

Borges, Jorge Luis. 1970. *Labyrinths: Selected Stories and Other Writings*. Ed. Donald A. Yates and James E. Irby. Harmondsworth: Penguin.

———. 1979. *The Book of Sand*. Trans. Norman Thomas di Giovanni and Alastair Reid. Harmondsworth: Penguin.

Fiedler, Leslie A. 1975. "Cross the Border—Close that Gap: Post-Modernism." In Marcus Cunliffe, ed., *American Literature since 1970*. London: Sphere Books. 344-366.

Graff, Gerald. 1977. "The Myth of the Postmodernist Breakthrough." In Malcolm Bradburg, ed., *The Novel Today: Contemporary Writers on Modern Fiction*. Glasgow: Fontana Books. 217-249.

Hassan, Ihab. 1975. *Paracriticism: Seven Speculations of the Times*. Urbana, Ill.: UIP.

———. 1987. *The Postmodern Turn*. Columbus: Ohio UP.

Hutcheon, Linda. 1988. *A Poetics of Postmodernism: History, Theory Fiction*. New York: Routledge.

———. 1989. *The Politics of Postmodernism*. New York: Routledge.

Jameson, Fredric. 1984. "Postmodernism, or the Cultural Logic of Late Capitalism." *New Left Review* (146): 53-93.

———. 1985. "Postmodernism and Consumer Society." In Foster, Hal, ed., *Postmodern Culture*. London: Pluto. 111-126.

Kermode, Frank. 1968. "Modernisms." In Bernard Bergonzi, ed., *Innovations: Essays on Art and Ideas*. London: MacMillan. 66-92.

Klinkowitz, Jerome. 1980. *Literary Disruptions: The Making of a Post – Contemporary American Fiction*, 2nd ed. Urbana, Ill.: UIP.

Levin, Harry. 1960. *James Joyce: A Critical Introduction*. London: Faber and Faber. 165.

Lodge, David. 1977. *The Modes of Modern Writing: Metaphor, Metonymy, and the Typology of Literature*. London: Edward Arnold.

McHale, Brain. 1987. *Postmodernist Fiction*. New York: Methuen.

Miller, J. Hillis. 1993. *New States: Performative Topographics in Literature and Criticism*. Taipei: Academia Sinica.

Morissette, Bruce. "Post – Modern Generative Fiction: Novel and Film." *Critical Inquiry* 2 (1975): 253 – 262.

Ricardou, Jean. 1978. *Le Nouveau Roman*. Paris: Seuil, 1978.

Scholes, Robert. 1979. *Fabulation and Metafiction*. Urbana, Ill.: UIP.

Smyth, Edmund J. 1991. *Postmodernism and Contemporary Fiction*. London: B. T. Batsford.

Solt, Mary Ellen, ed. 1970. *Concrete Poetry: A World View*. Bloomington: IUP.

Thomas, Dylan. 1968. *Portrait of the Artist as a Young Dog*. London: Dent.

Waugh, Patricia. 1992. *Postmodernism: A Reader*. New York: Edward Arnold.

———. 1992. *Practising Postmodernism, Reading Modernism*. London: Edward Arnold.

Wilson, Edward. 1936. *Axel's Castle: A Study in the Imaginative Literature of 1870 – 1930.* New York: Scribner.

Wittgenstein, Ludwig. 1963. *Philosophical Investigations.* Trans. G. E. M. Anscombe. Oxford: Blackwell, Section 109.

二、中文部分：

(一)小說書目：

林燿德作品：一九八八年。《惡地形》。台北：希代。

張大春作品：一九八六年。《公寓導遊》。台北：時報文化。

一九八八年。《四喜憂國》。台北：遠流。

一九九〇年。《大說謊家》。台北：時報文化。

黃凡作品：一九八一年。《大時代》。台北：時報文化。

一九八七年。《曼娜舞蹈教室》。台北：聯合文學。

一九八七年。〈如何測量水溝的寬度〉。收於《如何測量水溝的寬度》，瘂弦主編。台北：聯合文學。

黃啓泰作品：〈少年維特的煩惱導讀〉。收於《聯合文學》五卷五期（一九八九年三月）：頁五六—六八。

葉姿麟作品：一九八六年。《都市的雲》。台北：時報文化。

蔡源煌作品：一九八七年。〈錯誤〉。收於《如何測量水溝的寬度》，痖弦主編。台北：聯合文學。

㈡評論文章：

伊哈布·哈山。《後現代的轉向：後現代理論與文化論文集》。劉象愚譯。台北：時報文化。

佛克瑪。一九九二年。《走向後現代主義》。王寧等譯。台北：淑馨。

林素娥。一九九三年。《作者與讀者：從不知如何閱讀巴坦的〈白雪公主〉談起》。第四屆美國文學與思想研討會。中央研究院歐美研究所。一九九三年十月二十九日至三十日。

周慶華。一九九三年。〈形式與意義的全方位開放——後現代主義文學評述〉。《台灣文學觀察雜誌》第七期，一九九三年六月。頁四二—四四。

一九九三年。《台灣後設小說中的社會批判——一個本體論和法論的反省》。第二屆台灣經驗研討會宣讀論文。一九九三年十一月五日至六日。

孟樊。一九八九年。《後現代併發症——當代台灣社會文化批判》。台北：桂冠。

一九九二年。《台灣世紀末觀察》。台北：皇冠。

張大春。一九九二年。《張大春的文學意見》。台北：遠流。

痖弦編。一九八七年。《如何測量水溝的寬度》。台北：聯合文學。

張惠娟。一九九〇年。〈台灣後設小說試論〉。《世紀末的偏航：八〇年代台灣文學路》。林燿德與孟樊編。台北：時報文化。

詹明信。一九九〇年。《後現代主義與文化理論》。唐小兵譯。台北：合志。

蔡源煌。一九八八年。《從浪漫主義到後現代主義》。台北：典雅。
羅青。一九八九年。《什麼是後現代主義》。台北：五四。
〈米樂訪談錄〉。主訪者：單德興。台北：《中外文學》，二十卷四期，一九九一年。頁九五—一一五。

「革命歷史小說」

──「革命」的經典化與再浪漫化

黃子平

1

「革命歷史小說」，在中國大陸的當代文學史中並無統一的稱謂。較簡潔的，叫「革命歷史題材」小說，或「革命鬥爭歷史題材」小說。詳細點的，曰「反映新民主主義革命時期的鬥爭歷史」的小說。有的則將專寫戰爭的另歸一類，稱爲「反映革命武裝鬥爭歷史」的小說，或簡單叫作「軍事題材」小說。儘管稱謂不一，從六十年代直到九十年代的十來部當代文學史教科書，其所論述的作品群卻都大致相同，正好證明了這些作品業已「正典化」（canonized）了①。

成文的當代文學史在處理紛繁的當代作品時，依例將之從時間上分期（比如：「十七年」、「文革」和「新時期」）、文體上分類（比如：詩歌、散文、小說，小說又分長、中、短篇），以及依重要作家作品分章。這種敘事方式的知識來源和運作邏輯是一個複雜的問題，此處不作討論。值得注意的是在「小說」門中，又往往進一步依「題材」劃分，其中赫然並列的，往往有「革命鬥爭歷史題材」、「工業題材」和「農村題材」三類。每每又必定提到「革命歷史題材」的小說成就較高，「農村題材」次之，「工業題材」的小說儘管乏善可陳，仍取得一定成果云云。這種分類法和評價，似已成定論，甚至一再爲八十年代以來新撰的當代文學史沿用②。「題材」的這種劃分方式，初看頗有幾分蹊蹺，其實大有道理。文學生產納入國有化計畫經濟，也不一定刻板地依照「國防工業部」、「工業部」、「農業部」的領導機制來操作，其間必定有更複雜深刻的緣由存在。

「文革」中江青等人制定的文藝綱領：〈林彪同志委託江青同志召開的部隊文藝工作座談會紀要〉，批判「文藝黑線」的文藝「黑八論」。「黑八論」中，其中有三論即與本文論及的小說有關。一曰「反火藥味論」，此論其意甚明，無須多作解釋。二曰「離經叛道論」，即離「革命經」，叛「戰爭道」是也。三曰「反題材決定論」，意謂文藝作品的優劣並不由其所寫「題材」決定，而由對各種「題材」的處理是否成功而定。此最後一論看似平平無奇，依了黨的眼光來判定，其要害，乃是煽動作家不寫或少寫黨所認定的「重大題材」，其險惡用心，是爲資產階級小資產階級的「風花雪月」爭一席之地。在當代文學史中，「題材」決非一客觀自然存在的創作材料或素材，而是業已經由當代文化—權力結構劃定、構建的具有等差級別的言說範圍。「題材」問題成爲當代大陸文學界一再爭拗不休的「重大」理論（？）課題，良有以也。

「革命鬥爭歷史題材」不言而喻地屬於「重大」之列。「槍桿子裡面出政權」，政權「出」

來之後，筆桿子能不寫寫槍桿子麼？表述得最簡捷明瞭的一本教科書寫道：「新中國是在戰火硝煙中誕生的，很自然，反映革命鬥爭的作品最先出現，並佔有重要地位」③。所有已成文的當代文學史都不屑於花費哪怕最少的筆墨論證，何以「新民主主義革命歷史題材」就比「舊民主主義革命歷史題材」重大，或「革命歷史題材」就比「一般歷史題材」吃香。「不言而喻」與「很自然」正是題材劃分的意識形態性的表徵。人為的劃分被遮掩並轉換為天經地義，且這遮掩本身亦成功地被遮掩時，當代作品的正典規範已無形奠定。

饒有興味的是，這些正典化了的作品群，本身又承擔了將剛剛過去的「革命歷史」經典化的功能。它們講述革命的起源神話、英雄傳奇和終極承諾，以此維繫當代國人的大希望與大恐懼，證明當代現實的合理性，通過全國範圍內的講述與閱讀實踐，建構國人在這革命所建立的新秩序中的主體意識。可以說，對「革命歷史」的經典化講述構成了這些作品進入當代文學正典的基本途徑，其間的相輔相成關係，至為明晰可探。

在中國大陸，成文的當代文學史絕大部分都是作為高等院校的文科教材而編撰。敘事者的權威性來自遵循黨的教育路線對青年學子授業解惑，同時亦承擔將當代作品正典化的職能，把當代的文學創作納入一「制度化的知識」（institutionalized knowledge）架構中去傳之後世。當代作品的正典化過程，自然遠比撰寫一部或數部權威性的文學史來得複雜，它在國家意識形態、教育體制、文化機構、商業運作和閱讀群體的相互作用下錯綜演進。古代作品因著時間的汰洗及傳統的積累，在其正典的選擇和建立中較易獲得民族文化和精神資源的支持，儘管對它們的重排座次與再解釋仍煞費周章。當代作品要走向正典勢必更大程度地依賴與之共生並存的當代文化─權力結構。準此，不難理解「革命樣板戲」與當代權力中心之如此密切的關係，「樣板」者，正典是也。然而，國家意識形態並不能一廂情願，隨意在當代作品中奠定界劃正典與非正典的範圍。仔細考察爲「當代文學史」較爲成功地正典化了的那些作品，無一不是由於他們從歷史、傳統（尤其是「五四」以來的「新文學」的歷史和傳統）以及閱讀群體中獲得相當資源支持的緣故。

2

「題材」的規範以否定性和排他性爲其特徵，與其說它硬性規定了「應該寫些什麼」，毋寧說它在暗示的是「什麼不可以寫」，即通常所說的「題材禁區」是也。然而那「應寫」與「可寫」以及「不可寫」之間的界線既不甚分明且又與時俱動，「革命歷史小說」在處理「寫什麼」時不免會遇見始料不及的困難。

杜鵬程講他寫《保衛延安》，四年多裡九易其稿，反覆增添刪削數百次，「把百餘萬字的報告文學，改爲六十多萬字的長篇小說，又把六十多萬字變成十七萬字，又把十七萬字變成四十萬字，再把四十萬字變成三十萬字。」④在這裡我們已無法知曉如此巨量的文字搬運的詳情，作者在前線戰地親身經歷積累的十幾斤重的筆記材料，百分之七八十被排除於定稿之外的情形，還是頗能說明「史實」之轉換爲「經典敘述」的艱難的。「刪削」掉的文字既無可考，「增添」的部分卻反而更能昭顯「不可以寫什麼」。在小說出版後五年，小說中用了一萬餘字篇幅精心塑造的彭德懷元帥本人，即在廬山會議上栽了跟頭，變成「右傾機會主義分子」。小說亦立即被黨下令封存，就地銷燬⑤。杜鵬程曾說他只在一個群衆集會上見過彭本人一面，可知這一萬餘字實屬

「增添」而來。

倘說沒長「前後眼」的杜鵬程是不小心寫了後來的「右」，《紅旗譜》的作者梁斌卻曾嚴肅考慮過能否寫歷史上的「左」。小說筆下的高蠡暴動等事件，是否屬於「王明左傾路線」的產物呢？如果是，寫出人們在事件中的鬥爭和犧牲，是否有價值呢？梁斌當時用的是「文史分家」的策略：「《紅旗譜》中，關於政策問題曾經反覆醞釀，開始也曾想正面批判『左傾盲動』思想，後來想到，書中所寫的這些人，在當時都是執行者，當然也有責任，但今天在文學作品中寫起來，主要寫他們在階級鬥爭中的英勇，這樣便於後一代的學習，把批判的責任留給我們黨的歷史家去寫吧！」⑥這段話如今看來亦平平無奇，但在當時卻可謂非同小可的卓識。「革命歷史小說」決非黨史教科書的形象翻版，關注的毋寧是人們在彼時彼地的生死命運及能夠彪炳後世的道德風貌，——我們談論的這些作品，或許正因如此而保存了若干自身的價值。不過在「文革」中這一遁詞仍難逃紅衛兵的金睛火眼，因小說而禍及先烈，保定地區的高蠡暴動烈士墓及碑被砸被毀。當然，空間形態的墓和碑本來也正是敘講歷史的經典形式，調整它時所採用的暴力方式不僅更具戲劇性，且不免使讀者得以回味《紅旗譜》的「楔子」裡朱老鞏柳林護鐘一節的現實反諷。

「文革」以黨派政爭和意識形態衝突的極端形式，昭顯了當代文學正典規範的伸縮邏輯。歷史的豐富複雜性一旦置於「革命」的堅決和激烈帶來的明快性制約之下，本因在歷史資源與革命經歷中左右逢源的作家，發現自己夾在「生活」與「路線」之間左右爲難⑦。學了乖的作家決心走正道，「文革」後期出版的長篇小說《萬山紅遍》（黎汝清，一九七七），就嚴格地依了黨史教科書寫「井岡山道路」了。對歷史的這種革命性理解或黨性過濾，甚至影響到「一般歷史題材」的小說創作。在《李自成》第二卷（姚雪垠，一九七七）裡，義軍恰似紅軍，商洛恍如井岡，戎馬倥傯中，甚至出現類似現代「憶苦思甜」作政治動員的情節。「革命」（而且是被越來越狹窄地規定了特定內容的「革命」），既被設定爲唯一的歷史形式，亦就成爲唯一的想像歷史和講述歷史的方式了。

3

「寫什麼」是當代作品進出「正典」的隨身證件之一，國家意識形態在其上加蓋的圖戳亦至爲鮮明奪目。然而作家個人對「自己的題材」的體驗和理解，在創作與閱讀中引發的重重掙扎，亦於其在「正典」「非正典」間遷徙流配的途中隱隱然呈現。論到「怎麼寫」的問題，意識形態與文學傳統、閱讀群體等等之間的糾纏互動就更爲錯綜複雜了。

儘管延安時就反覆強調「民族化」與「大眾化」，卻只有《烈火金鋼》（再早則有《新兒女英雄傳》）等一兩部當代作品，採用了章回小說的古典形式。眞正進入正典的「革命歷史小說」，基本上一律沿用了「五四」以來引進的西方十九世紀「寫實」長篇小說的形式⑧。其中，蘇俄小說對中國作家的範式作用甚是明顯。杜鵬程、梁斌等人都反覆提到過《戰爭與和平》、《鐵流》、《日日夜夜》、《鋼鐵是怎樣煉成的》等作品在他們創作過程中的影響。成文的當代文學史則一再沿用「史詩」或「英雄史詩」的說法來評價他們的作品。楊沫的《青春之歌》從結構到語言與「五四」新文藝的血緣關係更是一目了然。當《青春之歌》被批判爲「小資產階級情調」時，正是「五四」新文藝的長篇小說大師茅盾以當代的文化部長的身分，出面爲之辯護。這小說」這種「資產階級」的敘事形式密切相關。

以「長篇小說」敘寫本世紀「歷史」／「現實」的「史詩情結」由來已久。巴金的幾種《三部曲》，老舍的《四世同堂》，茅盾的幾部開了頭但後繼乏力的雄心勃勃的多卷本計畫，路翎的《財主底兒女們》，……這個單子可以列得很長。效法的大師，是托爾斯泰和巴爾扎克，而不是羅貫中和曹雪芹，更不會是喬伊斯和普魯斯特。這種敘事形式相信自身有機地「再現」世界的能力，現實中孤立分散的事件被作家以造物主般的天才之手彼此協調地組織起來，在一個自足的作品世界中獲得一種整體意識、普遍聯繫和等級秩序，歷史藉此被賦予了虛假的但卻似眞的時間向度和目的性，作家對歷史的理解轉換爲一種普遍意義，經由這種敘事形式合法地強加給讀者和世界。時代的變化愈急劇激烈，將變化「記錄」下來以便理解它的慾望愈強烈。十九世紀的「寫實」長篇小說，在此時此地提供了完整而可靠的創作範式。將無秩序的現實「秩序化」的這種敘事形式，自然跟將「革命」經典化的創作要求一拍即合。「革命歷史小說」毫不猶豫地採用一種「保守」的敘述方式，它敘寫那曾經質疑和反抗現實的歷史行動，卻從不質疑人的本性和人的語言。用秩序化的語言講述「反秩序」，恰與這些小說的通用情節模式——從舊秩序的崩潰到新秩序的建立——天然湊泊。

然而，敘事形式本身卻可能蘊涵更多的文化傳承和解釋功能，使我們甚至在文本內部也能看出「革命歷史小說」所置身的歷史語境的複雜性。比如，「長篇小說」再現時代「全景」和「史詩」的野心，顯然與對歷史的單向度平面化的理解不相吻合。茅盾當年在爲《青春之歌》的政治正確性辯護的同時，就抱怨了作品在人物描寫、結構和文學語言的明顯缺陷，「尤其在描寫環境（自然環境和社會環境）方面，作者的辦法不多，她通常是從一個角度寫，而不是從幾個角度寫；還只是循序漸進地寫，而不是錯綜交叉地寫；還只能作平視而不能作鳥瞰。」⑨茅盾表達的，既是「現實主義」長篇寫作的某種先定的「世界標準」，又是「五四」以來新文藝長期實踐追求的一種標的。「史詩意識」頗強的梁斌於此是了然於心的，一部多卷本的長篇小說，勢必不能孤零零地光寫乾巴巴的階級鬥爭或行軍打仗：「書是這樣長，都是寫的階級鬥爭，主題思想是站得住的，但是要讓讀者從頭到尾讀下去，就得加強生活的部分，於是安排了運濤和春蘭、江濤和嚴萍的愛情故事，擴充了生活內容。」⑩與茅盾從文體規範出發不同，梁斌考慮的是讀者，而且相當有趣地認定「愛情故事」是吸引讀者的主要「生活內容」⑪。「革命加戀愛」本是「五四」新文藝的偏愛和情結，當代文學史則用「藉兒女風情寫時代風雲」，這種狡黠的說法爲當代作品張目。但是，「革命」與「戀愛」所共有的浪漫特質，置於擔當了將「革命」經典化功能的「革命歷史小說」中時，就頗顯奇兀，亦引發讀者群體衆多既愛看又困惑的多重反應。

「革命歷史小說」的讀者基本上是具有初小文化程度以上的城鄉青年，作品出版後的暢銷程度在今年看來也是令人印象深刻的⑫。當它們大部分（！）都被改編爲電影時，讀者（觀衆）範圍數倍地擴大了。小說的人物、情節乃至某些對白和口頭禪迅速而持久地深入這些讀者群的日常生活之中，讀者對小說似眞性的認同是如此徹底，最有趣的例子，莫過於多次在各地捕獲冒充《林海雪原》中的英雄以牟利的騙子了。對城市讀者來說，尤爲重要的是，以前相當陌生的革命戰爭、神秘的地下工作和農民造反傳奇，因納入一種「熟悉」的敘述形式中而被拉近了。這種熟悉化過程極大地幫助他們了解新現實和新秩序，並確定自己在其中的主體位置。讀者眞誠地寫信感謝《青春之歌》的作者提供了「知識分子走向革命道路的榜樣」⑬。熟悉或接受「長篇小說」敘事慣例的讀者，能很快進入作品中的「家族史」、「正邪鬥爭」、「愛情糾葛」、「生死悲歡」等情節模式中，使之與自己的日常經驗相融洽，與此建構自身在新現實中的主體意識。從讀者的閱讀實踐中我們更能體察，何以「愛情」會與「革命」一道，構成「歷史」全景的主要鏡象。正如《青春之歌》的情節所昭示的，形單影隻的青年／女性／知識分子如何經由煉獄之旅最終委身黨／男性而獲得一種無所不包的「大愛」。在「五四」新文藝中以寫「新女性」著稱的長篇小說大師茅盾，當然比粗暴的批評家郭開更了解《青春之歌》的林道靜的愛情糾葛與革命道路相交織的奧秘⑭。

然而，「革命」的浪漫特質在其經典化的過程中，不可避免地需要轉換並維持在一種「崇高」的僵硬姿勢上。「革命歷史小說」中的愛情描寫便越來越顯得不合時宜。成文的文學史稱讚戰爭小說《紅日》比《保衛延安》「成熟」，原因之一即大膽寫了「軍一級幹部」的愛情生活⑮。而吳強本人的用意也與梁斌完全一致，將「愛情」作爲「戰爭」的歷史完整性的必要補充，卻不得不在修訂本和再版本中一再修改，乃至最後完全刪去⑯。「革命歷史小說」以排斥「愛情生活」來維持「革命」的淸教徒式的純潔和崇高，對「革命」的經典化論述最終臻於至境時，「革命」已經僵化，「革命」已不再浪漫。

4

八十年代國家意識形態的鬆動使對「革命歷史」的再敘述成爲可能。首先當然是在「寫什麼」方面，所謂「突破題材禁區」。革命的失敗，如「西路軍」和「皖南事變」，可以寫了。「非革命」方面的歷史，如「台兒莊大戰」，也可以寫了。然而這些敘寫都一仍其舊地承續「寫實」長篇小說的敘事形式，並以更眞實更全面地反映歷史全景相標榜。對歷史事實的全面國有化反而鼓勵了一種幻覺，一旦壓抑和封鎖的機制有所變更，眞相將毫無隱諱地由這些鉤玄索秘的長篇小說發布於世人之前。反諷的是，與書籍市場的商業行爲相配合，適應新的閱讀群體的接受心理，這種作品越來越向晚淸「黑幕小說」的模式看齊。

另一類作品則從不奢望佔有「歷史眞相」，恰恰相反，它們的敘事處處表明探索歷史的困難，困難不單來自意識形態的遮掩，而且來自語言和人性本身。這批作品不再試圖營構一個井然有序的世界，在其中安排時空、人物和種種神話。「革命」的時間向度和終極目的本是「革命歷史小說」設計情節結構的可靠標尺，當這種標尺失效或受到質疑時，歷史的敘述就蓄意地語無倫次了。莫言的《紅高粱家族》是以幾部中篇小說連綴的方式發表的，以致批評界甚至作者本人都曾以未能將之處理成「長篇小說」而惋惜。稍後人們就不再對「長篇小說」抱有歉意，肆無忌憚地以顚三倒四講歷史爲能事了。敘事的譫言妄語似乎是對歷史失語症和歷史失憶症的一種報復，或恰恰相反，是歷史失語症和失憶症的一種表徵。對歷史的再講述彷彿成了對經典敘事方式的嘲諷，也是對「革命」本身的玩世不恭。

然而，從情節的斷裂和敘事的縫隙中，「革命」的浪漫特質復活了，復活的「革命」帶有一種蠻野強橫的生命力，一如高粱地裡情慾勃發的野合（《紅高粱家族》），與小營長雪山吟情詩（《林海雪原》）的浪漫完全是兩碼事。「革命」的再浪漫化失去了崇高而贏得了粗鄙，暴力、性、金錢、迷信與政治糾纏在一起，在偶然的或宿命的無可奈何中奔騰翻滾。曾與「革命」共生並存的「小資情調」後來被「革命」所排斥，如今卻再次在這「革命歷史」的再講述中無處容身。「五四」新文藝的迷思和憧憬，如何在二十世紀即將走向終了的時候而終結，可以在講述這個世紀歷史的「寫實長篇小說」形式的興衰中略見端倪。

當代文學正典的建立，是人們把握現實和歷史並試圖將這種把握制度化的一種努力。正典的調整或重建，亦顯示了意識形態、文化機制、閱讀群體等之間的錯雜互動。「革命」曾謀求一種敘事秩序以講述「反秩序」，一旦這種苦心經營的秩序瓦解，人們會期待一種敘事的虛無主義狀態，還是一種更「有效」更有「安全感」的秩序？人們將懷念作為當代文學正典的「革命歷史小說」作品群，懷念它們所講述的英雄傳奇、恩怨情仇，懷念閱讀它們時獲得的撫慰、感動和欣悅？或者相反，人們會樂於見到它們不但從文學史的章節上消失，而且被新的印刷垃圾所湮沒？而以蔑視和嘲諷正典為旨趣的新的作品，人們會不會期待它們，最終反諷地堂皇進入新的當代文學正典呢？

一九九三年歲末於香江獅子山下

註釋

①這些作品通常包括：《保衛延安》（杜鵬程，一九五四）、《紅日》（吳強，一九五七）、《紅旗譜》（梁斌，一九五七）、《青春之歌》（楊沫，一九五八）、《林海雪原》（曲波，一九五七）、《紅岩》（羅廣斌、楊益言，一九六一）。一些可稱爲「次典」的作品則有：《三家巷》（歐陽山）、《苦菜花》（馮德英）、《野火春風鬥古城》（李英儒）、《戰鬥的青春》（雪克）、《鐵道游擊隊》（知俠）、《烈火金鋼》（劉流）、《敵後武工隊》（馮志）、《小城春秋》（高雲覽）等。

②如以陳荒煤爲顧問，郭志剛、董健等編寫的高校文科教材《中國當代文學史初稿》（一九八一，人民文學出版社）、以馮牧爲顧問，王慶生主編的高校文科教材《中國當代文學》（一九八二，上海文藝出版社）等。

③《中國當代文學簡史》，汪華藻、陳遠征、曹毓生主編，湖南人民出版社，一九八五年七月。

④〈《保衛延安》重印後記〉，見《杜鵬程研究專集》，福建人民出版社，一九八三，第五〇頁。

⑤〈文化部一九六三年九月二日〈六三〉文出密字第一三九四號通知〉：「人民文學出版社出版的小說《保衛延安》（杜鵬程著）應立即停售和停止借閱。……立即遵照執行。……」〈文化部〈六四〉文群密字二九一號補充通知〉：「關於《保衛延安》一書，……就地銷燬，……不必封存。……立即遵照辦理。」

⑥梁斌〈漫談《紅旗譜》的創作〉，《人民文學》一九五九年第六期。

⑦有關「革命」與「歷史」在時間維度上的內在衝突造成「革命歷史小說」的敘述困難，請參閱我的論文，〈「革命歷史小說」：時間與敘述〉，《倖存者的文學》，台北遠流出版公司，一九九一。

⑧眞正敏感地意識到必須在建國後由「浪漫」轉軌到「古典」的是詩人郭沫若。一九四九年七月，在當時的北平開完人民政協會議，他作〈新華頌〉一首，詞曰：

人民中國，屹立亞東。
光芒萬道，輻射寰空。
艱難締造慶成功，
五星紅旗遍地紅。
生者衆，物產豐，
工農長作主人翁。

不排除他有爲新的國歌預作歌詞的意思，但在寫過「我要把日來吞了」的狂飆式浪漫詩人的筆下，於彼時彼地寫出如此雍容典雅的句子，還是頗爲得風氣之先的，後來共和國未採〈新華頌〉作國歌而用了〈義勇軍進行曲〉，據說毛澤東取其「居安思危」之意，此亦頗能說明將「革命」經典化時，形式取捨的兩難。

⑨茅盾〈怎樣評價《青春之歌》？〉，《中國青年》一九五九年第四期。

⑩梁斌〈漫談《紅旗譜》的創作〉，《梁斌研究專集》，海峽文藝出版社，一九八五，第二十四頁。

⑪《林海雪原》講述的是在冰天雪地執行特殊戰鬥任務的故事，卻從來無人質疑小分隊中安排一位十八歲的俊俏女衛生員是否合理。書中更專闢一章「少劍波雪鄉萌情心」，讓年輕的二〇三首長大寫情詩：「萬馬軍中一小丫，顏似露潤月季花。……她是萬綠叢中一點紅，她是晨曦仙女散彩霞。……」

⑫《青春之歌》出書後的一天半裡，光北京王府井新華書店就售出五百多本（見《中國青年報》一九五八年五月三日報導）。《林海雪原》出版後的九個月裡銷五十萬冊。《紅岩》不到兩年印行四百多萬冊，創當時長篇小說發行的最高紀錄，全國各地的新華書店都有人起早排長隊等候購買《紅岩》。

⑬〈青年們愛讀《青春之歌》〉，《中國青年報》一九五八年五月三日。

⑭茅盾〈怎樣評價《青春之歌》？〉，《中國青年》一九五九年第四期。

⑮《當代文學概觀》，張鍾、洪子誠等編著，北京大學出版社，一九八〇，第三五八頁。

⑯吳強在〈修訂本序言〉（一九五九年五月）中寫道：「為的想把戰爭時期的生活比較全面地反映出來，也寫了愛情生活。『經一事，長一智』，事後檢視一下，在這個方面的破綻，也許比別的方面要明顯一些。我覺得，我確是沒有寫得恰到好處。有多寫了幾筆之處，有寫得不大合乎人物當時所處的情況之處。也有，可以這樣寫，而我那樣寫了。就全書全文來說，涉及愛情生活的分量，還可以再少一些。為了回答好些同志的關注，便補救了一下，在前次和這次的本

裡，對這一部分，都作了一些改動。」不難讀出作者在某種壓力下的難言之隱，但在五年後，〈再版的話〉（一九六四年十一月）裡就「爽快」了：「華靜和梁波的愛情生活部分，則完全刪去了。」仔細讀這一版，你會發現還是有刪不乾淨的地方，反而使他們兩人的關係顯得曖昧了。

「白紙」非白

——略論「社會主義現實主義」與文革前十七年大陸文學

蘇煒

引子：沈從文簡論

——「一張白紙」的意義

毛澤東有過一句廣被引用的話，本來用來稱頌「一窮二白」對於革命建設的意義，卻是很可以概括一九四九年後中國大陸「社會主義現實主義文學」的建構過程的，叫做：「一張白紙，好畫最新最美的圖畫，好寫最新最美的文章。」①

著名作家沈從文在文革中的一九六八年寫給工作單位歷史博物館的一份自我檢查中，說過一段可與上述「毛主席教導」互爲印證而大異其趣的話：「社會變化太大，這幾年我和這個空前激烈變化的社會完全隔絕，什麼也不懂了。即館中事，我也什麼也不懂了。」②

三、四十年代以《邊城》、《湘行散記》、《長河》等作品名聞中外的大作家沈從文，爲什麼在「偉大領袖」描繪的「最新最美的圖畫」裡，忽然變成「什麼也不懂」了？換一句話說，是什麼原因，使得毛澤東的「最新最美的圖畫」既出，大作家如沈從文者，就反而變成「一窮二白」的「一張白紙」了？這一切，是怎樣**具體地**成爲可能的？

爲了討論的方便，讓我們把目光稍稍轉向歷史的具體過程。關於沈從文「擱筆」的公案，據記載，中共建政之初，沈從文並非是立即就放棄文學創作的。他原在北京大學國文系教書，校園裡有人貼出郭沫若在香港發表的文章，批判他寫黃色小說，甘心與反動派爲伍，使他大受刺激，這成爲他離開北大調到歷史博物館的前因。但此時，沈從文仍未打算擱筆，「上級」也一直希望沈能「回到作家隊伍」。不久後他被送到政治學院學習一年，有半年時間是下廚房鍛鍊，他試寫過小說〈炊事員〉，無法完成。「上級」爲了照顧沈從文的情緒，又讓他去四川參加土改，希望他能寫出一個中篇甚至長篇，但他只去了幾個月，無功而返。後來輔仁大學合併於人民大學，正式聘他爲國文系教授，被他拒絕了，幾番折騰以後，他已經決心改行搞文物研究了。儘管如此，一九五三年，沈從文仍然應邀參加了在中南海懷仁堂舉行的全國文代會第二次會議，作家茅盾以文化部長的身分向接見與會代表的毛澤東介紹了沈從文，毛澤東問了沈的年齡，然後說：「年紀還不老，再寫幾年小說吧……」據沈本人的自述，毛的此語曾使他「興奮感激，兩眼發潮」，並且成了支持他日後十數年間備受委屈煎熬，仍能保持「爲人民服務的較大耐心和持久熱情」的直接動力③。查北京人民文學出版社一九五七年編輯出版的《沈從文小說選集》的「選集題記」，沈從文曾這樣寫道：「在這麼一個偉大光輝歷史時代進展中，我目前還只能把二、三十年前一些過了時的習作，拿來和新的讀者見面，心中實在充滿深深的歉意。希望過些日子，還能夠重新拿起手中的筆，和大家一道謳歌人民在覺醒中、在勝利中，爲建設祖國、建設家鄉，保衛世界和平所貢獻的勞力，和表現的堅固信心及充沛熱情。我的生命和我手中這枝筆，也必將會因此重新回復活潑而年輕！」④然而，直到一九八八年十月五日逝世爲止，終其下半生，當年文思如山、秀筆若水的沈從文，仍然寫不出隻字片言的「文學創作」來。湘西鳳凰飛出來的這隻會唱歌的凰鳥，從此瘖啞了。

筆者感興趣的是，從沈從文的角度看，「在這麼一個偉大光輝歷史時代進展中」，**他究竟是因了什麼因素，變得「不懂了」、「不能寫」、「寫不了」**？

以上史實，至少可以說明這樣幾點：一、政治上的「大陸易幟」，確實是造成沈從文擱筆的歷史環境因素，但這並不能把它邏輯性地推演爲是一種「政治認同」（或不認同）的結果。二、「擱筆」並非沈從文的主觀意願，他甚至一而再、再而三地試圖努力過，要爲謳歌「新社會」「重新拿起筆來」。剔去當時行文的應景因素，其中仍不乏由衷之言。三、與流行的看法不同，如沈從文一類的「非黨」、「非紅色」作家，雖然在四九年後確實受到了相當大的壓抑和矮化，但它並非絕對沒有存活空間（在反右運動的一九五七年，還能由級別最高的人民文學出版社出版沈的小說選集，說明沈從文還得到某些中共上層文化官員的保護），無論毛本人或「有關方面」，甚至曾是相當「關懷備至」地維護過沈從文的「創作生命」的。四、筆者也不能同意這樣一種分析，把沈從文四九年後的「擱筆」，歸於他的寧靜淡泊、與世無爭的個性和缺乏社會關懷的熱情。回看沈從文的舊作，談到寫月淡風清的《邊城》之用意，他在題記中說：是爲了「提起一個問題，即擬將『過去』和『當前』對照，所謂民族品德的消失與重造，可以從什麼方面著手。」其社會熱情，躍然紙上。在一九四二年出版的另一本小說集《長河》的題記裡，他對「『現代』二字已到了湘西，可是具體的東西，不過是點綴都市文明的奢侈品……抽象的東西，竟只有流行政治中的公文八股和交際世故」⑤所表現的痛心疾首，在在都顯示了沈從文深濃的社會意識與現實情懷。

——在剔除了社會認同前提、主觀創作意願及其社會熱情，以及客觀生存空間條件等等這幾大因素之後，我們的討論還剩下什麼呢？不正是依掌著上面的「歷史合理性」，來到「新社會」的沈的同輩人——老舍、巴金、曹禺們（更不必說郭沫若、丁玲、何其芳們），依然筆耕不輟而屢成「勞動模範」⑥的麼？爲什麼獨獨會有沈從文這張「徹底的白紙」出現呢？（順及，筆者在查閱中共建政初期的報刊資料時發現，即便是最早「犯上」、一九五五年便被毛澤東一棒子打下去而贏得舉世同情的胡風——更不必說日後因「中間人物論」被整死的邵荃麟，文革受害者周揚、何其芳等人——在四九年後頭幾年的北京文化舞台上，都曾是建構「毛澤東文藝戰線」的主將級人物，其批判鬥爭的「階級鋒芒」，毫不遜色於日後置他於死地的「黨人」們。「三十年代」袞袞諸公之中，唯獨沈從文，在這方面也是「一張白紙」。）⑦

——「白紙」非白，其間斑斑駁駁的特殊意味，顯示出來了。

沈從文，是中國現代文學的一條眞率淸澈的河流。它從傳統文化與五四新文學運動的淵源裡自然流淌出來，承接著士大夫文化（胡適所謂「貴族文化」）與民間文化（所謂「平民文化」）的兩頭精粹，體現著「人的文學」與「自由的文學」這五四新文學精神的兩翼風華⑧。即便是幾十年後回頭看去，沈從文的作品，仍然是最能體現二十世紀中國文學精神的清流佳構。於是，四九年後沈從文的「擱筆」公案，便顯露出了在自然傳承的文學之流中的某種斷裂、畸變和空白的意味，成爲質疑、見證這一段歷史的一個可靠的參照係數。

在這裡，人們看到了這樣幾組關係的對立：沈從文這張「白紙」，和那個「最新最美的圖畫」的對立；一個「什麼也不懂了」的個體，和那個時時要「學懂、弄通」、「改造、緊跟」的大群體的對立；以及，一個逐漸消懈了社會激情的文學生命，與那一個社會激情的調門越來越高的「靈魂工程」的對立。

於是，「沈從文」，也就可以簡約化爲本文在方法論方面的「基本假定」（fundamental assumptions）：它代表著一種「不證自明」的人性與文學的眞義、個體的自由意志和一種素樸的藝術本能，與一個矯飾的、「必須論證」的意識形態的對立。

這裡是借用了施碧佛（Gayatri Spivak）的一個說法：「要是沒有一個大於個人意願的概念之意識形態的運作概念的話，我們是很難去談論詮釋的政治的。這個意識形態的觀念之最廣泛涵義，是解除決定主義與自由意願，以及有意識的選擇與無意識的反射之對立。某個群體會把行動中的意識形態當作是自然及不證自明的；而作爲另一個群體，它必須否定任何歷史性的沈澱。」⑨把龐雜混亂的命題簡化還原，是筆者認爲用以清理那些膚淺而又複雜的「歷史公案」（比如本論題）的簡捷方法。本文把「意識形態」定義爲一種「需要被論證」的「社會控制意識」（所謂「有意識選擇」的「決定主義」）；而把人性的基本出發點，文學的審美特質，文化與文學傳統自然形成的基本規範，作家創造、選擇的主體性等等，預設爲一種「不證自明」的人性與文學的基本前提（所謂「無意識反射」），從而試圖描摹出：四九年後中國大陸的文學發展中（主要是文革前十七年的文學），那些「不言自明」的新文學基質，與「必須論證」的意識形態條件之間，彼此拉鋸消長的過程，及其所構畫的歷史線索與生長圖景。

當然，所謂「不證自明」與「必須論證」，都是有著歷史的相對性的。比如「白話文」及其文學革命，在新文學之初就是一種「必須論證」的意識形態，而「文言文」反而是「不證自明」的傳統文學的基質。——這便引出了「歷史積澱」的概念。由歷史積澱、文化傳承形成的自然結果，已經成爲約定俗成的基本規定，在本文所敘述的語境中，也假設爲是「不證自明」的。

由是，「沈從文」與「最新最美的圖畫」的對立，也就成爲「藝術」與「意識形態」的對立；「沈從文」變得「什麼都不懂了」的過程，也就是「不證自明」的「基本人性」⑩與藝術前提，被「必須論證」的意識形態話語不斷地剝奪、鯨呑、宰制以至最後消弭淨盡的過程。這樣，「沈從文」的終結，當然也就意味著一個傳統和一段歷史的終結。於是，帶著淡淡的無奈和兩袖清風，「沈從文」走進了我們的論述中——

一九四九年。中國大陸文學的「創世紀」：「社會主義現實主義」及其文學創作。

「學校」與「醫院」

——「鋼鐵是怎樣煉成的」？

借用曾在五、六十年代的中國大陸流行一時的蘇聯小說《鋼鐵是怎樣煉成的？》的名字，不妨可以這樣問：「白紙」是怎樣造出來的？

A、關於「社會主義現實主義」的定義及其被反復論證、成型的過程。

過去數年間，論者習慣追溯到四十年代蘇共主管意識形態的中央書記日丹諾夫（一八九六—一九四八）的一大套論說，而把被公認為「社會主義現實主義的奠基者」——阿列克塞·馬克西莫維其·高爾基，「輕輕放過」了（正如人們在過去年間的五四文化反思中，習慣性地把魯迅「輕輕放過」一樣）。日丹諾夫的這一段話是廣被引用的：「社會主義現實主義是蘇聯文學創作和批評的基本方法，而這是以下面一點為前提的：革命的浪漫主義應當作為一個組成部分列入文學的創造中去。」⑪一般論者都注意到，所謂「革命的浪漫主義」因素與「社會主義現實主義」的獨特聯繫⑫，卻對為什麼「獨特聯繫」的是「浪漫主義」而非別的什麼主義，要麼語焉不詳，要麼顧左右而言他（茅盾花了七、八萬字寫的《夜讀偶記》⑬，就說不出個所以然來——見後述）。其實，高爾基對此的論述，從一開始就是最為坦率直白的：「社會主義的世界在建設著，資產階級的世界在破壞著，而這一切正如馬克思主義的思想所預先指明的那樣。因此，得出這樣一個結論是完全合情合理的：藝術家的形象思維，依靠著對現實的淵博的知識，並為給材料以最完美的形式這個意願（把可能的、希冀的東西加在現有的東西上）所補充，也是能夠預見的。換言之，就是社會主義現實主義的藝術有權來誇張——『補想』」⑭。

在這裡，高爾基一語中的點出了這種「革命現實主義」的「誇張」、「補想」特性：「革命的浪漫主義」加入，即是等同於「革命世界觀」的指導。傳統現實主義（寫實主義）不言自明的特質——忠於對現實的反映而反對「誇張」、補想」——借用今天一句流行術語，被徹底「顚覆」掉了。高爾基的這段話，顯露了本文所強調的「社會主義現實主義」獨具的「論證」色彩。「論證」之所以需要並且反而復之，是因爲需要對現存所有一切社會的、文化的、文學的「常識」——在原有話語軌道上「不言自明」的概念前提，實行「徹底決裂」（馬克思語⑮），進行盤古開天地式的重組和重構。

高爾基下文中的這種「論證」方法，也是開了日後各種「批判文體」的先河的：「可能是這樣的——『從理智上』說（即從道理上說），作者的行爲是眞誠的，可是他在感情上不僅是憐惜庸人，而且是在爲他辯解——這種辯解是根據能夠爲黃鼠狼和獾的行爲辯解的理由。簡言之，我在小說裡看不見，感覺不到作者對人物的明確和固定的態度。我們的讀者所期待的正是與我們世紀的理論上的眞理和諧地結合的藝術上的明確性。」⑯到這裡，高爾基已經把「社會主義現實主義」裡的意識形態強制性，表述得相當直言不諱了：「社會主義現實主義的主要任務，是激發革命的世界觀。」⑰「我們必須了解過去的一切，但不是按照已有的述說，而是按照馬克斯—列寧—斯大林學說的闡述。」⑱

高爾基的這些論述，也就成爲日後由蘇共中央欽定，而由蘇維埃第一次作家代表大會一九三六年公布的「社會主義現實主義」的基本定義：「藝術描寫的眞實性與歷史具體性，必須與用社會主義精神從思想上改造和教育勞動人民的任務結合起來。」⑲

B、蘇式的「社會主義現實主義」，是怎樣在中國大陸「十七年文學」中實現文本轉換的？

已經有論者指出過，毛澤東的〈延安文藝座談會上的講話〉及其倡導的「工農兵文藝方向」，與「五四」新文化運動鼓吹的「大衆文學」、「平民文學」有一種「上下文」關係⑳。筆者願意進一步指出，在五四精神的文化與政治之兩翼中，其廣義的「啓蒙文化」一面，也是需要分出兩個不同源頭、不同文化寄寓和走向的「雙重變奏」來的——西方文化中主張人本主義、人道主義、個人主義、個性解放的「啓蒙精神」（即胡適說的「人的文學」、「自由的文學」），與「十月革命一聲炮響」帶來的蘇俄文化中的民粹主義、主張階級鬥爭與工農革命的列寧、斯大林式馬克斯主義及其文學表現。這裡也許可以有「前五四」（以胡適爲代表）與「後五四」（以魯迅爲代表）之分，或者「左翼」與「右翼」之分；卻是不可以把蘇俄文化影響（特別是民粹主義），籠統歸入到「救亡」之一翼的。所謂「救亡」壓倒「啓蒙」的論述模式，並不能簡單替代文化範疇以內蘇俄文化影響逐漸取代西方啓蒙文化影響的整體過程（雖然彼此間帶有某種平行聯繫）。

我們從一九一九以來的「五四」文學——一九四三以後的「延安文藝」——一九四九以後的「社會主義現實主義」的整個演進流變過程中，可以理出這樣一個粗略的線索：這是五四精神淵源中的「西方文化」與「蘇俄文化」兩種聲音此消彼長、終於後者對前者取而代之的結果。如果說，「五四」文化中是以西方啓蒙文化爲主導，那麼，在「延安文藝」與「五四文化」的上下文關係中，則已轉演爲以蘇俄文化中的革命民粹主義爲主導（這是一個值得開掘的話題，可惜非本文題內之義）；及至四九年後的「社會主義現實主義文學」，則已成斯大林主義的一統天下——至此，「延安文藝」與「五四」文化精神原有的某種「上下文」關係，已經演變爲另一種從「斯大林主義」到「毛澤東文藝方向」的「上下文」關係了。

事實上，正是由於高爾基關於「社會主義現實主義」的論述帶著過於直白的斯大林主義色彩，而一再被蘇俄、東歐本國作家指爲「輕率的意見」、「取消藝術的工具」㉑，並成爲中國的「右派分子」們作爲「以世界觀代替創作方法論」的靶子㉒。毛澤東的〈延安講話〉所籠罩的，也正是這樣一種濃重的以意識形態功利至上爲特徵的斯大林主義色彩。一九五六年蘇共「二十大」批判斯大林以後，蘇聯第二次作家代表大會根據作家西蒙諾夫的意見，修改了「社會主義現實主義」的上述定義㉓，中共的文化主管們一下子陷入了尷尬境地。（一九五八年以後，隨著中共與蘇聯關係的疏遠，「社會主義現實主義」的口號，被毛澤東提出的「革命現實主義和革命浪漫主義相結合」——簡稱「兩結合」所替代㉔。）中共官式作家的所有關於這個主義的論述都變得吞吞吐吐、辭不達意，無論周揚、何其芳、林默涵等等，雖然掌著「毛澤東文藝方向」的尙方寶劍，卻要繞著「世界觀指導創作方法論但不等於方法論」的圈子，去論證這個「創作原則」的「合情合理」，便處處顯出一種「頗費周章」的吃力之感。茅盾曾在一九五七年「首都人民圍剿麻雀的勝利聲」㉕中，寫過洋洋灑灑的長文《夜讀偶記》，力求對過去一切年間的「封建、資產階級的各種文學、主義」作一個總清算，以便勾勒出一個清晰的、可以被黨「認可」、爲作家「遵從」的「社會現實主義理論」輪廓，卻寫成了一篇語意混亂，充滿了「誠然」、「然而」、

「但是」的欲拒還迎、處處設防的痛苦文字。有趣的是，所有大陸官修的《中國當代文學史》，都把一九五三年的「第二次全國文代會」及其周揚〈爲創造更多的優秀的文藝作品而奮鬥〉的報告，作爲確立「社會主義現實主義」爲「創作原則」的起點㉖。不過，筆者查閱到的最明確的關於「社會主義現實主義」官式中國定義，卻是在這次會上由政府總理周恩來（而非周揚）作的「政治報告」（！）中提出來的：「我們的理想主義，應該是現實主義的理想主義；我們的現實主義，是理想主義的現實主義。革命的現實主義和革命的理想主義結合起來，就是社會主義現實主義。」㉗

C、對於「常識」的圍堵——「主義」論證的具體過程。

在今天看來，「社會主義現實主義」，應該是今日所有主張「顛覆前提」的話語革命（比如某些激進的「新反帝國主義論」、「新女權主義批評」），在文學批評上的先河。同時也是一面鏡子，留下了一大堆斑駁陸離的教訓。它給自己提出了一個過於艱鉅的、富於烏托邦色彩的理論任務（一如它所隸屬的那個「世界觀」的特色一樣）。它幾乎要拆解古今中外所有一切的文學要素和創作手段，與所有稍稍沾上「舊」痕跡、「私」痕跡的話語割斷承接關係（即所謂「徹底決裂」）；所有「不言自明」的常識性命題，都必須推倒重來，從頭「論證」一番。因此從一開始，它就把自己陷入了「四面受敵」（在當時，則是「四面爲敵」）的位置。這是一場「創世紀」的大洪水。它要淹沒一切文學的、文化的歷史陳跡，連同它們賴以生存的傳統與常識的「諾亞方舟」（因爲它也是「舊社會」的產物），以便在一張徹底乾淨的「白紙」上，描畫出一個「紅彤彤的新世界」來。

細細檢視四九年後的「文藝論爭」，從建政初期第一次由官方主導的作品批評——《關連長》（小說）、《我們夫婦之間》（電影）[28]所批判的「家務事，兒女情」開始，文學創作的「寫什麼？怎麼寫？」——用毛澤東的話說：「什麼東西是應當稱讚或歌頌的，什麼東西是不應當稱贊或歌頌的，什麼東西是應當反對的？」[29]——便成爲一個處處充滿地雷、陷阱、深淵的可怖領地：傳統文學具有本體性意義的幾乎所有基本主張——寫眞實、寫人性、寫主觀情感、寫英雄也寫小人物、懲惡（暴露黑暗）揚善（歌頌光明）等等，都受到了凌厲的挑戰。主張「寫眞實」（胡風）犯忌，講「人性、人道主義」（巴人、李何林、王淑明）挨批，說「現實主義——廣闊的道路」（秦兆陽）因爲稍稍不肯「穿靴戴帽」（「馬列世界觀」之鞋帽）而受到「三十二篇文章」的圍剿（茅盾《夜讀偶記》的統計）；「暴露黑暗」的罪名，則使得馮雪峰、丁玲、陳企霞等人昨天剛剛在批胡風而一夕之間成爲「反黨集團」，「下放北大荒二十年」；主張「文學干預生活」，又使得一大批剛剛在歡呼「解放區的天」的「少共」作家如劉賓雁、王蒙、劉紹棠等，成爲千夫所指的「大右派」；關於「寫英雄人物可不可以寫缺點？」的爭論貫穿了整個文革前十七年的論壇，似乎總算沒抓人沒鬥人，可是敢於破格談論「寫中間人物」的邵荃麟，卻要在文革中付出開煤氣閥自殺的代價……[30]。如此這般，終於，造出了一個自毛澤東〈延安講話〉以後，「社會主義現實主義」在理論意義上的最登峰造極的文件——一九六六年文革前夕，由江青主持、毛澤東親自修改的〈部隊文藝工作者座談會紀要〉[31]，提出了「創造無產階級文藝的新紀元」的口號，不單具體明白地把幾千年人類文明史的文化成果，統統視爲「封、資、修」的遺產，而且連同周揚等人領導的三十年代左翼文學直至「十七年文學」，都被視爲「修正主義文藝黑線的專政」。〈紀要〉具體點出了所謂「文藝黑線」的「代表性論點」：「現實主義廣闊道路論」、「現實主義深化論」、「中間人物論」、「反題材決定論」、「時代精神匯合論」、「反火藥味論」、「寫眞實論」、「離經叛道論」等等——又一片空白出現了！那眞要把「革命文學」變成一片徹底乾淨、透明、眞空、無菌、無色、無味的白紙了！除了被欽准存活的「作品」以外（所謂「八億人看八個戲，魯迅走在金光大道」上[32]），古今中外所有的文學生命都必須冬眠，所有文學刊物都被停禁了。於是，「新紀元」裡只剩下一個孤零零的文革樣板戲的「三突出」創作原則（「在所有人物裡突出正面人物，在正面人物裡突出英雄人物，在英雄人物裡突出主要英雄人物」[33]），「社會主義現實主義」，終於在「徹底埋葬封、資、修」的「凱歌聲」中，走向了它的邏輯性終結[34]。

D、「社會主義現實主義」——作家「話語習得」的第一課。

已經有論者指出，這種文學的（同時也是意識形態）的「創世紀」熱忱，是藉由「醫院」和「學校」的兩種「破」、「立」功能而得以在話語層面落到實處的。黃子平曾睿智地指出過整個二十世紀中國文學中充滿的「社會衛生學」意象，從「五四文學」的知識分子「療救社會」到「五二三延安文學」知識分子被「治癒」的過程。「一九五八年《文藝報》發動對《在醫院中》的再批判，證明了『五四』到『五二三』這兩種語碼之間手術刀口彌合得並不完美，整個『編碼』——『治療』的過程必須反復進行才能奏效。一直延伸到八十年代的『清除精神汙染』等運動，仍是這曾經聲勢浩大如今卻漸趨式微的『社會衛生學』（social hygiene）驅邪治療儀式的繼續。[35]」「醫院」的作用是「破」，是爲作家、知識分子完成「消除流毒」、「脫胎換骨」的過程（海外術語中的「洗腦」）；「學校」的作用則是「立」，是要在「毛澤東思想的大學校」（毛澤東說的「亦工、亦農、亦兵」的「五七大學校」）裡，首先把將要作「人類靈魂工程師」（斯大林語）的作家，訓練成「社會主義新人」。李陀在一篇對丁玲的話語轉變過程的研究文字中指出：「利用國家機器的巨大權力舉辦一個規模空前的大學校。但這個學校不是傳授知識，而是習得話語。」[35]「社會主義現實主義」，就是中國作家在這所「大學校」裡「習得話語」的第一課。

作家老舍寫於一九五一年的短文〈新社會就是一座大學校〉中，對此有過生動的描述：「老的少的男的女的，一一的上台控訴。控訴到最傷心的時候，台下許多人喊『打』。我，和我旁邊的知識分子，也不知不覺的喊出來：『打！爲什麼不打呢？！』……這一喊哪，教我變成了另一個人！我向來是個文文雅雅的人。……群衆的力量，義憤，感染了我，教我不再文雅、羞澀。說眞的，文雅值幾個錢呢？恨仇敵、愛國家，才是有價值的，崇高的感情！書生的本色變爲人民的本色才是好樣的書生！」[37]到了一九五八年，老舍在另一篇題爲〈生活，學習，工作〉的短文中這樣寫道：「也許有人問了：一個老作家還要去學習，接受批評，難道不是有失身分麼？我說：勤於學習，勇於接受批評是光榮，而不是丟臉，是勇敢，而不是自卑！在一個新社會裡，有什麼比急起直追，爭取吸收新知識新經驗更可貴的呢？假若我在新社會裡不肯前進，冷笑著放下筆墨，我不但失去身分，而且失去生命——寫作的生命。這麼一說，就可以明白我爲什麼要寫那些通俗文藝小段子，用具體的小故事宣傳衛生，解釋婚姻法，或破除迷信等等。」[38]

筆者引據到這裡，卻生不出任何戲謔之情。「社會主義現實主義」的「習得」，確確實實還給了老舍一條「寫作的生命」，可是，卻因此讓他最終丟掉了「文學生命」與肉體的生命。老舍當年在一聲喊「打」聲中蛻變爲「新人」，卻在十幾年後的文革喊「打」聲中，跳進了北京的太平湖。這未嘗不是一種反諷，可是歷史的促狹也未免太刻毒、太「不仁」了！

沈從文，這位被老舍上文中隱指（筆者確信[39]）爲「新社會裡不肯前進，冷笑著放下筆墨」的人，卻反而因爲甘於「落伍」而得以保全性命，終於看到自己的文學生命重生的一天。在此，筆者願意再引一段沈從文一九五一年致友人信中，直接與他「冷笑著放下筆墨」有關的文字：「一切文學都有個深度，即若作者對於『人』的理解，以及把它結合到種種不同人事上時的情形，及發展變化中的關係。更重要的是善於處理他，表現他。一切作品偉大和深入，都離不開表現和處理。目下說，有政治覺悟似乎什麼都成，其實不成，還要點別的什麼東西，要權威，要善於綜合表現！」「……時代的變動太大，由於缺少適應能力，終於如此萎悴毀去，也十分自然，不足異，不足惜，不足道。人的頭腦猶如機器，比較精細也比較容易損傷，如經胡亂一拆散，或又毀壞了一些零件，不易回復是意中事。一個人有一個人的限度……如體力神經還是超過了所能擔負而毀去，也只有聽之。我們常說時代或歷史，這也是時代，是歷史！」[40]

——在淡然的自嘲與無奈之中，透出一種擇善固執的大智慧。從沈從文想到老舍，豈由不讓人擲筆長嘆！

「大文本」的「藝術成就」
——由「典型論」與「民族形式論」建構的「連續故事」

「全部封建時代和資本主義時代的文藝成就，和（社會主義文藝）可能達到的藝術高峰比起來，都是『一覽衆山小』。」㊶這是《文藝報》一九五八年十一期的社論文字。那是在「一天等於二十年」的「大躍進」年頭，「可能達到」四字，還是表現了相當的節制的。此話到了十年後的文革時期，則變成斬釘截鐵的囈語式大話了：「八個樣板戲是人類歷史上最偉大最光輝的藝術結晶」㊷。

拉開歷史的長距離，回看「十七年文學」爲二十世紀中國文化史所提供的精神產品——特別是具有創造性價值而可以留存久遠的藝術產品，可以這麼說，它留下的，近乎是「一張白紙」的紀錄。一如學術史各個門類的狀況一樣，這種空白是慘痛的。可是，能不能討論「社會主義現實主義」的「藝術成就」問題呢？或者，在那一個意義上的討論，會比較地「更有根據」也「更有意思」呢？恐怕，我們又要重複「白紙非白」的悖論了。施碧佛說：「在一個廣泛的意識形態的概念中，主體不會失去其行動或抵抗的力量，但卻是不可挽回地回歸衆數的。從這個角度來看，所有小說都會被視作由不同作者所寫的連續故事。……小說家及其讀者都需要一個單一創造者，因此忽略了那小說作爲較大的文本的後果。」㊸在另一段關於藝術與意識形態關係的論述裡，她引用了一位「生意人」的話：「如果你願意爲它工作的話，結實的生產實踐會超越意識形態。」

㊹

這裡，筆者試圖從「大文本」——「不同作者所寫的連續故事」；與「小文本」——創作個體的「結實的生產實踐」，兩個不同的層面，去討論這個「藝術成就」問題。

所謂「大文本」，除了我們上一節討論的「白紙製造」與「話語習得」的意義之外，這裡更值得重視的，是一旦「習得話語」並進入一定的話語秩序之後，話語的不可選擇性（「不可挽回地回歸衆數」）。不同作家，會被同一種話語情不自禁地（或心甘情願地）操控著，去共同寫作一個連續故事。這個「連續故事」，你把它稱爲一種「神話譜系」也好，「集體想像」也好，作爲一個「大作品」（大文本），它就不純然只是具備政治意識形態性質的，並且，同時也是具備了相應的藝術內涵的。「藝術」在這裡的意思，主要是一種「消化」意識形態的能力。如同水對於混凝土的化合作用一樣，「藝術」使得意識形態具備了一種超常的滲透力和凝聚力。這也就是毛澤東的延安講話裡一再強調的「文學—政治工具說」想要表達的意思。就這一個角度而言，一九四九年後中國大陸的「社會主義現實主義」及其文藝創作（包括了一九一七年以後蘇聯、東歐的文學、藝術），其藝術成就，値得正視，不可低視——不說有多麼高超，卻至少是非常成功的。這一點，只要比較一下海峽兩岸的「共產文藝」與「反共文藝」，在當今社會的「影響遺留」，應該不難證明㊺。個中原因，除了在一個專制政體中，以國家機器的全部力量來「統合藝術創作」（一如統合體育比賽），可以產生某種「質量強化」功效以外，筆者認爲，「社會主義現實主義」作爲「創作原則」的「典型論」與「民族形式論」，其功不可沒。

A、所謂「典型」論，源自恩格斯早年致友人的幾封評論當時具體作品的書信中的一段話：

「照我看來，現實主義除了細節的眞實以外，還要正確地表現出典型環境的典型人物。」[46]關於這一句短語的闡釋文字，在官式講義裡簡直如山如海，被視爲是「社會主義現實主義」理論的「靈魂」與「基石」。筆者在此只想指出一點：「典型論」有著從話語層面到藝術層面的多種功用。如同孔恩（Thomas S. Kuhn）指出的「典範」（Paradigm）的作用對於科學革命的意義一樣，「典範，不但指示科學家以解決疑難的具體方式，並且在很大程度上提供科學家以選擇問題的標準。」（余英時語[47]）「典型論」首先在確立「毛話語」的合法性、獨占性方面，發揮了無以替代的「解疑」與「標準」的作用。也只有在這個意義上，才可以理解蘇共書記馬林科夫在蘇共十九大提出的、被王蒙稱爲「不知所云」的「原則」：

「典型問題是一個黨性問題」[48]。

在共產黨「創世紀」的神話譜系中，話語層面的「典型論」，首先幫助製造出一大批按時序、職業、行當排列的「連續故事」：從「史前」英雄譜系的「老紅軍」、「老八路」等「共名性英雄」（「二萬五千里長征」是史前故事裡的「資源性」事件，雖然在眞實的歷史裡，它其實是一場戰略失敗後的潰退轉移）；到魯迅、李大釗（五四運動）、林祥謙（二七工人運動）、方志敏（地下鬥爭）、張思德、白求恩（抗日戰爭）、董存瑞、劉胡蘭（解放戰爭）、黃繼光、丘少雲（朝鮮戰爭）等等；再到「建設時期」的「英雄譜」：向秀麗（爲撲滅烈火犧牲的普通女工）、劉文學（和地主鬥爭被殺的農村小學生）、雷鋒（「毛主席的好戰士」——普通士兵）、焦裕祿（「毛主席的好學生」——縣委書記）、王進喜（大慶油田工人）、陳永貴（山西大寨農民）、邢燕子（下鄉知識青年）等等。有了這些由官方欽定、不斷隨著政治需要由「秀才」加以修整（比如《雷鋒日記》的修整）、似乎具備眞實身分、眞實業績的「典型人物」，「社會主義現實主義文學」所要求的「典型」，便有了可以依托參照的「歷史的具體性」和「細節眞實」的藍本。於是，一大批與之相對應的文學「典型人物」及其「經典」性文本，便可以進入「計畫生產」的流程了。（所謂「計畫生產」在此並非虛言，筆者曾經細閱過一九五一年《人民文學》上發表的「一九五〇年文學工作者計畫完成情況調查[49]」，當時的官方文化主管部門對全國作家所寫題材、主題、人物的「整體分布」和比重關係，確是「有計畫」、「有執行」、「有彙報」地管理著的。）蘇曉康曾經注意到這麼一種有趣的「典型」—「經典」的系列生產過程：〈東方紅〉本來只是一首陝北情歌的調子，歌詞被全部改寫了以後成了「大救星頌歌」，然後加進類似一九二七年就歌唱「毛澤東是偉大舵手」之類的「理想」內容，擴充而成爲經典性、史詩級的〈東方紅〉（大型革命歷史歌舞史詩），經此提升，〈東方紅〉這支小曲便成爲文革中的「聖歌」了。其他如〈白毛女〉、〈林海雪原〉（〈智取威虎山〉）、〈紅色娘子軍〉、〈革命自有後來人〉（〈紅燈記〉）、〈紅岩〉（〈江姐〉）、〈蘆蕩火種〉（〈沙家浜〉）、〈收租院〉等等，都有一個從民間傳說，而小說、而戲劇、而電影、而美術、而芭蕾舞、而流行歌曲等等的反復生產、重複製作，最後成爲「洋洋大觀」的過程[50]。由是，「喜兒」、「黃世仁」、「楊子榮」、「洪常青」、「吳清華」、「李玉和」、「李鐵梅」、「江姐」、「許雲峰」、「阿慶嫂」等等等等可以被各種宣傳口號和行當角色「代入」的「典型人物」，便如同空氣、水分一樣地無所不在、無孔不入，塡滿了人們全部的想像空間。再輔之以「大師級人物」（如老舍、茅盾、郭沫若等）的製造——**一種有「典型」、有「經典」、有「民族形式」（下述），更有「大**

師」「權威」的「社會主義文藝高峰」，果眞便一個個「聳立」起來了。今天大陸上的「左家莊」諸公們，一聽到劉再復們、李陀們對「十七年社會主義文學」之「藝術成就」的不屑，就要跳腳；他們可以有鼻子有眼的舉出一大批各種門類的具有「出色成就」的作品來[51]。就「大文本」的角度──「創世紀」的「連續故事」而言，他們是對的。其「藝術成就」，確有可圈可點之處。「當年法蘭克福學派所分析的『權威國家』像製造工業一樣製造『文化』，以及晚期資本主義的國家在一切生活領域的干預，比起中國大陸上的這種話語改造運動來，眞是小巫見大巫了。」[52]

B、不可忽視所謂「民族形式論」。其來源，爲毛澤東在〈延安講話〉提出的重視「人民群衆喜聞樂見的民族形式。」如前述，它與「五四」新文化運動所提倡的「大衆文學」有著某種「上下文」的承接性。毛澤東〈延安講話〉的兩大主題：文學的「政治工具論」與「普及、提高論（民族形式論含於其中）」，筆者以爲，後者是有其文化上的眞知灼見的[53]，特別是把它置於中國的共產革命，本質上是一場農民革命這樣一種大背景來考量的時候。**可以說，正是後者──「民族形式」，成了對於前者──「政治工具」的拯救。形式所特具的超越性，使得延安文藝所提倡的「通俗化」、「大衆化」，同時借助了傳統和民俗形式兩頭的生命力，「革命文藝」，由此也就獲得了某種超越意識形態內容而獨立存在的藝術生命。**

細細注意今天大陸上流行的「紅太陽」盒帶（歌頌毛澤東的懷舊歌曲集），說老百姓對那「萬壽無疆」的唱詞內容有多麼當眞（如中共「左王」鄧力群所言），是「國際笑話」；除了由樂曲帶來的青春時光的懷想因素以外，歌曲所採用的動聽的民間曲調配以現代節奏，是帶動流行的主要原因。這一點，就是筆者聽過的「反攻！反攻！反攻大陸」一類的「反共歌曲」所不能比擬的了。文革中的「樣板戲」也是一個例子。對於京劇形式的現代化改革，特別對於以「皮、黃」爲主的京劇唱腔的改造，使得「樣板戲」唱腔接近了現代生活並得以廣泛流傳（當然不能忽略其通過國家機器強行「普及」的因素）。隨著附在形式表面的痛苦記憶日漸在時間中流逝，「樣板戲唱腔」將會像各種京劇老戲唱腔一樣在觀衆戲迷中流傳下去，也是可以預期的。把〈杜鵑山〉當作〈四郎探母〉一樣地聽，並不是「黨代表」復活了，而是形式的恆久性，使得「樣板女皇」江青大概可以死而瞑目。（——順及，〈四郎探母〉寫「叛徒」，即便在傳統意義的意識形態上也是「不正確」的，但這並不妨礙它的流傳。）至於由「民族形式論」帶來的所謂藝術的「民族化」、「群衆化」運動，將民族形式「黨化」、「革命化」和「粗鄙化」——如由黨官、文人改寫、創作的大躍進僞「民歌」集《紅旗歌謠》[54]、大量按「革命觀點」改寫而令原作湮滅的「民歌」、「史詩」等，則是一場對於民族文化的劫難。因不在本文題旨之內，從略。

「小文本」的「創作個性」

——由「圍堵」與「洩漏」組成的文學景觀

「社會主義現實主義」及其文學創作，有沒有「創作個性」可言？從「大文本」的角度，這個問題不容易說得淸。話語層面的詩人賀敬之與郭小川（被官修文學史公認爲「社會主義詩歌」的兩座「並峙高峰」）[55]不消說是在同述一個共同的「抒革命之情」的連續故事。「——景多麼好！／人多麼歡！／這可不是天堂，／而是眞正的人間；／這可不是仙境，／而是我們祖國豐收的秋天。／這兒的事情，／歸我們管；／這兒的活計，／由我們幹，／這兒的秋天，／靠我們打扮。／我們一心一意／要創立社會主義的好江山！」[56]你能分辨這樣的「詩句」是誰寫的麼？熟悉大陸詩歌的人一定會說是賀敬之，謎底卻是郭小川——即便能準確區別開來，這樣的「詩歌」又有什麼「個性」意義呢？在這個「連續故事」裡，周立波《山鄉巨變》裡講的合作化，與柳青《創業史》裡講的合作化，有什麼「個性」可言？梁生寶（《創業史》）和蕭長春（浩然《艷陽天》），難道不是同一個「典型」從合作化走到公社化的過程而已麼？特別是站在一定的時空距離去回想那一片「文藝園地」，所有敢於探頭探腦表現一點個性色彩的作家與作品，都像割韭菜一樣被齊刷刷地割掉了（郭小川寫支援邊疆的《西去的列車》可以走紅，抒發一點個人情感的《望星空》卻要挨批；稍稍出格描述士兵與俘虜關係的《一個與八個》，則在文革前就無法發表，文革後由「第五代導演」拍成電影，還是避免不了遭禁遭剪的命運）。在這樣一種縮頭縮腦、捆手捆腳的「餘地」裡，去討論遣詞造句方面劉白羽散文與楊朔散文是否有「豪放派」或「婉約派」之別，趙樹理、馬烽的「山藥蛋派」小說與孫犁、劉紹棠的「荷花淀派」小說之孰優孰劣，那不是如同去討論一排同被砍掉頭顱手腳的人是否還有性感魅力及其魅力高低異同一樣的殘酷而無趣麼？

不過，「藝術存在於互相聯繫的種種社會意義之中，但是從外部去記述這些意義是徒勞的，因爲它們是由具有自身邏輯和嚴格標準的形式特徵來傳播的。」[57]**正是藝術的這種「自身邏輯」與「形式特徵」，使我們有可能穿越意識形態的魔障，從作家具體勞作的「小文本」中，看到藝**

術本眞的力量。（有趣的是，在「十七年文學」關於「社會主義現實主義」的討論中，曾經有過一個分析「資產階級經典作家」的「眞誠的現實主義描寫可以超越世界觀的局限」的命題[58]，如今，我們可以和它「殊途同歸」了。）這樣，回到本文「簡約化」的題旨——在藝術「不言自明」的前提和意識形態的「必須論證」關係之間，亦即意識形態與個人意識、決定主義與自由意願、「有意識的選擇」與「無意識的反射」之間，**我們就可以在「社會主義現實主義文學」裡，看到一種「圍堵」與「洩漏」現象：中國作家可能有的「藝術個性」，在意識形態的層層「圍堵」之中本能地「洩漏」，突圍而出的過程。這是作家對於「不言自明」的常識的領悟力與藝術直覺，被「必須論證」的系統壓抑、宰制而重新釋放的過程。**從這一個角度，看「社會主義現實主義」文學創作中的「藝術個性」問題，就變得很有看頭了。

延安「魯藝」（魯迅藝術學院）出身的作家柳青及其作品，是一個非常好的讀解文本。一九五九年出版的柳青《創業史》（第一部）[59]，是眞正按照毛澤東「深入工農兵生活」的教導，畢其後半生（直到被文革迫害至死以前——柳青死於粉碎「四人幫」不久的一九七八年），舉家移居關中皇甫村，長年和農民「三同」（同吃、同住、同勞動）寫出來的反映農村合作化運動的長篇小說。也是筆者認爲，在「十七年文學」中，最能代表「社會主義現實主義」文學成就及其特徵的「經典之作」（其他值得重視的作品還有，趙樹理的中短篇小說，梁斌的長篇《紅旗譜》）。《創業史》是作者根據自己十幾年的鄉間生活體驗，嚴格按照「馬克思主義美學」、「歷史唯物主義的基本原理」以及「列寧和毛澤東同志關於農民問題的著作」「所指出的基本方向」[60]寫出來的。今天重讀這部作品，你會驚訝於它竟在小說中整篇整篇地引述「黨中央的合作化文件」，讓主人公、青年農民梁生寶不斷用報紙的政治術語去講話和思考問題，並且就「意識形態」內容（配合黨的「合作化」運動）而言，它在當時的「正確」，成爲今日農村重走私有化道路的反諷，等等。然而，《創業史》仍舊是不可低視的。小說裡把歐化長句式與關中土語揉合在一起的敘述語調，這種語調似乎具有一種將「寫中心」的內容「做舊」而透現出距離感的奇妙能力（讓我想起今天蘇童文字的「做舊」能力），以及，文字間飽滿的情緒張力與血肉眞切的人物、情境描寫互爲提攜——從梁生寶到他爹梁三老漢，老貧農高增福和黨書記郭振山，都不是你在「十七年小說」裡習見的革命臉譜；甚至小說裡著墨不多的性與性心理描寫——富農姚士杰的姦情等等，也都讓你刮目相看：作家的藝術直覺和表現能力，竟然還可以穿透自身的意識形態「硬殼」，如此自然地揮灑流溢出來。不過，重讀文革前圍繞《創業史》的批評文字，你就不禁莞爾了：小說中所有今天重讀裡讓你「眼前一亮」的內容、人物、段落以至語調，原來幾乎都無一遺漏地曾被當年那些「眞理在握」的批評家們修理過的。不說肯定「梁三老漢」作爲「中間人物」的典型而使邵荃麟文革遭難的舊事；也不必提日後的四人幫大將姚文元爲《創業史》剔出的一大堆「不健康傾向」的描寫（從改霞的戀愛觀到小說的性心理描寫）[61]；這裡，只想重提今天仍在北京大學任教、在北京評論界一直口碑不錯的嚴家炎，與柳青在一九六三年的一段筆墨官司：嚴家炎的〈關於梁生寶形象〉與柳青回應的〈提出幾個問題討論〉[62]。

這是一個剛剛在中文系教科書裡習得了「主義」的官式條文的大學畢業生，和一位熟讀馬列也深悟革命世故的「老延安」之間的「兩代之爭」——「革命」與「更革命」之爭。筆者注意到，這場爭論實際上整個扭轉了柳青餘後不長的創作道路。柳青雖然在文中憤怒地反駁了嚴家炎對《創業史》的以下批評：「把更多的篇幅用在寫小事情」、「日常的較為平凡一點的生活」；「讓梁生寶這樣一個在全書中占有主導地位的英雄人物，不在跟資本主義勢力面對面搏鬥中露鋒芒」；「讓人物思想風貌在比較靜止的狀態中顯示」，沒有通過「尖銳的矛盾衝突來展現」……等等。柳青用了大量的馬列正統理論，反擊嚴的批評是「離開生活和藝術本身的評價」。但是，「革命天條」裡那種看不見的威懾力，還是發生作用了。在柳青與此同時開始寫作，而在一九七八年出版的《創業史》（第二部）中，你會發現，「小字輩」嚴家炎那些「更黨性」、「更革命」的批評意見幾乎全被採納了：「主要英雄人物」的梁生寶再不做「小事情」了，「靜止狀態」的關中農村風貌不見了，梁生寶甚至在「尖銳衝突」的大風大浪裡，在小說規定情景描寫的一九五六年，就開始批判劉少奇的「新民主主義階段論」……[63]這是一個「徹底乾淨」的，卻是災難性的版本。「更革命」的理論圍堵，把「革命作家」身上最後一點藝術本能與直覺表現力，統統榨乾了。柳青的《創業史》最終也沒有寫完，他是死不瞑目的。

回頭看去，這種由「圍堵」和「洩漏」組成的文學景觀，是不乏奇詭色彩的。就整體而言，農村題材小說是「十七年文學」的重頭戲，「洩漏」現象也就相當可觀。在「寫中心」方面「表現出色」的李准對面，你會赫然發現一個堅持用自己的聲音說話的趙樹理；在馬烽、王汶石那些攢著眉頭「緊跟」的作品集中間，你會聽到異樣的調子在和自己打架（如馬烽的《三年早知道》，在他的全部黨性調子濃重的作品裡就顯得「很跳」，自然也就是受到「修理」的）。即便是最強調一個聲音的「革命歷史題材」創作中，孫犁的《荷花淀》與茹志鵑的《百合花》也都唱出了異質的歌吟[64]——雖然就「思想傾向」而言，這兩位作家其實一直是「黨性十足」的。即在被認爲具有「經典性」意義的長篇「三紅」裡（梁斌《紅旗譜》、吳強《紅日》、羅廣斌、楊益言《紅岩》）[65]，其「紅」之深淺，就各因作家的藝術個性呈現而顯得斑駁參差。《紅旗譜》幾乎成了「毛話語」中整個「農民革命戰爭神話」的藝術模本（今天正在大陸上走紅卻也遭禁風聲不斷的陳忠實的長篇《白鹿原》，甚至都擺脫不了它的影響痕跡），但它在叙述語言上（不是話語框架上），卻是最少「黨味」的[66]；寫「共軍」與「國軍」之「孟良崮戰役」的《紅日》，整體上叙述粗糙匆忙，但其中一再挨批的細節：打勝仗後連長士兵們喝酒打馬、穿起日本軍官服、揮舞日本軍刀耍酒瘋，卻成爲官式「英雄譜」裡難得的人性描寫段落。相比之下，《紅岩》的出版已在「社會主義現實主義」理論相當成型以後（一九六三年），被「理論指導」的味道最濃，今天讀來，連裡面最「人性慍情」的角色（「江姐」），一舉手一投足都是「黨味」連連，讀之興味索然。當然，最現成和簡易的分析文本，則是文革「樣板戲」的版本修改與「樣板」成型的過程。年頭越早的作品如《白毛女》、《智取威虎山》、《紅燈記》、《紅色娘子軍》、《沙家浜》等，其版本的「淨化」過程（比如：《紅燈記》中的「李玉和偷酒喝」、《沙家浜》中的「阿慶嫂鬧喜堂」之被刪節），也就能越鮮明地顯出意識形態教義對藝術的自身邏輯與作家創作本能的壓抑、剝奪過程。這一點，已經引起了許多研究者的關注，本文不再細述[67]。

結篇：「造神的」與「造夢的」

——幾點雜想

因為作文，而需要回溯。當你非常具體地回到曾經生活其中的語言、音調、形象的氛圍裡，流逝的歲月裊裊而回，感覺是相當複雜的。

(1)當你細細清理「社會主義現實主義」的各種「創作原則」時，你會驚覺：許多理念框架——如：意識形態說教意味，「高大全」的「英雄人物」塑造，大團圓的「光明尾巴」，「有頭有尾」的通俗敘述形式，等等，原來竟然與美國的好萊塢電影——權稱「好萊塢寫實主義」逼肖。好萊塢的「藍波」英雄們，不是比「三突出」更「三突出」麼？從價值中立的角度，「社會主義現實主義」所要灌輸的共產主義意識形態，與「好萊塢寫實主義」所要灌輸的西方資本主義意識形態，各自同樣都在建構一種「圍堵」性的、意圖淹沒一切的話語魔障，二者有什麼實質區別呢？為什麼相比而言，今天的普羅大眾們，寧可接受後者而排拒前者呢？

(2)這裡有一種「造神的」和「造夢的」區別。「社會主義現實主義」通過國家政治機器「造神」，「好萊塢寫實主義」通過商業、娛樂機器「造夢」。「神」造出來是必須信奉的；「夢」醒過來後你要哭要笑、要死要活都只是自己的事情。前者的強制性是有形的，是觸及皮肉靈魂、充滿歌哭疼痛的；後者的強制性則是無形的，是在「愉悅的窺視」過程中完成它的「宣導」過程的。「造神」有明確的「國有化」指向性：從「社會主義現實主義」走進去，是作家，要「寫革命文，先做革命人」；是讀者，要「讀革命文，做革命人」，「眞理是樸素的」（列寧語），可也是無可選擇的。「造夢」卻帶著明顯的「私隱性」色彩，你從好萊塢電影裡走進去、走出來，是想發財、想女人，要環保反戰、要嬉皮棄世，只要不妨害社會他人，悉聽尊便。作爲海外「前進」的、「左翼」的知識分子，你也許會說，這兩者的區別不重要，甚至後者的「痲醉性」是更可怕的。——不，此乃「站著說話不腰疼」之論。這種區別實在太巨大，也太根本了，簡直「身家性命」所繫。「痲醉性」更可怕麼？讓你從裡、到外，「國有化」一天試試看？（大陸作家、知識者，卻已經「國有化」了幾十年。）

⑶由此，也爲今日一切主張「顚覆前提」的話語革命慶幸：它畢竟沒有一個「國家機器」的力量在背後強制推行，所以，「顚覆前提」，不會變成「全面專政」。「社會主義現實主義」在理論上的「硬傷」，即是它從所謂「新紀元」——「無產階級創世紀」的欲求出發，企圖切斷古今中外、前後左右的一切話語的承繼性。沒有任何眞實的歷史，沒有任何「歷史包袱」的「新」，是空洞的，也是可怕的。這種「新」的一旦崩潰，它所造成的「社會的空洞」則就更爲可怕（一如在今天大陸社會所看到的一樣）。這讓筆者想到：話語的「新」「舊」之間，或者「此質」與「彼質」之間，有沒有（或者「可不可以有」、「怎樣可以有」）一個接合部呢？今天人類的「價值空白」也即是「話語空洞」，有多少比重，是因爲不准「顚覆」，或者只能「顚覆」所造成的呢？

⑷同樣，「社會主義現實主義」及其文學創作，也曾經是我們生活其中的一段「眞實的歷史」，正如業已崩塌的蘇聯與東歐共產陣營，曾經是人類生活中眞實的一部分一樣。在今天的價

值重建之中，就文學創作而言，「社會主義現實主義」有沒有任何值得承繼的話語價值呢？或者說，在什麼樣的條件之下，它可能有的正面價值，才是可能被後來的文學所承繼的呢？王蒙在最近的〈蘇聯文學的光明夢〉一文中說：「蘇聯文學的核心在於正面人物，理想人物，正面典型，『大寫的人』等等範疇。他們肯定人、人生、人性、歷史、社會的運動與前進。」⑱正如馬克思主義本來是人性追求理想、光明的一種理論折射一樣（哪怕閃爍的是天眞的、烏托邦的光芒），在它與國家機器與權力意志還沒有聯姻以前，它曾是批判、蕩滌人類社會醜惡的有力武器（因此在今天的西方社會，它仍然是具備批判生命力的）。不過，筆者並不相信，會有什麼「本原」的、純粹的、未經闡釋和讀解即可以存在的「好主義」的存在。實踐即是最重要的讀解。實踐中的共產政治、社會主義，所扭曲壓制的不是那個「本原」的「好主義」，而是人性本身。如果說，作為一種「光明夢」的「社會主義現實主義文學」還有什麼值得重視的正面價值，這種價值的回歸，就決不是回歸那個「夢」，而是回歸人性的尊嚴本身，回歸人類追求自由、平等、體面、光榮、幸福等等正面價值的人性本身，同時，也就是回歸人對於自身價值和人性責任的確認和承諾本身。這，或許就是捷克作家哈維爾說的「生活在眞理中」的意思吧？對於今天中國社會出現的「價值空洞」採取犬儒主義的態度，似乎是知識分子的一種時髦（比如此起彼伏的「王朔熱」），筆者對此是深覺憂慮的。

(5)警惕任何「話語的陷阱」。正如我們對「社會主義現實主義」這種「造神話語」所持的批判態度一樣，也需要對當今的西方主流意識形態的「造夢」話語，保持一種知識分子的警惕。設若好萊塢式的「三突出」和江青式的「三突出」一樣，變成鋪天蓋地、無所不在、唯此唯大的

「後現代」的精神糧食，不也是另一種殘酷和慘烈麼？「後現代」文化產品的商業化、速食化、連鎖化、劃一化，使我們看到了另一種「全面專政」的危險。況且，如果抽離歷史主義的因素，政治的專制與金錢的專制，不也是同樣的扼殺人性的暴力麼？知識分子應該何以自處呢？——不過，這已經在本文的題旨以外了。

寫畢於一九九三・十一・十五　美國普林斯頓

註釋

①毛澤東在一九五六年致全國人大會議的開幕詞。見《毛澤東選集》第五卷。

②③引自羅孚《北京十年》，美國《世界日報・世界周刊》第五〇〇期，九三年十月十七日。

④《沈從文小說選集》，人民文學出版社，一九五七，北京。

⑤兩段話均引自沈從文《長河》，香港文利出版社，一九六〇年版。

⑥老舍曾在一九五九年被評爲「北京市勞動模範」。

⑦筆者細閱過胡風在他被「揪出來」前夕的一九五四年一個「對《文藝報》的批評」發言，其中逐日作筆記式的追查馮雪峰與《文藝報》的「資產階級傾向」，指名道姓的批朱光潛、俞平伯的「胡適一派反動傾向」，激動得「沒有能夠控制自己」，是所有人的發言中最長、言辭最激烈決絕的一個。見《文藝報》一九五四年第二十二期。其他，如巴金、老舍、曹禺以至梅蘭芳、程硯秋等人，都毫無例外地在批胡適、反胡風、評《武訓傳》、《紅樓夢研究》、反右等

等，留下過義憤塡膺的戰績。

⑧見胡適《中國文藝復興運動》，劉心皇〈現代中國文學史話·代序〉，中正書局，一九七〇年，台北。

⑨見施碧佛（Gayatri Spivak）〈詮釋的政治〉（The Politics of Interpretation）。本文的寫作，得益於施女士此文甚多。此篇論文原是對一九八二年一個同名研討會的批判性回應。原載 *Critical Inquiry* Vol. 9, Sept. 1982. 中文譯文引自《當代西方文學批評理論》（朱耀偉編譯），駱駝出版社，台灣，一九九二。

⑩對「基本人性」的否定的批判，正是毛澤東〈在延安文藝座談會上的講話〉的理論支點之一，見《毛澤東選集》第三卷，人民出版社，北京。文內對毛〈講話〉的引文，俱出於此。

⑪茅盾《夜讀偶記》原連載於《文藝報》一九五八年數期，後由人民文學出版社印行了單行本，北京，一九五九。

⑫日丹諾夫〈在第一次全蘇作家代表大會上的演講〉，《日丹諾夫論文學與藝術》，人民文學出版社，一九五九，北京。

⑬參見張炯〈毛澤東與新中國文學——評〈歷史無可避諱〉一文〉，《文學評論》一九八九年第五期。陳涌〈毛澤東與文藝〉，《文學評論》一九九二年第三期。

⑭高爾基〈給阿·斯·謝爾巴科夫〉，一九三五年二月，引自〈社會主義現實主義的主要任務是激發革命的世界觀——選自高爾基的信〉，《文藝報》一九五五年二期（劉竟譯、劉賓雁校）。

⑮「徹底決裂」為中文譯本的馬克思《共產黨宣言》中語，已成「毛文體」之通行語彙。筆者不

諳德文，來不及查證德文原文中的「徹底決裂」，與今日流行的「顛覆」一語，字源上有無聯繫？望方家指教。

⑯高爾基《給尼·尼·納科梁科夫，一九三二、八、十六於莫斯科》，同見註⑮。

⑰同見高爾基上輯書信。

⑱引自阿·蘇爾科夫〈蘇聯文學的現狀與任務〉，《文藝報》一九五五年第一、二期。

⑲轉引自張炯〈毛澤東與新中國文學——評〈歷史無可避諱〉一文〉，《文學評論》一九八九年第五期。

⑳見孟悅〈《白毛女》與延安文學的歷史複雜性〉，《今天》一九九三第一期，瑞典。

㉑見楊·科特〈神話和眞理〉（原載一九五六、四、五波蘭《文化觀察》周刊）、安東尼·斯洛你姆斯基〈爭取恢復公民自由〉（亦載於波蘭《文化觀察》），轉引自何其芳〈回憶·探索和希望〉，《何其芳文集》第五卷，人民文學出版社，一九八三，北京。

㉒參見何直（即秦兆陽）〈現實主義——廣闊的道路〉，《人民文學》一九五六年。

㉓㉔參用張炯文材料，見註⑲。

㉕見茅盾該文文末文字。見註⑪。

㉖㉗參見二十二院校編寫組《中國當代文學史》，福建人民出版社，一九八〇年。及教育部委編《中國當代文學史》（上冊），（高等學校文科教材），人民文學出版社，一九八〇。

㉘關於《關連長》（作者待查）和《我們夫婦之間》（作者蕭也牧）的討論，始於一九五〇年《人民日報》等北京報章。可參見《文藝報》一九五〇年合刊。

㉙毛澤東〈應當重視電影《武訓傳》的討論〉，《毛澤東選集》第五卷，人民出版社，一九七七，北京。

㉚對於以上人物、作品、論點的批判，限於篇幅，恕不細引出處，可參看各種版本的中國大陸《當代文學史》，見註㉖。

㉛〈部隊文藝工作者座談紀要〉發表於一九六六年五月《人民日報》，後由人民出版社出版了小單行本。一九六六年，北京。

㉜文革中的「八個樣板戲」原指：現代京劇《智取威虎山》、《紅燈記》、《沙家浜》、《奇襲白虎團》、《海港》；革命芭蕾舞劇《紅色娘子軍》、《白毛女》、交響音樂《沙家浜》。一九六八年以後，「樣板戲」又增加了鋼琴伴唱《紅燈記》、京劇《龍江頌》、《杜鵑山》、《平原作戰》、《紅色娘子軍》、《磐石灣》、《紅雲崗》；芭蕾舞《沂蒙頌》、《草原兒女》等。衡量「樣板戲」的標準從未明言，據筆者觀察，以是否能在當時的《人民日報》與《紅旗》雜誌發表劇本的「官定本」爲標誌。魯迅與浩然，則是文革當中（至一九七二年以前），唯一能讀的作家和作品。《金光大道》則是浩然寫於文革之中的長篇小說。後文提到的「高大全」（高大泉）是該書主人公。

㉝「三突出」的提法，據筆者所查，最早的公開文字始見於上述〈紀要〉。

㉞筆者上面粗略列舉的，僅只是「理論問題」的論爭。這裡有意省略了政治思想領域的知識分子思想改造運動（一九五〇—一九五三），全國開展的「文藝整風」（一九五一—一九五二），以及「三反五反」（一九五三—一九五五）等等，所涉及到的範圍更爲廣闊的「批判資產階級

意識」的問題。如果把圍繞文學發生的政治風暴計算其中，則就更「卷帙浩繁」了——如：一九五一年毛澤東親自發動的《武訓傳》批判，一九五四年對俞平伯《紅樓夢研究》的批判，一九五五年對「胡風反革命集團」的批判，一九五七年反右運動對丁玲、艾青、劉賓雁、王蒙、劉紹棠等人的批判，一九六二年毛澤東親自點名批判《劉志丹》「利用小説反黨」，一九六三年毛澤東對江青組織批判京劇《李慧娘》的文章所寫的「兩個批示」、一九六五年由毛澤東、江青策動的姚文元批判吳晗《海瑞罷官》，最後引出十年文革浩劫的滔天狂瀾……。可參閱郁之〈關於歷次文藝批判〉，《讀書》雜誌一九九三年第七期，北京。年來在香港《明報月刊》長篇連載（一九九二、一——）的黃永玉《大胖子張老悶兒列傳》，是一個非常具體有趣的描述四九年後中國大陸知識分子「思想改造」運動的材料。對這一段歷史有興趣的研究者值得找來一看。

㉟黃子平〈文學住院記——丁玲〈在醫院中〉及其他〉，《今天》一九九二年第四期，瑞典。

㊱李陀〈丁玲不簡單——毛體制下知識分子在話語生產中的複雜角色〉，《今天》一九九三年第三期。

㊲㊳見《老舍選集·第五卷》，四川文藝出版社，一九八六。

㊴同在此時，沈從文對老舍也多有鄙言：「巴金或張天翼、曹禺等等手都呆住了，只一個老舍成爲人物，領導北京市文運。」見下註。

㊵見近期北京新出的《沈從文別集》，轉引自羅孚〈北京十年·一四七·沈從文反對批武訓〉，美國《世界日報·世界周刊》，一九九三年十月三十一日。

㊶轉引自趙毅衡〈村里的郭沫若——讀《紅旗歌謠》〉，《今天》一九九二年第二期，瑞典。

㊷此類高論，可參見《革命樣板戲論文集》，人民出版社，一九七三年。筆者這裡是泛引。

㊸施碧佛《詮釋的政治》，見註⑨。

㊹筆者有興趣地注意到，上文這段引語，其來源恰是一位與中國打交道的美國商人的話。施碧佛引自Armand Hammer, "A Primer for Doing Business in China," *NEW YORK TIMES*, 11 April 1982. 見註⑨。

㊺在海外，筆者曾經歷過有多次這樣的場合：逢年過節，大陸留學生與台灣留學生（或者大陸作家與台港作家），在酒酣耳熱的聚會中引吭高歌，常常喜歡參惡意、戲謔式地「比賽」兩岸不同時期的政治歌曲。這種時候，「社會主義文藝」的壓倒性優勢是顯而易見的，也是讓台、港朋友們「嘆服」的。

㊻見《馬克思、恩格斯、列寧、斯大林論文藝》第二十頁，人民文學出版社，北京。

㊼余英時〈近代紅學的發展與紅學革命〉，《思想與歷史》三八四頁，聯經出版社，台北，一九八七。

㊽見王蒙〈蘇聯文學的光明夢〉，《讀書》一九九三年，第七期，北京。

㊾見《人民文學》一九五一年四月號，第十八期。

㊿蘇曉康〈告別神話〉，原載《中國時報·人間副刊》一九九二年十二月，筆者在這裡引用的是他的手稿。

51張炯〈毛澤東與新中國文學〉一文中曾經列舉過「標誌著我國社會主義文學的出色作品」：

「小說領域像曲波的《林海雪原》、吳強的《紅日》、楊沫的《青春之歌》、周立波的《山鄉巨變》、馮德英的《苦菜花》、李劫人的《大波》、周而復的《上海的早晨》、柳青的《創業史》；戲劇中郭沫若的《蔡文姬》、田漢的《關漢卿》、曹禺的《膽劍篇》、沈西蒙等的《霓虹燈下的哨兵》、陳耘的《年輕一代》；電影中梁信的《紅色娘子軍》、馬烽的《我們村裡的年輕人》，李准的《老兵新傳》、徐光耀的《小兵張嘎》、巴金的《英雄兒女》、林谷等的《舞台姐妹》；戲曲中的《蘆蕩火種》、《紅燈記》、《智取威虎山》、《李慧娘》；詩歌中李季的《玉門詩抄》、聞捷的《復仇的火焰》、郭小川的《將軍三部曲》、賀敬之的《雷鋒之歌》，還有劉白羽、秦牧、楊朔等許多散文作家的名作……」見註⑬。

㊷蘇曉康語，見註㊿。

㊸順及，筆者在上引的沈從文信中讀到一段他對毛〈延安講話〉的好評：「文藝座談是有詩意充盈的，可惜學它的理論者或領導文運的人，還不甚能發展這個文件。」見註㊵。

㊹《紅旗歌謠》爲郭沫若、周揚主編，人民文學出版社，一九五九年出版。

㊺見大陸各種版本的《當代文學史》，見註㉖。

㊻郭小川〈豐收歌〉，《郭小川詩選》，人民文學出版社，一九七七。

㊼莫里斯·迪克斯坦《伊甸園之門》，方曉光譯，上海外語教育出版社，一九八五。轉引自陳曉明〈反抗危機：論「新寫實」〉，《文學評論》一九九三年第二期，北京。

㊽參見茅盾《夜讀偶記》，見註⑪。

㊾柳青《創業史》（第一部），中國青年出版社，一九五九年第一版。

⑩〈提出幾個問題來討論〉，西安《延河》，一九六三年第八期。

⑪見姚文元《在前進的道路上》，上海文藝出版社，一九六三年。

⑫嚴家炎〈關於梁生寶形象〉，北京《文學評論》一九六三年第三期。

⑬柳青《創業史》（第二部），中國青年出版社，一九七八年版。

⑭有這麼一段軼事：一九六〇年，剛剛出道的文工團幹事茹志鵑（尋根作家王安憶之母）的短篇〈百合花〉剛發表，就受到了批評界一大通「人性論」、「家務事，兒女情」的批評。作爲具有「文學大師」與文化官員雙重身分的茅盾，此時卻以作家的直覺發現了〈百合花〉的獨特音調，挺身爲文爲〈百合花〉開解，此事曾讓茹志鵑「刻骨銘心」地感激。可參看《創作經驗漫談》，人民文學出版社，一九七九。

⑮這裡列舉的作家與作品，限於時間、篇幅，恕不細引作品出處。可參看各種版本的《當代文學史》，見註㉖。

⑯梁斌〈漫談《紅旗譜》的創作〉一文，是筆者讀過的、以「社會主義現實主義」爲本指導創作的最爲深入、透徹的文字，值得關注此話題的研究者注意。見《創作經驗漫談》，人民文學出版社，一九七九。

⑰孟悅對《白毛女》從歌劇、電影到樣板芭蕾舞的三種版本的修改過程，有過詳盡的討論。見註⑳。

⑱見註㊽。

又，本文的寫作還參閱了劉再復〈重寫文學史的神話與現實〉（香港《明報月刊》一九九三年七月號）、夏中義〈歷史無可避諱〉（《文學評論》一九八九年第四期）等文，在此謹謝。

女性話語的消失和復歸

李子雲

大陸不少從事中國現代女作家研究的評論工作者，都觀察到這樣一種現象，那就是，通過她們的作品可以看到，自五四以來中國婦女的自我意識的覺醒經歷了一個十分曲折的過程。一個在覺醒之後又失落，然後再重新復歸的過程。隨著五四新文學的興起，第一批現代女作家誕生。其中大多數人的作品都是著力表現了女性意識由昏睡狀態轉向甦醒。產生了一批帶有女性獨特色彩的作品。但是，這類作品未及茁壯發展，就受到一系列的挫折和打擊，自三十年代開始銷聲匿跡了近半個世紀，直到一九七八年才從被壓抑的狀態解脫出來，此後，女性的聲音才逐漸增強，其作品在新時期文學中占有了重要的地位。

這一曲折過程堪稱獨特，然而經過仔細觀察則又發現它的產生並非偶然。除去婦女意識、女性文學的發展有其發生、發展、趨向成熟的規律之外，還有兩個十分重要的原因。其一是，中國婦女運動一直依附於由男性主宰的社會政治運動，從未具有獨立的性質。其二是，中國的新文學從誕生開始，就與政治密切關連。主流文學始終堅持爲政治服務的方向。因此，每當執政者出自民族戰爭、階級鬥爭的需要而犧牲民主、自由、個性解放精神的時候，婦女權益的主張和女性話語也就消失了存在的可能性。直到一九七八年，民主的呼聲復起、文藝爲政治服務的規定被打破，女性話語才能再度破土而出。

五四時期，女作家創作曾經出現過群星燦爛的局面。第一代女作家們是在五四的反封建、主張民主、呼籲個性解放、男女平等的精神的啓迪召喚下，拿起筆來的。因此，她們從一開始，就是在男性先驅者的引導下，將抗議鋒芒直接指向封建禮教，她們從最切身的問題出發，反抗包辦婚姻，主張婚姻自主、戀愛自由。儘管在這個方面她們有時表現得比男作家更激烈、義無反顧，但是由此也暴露了自己先天的弱點。她們對於婦女的眞實處境和在社會上所存在的根本性的問題還缺少理性的認識。她們只反「父權」，卻未及「夫」權。她們所奮力爭取的只是由自己來選擇一個足以相託終身的伴侶，卻還沒有意識到還必須擺脫對於丈夫的依附。因此她們還沒有具備眞正的獨立意識。在這一點上，還是男作家中的有識之士先走了一步。自民主啓蒙運動開始，許多男性思想家提出過男女平等，婦女解放。魯迅則在《傷逝》中明確地提出了沒有工作權利，經濟上得不到保障，男女平等、婦女獨立不過是水中的幻影。中國的「娜拉」走出了父兄主宰的家庭，所進入的不過是由她自己選擇的另一個夫權制的牢籠。女性的悲劇命運仍不可免。

在二十年代，第一個也是唯一的對這個問題產生懷疑，敏感地覺察到除去「父」權壓迫之外兩性之間仍存在不平等、婦女除去一般的個性解放問題另存在一些有異於男性的問題的女作家，是丁玲。她寫於二十年代末和一九三〇年的一系列作品《韋護》、《莎菲女士的日記》和《一九三〇春上海》等，都對此提出了質疑。這幾篇小說的女主人公都擺脫了家庭的控制，獨身來到大城市讀書。她們本人思想解放、行爲大膽。她們自由地結交男友。儘管她們戀愛的對象很不相同，但是，不論他們是浪蕩的紈袴子弟，還是社會主義革命者，一場又一場的轟轟烈烈的戀愛都沒有結局。紈袴子弟不過是逢場作戲自不必說，革命者在事業與愛情發生矛盾的時候，他們往往視女伴爲拖累，絕情地棄她們而去。丁玲的女主人公們在經歷了迷惘、絕望之後，醒悟到把生命的價值全部押在愛情上，將自己全盤託付給任何人都是危險的事。可以說丁玲是第一位表現了女性自我意識覺醒的女作家。另外，在她的作品中還出現了兩個值得注意的特點。她第一次表現了「五四」十年中那些具有大家閨秀風範的女作家們所不敢觸及的性愛的要求，這是一大突破。其二是，在她的作品預示了中國的民主主義革命運動其實仍以男人爲主導，無論是在其過程當中，還是在成功之後，女性仍處於屈從被賞賜施捨的地位。

後來事實的發展，證實了丁玲的預感。開始即成爲結束。女性意識和女性主義文學都還沒來得及進一步成長，在三十年代，就被打斷了，連同丁玲本人也放棄了這條創作路線。自此之後，女性意識重新受到抑制，女性話語幾乎全然消失。可以說，直到一九七八年這段長長的時間內，只聽到過三兩聲出自女性的微弱的嘆息。

這一狀況的出現，也有其必然性。前面已經講到過，自五四運動開始，婦女運動始終從屬於社會政治運動。文學與社會政治結下不解之緣逐漸成爲一種傳統。進入三十年代，民族危機空前嚴重。抗日救亡成爲全民族一個最緊迫的問題。個性解放、男女平等諸問題在此民族存亡的關頭都退居後位。一切服從抗戰需要。文學為當前政治服務的作用更加被強調。大多數作家都肩負起喚起群衆共赴國難的重任，救亡的聲音成為文學的主流。由丁玲發出的女性的吶喊立即被聲勢浩大的戰爭的號角聲所壓倒。同時，左翼力量興起。在建立工農政權的根據地，雖則推行了男女平等的政策，動員婦女參加勞動生產、鼓勵婦女參加社會工作，但是，對待婦女和對待知識分子一樣，都是以改造成為工農為前提。知識分子失去文人品格，婦女失去性別特點。在文藝上則從為政治服務進一步推行為工農兵服務。一九四九年之後，大陸當局對於這些基本政策不僅沒有進行調整，反而越演越烈。這些措施對於婦女的獨立提供了一些根本性的保障，比如，城市婦女幾乎全體就業，而且同工同酬；一九四九年之後進一步從法律上規定了婦女與男子在政治、經濟上享有同等權利，大陸婦女輕而易舉地得到西方婦女奮力爭取上百年才得到的選舉權。但是，這些措施又要求婦女從事應由男人擔負的某些繁重的體力勞動。在戰爭時期，甚至要求她們也扛槍打仗。即使到了和平時期，也以一系列無形的規定迫使婦女從感情方式到服飾舉止方面，都以男人為標準，向男人取齊。因而，這種「平等」，是以排斥和摒棄婦女本身的性別特點為代價的。在文藝方面的為工農兵服務的政策在一九四九年之後則更推向極端。從為工農兵服務演繹成只能寫工農兵，最後發展為只能表現火熱鬥爭中的工農兵英雄形象。在「文化大革命」期間，在所允許存在的八個樣板戲一部詩和一本小說中，婦女都是一些既無丈夫也無情人的叱咤風雲的英雄符號。在這種社會風尚的威懾下，婦女只能或自覺或被迫地隱匿起自己的性別特徵。女性話語無從出現。這種畸形的狀況一直持續到一九七八年才出現轉機。

當然，在這長長的五十年過程中，也有幾位極具個性的才女在某種特殊的條件下，衝破了這種限制發出了幾聲或委婉或強悍的、或隱蔽或張揚的嘆息。她們是，三十年代的蕭紅，四十年代的張愛玲和五十年代的宗璞。蕭紅是一位曾經得到過左翼陣營肯定的作家，她的作品所取題材應該說與左翼文學所倡導的路線相一致。《生死場》和《呼蘭河傳》寫的都是日本入侵前後，東北的窮鄉僻壤的村民們的蟻螻不如的生活。只是她以女性的視角，對於當地的婦女給予了深切的關注。她從切身的感受出發，表現了婦女在村民們共同承受的壓力之外，更多一層由於男人們的粗暴與冷漠所造成的壓力。她的作品的魅力來自由於得不到理解和感情遭受踐踏而產生的那種蒼涼、寂寞和無助感。這種感情的流露不爲左翼文學所見容。茅盾在《呼蘭河傳》的序中，就爲蕭紅當時「所感到的苦悶和寂寞」和這一情緒投射在《呼蘭河傳》上的陰影深感惋惜。在很長一段時間內，蕭紅的作品在大陸受到冷淡。

張愛玲的作品是一個特殊時期特殊條件下的產物。柯靈對於這一點分析得最爲精當。他說，「偌大的文壇，哪個階段都安放不下一個張愛玲；上海淪陷，才給了她機會。日本侵略者和汪精衛政權把新文學傳統一刀切斷，……天高皇帝遠，這就給張愛玲提供了大顯身手的舞台。……張愛玲的文學生涯，輝煌鼎盛的時期只有兩年（一九四三—一九四五），是命中注定：千載一時，過了這村，沒有那店。」張愛玲就是在當時的主流文學力量撤出上海之後，做爲一條漏網之魚，在當時文學和後方文學發生斷裂的夾縫中出現的。她百無禁忌地寫了一群從來沒在新文學作品中唱過主角的女人。她們都是十里洋場上的沒落的半商半宦人家的小姐和少奶奶們。她寫了她們百無聊賴的調情、偷情，寫了她以各種陳腐的「愛情」手段來釣取金龜婿，寫她們爲了鞏固自己的身分地位取媚丈夫，排除異己。人物和故事都散發著行將死亡的腐朽氣息。如果她將敘述停留在故事層面，這些作品可能滑向通俗小說。她當然沒有就此為止，她將筆觸伸向了她們的內心深處，深入地揭示了她們在被當作性服務和傳宗接代工具時所遭受的屈辱，和在為了自衛而進行的相互傾軋與相互殘殺中人性扭曲和淪喪的過程。這種心理變態和人性異化，在以往的作品中還沒有哪位作家做出過如此淋漓盡致的刻劃。她以女性的視角，女性的思維方式和表達方式，敘述了某一類女性的悲劇。由丁玲開創的女性話語再次出現。但她創作的鼎盛期也只有兩年。一方面，她本人沒有再創作出如《金鎖記》、《傾城之戀》那樣震撼人心的作品，另一方面，主流文學回歸上海之後，女性話語就又失去了立足之地。

宗璞寫於一九五八年的《紅豆》，那可貞是女性的極其微弱，也是最後的一聲嘆息了。她不過是寫了一個女大學生，在一九四九年社會大變動的時候，為了革命割捨了愛情（與丁玲小說男革命家棄別女友剛剛相反）。但她後來無意間發現兩人定情之物紅豆。物是人非，不由生出悵惘感慨之情。就是這一點悵惘之情在一九五七年也引來了一場大批判。以宣揚資產階級情調的罪名，它被批得體無完膚。自此女性的聲音徹底歸於沉寂、不復出現。

當然，在這長長的五十年間，並不是完全沒有出現過女作家。不過從數量上來說，只能說是寥若晨星罷了。而且，這些為數不多的女作家們，無論在取材還是敘述方式方面，都與男作家一樣，表現戰爭、階級鬥爭，歌頌戰鬥英雄，和勞動模範，鮮見性別特徵。只不過筆致委婉一些罷了。這不是女作家的過錯，主流意識形態壓抑著整個社會的婦女意識，女作家何能獨外？

物極必反。凡不合理的事物走向極端其不可容忍性就會更為徹底地暴露出來。其離全面崩潰的結局也就為期不遠了。一九七六年「四人幫」一倒台，他們精心建立的空中樓閣隨之紛紛土崩瓦解。人們從長期噩夢中驚醒過來，對過去進行了清算。被八個樣板戲統治了十年的文藝界一馬當先。不論是文學，還是戲劇首先找回的是現實主義傳統。特別是在當時群衆還找不到正常的表達自己意見、發洩感情、進行控訴的方法的時候，文藝成爲宣洩群衆情緒的最主要的渠道。新老作家一湧而上，充分利用、發揚現實主義創作方法的批判功能。他們通過小說，提出了形形色色的社會問題，由此產生了所謂「傷痕文學」（描述「文革」留在人們的肉體和靈魂上的傷痕）、「知青文學」（以知識青年上山下鄉的苦難經歷爲題材）、「反思文學」（對「文革」之前歷史發展所作的思考）等等，婦女問題自然不會領先提出。大難之後大家首先考慮的是事關全民生死存亡的帶有共同性的問題。女作家也參加了這場控訴與批判，而且表現得不比男作家遜色。這是由於大陸女作家長期以來參加社會工作，甚至介入政治，因而造就了許多女作家具有和男作家同樣寬闊的視野和社會責任感。另外，女性比較敏感，遇事常常不計後果，因此在這場批判中，時時衝在前面，顯得格外英勇而且奮不顧身。如宗璞的《弦上的夢》、《我是誰》；茹志鵑、劉眞、諶容的《剪輯錯了的故事》、《黑旗》、《永遠的春天》等等。

這一過程並不很長。大約從一九七九、一九八〇年開始，新起的女作家就對婦女的生存境況提出疑問，在沸騰駁雜的喧嘩聲中，女性的聲音出現。當然，這種懷疑也是從社會對女性的壓抑引起，然後逐步深入到人性領域。比之五四時期，女作家這次所提出的問題的範圍要寬廣得多，所進行的思考也深刻得多。經受了幾十年自上而下賜予的婦女解放，她們切身體會到，實際上她們仍處於與法律規定並不一致的「第二性」的地位。儘管她們曾經得到過部分的經濟獨立，但是由於整個社會仍然以男性爲中心，權力仍掌握在男性手中。因之，不論在社會上還是在家庭中，事實上男女之間還存在種種不平等。諸如由於性別歧視而帶來的女性實現自我價值的障礙，男性加諸女性的性騷擾、性虐待，以及利用舊的倫理道德觀念強制婦女禁欲，使她們長期處於壓抑狀態等等。女作家從表現婦女對社會的反抗、主張她們的社會權利，一路開拓下去，直到表現她們對人性壓抑的反抗，主張她們舒展她們的自然天性的權利。自認應和男性平等的女性的人的意識全面覺醒。女性話語就在這樣的背景下重新出現。

在論述女性話語的復歸和發展之前，先簡單介紹一下當代大陸女作家的一個重要的，甚至可以說是共同的特點，即她們秉承了幾十年來關懷社會，並且不僅專注於婦女的命運進行寫作的傳統，因此，即使在種種外部的約束被打破之後，許多出色地揭示了女性困境的女作家，仍不時有取中性立場的佳作問世。可以說她們都具有兩副筆墨，雙性立場。今後這種特點可能逐漸淡化，但在近十幾年來這種特點是相當明顯而易見的。甚至一些在發掘女性意識方面具有代表性的女作家都不願意被稱為女作家。張抗抗、張潔和王安憶都公開表示過這一點。我想這是由於她們不願意以性別來引起讀者的特別注意，或得到某種照顧。此外她們具有與男作家平等進行競爭的自信心。

首先關注婦女自身問題的是名聞一時的三張：張抗抗、張辛欣和張潔。她們幾乎是聯袂出現，並共同連續地提出了一系列人們普遍感覺到、經常縈迴於腦際的問題：人，女人究竟有沒有追求愛情的權利?保持婚姻家庭生活的和諧必須以女方的屈就為前提是否合理?女性在發展自己的事業方面是不是由於性別歧視仍然受到壓制?張抗抗的題為〈愛的權利〉、張潔的題為〈愛，是不能忘記的〉的小說，提出的就是長期以來被當作資產階級專利品的愛情是不是屬於人的不可剝奪的權利。這個簡單的問題和這兩篇小說的寫法，今天看來都給人以恍若隔世之感，但在當時卻引起了廣泛的共鳴和轟動的反應。由此可見婦女們的愛的權利被壓抑得多深又多久！這是婦女第一次站出來主張她們的基本權利。

與此同時，張辛欣提出了多年以來被視爲當然的將女性改造成男性是否合理的問題。她在〈我在哪裡錯過了你〉中，以一位業餘愛好劇本寫作的公車女售票員爲主人公。她愛上了一位業餘劇團的導演。但是她的職業迫使她每天在擁擠不堪的車上擠上跳下，大聲喊叫，加上當時只能穿「沒有腰身的駝絨領藍布短大衣」、「蹬一雙高腰豬皮鞋」，從外形到舉止，她幾乎都喪失了女性的特點。這使導演望而生畏。通過這位女主人公的遭遇，張辛欣直截了當地提出了質問，是誰使她們變得如此粗礪？不正是主導這個社會的男人嗎？但是，當她們被「改造」成這副模樣時，他們爲什麼又將她們推向一旁？在這裡，張辛欣切入了問題的本質，從表面上看，這個以男子爲中心的社會將女性提高到與男性平等的位置上，其實，這種平等僅僅體現於要求女性參加繁重體力勞動上，哪怕它違反了社會分工和婦女的勞動保護。實際上，這些男人並不能接受男性化的女人，他們仍要求她們兼有溫柔、體貼、善解人意、無私奉獻等等傳統美德。特別是當她們獨立意識覺醒，企圖擺脫對他們的依附，成就一番自己的事業的時候，他們不但不給予支持，反而感到不可容忍，甚至予以壓制、打擊。在這種相悖的要求下，婦女處於兩難地位，即不可能繼續扮演傳統的賢妻良母的角色，爭取自己事業的發展依然困難重重。張辛欣接連發表的，具有內在聯繫的三個中篇〈在同一地平線上〉、〈我們這個年紀的夢〉和〈最後停泊地〉，集中地表現了外表呈現某種程度的男性化，婦女意識開始覺醒，渴望實現自我價值，但又不情願失去丈夫的撫愛和支持的女性的內心矛盾和痛苦。〈在同一地平線上〉的男女主人公插隊返城之後，都想在事業上求得發展，夫妻矛盾立即出現，丈夫要求妻子自我犧牲，全力支持自己。敏感女主人公不禁發出如下的感慨：「他只打算讓我愛他，卻沒有想到愛我、關心我。」「他只要得到家庭的快樂和幸福，而我卻要如此付出一切。」而「等到我自己什麼也沒有了，無法和他在事業上、精神上對話，我仍然會失去他。」不安於「賢內助」地位的妻子於是不斷地追問，那麼，「我呢？我上哪兒去了？」張辛欣十幾年前提出的這個問題，至今仍是一些自我意識覺醒的婦女在家庭中所面對的主要矛盾。事業和家庭難以兩全的情況，對於今天的婦女來說仍然並不少見。

張辛欣側重人家庭關係的角度表現這一問題，張潔則對這一問題給予更爲廣闊的展現。她的作品不限止於家庭範圍內，同時反映了那些有抱負的知識婦女在社會上的遭遇。她的主人公們比張辛欣筆下人物在年齡上要大上十歲甚至二十歲，她們的閱歷更爲豐富，她們碰的壁、吃的苦頭和受到過的打擊更多更重。因此她對性別歧視的抗議顯得更爲激烈。她也寫了一系列以這個問題爲主旨的作品，如〈祖母綠〉、〈波希米亞花瓶〉等等，其中以〈方舟〉最具代表性。這部小說中的三個女主人公是同窗好友，都有很強的事業心。但是，三個人無論在家庭生活中還是事業上全都困難重重。她們個個都家庭不幸。她們從丈夫那裡從來沒有得到過溫情和關切，得到的只是形式不同的性凌辱。面對這一群丈夫，她們滿懷憤懣地喊出：「婦女並不是性（工具）而是人！」

在工作上，她們也受到種種刁難。生得漂亮的女翻譯經常受到來自男性同事，特別是男性上級的性騷擾，如加拒絕，必遭報復。才氣橫溢的女導演，卻對自己的攝製組調遣不靈。不是因爲她沒有能力，而是因爲她是女人。男人是不願意接受女人指揮的。於是，她們開始認識到，無論是丈夫、情人，還是同事、上級，沒有一個男人喜歡一個具有獨立精神的女人。婦女要取得眞正的解放，絕不能滿足於現行法律的保障，「還需要以充分的自信和自強不息的奮鬥來實現自身存在的價值。」

張潔在表現婦女所面臨的這些問題時，雖有時不免失之偏激，其主人公有時甚至表現出某種歇斯底里的傾向。不過，在那一階段，張潔是對婦女處境認識得最爲淸晰的一個。

繼張辛欣、張潔之後，許多女作家多方面展現當前婦女遭受的種種困擾。在王安憶和鐵凝集中表現婦女在性的方面所感受到的壓抑和所進行的反抗之前，大多數作品環繞著傳統倫理道德對婦女的迫害予以展開。比如婦女再婚問題、貞操問題。宗璞的〈核桃樹的故事〉、問彬的〈心祭〉都是以或優雅或質樸或含蓄或直截了當的方式表現了從一而終的道德觀念帶給失去配偶的婦女的壓力，從而造成的悲劇。陳潔的〈大河〉則讓人們看到，時至八十年代，在某些閉塞的地區，婦女的貞操仍被視爲事關名節的大事。她以極端的手法敍述了一位年輕的中學女教師在被懷疑失貞之後所遭到的種種的人身汙辱和最後被逼上絕路的過程。這篇小說的新意在於，女主人公投身於大河，並不是爲了證明自己的淸白，而是對周圍那幫衛道者的無聊、僞善感到無可忍耐，對他們加給自己的人身汙辱表示抗議。這紙控訴傳統道德加諸婦女的迫害的檄文，讀來令人感到毛骨悚然。

這一類型的小說還有很多，在此不能一一例舉。最後我只再提一下竹林的長篇小說《女性——人》。從題目即可明白小說的題旨，那就是，給女性以人的地位。這部小說通過一家三代婦女的命運，隱喻中國婦女命運的無限輪迴。外祖母、母親都曾叛逆家庭，企圖獨立，但都失敗了。爲了撫養女兒，母親暗中賣淫，剛解事的女兒發現之後憤而離家出走，到邊遠地區插隊落了戶。當她經歷了長期的磨練後，爲了生活——和母親一樣爲了生活不得不委身於她並不愛的男子。就在委身的一剎那，她發現，她在重複母親當年走過的道路。這個故事再次證明，經濟上的獨立對於婦女來講仍是頭等重要的大事，如果失去這種自立的能力，她們仍將陷於千古以來那種萬劫不復的輪迴。

王安憶和鐵凝開闢了另一個新的領域。她們將注意力從婦女與社會的矛盾轉向女性自身，轉向研究婦女在人性領域中，特別是在性的方面所受到的壓抑和反抗。丁玲當年只不過描寫到兩性之間的吸引。王安憶、鐵凝則從婦女的性的意識、性的欲望覺醒一直寫到如何化爲行動。可能由於男作家張賢亮已在這方面打了頭陣，同時也因爲它們問世的機緣湊巧，因而原本屬於犯大忌、理應引起軒然大波的事得到了緩解。按照王安憶的說法，她的某些引人注目的作品，往往在別人衝鋒陷陣之後，才悄然出現。沒有受到口誅筆伐之苦，卻獲得了戰鬥勝利的成果。王安憶、鐵凝的這類作品若與張賢亮的《綠化樹》、《男人的一半是女人》等同類作品相比，就更淸楚地顯示了性別立場的區別。張賢亮作品中的女主人公都是竭盡全力爲男人進行奉獻而犧牲自己。她們出賣自己肉體換取糧食維持他們的生命。她們利用自己的肉體恢復他們的性機能。她們對於終於被拋棄的命運毫無怨言。女人沒有自己，她們活著爲的是男人。她們的價值在於爲男性獻身。王安憶和鐵凝在她們一系列的小說中表現得則截然相反，她們的女主人公主張自己的權利，包括在性方面的權利。她們一反過去作品在表現性的問題上，女性只能被動接受，女性只能爲男性享樂提供服務的寫法。

王安憶的三個中篇小說〈小城之戀〉、〈荒山之戀〉，和〈崗上的世紀〉中描述的都是女主人公從不解事的小女兒一直到進入少女階段性意識覺醒的過程。主人公們的具體情況雖有不同，但有一點是共同的，那就是當她們的性的要求一旦覺醒之後，便勢不可擋。無論她的主人公是愚昧的，還是受過教育的，也無論她們與性伴侶之間的關係是覆蓋著美麗的面紗，還是以赤裸裸的粗陋、原始，甚至畸形的面貌出現，當她們的欲火被燃燒之後，她們都失去羞恥感、失去節制力量、不計後果、自虐而又互虐，就在互虐當中獲得快樂。王安憶這幾篇作品所以引人注目，還不僅僅在於女作家第一次直接描寫了性，而在於她由此提出了性不是男人的專利，性欲也是女人與生俱來的自然天性之一。女人也有權利在這方面得到滿足，從中享受到歡樂。在女作家筆下第一次出現了不僅在性關係方面採取主動，而且在雙方生死問題上也掌握了主動權的、如此強悍的女人。

鐵凝在〈麥秸垛〉和〈玫瑰門〉中，雖也著重將性愛做爲人性的一個重要組成部分來表現，但她又沒有將它與社會關係完全脫離。她認爲這是人類亙古以來不變的一種欲望，她讓兩性關係不斷以類似的形式重複出現。〈麥秸垛〉著重表現的就是在一個封閉的環境裡，兩性關係在很長時期裡幾乎是以同樣的形式不斷重複。同時，她還認爲人的這一本性畢竟也受到社會的一定的制約。隨著時代的不同它將產生一定的變化。〈玫瑰門〉通過三代婦女——外婆、舅母、外孫女，著重表現了在不同的社會條件下婦女在兩性關係上所做出的不同反應。作者以「玫瑰門」來象徵女性的生殖器官，以「這一年的春天特別玫瑰」來形容外孫女的性意識的萌動。那麼這部書所寫的男女之間進行的一場一場的較量就可稱之爲「玫瑰戰爭」。她將這種「玫瑰戰爭」處理得有聲有色。且不論她的這些女主人公們戰績勝敗，但她們也像王安憶筆下的那些女人們一樣，個個富於主動進攻精神，即使失敗也從不氣餒。

王安憶、鐵凝筆下出現了一群不低頭認命的女人。她們已經不是張潔作品中那種怨天尤人、怒氣衝天卻又缺少實際的抗爭辦法的女人，她們也不是陳潔作品中那種滿心憤慨而又無可奈何只能以死進行抗議的女人。她們理直氣壯地主張自己的權益，爲了維護權益哪怕粉身碎骨也在所不惜。當然，這樣的人物得以出現首先在於作家本身的性格和魄力，同時，畢竟也還需要允許作家如此進行表現的環境。這種環境是這幾年才出現的。這裡，我還想重複一句，王安憶、鐵凝仍然承繼了新文學運動以來女作家的某些傳統，她們雖然在表現女性問題上有了很大的突破，但是，她們的許多作品，都超越性別立場，關注人類共同面對的問題，諸如人的處境、人的本質及由來、現代人的孤獨感等等，這種「雙性」的觀點，使她們即使在表現婦女自身的問題和表現男女之間的性時，並未將它們簡單地處理成男歡女愛的「杯水風波」，而是從人性、人的欲望和人的生存狀態的角度進行了深入的挖掘。因此它們很少有脂粉氣，而具有一種凜然的氣概。

當然也有一些女作家從女性的視角，專注於開掘女性的感性世界。這類作家有影響的不是很多。目前比較活躍的有林白、陳染。她們大多成長於「文革」結束之後。她們對政治風雨、社會變革一律不感興趣。她們的興趣集中於表現愛情的波瀾，尤其是在那種婚姻失敗、家庭破碎的環境中成長起來的女兒和她們的母親的心理狀態。這些人物大部分心理畸形、感情變態。儘管這部分女作家都採用了比較現代的手法，注重形式和語言，但由於她們所著意渲染的這些人物的感受和情緒過於私人化，加以內容常見重複，語言有嫌矯揉做作，因而作品未能達到打開這部分帶有特殊性的人物的內心世界的效果。

在當前大陸商品經濟興起之際，倒是有一類作品值得關心大陸婦女現狀的研究者注意。那就是女作家對於商品經濟大潮帶給婦女的衝擊和所引起的社會變化做出迅速反應的通俗化的作品。到目前爲止，這類作品大都接近通俗小說。商品大潮興起，經濟規律發生變化，過去給予婦女某些權益保障的政策性措施開始黯然失色。婦女境況隨之發生變化。女人長期被抹煞的性別特徵不僅得以恢復，而且在女人身上得到強調。一部分成爲商品，成爲男人可以買到豢養的寵物。但是，也有一部分女人徹底從男性的恩賜施捨中解放出來，不論從經濟上，還是從性愛上都擺脫了對於男人的依附，並和他們進行平等競爭。對於前一類女人，文學作品加以反映的還不多，影響較大的有陳丹燕的〈吧女琳達〉。關於後一種女人，自從一九八五年開始進入了劉西鴻的小說〈你不可改變我〉、〈黑森林〉之後，已經經歷了一段發展過程。她們由幼稚變得老辣。當前寫這類女人最具代表性的是張欣。她們寫的大部分是馳騁商場的年輕女人。〈你不可改變我〉概括了大部分這種類型女人的性格特點。她們爲人處事果斷堅強，一反過去婦女的前瞻後顧、優柔寡斷的傳統。她們不論是對於職位，還是愛情、家庭，哪怕是親生女兒，都拿得起放得下。商場中的鍛鍊使得她們的價值觀念起了極大的變化。她們的價值取向是絕對的個人主義。除去一個利字對於其他一切都看得很透很穿。這類作品有甜酸苦辣的情節，有賓館餐廳夜總會等豪華場面，有商場上你死我活的鬥爭，只是所有的描寫都停留於事物的表面上。這一切都讓人想到香港亦舒的作品，包括語言的節奏。只是這些作品中的倩女俊男們，都還沒有具備顯赫的家世背景。灰姑娘也很難遇到白馬王子。想起家就得靠自己奮鬥。在這類流行小說中，值得注意的是女作家所強調的這種自立精神，和在自立背後存在的自尊精神。有時在利與自尊發生矛盾的時候，作者寧可讓她們棄利而取自尊，不讓她們出賣自己。這也許可以說是大陸一些女作家在寫流行小說時的一種女性立場吧？

尋根：八十年代的反文化回歸

李慶西

一、風格意識中的文化意識

在一部分前衛小說家和批評家的記憶中，一九八四年十二月的杭州聚會①是一個永久性的話題。這種情形，就像一個半大孩子每每陶醉在昨日的遊戲之中。也許對他們來說，像那樣直接參與一場小說革命的機會再也難得一遇。

韓少功是參加對話的小說家之一。就在那次聚會之後，他發表了引起廣泛注意的〈文學的根〉②一文，提出向民族的深層精神和文化特質方面去尋找自我的「尋根」口號。這篇文章後來被人稱為「尋根宣言」。見於那一時期的「尋根派」的重要文章還有鄭萬隆的〈我的根〉③、李杭育的〈理一理我們的根〉④和阿城的〈文化制約著人類〉⑤等。值得注意的是，以上提到的幾位小說家也都是那次聚會的當事者。

不過，當時對話的焦點並沒有完全集中在「文化尋根」上邊。會議的主題是「新時期文學：回顧與預測」。如何突破原有的小說藝術規範，也是與會者談論較多的話題。顯然，這種寬泛的議題給與會的小說家、評論家們帶來了開闊的思路。

所謂小說藝術規範，當然不僅僅是一個藝術問題。大陸新時期小說在最初的「傷痕文學」階段，基本上沿襲五六十年代的套路，仍未擺脫「反映論」和「典型論」的框架。要說規範，首先是政治規範和倫理規範。進入八十年代以後，題材和寫法發生明顯變化，並由此帶來價值取向的轉捩。相繼出現了這樣一些作品，如：汪曾祺的〈受戒〉，馮驥才的〈高女人和她的矮丈夫〉，陳建功的〈軲轆把胡同九號〉，吳若增的〈翡翠菸嘴〉等等。這些作品不再糾纏於現實的政治問題和道德批判，而從生活的縱深方面拈出幾分世事滄桑的意境。這使人感到，逾過現實的表層倒是更容易看清世道人心的本來面目。在這種風格意識的召喚下，一部分小說家的藝術情趣很快轉向民間生活和市井文化方面。稍後，張承志那些展現草原和戈壁風情的作品，鄧剛對於海洋的描寫，以及他們筆下出現的大自然的人格主題，也已在人們談論之中。這時候，任何能夠突破原有的價值規範的思路和手法，都必定引起文壇上的普遍關注。這是「尋根派」形成氣候之前，也即一九八四年大陸文壇的基本態勢。當時在杭州進行對話的小說家和評論家們，都不能忽略這樣一個背景：一些具有先鋒精神的小說家的思維形態發生了很大變化，他們正在擺脫原有的「政治、經濟、道德與法」的範疇，漸而進入「自然、歷史、文化與人」的範疇。

當然，這種超越了現實（亦已模式化的）政治關係的藝術思維，不是憑空產生的，而實際上附麗於民族的文化精神。所以，評論家季紅眞在對話中指出：對傳統文化的重新認識，實際上也是對人自身的重新認識。

阿城認爲：中國人的「現代意識」應當從民族的總體文化背景中孕育出來。

阿城和季紅眞的看法比較接近，他們都注重對「民族的總體文化背景」的認識。尤爲注意中國傳統文化——心理構成中的儒、道、釋的相互作用。這種意趣，後來在他們各自的創作和批評活動中都有所反映。

小說家的藝術思維應當從社會的表層進入文化的深層，這是沒有異議的。但是，具體談到文化選擇問題時，兩位南方作家表示了不同看法。韓少功和李杭育提出：所謂「傳統文化」，可以區分爲規範文化與非規範文化；並且，許多富於生命力的東西恰恰存在於正統的儒家文化圈以外的非規範文化中。韓少功談到，楚文化流入湘西蠻夷之地如何在當地民間風習的滋潤下保存其瑰麗、奇譎的藝術光彩。李杭育對浙江民間流傳甚廣的濟公和徐文長的故事頗爲津津樂道，從中感受到鄉間的幽默與創造的活力。他們認爲，眞正具有創造性的小說，應當突破規範文化的限制。

當時在這些分歧點上沒有作出深入探討，因爲與此相牽扯的問題實在太多。評論家許子東、陳思和、南帆等人談到東西方文化碰撞以及現代意識與傳統文化的融合問題。黃子平從禪的頓悟、般若直覺談到對人的理解和對世界的把握方式。吳亮提出，應當探索理性光圈之外的那個神祕世界……。

有些話題一時看起來是扯遠了，但從一九八五年以後的創作發展來看，這裡提出的一些藝術探索的可能性都得了印證。實際上，這次對話從理論上肯定了「尋根派」的藝術思維的基本格局。

不過，這些討論並不意味著「尋根派」是先有理論後有實踐。可以查證的情況是，那次對話之前，「尋根派」的一些代表人物已經開始了後來被稱之「文化尋根」的藝術實踐。例如，賈平凹早在一九八二年就發表了筆記小說〈商州初錄〉，李杭育的「葛川江小說」至此已形成初步的格局，鄭萬隆的「異鄉異聞」系列亦初啓端緒，而烏熱爾圖的「狩獵小說」幾度引起文壇重視，阿城的〈棋王〉則名噪一時……。作爲「尋根」的第一批成果，已經擺在面前。在此之前，「尋根」對於他們來說，還只是個人創作道路上的風格探索，也許誰也沒有想到日後還另有一番文章可做。然而，參加杭州對話的前衛批評家們，正是從這些作品中看到了一種潛在的勢能，並且在文化背景上找到了藝術思維的共同語言。他們從便於理解的角度給予理論的說明與支持。這對於正在醞釀和形成過程中的「尋根」思潮，無疑起到某種槓桿作用。

二、尋根與尋找自我

關於「尋根」思潮的發生，可以聯繫到許多方面，這裡不妨對更早些時候的文壇紀事稍作提示。

八十年代初，大陸文壇流行過一本小冊子，那就是高行健的《現代小說技巧初探》⑥。人們一定還記得當時的情形，王蒙、馮驥才、李陀、劉心武等人曾以通信形式對這本書展開一場討論⑦，聲勢亦頗不小。那是一九八二年的事情。

高行健的小冊子是對西方現代小說技巧的一番概覽性介紹，現在看來很稀鬆平常，而當時卻給人一種實實在在的震動。經歷了若干歲月的文化禁錮之後，剛一打開窗戶，域外的許多事物都讓人感到新鮮和驚奇。當時上述幾位作家的通信，可以說是一次尋求「現代意識」的對話，而高行健的小冊子恰好是一個扣得上的話題。他們彼此間的捧逗也好，抬槓也好，都是為著小說革命做輿論準備。雖然他們的對話由於「不合時宜」而未能深入下去，卻已產生了不可低估的影響。其實，對話自身所體現的「尋找」意識，要比他們談論的內容更為重要。看到這一點，人們對下述現象就不至於感到不可理解：儘管那幾位思想敏銳的小說家向同道們指示了西方人如何做小說的許多門徑（當然，王蒙同時強調「外來的東西一定要和中國的東西相結合」，劉心武也說「要顧及中國當前實際情況」）；在更大的範圍裡，有關「現代派」的討論成為一時的熱門話題；但是那以後的大陸小說創作卻並沒有順而發展為歐化趨勢。就連王蒙本人（同時還有茹志鵑、宗璞等人）的「意識流」實驗也已告停。相反，恰恰從那一時期開始，小說界逐漸形成追尋民族文化的主趨勢。

孤立地看，文化尋根思潮是一回事，人們對西方現代主義的興趣又是另一回事。然而，上述情形表明，二者至少具有相同的出發點。關於這內中的關係，理論上的解釋大致可作如下概述：

㈠大陸新時期文學走向風格化之初，作家們首先獲得一種「尋找」意識。尋找新的藝術形式，也尋找自我。

㈡「尋找」意識的產生，與通常說的「價值危機」有關，也與文壇的「現實主義」的危機相聯繫。因而，許多作家從藝術思維方法和感覺形式上接受了西方現代主義。

㈢西方現代主義給中國作家開拓了藝術眼界，卻並沒有給他們帶來眞實的自我感覺，更無法解決中國人的靈魂問題。也就是說：藝術思維的自由並不等於存在的意義。正如有一種看法所認爲的那樣，離開了本位文化，人無法獲得精神自救。於是，尋找自我與尋找民族文化精神便並行不悖地聯繫到一起了。

從這一過程來看，「尋根」思潮的發生，似乎也包含著一種必然的價値取向，喧囂一時的「現代派熱」，在新時期文學發展中儘管是一個短暫的插曲，但畢竟完成了自我覺醒的第一步。由此發生的「尋找」意識可以看作「尋根」思潮的先聲。從新時期文壇的「現代派熱」到「尋根熱」，是一部分大陸作家自我意識逐漸深化的過程。

從另一層面上說，尋找自我也意味著對文學主體性的確認。正如現象學美學家杜夫海納所說，「藝術家在尋找自我的同時，自己也在被尋找。」⑧這個主客體合一的命題，在「尋根派」小說家的藝術活動中得到充分印證。事實表明，儘管「尋根派」小說家大多從西方現代主義各個流派那裡獲得過心智的啓發，但他們並沒有簡單地襲用西方現代派作家的藝術思維方式，而是試圖以注重主體超越的東方藝術精神去重新構建審美（表現的）邏輯關係，確立自己的藝術價値規範。在「尋根派」作家的一些代表作品中，可以說，藝術的價値主要不在於作家對客體世界所持有的認知方式，而是體現爲主體境界的昇華，或者說是對種種世俗意識形態的拒斥。譬如阿城的〈棋王〉，人們看到的並不是對知青命運或「文革」世態的某種說明，作者決非將文學作爲對客體世界的認識手段去演繹王一生的棋運和命運，而是用自己特有的那種超然的敘事態度表現主體的自我體驗。在李杭育的〈最後一個漁佬兒〉中，人的孤獨被作爲一種境界呈示在無可選擇的兩難之間，強調的正是對現實生存處境的超越。這種重情蘊而不執著事理的態度，跟西方人的美學趣味相去甚遠。如果說，在卡夫卡或博爾赫斯的作品中，呈現的是某種需要費力辨識的世界圖像，那麼，在這些「尋根派」作家筆下你可以直接感悟到某種人格意味。「尋根派」作家這種回到中國藝術傳統的選擇，從宏觀上解釋當然是受民族文化背景的制約，而具體說來原因又很複雜。不過，他們的追求，與其說是為了顯示自己的藝術特性而故意跟現代主義潮流拉開距離，倒毋寧認為是出於對二十世紀中國文學中的「反映論」認識模式的反叛心理。因為在「尋根派」作家看來，西方現代主義並沒有完全割斷它跟古典認識論的哲學臍帶。西方現代派作家描繪的世界圖像，不管作了什麼變形處理，依然是作為一種對客體的解釋或認知。「尋根派」作家不想繼續成為一種認知工具。

值得玩味的是：「尋找」原本是西方現代派的口頭禪，但是從這個字眼裡獲得了某種哲學啓示的中國「尋根派」作家，找到的卻不是西方人的魂靈，而是他們自己。

三、重新構建的審美（表現的）邏輯關係

大陸小說在八十年代的進步，從藝術觀念上講，也表現在相當程度上擺脫了「寫什麼」（題材或主題範疇）的思維局限，更多地考慮「怎麼寫」（藝術方法）的問題，強調了主體自身的創造性。在「尋根派」崛起之前，小說創作已經出現所謂散文化和詩化的傾向。如汪曾祺、王蒙、張承志這樣一些個人風格毫不相似的作家，幾乎同一時期進入了這個抒情化的紀程。評論家黃子平曾將小說藝術的衍化擺到文學現代化的歷史進程中加以考察，把這種審美意向具體歸結為「用『抒情性的東西』，來擠破固有的故事結構」⑨。其他一些論者也對小說結構何以不同於故事結

構作出過大量論述。一九八四年前後，大陸評論界前衛人士普遍認爲，小說審美邏輯關係的變化具有特殊的意義。

需要說明，這個由抒情化開始的重新構建小說審美邏輯關係的進程，不獨是「尋根派」作家所推動。而這裡之所以要專門講一講這個問題，是因爲「尋根派」的藝術發展與這一相始終，而且眞正體現那種新的藝術思維關係的作品，也大多是「尋根小說」或「類尋根小說」。

大約從一九八二年到一九八五年那一期間，最能引起人們注意的就是小說的叙事意識上的特點了。當時出現的一些優秀作品，都盡可能地捨棄那種由情節構成所決定的矛盾衝突。例如，張承志的〈黑駿馬〉、史鐵生的〈我的遙遠的清平灣〉、李杭育的〈最後一個漁佬兒〉、烏熱爾圖的〈琥珀色的篝火〉、鄧剛的〈迷人的海〉等等，無一襲用人們以往慣用的戲劇化的叙事結構。如果說這些作品多少還保留一些故事因素的話，那也只是作爲一種深度線索隱藏到背景後邊去了。

當然，「散文化」的說法只是一種外在的觀察。往深裡看，它們並非拋棄了矛盾衝突而成爲純粹的抒情散文。小說還是小說。問題的實質在於：此類小說已將外在的動作衝突變爲內在的價值衝突，由時空範疇轉入心理範疇。

確乎很少出現激動人心的高潮，人物之間的對立或被取消或不再成爲叙述的動力和槓桿。可是價值衝突卻無所不在。〈我的遙遠的清平灣〉中，對往事的感懷表現了自得其樂的生存精神，也使人聯想到一個民族的歷史誤會。那個「破老漢」的一生中，或許也能生發出某種傳奇色彩，但作者尋取的卻只是日常生活的苦難和歡樂。〈最後一個漁佬兒〉寫的是捕魚人福奎的平凡的一日，卻抓住了人與世界相遇的一刻；物質文明與精神自由之間的權衡不定，從這位「最後一個」身上透露出一個時代的價值困惑。倘若對這些作品做進一步分析，還可以看到：由於動作失去了本來所有的外在效應，衝突自然就進入了內心世界。這一點，在〈琥珀色的篝火〉中尤爲明顯。這篇小說眞正的主人公並不是獵人尼庫（儘管作者的筆墨幾乎全部落在這個人物身上），而是他的妻子塔列。當尼庫去援救迷路者的時候，病危中的塔列無言地完成了內心的歷程。這般潛在的衝突，對於讀者不啻是一種心理挑戰。

實際上，價值的衝突不但在於作品本文，也體現在接受者的介入。〈琥珀色的篝火〉的讀者很容易進入塔列的境遇之中，用各自的情感去體驗那種生與死的價值抉擇。面對那些「尋根派」作品，讀者完全可以按照自己的思維方式去重建二元對立的感覺世界：新與舊、生與死、物質與精神、此岸與彼岸……。也許，一切權衡最終都將證明爲徒勞。感慨也罷，惘然也罷，與此相伴的一切情愫都深化著作品的價值涵義。

這裡，可以分辨的一個區別是：對於閱讀者來說，動作衝突的召喚功能一般反應爲淺層次上的線索追蹤，或對其中因果關係的把握；而價值衝突本身受制於民族文化背景和生活的深層結構，故而在深處提供著心理滲透和擴展的餘地。

價值衝突的前提乃是價值範疇的選擇。抽象地說來，僅以抒情筆墨提示的價值衝突不能認爲是「尋根派」的獨家風格，譬如王蒙就善於用感懷的筆觸寫出價值的困惑。王蒙的〈深的湖〉、〈庭院深深〉一類作品，都是通過對個人道路的反省來表現理想與現實的對立，而「尋根派」的思維格局中就很少涉及這種價值關係。所以，對審美邏輯關係的判斷，還應當從價值範疇的具體運用上去辨識。

構成「尋根派」小說的價值範疇，主要是傳統與現實的衝突（可以比較一下它與「理想與現實」的範疇區別所在）。當然，這一範疇可以具體體現爲人與自然、物質與精神、商品經濟關係與自由人格等諸般同一關係。重要的是，「尋根派」小說家一般都善於從這種存在的對立中獲得主體的超越。他們筆下被揭示的價值對立，大多從一些基本的方面涉及人類的生存問題，這本身就超越了一般社會學的表述。譬如在韓少功的《爸爸爸》裡邊，生存的障礙一方面被突出地加以強調，另一方面又彷佛不曾被人意識到。這種有無相生的命題，顯然隱含著某種歷史的蹤跡。小說中的傻孩子丙崽是一種對立的存在，他可以被人作爲「野崽」耍弄，也可以被人作爲「丙仙」而膜拜；客體價值的含混而不可確認，似乎也意味著主體價值的虛幻。

由上可見，所謂「超越」是在兩個層次上發生的。第一，包含在表現對象中的價值範疇，一般具有大文化背景；通過觀照、反省、認同，與傳統相吻合。這是對現實的政治、倫理的範疇的超越。第二，作家用理解或苟同的態度對待歷史，則是對自己提出的價值範疇的超越。

不過，並不是所有的「尋根派」作家都完成了這兩個層次以上的超越。因爲，至少有一部分「尋根派」作家並不認爲價值範疇本身也是可以超越的。或者說，他們不願以無可無不可的態度對待歷史。如山東的王潤滋、張煒、矯健等，就是其中的代表人物。把他們的主要作品排列起來，可以清晰地看出他們相持一貫的價值傾向。在〈魯班的子孫〉、〈三個漁人〉（王潤滋）、〈一潭清水〉、〈古船〉（張煒）、〈天良〉、〈河魂〉（矯健）那些作品中，無不滲透著重義輕利的傳統人格精神。因而評論界有人把山東作家的「尋根」意識歸諸儒教的入世精神。這種看法儘管尚嫌粗疏，卻有一定道理。

也許這樣說來，像韓少功、李杭育、阿城那幾位，就應該被抹上一層老莊禪玄的色彩了。他們自己或許並不認爲超越是一種虛無的態度，因爲超越本身也即意味著完成了的批判與反思。中國大陸作家實在很少有人能夠眞正超脫世事。據說，韓少功最欣賞前人的一句老話：用出世的態度做入世的事業。一切奧秘都可以從這句話裡去琢磨。

四、世俗的價值觀念與超越世俗的審美理想

已故的哲學家金岳霖先生很早就發現中國人價值觀念中的邏輯悖論。他舉例說，中國有這樣兩句老話：一曰「朋友值千金」，一曰「金錢如糞土」，分別看都沒有問題，但要擱在一起說就麻煩了，朋友居然跟糞土劃了等號。

看來是一個笑話，其實這裡反映著價值關係的曖昧。這兩句話之所以在邏輯上扯不到一起，是因爲這裡邊作爲本位價值的東西恰恰是互爲顚倒的關係。當人們將朋友比作財富時，物質是價值尺度；而將金錢視爲糞土，無形中已將精神的東西提到了價值的本位。

在價值描述中，這種互證的關係構成了一個怪圈。然而，它卻向人們指示著超越的可能。當精神的價值不能用精神來表示，物質的價值也無法以物質來衡量時，互證的相對性便帶出了價值的抽象。

儘管從邏輯上講還是有點彆扭，但是相對性關係畢竟是一種超越的前提。其實，當人們強調「朋友值千金」的時候，說話的意義並不在於金錢本身（眞要拿朋友跟金錢做交換的話，那就不

夠哥們意思了）。金錢誠然作爲一種世俗的價値標準，這時也由於精神的映射而超越了自身。

「尋根派」小說家們不一定從理論上思考過這個問題，然而他們從事物的自然狀態中把握了這種相對關係。或許也悟出了這個道理：正如精神的價值最終不體現於精神本身，藝術的高蹈境界也不在於風雅君子的吟風弄月，不能用「高蹈」二字去證實。因爲世俗觀念畢竟是一種終極的價値「語言」，離開這種「語言」，超越世俗的精神境界就無法得以表述。

在大陸新時期的小說家裡邊，是否重視世俗的價值觀念，著實反映著不同的藝術追求。「尋根派」以外的一些鄉土作家（如古華、張一弓等），習慣從世界以外去把握世界，他們描寫鄉村生活同樣可以寫得栩栩如生，但是這種局外人立場只是給人道主義的理性思考提供了方便。而「尋根派」作家，首先是用世俗的眼光去看待世間的事物。他們喜歡拉扯柴米油鹽，描寫婚喪嫁娶乃至種種風俗人情。當然重要的是，在這種描述中他們有意使自己的審美態度跟人們的日常生活的態度相協調。

譬如，阿城的〈棋王〉用很多筆墨寫了主人公王一生的「吃」，其意義不僅僅是作爲一種觀照的對象，關鍵是主體的觀照態度。古今中外的文學作品寫吃喝宴飲的固然不少，卻罕有阿城這般寫法的，因爲他是用人們日常面對食物的態度來描寫主人公的「吃」。這多少帶有一種禪的「平常心」。正如禪師所說，飢來便食，睏來便睡。阿城很善於從這種生存的基本問題上表現自己的人生態度。當然，所謂「平常心」，也意味著不以作品求道。如此將世俗日常生活的態度引入文學作品，可以在敘述中避開一般社會學的價值取向。

「尋根派」的創作意趣，一般偏重於人的基本生存行爲以及生命的自由狀態。其中包括對人性的探討。所以，許多作品在以世俗觀念介入的同時，構成了價值的二元對立。如鄭萬隆的由十幾個短篇組成的「異鄉異聞」系列，一再展示金錢與色慾，或與人性的對立範疇，同時也寫出了人的某種尷尬境遇。這種情勢不啻是對那些凌越世俗的文明法則的挑戰。「尋根派」小說家對於人的各種慾望的描述表明：愈是在這些最基本的事物中，人類的價值認識愈是沒有把握。所以，二元對立範疇的提出，並不意味著對人的命運的某種邏輯概括。

回到事物本身，命運就說明不了什麼。「尋根派」作家之所以如此重視日常生活的價值關係，也正是因爲從人的基本生存活動中看到命運的虛擬性。如果要眞實地表現人格的自由，可行的辦法就是穿透由政治、經濟、倫理、法律等構成的文化堆積，回到生活的本來狀態中去。眞實的人生，人的本來面目，往往覆蓋在厚厚的文化堆積層下。這種堆積，既有歷史的，也有現實的。

有些「尋根派」作品就直接寫到文化與人性的對立。王安憶的〈小鮑莊〉即爲一例。王安憶也許不能算是典型的「尋根派」作家，但〈小鮑莊〉卻是典型的「尋根」作品。這故事發生在一個古風猶存的禮義之鄉，那個名叫「撈渣」的孩子，由於搭救別人而喪生，被鄉民們視爲義舉，引爲宗族的驕傲，其事蹟又被新聞工具大加渲染。於是，一種可以被稱作「仁」的行爲就硬是被納入到「禮」的規範中去，生發出種種事端。「仁」和「禮」的對立，是中國儒家倫理思維的內在矛盾，「尋根派」作品中關於這種價值衝突的揭示，也是一種對人的文化境遇的描述。在世俗的背景下，「仁」與「禮」的反差十分明顯。

用世俗的眼光去看待人生的歡情與苦難，可以認爲是一種理解。不過這並不等於作家的審美意識與情趣完全止於世俗觀念。因爲理解本身也是超越，正是這種心性導引著超越世俗的審美理想。毫無疑問，藝術表現一旦完成了事物的本來過程，也便產生某種脫俗的眞意，進入高蹈境界。

〈棋王〉裡的王一生說：「待在棋裡舒服。」〈最後一個漁佬兒〉裡的福奎覺得：待在江裡自在。「舒服」和「自在」是什麼樣的價値概念呢？說來也跟飲食男女相去不遠。但是，無疑地，這種世俗的價値尺度卻指示著超越世俗的自由人格。

在「尋根派」作者的心目中，眞正被看作「俗」的東西，倒是某些淩駕世俗生活之上的文明法則或蒙蔽人心的主流文化。

五、文化尋根，歸根結底是反文化回歸

從以上粗略的勾勒中，可以得出一個印象：「尋根派」的叙事態度含有現象學的美學意味。因爲，這裡邊明顯帶有「回到事物本身」的意向性。也許，正是這個原因，批評界對「尋根派」的理論興趣，並沒有隨著「尋根熱」的消逝而喪失殆盡。

八十年代中期，關於「尋根」問題的討論雖然不少，可是由於種種原因卻未能眞正深入。似乎也未見有人從現象學的哲學視點上作出觀察。許多研究者目光集中在題材特點及其文化背景方面，多少忽略了對這樣一種叙事態度的認識。而一些對「尋根派」發出詰難的意見，往往是基於某種粗淺的認識。以爲「尋根」就是簡單地回到古老的文化傳統，是一種文化戀舊，或曰「復古」云云。這種批評既來自某些保守人士，也來自一部分激進分子。八十年代大陸文學進程中，

被形同冰炭的這兩部分人共同指斥的事物，恐怕唯有「尋根」一說。

其實，來自兩方面的看法只是一副眼光。雙方都不願讓文學逃逸意識形態鬥爭的既定格局，因而都不能容忍「尋根派」那種逃避事態的自由化的叙事態度。

說到「戀舊」和「復古」，這裡不能不指出一點：文學史上，大凡標舉「復古」旗幟的思潮、流派，都不是簡單地回到過去，而大多起到推進潮流的作用。如歐洲的文藝復興，亦如中國唐代的古文運動之類。「尋根派」作家之所以標舉「尋根」，其中原委已如本文前兩節所述，首先要從八十年代大陸文壇的實際狀況去考慮。

當然，從內在的審美關係上看，「尋根派」對中國傳統美學精神有很大的繼承面。但這中間選擇的意向也相當明顯，「尋根派」作品中很少有勸惡揚善的教諭，對道德問題也並無太多興趣。對於傳統的「詩教」和「禮樂」精神，「尋根派」小說家亦從未產生歸屬感。所謂「文化尋根」，其旨意並非倡導儒教的修養以重鑄民族性格，而是從藝術方法和美學態度上尋找我們民族的思維優勢。「尋根派」作家既沒有新儒教主義者重建中國文化的雄心，也不像張藝謀那般對「文化」採取淺薄的實用態度。從他們的作品中可以看出，他們承續的主要是老莊哲學中的返璞歸眞、崇尚自然的本體論精神。同時，在人的問題上，他們追求古典的自由人格，這與孔子的「仁」的思想有相通處。

這一切，跟現象學所說的「還原」有很大關係。所謂「還原」，其中一個很重要的涵義就是將文化時空還原爲直接經驗所形成的生活世界。「尋根派」作家以「描述」的態度處理自己的藝術對象，寫人的生存鬥爭，寫民間的日常生活，強調人的基本慾望和世俗的傳統價值觀念，就是爲了把握那個直接的經驗世界。其中，基本的意向在於人格追求。因爲，只有擺脫了包圍著自己的文化時空，回到事物本身，自我才能融入某種自在又是自由的境界。

在實際的精神探索中，「還原」不可能是徹底地回歸自然。所以，「尋根派」在向事物自在狀態追尋的過程中，必然需要某種文化爲依託。但是，在他們找個某個精神支點的時候，至少已經掀掉了表層的文化堆積。

如此說來，文化尋根，實際上也是一種反文化的回歸。這種精神的確立，既體現著對中國文化某些方面的繼承，也有受西方哲學思潮影響的因素。中國文化是一個非常複雜的龐然大物，其內在的分裂由來已久，可是在以往若干時期卻沒有產生應有的活力，而只是形成了封閉的自我循環。在當今之世，受西方現代人文思想的碰撞，中國文化終於開始產生新的精神動力，也即自我否定和再生的力量。

「尋根派」的文學活動，正是在這一文化背景中發生的。由文化尋根，到反文化的回歸，問題可以作不同層面上的探究，然而這中間的轉換關係很值得玩味。

註釋

①這次會議由《上海文學》編輯部、浙江文藝出版社和杭州市文聯共同主辦。與會的作家和評論家有茹志鵑、李子雲、周介人、李陀、鄭萬隆、陳建功、韓少功、吳亮、南帆、許子東、陳思和、阿城、蔡翔、程德培、季紅眞、李慶西、李杭育、黃子平等二十餘人。筆者作爲主辦單位之一浙江文藝出版社代表出席會議。

②韓少功：〈文學的根〉，《作家》一九八五年第四期。

③鄭萬隆：〈我的根〉，《上海文學》一九八五年第五期。

④李杭育：〈理一理我們的根〉，《作家》一九八五年第六期。

⑤阿城：〈文化制約著人類〉，《文藝報》一九八五年七月六日。

⑥高行健：《現代小說技巧初探》，花城出版社，一九八一年九月版。

⑦劉心武：〈在「新、奇、怪」面前〉，《讀書》一九八二年第七期；王蒙：〈致高行健〉，《小說界》一九八二年第二期；馮驥才、李陀、劉心武：〈關於當代文學創作問題的通信〉，《上海文學》一九八二年第八期。

⑧杜夫海納：《美學與哲學》中譯本第三〇—三一頁，中國社會科學出版社，一九八五年五月版。

⑨黃子平：〈論中國當代短篇小說的藝術發展〉，《文學評論》一九八四年第五期。

回顧先鋒文學

——兼論八十年代的寫作環境和文革記憶

吳亮

大約在八十年代中期（一九八四至八五年是一個重要時刻），大陸文學開始出現了更多的離心傾向。在不徹底的文革歷史反省（它常常被描述爲一種錯誤與邪惡）、改革樂觀主義（克服障礙和光明前途是它的兩大主題）、與官方宣傳相配合（時而是開明的時而是維護舊教條的）、羞羞答答的民主口號（煽情性的、學究氣的、附加不少限定詞的）、有保留的人道主義鼓吹（對人性、善和愛的馬克思主義解釋）、作家干預社會事務並鞏固剛爭取到的那一點發言特權（不少作家不僅在扮演民衆代言人的角色，而且已經進入了話語權力體系或者處在一個象徵性的位置上）的現實情境中，一些年輕的、富有活力的文學離心分子（他們來自知青一代或更晚些時候出生、缺乏閱歷、直到八十年代才找到表達方式的「無根的一代」）卻針對上述形形色色的新工具論，通過自己的寫作，將文學變成另外的一種訴求與回答。

不能參與話語權力的再分配，被隔離在主流意識形態之爭以外，寫作環境的緩衝地帶的形成，快樂的、個人化追求的滋長，寬廣的大量的閱讀媒材的刺激，遊戲的可能，避開當下尖銳問題轉向鄉愁和詩性的想像，從一種風格迅速而靈活地轉移到另一種風格的嘗試，知識和摹仿，破損的、分裂的、去除精神深度的晦澀表達，挪用外來主題、意識和句型，塑造舊的或新的人物形象——這一切，既是先鋒文學及其推動它的文學離心分子的共同背景，也是由此而帶來的寫作後果。

在當時，上述種種存在於現實情境的邊緣或縫隙中的問題，是處於社會派文學主流的視野之外的。那幾年中，錯綜複雜的權力／意識形態衝突的升降起伏，使社會派文學主流依然不可避免地成爲參與戰鬥的工具和附屬品。寫作和參與是同義語，而參與本身，則始終是被控制的、不充分的、有限度的，因而也總是不可避免地形成假象。「多嘴的」社會派文學主流（而不是「多聲部」的。只是先鋒文學的產生才促成一個多聲部的寫作景觀）或者因權力／意識形態的寬容與鼓勵而喜形於色，或者因權力／意識形態的緊縮與貶斥而憂心忡忡。這種反覆無常的文學境遇所暴露的不自主性，非但沒有導致文學主流對權力／意識形態中心的疏離，反而出於生存利益的考慮和對新文以載道主義的持續信奉，加劇了進一步捲入的欲望和過程。

相較而言，由於身分和來歷的不同（先鋒文學的推動者是文學主流形成後的遲到者，也是歷史經驗的匱乏者），先鋒文學的推動者們本來就處在一個遠離中心的位置，他們似乎更清楚自己與權力世界的疏離，常常生活在政治論爭和社會焦點之外（儘管政治和社會總是猝不及防地把自己的龐大影子投射到他們的個人環境和經歷之上）。他們的站位使他們無法看清現實的全貌，無法把那些零碎的見聞歸納成一幅完整的社會圖景（他們不相信人可以知道所有眞相和事實的神話）。同時，這些文學中的離心分子又不能接受異己力量的支配，更不用說去爲之效勞了。寫作是脆弱的，它禁不住外部世界的輕輕一擊；寫作又是強有力的，只要它超越干預外部世界的實用法則，就能在寫作／閱讀的精神傳播中生效，並影響一個時期的文學、思維方式以及話語方式。

在回述一九八四年至一九八五年，年輕的文學離心分子（馬原、韓少功、莫言、殘雪、劉索拉、張承志是這一時期的重要人物）開始走向形式主義、詭異和象徵、酒神精神、心理分析、自由派和新民粹主義的道路，走向實驗性的、不留聲跡的、小圈子型的和極富挑戰意味的道路時，我們不能忽略那是在一個文化控制相對放鬆的歷史情境中。當時，受到官方禮遇並被委以重任的作家們（特別是社會派作家）相信，文學的黃金時代正在到來。作家是教育者、民情上達者、和官方保持一致的政策執行者，也是這個時代責無旁貸的禮讚者以及記錄者。在這種無可爭辯的共識之下，促進並造就文學的繁榮是理所當然的。而要達到繁榮，則必須意味著這個寫作環境應該是自由的，作家也應該是各抒己見的（「創作自由」在當時已不止是作家們的籲求，而且已成爲官方的再三承諾），允許不同的風格和寫作方式，允許不同的流派和美學傾向。所有這一切，都矛盾性地構成了先鋒文學的「發表環境」。

差不多時間一同興起的尋根文學和先鋒文學很快就成爲八十年代中期大陸文學的兩個重要側翼，從表面看，它們都放棄了對社會所作的承諾，越來越成爲作家個人的精神產物和表達方式。在這種個人性的寫作中我們可以親睹一個相對主義的文化景觀，它預言性地展示在我們面前。先鋒文學似乎背離了社會的緊迫需求，收縮了自己的視線並關閉了通向時代的大門（這一度是先鋒文學受到指責的理由）；但是，這些迴避時代和當前社會、似乎純粹是個人化的陳述其實正反映了八十年代文化的重要精神徵狀：抵制、懷疑、不以爲然、嘗試、摹擬和轉引以及對個人情感和內心體驗的高度重視。當背離社會成爲一種傾向時，這一傾向也便有了社會性（關鍵在於，在什麼是社會性、什麼是時代精神這兩個問題上，一直存在著解釋的優先權，它是屬於官方的或者是社會派文學代言人的），這一社會性首先表現爲自身的分裂和缺乏凝聚力，次要的文化正在改變它的失名狀態。在這些文學的離心分子看來，八十年代的現實狀況和精神仍然是不容樂觀的，它們缺乏魅力，根本激不起熱情和想像，實用主義全面抬頭，而舊教條隨時可能復活。陷身於務實的、淺表的生活，扮演新的社會角色，精神價值被削弱，意義在權力更替中逸失或者移交，成爲一種漂流和滑動的臨時標籤。在文化闡釋和文學主流內部的主題互換中，寫作已經變得毫無意義了。

因此有必要重提先鋒作家和時代關係的問題。先鋒作家和時代的關係並非是畫家和風景的關係，而是渴望自由的囚徒和牢獄的關係。時代是一種宿命的安排，是任何生活於其中的個人都不能自由選擇的。但是，人（現在是先鋒作家）可以通過藝術的途徑（現在是寫作）來突破那種宿命。這就是藝術和宿命、先鋒作家和時代的辯證關係。先鋒文學同樣是時代的產物，儘管它無意於成爲時代的鏡子，不過從中我們仍然能看到「時代的影像」，被無聲地收藏在先鋒作家的作品之中。

先鋒文學的早期代表人物多半從「知青族」中產生。在七十年代末至八十年代前期，他們其中的一些人（張承志和韓少功）已經在書寫各自的青春歲月。他們（包括一九八五年前後才引人注目的馬原、莫言、劉索拉和殘雪）和前述的社會派主流文學的一個很大不同之處，是對放鬆控制、強調經濟和物質利益、有了更多的機會的八十年代歷史情境（那時人們通常將它稱作「新時期」）並沒有熱情謳歌的願望和相應的合作精神；相反，他們總是表現出一些不協調的情緒——迴避城市生活、對經濟改革沒有興趣、沉溺於往事或者噩夢、關注人的生命本能、調侃現實、揭示人性中的惡、陶醉於古典抒情、遊戲態度以及泛宗教情懷。

韓少功是個懷疑論者。他寫作很早，七十年代末，他曾經參與了傷痕文學運動。他一度是寫實的，用並不奇詭的、明白易懂的規範化語言寫小說。故事雖然很動人（如《月蘭》、《風吹嗩吶聲》），可是除了那種眞誠、粗淺的人道主義和細膩的描寫，那些小說並沒有太多的個人創意和深度。那時候，他的想像潛能尚未得到激發，小說在他還僅僅是一種抒發或代言。過不多久（看來韓少功是足夠明智和富有遠見的），在傷痕文學行將退潮之前，他便中途撤出，閉門讀書輟筆達兩年之久。八五年始以《爸爸爸》復出的韓少功變得深不可測，這部啓示錄式的現代寓言作品爲韓少功贏得了新的名聲（他的歸屬是雙重的，既是尋根派，又是先鋒派）。此後，他的小說有了與衆不同的想像及風格，一種幽靈在他的小說中遊蕩，它時而是歷史亡魂，時而是依稀往事，時而是政治噩夢，時而是若即若離的時空。他的懷疑論傾向是隨著以後幾年《歸去來》、《女女女》、《謀殺》的相繼發表而愈演愈烈的。這時的韓少功不再是一個對未來充滿樂觀的希望的人，他對行將到來的一切都有著戒備和不信任。他是很富於理性的，懂得節制和自控。民主立場和務實精神構成他入世的一面，但是他的藝術洞察力則總是看到這一切背後的虛無性質。韓少功是過分認眞的，他懷疑而不消極逃避。文革記憶肯定是他小說的重要來源，他對愚昧、專制下的黑暗、殺戮、個人的橫遭厄運充滿了悲憫。他用象徵和懷舊的方式去展現它們。與此同時，韓少功並沒有沾沾自喜地慶幸今天生活在「新時期」。在《女女女》中，現代性同樣被擺到一個被質疑的位子。

從歷史記憶中產生又超越歷史判斷，用寫作來向人的生存進行提問，卻絲毫不捲入當時的生活漩渦，這是先鋒文學的一個特徵。張承志是必須提及的，他顯然是屬於青年左翼的或者是作家中最後的烏托邦主義者。六十年代中期的那場紅衛兵激進運動在他無疑是個極爲重要的事件和經歷，半是虔誠半是反叛的精神種子當時便已播下，時至八十年代仍然得到了延續。作爲下鄉知青，張承志在草原的生活經歷使他有可能接觸到純樸本眞的牧民，同時也保護了他心中的那一方淨土。這段生活後來成爲張承志許多小說的基本場景，一些基本概念也因此不斷被重複（反現代性、神話、母語、不死的傳統、殉道和獻身精神）。張承志的先鋒性表現爲一種個性力量，它是反平庸的、崇尙自然的、抒情性的和含有民粹意味的。在小說叙事上，張承志也是最早使用意識流手段的作家之一（從《綠夜》、《北方的河》一直到《金牧場》），他在他的小說中輕訴著、嚎叫著，他在其中感受到並強化了那種智慧的苦悶和情感主義的孤獨。張承志就氣質而言他永遠是城市生活的局外人，他寧肯生活在自然中、歷史中和偉大的先知的亡靈中（經由史籍閱讀、想像、旅行和寫作）。他絲毫不敢玷汙傳說裡的聖者、無名藝人、殉道的教徒和質樸的平民，他對他們緘默無語，在緘默中他觸及了永恆之門，以此來抵抗現實中的庸俗和大範圍的精神墮落。張承志的先鋒性和挑戰性就是這樣體現出來的，反對物質主義的淺表文化，深入到過去的時代和地域。回述歷史，讓它們繼續對今天構成影響，滲透進一個繁榮而內質空虛的時代。張承志的《北方的河》和《金牧場》曾經是戰鬥的，它的對象是精神變質的八十年代。到了九十年代，《西省暗殺考》和《心靈史》索性取消了它的當世敵人，完全沉湎到史的想像中去。現實不再存在，它失去份量。只有歷史沉積物才煥發出眞正的特性——這就是一意孤行的張承志的回答。

張承志小說中內在的敵意和反現代性，由於被一種抽象的人民性和抒情化行文所掩蓋，它在當時常常被理解成理想主義的典範。在八十年代中期，引起人們驚異的（張承志要麼讓一些人仰慕，要麼讓另一些人覺得背時）先鋒作家，還有兩個極爲重要的名字：殘雪和莫言。

在八十年代的所有女作家中，殘雪是最富幻想力的。她賦予她的幻想以卡夫卡式的寓意和超現實的景觀，在一種似乎是與世隔絕的粘潮氛圍中（她一九八五年初發表的第一個短篇小說〈汙水上的肥皀泡〉預告了這一點），殘雪向人們陳述了一個永不完結的噩夢，這噩夢裡總有地窖般的陰暗，總處在隱形看守的監視之下（它那種無所不在的窺視者讓人想到文革迫害的強迫記憶）。殘雪的絕望部分來自她的家庭遭遇，部分來自她對人類病態的敏感，同時還來自對人性醜惡眞相的無情揭發。八五年晚些時候殘雪發表了《山上的小屋》（此後她的小說不斷出現在各種有影響的文學期刊上），它使人顫抖、恐懼、驚異，人們不淸楚它的涵意，感到費解，他們似乎是誤入陷阱。這種曲折變形的敘事固定在一個封閉空間中，類似虛假的堆滿穢物的舞台、廢墟、地下室、夢魘、恐怖電影，它們釋放難解的信息又在吸入來自各個角度的目光，使之在其內部迷失。事實上殘雪的小說裡多少能讓我們讀到傳統禁錮、檔案政治、告密、僞道德、謠言、異化者的鏡中形象和市民群體的莊嚴表演，而這莊嚴表演又不斷露出無聊的、看客式的和慢性折磨的虐待狂意味。殘雪是個十分罕見的小說家，她的知性能力和她的幻想能力同樣發達，這兩者的混淆，使她的真誠、裝瘋賣傻、惡作劇、幽默或反幽默、閃爍其詞和故意以反諷姿態出現的自我解釋統統糾纏不清。噩夢感是殘雪小說的輻射中心，各種微不足道的猥瑣事件和形象都從這個輻射中心、從小說內部，凸顯著永無了結的恐懼。通過轉喻，使事件和形象一起變質。那是一種弱型的，對外來傷害措手不及；時時感到被入侵，得不到保護；時時覺得有「他人在場」的恐懼。在她的小說裡，不斷地出現孔洞、孔穴、縫隙的視覺圖像，這無疑指喻著被窺探的擔憂，害怕裸露和洩漏，以及由於這種害怕和擔憂而加劇的猜疑症、被窺視狂，乃至相互折磨、搏鬥直到登峰造極的程度。《蒼老的浮雲》、《黃泥街》和《突圍表演》就集中地體現了這些特點。殘雪的作品提供了某種過敏的心理經驗和描繪這經驗的乖戾方式，她用一種近乎胡言亂語的夢話向人們顯示出一個臆想的也是無比真實的世界，也向人們敞開了一條「通往心獄之路」，那個世界當然不單純是文革歷史的變形圖，但它至少是文革記憶（這種記憶可以追溯到五十年代的知識分子迫害）的一幅變形圖。

相對於八十年代那數量甚多的文革與寫實作品，殘雪的徹底性是獨步的（也許，寫實作品有它的不可逾越的困難，特別是它只要不加掩飾地進行回顧性揭露，就將陷於個人悲劇的展布與傾訴中。而大規模的如實描述，則不僅會帶來麻煩，並且還面臨材料掌握不足的限制）。她的小說場景是抽象的、表現的、寓言性的從而也是充分自由的。殘雪淋漓盡致地用她的自由幻想締造了一個最無自由可言的生存處境，以及在這處境中人性自由的徹底喪失。

與殘雪的壓抑型噩夢相比，莫言的夢處在另一個極端：浪漫主義、嗜血、自由無拘的性愛、生命力的狂放、不受文化禁忌的制約（他的《紅高粱》集中了這些特徵）。莫言在一九八五年突然地奪人眼目，他創造了外在於時代的鄉村神話。莫言世界中的鄉村祖輩，不再是習以爲常的含蓄、端莊、忍耐或溫柔敦厚，他們衝動、不拘形跡、視死如歸並充滿進攻性。當時，尋根文學正處於上升期，有關傳統文化的論爭也在平行地展開。但莫言並不屬於尋根派作家（雖然他的寫作素材基本來源於他的鄉村和與之相連的兒童記憶），因爲他小說中的英雄和孬種，極少有中國道德文化的烙印。他們是隨心所欲的，行爲的依據不是文化規範，而是直接的本能召喚。莫言噴洩而出的靈感和對文字的恣意縱橫的使用，在一九八五年產生了一連串的震動——它影響了寫作環境，語言開始在叙事領域不受邏輯支配，也不受事實的回收，它漂浮在傳奇故事的表層，並且深入傳奇故事的內核。沒有人能像莫言那樣寫作，特別是社會派作家，他們尋找的是物質素材和觀念主題，而莫言，卻憑著天賦製造了語言場域。

一九八五年大陸文學的「混亂」已經是不可逆轉了（有人把它稱之爲繁榮、多樣化，也有人充滿了疑惑，表示「看不懂」）。不斷有年輕的或更年輕的人物登場，文學成了各種情緒的匯流地點。統一主題崩解了，到處是迷思的先兆，遊戲的碎片，閱讀的筆記和情感的殘骸。現實本身也在變動不居的流程中，先鋒文學當然不可能完全迴避這一點（每一個先鋒作家都有自己的特殊境遇和處理個人寫作的自主方式）。它同樣可以成爲現實的折射鏡。

當現實進入變動、無序、充滿機會和可能性狀態時，大學的自由主義潛力便要抬頭。作爲這一代自由派青年的象徵，劉索拉和她的成名小說《你別無選擇》是當之無愧的。這部從大學校園爲背景的小說標誌著一種新文化的誕生。八十年代擴展開來的自由派思想，很奇怪，它不是由思想界發動的，而是無引導地自發形成於青年人的生活形態之中。這種思想的來源十分複雜（文革廢墟、幻滅、外來讀物、適應性、價值廢黜、享樂主義、個人、自我選擇的滑稽變質、反權威），沒有公推的精神領袖，它完全是以個人的抉擇和非責任化來表現的。劉索拉對這一無導向的自由派思想有著內在的響應，她彷彿成了一個「寫實型的記錄者」。在劉索拉以後的小說裡，我們再三發現，它們總是和音樂及音樂家有關。這固然和劉索拉本人的職業與趣味有密切的聯繫，但是，在那個時候（更不用說九十年代以後了），如果說有什麼藝術形態最重要、最具吸引力，那就「別無選擇」地要首推音樂了。《藍天綠海》和《尋找歌王》預告了一種漂泊的、在異鄉的自由生活，而《你別無選擇》則提供了一個有待突破的「教育囚籠」，有許許多多困獸在裡面左右奔突。劉索拉表達了傳統教育和僵化的等級體系對這代人的壓力和不適感。一切正統角色在青春活力面前只剩下近乎滑稽的嚴肅表情。問題是，這所有青春活力的承擔者都有太過的剩餘精力和太過的閒置的聰明，他們反叛或野心勃勃，他們實用或無所事事；他們垮掉或變得嬉皮，他們自私或貌似虛無。這一代人，是行動先於目標的，也是存在先於本質的。他們看起來達到了輕鬆自如，但是在這背後卻有一種無信仰的悲哀。八十年代的遊戲精神在孕育之中，而劉索拉既是它的序曲也是它的記譜員，在她的曲譜上我們聽到的就是自由主義的旋律。無確定目標的自由生活是那一時期青年人的重要目標，它是一種盲目的力量，既可以使人們狹隘自私，也可以把人們推進集體的狂歡和慶典。八十年代後期的現實演變證實了劉索拉的預感，自由並非是無邊的權利，它的對立面始終存在。現實往往會踏回到原來的腳步上，因爲干預現實的優先權事實上並不掌握在尙未進入社會權力階梯中的青年人。

幾年以後，八十年代末到九十年代初，我們時代的青年終於成為職業候選人和文化消費人的雙重角色，他們的浪漫情感不再有大規模進行狂歡和革命慶典的表達機會。這其實都可以在劉索拉小說中找到最初的蹤跡，儘管當時她可能認為壓制力量是可以被削弱的。

只有馬原才是一個眞正的形式主義者。他那篇發表於一九八四年的《岡底斯誘惑》已經顯示了他作爲大陸先鋒文學的技巧大師所具備的各項才能。他游離在八十年代的文化核心之外（馬原不僅長期生活在西藏，而且把西藏作爲他寫作的不盡素材和想像背景），也游離在文學主流之外，甚至還游離在各種改扮過了的文革記憶之外（只是他稍後的《錯誤》和《上下都很平坦》才寫到文革後半期的知青命運）。作爲敘述至上論者，馬原爲八六和八七年以後的先鋒文學開闢了道路。寓意、深度、隱喩、象徵、反抗，這些八五年先鋒文學的精神向度和美學風格，慢慢被隨後的先鋒作家以及他們的寫作所消解。洪峰、蘇童、格非、孫甘露、北村、潘軍等更年輕的先鋒作家相繼登場，迎來了一個時間長達數年之久的寫作狂歡節，只有余華一人還保持著前期先鋒文學的精神深度。

馬原第一個（就八十年代的大陸先鋒文學而言）把虛構性、時間、敘事人放在顯眼的地位，他的作品富有想像力，自我纏繞，炫耀智力和寫作中的享樂感。他善於編造撲朔迷離的故事，玩弄敘述圈套，又常常從完整的故事中游離出來，把敘述者引到前台。馬原熱中於神秘主義，死亡、性、謀殺、奇遇、珍寶、無因的變故、被掩蓋的眞相，這些都成了馬原小說中的故事要素和重要閱讀單位。

自傳式的寫作症候，不僅在馬原那兒（同時還有莫言），而且波及到更多後起的先鋒作家的敘事作品中（比如洪峰的《奔喪》和《瀚海》都假借自傳式口吻，去描述那些冷漠的、局外人的感受）。馬原的「自我登場」，本來是寫作的個例。但是，當更多的先鋒作家都在因襲這種自述視野的時候，就不只是一個簡單仿效的問題了。自傳式，或者以第一人稱回溯家族往事，乃是八十年代發展起來的自戀主義的一個投射結果。自我鏡像是許多先鋒文學作品的基本立足點，它是主體的一次再發現，也是對客觀世界表達不信任的代替物。個人和自我不再是文學所要闡揚的一個價值符號，而是直接經由自我鏡像的完成，使之成爲一種書寫中的存在者。

在自戀、敘述魔力、快樂寫作的另一端，余華的小說爲我們展示了一種驚人的看待生存的方式，即絕對的冷觀。《河邊的錯誤》、《一九八六年》都把對人的殺戮或自殘放到了外科手術台上，使它們脫離情感的時空背景，孤立地顯示了一種生命解體的純物化過程。不作評價的超善惡描寫，引出的結果當然是「無動於衷」的（有可能，它暗示了文化價值的假定性以及由此而來的情感無效）。在余華小說的場面描繪和過程記錄中，我們似乎目睹了一場冷漠無情的解剖試驗。我們心中不斷被激起的厭惡感、驚悸和神經抽搐，都在那個幾乎是抽空了人性反應的陳述者面前變得十分的脆嫩。貫穿在余華小說中的視角，彷彿不是來自某一個人，而是來自一架攝像機，因而總有一種超人的或者說非人的意味。不清楚這些小說是否有著政治或道德上的隱喩，但仍然不能排除這些小說和某些政治場面及道德場面的相類似，比如程序化的絞殺和緩慢的虐斃。我們可能還會聯想到個人的或歷史的（專制時代、近代史或者文革記憶）噩夢，以及躲藏在四周的隨時可能降臨的危險。余華的語言一般是不深奧的，他的敘述平平常常從容不迫，他的小說畫面清晰，這種日常性加深了刺激與恐怖（殘雪的恐怖是幻覺中的、高度變形的）。在余華的敘述中顯示了鋸齒的力量，它慢慢地鋸著我們的日常神經，撕破我們的日常視界，使之開裂，從那個可怖的裂縫中窺見另外一個非人的世界。

余華，還有前述的殘雪、劉索拉、莫言、張承志、馬原及韓少功（當然還有別人），從各個方面攻擊了八十年代中期盛行的那種膚淺的樂觀主義和歷史進化論。他們介入寫作，通過改變寫作進而影響了那個年代的自我認識。因爲他們的存在，八十年代初建立起來的文學統一形象四分五裂了。先鋒文學象徵性地轉變了這個時代的言說方式，這種質變使得社會派文學主流成爲一種消極延長的、仍在持續的寫作方式。時至今日，我們已經記不起在八十年代中期以後，社會派文學還有些什麼作品繼續保留在我們的印象之中。眞實的、有力量的寫實作品在大陸文學始終很難湧現，因爲它無法和環境及剛逝去的歷史事件（例如文革）正面相對和投入戰鬥。當寫實僅僅是一種描寫手段時，精神上的不徹底就會給這種徒具寫實外形的作品蒙上一層虛假的陰影。七十年代末，是文學主流的形成期，寫實主義一度和改革力量進行了有效合作。而這種合作不管有多少歷史功績，卻隱伏著它日後成爲工具的危機。這種危機，不僅爲先鋒文學的興起所證實，也爲稍後八十年代末的社會震盪所證實。

與此同時，先鋒文學的危機也來臨了（比它更早，尋根文學在它後期因歷史主義的復活和狹隘鄉土理論的捲土重來而喪失它的革命性後，就作爲一種短暫的運動載入史冊了）。一九八七年以後，先鋒文學不再使人「震驚」；它的後繼者們發展出另一種寫作：綜合化、平面性、文字遊戲、援引、拼湊風格、奢談、逃離現實、重述史典或近代通俗故事。

產生格非、蘇童、北村、孫甘露等先鋒文學後繼者的原因並不單純是走在稍前的馬原、莫言與洪峰——還是因爲八十年代中期的寫作環境，以及這個時期的歷史情境，使先鋒文學漸漸從社會性失效的危機中走出，封閉在一個小得多的文學圈子內部。

八十年代中後期，物質至上主義、經濟改革、商業化進程、權力危機使大陸整個文學界迅速邊緣化。文學內部的論爭已喪失它原來在社會中的廣泛效應，大衆傳媒、娛樂業和各種文類（新聞紀實、通俗小說、傳記和消遣性雜誌）分享著這個時期的表層話語。先鋒文學的後繼者不再指望他們的作品會有強烈的回應，寫作只能是寫作本身，它是讓人愉悅的、擺脫指物的、非典範的、回到文學史的。

當代生活的貧乏和枯竭，文革記憶的淡薄，使先鋒文學的後繼者走向拼貼和裝配的技術道路。他們完全被隔離了，沒有什麼可供他們去表態，或者去回顧。他們的精神狀態已經逃亡在外，閱讀和寫作，這就是他們的現狀。

在格非（迷魂陣式的）、蘇童（頹廢和憂鬱的）、北村（逃亡或歸鄉的）、孫甘露（製造箴言的）這些先鋒文學後繼者當中，孫甘露也許是一個最爲極端的例子。

孫甘露很像一個語言的煉金術士，他寫的作品很難說是小說。他的文字是拼貼的、自我衍生的、反敘事的。孫甘露用他的想像作爲一扇門，對日常現實進行了退出。「進入文字」，是孫甘露寫作時的重要快樂之源，幾乎是一個誘惑性的動力之源。《訪問夢境》幾乎是看不出國籍的，它爲我們奉獻了一個面容不清的行吟詩人，他遊蕩於歷史與神話之間，未來與想像之間，書本與文字之間。在他那裡，日常生活、歷史和文獻是三位一體的。日常生活進入歷史，歷史進入文獻，文獻是一切事物及事件的歸宿和葬身之地。孫甘露的小說，總是試圖從文獻入手，回溯它的歷史，直到它再次成爲霎間性的日常情態。不過，他意識到這一切最終是徒勞的，《米酒之鄉》，作爲孫甘露另一篇小說《彷彿》的書中之書，就向我們和他自己發出了意味深長的告誡。孫甘露的小說純粹是一個靜止的語言烏托邦，一片文字構成的經典的廢墟。在凝固的昔日時空中，總有夕陽的殘照把一抹最後的光投射在這廢墟之上，那正是後人的回憶目光的象徵。已逝的日常生活、歷史與文獻只有經由這些仍然活著的後人才能獲得保存，而所有仍然活著的人，也終將進入歷史和文字，供後人再次緬懷。孫甘露逃避現實和未來，遁進歷史和文學，虛擬出箴言式的文字迷宮在其中徜徉。這是對有限生存的突破和綿延的絕望努力，完全把現實摒棄在身後，然後將寫作視爲和現實相對峙的另一個現實存在。

先鋒文學和環境及文革記憶的銜接，到八十年代的後期逐漸脫開了。它開始在平面滑動並向過去的各種文本覓取素材，挪用，回收那些曾被拋棄的傳統，沿襲舊小說的模式，佯作高深，意義的抽離，字詞的刻意講究，寫作所能借取的材料在數量上不斷增長。由於針對性的減弱和對讀者涵蓋面的縮小，先鋒文學愈來愈顯得是一種書寫的事件，我們不再能從中找到和現實的對應關係，甚至是曲折的隱喻關係。

當後期先鋒文學在它內部受到不耐煩的批評家質疑的時候，一九八九年的權力／意識形態震盪一下子上升爲大陸的唯一焦點。由於環境的逆轉和隨後的文化緊縮，先鋒文學的延續暫時中斷了。

回顧八十年代的大陸先鋒文學，它是當時的文化走向離心的一個結果。先鋒文學的形態是迅速變化的，這是它在長期失語症之後自我治療的必然表現。由於和權力、意識形態、社會派文學主流的疏離，它始終未能在大範圍中對八十年代的文化產生影響。先鋒文學過早的小圈子化，加上環境的逆轉，這就是它為何在八十年代末幾乎銷聲匿跡的原因，也是它的主要成員或者不再寫作，或者在九十年代來臨之際，立即和現代媒體（電影或電視）形成「同謀關係」的原因。但是儘管如此，八十年代的先鋒文學作為當時最有活力的寫作，已經載入文學史，這是無可爭辯的。

沒有主義

高行健

剛看到瘂弦的一篇文章〈年輪的形成〉，說到西化與傳統與鄉土之間的這類爭論現今已無意義，我也深有同感。這之前，劉再復也有一篇〈告別諸神〉，談到本世紀以來的中國文學的官司都是在外來的命題下進行，未曾跳出他人的陰影。現實主義、浪漫主義、現代主義，以及加上種種定語諸如「新」與「後」、「批判」與「革命」、「社會」與「民族」與「階級」的主義，都弄到文學頭上，將本來就不勝脆弱的中國現代文學壓得喘不過氣來。文學批評更是如此，數不清的主義和繁不勝繁的定義，擠得文學往往祇見旗號，難見作品。西方的主義有自己的土壤，源遠流長，魯迅主張拿來固然不錯，但拿來主義，則過於極端。況且能都拿得來嗎？我以爲不必照現代西方文學的路重走一遍。拿來多少是多少，作家一旦化爲自己的東西，那原本的主義已大大走樣，再去辨證，已無必要，更不必再硬扛別人的旗號。

文學創作向來是作家個人心血來潮，同主義沒有多少關係。倘若去演繹某種主義，這作品肯定遭殃。誠然，不同的作家有不同的文學觀念和不同的藝術方法，要留不下有生命力的作品，再新鮮的觀念和方法也總有過時的一天。我雖然有自己的文學觀，也重視藝術形式乃至技巧，西方文學，尤其是西方的現代文學的許多觀念與方法給我很大啓發，可並不認爲照搬過來這就能導致好的作品。因此，我更看重作品，不想給自己貼上個主義的標籤。

一九八一年，出版了我的一本小冊子《現代小說技巧初探》，本想爲我的那些不合大陸當時規範的小說開路，王蒙和幾位作家又就此發表了幾封信，便惹來了一場「現實主義還是現代主義」的批判，我便成了現代派。一九八三年，《車站》一劇在北京禁演，我又成了荒誕派。一九八五年，《野人》一劇大有尋根的味道，尋到漢民族的民間史詩〈黑暗傳〉，幸好當時胡耀邦掌權，文化上較爲開明，沒弄成甚麼派。一九九〇年，《逃亡》一劇的發表，便定爲反動派。中國文學的災難在於總有個裁判，由此定出一套又一套政策、方針、路線、原則、規範、樣板、是非、主流與非主流，不入流的便入批判、掃蕩、清除、打殺、查封、銷毀之列。

我應該說，無論政治還是文學，我甚麼派都不是，不隸屬於任何主義，也包括民族主義和愛國主義。我固然有我的政治見解和文學藝術觀，可沒有必要釘死在某一種政治或美學的框子裡。現今這個意識形態分崩離析的時代，個人想要保持精神的獨立，可取的態度，我以爲祇有質疑。我對於時尚和潮流，也持這種態度。因爲，我已有的經驗告訴我，群衆運動和大衆的口味，如同所謂的自我，都不必推崇，更迷信不得。

我作爲一個流亡作家，唯有在文學和藝術的創作中才得以自救。這並不是說，我就主張所謂純文學，那種全然脫離社會的象牙塔。恰恰相反，我把文學創作作爲個人的生存對社會的一種挑戰，那怕這種挑戰其實微不足道，畢竟是一個姿態。

文學一旦脫離現實的功利，才贏得充分的自由。文學是人類在求得生存之後的一種奢侈，人之所以需要享受這點奢侈，是作者也是讀者爲人的一點驕傲。這也就是文學的社會性，對現實社會總有點揭露、批評、挑戰、顚覆、超越的意味。

可是，把文學的社會性僅僅限制在政治功能或倫理規範狹小的框架裡，把文學變成了政治宣傳和道德說教，甚至成爲政黨派別鬥爭的工具，則更是文學的不幸。中國大陸的文學至今尙未徹底從中解脫。這一個世紀以來的中國現代文學被政治鬥爭弄得疲憊不堪，從上個世紀末到這個世紀末，中國作家終於贏得了這麼個機會，從文以載道的巢穴中爬了出來，可以發出個人自己的聲音。

文學原本就是個人的事情，不妨可以當作個人的一番事業來做，也可以只抒情遣興，或佯狂囈語、自我滿足，當然也還可以干預時政。要緊的只是別強迫他人，自然也容不得強加的限制，無論這種限制以何種名義，國家還是政黨，民族還是人民，將這類抽象的集體意志賦予權力的形態都只會扼殺文學。

脆弱的個人，一個作家，孑然一身，面對社會，發出自己的聲音，我以爲這才是文學的本性，古往今來，中國外國，東方西方，未曾有多少改變。至於作家如何表述，方法與技巧，尙在其次。首先是有話要說，才有如何說法，亦即內容與形式的相互關係，文學祇有先確認自身存在的必要，才談得上由此而來的藝術。

二十世紀的西方現代文學史，一個個主義和流派的更迭，似乎恰恰相反，形式和方法彷彿成了文學演變的動力。這也因爲西方國家先已完成了現代資本主義社會的演變，作家自由表述已成共識。當然也還時時發生政治權力對作家的壓迫，譬如，德國、西班牙法西斯上台，蘇俄共產主義極權，作家不得已便只好流亡。這也就進一步促成西方現代文學思潮的國際化。作家從民族國家的意識中解脫出來，純然以個人的身分面對世界，祇對自己賴以寫作的語言負責，語言的藝術便居爲首位，如何說便不知不覺替代了說甚麼。

正是在這意義上我重視語言，可我並不認爲語言的藝術就囊括了文學。我爲自己贏得表述自由的時候，才傾心於語言。我有時甚至遊戲語言，可這並不是我寫作的終極目的。而語言的遊戲對作家往往是一個陷阱，如果這遊戲背後不能傳達通常難以表達的意味，即使玩得再聰明、再漂亮，也徒然祇是某種空洞的語言形式。我所以找尋新的表述方式，祇因爲常規的語言限制了我，無法把我的感受表達得十分貞切。我努力追求能更爲貼切表達我個人的感受的時候，西方作家普魯斯特、喬依斯和法國新小說派的一些作家給我很多啓發，他們對意識和潛意識的追蹤以及對敘述角度的建構也促使我研究漢語同西方語言的差異。我進而發現漢語的詞性無定形，主語賓語可自由顚倒，動詞無人稱、無時態的形態，主語可以省略，以及無人稱句的普遍使用，凡此種種，《馬氏文通》以來套用西方語法的漢語語法應該重寫。從漢語結構的許多機制可以引發更爲自由的表述方法，我自己稱爲語言流的寫法便從中發端。

將漢語同西方分析性語言相比，主語人稱和時態形態沒有那麼多限制，在表述人的意識活動的時候，語言使用十分靈活，而有時又太靈活，以至於往往容易造成思維短路和語意含糊。我一直在尋求一種對現代人豐富的感受能表達更爲貼切的漢語，寫過一系列的中短篇小說，直到〈給我老爺買魚竿〉，才見端倪。現實、回憶與想像，在漢語中都呈現爲超越語法觀念的永恆的現時性，也就成爲超乎時間觀念的語言流，思考與感覺，意識與潛意識，叙述與對話與自言自語，那怕是自我意識的異化，我訴諸靜觀，都不採用西方小說中心理分析和語意分析的方法，都統一在語言的線性流程中。我的長篇小說《靈山》形式與結構便由這種叙述語言引導出來。

順便說一句，大陸的一位年輕的語言學家申小龍的研究也值得用漢語寫作的作家們注意，因爲當今的許多文學理論都是建立在西方分析性語言的基礎上，忽略了漢語結構的特點。漢語歐化已氾濫成災，有時弄得甚至不堪卒讀。這問題自五四新文學運動以來就一直存在，我以爲對西方語言的吸收同漢語歐化應該區別開來。我並非一概反對用西方語言來豐富現代漢語，說到對語言的責任，我力圖遵循漢語固有的語言結構，不寫那種聽不懂的中文，即使玩弄語言，爲了表達常規的句子所不能傳達的內涵，也還希望是純正的現代漢語，便是我給自己規定的界線。可我不玩弄計算機式的語言，因爲我畢竟不是部語言機器。

現代漢語毫無疑義有待發展，不同的作家自然有不同的貢獻。我非常欣賞商禽的語言，他結構複雜的句子如歌一氣呵成，沒有一個累贅的字。是鄭愁予向我推荐夏宇的詩，她有時樸實平白感性得驚人，有時又語言詭譎而富於節奏。小說家中語言革新者如王蒙，他洋洋灑灑，機鋒與幽默盡在其間。詩人如楊煉，對語言和文體的許多試驗特別見諸他的長詩《[illegible]》。也還有用活的口語和方言來寫作的作家，我以爲都有助於豐富現代漢語。我在變化句型，找尋新的表述方式的時候，同樣看重口語與方言。漢語文學作品倘寫成只成爲可供解讀的文字而喪失語感，變成煞費腦筋的智力遊戲，或是像生硬的翻譯小說那樣的文字，則不堪卒讀。把口語與方言融入到文學語言中去，也是一種創造。說到現代文學語言，並非祇有羅蘭·巴特以及解構主義的方向。法國作家謝林用活生生的口語和俗語寫作對先鋒文學的拯救給我另一種啓示。文學之是否具有現代性並不在於行文是否詰屈聱牙，至於甚麼是現代性，我以爲也還可以討論。《靈山》和我的一些劇作諸如《彼岸》、《生死界》，則是我企圖從兩方面擴大現代漢語表現力的一番努力。

對語言的這種追求有時又令我不免導致對語言能力的懷疑。語言究竟能否充分表達人的眞實感受？我自己的經驗表明，越是挖空心思去窮盡語言的表現力，反而離眞實的感受更遠。語言只是人表述的工具，它本身並不構成目的。維特根斯坦以來的西方當代語言學的種種研究固然加深了人對語言的認識，但是現實世界包括人自身的存在卻在語言之外。把文學變成語言學的附庸，建立在語義分析上的文學日益成爲是當代文學的一條死胡同。因此，我有時又故意破壞語言，這在我的劇作《對話與反詰》中尤爲明顯。禪宗公案中語言之非邏輯與意在言外，又提示我對語言還可以持另一種態度。我便來回於兩者之間，因此，我雖然十分重視語言，卻又不執著於語言。在語言的魔障裡迷戀忘返的當代文學看來還得時不時返回被語言分析置於括號裡的那眞實世界。

法國作家中的有識之士新近開始呼喚回到這種眞實，近二十年來，西方文學的危機恰恰在於迷失在語言形式裡。對形式的一味更新倘喪失同眞實世界的聯繫，文學便失去生命。我看重形式更看重眞實。這眞實不祇限於外在的現實，更在於生活在現實中的人的活生生的感受。文學之訴諸語言正爲了表達和傳遞這種眞實，即使也還借助想像與虛構。

中國大陸、臺灣、香港以及僑居或流亡西方的作家，一旦擺脫或逃脫或自我解脫了強加在文學頭上的種種限制，祇面對用以寫作的華語，西方作家在語言藝術上遇到的各種困惑同樣出現。中國當代文學匆匆忙忙大體將西方現代文學的各種方法重過了一遍，事實上業已進入當代世界文學的潮流，西方當代文學的危機也同樣擺在廣義的中國文學或華語文學面前。老問題似乎可以結束，新問題又在那裡？

問題的由頭也還可以從西方文學談起。中國現代文學在西方的影子下一個世紀以來的歷史是個事實，中國作家如果要發出多少與人不同的聲音，就不能不了解別人已經做過的事。我對西方現當代文學的興趣正是為了給自己一些參照，以免重複落入別人已經走過的路。文學創作所以有趣正在於個人的獨創和不重複。作為原則說來容易，人事實上往往生活在他人的陰影裡，特別當你由衷欣賞某些作家或某些作品的時候。我的經驗是盡量拉開距離。貝克特從思辨走向荒誕，我卻從現實生活中也一再發現，荒誕之於我，有種現實的品格，我並不認為荒誕同現實有甚麼背拗。他將荒誕賦予悲劇的色彩，我寧可回歸喜劇。西方這類先鋒戲劇排除寫實，我的實驗戲劇卻經常訴諸現實生活。西方的先鋒戲劇決然宣稱反戲劇，我相反回溯中國傳統戲劇的源起，重新揀回當代戲劇通常丟失了的戲劇性和劇場性，並且努力從劇作法和表演方法上去找尋實現戲劇性和劇場性新的可能。

我應該承認西方現當代文學對我的刺激遠大於中國同期的文學，五四以來的新文學囿於中國政治和社會環境的限制，總為強加在文學頭上的種種論爭困擾不已，而無暇顧及文學自身的問題。那些強加在文學身上同文學創作本身無關的種種爭論該結束了。今天中國作家，更為確切說，華語作家，超越政治和意識形態的限制能聚集一堂，多少是個良好信號。

當今已不再是閉門耕讀的時代，東西方乃至世界各民族的文化溝通，從技術上來說已無太大困難。一個從事寫作祇對自己的文字負責的作家，對自己有興趣古往今來人類的文化，儘可以吸收消化到自己的創作中。就創作態度而言，我以爲中國作家同西方作家已沒甚麼兩樣。誠然，許多作家都帶有本民族文化深厚的素養，作品中自然而然會有所反映，這同故意貼上民族文化的標籤，取悅他人，用以兜售，是兩回事。波蘭流亡作家康布羅維奇說得好，波蘭就在他身上。他即使有時把美國偵探小說的噱頭用進他的作品中，也依然讓人感到東歐的孤寂與寒冷。喬依斯的《尤利西斯》雖然以他故鄉爲背景，誰也不會當作一部只是描寫愛爾蘭生活的小說來讀。他們都再沒有回到故土。

流亡西方對我並非壞事，相反爲我提供更多的參照。我在國外完成的《靈山》與《山海經傳》，已經了結了所謂鄉愁。前者是中國的社會現實引發的感受，後者則是對中國文化的源起的思考，都費了多年的心血。人一旦脫離所謂祖國，有種距離，寫起來倒更爲冷靜。中國文化已消溶在我的血液裡，毋需給自己再貼商標。傳統的中國文化正面與負面，我已自行清理。一個作家重要的是超脫出來，有所創造，不必靠變賣祖宗的遺產過日子。文學這行當，再說，向來靠個人來做，不像公衆的福利事業，得靠社會各界也包括政府協力完成。相反，無論何種形式的集體意志的干預則祇能越弄越糟。作家既非民族文化的代表，亦非人民大衆的代言人，如果不幸當成了代表或代言人，這作家便不免弄得面目全非。

《逃亡》一劇可說是天安門事件引發出來的，本是一家美國劇院要的，我把中國現實的背景抽去，寫成個政治哲學戲，而且沒有英雄，美國人要我改，我便撤了回來，而且自己付了翻譯費。我寫作自有我要說的話，不想投合誰的胃口。作家孑然一身，面對社會，以個人的聲音說話和表述，我以爲這聲音才更爲眞實。

文學曾經把自我所以推崇到近乎上帝的地位不是沒有道理的。可是，話說回來，要眞以爲自己就是上帝，不是像尼采那樣發瘋，也難逃避偶像的命運，還得跌得粉身碎骨。尼采既瘋且死，尼采式的自我現今這時代也已解構。無限膨脹的個人到了這祇講消費的後現代已是個相當遙遠的神話，大抵也還來源於人青春期的自戀。尼采的超人與其說是現代文學的發端，不如說是上一個世紀的浪漫主義最後的終結。卡夫卡的自我倒是現代人更貼切的寫照。他之後的葡萄牙詩人費迪南·鄱索瓦死後才得以發表的上十萬的詩行，對自我的剖析則淋漓盡致。

自我之於世界，微不足道，可這自我又無限豐富，人對大千世界的感知歸根結柢也還來自這自我。現代文學回到認知的主體，通過自我的鏡子投射世界，文學的眞實正是這感知的眞實，至於那感知以外的世界則是文學以外的事。現代文學對感知主體的確認，用以替代那全知全能的敘述者，通常也即作者，將那原先不加質疑的是非倫理的評價先擱置一邊，對自我的搜索又導致人格的分裂，一部西方二十世紀的文學史，不妨做個簡單的結論，對我來說，便是將這種現代性來替代日益崩潰的傳統的價值觀念。從上世紀末對這自我的發現又走到對自我也不免懷疑。如今又是一個世紀末。

惡並非只來自他人，這自我未嘗不是地獄，對自我的懷疑更爲深刻。我最近的一劇本《夜遊神》寫的便是惡之不可以戰勝，如果概要說出個主題的話。沒有一丁點中國背景，倘要找出同西方作家的區別，恐怕是一種靜觀的態度，我對社會和自我都一概採取這種態度，當然也可以說發自根深柢固的中國文化傳統，有別於西方作家通常採用的心理分析和體驗。可老莊哲學的無爲和佛家的出世過於消極，我畢竟想做點甚麼，我非道非佛，取的祇是一種觀省的態度，我對於小說的敘述語言和戲劇表演的所謂三重性理論也來自這種態度。

繼東歐共產主義的崩潰到西歐社會民主主義的危機，連西方傳統的自由主義也重新受到種族主義的嚴重挑戰。作爲西方知識界精神支柱的意識形態紛紛瓦解，較之上一個世紀末更爲嚴重的思想危機正在西方蔓延，明顯的後果則是狹隘或本能的民族主義到處抬頭。上一個世紀以來崇尙的社會不斷進步的理念也有點可疑。一個生活在西方的中國知識分子，不抱住一個主義，也不只借中國文化傳統來尋求慰藉，是否還能維護個人精神的獨立？

我祇有懷疑，乃至對一切價値觀念普遍懷疑，唯獨不懷疑生命，因爲我自己就是個活生生的存在。生命具有超乎倫理的意義，我如果還有點價値的話，也只在於這一存在，我難以容忍精神上自殺或他殺，在那自然的死亡到來之前。

我把文學創作作爲自救的方式，或者說也是我的一種生活方式。我寫作爲的是自己，不企圖愉悅他人，也不企圖改造世界或他人，因爲我連我自己都改變不了。要緊的，對我來說，祇是我說了，寫了，僅此而已。

文學能超越意識形態已經是十分明顯的事，文學超越倫理的判斷也已有波特來爾和杜思妥也夫斯基在前。文學祇離不開審美的評價，諸如悲劇、喜劇、詩意、怪誕、滑稽與幽默，都是作家賦予的。現當代的一些作家雖然將倫理判斷從作品中驅逐出去，卻依然免除不了主觀的審美評價。這既是作家最後的一點權力，也是文學還存在的理由。

作爲一個作家，我力圖把自己的位置放在東西方之間，作爲一個個人，我企圖生活在社會的邊緣，在這個肉體嘲弄精神的時代，借用劉小楓的話，對我來說是一種較好的選擇，至於能否繼續做到，我也不知道。

一九九三年十一月十五日　巴黎

消費文學

——商品消費大潮衝擊下的新時期文學分期

程德培

1

在大陸，有那麼一本並不怎麼被人重視的理論雜誌叫《文藝爭鳴》，它的發行量才二千份左右，很可能實際上閱讀這本雜誌的人還少得多。一九九二年的年初，這份雜誌靜悄悄地發表了一篇名爲〈小說百窘〉的文章，爲小說的生存、價値、操作、意義提出了一百個問題。一百個問題中的前幾個問題爲：「一、在有了電視之後，小說是否已經完成了曾經擔負的使命？我們是否是小說這台節目的最後鑼鼓？二、在進入商品性文藝時代之後，原有的純文學還能通行多久？如果不事改弦更張，我們還能把這碗飯吃下去嗎？三、半個世紀以前的美國小說家都曾爲生計叩過電影大門，他們並不愛電影。我們今天不叩電影的門是否還能維持生計？四、公衆對紀實類文學的偏好是否會最終將小說的虛構本質推翻？越來越多的小說家轉向非虛構創作，虛構小說的前途已經岌岌可危了嗎？五、明確的功利目的創作是否將徹底取代非功利目的創作？」①把以上五個問題列爲百問之首，是否因爲這些問題最爲重要，我們無法證明。但可以肯定的是，在這之前的幾年間，正是這些問題困擾著整個大陸文壇，幾乎所有的文學界人士都就這些問題或多或少發表了自己的看法：贊成、不滿甚至悲觀失望。提出百問的作者是馬原，這位曾經在十年前因發表探索小說《岡底斯誘惑》而名揚文學界的著名作家，因他的敘事方式有不少的追隨者和摹仿者而被批評家稱之爲「馬原語式」。熟悉馬原的人都知道，這是一位對非文學的諸多人事糾葛及大衆傳媒的喧嘩毫無興趣的「先鋒派」，而現在恰恰也正是他較早地運用其脆弱且敏感的文學精神去提出文學所面對的諸多社會問題。也同是這位馬原，去年始也幹上了拍電視片的行當。當然，馬原的拍電視不是爲了賺錢、爲了迎合大衆的文化消費浪潮。出於對新時期文學浪潮的留戀，馬原帶著一個攝製組走南闖北，依靠一點贊助，過著相對比較苦的日子，計畫拍攝一部長達三十集的電視連續片，馬原說：「這部電視片準備起名爲『許多種聲音——中國文學夢』。」不管怎樣，我很喜歡這個名字，好一個中國文學夢。的確，對所有經歷過新時期文學輝煌時期的人來說，其輝煌今天確已成了昨日之夢。

2

整個八十年代的大陸文壇，是在喧嘩與躁動中度過的。無盡的榮譽和熱鬧、開不完的會議、說不完也傳不清的小道、流言與蜚語、沒完沒了的批評、讚揚和爭鳴：一會兒是什麼傷痕文學、一會兒是什麼改革文學、一會兒又是什麼尋根文學、「百年孤獨」文學、新寫實主義文學等等，總之，搞純文學那怕前衛且先鋒，氣派得很也風光得很。那時的文學探索、新秀佳作層出不窮，以至到了各家只能各領風騷一、二年。

可誰也沒有料到，在經過一場天崩地裂之後，文壇也開始走向了反面：原本存在的現已不復存在了；熱鬧到了盡頭一切都歸於平靜，作家根本無需在鬧哄哄的會議上討論如何甘於寂寞，因爲他們都實實在在地處於寂寞之中；作家也無需拿著歌星的話筒到處宣布文學不同於流行音樂，因爲他們事實上已與歌星世界有著天壤之別。而今文壇的盛宴已散、而今作家的心境已淡。冒牌的作家早已打點行裝改換門庭，而另一些冒牌的、早已銷聲匿跡的批評家則又紛紛登場；關於小說的「看得懂與看不懂」問題已成了道貌岸然的準則，成了不懂藝術不懂文學的護身符，成了文學探索的緊箍兒；關於小說寫「性」的問題，在成爲「掃黃」的尚方寶劍的同時，無疑也錯殺了一部分純文學作品，例如蘇童的長篇小說《米》發表後不准出書；青年前衛作家孫甘露的長篇《呼吸》寫作花了兩年時間，而尋求發表也足足等了兩年時間至今也無明確答覆。加上大衆文化的飛揚跋扈、商品主義的入侵、難以忍受的清貧等等，這些都足以構成純文學的危機。

最要命的還是消費至上的觀念已開始確立了自己的霸權地位。對純文學來說，「權」與「錢」的威脅，「錢」已開始占了上風。僅以純文學雜誌的市場情況來看，其危機也是史無前例的。例如曾在高峰時期發行量達一三〇萬份的《收穫》雜誌，現在也僅存九萬份，而這九萬份的發行數字在今天也幾乎是純文學雜誌的天文數字了，一般地也只是維持在一萬份左右，並且平均每年還正在以七％到十％的幅度下跌；還有更多的純文學著作幾乎沒有什麼機會出書，即便是被出版社接納的，訂數在二百份左右也是家常便飯的事，常有的情況是，出版社給你五百本左右的書以代替稿酬，其餘的推銷工作自然你自己去幹了。凡是種種，純文學黯淡的前景是可以想像的了，難怪有人說，在中國，現在寫小說的人比讀小說的人還要多了。

九十年代給我們帶來了這樣一個開端，一個我們所熟悉的並正在津津樂道的文學時代突然地消失，而相反，對我們來說，許多並不熟悉的東西卻突然一夜間冒了出來。文學界在歡呼商品的日益強大和市場機制到來的同時，自身則在日益嚴重的文學危機前面面相覷，長期以來依靠國家供養的文學隊伍和文學期刊談論的話題無不由文學而改爲「錢」字。神聖的各地作家協會的門口正在樹立起一個一個公司的招牌；有些正在不斷地和港商、台商以及形形色色的經紀人頻頻舉杯，洽談如何出租作協辦公大樓的事宜；一個作家寫出一部小說不算什麼，而他突然做了個什麼總經理董事長、辦了個什麼公司之類的，卻總能成爲各報的新聞……「不是我不明白，是這個世界變化太快！」這句軟綿綿的歌詞，已經變成了我們時代的口頭禪、新的生活教義和宣言。「八十年代的中國歷經太多的變故，這種變故是全方位的、無節制的，或說是任性的，我們看到各種東西堆積在中國現實這個巨大的屏幕上，東方的／西方的、傳統的／現代的、激進的／保守的、悲壯的／諧謔的、政治的／商業的、文化的／經濟的……這不過是大塊狀的結構性圖象，至於那些局部的、隨意塗抹的畫面，更是令人驚異不已。」②也是這份《文藝爭鳴》雜誌，當我在時隔一年之後，讀到陳曉明在其文首發表的〈文化拼貼的時代〉一文時，也是這樣的一段開首，讀來眞是不勝感慨。在文壇昨天的盛況與今日的境況之間，正在出現一道誰也無法改變的裂痕。

陳曉明和張頤武等一批年輕的學院派批評家是這個充滿危機年代中最爲活躍且銳敏的評論群體，他們提出的許多見解和口號雖引起了許多同行的不滿及爭議，但其積極的意義是不可抹殺的。如同李劼在一九八五年情緒高漲的時候宣布新時期文學由此開始一樣，陳曉明、張頤武等則在去年情緒極爲低落的情況下宣布新時期文學的終結，同時又宣布文學進入了一個後新時期文學的時代。

3

其實，主張文學進入後新時期文學時代各位意見並不一致。概括起來，對前十年，一是認爲「新時期是一個始終以『人』爲中心進行文學思考和探討的時期，一個充滿著激情和熱力，一個不斷變革和不斷破壞與重建的時期」，「在這裡，文學仍然充滿著使命感，或是對政治與文化的使命，或是對藝術與語言的使命，構成了文化空間的基礎。」③又有的認爲：「新時期文學，與廿世紀中國文學的大部分時期相同，服務於主流社會運轉的需要，服務於政治運動，寓教於樂、製造典型。因此有所謂工業文學、農業文學、合作化文學、傷痕文學、改革文學……。主流社會運轉過程中，文學被徵用作潤滑油。」④如果說，在對前十年的總括中，他們分歧還不大的話，那麼在對所謂後新時期文學階段的闡述中，各自的見解就更不同了，張頤武認爲：「它由一種對日常生活的激進性的批判與詰問，一種對市民文化的反抗性的描述突然轉變爲溫和而馴良的認同與屈從，一種從瑣碎而平庸的日常生活掘發趣味的市民文學。」後新時期文學「不再扮演社會先鋒的角色，而越來越多地與現實的話語與文化機器，保持和諧一致。文學成了夢的滿足，成了安樂而舒適的躺椅，成了大衆文化的組成部分。我們從汪國眞的《詩人成功》，從曹桂林的《一個北京人在紐約》，從陳建功、趙大年的《皇城根》中可以一再地發現這種趨勢。高級文學面對著嚴重的危機，面對商業化的傳媒機器正創造著自己的新的『偶像』。」⑤趙毅衡則不同，他認爲後新時期的文化角色則是乾脆摒棄俗文學、商業文學、消費文學，而是堅持哪怕是一小批人來唱反調，堅持純文學的精神價值，使之不至於被市場化大潮所吞沒，「需要在語言庸俗化的時代保持語言創新能力。」⑥兩者相較，我更傾向於前者，因爲後者的解釋難以說清這一時期文學的特徵，而事實上所謂純文學與大衆消費型的文學雖在理論上涇渭分明，但事實上的相互混雜要比我們想像的還要複雜得多。一年後，當我們再次讀到張頤武對從周作人到賈平凹的〈閑適文化潮批判〉一文時，不止感到張頤武的見解已獲得了進一步的實證，並且他還敏銳地抓住當代文化在大衆傳媒與商品文化支配下的多樣化話語正在迅速形成，消費性的文化趣味及不斷變化的「時尙」讓人目迷五色時，爲什麼傳統的「閑適」文學會持續幾年長盛不衰的原因，作出了令人信服的批判⑦。這是一篇近年來難得的好文章，它打碎了許多焦慮不安的文化人試圖借閑適文學旺銷的事實來重整純文學雄風的美夢。當文化人都在熱情謳歌這幾年散文的大發展時，「閑適在九十年代的話語中居然成了一種極其有利可圖的商品」，「閑適再也不是舊式文人在那裡孤芳自賞的東西，它不再是文化占有者的神秘的細語，而是變成了被普化的人人可以享用的消費品。」⑧如同幾年來極爲旺銷的套裝、精裝世界文學名著一樣，它們在出版商的手中，都成了有利可圖的「泡沫」印刷商品。

4

在這裡，似乎無需急於解決後新時期文學的提法科學與否。因爲，包括贊成或者不贊成的，甚至於不屑於提這個主義那個主義的或者熱中於這個主義那個主義的，實際上大家都意識到或者親身感受經歷著消費浪潮給純文學的震動、危機及不安。對新時期文學的發展來說，這種震動首要的是活生生的現實而不是理論上的歧義。

還是在一九八九年年底，賈魯生到了廣東一次，誰也不理睬他，都忙著做自己的事情，他的許多作品，只是在沙龍圈子裡得到認可，大眾並不理睬。他的預感似乎先行了一步，寫了題爲〈我到地攤上晒晒太陽〉一文，隨後有了行動，和廣州白雲製藥廠的策畫部部長蘇婭合作寫了《誰來承包——中國經濟現狀透視》一書，該書受大眾歡迎的程度令經濟學家都感到驚訝。的確，這是一個面對現實與大眾成功轉軌的例子，而這些年，我們在各類報紙上讀得最多也是有關此類典型的報導，他們似乎總想教育我們什麼。誠如一位木弓先生在〈改革對中國作家是吉是凶〉一文所說的：面對商品意識日益發達的現實，中國的小說就捉襟見肘，顯得無能而遭到讀者的普遍拒絕。因爲，「在中國當代小說的結構功能裡，不存在受市場調節的機制，也就是說，中國多數小說缺乏商品性，所以，無法讓讀者用來『消費』，所以在痛苦地看著他們的作品成批成批地堆在書店的角落裡，任塵土日復一日加厚而束手無策。」⑨那麼，木弓先生又提出什麼對策呢?唯一的出路就是小說寫作的轉型，除了數量不多的藝術型小說家能在精神上保持與大眾社會的對抗外，其餘的職業作家都應轉型，發展「消費型」的小說。木弓先生一會兒樂觀地說，「務實地發揮作家的思想才華，爲中國作家找到一個合適的位置。我以爲，有前途。」但是，一會兒木弓先生又悲觀地認爲，「相信大多數中國作家缺乏應變能力，他們將無可奈何地哀嘆自己生不逢時，他們將爲自己力不從心而焦灼不安……說到底，中國多數作家的寫作仍然保持著經濟不發達的方式。在一個處處需要改革的時代，中國作家哪能不病態失落呢？」⑩

木弓先生高瞻遠矚的文章和指點江山的話語使得衆多的職業作家非常地不舒服，問題不在悲觀失望而是在於他把解決危機的藥方針對了作家們。木弓先生對文學的悲觀是建立在對社會巨變持樂觀的態度上的。這就和衆多作家有了根本的區別。著名作家韓少功最直截了當，乾脆說：「小說家們曾經虔誠捍衛和竭力喚醒的大衆，似乎一夜之間變成了庸衆，忘恩負義，人闊臉就變，他們無情地拋棄了小說家，居然轉過臉去朝搔首弄姿的三、四流歌星熱烈鼓掌。不僅大衆變了，而且一夜之間作家們連同時代一樣，變得越來越不可信。」「我們身處在一個沒有上帝的時代，一個不相信靈魂的時代。恥言理想，蔑視道德。到處可見浮躁不寧面容緊張的精神流氓。」⑪韓少功對純小說的前途同樣的悲觀失望，但和木弓先生不同，他的鋒芒直指時代的精神現象。

還有張承志，這位被稱之爲中國最後一位浪漫主義的作家，曾在寫完傾注自己心血的《心靈史》後一度宣稱要擱下文學之筆，但在人人都「信以爲眞的大熱鬧突兀地收場」之際，又果敢地宣布，重拿手中之筆，讓「它變作中國文學的旗」。他對文學有自己的解釋：「這種文學並不叫什麼純文學或嚴肅文學或精英現代派，也不叫陽春白雪。它具有的不是消遣性、玩性、審美性或藝術性——它具有的，是信仰。」⑫這種掃蕩一切的聲音可能沒有多少迎合者，但其調子是極爲悲壯的。

現在我們大概可以看清，所謂社會巨變，所謂的商品消費大潮給文壇帶來了什麼：它打碎了新時期文學相對穩定的發展結構。對原有的結構和遊戲規則來說，這次恐怕是場釜底抽薪的破壞，多年來在原有經濟政治體系下苦心經營的浩浩蕩蕩的文學大軍這次恐怕是受了一次「水淹七軍」的打擊。一切都在重新選擇、重新分化和組合。

5

儘管文學潮流的發展並不以人們的意志、個人好惡、單純的願望爲轉移。同時大家已經看到從八九年始的這場大陸文壇的危機確實也是爲外部社會變故所驅使。但是，作爲文學潮流在這種外力作用本身的演變、「思路」是值得我們研究的，在這裡，有必要提一下在八九年前興盛一時的「新寫實主義」運動。

從新時期文學發展來看，「新寫實主義」是近五年來規模最大，似乎也是最光輝燦爛的一次關於「主義」的運動了，從十五年的文學史來看，它的確也是最後一次關於「主義」的小說聚會。由方方的《風景》與池莉的《煩惱人生》始，已有大批引人矚目的小說簇擁在這個概念周圍，衆多的老將新秀集結於這個「新」的美學口號之下，不止一個刊物爲了這個「主義」進行聲勢浩大的成果聯展，專題論文可以說連篇累牘，精粹之語比比皆是：什麼展示現實的「原生態」，將「原色原汁原味」和盤端出，並且達到「毛茸茸」的程度；什麼「敘述時是一片眞空一片透明，不帶絲毫偏見，不摻入半點屬於自己的雜質，只原原本本地把生活具象原始地抬起來」；什麼「封閉所有的價值通道」，「從情感的零度開始寫作」……新寫實主義的理論家們試圖全面出擊，伸出左手給現實主義以一記耳光，同時又伸出右手給現代主義以另一記耳光；與此同時他們又作出一副全面繼承的姿態，即修正了現實主義的不足之處，又彌補了現代主義的短處。他們所竭力論證的是：無論現實主義，抑或是現代主義作家的叙事均有意無意地遮蔽了現實的本眞面貌；新寫實主義的一個重要功績恰恰是破除叙事的修飾和隔閡，從而讓生活無比眞實地裸露在人們面前。好了，這些生動的闡述告訴了我們，爲了還原生活的眞實，叙事的層面和語言的權力也已經是多餘了。這些多少有混雜且有明顯漏洞的美學主張在八九、九〇這些特殊的年份裡，人爲地製造而事實上已成蔚爲壯觀的文學事實。我們不能無視這一事實，但我們更應重視由此所產生的副效應。首先，在純文學正在失去越來越多的讀者之際，理論界的一部分片面將這一危機歸罪於先鋒派製造的「讀不懂」的小說，隨著危機的日益加深，指責的浪潮也愈演愈烈，新寫實主義及鼓吹者正是借此機會應運而生。幾乎所有的新寫實主義的謳歌者最津津樂道的正是因爲新寫實主義作品的可讀性，同樣的他們也寄希望這「可讀性」可將純文學從危機之中解救出來。這一與大衆閱讀口味進行妥協性合作的願望是如此之強烈，以致使得新寫實運動在很大程度上陷入大衆口味的泥潭而難以自拔；其次，新寫實主義的理論家認爲，新寫實主義第一次爲小人物提供了眞正的舞台。這意味了什麼？評論家南帆在其論文中一針見血地指出：「新寫實主義作家不再企圖展示種種強大的個性。」我們已經「有意無意地察覺到一個重要現象：喪失個性。個性乃是人們抗拒平庸的堡壘。人們以獨具一格的精神方式、行爲方式抑制流俗與時尚。個性使個人保有一個完整的空間，不僅劃出了阻止平庸的邊界，同時還可能是反擊平庸的利刃。然而，不知什麼時候開始，人們已經無法在世俗的消蝕之下保持個性。平庸長驅直入，全面征服了他們的內心世界。批評家們已經發現，新寫實主義小說的人物消失了心理空間。這些人物拒絕思想，他們不願在好奇的驅使之下探究世界，他們更習慣於隨遇而安，知足常樂。他們從來不想製造這個世界，而僅僅寄生於這個世界。他們只是安然地爲日常生計而張羅，內心不再隱藏一個風光綺麗的綠洲。這時，生存的這個概念已經沒有任何深奧的哲學內涵。生存也就是存活——想方設法地活著。池莉的一個短篇小說標題可以看作一個象徵性的概括：《冷也好熱也好活著就好》。」⑬從此，我們看到新時期文學似乎打開了一個平庸的缺口，而且這個缺口越來越大，它開始淹沒了一片一片本屬於純文學辛勤墾耘的綠地。雖然，這一切絕不是因新寫實主義所致，但是新寫實主義所造成的這一次小說集會應可看作是一個轉折點，一切的潮流都爲另一種形態所代替。

6

不管這算不算後新時期文學的開始，九十年代始，文學的確進入一個時代，這是一個不怎麼令人愉快的時代。抱怨聲此起彼伏，文學的興趣似乎蕩然無存，或者說它已成極少數人的作業和思維。人們彼此隔膜，缺少溝通的願望。而文壇所發生的一切爭論、風波和重大熱點無一不是與消費有著千絲萬縷的聯繫。這裡，我們不妨作些回顧：

其一，文人談錢起風波：可能是歷來文人羞於談錢，而現今一旦談起錢來，難免會起風波。朱曉平言稱名人採訪要收費，消息一傳出，輿論爲之嘩然，諸多文章由此論及世風日下、文人墮落啦等等；九三年伊始，上海一批作家、編劇共同簽署了「九三一」約定。約定規定所有簽約者關於編寫電影劇本和電視劇本的最低要價，當然此要價是要高於國家統一稿酬的標準，此舉在受到輿論界歡呼文化人終於放下以往羞羞答答的面具時，也遭到了非同尋常的非議和挖苦諷刺，全國幾十張報紙爲此付出很多版面。最近更有周昌義的「賣身」事件，深圳的拍賣文稿風波……

其二，作家的一半是商人。往年，凡張賢亮寫一部小說總要引起一次新聞熱點，去年則不同了，報紙盯住張賢亮的並不是因爲他寫了一部什麼小說，而是什麼張賢亮做了「藝海實業發展有限公司」董事長，「寧夏商業信息有限公司」董事長，報紙一會傳出什麼張賢亮身手不凡，下海才兩個月已籌集資金一百萬，一會又傳出張賢亮甚至用自己寫稿掙來的錢作爲向銀行貸款的抵押啦等等，看來這位曾以其小說《男人的一半是女人》熱鬧過文壇的張賢亮，如今成了地道的「作家的一半是商人」。

其三，「大紅燈籠」掛文壇。此說得是這幾年作家的走紅，依賴其作品改編成影視而成明星的。蘇童是個例子，因其小說《妻妾成群》被改編拍攝成電影《大紅燈籠高高掛》後，他一直是大衆傳媒追逐的對象，什麼「蘇童最近加盟海馬」，「蘇童最近因《紅粉》改編版權被影視界爭奪得熱火朝天」，什麼「蘇童和全國十大作家聯手寫作電視連續劇《中國明星》」「蘇童最近應張藝謀之邀正在寫長篇小說《武則天》」啦等等。和蘇童聊聊，雖現在文學不景氣了，但他卻依然的大紅大紫，是個文壇的例外。不過，蘇童本人也大叫其冤，他說，「現在大家關心我的都是和影視有關的作品，而我最好的小說卻無人問津了。」大凡在公開場合，介紹蘇童別人不明白，而一旦講「大紅燈籠」人人都會報以歡迎的掌聲。

除此之外，還有大家已經熟悉的諸如王朔現象，最近特別轟動的《廢都》現象，雪米莉現象……

7

當我們大家都安靜地坐在這裡、熱烈地討論著中國文學四十年走過的道路時，當我們其中有許多同行正在認眞地回顧先鋒文學、尋根文學及其那段輝煌時期所掀起的陣陣浪潮並給予應有的評價時，需知對現時的大陸文壇來說，這一切都成過眼煙雲，即便是開一個這樣安靜的會議都缺少應有的氣氛。十年前，一代青年作家和批評家紛紛投入於新時期文學的洪流中，親身參與和目睹了這一文學史上的盛況。十年後，同樣是這代人也親身經歷和目睹了市場經濟的衝擊和文學的衰落。如同當初的紛紛投入，如今只是紛紛的退出。當我們看水運賓將二萬元無償地支持《收穫》編輯部時，這位曾以「禍起蕭牆」出名的作家，這些年正在幹些什麼買賣，是可以想像的。文壇在這十年之中所經歷的由盛及衰的變化的確引起了同代文化人的感慨，其中一位同行的話就很具代表性：「就眼前而論，我確實認爲，一個時代結束了，而下一個時代將會怎樣，卻無人知道。現在讓我們爲這個死去的時代送葬，爲它蓋上黑紗和墓穹。再見！小說的輝煌。」說這番話的曾經是一位很有名的青年評論家，當然此話多少帶有點感情色彩，或者說多少有點偏頗，可能不足爲憑。可著名作家李國文九三年初在《作家報》中亮出的七條文學主張，其中有一條認爲：「文學是一門應時的手藝，給同時代的飯後茶餘消遣的，和修鞋的、補鍋的那種實用主義沒有什麼兩樣。還有顧客，就繼續吆喝下去，甚麼時候門可羅雀，就關拍。」此話雖溫和，但其爲文學衰落的擔憂之心，流於字裡行間。

還好，文壇相對的寂寞空虛，也給了我們一次反省的機會，正如一位作者所說，現在倒是研究新時期文學的極好機會。確實，從批評界看，此風正在滋長，像南帆、陳曉明、張頤武的一些論文、李子雲參加各種不同國際會議的發言、王蒙對一些作家的重新評價等都是很有價值的。這些論文表明，十年前參與其中的眼花撩亂的時代已經過去，現在我們雖非旁觀者，但已冷淸且冷靜多了。

最近讀了《當代作家評論》上發表的李潔非的文章〈十年煙雲過眼〉⑭一文，更證實了這一點。這是篇感情色彩和理性色彩並重的好文章。這種文章好就好在，過去參與其中的鐵血男兒現在多了點旁觀的淸醒。李潔非是個縮影，十年前曾有過的熱情、有過的輝煌，如今已經消退，但卻記憶猶新。消退使我們理智，而記憶則又使我們保留著情感。所以，這一段時期的論文明顯地帶有以下幾個特徵：一是敘述的過去時態，十年作爲一個階段，不論被某些人宣布爲新時期文學的終結，或者是什麼後新時期文學的開始，大家所幹的都是回過頭如何看待「十年煙雲」；二是由於現在這些作家、批評家都是十年文學潮流的親歷者，當時他們又都發表過大量的論文和見解，所以這些回過頭來看，俱都又是對自己的論點進行重新估價和某種程度上的修正，比如李潔非的文章，講到知靑文學的功績時，就再次突出了自己曾經寫過的「從英雄到普通人」的觀點，但當時他的文章由於針對性而比較強調命題的後半部。現在當英雄主義完全失去市場時，李潔非又補充說：「希望這個概括不應引起太多的誤會，以爲『英雄』這個詞本身是一種可憎的負面東西。」三是現在的新時期文學的硏究帶有較多「史」的味道，注重把十年當作一個整體，不是一味的謳歌，而是強調成敗得失；最後則是這些硏究活動本身或多或少地受到現時社會時尙的影響，比如溫情主義的回潮，投合大衆的思想欲望，試圖重新充當他們的代言人，討好讀者，承認他們的審美趣味和惰性而非攻擊之，又比如對王朔的過高過熱的評價等等，這些社會時尚和審美時尚都是密切相關的，如同幾年前的批評總是試圖緊跟世界潮流，和世界流派甚至術語接軌一樣。

以上這些，正在不斷影響和構成「十年煙雲」後的批評視角和眼光，也許，這一代批評家們正伴隨著一種悲觀和失落的情緒、留戀昨日輝煌的文體，爲未來的批評構想一個新的批評模式。可以肯定，這樣的模式是短暫的，但同樣可以肯定的是，它將十分的重要。

註釋

①載《文藝爭鳴》一九九二年二期。
②載《文藝爭鳴》一九九三年五期。
③張頤武〈後新時期文學：社會文化空間〉，載《文藝爭鳴》一九九二年六期。
④趙毅衡〈二種當代文學〉，載《文藝爭鳴》一九九二年六期。
⑤同註③。
⑥同註④。
⑦載《文藝爭鳴》一九九三年五期。
⑧同註⑦。
⑨載《文學自由談》一九九二年四期。
⑩同註⑨。

⑪載《小說界》一九九二年五期。
⑫張承志〈以筆爲旗〉，載《十月》一九九三年三期。
⑬南帆〈新寫實主義：敘事的幻覺〉，載《文藝爭鳴》一九九二年五期。
⑭載《當代作家評論》一九九三年一期。

對現代性的對抗

——中國大陸八十年代文學批評的反思

李陀

由於冷戰結束、亞洲和南美等地區經濟持續增長、中國大陸的經濟改革取得顯著進展等一系列重大的政治及經濟事件，世界局勢正在激烈地改觀，這已是公認的事實。但如何詮釋、描述這一變化，則顯然因人而異——詮釋者必然會受到其人在這一變化中處於何種位置，以及意識形態、知識背景、所用語言等諸多因素的制約。最近美國哈佛大學教授亨廷頓（Samuel P. Huntington）發表了一篇頗引人注目，又備受爭議的文章〈文明之間的衝突?〉①，亨廷頓在此文中宣稱：在過去二、三百年當中發生的種種世界性的衝突——甚至包括共產主義和資本主義之間的鬥爭——實質上都是西方文明內部的「戰爭」（Western civil wars），是西方文明的內戰；但是，在冷戰結束之後的今天，國際政治的現實是非西方文明不甘在歷史發展中做被動的客體，要參與世界文明的變革，故未來的世界性衝突的性質起了根本的變化，它們只能是西方文明和非西方文明之間，以及非西方文明本身之間的衝突②。亨廷頓這些看法，以及全文中貫穿首尾的焦慮，都明顯地表現出一種頑固蠻橫的西方中心主義的立場，雖然他也說及非西方文明之間可能發生的衝突，其焦慮的重心卻是在這場文明的戰爭中，非西方文明對西方文明的嚴重威脅。不過本文無意對亨廷頓的立場和策畫提出批評，而是想藉此提出：當前的世界形勢正在發生幾百年所未有的深刻變化，政治、經濟等層面的活動固然會受這一變化的嚴重牽制，即使言說層面（包括話語與話語之間的鬥爭、新的話語的生產等等）也必然由此出現嶄新局面，亨廷頓的論述就是個明顯的例子。

基於以上的看法，我以爲文學批評這種言說活動也應該對後冷戰這一世界新局勢有所反饋，甚至對自己原有的立場和策略進行批評和檢討。以我較爲熟悉的中國大陸的八十年代的文學來說，今天如何進行新的詮釋，又如何同時對自己以往的批評進行批評，就成了一個非常迫切的問題。

本文想進行這樣的嘗試，並且爲此引入「中國大陸八十年代文學話語對現代性的抗拒」這樣一個話題。

1

在中國大陸八十年代的文學批評中，現代主義和現代派一直是個十分熱門的話題。無論是官方的批評家，或是非官方的批評家，無論是「新潮批評」或是傳統批評，只要涉及八十年代的大陸文學，鮮有不加入這個話題的。另外，由於「四個現代化」成爲舉國一致的大目標，因之文學與現代化之間的關聯也是文學批評所不能迴避的一個熱點。這一切都使「現代」這個詞的使用頻率高得異乎尋常，可以和「毛體制」時代的「階級鬥爭」媲美。但是，非常奇怪的是，現代性這一涵蓋著各個層次和各個領域的現代化（也包括反現代化）過程的大話題，卻始終未曾在文學批評中出現，更不必說對現代性有所批評。

對現代性這一話題的漠視，不僅存在於文學批評領域，可以說大陸學術界普遍採取的共同態度。似乎只有甘陽於一九八八年十月爲《中國當代文化意識》一書所寫的序言中非常明確地表達了對這一問題的關切。甘陽是從中國的知識分子應如何以一種批判的眼光重新認識西方的現代化歷史這樣一個角度切入話題的。《中國當代文化意識》的下編收錄的是關於十位西方近代和當代思想家（其中有馬克思·韋伯、海德格爾、本雅明、馬爾庫茲、阿多諾、福柯諸人）的評述文章，甘陽強調這些思想家無一不是強烈地感受到現代化爲西方文化所帶來的深刻危機，也無一不感到深深的困惑，以致「近現代以來尤其是本世紀以來西方大思想家的中心關注實際都是圍繞著這個根本困惑而進行的」，因此，中國知識分子「對於現當代西方文化的把握必須緊緊抓住這個人類共同面臨的中心性大問題即所謂『現代性』（Modernity）的問題」，並以此出發「研究這些西方當代大思想家對西方近現代文化的反省和檢討，來更全面地把握當代西方文化的內在機制和根本矛盾，從而也就是間接地在反思中國文化今後的走向。」③甘陽這些意見對正處於現代化這個大「熱」當中的中國大陸的學界和學人，實在是一劑清涼劑。惜乎這些意見發表於八十年代末，已不可能對整個八十年代的大陸思想界發生眞正的影響。

如果說對現代性的批評還沒有做爲一個問題在大陸知識界被認眞地提出和考慮，相反，由於對現代化的熱中，很多學者、作家、批評家卻在他們的言說活動中實際上對現代性所蘊涵的種種文化價値觀念進行了不分青紅皀白的肯定和頌揚。這在大陸八十年代的文學批評中表現得相當普遍。可以舉徐遲的寫作做爲一個例子。徐遲是一位有很高聲望的老詩人，也是一個思想活潑、視野相當開闊的老記者。文化大革命結束之後，他寫下了一系列被譽爲「科學文化事業繁榮昌盛的報春花」、「抒寫人民群衆渴望四個現代化的光輝詩篇」④的報告文學，引起了相當大的轟動效應。一時間，由〈地質之光〉、〈哥德巴赫猜想〉等作品引起的連鎖反應不僅牽動了國家機器和社會生活的各個層面，不僅被官方的各類話語生產機構當做絕好機會生產出更多的有關「四個現代化」的話語，而且相當廣泛地楔入人們的日常言談。說起來，七十年代末、八十年代初那幾年，眞是作家們最得意的年代，大約不少人都有過「一言九鼎」的體驗。但是，今天檢索一下由徐遲這些作品以及它們引起的反應文字，我們簡直完全看不到「現代化的進程並不只是一套正面價値的勝利實現，而且同時還伴隨著巨大的負面價値」⑤這一類的想法，或者哪怕多少與這有關的思慮。徐遲的幾篇報告文學都是有關知識分子和科學技術的，其中篇篇都隱含著對科學、理性的熱情頌揚，官方批評家們則又把這種頌揚直接納入發展民族國家所必須的軌道之中：「在科學技術方面趕上和超過世界先進水平，已經成爲決定國家和民族前途的大事，成爲億萬人民強烈關心的課題。徐遲同志把自己的創作努力轉向科學技術領域，進行披荊斬棘的開拓，特別是通過〈哥德巴赫猜想〉所昂揚激越地表現的思想感情，無疑正都深切地反映了廣大人民群衆的共同願望和心靈脈搏。」⑥給科學技術披上這樣神聖的光環之後，誰若再想指出事情並不那麼簡單，指出現代科學技術所代表的工具理性正是資本主義現代化文明的精髓，指出中國的現代化若眞想弄出一點自己的特色，則首先要對工具理性所驅動的社會理性化過程做深入的批判不是絕不可迴避之事[7]——這一切都得免開尊口，因爲鬧不好會有一頂新式的「民族罪人」的大帽子落到你的頭上。

在中國大陸，對現代性的批評（工具理性的專制與現代化之間的複雜關聯本是這一批評的題中之義）的確會有特殊的困難，因爲這類批評必然會與主流意識形態發生衝突。批評者很容易遭到這樣反批評：由於社會制度不同，中國的現代化不必也不會與西方的現代化相同，因此對現代性的批評不一定是必需，或者根本就不需要。但是，對八十年代中那些無論直接、間接爲實現四個現代化「服務」、「吶喊」的作品略做分析，就不難發現其中的種種形象和敘事裡所滲透的文化價值，並不能和現代性「井水不犯河水」地相互隔絕。徐遲在〈寫了〈猜想〉之後〉一文中[8]提及這樣一件事：陳景潤（〈哥德巴赫猜想〉一文中的主人公）在一次全國科學大會上唸過一首詩，詩云：「革命加拚命，拚命幹革命；有命不革命，要命有何用？」在這裡，陳景潤究竟如何唸這首詩的眞實情況，對我們並不重要。由於徐遲把這個小故事寫了下來，它就已經成爲和〈哥德巴赫猜想〉一文雖有注腳式的關係，卻又有自己獨立性的文本。細讀這個文本，再參照〈哥德巴赫猜想〉有關陳景潤的故事，則陳詩中的「革命」明顯是個隱喻，是這個狂人數學家以此來申說他對數學這種最高理性形式的迷狂。徐遲也對這詩解釋說：「他所獻身的革命，他所歌唱的革命，就是我們這新時期總任務的偉大技術革命。這正是我們需要歌唱的，也是我們所要獻身的！」把數學研究和技術革命直接掛鉤，顯然生硬，但是這樣聯掛對陳景潤這個故事卻是非常必要的。因爲這樣做才能使對現代理性的迷狂在「四個現代化」這個大故事中取得合法身分。陳景潤這首打油詩，巧妙地把爲革命獻身和爲理性獻身混爲一談，如此混爲一談又受到官方的熱烈歡迎——《人民日報》轉載〈哥德巴赫猜想〉一文時所加的「編者按語」中，就特別指出這種「獻身精神」是如何「難能可貴」。

以上所說當然都不過是個例子。但這個例子在相當程度上能夠說明，「四個現代化」的官方話語與西方現代性話語並不是天敵，經過知識分子的中介，它們有可能親和甚至融合。而知識分子不論其在意識形態上採取什麼樣的立場⑨，都有可能在壓制對現代性的批評一事上和官方聯盟。

2

我一直認爲「傷痕文學」、「改革文學」（在整個八十年代始終「熱」而不衰的報告文學，可大致歸入此項）無論怎樣被海內外的許多評論家和研究者高度評價，但在大陸八十年代文學發展中始終算不上是什麼新文學，相反，它們實質上「不僅與『工農兵文藝』沒有根本性的差異，而且是『工農兵文藝』的一個新階段（恐怕也是最後一個階段）。」⑩如果從批評現代性的角度看「傷痕文學」和「改革文學」，它們是主流話語的重要構成部分這一點，也是相當淸楚的。不過，本文的篇幅不可能對這一看法展開充分的論述。我想突出的是與此有關的另一個問題：八十年代的大陸文學究竟是否提供了可用來批評現代性的文本？

回答是肯定的。一九八五年是中國大陸的文學發生根本性轉折的一年。隨著被稱爲「尋根文學」、「實驗小說」以及「新寫實」的相繼出現，不僅「工農兵文學」一統天下的時代結束了，而且作家們和「四個現代化」之間的關係明顯地複雜化了。從今天的眼光來看，許多作家（特別是八五年之後才露頭角的更爲年輕的作家）在八五年前後不約而同地轉向了一種新的寫作態度和寫作方式，這並不很奇怪，因爲並不只是文學界，可以說意識形態和話語生產的各個領域在八十年代中期都醞釀著深刻的變化——這是「改革開放」帶來的必然結果。令人感到不解的是，爲什麼有那麼多作家都在那一年前後的寫作中對現代化採取一種十分疏離的態度。例如八十年代初以〈月蘭〉、〈西望芳草地〉等作品知名的韓少功，在八五年突然寫出了《爸爸爸》。鄭萬隆本以表現改革中的城市青年生活見長，後來卻用《異鄉異聞》系列小說成爲「尋根派」作家。又如張承志，曾經以〈黑駿馬〉、〈北方的河〉等作品激動過千千萬萬個讀者，但他在八十年代中期寫作的小說〈殘月〉、〈九十九座宮殿〉、〈黃泥小屋〉等等，不僅從中找不到沸騰的生活，有些作品還充滿了十分濃重的宗教情緒。就連王蒙這樣一個曾被以「少年布爾什維克」精神概括其寫作特徵的作家，也在後期的許多小說中（《十字架上》、《一嚏千嬌》等等）充分表現了他的寫作的複雜性。何況，諸如莫言、余華、格非、蘇童、孫甘露、殘雪、馬原、李曉、李銳、劉恆、朱曉平這些作家，以及汪曾祺、阿城、何立偉、札西達娃諸人，都沒有把寫作和「獻身」四個現代化聯繫起來。這是一個很大的族群。

當然，說這樣一個人數衆多的作家群都對「四個現代化」或「現代化」在寫作中採取一種疏離態度，這種概括有相當的危險性。因爲這很容易抹殺各個作家之間的差異，而這差異對寫作才是最重要的東西。何況每個作家的寫作態度也時時變異，無論是作家本人還是他的寫作（這是兩個完全不同的東西）都不可能與現代化建立一種永遠不變的、具有「本質」意義的聯繫。因此，我對這種概括要做一個申明：這做法是有條件的，主要是爲了探討文學批評對八十年代大陸文學詮釋有無新的可能性，特別是從批評現代性這一立場進行新的詮釋的可能性。一旦離開這個語境，前述種種都可化於無形——「登月捨筏」，如不登月，要筏做什麼用？

一種寫作對現代化採取疏離態度，並不能保證寫出的文本一定能夠從批評現代性這樣一個角度去詮釋。但是檢視八五年之後的小說，提供這種詮釋可能性的作品確實不少。其一是阿城的小說〈樹王〉。

〈樹王〉發表後，引起種種批評，不過詮釋者或者把它當做某種特別的「知青小說」來看待，或者是依當時很流行的「文化反思」的線路，認爲阿城是在表現「宇宙的永恆，自然的神祕，生命的莊嚴」，是「又一次賦與人物有限的存在以人作爲生命的類意識」，「表現了一個與自然默契融合的平凡生命樸素而豐富的情致。」[11]這也許都不錯。只是這類詮釋往往忽略了貫穿全小說的李立這個人物，以及他和主人公蕭疙瘩之間的衝突。李立在〈樹王〉這篇小說中所占篇幅並不很多，而且在山神一般的蕭疙瘩面前顯得十分文弱。何況，阿城又似乎有意把這個人物寫得相當扁平，除了總是背書一般說話之外，性格上並不具什麼能夠凸起的東西。然而，小說生動地描寫了蕭疙瘩怎樣慘敗於這個小書生之手的悲劇：這個幾乎一巴掌就可以把李立拍死的「樹王」處處下風，步步敗退，最後只能落得與山樹同歸於寂。蕭疙瘩的悲劇又該如何詮釋？〈樹王〉對此提供了很多線索。首先是李立擁有的那一大箱令人望而生畏的書籍——李立是個「有知識」的人。在爲了砍樹和蕭疙瘩辯論中，爲什麼李立具有壓倒優勢？因爲前者關於野樹也「是個娃兒」的說法根本不成其為知識，而後者那一番「老天爺開過田嗎？沒有，人開出來了，養活自己。老天爺煉過鐵嗎？沒有，人煉出來了，造成工具，改造自然，當然包括你的老天爺」⑫的皇皇宏論，卻有著在近幾百年的現代化過程中樹立起無上權威的知識和理性（實際上是工具理性）做後盾。因此，蕭疙瘩以身殉樹給我們的暗示，似乎首先不是天人合一的境界的破碎，而是理性的暴政的可怖。或許會有人反駁說，這種暴政不純粹是理性的緣故，〈樹王〉中山野自然的毀滅起碼還有政治的因素：文革是個沒有理性的時代，其時的種種荒謬並不能由理性和知識負責。回答這個反駁要涉及許多問題，為了不離題太遠，我只想指出一點，如今文革早已過去了很多年，但以科學和理性的名義破壞和毀滅自然的事正以更大的規模進行，三門峽工程即是一個典型的事例。另外，理性的暴政並不是只對自然施虐，或許更重要的，是對人的禁錮和異化。馬克思·韋伯曾指出，在清教世界觀影響下的社會理性化進程和資產階級經濟生活的發展「哺育了近代經濟人」⑬。我們其實在李立身上也看到「近代經濟人」的濃重色彩（包括他那種嚴肅的、禁欲主義的生活作風，都令人發生這種聯想）。只是李立這個形象中還有許多「革命」的成分，不過這使我們不由發生新的聯想：是否革命的現代化就一定能擺脫理性的暴政？如果不能，是否會有一種革命的「經濟人」從中成形？或許革命的「經濟人」正是現代性在全球擴張中的一個新的產品？

無論如何，從以上的十分簡略的討論中起碼可以證明，從批評現代性的立場去詮釋〈樹王〉的可能性是存在的。

如果把這類的詮釋擴大到八五年之後出現的那些明顯地與「四個現代化」採取疏離態度的寫作，一定會得到許多非常有意義的成果，我以為也是不必懷疑的。

3

在文學批評中引入「現代性」這個話題會有很多困難。

首先，現代性是在西方近二、三百年的現代化過程中發展、累積起來的幾乎無所不包的大話語，雖然許多論者都依從馬克思·韋伯的理論，把現代性的生成和擴張主要看做是社會理性化的過程，但對這一過程的分析和描述仍然十分複雜。何況，對什麼是現代性這一問題，論者出於自己的立場和所處的語境，也往往各有自己的說法，不可能形成統一的定義。在這種情況下，中國的批評家如何面對這個大話語，對它採取什麼樣的批評立場，就變得特別困難。這困難還有另外一面，由於中國批評家在考慮如何處理自己和西方現代性話語之間的關係的時候，中國和其他非西方國家一樣，已經早已開始了現代化過程，西方現代性所蘊含的各種文化價值也早已「入侵」，因此，批評家還必須轉過身面對自己國家的「現代性」問題。這第二個面對又帶來更多的問題：中國的現代化過程是否完全是西方現代化的翻版、重複？還是有自己獨特的性質、獨特的經驗？如果二者不盡相同，差異在哪裡？如果二者相同，又是怎樣的相同？與這些相應的是，中國人有無可能和必要形成自己的現代性話語，還是在中國開一個西方現代性話語的「分店」？諸如此類的麻煩恐怕還有很多，而且，所有這些困難的問題都不是由文學批評所能獨立解決的。

雖然困難如此之多，我以為在文學批評中引入現代性話題的事還是應該著手去做。理由是因為我在本文開頭中所說的那個世界新形勢——種種新的歷史條件造成現代性在全世界更深入、更全面的擴張，隨著這一擴張，西方文化霸權也有愈加專横的趨勢。面對這一切如果不甘心受其宰制，則採取批評現代性的立場去詮釋各種文本，以逐漸生成能夠確立某種主體性的話語，不失為一個可行的策略。

著眼現代性對於文學批評還有更為廣泛的意義，本文強調對中國大陸八十年代文學重新解讀，一則是入手比較方便，二則是有利於對文學批評進行反省。如若以現代性的批評做為某種更新文學批評的方法，其實也未嘗不可。李歐梵有一篇名為〈現代性的追求〉的文章⑭，文中著重探討了「進化」、「發展」等現代時間觀念是如何進入中國知識分子語言和意識之中，又如何影響、制約了二十世紀上半葉敘事文學的演變。雖然此文最終目的是研究五四新文學中的現代性，但實際上這種著眼點使論者很自然地將文學批評和歷史研究融合起來，形成了某種把文化史、思想史及文學史綜合起來的研究作風。我由是想，倘有意這樣做，是否會把所謂文學批評或文學史研究變成一種非驢非馬但是更有活力的新東西？那豈不更好？

註釋

①Samuel P. Huntington, "The Clash of Civilizations?" *Foreign Affairs* (Summer 1993): pp. 22－49.

②亨廷頓在文中特別提出要防止伊斯蘭文明和儒家文明聯合起來反對西方文明，用心可謂相當險惡，不過，從亨氏的不安中恰恰反映出二十世紀末的世界的確在發生前所未有的變化。

③《中國當代文化意識》編者前言（香港三聯，一九八九）。

④《徐遲研究專集》（浙江文藝出版社，一九八五），頁八。

⑤同註③。

⑥《徐遲研究專集》，張炯：〈報告文學的新開拓〉，頁三五六—三五七。

⑦杭之著《一葦集》（允晨，台北，一九八〇）中〈序論·依賴的現代化發展的反省〉一文對台灣現代化發展中的現代性問題做了富於啓發性的討論，並對台灣「知識文化界似乎仍然一往直前地鼓吹以工具理性化爲內容的現代化」提出了十分尖銳的批評。

⑧《徐遲研究專集》，頁二五六。

⑨徐遲在〈文藝與「現代化」〉一文（《徐遲研究專集》，頁二七九—二八四）中曾這樣熱情鼓動：「一句話，爲『四個現代化』！這是我們的當務之急。爲社會主義文藝的現代化是我們文藝工作者的當務之急！」但是，一九八二年當徐遲又在〈現代化與現代派〉一文（同前，頁二九五—二九九）中提倡建立「馬克思主義的現代主義」時，卻遭到了批評，不再受官方的青睞。

⑩李陀：〈一九八五〉，載《今天》一九九一年三—四合期。

⑪貝季紅眞：〈棋王·序〉（作家出版社，北京，一九八五）。

⑫阿城：《棋王》（作家出版社，北京，一九八五），頁一一七。

⑬馬克思·韋伯：《新教倫理與資本主義精神》（三聯，北京，一九八七），頁一三六。

⑭Leo Ou-Fan Lee, "In Search of Modernity: Some Reflection on a New Mode of Consciousness in Twentieth Century Chinese History and Literature," in *Ideas Across Cultures: Essays on Chinese Thought in Honor of Benjamin I. Schwartz*, eds. Paul A. Cohen and Merle Goldman (Cambridge: Harvard University Press, 1990).

「南來作家」淺說

盧瑋鑾

1

「南來作家」一詞，八十年代，在香港文學界的某些人心中，變得很敏感，例如《聯合文學》九十四期（一九九二年八月）出了個「香港文學專號」，就引起了一場不大不小的筆墨風波①。

「南來作家」作爲一個特定群體的專有名詞，出現在評論家筆下的歷史並不太久。一般人，甚至某些研究者，只是隨手拈來方便敘述，並沒有做過深化、客觀研探，依據的也是三四十年代籠統的慣用概念：「由中國到香港來的作家」，沒有任何細意的界定。

但到了八十年代，有些人卻因著狹隘的地域觀念，試圖利用「南來」作爲某地域派別標記

②。又有些人漫無準則，把那些不在香港出生、而在日後成爲作家的人，都統統納入「南來作家」之列③這種界定或說法，並不是以文學作品、作家本質、寫作技巧等等爲根據，更沒有詳細分析四十年來，南來的人的心理差異，沒有理解香港特定的社會、政治因素，只是有點一廂情願地把在香港寫作的人割裂成團塊，一時塞進中國文學主流裡，一時又揉入香港文學主流中，弄得那些被他們稱爲「南來作家」的作家，身分曖昧，也使香港文學變得面目模糊了。

2

說到「南來作家」一詞的定義，有人從狹義中取捨，有人依廣義去定調，我並不想在這方面參加爭議，但倒有幾個問題值得思索一下。第一：「南來」與「北返」應該存在著相對的意義。三十、四十年代，有一群因種種因素而南來的作家，例如茅盾、夏衍、蕭乾、戴望舒、聶紺弩、黃谷柳等等，稱他們爲「南來作家」，是很合理的，因爲他們有如候鳥，一俟逼使他們南遷的問題解決了，就會北返。但四十年代末到五十年代中葉，爲了政治因素而南來的作家，有些一住幾十年，終老於斯，有些更愈走愈遠，往南往西，一去不歸，這樣還要他們肩承著「南來作家」的擔子，究竟有什麼意義？

第二：南來的人，到了香港，無論爲了生活，還是爲了興趣，從事寫作，後來才成爲作家，他們是拿出了作品來，得到讀者接納，就足夠說明他們作家身分了，強行派定他們「南來作家」的名銜，那又有什麼意義？

第三：在過去四十年，南來的人心理狀態也因應香港社會和經濟環境、政治氣候、個人自身的價值取向的變遷，逐漸產生變化，例如七十年代來港的人，與上一輩過客心態有很大分別。他們對這塊土地的觀察、對自己的去留、感情的融入程度，都另有打算，這直接影響了他們創作的取向。把他們與三十、四十年代的南來者，同樣納入「南來作家」的範疇，又是否適當？

第四：香港的政治氣候極其複雜，彈丸之地，左右派的旗幟鮮明。在香港以左翼文化人身分，從事文藝活動幾十年的羅孚，在回顧過往時說：

從四十年代末期直到六十年代中期，香港文化界一直紅白對立，壁壘分明的。……因為紅白對立、壁壘分明慣了，當左的、紅的出現時，就可能使得右的甚至中間的望而卻步……」④

就說明了情況的特別。其實，何止四十至六十年代？到八十年代初，左翼的《新晚報》主辦「香港文學三十年」座談會，熟悉文化界運作的人，都很詫異右翼的黃思騁、徐速等人竟出席了，同時就有人質疑何以「竟幾乎清一色爲非左翼作家」，而無「愛國作家」參加，並以「易招統戰之譏，彼此仍未能超越黨派的成見」爲憂⑤。四五十年代南來的文化人，各自堅持所信奉的政治立場。八十年代中，左右的界線開始模糊，南來的人，也可自覺地遠離政治，自由地選擇自己創作的題材。簡單化地把他們歸入政治性濃的「南來」類別，是不是忽視作家應有的特質和漠視了兩代間的差異？

第五：每當中國大地上發生變動，香港總會以高度的承受力，接納一批又一批祖國來人。在這小島上，儘管充滿了令他們一時不能適應的陌生感，但畢竟他們「各人頭上一片天，各人地上一塊地，人的本事不同，寫出來的東西也不同，南來不南來，你是用你的筆寫你的心。……」⑥我們——無論是讀者還是評論家，是不是應該撇開各式私心，去讀作家交出來的心血成果，通過作品理解他們，或者考察他們處境心態，更深地解讀他們的作品，給他們在文學上應有的評價，不必不分好歹地把他們擠成一團塊，爭取什麼「文學主流」、「重要一支」的名位，這不是對他們更尊重、更公允嗎？

有了上述的考慮，使我面對「南來作家」這一命題甚感爲難。因此，只好抽取幾個重點，把作者的輩分、政治立場、取材方向的不同，分開論述，試看能不能把「南來」者——南來時已是作家、南來後成爲作家，特質和面貌略略呈現出來。

3

無論三十年代、四十、五十、到八十年代，由大陸到香港來的文化人，最初總難免有一種投荒夷地的委屈。委屈源於兩方面：從文化層次說，他們從文化強勢、文藝主流的地方跑到這個外國人管治的小島來，一作比較，總覺百般不順眼。特別在三四十年代，香港還沒有像今天令他們開眼界的多元文化的瑰麗，只有「如要停車乃可在此」的笑柄⑦。另一方面，生活形態的突變。語言、社會風尙、意識思想，甚至價值取向，都截然不同，由陌生形成了疏離，由疏離而導致孤寂封閉，於是有不投入的苦悶。這一種強烈壓抑感，以四五十年代南下的右派或不同政見者尤爲嚴重。他們流亡、逃難，加上經濟的匱乏，生活艱難，「一切都很陌生，眼花撩亂，就像一個墜身大海的人那樣，欲求抓到一股草芥，好使自己得到拯救，但只感覺四野茫茫，迎接你的將是不知伊於胡底的死亡。」⑧在他們的散文和詩裡，這種壓抑感更加顯明而濃烈。百木（力匡）在他的散文集《北窗集》的序中，如此描述自己的心境：

「島上，我住在一個狹窄的小房，窗向北，在冬季，我孤獨地度過如許寒冷的白天與夜晚。……生活於嚴封的窗裡，我的情緒是沈鬱的，我思索著自己和別人的苦難。」⑨

此外，右翼文化人還有國破家亡的悲切、對文藝的失望，齊桓的掙扎是他們的寫照：

「在荊棘和瓦礫中開闢道路，是沈重而艱辛的，我們前行一步，我們的血、我們的汗、我們的眼淚就多浸潤一尺土地。……在文藝的道路上……四顧荒涼。……」⑩

七十、八十年代南來者，最初仍不免面臨新生活環境的衝擊，他們也如前輩般因不適應而困惑不快，但八十年代的香港社會，謀生與成就事業的機會，遠比四五十年代多，只要他們肯盡快投入，生計自當易於解決。他們也沒有流亡逃難的感覺，壓抑感沒有前輩的強烈，就是有，也不過個人性格與際遇使然。他們這一代人的壓抑感淡化，大概可說是適應力增加，對生命處境的調整力強化，及對事物價值取向改變等因素影響。也標誌著兩代人的差異、時代的不同。悲愴的浪漫情懷不再，趕快爭取生存空間，這一代南來者踏實得多。

4

離鄉背井，初到異地的人，滿懷的鄉思，自然成爲創作的重要素材。在陌生客地，面對疏離、排斥、甚至敵視，只有擁抱著自己最熟悉的生活經驗與回憶，才足以抗衡。寫鄉土，寫過往經驗，是一種必需的安心託附。李輝英來港前已經成名，南來後十多年，筆下都是鄉土，他說：

「鄉土氣在我的文學寫作中既然成為了一個定型，那麼，你想改換了它而去迎合當地的洋場氣，看來不過東施效顰或削足適履罷了。……與其去迎合人家，還莫如你的那一套鄉土氣的好。」⑪

儘管他也寫了些以香港爲背景的小說，但念念不忘的，還是怎樣寫好抗日戰爭中，國家民族的苦難史。他用了四年時間，寫成了《前方》⑫，一本在香港幾沒有書商肯出版的抗戰長篇。重組自己的經歷，作爲對國家歷史的承擔，多少也實證了自己存在的意義。另一個東北來人，司馬長風自一九四九年到了香港後，是一枝健筆，既寫政論、史評、小說、文評，但給人印象最深的，還是那些充滿鄉愁的散文⑬。

七十、八十年代來港的一輩，毫不例外地，他們最初掌握的寫作題材，都寫故鄉和過往的經歷。顏純鈎、楊明顯、裴立平、王璞等人的作品，就充分顯示了這特質。這一輩人，融入香港社會較快，東瑞、陶然、舒非、顏純鈎筆下已見香港形貌，但也有堅持寫好自己熟悉的⑭，或「來港十二年……似乎仍未能全然融入香港社會之中」的⑮。

其實，寫什麼題材，不是我們用來衡量作家水平的準則，寫故鄉寫經驗，只是反映了初到異地的人心理狀態。他們用筆記錄了一群南飛候鳥的心路歷程，也見證了四十年來中國的苦難。

5

劉以鬯在檢視五十年代初期的香港文學時說：「南來作家不願在小說中反映香港現實。」⑯這很眞實地說明了當時的文壇面相，但在文中，他沒有詳細解釋原因。其實，這是很值得探究的。

五十年代初，大部分南來的人，都是爲了逃避共產政權的統治。寫作的人多承襲了現代主義文風，很偏重個人自我的沈吟。他們對香港社會，除了貧窮，其他所知不多。況且，暫時還有寫不盡的鄉愁，他們還沒有必要接觸香港社會素材。五十年代中葉以後，他們已開始熟習香港生活，也爲了謀生，執筆時還得迎合讀者或報刊老闆的口味，在無奈中，他們寫香港，由於他們的投入感不強，寫來總無法得心應手。黃思騁在香港的第一個長篇小說《長夢》⑰就嘗試寫香港社會和富人窮人的對立，可是，給人終隔一層的感覺。來自大都會上海的徐訏，對都市題材應該較易掌握，但讀他的〈手槍〉、〈失戀〉⑱，雖然可見他對香港社會世態炎涼的刻劃，但除了暴露某些社會黑暗面外，距離眞實仍很遠，不擅寫實，無法勉強。

左翼文化人，五十年代初來港的，多由大陸文化機構例如報社派來，有明確的服務目標，奉行寫實主義寫作技巧，實踐用文藝揭露資本主義社會病態、描繪受壓迫階級的慘狀、同時也不放過展示流亡海外的舊日官僚醜態……他寫工人、小販、舞女、白華，例如洛風的《人渣》⑲及阮朗的《華燈初上》⑳。至於右翼的趙滋蕃寫《半下流社會》㉑，寫流亡的知識分子怎樣在香港與貧窮搏鬥，旨在對共產政權大加鞭撻。他們筆下的香港，頂多是一幢舞台布景而已。五十年代中葉以後，那種粗暴的政治宣傳寫法，沈寂下來，南來的左翼文化人大概明白純文藝作品、政治色彩不濃的雜誌，才會受香港讀者歡迎。他們辦「調子不高，色彩不濃的刊物」㉒，小說依然寫低下生活，但都較深層地探究，多了關注，少了咒罵，雙翼的《頂嘴》㉓，海辛的《紅棉花開》㉔就是例子。

在熱心寫實主義創作的一群之外，卻還有一群不寫香港現實的左翼南來者，劉以鬯提到葉靈鳳，說他「長期生活在這個社會裡，寧願將時間與精神放在香港掌故的研究上，也不肯在小說中表現香港的現實生活。」㉕這恐怕與葉靈鳳一貫文藝風格有關。其他的人，不大表達自己對香港社會的態度，他們多寫故鄉風貌、文物掌故、風土人情、讀書札記、生活趣味，翻閱六十年代初出版的多人合集如《新雨集》、《新綠集》、《紅豆集》、《南星集》㉖的內容，就是有力的證明。推想原因，除了鄉愁外，還有兩個可能，其一：爲了淡化政治色彩，其二：不想過分跟貼當時大陸的文藝政策。

南來者在小說中反映香港社會現實，不是必然的需要，但也漸漸因他們已融入社會結構中，自然成了題材。此外，劉以鬯自己的創作，就從不迴避現實，卻超然於政治，在謀生之道外，多了自身處境的反省，和對文藝獨創的堅持。

七十、八十年代的作者，取材的靈動性更強，沒有太多文藝制約，寫不寫現實，由他們自己選擇，相對起來，比上一輩人自由得來了。

6

五六十年代南來的知識分子，無分左右，儘管文藝觀不同，政治立場各異，但不約而同對這個文化異常淺陋南方小島，十分不滿，而他們又普遍對文藝有著不可轉移的堅執信念。面對「這文藝荒蕪時代」「聲色犬馬籠罩下的社會環境」㉗，他們責無旁貸地要向商品消閒的庸俗風氣宣戰。他們在謀生之餘，努力爭取空間和機會，寫嚴肅作品、辦雜誌、編報章副刊，例如力匡辦《人人文學》（一九五二）、夏果㉘辦《文藝世紀》、徐速辦《當代文藝》（一九六五）、劉以鬯主編《香港時報·淺水灣》文藝副刊（一九六〇）、《中國學生周報》（一九五二）、《青年樂園》……我們在此不必斤斤考查他們辦報刊的資金來源，只要認眞看過內容，都會同意，讓作品自己說明一切，才夠公平。他們隻身南來，在貧窮匱乏情況下，面對商業經濟爲主的社會，憑著對文藝的熱誠，各依不同政治（或文藝策略）立場，寫作品爭取生存空間，那是香港這個特定環境特定時代逼出來的方法，日後的香港文學研究者，必須把這種背景作客觀分析，加以考慮，不能因政治觀點不同，一棒打死。

他們還有一項功不可沒的工作，就是極力培養新人。徐速念念不忘「培養文藝接班人」，認爲「香港文藝性雜誌不多，也不穩定，綜合性雜誌的文藝作品只是點綴而已，至於報紙的副刊則是地盤主義，新人根本無法打進去……缺乏鼓勵，尤其對年輕的作者。」㉙夏果主編《文藝世紀》設有《青年文藝專頁》。劉以鬯在《淺水灣》，後來在《快報》、《星島晚報·大會堂》也做著同樣的工作。我們翻檢五十、六十年代，左右翼出版的文集，會驚訝他們對新人作品的容量如許龐大，集子包含了老中青的結合，又有專爲新人青年而編集的。看到那些名字和作品，特別今日已在文壇成名，或仍在文藝界繼續努力的名字，就更見在政治夾縫中，堅持不懈地培育接班人的前輩的精神㉚。

七八十年代的南來者，在文藝路上，多是單打獨鬥的個體戶，各自創作。部分從事報刊編輯工作，受到客觀因素的局限較多，也無法如當年前輩的「方便」。

7

「南來作家」這個課題，牽連甚廣，本文概論式的評述，欠缺仍多。我只想提出一些看法，並希望「南來作家」一詞不被濫用，因爲這項研究仍未展開。

註釋

①可參考：舒伯敏〈香港文學的一面鏡子——讀聯合文學，香港文學專號有感〉，一九九二年十一月一日《華僑日報·文廊》頁二五；秦淮〈鏡子如何說——南來作家「情意結」〉，一九九二年十一月十日《星島日報·文藝氣象》頁四；史德〈製鏡者的手藝〉，一九九二年十二月六日《華僑日報·文廊》頁二五；慕翼〈各人腳下一塊地〉，一九九二年十二月十三日《華僑日報·文廊》頁二二。

②評論家梅子（一九四二— ）（一九七二年來港）在一個「南來青年作家在香港」座談會中，

就批評了：「由於部分作家是福建人，就有人魯莽地冠以『福建幫』、『廣東幫』名號來劃分，很不合理。一九八七年五月二十八日「香港中華文化促進中心」，主辦「南來青年作家在香港」座談會錄音。

③潘亞暾〈香港南來作家簡論〉，一九八九年四月二十日《暨南學報》總三十九期頁一三一—一二三。其中把來港時只有十二歲的西西，也從本土作家中拉出來，理由是「他們的根在大陸，與生於斯長於斯的本土作家畢竟是不同的」。

④羅孚（一九二一—）（一九四八年來港）〈《海光文藝》和《藝文世紀》——兼談夏果、張千帆和唐澤霖〉，《南斗文星高——香港作家剪影》，一九九三年香港天地圖書有限公司，頁二六三—二六四。

⑤吳萱人〈一封讀者來信〉、〈回顧過去展望未來——記香港文學三十年座談會〉，一九八〇年九月二十三日《新晚報·星海》頁一二。

⑥慕翼（顏純鈎，一九四八—）（一九七八年來港）〈各人腳下一塊地〉，一九九二年十二月十三日《華僑日報·文廊》頁二一。

⑦四五十年代，中英文都不通的翻譯者，把電車站的英文"All Cars Stop Here"譯成「如要停車乃可在此」。

⑧李輝英（一九一一—一九九一）（一九五〇年來港）〈自序〉，《李輝英中篇小說選》，一九八三年八月，香港南方書屋，頁一。

⑨百木（力匡）（一九二七—一九九一）（一九五〇年來港）〈北窗（代序）〉，《北窗集》，

一九五三年七月，人人出版社，頁缺碼。

⑩齊桓（孫述憲，一九三〇—　）（一九五一年來港）〈序〉，《北窗集》。

⑪李輝英〈鄉土集序〉，《鄉土集》，一九六七年十一月，香港正文出版社，頁一—五。

⑫李輝英《前方》，一九七二年九月，香港東亞書局。

⑬司馬長風（秋貞理，一九二二—一九八〇）（一九四九年來港）散文集極多，其中以下列幾本，都以鄉愁題材爲主：《北國的春天》，一九五九年，香港友聯出版社；《心影集》，一九六三年，香港高原出版社；《鄉愁集》，一九七一年，香港文藝書屋。

⑭楊明顯（一九三八—　）（一九七五年來港），在一九八七年五月二十八日「南來青年作家在香港」座談會中，即坦然說：「我的文化素養及生活經驗局限了小說的題材，是土的題材，寫北京四合院小人物生活。我認爲土玩意是自己熟悉的，就好了。」（據座談會錄音）

⑮裴立平（一九七五年來港），據〈香港南來作家星光何時燦爛？〉專訪，一九八八年十月二十四日《香港經濟日報》版十。

⑯劉以鬯（一九一八—　）（一九四八年來港），〈五十年代初期的香港文學——一九八五年四月二十七日在「香港文學研討會」上的發言〉，《劉以鬯卷》，一九九一年四月，三聯書店（香港）有限公司，頁三六一—三七一。

⑰黃思騁（一九二〇—一九八四）（一九五〇年來港），《長夢》，一九六八年八月，香港高原出版社。

⑱徐訏（一九〇八—一九八〇）（一九五〇年來港），《童年與同情》，一九六四年，香港正文

出版社。

⑲洛風（阮朗，一九一九—一九八一）（一九四九年來港），《人渣》，一九五一年六月，香港求實出版社。

⑳阮朗，《華燈初上》，一九五七年三月，香港上海書局。

㉑趙滋蕃（一九二四—一九八六）（一九五〇年來港），《半下流社會》，一九五三年初版，一九七八年十一月，台灣大漢出版社二十六版。

㉒同註④。例如一九五七年一月吳其敏（一九〇九—）（一九三八年來港），辦《鄉土》，一九五七年六月夏果（一九一五—一九八五）（一九五三年來港），辦《文藝世紀》。一九六六年一月絲韋（羅孚）王蒙田（一九一六—）（一九四五年來港），辦《海光文藝》等雜誌。

㉓雙翼（吳羊璧，一九二九—）（一九四八年來港），《頂嘴》，一九七二年六月，香港上海書局有限公司。

㉔海辛（鄭辛雄，一九三〇—）（一九四六年來港），《紅棉花開》，一九七〇年，香港中流出版社。

㉕同註⑯。

㉖《新雨集》，一九六一年，香港上海書局有限公司。《新綠集》，一九六一年九月，香港新綠出版社。《紅豆集》，一九六二年三月，香港新綠出版社。《南星集》，一九六二年十二月，香港上海書局。

㉗徐速（一九二六—一九八一）（一九五〇年來港），〈發刊詞〉，《當代文藝》創刊號，一九

六五年十二月一日，頁二。

㉘夏果（龍韻、源克平，一九一五—一九八五）（一九五三年來港）。

㉙徐速辦《當代文藝》，一直以培養新人爲念。見《迎春三願》，一九六八年二月《當代文藝》元月號。潘玉瓊訪問整理〈徐速談香港文學〉，一九七九年九月五日，《奮鬥月刊》四號，頁一一六—一一七。

㉚試開列幾種重要合集如下：《五十人集》，一九六一年七月，三育圖書文具公司。《五十又集》，一九六二年一月，三育圖書文具公司。《市聲·淚影·微笑》，青年短篇小說創作集，一九六二年初版，一九七九年三月再版，萬里書店有限公司。《海歌·夜語·情思》，青年散文創作集，一九六二年初版，一九七九年三月再版，萬里書店有限公司。《新人小說選》，版權頁欠出版日期，按〈新人、新人——代序〉文末年分爲一九六七年，友聯出版社。《短篇小說選》，一九六八年六月，香港中國筆會。《散文選》，一九七〇年三月，香港中國筆會。《香港青年作者近作選》，一九七三年四月，香港青年出版社。《青年作者小說選》（此集中含南洋及澳門作品），一九七六年五月，香港青年出版社。

各集中的作者衆多，許多作品已見光華，今天他們也已成名，就是有些已停筆，但研究五十、六十年代香港文學的人，不應忽略了他們。說來說去一籃子熟聞的名字，又不尋找原始資料，不看作品，如此評論，對他們是不公平的。

香港文學主體性的發展

黃繼持

1

以「香港文學」為題作學術討論，往往要先作語義界定；而這就不免蹤上觀念的糾葛，以及觀察角度和理論框架之選取。當然，現今爭議的已不是香港文學事實之有無，而是香港文學之定位及其價值高下。但從概念分析，「香港文學」可以是「出現／產生在香港的文學」，也可以是「植根／屬於香港的文學」，這兩個概念可以互相包容，但由於香港特殊的處境，「在」香港的文學卻可以抽離於「屬」香港的文學而分立；而且在五十年代以前，這還是香港「文壇」的基本情勢。這裡所談的「文學」，指「中國新文學」意義下的文學，並非指傳統詩文或「省港澳」地區的通俗式的「舊」文學。「舊文學」在香港長期與「新」文學互相漠視中卻能相安，並且表現相當濃厚的「本地」或嶺南色彩，但我們討論香港文學一般把它懸擱起來，因爲它欠缺「現代」意識。至於自五十年代以來，「通俗文學」從「舊」式向現代「新」式的「大衆／流行文學」轉變，寖且勢壓從「新文學」拓展開來的「嚴肅文學」，成爲「港式文化」的重要部分；討論近四十年的「香港文學」，如何處理這嚴肅與流行、雅與俗之並存分立的格局，似乎要作深入思考，尤其是面對近年的所謂「後現代」理論，雅俗之分應否成立也成問題。但本文則大體上迴避關於流行文學的論述，只就「嚴肅文學」如何從「在香港的文學」向「屬香港的文學」格局之轉化，提供一些線索，以此作爲香港文學「主體性」的中心論題。

我們在這裡談香港文學的「主體性」，只是按大會命題，借用近年歐美文論術語，去探討香港文學「個性」的生成與發展，也就是有些人談及香港文學的「香港性」。這未必吻合這個術語的豐富內涵，但意在點出香港文學個性的形成，起初乃由一系列「香港以外」、「文學以外」、乃至「香港文學」以外的因素，牽引激盪，從渾沌朦朧而到主體自覺；而這個「主體性」也就在多方面的「客體」或「他者」參照之下，在同異之辨中成立，並相應於「他者」的變化而變化、發展。

2

談論香港「文學」的外緣因素，一是當地居民的結構，一是當地政府的政策。香港居民主體是先後來自中國內地的「移民」及其後代，寄托於殖民政府提供的生存空間。港英政府的統治政策，異於例如日本對台灣的統治，而較多類似於中國內地租界管治的方式。它謀求統治穩定、商業開展，對文化則沒有積極的方針，不汲汲於灌輸西方意識型態，更多利用當地文化傳統保守勢力來鞏固社會的現成秩序。由於中國珠江流域受五四新文化影響比長江流域爲晚爲輕，而香港更聚集了不同時期的「遺老遺少」，所以本地的保守氣氛殊不利於新文學的開展。

從二十年代後期到四十年代末，在香港的新文學，大體可分兩個系統：一爲本地青年自發的文藝活動，一是因內地政局動盪而有大批成名作者南來寄居，繼續寫作，並且形成派系組織。後者固然是「移入」的，暫時寄寓，並不歸屬更不生根於本地。前者雖然算是本地自發，但文學觀念乃至形式內容仍不免是「移入」的，而且成績未豐，一旦面對來自內地作家的強勢，只能退處一隅。於是三四十年代「在」香港的文學，能占中國新文學史一席位，但本地作者的貢獻有限，也談不上建立香港文學的「個性」或「主體」。香港政府之所以容許中國作家從事一定程度的文學以至政治活動，此中關係很微妙，於此暫不深究。至於香港政府及當地社會對本地新文學之漠然，大抵跟香港小市民但求存活的寄居或過客心態不無關係；有志之士則大都心繫神州，也不著意於建設本地文化。新文學更處於邊緣位置。

我們認爲香港文學主體意識的喚起，始自五十年代；這並非抹煞此前的文學活動，也並非割離其與中國新文學的聯繫。即使自五十年代以來香港文學開始形成自己的面目，也是在中國文學的總體格局之下，香港文學提供了其他地區所不能或未能提供的成素。這當然首先緣於中國政局之丕變，香港人似乎從中國本體割離開來，在殖民政府之下從事經濟活動，而不遑考慮歷史文化問題；但文學卻弔詭地在這逆境裡撐持出新的局面，把在香港的中國新文學若干線索轉化爲香港文學發展的基因。

四五十年代之交，香港居民結構與經濟型態之變更，造就香港文學的成長。四十年代末一批中國作者北返，隨後另一批作者南來。這新來的一批，雖然他們的政治傾向及文學觀念跟以往三四十年代兩批南來作者有殊，但他們同樣意以香港爲暫避之所，卻想不到北歸無日，於是一部分向東或再向南移，另一部分人遂定居香港了。關於後一部分人在香港文學的定位，由於不少跟五十年代所謂「綠背（美元）文化」纏夾，並陷於意識型態與政治傾向的糾葛，不免論說分歧。作者之中確有些人跟香港社會「互爲不存在」，而其作品以大陸經驗爲內容者，則不論其成績高下，也正如以往例如茅盾的《腐蝕》、蕭紅的《呼蘭河傳》，難以算入「屬於香港」的文學。但在南來者中，另外一些半成名或未成名的文藝人士，通過創辦刊物報章，組織文學活動，引發香港一些青年的文學興趣，培育了新一代香港「本地」的作者。做得最有成績的當推友聯機構屬下的不同層次的雜誌報刊。其中《中國學生週報》雖然不是純粹的文學刊物，但在出刊的廿多年間，對香港作者的「培育」，今天回顧，幾乎已成爲一則神話了。

但《中國學生週報》在五十年代也不過是衆多刊物之一，且主要以中學生爲對象。而當年更有「新意」的文學潮流，則是四十年代後期上海文壇傾向於歐美「現代主義」一支之南來。補述一下，香港雖說是「洋化」的城市，但香港的「新文學」迄未眞正引入西方「前衛」的趨勢；而從中國南來的作者中，固然未嘗沒有較爲與西方當代潮流相應者（如戴望舒、葉靈鳳等），但本地作者寫的仍多是浪漫感傷之作。華南文學，除了傾向革命一類，一般也只是這個水平；四十年代末年，自穗南遷的刊物《文壇》可爲代表，它對香港本地「中檔文學」及「流行文學」的形成，當有一份功績。至於比《文壇》檔次略高的刊物，如《人人文學》、《文藝新地》，以至徐訂先後主持的《幽默》、《熱風》、《論語》，雖帶現代情調，但未能說得上「前衛」。「前衛」的、「實驗性」的文藝之引入香港，並竟然能夠跟香港文藝環境結合，其後形成香港文學特色之一，劃時代的標誌是創刊於一九五六年的《文藝新潮》。編者之一馬朗，文學活動肇始於上海，活躍於香港幾年，其後又移居美國。由於《文藝新潮》創辦，香港跟台灣文壇，起了一度相當的交流，在文學創新上互相支援。事後爭辯哪一方面領先，並無多大意義；但香港文學乃至台灣文學主體性之建設，卻似乎跟五十年代中期現代主義之確立，大有關係。當然香港台灣文學各有特色。

3

某個地區文學個性或曰「主體性」的形成，就作品來看，大抵有兩大端。一是本地經驗之寫入，從表層的地方色彩、生活方式，到深層的社會心態、價值取向。這從作品內容而言。另一則是「形式」的突破，新形式帶出對生活的新的切入，從而對當地經驗與心態作出更多層面的折射，並爲此地的「生存情境」作出形式與內容統一的藝術揭示。

就香港文學而言，前者乃是中國「新文學」中「寫實主義」的一支結合當地生活的開展。四十年代後期中國左翼作家南來，在「大衆化文藝」與「方言文學」倡導下，結合本地生活寫作，曾有一定成績，也帶起一些本地的作者。一九四九年之後，主力北返，仍然留港者繼續「社會寫實」的路線。由於香港政府當時對左翼思想的箝制，遠比對右翼爲嚴苛，加上這一派作者的社會觀察不免落入一定的框架，於是創作上雖非無可稱之作（如侶倫的《窮巷》），且多具香港生活色彩，卻不能有力地爲香港文學打開局面。然而這一系以「社會寫實」爲主導，算不上「激進」的左翼傾向的文藝活動，在五六十年代也傳承不絕，有代表性的文藝刊物當推創刊於一九五七年的《文藝世紀》。到六十年代中期香港轉向現代社會經濟型態之際，左翼一系採取較大的靈活性，創辦《海光文藝》、《文藝伴侶》這些刊物，看來有可能爲「寫實主義」的「本地化」開出新路。若不是由於內地文化大革命驟起，這一支應對香港文學主體性的建立有較大的貢獻。

「現代主義」的一支，對香港而言，當然也是從外地移入。但在當時中國大陸對現代主義壓制討伐的情勢下，移居香港這一派作者，加上在香港培養出來的同道，便有一種維護文藝價值爲己任的使命感了。政治傾向多是反共的，卻多自視爲挽救中國文化乃至人類文明。把西方現代主義文學表現的焦慮感危懼感，轉接到東方文明之解體與招魂，加上面對香港這個殖民地商業社會而感到民族意識與人文精神之失落，於是以《文藝新潮》作者爲代表的現代主義文學，並非簡單的美學追求或西方範本之因襲，卻承載著中國政治文化意識與香港處境的糾結，也不大像台灣同期現代主義較有意識迴避政治而走向「純文學」的道路。

馬朗的詩文、崑南的詩與小說都表現出這種複雜的內涵，而崑南更有代表性，因爲他顯示了本地文藝青年新感性之突進；而現代主義在香港這個中西色彩交錯而又正向新工業化轉型的社會中，作爲一種「抗衡文化」，也有一定程度的適切性。五六十年代之交，「美元文化」退潮，政治意識型態壁壘雖則其實無多削減，但本地成長的年輕一輩進入文壇並與台灣新興的現代主義有所呼應之際，他們多能超越簡化的政治意識型態而更深進入前衛藝術的探討。這包括「現代文學美術協會」之成立與《新思潮》、《好望角》先後於一九五九年、一九六三年創刊。還有《香港時報》文藝副刊《淺水灣》版在一九六〇至六一年劉以鬯主編期間，對於港台現代文藝之推展，功績可稱。從六十年代初年，《中國學生週報》也擴大文學版面，既刊載台灣新老作家的創作，也發掘中國五四以來今已遺忘或遭中國兩地政權壓抑的作家作品，當然也刊登本地的創作。凡此種種，可見約在五六十年代之交的前後數年，香港文學已開始從思潮到創作都醞釀著重大的轉變。現代主義從「移來的」逐漸轉化成爲多少是「自己的」。而且在整個中國文學的格局中，既可看成是三四十年代上海及其他地區一度有過的「現代主義」之承接，也可看成是在新的情勢下與台灣文人聯手爲中國文學開拓出新的局面。

香港文學這一「現代主義」前期的實際成績雖然還待衡定，但就某些重要作品而論（如本地青年作者崑南刊於一九六一年的小說《地之子》、外省作者劉以鬯初刊於一九六二年的連載小說《酒徒》），在技巧運用上已居於整個華文文學實驗性寫作的前列，而又能曲折地以「邊緣人」角色反映香港社會情態的某些方面。

4

如果說五十年代香港文學，除了那些本地通俗性作品之外，不少帶有或「右」或「左」的思想傾向乃至政治背景，這樣說並非否定這些作品的文藝性質。本來中國新文學的主流便帶有強烈的政治社會導向，此中具有一定程度的理想情調與求索精神。文化人這種強烈的或「左」或「右」的政治傾向（其實不只政治，還有社會與文化意識）原本來自香港境外，但在港英政府微妙處理下，得以在香港安頓並發展出一定的影響力於一部分在港英教育建制內成長的青年。香港文學主體性之生起，一方面由於這些外來作者本其文學信念而逐步介入香港生活；另一方面，也許是更重要的一方面，則是一代繼一代本地作者之成長。所謂本地作者，大體指在香港受教育（以中學教育爲主要考慮），不一定誕生於香港，但成長經驗與香港密切相關者。五六十年代之交，戰後成長的第一代人在寫作上已初露頭角，並對更年輕的一輩多少具引領之責了。從六十年代到八九十年代，香港「本地」作者形成兩三個「年輩」，隨著香港社會之轉型與「香港人」意識之凝聚，他們努力之下，寫作成績雖不免參差而產量未必穩定，但無疑應算作香港文學的主體部分。當然六七十年代以來，陸續再有數量不少的內地移民，其中從事文學工作的人數比例很高，但由於七十年代以來，香港經濟大幅增長，社會現代化特質已經形成，本地文學也大體建立自己的格局，於是外來作者雖或不失其故步，但要在香港文壇有所開展，不能不與當地因素結合，尤其是那些來港之後才踏出大步的作者爲然。日子有功，他們的創作自然也成爲香港文學多元格局中不可或缺的部分。

大體而言，在香港的文學，對比於大陸或台灣，自己格局之形成，從生活的切入到形式的創新，都見出多元而繽紛的風貌，可惜不受社會重視承認，作者難一意的作嚴肅文學的專業寫作。於是幾乎年年都有人謾說香港是「文化沙漠」。但按諸實際，香港的報章副刊與通俗讀物，至少在「量」上極爲可觀；嚴肅文學雖在縫隙生存，其實也綿延不絕，文學雜誌此蹶彼起，同人刊物隨時冒生，副刊編輯中之有心有識者也能善用機緣，扶掖後進，提升素質，在政治化與商品化的兩極偏向之外，開闢文學的「藝術性」與「人文性」。

所謂藝術性與人文性，只是籠統的說法，意謂相對於文學之淪爲「工具」與「商品」，而呼喚文學本體之回歸。不過香港並無眞正源於本地的強勢的文藝思潮。寫實主義與現代主義之輸入與鼓吹，起先不無與政治傾向相關，喧囂鼓譟中都有獨斷的成分。只有當政治淡化或具體指向轉化之後，文藝本體的作用才較易顯出，這也須結合六十年代以來香港「本地」成長的一代，他們在香港生活和所思所感。所思所感也不必局限於香港，可以遠及或未親歷的「祖國」或「故國」，可以遐向歐美異域。只有跟本地成長的年輕一代感受結合，文藝思潮才眞算移殖過來。例如現代主義是個龐雜的體系，如果「存在主義」也計在內，則「存在主義」在六十年代確對香港青年頗有影響，有助於青年審視身處香港的「存在」境況；創作表現不論「荒謬」而虛無，抑或「抉擇」而超拔，已成爲本地文學青年行進的一段途程，並且成爲契接於西方當代思潮的初機了。此後香港作者於當代西方文學潮流多能即時引介。此中包括西方六十年代中葉以來的激進思想與批判意識在文藝的表現。這在香港，加上中國文革初期理想主義一面的情調之掀動、六七十年代之交「保釣運動」之帶起，對本地文藝青年、尤其是大專學生的影響，便成爲鼓吹文學積極「介入」社會。這跟五十年代的「寫實主義」有相承之處，卻在「批判的現實主義」的大旗之下，更求切入剖析香港資本主義。提法比較溫和的，是「從生活出發」；實踐比較激烈的，主張文學與「工運」結合，還有街頭劇演出等等。這都好像跟中國文革的大批判相呼應，而實質並不等同；除了香港「激進」份子同時接受西方類型不一的「左翼」思潮外，其在文學的認識，則是對中國五四以來文學的發掘以至認同，此與文革時期內地一概打倒「文藝黑線」者大異其趣。本地文藝青年這種取向，事後看來是相當獨特的。雖然創作實績並不顯著，但香港就在大陸天地翻覆，本地也動盪調整的數年之間，進入經濟多元化「起飛」的七十年代，而本港的文藝人士，包括青年一輩與較長的一兩輩，在思潮激盪漸平之後，再諦視自身與香港的處境，從空想的反叛到平實的呼應，文學也就更多與本地前景相關了。

5

進入七十年代，香港經濟全面發展；而香港人「歸屬感」問題也開始認眞提出。文學方面的回應，首先見於眞實地寫香港生活，尤其是青年人的眞實的心態。有代表性的作品可舉西西的《我城》（一九七五）、也斯的《剪紙》（一九七七），原來都在報上連載，後來修訂成書，八十年代初面世。有代表性的文學雜誌，可舉《詩風》（一九七二年創刊）、《大拇指》（一九七五年創刊）、《素葉文學》（一九八〇年創刊）等。這些標誌了香港文學進入新的階段，它的「香港性」已不容否認了。

就此論香港文學的「主體性」或此地文學的「香港性」，也許可以從多方面著眼。姑且從內容形式二端論。就內容而言，本地意識之自覺並不必把香港置於中國與世界相關的考慮之外，本地生活之繪寫則力求能與本地社會的轉化呼應，因而遂與世界其他現代城市生活的文學表現同異交錯；並相應於香港之爲國際都會，加上港人遊學及遊歷日增，於是以異地爲題材而融入港人感受識見，乃至憑虛構擬而實爲香港文人「感性」之一端者，也成爲香港文學內容的一部分。就形式而言，語言與文體方面，戰後成長的文學青年已有意探索一種結合實際生活語言的書面中文，或實驗種種新的文體風格，雖或得失互見，比照於大陸或台灣，香港作品的語言多有自己的特色。至於體式與創作方法之多樣化，對外國文學新發展之及時引進，早在五十年代已是香港文壇的趨向；七十年代以後，吸收轉化進入自己的創作，更見成績。文學的「香港性」此時已不應只論是否帶本地色彩，而應該視爲植根於香港生活且或深或淺帶有「港人意識」的作者、在文學實踐的表現了。中國別的地區或別的時期，有過諸如「西化」與「中國風格」之爭，乃至「殖民」（政治的與文化的）與「反殖民」之爭；但在香港文學吸納西方文學過程中並無引起多大激烈的辯論。因應於香港國際性的一面，似乎不能視作香港文學主體性之失落，無寧應視爲有助於形成香港文學主體性其中一項元素。

七十年代以來，香港學術文化界對本地文學漸能正視，大專學界帶動較具規模的反思，如一九七五年香港大學文社曾舉辦「香港四十年文學史」學習班，整理出一批資料；十年後香港大學亞洲研究中心初次舉辦正規的「香港文學研討會」。其間其後，報刊雜誌也曾多次組織座談會；香港官方機構如市政局也開始舉辦一些文學活動。於是香港文學似乎從歷史的遺忘中、媒體的混雜中，逐漸浮起自身的脈絡，既討論香港文學的「香港性」問題，也試圖建立香港文學的「正典」。當然這並非一蹴可幾的事。何況從八十年代以來，香港文學的進程難免受「一九九七」問題所左右。一方面，對香港處境與香港意識的探討更多，話劇最令人矚目，但詩與小說其實更見深刻，其中包括西西前此的《我城》到此際的「肥土鎭」系列，西西也成爲關注香港命運最具藝術創意的作者之一。

另一方面，香港跟大陸台灣海外的關係更加密切複雜。香港作者基於甚麼立場從甚麼角度處理這種關係與未明的前景，不能不影響到作品的型態與質素。加上近年香港人移民外國日衆，作者雖或寄稿回港發表，但作爲香港文學主體的身分也許界線模糊了。留在此地的作者，對香港處境，「九七問題」、「六四事件」及其餘波等等，也許循著自己的感受了解去寫，也許按照某一方意見去寫，也許索性迴避，這似乎不能跟作品的「香港性」全無關係。而對香港文學的評價與定位，也隨著「九七」將臨，可能又要作出調整。但願文學以外因素的干預不致太多，則文學理論觀點雖或有差殊，最終當在作品實績之前照面。也許這是對香港作品的一次更嚴峻的考驗。香港文學主體性問題的討論也許又要重新開始。

一九九三年十一月稿

香港文學中的地域色彩

梁錫華

一、小引

還沒有接觸地域色彩之先，要界定香港文學這四個字。按本文的性質，香港文學指有關香港的文學作品，作者一般是香港居民，文章發表或結集則可能在香港或香港之外。不過，衆所周知，何爲文學作品和何爲非文學作品這問題，爭論頗大。這件事牽涉到香港文學，意見更不一致。①筆者對此持論從寬，但也謹守個人的防線。意思是文學園圃遼闊，文學不一定非所謂嚴肅不可。紅樓夢、水滸傳、金瓶梅、西遊記等，起頭並不嚴肅，只不過通俗，但如今無論如何是文學作品了。所以當代受識爲通俗之作未可全部摒棄。筆者認爲，只要其中尚有文采可言而不屬乾巴巴的新聞報導式，不妨作文學作品處理。當然或優秀或下劣，那是另一回事。另外，本文不用嚴肅文學和通俗文學這兩個名詞，更不迫使它們作對立面鬥爭，因為舉起嚴肅，會暗示其他類型作品俱輕佻浮薄。至於通俗二字，則顯然語帶貶抑了。為討論計，本文用「高閣文學」和「流行文學」作代替，盼望免除二者的互相排斥，也消弭或褒或貶的內涵。高閣出自束之高閣這四字成語，源於晉書庾翼傳，不帶貶義，只說明不流行，又微蘊將來仍有希望的意思。②它的詞義只表事實，不染或抑或揚色彩。流行文學的流行兩個字，純然是就事論事性質。那些一般稱通俗之作，例多流行。

香港自所謂開埠之日（一八四二）起至三十年代，無所謂成氣候的文學。一九三七年抗戰軍興，南下的作家才為香港注入文學，但並沒有多少本土的地域色彩。原因是，雖然他們人在香港，卻心繫故國，寫的多是中原事。一九四九年之後，這種情形才開始變化，但也不是很明顯的。葉靈鳳是很好的例子。他在一九四九年前已定居香港，但並不著意寫香港的現實生活，寧願埋頭故紙堆中，研究並抄述香港掌故。③黃谷柳的小說《蝦球傳》頗有名氣，書內有不少篇章揭露香港下層社會市民的生活狀況，但故事的結局仍要轉回內地。④自五十年代開始，南下已定居的作家和中國大陸雖然一水之隔，但事實上彼此日益疏遠。他們生活在這南方小島，歲月一長，感情的扣子和香港漸漸拉緊，筆下的事物自然和所居地多有關係了。這種情形在較年輕的一代更加明顯。所謂較年輕一代的作家，如今大致五十歲上下。他們在香港出生，或幼年隨家庭來香港居住，六十年代開始露頭角，到如今有些已成為香港文壇的支柱。這塊殖民地是他們的家，更因香港自六十年代末葉加速了發展步伐，成就可觀，他們筆下的本土意識自然較強。

二、旅遊篇章

由於香港自由開放、資訊發達、位置重要，自七十年代開始，已成爲世界觸目的金融中心和旅遊旺點。來訪的人固多，出門的也不少。後者包括生活安定下來的本地作家。他們的筆隨著他們的腿往外伸，寫外地遊記自然蔚爲時尙。⑤大陸開放之後，寫旅遊大陸的作品也多了，但寫台灣卻是相對的少。這由於港台兩地雖然經濟上同屬資本主義體系，但香港人對台灣一般頗有「心病」。因爲，第一，台灣直到八十年代，出入境的規例還是從嚴而且神經過敏，香港人因此和台灣來往不密，誤會卻常有。第二，香港人自視母語（粵語）過高，國語水平向來低落，和台灣乃有語言的隔閡。上述兩個原因打成死結，使香港人對台灣人、事、物在感情上相當疏落，有時候更猜忌難免。

講香港文學作品的地域色彩而涉及外國風物似乎離題，但其實不然。香港作家多寫外國遊記這種傾向或表現，無疑也可算是地方色彩了。不過也有少部分作品眞正以本土色彩和情調見長，此中尤以沙田中文大學那一班學者文人寫的山水文章最合所謂純文學的體制。⑥香港這個商業城市，又是國際金融中心，它給人的印象一般不離高樓大廈、車水馬龍、股票買賣等等，生活絕對高速化和現代化。旅遊人士對香港自然景色的瞭解，大多局限於太平山頂和維多利亞海灣近中環一帶的水域。上述的散文卻把香港，特別新界的山水，以抒情和感懷的手法描述，爲香港的地域色彩加深了一筆多情的絢麗。

三、城市雜錦

香港是大城市。這點意識在文學作品中，興於六十年代，繼之大盛。六十年代是四十年代出生那一輩人的青年期，性近文學的，自然是文學青年了。他們生於斯，即便不然，至少是長於斯。這樣的背景加上對大陸和台灣同樣隔膜，使他們依偎生活之地猶如小雛之依母鳥，對香港自然深懷感情。長大之後知識和智慧增多，也許加上環境關係，有時候或者覺得母也不仁，但由於認識對方的優點和缺點，要抒發心中的話與情，也就常常牽涉「母親」了。他們作品中地域意識之濃，任何人都能想像得到。在此可以先提出黃國彬，他的詩歌和散文縱橫古今中外，剛柔兼備，學者氣息和本土意識俱濃厚，成就可觀，但說到筆下的香港城市，即有別於郊區的市區，也斯（梁秉鈞）比黃國彬更具代表性。⑦他的詩歌、小說和散文，文字樸素、地域色彩分明。但有時候，雖分明卻不一定鮮明，因爲他多用了現代手法兼及魔幻，背景雖然不離香港，但讀者要會捕捉，才抓得住其中的港物港味。⑧他是著重表現城市生活的作家，肯定城市的複雜性。這也說明他運用現代主義手法是持之有故的，而他自己覺得是必需的。⑨另一位重要的作家西西，她的不少作品具有濃厚的香港色彩。例如《美麗大廈》這部長篇小說，幾乎每一頁都充斥著香港的人、事、物。⑩她的其他作品也不離香港色彩，不過較不突出，只鑲入作品爲背景就是了。例如《草圖》，要是作者沒有提及烏溪沙這個地名，讀者很難認出這篇小說的地方背景。⑪不過無論也斯或其他採取現代或較現代手法創作的作家，地域問題對他們是有意義的。假如他們活在大陸的僻遠地方而不是香港，自然無緣受國際化大都市生活的衝擊，因此執筆爲文也未必運用現代主義手法了。

同是渲染地域色彩而創作手法迴異的是寫實一派。這類作品很多。從四十年代黃谷柳的《蝦球傳》以及侶倫的《窮巷》以迄今，小說之外，散文、詩歌、戲劇俱備。⑫其中固然不乏高閣文學，但流行文學更占上風。它們的香港色彩一看便知。不同的是，二三十年前的寫實作品暴露本地實況時多少帶批判意味，而寫下層或較下層社會的尤常見。但六十年代後期的香港逐漸走向富裕，作家受社會環境影響，現實的涵蓋面擴大了，中層人士、上層人士，政客、官僚、商業鉅子、學界精英，都在香港五彩斑爛的文學畫面上出現。這種種，在流行文學中出現更多。

如今已七十多歲的劉以鬯從事寫作五十多年，他一向舉「嚴肅文學」的牌子做文學工作，包括寫小說。但他也寫流行小說爲稻粱謀。他寫文學小說是在寫實的基礎上常常運用新技巧、新手法的，名聲甚著，作品地域色彩也明顯。⑬

必須一提的是香港在七十年代吸收了不少身分較特殊的知識分子。他們是五十年初期從東南亞進入中國大陸受教育並參加建設的海外華裔青年或原來住大陸的僑眷青年。他們滿腔熱情，經文革後冷卻，到香港後定居，在陌生的環境中求生存謀生活。他們從事的職業和筆耕有關者不少，業餘創作寫香港都市風情，頗著意表達的是他們個人對香港人事物的體會和感受。⑭這些作品大體上屬高閣文學，地域色彩很明顯。也許和他們在大陸所受的教育以及在那邊多年生活經驗有關，這類作品一般傾向揭露香港社會的陰暗面並且直接或間接帶批判性質，但絕並非揮動社會主義的鞭尺或按此進行說教。或者可以說它們的白紙黑字，是新移民的所見、所感、所歡、所怨和所懷。他們多以寫實手法創作，筆勤手快的東瑞，最近把若干前衛手法引入作品而不減本地色彩，值得注意。⑮王一桃、黃河浪等詩人多寫以香港爲題材的都市詩，他們所作的努力也值得一記。⑯

寫流行小說的，女性作家較多。她們的作品往往以愛情爲主題，其中人物又以所謂「優皮」型的文教界、政界、財經界較常見，香港氣味十分郁烈，和地域色彩濃厚的電視劇大致相似。由於是小說化的紀實，很受本地人歡迎，西茜凰的愛情小說就是一例。至於梁鳳儀所著一系列地域色彩相當強的財經小說，雖然講文學水平不及西茜凰那些，但也很難完全把它們摒除於文學之門。正由於它們趕上中國大陸的市場經濟開放政策，所以一紙風行，連出版界名氣最響的北京人民文學出版社也在實利面前折腰頂禮而吹捧有加。⑰人民文學出版社出的書，按理，不是文學作品是甚麼呢?

寫流行小說最多也大概是最暢銷的女作家亦舒，她的作品幾乎全部以香港爲背景，不過說不上有甚麼特別的地域色彩。她的一百多本「行貨」產品幾乎全以情節、人物爲骨幹，往往以一行甚至一句算一段，靠淸通文筆講故事，但文采卻談不到了。

香港的兒童文學近年比其他文類有起色，這和社會富裕以及家長肯花錢培養子女大有關係。這些大多數以故事寓教訓的作品，地域色彩明顯，因爲就地取材乃方便引起兒童的興趣。⑱

討論香港文學的地域色彩，不提雜文似有缺欠，提則常常引起爭議。香港雜文，或稱「劃田而耕」的「專欄文」算不算文學這個問題，答案見仁見智。不過雜文在香港報刊覆蓋面之廣是驚人的。它影響中國大陸、台灣並遠及海外。⑲如果按本文開頭的標準，說文學作品起碼要帶文采，那麼香港的雜文定有百分之九十幾不及格，可是，另外那百分之很少很少的幾，比例雖微，但因雜文產量豐，所以數量並不弱。⑳近數年來學者、名家也紛紛「下海」寫雜文，頗有元代曲子後期的創作盛況，直接提高了雜文的素質，這也是有目共睹的。㉑可以肯定，香港雜文中，有些具資格入文林。進一步可以肯定的，就是香港雜文是地域性最強的文類。它成了社會的脈搏，對一切大小事都有回應和反彈的作用。這和香港在英國統治下是亞洲言論最自由的城市極有關係。世界上和香港同樣言論大自由的地方不是沒有，但卻沒有一處像香港那樣因著雜文的盛行而在文字上顯出地域色彩的一枝獨秀。總的來說，按純文學觀點審斷，說一枝獨醜也無不可，但它無論如何是一枝獨特，從前沒有，將來也未必有。㉒按猜測，一九九七年之後，雜文雖然很有可能仍然以雜的姿態存在，但現今那種大鳴大放以至亂鳴亂放的香港色彩，是否能繼續萬家燈火地輝耀下去卻成疑問。說目前的香港雜文滿了英國殖民地政制下的地方色彩，這話是講得通的，但不免高抬外邦主子而有點苦著臉諷刺自己了。

四、政治姿態

香港一向扮演很特殊的政治角色。最簡單說一句，它自從變了英國殖民地，就自然而然成爲中國動亂期間不少人的避難所和海外寓廬了。一九四九年中共政權建立之後，這種情形更突出。南來的人，從寄居避難到定居發展，有助整個城市風貌大變。它以資本主義殖民地之身聳立在社會主義大國的後門，煢煢瑩瑩，在經濟上和政治上出落得非常獨特。此外，由於它本來是中國領土而中共立國之日已有收回香港的聲明，香港對大陸政治是敏感的。

一九八四年中英政府聯合聲明確定一九九七年香港歸還中國。這件事在香港引起的震動極大。移民問題和移民潮接著浪湧，波濤所至，當然也衝擊香港的文人。於是以極其鮮明的筆觸寫有關移民的小說面世了。但這只是一時之盛，因爲一九九七這件事，是好是壞，一下子固定下來，市民接受了之後也就八仙過海，各顯神通了。劉以鬯的《一九九七》大概是最先誕生的九七中篇小說，但主角還沒有走上移民之路已因精神恍惚而死在交通意外中。梁錫華的《頭上一片雲》約十二萬字，是香港人寫九七的第一部長篇小說，以後又經營《太平門內外》，主題相同，字數雙倍，涵蓋面更廣，也更深入探究九七與移民的問題。他另一長篇《花果山》也涉及九七這個政治問題所引起的搖撼。㉓一九八九年六四事件的血腥風，香港人嗅到後反應極強。這方面的文學作品，特別是詩歌，一時風起雲湧。這類和政治有關的地域色彩，在香港文學作品中斑斑可考。不過，政治雖然幾乎天天在香港縱橫睥睨，但文學作品裡頭政治性的地域色彩即使有一九九七和六四事件的發生而絢爛一時，政治事件畢竟不是生活常態。震盪過後，香港人，包括文人，要應付的是生活，這生活所需的一面是抓錢求享受或鋪後路，所以高閣文學鮮明地以政治爲題的並不算太多。有一些人，大概凜於明哲保身，也不願在作品中潑灑政治顏色。

五、文字面目

文學作品不離文字。香港文學作品，無論高閣類或流行類，文字方面是值得一提的。以往此地尚未「顯達」，文字事業一切以中國大陸馬首是瞻。五十年代開始，政治、社會各層面和中國大陸愈來愈格格不入，但文字除了繁簡之分以及個別詞語的內涵稍異，和中國大陸並沒有太大的差距。到了七十年代經濟起飛，文字也有起飛性的變動，表現在地域色彩加強，也即粵語和英語在文學中抬頭。尤其粵語，在作品中露面率升高了。這是無心失之還是有意為之呢？答案是兩樣都有。前者和語文水平下降有關，下降即意味不少執筆者對語文的精微顯得感覺遲鈍，結果把口語或母語（粵語）混入文語中而不自覺。㉔這在五十歲以下的作家中尤其普遍。因為他們若生或長於香港，受粵語影響是極大的。此外，香港人以往一向因著需求關係，只醉心英文而不學國語甚至歧視國語，對大陸和台灣，同樣以保持距離為智為榮，所以寫起文章來，不自覺夾雜通行的粵詞幾乎是必然的。流行小說作家在行文時故意羼入粵語就更是了。後者屬「調味」的問題。

地方語入文語的情形，東南亞的華文文學作品中頗多睹，大家不以為忤，甚至認為是不妨稱道的地方色彩。但香港口語夾雜地影響文語是不幸的，因為香港不屬外國，正如台灣不屬外國一樣。香港目前語言的夾雜，和財大氣粗因而母語壯頗有關係，但也是商貿發展帶動生活節奏急促的一點反映。例如香港人常說的「我 call 你」、「唔 fen 佢」以及中文大學同學說的「去 U Li」都可以說是高速管道傳遞訊息妙法。當然也是有代表性的港式夾雜語，地方色彩濃得無以復加。只要比較上面三句話的標準中文講法便知梗概：「我打電話給你」、「不跟他做朋友」、「往大學圖書館去」。

香港當然有文字優秀的作家。但他們的筆下珠璣既然純正度高，但就文字論文字，自然缺乏特別的地域色彩了。

香港的流行作品用語，有時愈帶地方色彩的愈會影響鄰近的大陸地區，例如深圳，廣州等城市。㉕一九九七之後發展如何呢？是否英文必被打倒，粵語在作品中必定讓位，文語是否必趨純正而減弱地方色彩，這似乎要看日後民主的勢力是大是小了。台灣近年來非國語的本地話（閩南語、客家語等）日漸抬頭是最好的例證。雖然背後的發酵因素彼此並不全然相同，但總能提供比對性的參考。看香港，可見在文學中地域色彩的強弱和當地的政治經濟環境以及人的心理因素俱有關係，和整個文化的背景，自然也是不可分割的。

註釋

①參黃維樑，《香港文學初探》，香港，華漢，一九八五，第一輯內〈香港文學研究〉一—五節，〈生氣勃勃〉一—六節。盧瑋鑾，〈香港文學研究的幾個問題〉，《香港文學》，第四十八期，一九八八，頁九—一五。

②晉書，卷七十三，列傳第四十三庾翼傳內云：「京兆杜乂，陳群殷浩並才名冠世，而翼弗之重也。每語人曰：『此輩宜束之高閣，俟天下太平，然後議其任耳。』」

③劉以鬯，〈五十年代初期的香港文學〉，《香港文學》，第六期，一九八五，頁一三—一八。此文所舉的史實頗有參考價值。

④關於《蝦球傳》可參顏純鈎，〈談《蝦球傳》的藝術特色〉，《香港文學》，第十三期，一九八六，頁五〇—五三。

⑤可參梁錫華，〈香港的紀遊文字〉，《香港文學》，第五十期，一九八九，頁四三—四八。王一桃，〈香港遊記散文創作概觀〉，《香港文學》，第六十五期，一九九〇，頁四—九。

⑥余光中、黃國彬、梁錫華等「沙田人」這方面的作品不少。舉例說，下列書內均有結集文章：余光中，《春來半島》（一九八五），黃國彬，《琥珀光》（一九九二），梁錫華，《我爲山

狂》（一九八五）。三書均由香港，香江出版公司出版。梁錫華，《揮袖話愛情》，台北，九歌，一九八一；《八仙之戀》，香港，華漢，一九八五，以及余光中編《文學的沙田》，台北，洪範，一九八一，俱載有關香港風物的文章。

⑦黃國彬著述創作俱豐富，可參附於其近作《臨江仙》（香港，天琴，一九九三）後之著譯表。也斯著作亦多。最方便參考：集思編，《梁秉鈞卷》，香港，三聯，一九八九。最新作品爲《記憶的城市·虛構的城市》（香港，牛津，一九九四）。

⑧例如也斯，《剪紙》，香港，素葉，一九八二；《布拉格的明信片》，香港，創建，一九九〇。兩書內好些短篇小說都屬這一類。

⑨見也斯，《書與城市》的〈代序〉，香港，香江，一九八五。也可參閱陳少紅，〈香港詩人的城市觀照〉，編入陳炳良編，《香港文學探賞》，香港，三聯，一九九一，頁一一九—一五八。

⑩西西，《美麗大廈》，台北，洪範，一九九〇，林以亮評西西作品時指出其地方背景主要是香港，並講及西西的前衛手法等，頗有見地。文章作爲〈序〉編入西西，《哨虎》，台北，皇冠，一九八六。鄭樹森，〈讀西西小說隨想〉作爲〈代序〉編入西西，《母魚》，台北，洪範，一九九〇，也很有參考價值，頁四特別提到西西的小說「通常沒有內在的解說或背景鋪陳」。

⑪編入西西，《象是笨蛋》，台北，洪範，一九九一，頁八一—一四二。

⑫侶倫，《窮巷》，香港，三聯，一九八七新版，第一版印於一九五二。

⑬劉氏小說多爲報紙副刊連載的「行貨」，大部分不爲作者本人所重。他最近出版的《島與半島》（香港，獲益，一九九三），可算他所提倡的「嚴肅文學」代表作，係按七十年代報章連載的舊作改編濃縮而成。他在六十年代運用新技巧意識流寫的《酒徒》（香港，海濱，一九六三）最爲人所知。並參劉以鬯編《劉以鬯卷》，香港，三聯，一九九一。

⑭這些在香港定居的東南亞人士爲數不少，寫作較多的是犁青、王一桃、東瑞、梅子、陶然、劉濟昆、陳浩泉、璧華、忠揚、曉帆、古劍、譚帝森、文翎、浩文等。

⑮見東瑞，《暗角》，香港，獲益，一九九二。廖子馨的〈序〉頗稱道該書爲「將現實主義與現代主義結合的未來小說。」

⑯見王一桃，《香港詩輯》，香港，天成，一九九三；《我心中的詩》，仝上。黃河浪，《香江潮汐》，香港，天馬，一九九三。

⑰西西凰、梁鳳儀等所寫的流行小說動輒數十本，充斥香港各類書店。梁氏在北京以商業手法出擊，人民文學出版社海報譽之爲香港最著名小說家。中國科學院文學研究所也爲她開研討會，可謂盛極一時。她的財經小說印行近百萬本，但關於她的寫作實況以及寫作宛如經商的手法，各種負面傳言甚多。

⑱關於兒童文學可參何紫，〈香港創作童話今昔談〉，《香港文學》，第六十一期，一九九〇，頁三二—三三；鄭振偉，〈何紫的兒童小說〉，《香港文學》，第一〇八期，一九九三，頁四六—五五。

⑲中國大陸近年有《雜文報》及同類刊物不少。湖北聞一多基金會主辦的《書刊文摘導報》（週

刊）更每期摘錄雜文。各地的報紙副刊裡頭雜文所佔版面甚廣，華南地區最暢銷的《羊城晚報》尤其顯著，受香港風氣影響甚大。台灣雖然不如大陸那麼跟隨香港，但近年來副刊短文及專欄文增加也是有目共睹的。自立寫〈馬新文學落地生根〉一文，直言香港短文對新加坡的明顯影響，該文發表於《亞洲週刊》，一九九三，十月十七日，頁一七。

⑳論香港雜文的不少，可參考黃維樑，《香港文學初探》有關部分及梁錫華，〈香港報章雜文的發展〉，編入《祭壇佳里》（香港，香江，一九八七，頁四五—五四）。

㉑近年來「下海」寫短文的大專學界中人計有小思（盧瑋鑾）、陳耀南、陳永明、陳志誠、劉創楚、梁錫華、黎活仁、鄧仕樑、潘銘燊、鄺健行、蔣英豪、黃維樑、黃坤堯、黃子程、金聖華、黃嫣梨、周國正等，大概尚不止此數。其中小思、陳耀南、梁錫華、黃維樑「下海」日子較長。寫前衛型文學的西西也寫一般的專欄文，見她結集的《花木欄》，台北，洪範，一九九〇。

㉒黃維樑認爲談香港文學不可不談雜文，見《香港文學初探》，頁一八五，近年言談間更強調雜文乃香港文學中最重要的文類。梁錫華也認爲雜文前途廣闊，見〈看古鏡——中華文學的前途〉。此文於一九九三年五月廿七日在中文大學一研討會上宣讀，最近將編入該研討會論文集。

㉓《一九九七》先連載於香港《成報》，後結集於台灣（台北，遠景，一九八四）。《頭上一片雲》（台北，遠東，一九八五）；《太平門內外》與《花果山》係連載小說，分別刊於香港《星島日報》一九九〇年十一月廿二日至一九九一年十一月廿一日及一九九〇年五月三十日至

一九九〇年十一月廿一日。

㉔在註釋㉑內的學界作家之中，若干人行文時也會混雜粵語，情形大概是既有無心之失，也有懵然不覺的。舉手頭資料若干以作說明：暗湧（暗潮）；燈光火著（有不少燈光）；廿多卅年（二十年到三十年）；「托我返工前打理好地方」（請我上班前把地方收拾好）；還未返來（還沒回來）；倒瀉在碌架床上（打翻了在雙層床上）；落車（下車）等。

㉕那些地方用「我call你」，「巴士」，「的士」等等港式粵語十分流行。向香港看齊的口語風完全無可阻擋。

論都市的文化想像

——並讀西西說香港

陳清僑

一個現代都市如香港的存在，對於年年月月活在其中的都市人來說，能留下什麼樣的空間感覺，誘動什麼樣的流景情態，喚起什麼樣的歷史懷想？我願意通過對小說家西西三種小說（《我城》〔1974〕、《美麗大廈》〔1977〕、《候鳥》〔1981〕）的閱讀，討論我們（一些九十年代的香港人）所能有的對都市的感覺和認同，分析那種特殊的文化想像（cultural imaginary）如何在小說的文字世界裡得到具體體現①。

文章的第一部分提出我們對都市生活的感覺每每在閱讀文本中得到貫徹。如果閱讀可被看作一個不斷衍生的相互關係，那麼在這漫長的過程中（所讀的畢竟是長篇），我和文本之間的張力，往往便伸延著文化認同的情感傾向——那絕不是理性或外在的價值觀念和文字疏解所能代替，而終究只有透過文字的肌理在閱讀過程中所生的美感作用才能具體把握。在《美麗大廈》裡，西西以綿密的筆法描寫一座住滿（擠滿）了都市平民的「美麗」大廈，織成讓人難忘的敘述篇章，繪出身居香港這個現代城市所當然要承受的種種思之令人「心驚肉跳」的日常事。作者最成功處在於她對事物的描寫。西西以獨特的文風，羅列生活空間的種種靜態（寫大廈、寫電梯、寫樓梯、寫走廊、以至寫電線），從而勾勒都市的繁忙節奏和逼人秩序，道出日日往返此中的都市人最普通的感受。作爲讀者，我們又當如何在小說文字的論述遊蹤裡把握自我的感覺，嘗試感應今日香港那種既異化又親切的都市空間？

早在《我城》的開放空間裡，西西已把七十年代香港人的普通生活（如逛街、逛公園、逛超級市場，以至求職、搬家、打電話、看電視），寫成一幕幕跳躍而流動的都市拼圖。每幅流景是一式特殊的說話姿態，而在每個說話姿勢裡又裏藏著香港生活的一面，展露了《我城》的一種取向。這種取向，這種種藝術時空的拼合、種種說故事和聽故事的嶄新形式，即使在今天，也能發揮異樣的美感效果，通過文字的想像，築造成具港式都市動力的特殊形式世界。文章的第二部分便集中分析這說話姿勢和都市流景之間的密切關係。

在《候鳥》裡，西西採用記憶的簡單模式，沿襲了文字最直率的鋪敘功能，細緻地講出「我」（化成小說裡素素的不斷成長的觀點）來到這「城」（或稱「南方」）的歷史經歷，這過程所觸及的文化意象、語言溫度、以及主體的情思懷想，更進一步爲當前香港人對此城未來的投影，提供了極有價值的參考。這是文章最後要討論的。

西西充分掌握小說文類豐富的論述形式，二十年來不斷探索敘述和描寫的美感作用和形式限制，帶領讀者透過文字的肌理去感受周遭環境的變化，讓我們邁向變化愈趨多元的文化的想像境地。

一、都市空間與論述遊蹤

對於西西來說，都市的感覺常常立足於空間的展合裡——都市就是一種特殊的空間感，有結構、有位置、有取向、有無盡想像的可能性。我們知道，叫人感覺至深的，不只是現實中的「梅麗大廈」，而是被小說的形式轉載而立的「美麗大廈」。是「美麗的錯誤」吧，而小說的話，難道不想在文字肌理上築造「浮城」，讓人可在形式的展合中洞悉世情，或者在論述的遊蹤裡長翅他飛？

在世情作爲某種特定空間取向的展合裡，西西讓都市人事的明暗，牽動讀者身居城中的浮游情意，那光影流蹤，「斜照著行人道上的人與物，動與靜，一座沒有觀衆的生活劇場」（《美麗大廈》頁七〇）。浮城展合於西西文字叫人「心驚肉跳」（頁三一）的流蹤裡，把都市的平常日子，如「一座沒有觀衆的生活劇場」一般，羅列在眼前。那都市之情是既開放怡人又封閉窒息的，「美麗大廈」絕非理想駕馭現實的無情批判，而是文化的想像重臨生活空間的美麗錯誤。

劇場裡沒有觀衆，倒不是說這種想像飛進了什麼藝術高峰，以至無人問津。我覺得是大廈的居民都埋頭埋腦，沒空去回味生活的情意。我說沒空去回味，但那是何種滋味，生活的人自當有所感應。比較缺乏的可能是時間，以及空間。西西後來在《浮城誌異》（1986）裡說浮城人希望長出翅膀：「對於這些人來說，居住在一座懸空的城市之中，到底是令人害怕的事情。感到惶恐不安的人，日思夜想，終於決定收拾行囊，要學候鳥一般，遷徙到別的地方去營建理想的新巢」（《手卷》頁一三—一四）②。

可我覺得《美麗大廈》就已經提供了一種充實的文字空間，讓不安的人重新走進都市迷宮，往返出入，讓思想間的讀者遊歷在論述展合中，長翅他飛。

想像一展便開，如小說結句中那「電梯的門緩緩奇異地敞開」（《美麗大廈》頁二〇九）。而浮城一收即合，也像那部包裹著你我吞吐世情讓人疑幻疑眞的電梯，「不過是一個升降的鐵箱……是一個鐵籠」（頁五四）。「坐在電梯裡，我一直是心驚肉跳。老實說，祇有我一個人，我就不敢搭進來……」（頁三一）。那都市的鐵籠確實封閉窒息，叫人惶恐不安，困在裡面你便身居種種都市病態之中，使人慣常地處於身患感冒的狀態（頁一一八）。然而逃逸的可能在哪裡？「美麗大廈」雖然像個巨大的籠，但畢竟是「現代」的，比起對面那些四層高的一幢幢舊式樓房，屹立於勁風中的「美麗」，仍是我們今天要面對的現實。舊的一切，「都隨著一個纖麗繁華的年代隱退了」，剩下「所有的窗戶都陰暗幽冷，彷彿整列樓宇是中藥鋪子，每層樓是個抽屜」（頁一七五）。而新的、既存的以至未來的一切，都更有活力吧，更讓人有想像的餘地。電梯常壞嗎，你何嘗不能施展幻想，使它「一打開門已經抵達自己的室內」（頁五四）。

當「電梯不在」時，文字開拓的想像空間便活動起來。鐵籠頓時變成吊在樓層以外，窗戶旁邊的人力衣櫥。它「一層一層樓吊上去，緩慢地引動」，速度不必和電梯相比，因爲空間的流動在此有不同的強弱指標，依靠的既非科技無情的電力也非身體有勁的蠻力，而是文字觸覺的張力和文化情感的想像力。從下面這段簡單的描寫中可見語言意象的運用必須轉換到文化想像空間中才能有效地發揮美感作用：

電梯不在……這電梯是一個巨大的衣櫥吧，當搬運家具的工人把它送到大廈來，顯然沒有辦法自樓梯級上抬上來，家具店不接受退貨而衣櫥不能夠摺疊，搬運的工人祇好用粗實的麻繩把它牢牢紮緊，在空中吊上去。一層樓一層樓吊上去，緩慢地引動，不可碰碎樓窗上的玻璃，注意三樓露台上的花架和五樓的布篷。衣櫥升到一半，擱淺在一排晾衣竹上，再也不動了，電梯仍在樓下。（頁四）

開始時作者用了一個隱喻：電梯是個衣櫥。可後面一整段文字卻不經意地帶我們跳出開首這式隱喻句所設的形式限制：當搬運工人把「它」送到大廈來時，送來的自然不是那衣櫥似的「電梯」，而是「一個巨大的衣櫥吧」。在此，文字（隱喻）和文字（所陳述的空中吊衣櫥的事）之間的不符，提供了可貴的論述空間（從「電梯是一個巨大的衣櫥」一直開展到「電梯仍在樓下」），讓讀者即時嘗嘗長翅他飛的感覺：說話說到文字慣常的邏輯以外，叙述叙出了生活的封閉空間，擺脫鐵籠如電梯在樓下，超越文化感覺那固有困局如都市心臟中那座不在而在的電梯，確實叫人略略地心驚肉跳一陣。

拋開了電梯的塵俗話，小說又帶讀者遊歷大廈的樓梯和走廊。緊接著上一段的描寫，小說又提出：「對於我，這樓梯是遠空中的海市蜃樓，我所知道的大廈是一座沒有骨骼的大廈，一棵樹幹中心有兩支維管束的常青喬木」（頁四）。恰恰是這座「沒有骨骼的大廈」，或者更準確地說，是小說的論述對這所海市蜃樓所作的文本築造，搭成《美麗大廈》奇異的藝術文化空間。藝術的焦點，不完全在於我的種種（如歷史、身分、名稱等）；文化的實體，並非眞正的「我所知道的」都市香港，而是由都市的空間感所構成化石似的生活處境——一種質感實在而又引起無窮想像的生命的靜態姿勢。是這樣嗎？所以作者才繞過「我」的視角說：「生存在大廈內的樓梯像一條沉睡的龍，隆起緘默的脊椎骨，因爲經過了那麼久，竟成了一條龍的化石」（頁四—五）。

讀者在拾級而行的時候，也隨時會踏足布滿沉實質感的化石般的論述，那時閱讀的步伐也就得放緩，以走一條黑暗樓梯找浮城出路那樣的姿勢吧。這樣的論述句式和閱讀空間，在《美麗大廈》裡經常碰到。小說的第一章就滿布著例子：

> 把鐵閘拉上之後，靜止於地下車道似的缺乏陽光的走廊裡，我頓然憶起忘記了攜帶大廈互助會基金的收據到樓下去。這個時候，在我的頭頂上空是手製的日月，柔白的光流把我的肩背撥向自己的家門，而我的臉面卻偏向東段的電梯。我站立不動，思策該回返室內把收據放進衣袋還是留待別次的機緣。（頁一）

我想這並不完全是「我所知道的」大廈走廊，而是由走廊空間轉化而來的論述空間，如何把種種物事心事中的「我」，畫成在行間字裡：

> 在走廊上，我掠過一扇裂著兩幅顏色的門，門的一半是隱蔽的藍而另外的一半是不起勁的

白。我記憶不清楚門本來的色彩，原是白的現在髹上了藍漆還是顛倒過來的方向。但它默默流溢如海，大幅度藍的旁邊鑲滾了鋸齒的白條，在斜刺過來的明滅跳動的映照下，靜態的白和藍都波溢著，這沉睡的板門也和歌唱的燈盞一般，充滿了罕見的生命力。鐵閘移泊在門邊，門前有一把摺撐的圓椅和一個布滿點彩的汽水瓶。（頁三）

不管是鐵閘、汽水瓶，或是忘記攜帶的收據，不管是走廊上的燈、走廊盡頭的電梯，或是經常讓人掠過的門，都在文字虛構的空間裡顯得更加實在，或者該說是過分地具體，而使人感到患得患失，勾起一種從來沒有的腳踏實地感，遍地卻堆滿了小說「隆起緘默的脊椎骨」。此外，如「電梯的按鈕是黑夜中的豹子眼」（頁五），乘搭電梯的婦人「從圍巾到襪子，就似一塊抹碗布或一條菜市場中的泥濘路」（頁六），和「一排由十多條電線連結成波浪的河……就那麼地沿著牆頂翻翻滾滾，直至抵達一道門戶，流入牆隙中去了」（頁六）這樣的句子，充分發揮了小說文字的「陌生化」作用，使讀者不但要透過另一種視角和觸覺來感知事物，更必須把握在黑暗中拾級而讀的步伐，進一步體驗和探索語言論述自身所展合的美感空間和文化想像。

把電梯說成是「電的樓梯」（頁五四），那是強調它作爲一種傳通機器的現代化，因而使人想起街道上的交通工具。現代的大廈少不了電梯，天天吞吐著委身入籠的一個個都市人。如此而人被升被降，生活位置無異於貨品包裹（頁五五）。一旦電梯失靈（機器總有機器的錯），樓梯的使用便爲踏步的人帶來另類空間，另類的想像，竟也都屬於這都市的：

你感覺電梯不過是一個幻象，樓梯則具體得多，你可以觸撫樓梯的欄杆，看見樓梯的樣子，這是一件磊落的物體，光明而不虛飾，在樓梯上步行，你有一種腳踏實地的感覺。你並不覺得疲倦，反而獲得新鮮的經驗，你想起在電梯中的侷促、擠迫、不著邊際、囚困、憂慮、惶恐等等的不妥，反映了都市的全面病態。你忽然不自覺的哼起一首歌的調子來，配合著腳步輕快地踏步。（頁九三—九四）

這確是一組最富有都市情感的文字，而描述對象竟是一排空置的大廈樓梯，焦點乃是踏步的人別無他想地沿欄拾級而上。讀者也跟叙事者一樣，慢慢學習享用那腳踏實地的生活感，「你這時才憶起那些畫幅中幾乎沒有關於樓梯的描述」（頁九四）。竟然，生活感和陌生化構成那樣富有張力的關係，而閱讀的空間也重新在論述的時而奇異、時而不著邊際、時而侷促尷尬的展合中，爲我們提供了新鮮的美感經驗，誘動深切的文化記憶。「當你搜索，你終於尋得一碎片樓梯的寫照」（頁九五），在西西《美麗大廈》的論述足跡裡。都市幻變的空間展合著，但見久困電梯的都市人，摸黑踏步而行，轉以實在的感覺。可到底什麼樣的感覺最實在？（這當是文化想像最核心的問題了。）作爲讀者：

你就把你居住的小室驟然忘失，隧道式囚困的長廊，貨櫃形態的電梯，龍骨魚腹的梯級，飯焦的燥煙，——遙遠而緲忽了。此刻……你伸手拿取一件物事：一本曾經翻閱數頁的歷史，或一枝鉛筆，才發現這是如此陌生的地方，你把汽水的空瓶放在地上的木格箱內，你的背上並沒有囊袋，祇要步行二三十級樓級，你可以回到你熟悉的居所，打開矮樹的第二個抽屜後有你的手錶和錢包，冰箱上面你伸手可以取到橙子。桌上的兩本書冊你可以隨意繼續閱讀下去。就在那一頁上連接……。（頁一五五—一五七）

二、都市流景與說話姿勢

《美麗大廈》的作者選擇了走廊、樓梯和電梯等主要的大廈空間作爲論述焦點，更爲電梯這個描繪對象尋找各種稱謂、意象和故事。舉凡鐵籠、衣櫥、升降車、電箱、電櫥、自動運輸機、直升機等，無不爲我們展示事物的難以捉摸處以及文字的易於滑溜性。不論電梯作爲現代的交通工具，或是電梯的叙述作爲文化的傳通媒介，都難以讓往返其間的人（不管是乘客抑是讀者）產生海闊天空任縱橫的感覺，這可能不屬於我們今天都市的感覺。我們是一一被包裹的人，慣常地被電梯或者其他的傳通機器吞吐調弄。

在《我城》裡，西西又選擇了另一奇異的景觀，把都市的物事寫成一個個給大塊透明塑膠布包裹著的郵包，「也許是要把整個城市也寄出去參加展覽」（《我城》頁一六六）。在這樣的都市奇觀裡，一切流動的人事都被塑膠布包起來，外面並紮著繩，使人和事都動彈不得。先是「你」，睡醒在公園椅上，可你和椅子都把持一種靜止姿態，凝固在層層朦朧的塑膠布中，或者拼貼在行行游離跳躍的文字間。都市的一切，舉凡公園椅、候車站、隧道、斑馬線、交通燈、警察亭、報攤、以至賣報的小孩，全部被叙述網絡打成塑膠郵包，等待遠寄他方，到一個什麼不在的城市吧。頓時，這都市的人事徹底物化——大概只有把訊息傳遞到讀者身邊的這番敘述話語除外。至於生活的種種，其體態雖仍在，卻已不能直接體驗。隔在那朦朧的塑膠層以外，都市人無法再讓生活踏實的經驗凝聚生的情感與價值。我們讀到那街道上布滿透明的生活郵包，僵化在當下目前的都市時空中，任遠方的一則故事如「美麗新世界」在無端守候著什麼包裹來臨，裡面盡是些已然遺失的情感和價值吧。

讀者讀著，只感到文字肌理仍然容許我們在小說說話的奇特姿勢中，把持我們對都市流景的種種至此方知珍惜的情感，以及意義。說話和閱讀究竟未完全被包裹起來。這時，彷彿所有現成的交通工具都已失效，現代的傳通媒體也難以傳遞眞實的情感和生活的意義。都市人的活力與空間被大大削減，到了要完全依賴物化的人事引領去參加一個並不立足此地的奇觀大展。

假使我們眞可從一些現代傳通機器的使用和想像，看出人的價值和社會關係的改變，那麼西西的小說提供了無數珍貴而有趣的案例。從《美麗大廈》的電梯（是困鐵籠還是吊衣櫥）和樓梯（讓人級級腳踏實地走海市蜃樓），到《我城》裡的電話、蘋果牌小說、電視上的「超級超級市場」，以及電話公司寫給阿果那封信時用的具「工業文明冰凍感」的打字機——我們都能有所共鳴，再知「美麗」世界不是當然美麗的。

「我城」到底能是個什麼世界？小說第十章所寫的奇觀展覽會把都市流景靜止，好讓「你聽見呼喝的聲音，是一個人在叫喊」（頁一一九），我說那是一種說話姿勢。塑膠布像垃圾袋那樣把人早上起來的那聲「早啊」都包裹起來（頁一一八），說話眞是越來越不容易。在小說結尾，阿果聽到從電話聽筒另一邊傳來「美麗新世界」的聲音：「是誰的聲音，陌生而且遙遠。但那聲音使我高興。」電線駁通後，「電話有了聲音」，阿果也完成工作，下班時他說一聲「再見白日再見，再見草地再見」，小說結束（頁二一八），此際海闊天空，我城的空間又流動起來，在我們的都市人親切而普及的文化想像裡。

讀者當不會忘記，在一種奇觀的話語姿勢中，都市論述的現代化（現代話）往往難以促成你我之間的溝通。因此比如說，「當你走到電話亭前面，原來電話也變成了郵包」（頁一一六）。電話這通話媒介出了問題，也好比電梯這交通工具在《美麗大廈》屢生故障那樣，爲都市生活內在邏輯的運作亮了紅燈。這可使都市人更爲警覺，現代傳通是滿布陷阱的。

這樣看來，修理電話就不單純如阿果所說是一項技術性工作了。你我要參與重新裝拆（拆解然後重新配合）現代人的說話機器（頁一九九），務使遠住郊外的人也可以透過媒體直通城內，讓漂泊海上的旅人如阿游在寂寞時那聲「我城怎麼了」（頁一九六）終有一天能傳送到耳邊，使親切的重新親切起來。然則說話的普及策略又能是什麼？西西讓她的都市小民在空氣依然清新的郊外播種「電話柱」，好讓機器都長成山上的樹，冀望能培植一些「現代稻草人」（頁一九五）。如此，則忙亂於都市生活的都市人如你我，或許也能像阿果那般，在經常碰見這樣的電話，聽「電話說一些它高興說的奇奇怪怪的話」（頁一七六）而能感受活在都市的生趣。

都市人在日常的生活裡常常有被裹起的感受，而且往往在開口說話時，有被嚇人的論述吞吐成說話機器零件的經歷。可在《我城》的都市景觀裡，由於那開放的說話姿勢不斷地移動和挪用著生活的景觀，讀者都能感到，那生活的都市並未被物化，未被釘死在論述的任何一點上。論者何福仁早有用「清明上河圖」讀《我城》敘述空間的妙法。他以手卷的美感形式透視我們在閱讀

《我城》這長篇論述時所經歷的圖象築造和感應過程，使都市景物人事的展合，一如同小說文字姿態的收放，一切皆流，一切皆變，使我們感到「香港，其實也是一幅長卷」，也「寄與了作者對一個城的懷念與希望」。③

都市的流動情態與文本的變幻姿勢，相互影響和滲透，不斷爲今日讀者多元的文化想像空間，爲我們在拆解和再組文字藝術的重述過程中築造一種開放而豐富的閱讀機會。黃繼持在對《我城》的「憶讀再讀」過程中，已十分詳盡地分析了多種論述位置和空間的互相滲透和析解（包括西西的我城，我城的西西，《我城》的作者阿果／西西，《我城》的專欄連載小說／長篇成書小說的讀者等），是一篇要理解西西以至於理解香港都市文學文化空間所必讀的文章。④黃繼持獨具眼光地指出，像《我城》那樣的活潑小說（不是黑色幽默），是現代文藝的異采，而更有甚者，「《我城》連載的經驗，大抵是文學史、閱讀史、寫作史上的異數吧！」⑤我覺得並未誇大其辭，因爲關鍵正在乎由小說的論述章法，說話姿勢、美感形態以至文本的多重承載及多重閱讀所共同開拓的想像空間，彷彿只有在香港這樣的特殊社會文化格局中才可體現。黃繼持指出（憶想）當年讀《我城》時，「既似作連載讀，又似作專欄讀」，而「『連載』與『專欄』疊加的效果，特別適宜這一『格』的小說」。⑥我以爲這既是一個美感形式的「格」（活潑、跳躍、開放如長卷），也是一種特殊的都市文化空間的「格」（報刊連載的文字空間，書本印行的社會空間，以及生活和閱讀的相互滲透的文化空間）。於是，我們又在九十年代的更爲複雜的歷史文化時空中，嘗試理解黃繼持說的：「於是像你這樣的一個一九七五年的讀者，一九八九年捧著編印精美的允晨版《我城》時，便不免歡欣與失落交集了！」⑦這不正是西西小說以至於香港文化奇異之處嗎?只有位處香港都市/文字世界中的讀者,才能領會「而今只好於三讀允晨版時,把憶讀連載與初讀成書的印象,再交疊於閱讀的想像空間中,以獲致不論任何版本都提供不盡的樂趣」。⑧文本的在與不在,論述的連與不連,時空的斷與再續,何嘗不是我們在把握香港文化過程中的切身經歷!

「文本以外別無他事」——解構主義如是說⑨,這對我們理解都市文本的意義在於它提出的由文本領域伸延過來的文化論述及想像空間。所謂意義,更不在乎文本是否肯定文本以外的人間世。而是說,一旦牽涉(糾纏?)在文本中,一切物事故事以及歷史的事,皆無法通盤表達、通透地傳通他處,除非我們耐心透過(依賴)你我共同參與締造(想像)的文本網絡,在其衍生的論述空間中把文本以外的種種感情意義思想價值,一一催化而成生命以及美感經驗的文本符體(textual body)。

這種經驗,不是由作者甚至文本直接爲我們提供,而是讀者在投身於文本的閱讀,致力開拓及遊歷於論述空間之際,所一一累積而成。在西西的文本空間裡,都市的流景化成活潑而奇異的說話姿勢,而讀者又透過踏足由文字形式構成的論述空間,重新把握這種種既似異化又訴諸經驗的都市感情和文化想像。

三、都市懷想與文化形式

「我城」既可在「最遠的地方,是一座著了火似的城市」(頁二一五),也會變得近在眼前,如阿游所見「黑夜中遠遠浮現一座城市,那是一座海上的城,點綴了無數的燈盞」那樣,叫人呼喊「是我城嗎，是我城嗎」（頁一七八）。我們不斷用不同的眼光，不同的心情去思想，來感應我們身處的那既熟悉又陌生的都市，我心所在之地。「你看見了什麼呢？母親問」（頁一五五）。「天佑我城」（頁一六〇）——那城是一座海上浮城（可當阿游的雙腳又站在堅實的路上，他體驗到「腳踏實地是一種舒服的感覺」〔頁一八〇〕）？是「一座不設防的監獄」（頁一五七）？抑是一座「建築奇異美麗的廟宇」（頁一五九）？那「離開我生長的城」的阿游，總是在問「城怎樣了」，「別來無恙吧」（頁一六四）。當城不在，不論是忘卻在遙遠的過去，抑或思念在似見未見的未來（在火紅中？黑夜裡？），有心人便以種種的文化形式築造我城，在想像的美感經驗中重建都市。

築一座故事的城，童話的城，「草最好還是做青草」（頁二二五），築一座用書頁、字紙砌的城。「書頁好像一批剪紙」（頁二一六）；而「紙上有字，有些字合在一起成爲詩，有些是散文，有些是小說」（頁二〇二）；「不過是幾頁紙，才十頁，講了一個很好聽的故事」。城市的文本是什麼？城市是怎樣開始的？我們如何開始想成一個可稱爲我的城？說一則屬於我城的事？

——你叫什麼名字

他問。

——我叫胡說

字紙答。（頁二〇六）

我們這個城市，「和以前的城市也不一樣了……是這樣開始的」（頁二〇八）。我們也來學胡說，說道：「好好讀讀這些字紙吧」（頁二一〇）。

這就是你的城嗎？文化想像的空間讓我們從城的文本空間跳出，好把思想放在密封的樓房以外，像走海市蜃樓般懷念一層像在不在的家。誰在努力想從閱讀書冊中讀出中斷的歷史？

在歸途中，回到那神似的「美麗大廈」，重見那驟然忘失的長梯、電梯和梯級，你隱隱看見一座浮城。「你從不曾感覺你所居住的地方如此陌生，和你的距離於一剎那間轉成星際的極限」；那城浮懸於半空，像掛念人的心，卻讓人難予懷抱。你問：「誰知道將來會怎樣呵」（《美麗大廈》頁一八三）；「我可是住在這城」（頁一六一）。

> 那你做了些什麼？
> 我做了些什麼？我能做什麼，
> 也不知道他們誰是誰非……（頁一八一）

在回家途中，你從電梯出來，「就看見走廊上迎面飛來一本書」，你的朋友大罵豈有此理，說你好把他送給你的書當垃圾扔在門口云云（頁一八一）。種種物事，回歸到垃圾堆中，成爲「字紙」，都市的運通網絡上又增許多廢物。其結局當「也如故事書的一般傳奇人物，被臆測不已。類此流蕩的物體和情事，展開和收合，如日升日落」（頁一五）。

《我城》的字紙不讓任何單一的尺來量度，但自求多福（多話），求一個胡說和臆測的空間，在那裡青草最好還是青青的。《美麗大廈》的大廈廊間，樓梯梯級，以及電梯開合間，到處有清理不完靜靜守候的垃圾廢物，卻怎也阻礙不了上路人上路，歸家人歸家。都市的空間實有無比彈性張力、以及話語。《候鳥》從胡說臆測，跳過需要清理的物事，需要踏過的路途，轉入回憶的平坦路。如作者後來所說：「對於這些人來說，居住在一座懸空的城市之中，到底是令人害怕的事情。感到惶恐不安的人，日思夜想，終於決定收拾行囊，要學候鳥一般，遷徙到別的地方去營建理想的新巢」（〈浮城誌異〉見《手卷》頁一三）。矛盾的是，回憶的路，其根據點仍在那不成我家的南方的城，而當下浮游在戀戀半空中的，又正是此城。那確是我城浮在。

「這一切我都記得」（《候鳥》頁六五）。從「南方在哪裡？我不知道」（頁二七），到小說第四章說素素來到了南方，居進了一個「自己的家」，經過綿密的思憶懷想，確認新居所的「騎樓是我的小天地」（頁二一八）；「這小小的天地完全是我自己的」（頁二一五）。我初到此城，十分孤寂，第四章第二節寫素素隻身去找一間可以讀書的小學，平淡而感人。眼前已是後來的「我城」（指七十年代的香港），但我在種種充實感中（小小天地屬於我）又（讓人）觸及一種奇怪的懷想，未知是對都市未來的憶念，抑是對浮城歷史的憧憬？

對當下目前眞有所缺失，才又築成都市浮城今天的懷想，使都市人重新爲一城的過去及歷史的來臨尋找實在的文化形式。《候鳥》的開首三章寫的是過去的都市（上海）和歷史（抗戰）對於我家的演變。第四章寫我如候鳥般遷徙到南方此城。「現在，我家窗外也有海……海、山和樓房，這是我所知道的南方的城市的特色，而這，都在眼前了」（頁二一九）。「這不比海市蜃樓，卻更似歷史的想像在眼前。雖然在這個城市裡，我一個朋友也沒有，也沒有同學」（頁二二二）；但「街上有那麼多的人……甚至有那麼多的狗……」（頁二四六—二四七）。是眼前的回憶更真？還是候鳥將來的遷徙來得更近？窗外雖然仍是「真正的風景」（頁二一八），但破舊而立於新港中的浮城，卻來去無蹤，其一旦幻失於想像層裡，也未必是遙不可及的事。是未來的浮城吧，我說。

讀《候鳥》的南方，是根連歷史的，也立足在八十年代（以至九十年代）香港人斷裂的文化想像空間之中。由此觀之，更見其可貴之處。文字在眼前，故事說的是一城的脈絡，蛛絲馬跡，一任史的情念和地的懷想，渾成於論述的尋常足跡裡。尋的是窗外真正的風景嗎？——馬路、行人道（頁二一九）、船廠（頁二二〇）、大牌檔（頁二二一）、木屋、土地廟（頁二二一）、大火（頁二二五—二二六）、竹棚看戲（頁二二七）等等——還是歷史思憶、文化想像所築造的種種物事的寶庫、無數繫人心弦的說話的漩渦。盪漾於半空中的我城。

城的過去，我的歷史，或然便在文本所及的文化意象和語言溫度中體現，未來的人思憶九十年代的香港讀者時又當如何閱讀「候鳥」的集體記憶而爲此城——我城——的「美麗」而「奇異」的烏托邦式的投影擺好姿態？問題提出了卻必須再拆解再提出，而答案也將如浮城般繫結「我」最隱密最深情的感受。而不必解。

「街上有那麼多的人……甚至有那麼多的狗……」。有情的有心的有所匱乏的我城如是說。

答案在於想像街上的人和狗如「我城」的種種歷史文化形式的——不是總和——是片斷、斷片。一片斷似一片。答案在乎你我腳踏實地在那黑長的梯級如海市蜃樓。一級斷似一級。踏破在都市的想像……在文化幻認的陣痛中的香港。「天佑我城」。

一九九三年十二月初稿於我港，在所謂中英談判決裂時。

註釋

①《我城》寫於一九七四年，一九七五年在香港《快報》上連載半年，共十六萬字，後由香港素葉出版社印成六萬字版（1979）。本文主要依據最近版本，內容上較接近原來連載報刊的版本（台北：允晨，1989）。《美麗大廈》寫於一九七七年，當年亦刊《快報》，本文根據洪範版（台北：洪範，1990）。《候鳥》寫於一九八一年，於《快報》連載刊出共三十萬字，現根據最近成書十八萬字版（台北：洪範，1991）。文中所有小說引文頁數皆列於括弧內，不另加註。

②《手卷》（台北：洪範，1988）。

③何福仁，〈《我城》的一種讀法〉（1988），附於《我城》（允晨版，1989），頁二一九—二三九。引文見該文頁二三二及二三四。該文有摘錄本見何福仁編《西西卷》（香港：三聯，1992），頁四〇二—四一二。

④黃繼持，〈西西連載小說：憶讀再讀〉，《八方文藝叢刊》，第十二輯（1990）西西專輯，頁六八—八〇。

⑤同上，頁七七。

⑥同上，頁七六。

⑦同上，頁七五。

⑧同上，頁七二。

⑨見德希達（Jacques Derrida），*Of Grammatology*, trans. Gayatri Spivak（Baltimore & London: The Johns Hopkins Univ. Pr., 1974）P. 158: "There is nothing outside of text [there is no outside-text; il n'y a pas de hors-texte]."

遊子文學的背棄與救贖

張系國

一、浪子的原型

文學批評家福萊認為最基本的文學原始類型就是人如何努力尋找喪失了的世界或喪失了的自我。這「追尋原始類型」，福萊認為是所有文學的基本架構。所以浪子的主題，經常出現在現代小說裡，或許也不足為異。儘管同樣是浪子的主題，因著作者性格的差異及所處環境時代的不同，仍會產生各色各樣的變奏。

基督教舊約聖經裡浪子的故事可說是一切浪子故事的原始起點：年輕人為外間的大千世界所迷，沈淪於感官的享受裡，最後終於覺悟到物質世界的虛幻，回歸到生長的地方——或是回到母親的懷抱，或是奔向健康的大地，或是回到故鄉找尋初戀的情人。不論經由何種意象呈現，相同的是這種「回歸」的欲望。如果從心理學、生理學的角度探討，回歸的欲望乃是人類最原始欲望之一，也許比性慾更要原始。自被剪斷臍帶那一刻開始，人就被迫離開母體，從此必須生活在變動不居、不安全的環境裡，一直到死都不能再得安寧。因此，每個人潛意識裡多少都有回歸到母體的衝動，希望能重新獲得母體的保護，再沒有憂慮、再沒有痛苦。許多國家的文學史裡都出現過「回歸土地」、「回歸鄉土」、「回歸歷史文化」的潮流，當不是偶然的現象。一個民族面臨強烈的內外挑戰的時候，往往就會產生回歸的潮流。這種回歸母體的衝動，無疑是人類最自然的情感反應之一。小孩子感覺不安全時會奔向母親，希臘神話裡的巨人一接觸土地就獲得新生的力量，《飄》的女主角郝思嘉在一切絕望時就想回到老家，《麥田捕手》的主人翁在思想最混亂、情緒最不穩定時就會想到那片麥田，〈看海的日子〉裡的女主角飽受打擊後就回到故鄉……，不論經由何種意象表現，人類回歸的努力永遠是文學創作裡最感人的片段。但回歸母體從另一方面看乃是弱者的行爲。回歸母體表示人無法應付外界的挑戰，不得不退縮到母體保護的胎盤中。所以一個民族在強盛而有足夠的能力應付外間挑戰時，不會有回歸的潮流。祇有當一個民族對自身應付問題的信心喪失，才會產生回歸的強烈衝動。

從好的方面看，回歸能使一個民族恢復勇氣和信心，重新建立自我。從壞的方面看，回歸的衝動也可能是弱者的表現，是另一種形式的自我欺騙。一旦剪斷了臍帶，人畢竟不可能再回到母體裡。世界不斷在前進，社會不斷在改變，沒有人能永遠躲藏在母體的懷抱裡。所謂的回歸母體，祇能說是爲了獲得精神上的暫時安寧，沒有人能夠永遠停留在這個境界。而且胎盤裡固然溫暖可靠，卻也可能過於狹窄拘束，毫無發展生機。回歸或出走是浪子最大的矛盾，也是浪子故事富吸引力的地方。

二、回歸或出走

白先勇曾以「流浪的中國人」爲題，分析中國小說裡放逐或自我放逐的主題。表現這個主題相當強烈的一篇是林懷民的〈辭鄉〉。〈辭鄉〉中的年輕人陳啓後雖對故鄉有眷戀之情，也注意到電視機螢幕上在月球上飄蕩的太空人的荒謬，但另一方面他又一次一次的對自己說：「難怪孝楨叔要走」，對故鄉的殘破落後感到不厭煩。

「陳啟後眨了眨眼睛。他很快清楚過來，清清楚楚知道他就要走了，大家都走了，他只不過是另外一個。」

「……他一頁頁翻過去，心隨紙聲刷刷不安起來……這屋子就是莫名其妙的廢物太多！他衝動地將幾本冊子抱起來，搬到後天井穿堂廊下，拿打火機燃了。」

「陳啟後翻個身，望住眼前的漆黑，靜靜地想：明天回家告訴爸爸，老家老了，賣掉算了，反正祖母回來可以住到臺北，再也沒有人會回新港住了……」

陳啓後「辭鄉」之後去了那裡？紐約、芝加哥、巴黎或是臺北？都無關緊要。無論如何，他離開了鄉村，走向城市。正如陳啓後的叔公所感嘆的：「也不知是什麼時機啦！這些少年家仔，有腳底就要走！大家攏驚艱苦，不肯住庄腳，甘願去臺北臺南討生活，入工廠做工也歡喜。弄得瓦窯一年到頭欠手欠腳，刈稻仔也不夠工。」於是鄉村的陳啓後們走向臺北、走向臺南、走向紐約……雖仍惦記著家鄉，卻終於走了。他們雖然情緒上仍不時需要回歸鄉土，但離開了鄉土乃是事實。

如果說林懷民的〈辭鄉〉表現浪子對故鄉矛盾的感情，那麼鍾理和的〈夾竹桃〉和陳若曦的〈耿爾在北京〉就表現了浪子對故國矛盾的感情。〈夾竹桃〉是鍾理和旅居北平時寫的短篇小說。張良澤說〈夾竹桃〉等作品「表現他在嚮往已久而被異國統治的文化古都裡，對於中國知識分子的悲運和中國民族性的另一面的看法。」這「另一面的看法」，無疑以懷疑和否定的成分居多。在〈夾竹桃〉裡，作者通過主角曾思勉的眼和嘴，對舊中國有相當尖銳的批評。

「曾思勉對這院裡的人，甚為不滿與厭惡，同時，也為此而甚感煩惱與苦悶，有時，他幾乎為他自己和他們的關係，而抱起絕大的疑惑。他常狐疑他們果是發祥於渭水盆地的，即是否和他流著同樣的血、有著同樣的生活習慣、文化傳統、歷史與命運的人種。」

「當他由南方的故鄉來到北京，住到這院裡來的時候，他最先感到的，是這院裡人的街坊間的感情的索漠與冷淡。（中略）富有熱烈的社會感情，而且生長在南方那種有淳厚而親暱的鄉人愛的環境裡的曾思勉，對此，甚感不習慣與痛苦。他為此懊惱了許久，至今他還是那麼悵然。」

「……他們負著歷史的重擔，像網底游魚。他倆在這裡或生或死，或哭或笑；後母虐待前妻的遺子；穢水倒在鄰院的門口；為二個窩頭，母子無情，兄弟爭執；竊盜、酗酒、吸毒、犯罪、遊手好閒……。虐待者，和被虐待者，即生者與死者，他們俱同樣受著命運的播弄。何謂命運，拆開來說便是：貧窮、無知、守舊、疾病、無秩序、沒有住宅、不潔、缺乏安全可靠的醫學、教育不發達、貪官汙吏、奸商、鴉片、賭博、嫉視新的制度和新的東西的心理……。這些，便是日日在蹂躪他們，踐踏他們的鐵蹄，是他們背負的祖先所留下的遺產！」

浪子肯回到故國，當然是基於對故國的熱愛，但故國的一切又使他失望，不免愛之深責之切。因爲他畢竟是旁觀者，所以浪子最後仍選擇了「走」一途——離開故國，回到故鄉。隔了四分之一個世紀，另一個浪子回到故國，對故國提出同樣尖銳的批評。〈夾竹桃〉裡的曾思勉雖是旁觀者，畢竟還能混跡於大雜院中，並不完全被視爲外人。陳若曦的〈耿爾在北京〉裡的耿爾卻已完全成爲十足的異鄉人了。

「……那一陣子，歸國華僑和留學生地位很低；特別是留美的，在造反派眼裡，不是準特務，也是無可改造的資產階級分子了。他知道同事在背後已經把他列為所裡的『老大難』之一了。」

「……一進門，他摘了帽子和手套後，便習慣地往臥房和客廳裡轉了一下，家裡是更加冷清了。（中略）也許因為太冷清，疲倦之感也隨之而來，他踱向廚房，想燒一杯咖啡來驅寒。這兩年來，他怕失眠，向來不敢在中午以後喝咖啡的，不過，今天是除夕——他給自己找藉口——一年難得一回嘛。」

耿爾的孤獨落寞，有政治上的原因，也有情感上的原因，但追根究柢，這個浪子始終沒有辦法擺脫異鄉人的心態。四分之一個世紀過去，浪子對故國的矛盾感情越加明顯。鍾理和以及陳若曦無疑都熱愛中國，卻因著中國人背負的歷史重擔及政治重擔，同樣都對故國感到失望，而終於都選擇了離開的道路。

三、背棄或救贖

浪子愛故鄉，卻離開了故鄉；浪子愛故國，卻離開了故國；浪子想眞正回歸鄉土，顯然並不是很容易做到的了。上面說過，回歸母體是人類原始的欲望之一，一個民族回歸鄉土的努力也可能導致民族精神上的新生。但回歸鄉土本身是極其複雜，又充滿矛盾的事情，很難將它歸結成爲一句簡單的口號。〈辭鄉〉、〈夾竹桃〉和〈耿爾在北京〉或許可視爲「浪子文學」的作品，是「鄉土文學」的「反面教材」，可是從另一個角度看，浪子文學和鄉土文學也可視爲一體的兩面，同一種人類基本欲望的兩種矛盾的反映。有出走的事實，才有回歸的衝動；有回歸的事實，才有再度出走的衝動。人不可能完全脫離鄉土，卻也不可能永遠被禁錮於鄉土。有「出走」與「回歸」間的矛盾，有「浪子」與「鄉土」的對比，才有藝術上美感的張力，才會激發出感人至深的文學作品。

浪子或是被放逐，或是自我放逐，總之是背棄了故鄉或故國。除了回頭，是否仍別有救贖的途徑？背棄或救贖不僅是浪子文學重要的課題，也是許多現代作家共同的關注。例如英國作者葛林的名著《權柄與榮耀》和日本作家遠藤周作的《沈默》，都以背棄與救贖做爲主題。遠藤周作的小說，叙述一位到日本傳教的葡萄牙神父羅洛里哥棄教的經過。羅洛里哥聽到接受拷刑的信徒呻吟聲，而決心棄教。他的心理轉變過程，可以做各種不同的解釋，難怪《沈默》一書出版時，在日本各大報和著名的雜誌曾引起激烈的爭論。

背棄者的心理轉變過程，是宗教小說和政治小說重要的主題。有信徒，就一定也有叛徒，後者又往往比前者更加有趣。尤其是受迫害的信徒如何放棄信仰？對自己對別人如何解釋？羅洛里哥聽到信徒呻吟聲而決心棄教的當兒，究竟想到什麼？是爲了愛犧牲自己？還是覺悟到上帝已經背棄了他們？

政治上的背棄者，動機也同樣複雜。《一九八四》裡的溫斯頓從小最怕老鼠，所以當迫害者拿鼠籠罩到他臉上時，他終於忍不住大嚷大叫，要求迫害者拿鼠籠去對付他的女友。一旦背棄了他的愛人，溫斯頓就什麼再也守不住，完全崩潰了。克斯特勒的《正午的黑暗》裡的老布爾雪維克又不同。他的變節倒不是因爲怕痛，而是對本身信仰的巨大質疑，使他相信救贖的唯一途徑，是完完全全否定掉自己，以叛徒的身分回到「黨」的懷抱裡。

小說既然是虛構的文學作品，小說家也只能根據自己的主觀來詮釋背棄者的變節過程。但是背棄的過程常常是雙向的——一方面是軟弱的個人背棄了信仰，另一方面則是信仰對象背棄了個人。

一九二七年佛洛伊德寫《幻夢的未來》，指宗教爲人類最大的幻夢。羅曼羅蘭讀了這本書，就寫信給佛洛伊德，認爲佛洛伊德忽略了宗教情操的本源，是「一種彷彿置身汪洋大海之中，與永恆合而為一的感覺」。後來佛洛伊德寫《文明及其反動》，還特地引了羅曼羅蘭的話，然後加以駁斥。佛洛伊德根據其理論當然堅信，宗教的起源是孩童時期的無助感；這種無助感及對父親（保護者）的渴望，延伸而構成宗教意識。至於羅曼羅蘭所形容「與永恆合而為一」的感覺，佛洛伊德則認為是「自我」尚未明確形成時，「我」「物」不分的渾沌意識的殘留。因此他以為這種我物合一的感覺其實和宗教無關。

偉大的理論家往往囿於自己的理論體系不能自拔，佛洛伊德也不能免。他主張「孩童無助感」和羅曼羅蘭所說的「我物合一感」，都和宗教（或信仰）有密切的關係。背棄的問題，用佛洛伊德的理論來解釋似乎比較貼切：無助者渴望得到信仰對象的呵護，得不到就不免灰心失望，認為信仰對象背棄了他，進一步就採取決裂的背棄行為。背棄者的救贖過程，則和羅曼羅蘭所說的「我物合一」的宗教情操有關；唯有和信仰對象復合，小我的罪孽始能滌清。任何一種信仰，都要求人「交心」，不「交心」就不可能得救。至於背棄者是否眞正得救，他本人、小說家及讀者都可能有截然不同的看法。好在救贖的途徑不止一條，例如《權柄與榮耀》裡的「威士忌牧師」雖然墮落，葛林卻認為他最後仍然會獲得恩寵，也獲得讀者的肯定。

波赫士說：「懷疑就是最大的恩賜」，一語道盡了背棄與救贖問題的矛盾與複雜。對背棄鄉土或故國的海外作家，不但懷疑過去的信仰，而且懷疑自身的存在價值。六四後流亡海外的中國作家，便不斷受雙重懷疑的煎熬，甚至像顧城造成了個人的悲劇。背棄故國或鄉土的作家，不能不一再追問自己，是否仍算是中國作家，自己的作品究竟是否仍是本土作品？這就構成了「海外作家的本土性」的問題。

四、愛山或愛島

作家的本土性對海外波蘭作家、俄國作家、猶太作家……多半不成問題，因爲他們祇有一塊本土。即使猶太作家，不管他們喜歡不喜歡以色列，也祇有那塊本土。海外華人作家的本土性所以成爲問題，恐怕因爲「本土」的定義不夠明確：有愛島的人，也有愛山的人；有愛島及山的人，也有愛山及島的人；可能還有既不愛島也不愛山的人。

說「愛島的人」仍舊含混，因爲除了英倫三島之外，華人地區也至少有三島：香港、臺灣、新加坡。究竟愛那個島？勞倫斯的小說〈愛島的人〉那個島用的是多數。如果說「愛三島的人」，人家說不定以爲愛三島由紀夫，說「愛群島的人」也不通。好在這三島都有可愛之處，共通的地方也不少。

作家所面臨的問題有三：爲什麼寫？爲誰寫？寫什麼？談海外華人作家的本土性，不能不談這三個問題。即使不談本土性，作家也逃不開這三個問題。《聯合文學》第十三期有篇譯文：〈你爲什麼要寫作〉，介紹世界各國作家寫作的動機與藝術觀。最直截了當的是莎岡的答覆：「只因爲我喜歡。」桃麗絲·萊辛的答覆也類似莎岡：「我寫作因爲我是個寫作的動物。」米謝·杜尼椰說：「爲了作品被傳閱。」安部公房說：「創作是一個生活的形式……寫作喚醒了一部分的鄉愁。」村上龍說：「爲了不死，爲了生活。」陳映眞說：「爲了人類的自由，爲了反對不平等、不正義以及貧窮和無知。」白先勇說：「我寫作是因爲我想把人類心靈中的無言痛楚變成文字。」巴金說：「爲了使生活帶來希望、勇氣和力量。」劉賓雁說：「一種揭開生命的需要……

使人們知道原本的眞實可能是虛假的，而看起來像虛假的卻可能喚醒眞實。」

「你爲什麼要寫作」這個問題，當然沒有標準答案，每位作家的答覆都透露出他的人生觀和藝術觀。海外的華人作家，面對自己的書桌，提起筆寫下一個個的方塊字時，這個問題無疑更形迫切吧。我爲什麼寫作？小女兒走進書房，看我又在抽菸爬格子，丟下一句話就跑出去：「又在寫？爹地眞怪喲！」在她看來，我的工作全然不可思議，跟她的世界毫不相干。又一天，我和她到公園散步，面對遍地金黃的落葉，小女兒突然問我：「爹地，這裡多好，你爲什麼要回臺灣？」

我爲什麼要寫作？我的答覆，是我想活在另一個已不屬於我的世界裡。雖然不屬於我，那個世界卻和我有千絲萬縷的關係，往往比眼前的世界還要眞實。馮內格的科幻小說《達坦星之女妖》的老教授，因爲某種原因變成宇宙間的電磁波，大部分的時間他都活在達坦星上面，但電磁波的另一端仍然觸及到地球，隔了一段時候他就會在地球上面現形。這老教授無所不在，卻又無處存身。他是披頭四歌手所歌詠的「無處人」，永遠住在「無處之鄉」。

海外華人作家要繼續用中文寫作，便必須面對這種無形的焦慮和緊張心態。理論上他擁有十億人的讀者，實際上他的讀者和他自己一樣，是一種抽象的存在，他爲這抽象的存在而寫作。儘管他貪婪用心閱讀中文報章雜誌，他永遠慢了半拍。他弄不清楚，那一個世界對他而言更眞實。但從另一個角度看，他卻有幸同時活在兩個世界裡，儘管兩個世界都不屬於他。不能擁有任何一個世界，是他可詛咒的命運。也是他的幸福。

海外華人作家該寫些什麼？有什麼責任？責任和自由是相對的字眼。自由越少，責任越重。

陳映眞可以說他爲了人類的自由而寫作，劉賓雁可以說他爲了揭開生命而寫作，因爲他們自覺責任艱鉅。海外華人作家有極大的創作自由，似乎什麼都可以寫，最後往往一個字也寫不出來。這又是個弔詭。保釣時期及釣運以後的四人幫時期，海外華人作家感受到某些壓力，創作自由似乎受到約束，反而能奮筆直書。一九七六年以後，壓力一旦解除，海外華人作家還該寫些什麼？當然可以假定自己是生活在另一個空間裡，以那裡的不自由來激發自己的責任感。可惜這畢竟比較困難，也難免有自欺之嫌。

最後的辦法，是以鄉愁和上述的焦慮感爲創作靈感的泉源。那種對遙遠、可望不可即的故鄉之愛，畢竟是刺激海外華人作家繼續寫下去的原動力。正如劉紹銘所說：「海枯石爛，此情不渝。」海外華人作家的本土性，應是指這種根深柢固的對故鄉之愛。這和民族主義不完全一樣，雖然有時也以愛國的慷慨激昂方式表現出來。有愛才有恨，才寫得出文章來。過了四十歲的作家，或許不復有男女之愛的激情，但對故鄉之愛仍然刻骨銘心，一發而無法自拔。面對小我的死亡陰影，卻依然愛另一個已不屬於自己的世界，這是海外華人作家的基本矛盾。

五、鏡中的真實

阿根廷作家波赫士，生前最後一次接受阿根廷書評家巴瑞里的訪問，談起有次重讀但丁的《神曲》，注意到但丁在「煉獄」裡提到的動物包括金錢豹。義大利本不產金錢豹，可能是有人帶了豹到佛羅倫斯展覽，但丁看見了，因而將豹寫入《神曲》。這麼看來，這豹竟是因《神曲》而生了。

波赫士就想像，金錢豹在夢裡，有聲音告訴牠，牠存在的目的就是爲了讓但丁看見然後將牠寫入《神曲》。這豹醒來後，就渾然忘卻牠之所以來。波赫士又進一步推想，但丁在夢裡，說不定也有聲音告訴他，他創作《神曲》的目的是什麼。但丁醒來後，也渾然忘卻他之所以來。如果有人在但丁清醒時告訴他，他創作《神曲》的目的何在，他一定無法瞭解。

波赫士的短篇小說〈環墟〉，講一位術士造人，終於明白自己可能也是別人所創造，「每件東西都是另一件東西的秘密鏡子」。這無限循環的觀念——尋找每件事物的意指，卻發現背後另有一層新的意指，引著波赫士走進一層又一層的迷宮：造人的衛士亦爲人所造、金錢豹身上的金錢斑可能是另一種奇異的文字、秦始皇的萬里長城可能是他發給後世的訊息、無限延伸的圖書館本身是部大書……這樣推想下去，作家必然會反問自己：他寫的作品，是否也有另一層他所不瞭解的意指？波赫士顯然是這樣想。在會談紀錄裡，波赫士說：「作家自己想說什麼其實最不重要；重要的是透過他或者他不由自主說出來的東西。」這樣看來，作家也不過是千萬面鏡子裡的一面鏡子。他描寫鏡中世界，自己卻也可能是另一面鏡子裡的鏡中人。波赫士認爲上帝最寶貴的恩賜，不是眞理，而是懷疑。這句話值得細細咀嚼。鏡中人不能不永遠懷疑，自己究竟是蝴蝶還是莊周，或是千百面鏡子裡無數幻影的重疊？對海外作家而言，身爲鏡中世界的鏡中人，是否描寫了眞實世界，乃是他面臨的最後考驗，也是他唯一可能的救贖。

留美作家的創作新路

平路

十年前，我們想起了留學生小說就想起了去國懷鄉的主題，提到遊子文學、海外文學就少不了在僑居地去與留的掙扎。不論寫法如何，內容往往有一套既定的窠臼。在別人國家裡長期居住，雖說是自主的選擇，卻總有不由自主的怨歎。這種內心難以彌補的憾恨①，摻雜著個人人生旅途上因爲求學、婚姻、就業……不盡如意的點滴，在感時憂國的大傳統下成篇，構成了當年海外文學作品的主要內容。

近十年來，由於台灣經濟政治情況大幅度改變，人們出國的動機不同於以往，回國與否也成爲純粹個人生涯上的選擇，前面那份「感傷的情調」②對作者本身失去說服力，對讀者失去了吸引力。此刻，旅居海外的文字作者在「我必須寫嗎？我一定要寫下去嗎？」的自問③之後，如果仍有捨此無他的熱忱，那麼，以往的窠臼未嘗不是推陳出新的起點！而海外的創作環境中晦暗閉塞的特徵，反倒有可能指向柳暗花明的前程。以下，試就三個面向來分別闡述：

一、孤寂的創作環境？未來世界的預演！

——對文字創作者而言，當書本的定義都將被電腦科技所改寫，未來的文明狀態象徵著前所未有的變局！若用文學語言來表達，張愛玲在〈傳奇再版自序〉中其實說得最好：「時代是倉促的，已經在破壞中，還有更大的破壞要來。有一天我們的文明，不論是昇華還是浮華，都要成爲過去。」若用比較籠統的名詞來形容，等在我們前頭的是商業大潮、媒體時代、科技文明……。而以比較具體的現象來舉例，最明確的，圖像的影響力將遠甚於文字，又由於圖像的特色，訊息來的繁多而片斷，感官性的訴求方式將大行其道，以致極不利於複雜的思維活動。一名嚴肅的文字工作者，在未來，無論寫作的地點何在，既然不肯做合流者，他或她注定了是個孤單的抗拒者！

海外，用中文寫作，未來的困境卻已經即早來臨！與國內比起來，海外沒有掌聲、鮮有讀者，國內作者寫得沮喪時，或可以躲入同仁的圈子裡相濡以沫；海外移民的聚落中，除了衣食住行的需要，文化活動只有租連續劇的錄影帶店。然而，另一個角度看：正因爲我們的生活背景（background）就是我們的前景（foreground），面對這兆示未來的困境，反倒讓我們更確切地相信——文學，畢竟還沒有窮盡一切的可能！換句話說，只要寫下去，就在不懈地追索文學於未來世界裡存活下去的空間！或許藉助小說，當外界充斥著零散、片斷、不連續的圖像，我們卻反其道行之，更努力地在作品中營造與思維活動相關的網絡，像是E. M.佛斯特的書《此情可問天》④前面的話：「只要聯繫起來」（Only connect），但怎麼聯繫呢？一種方法如同義大利小說家卡爾維諾說的⑤，百科全書般的小說嗎？在其他學問漸漸放棄替問題尋找涵括一切的「通解」的此刻，卡爾維諾倒相信小說可以匯聚過去與未來、想像與眞實、決定與被決定，可能與不可能等等繁複的學問與關係。一種方法如同包赫時⑥以身作則示範的，去寫蘊藏著各種分叉可能的故事嗎？無論包赫時或卡爾維諾，他們都試著在小說中建構外界的模型，而把未來的世界也包括進去。未來，如果注定了是一個傖俗（kitsch）的未來，至少我們還有時間提出疑問，非如此不可？那難道眞是唯一的未來？

吾輩海外的中文作者，儘管力有未逮，彷彿時光機器上按下了「飛速前行」的鍵，我們已經一腳踏入必須孤軍奮戰的未來。除了思索文學有沒有可能性的大問題，我們只得一路向前，在作品裡反覆探討各種虛與實的前景——舉例來說，攤開一張世界全圖，我們所心懸眼穿的島嶼會長大？還是會縮小？島嶼會不會伸長手臂，像半島一樣的攀連上大陸？地殼會不會擠壓變化，導致島嶼像負氣的小孩一樣漂離走遠！

是的，場景裡還有天災的部分：譬如發生一場地震，立即造成了幾個世界的隔離與崩塌與癒合⑦。作品裡還有神話的部分：譬如說，在呼回文明的索倫城裡，人們何以一次次要去重鑄一座愈來愈高大的銅像⑧？

再以心之所向的台灣對應於我們居家所在的美國來舉例：寫篇亂世怪談，台灣全島就成了美國連鎖經營的「迪斯奈新樂園」⑨；下一篇時移勢轉，台灣的影響力愈來愈驚人，美國又甘願歸併作了台灣的附庸國⑩。換句話說，即使是奇情小說、科幻小說，我們都不忘以各種形式思辨未來的藍圖，寓言？還是預言？虛擬的總不外乎我們心中念茲在茲的一幅幅實像。

此外，關於孤寂的創作環境與洞察未來的能力兩者之間的相關，不妨以卡夫卡作個例子。卡夫卡一生離鄉背井的時光不多，在布拉格的歲月頗長，但由於他的個性，絕對是與孤寂最有緣的作家。譬如，他在私信裡寫著，自己只希望伴著一盞燈在洞穴深處寫作，而「洞穴最可愛的地方在它的寂靜」。而看他七八十年前完成的〈城堡〉，其中公共領域無所不在侵入主人翁K的私人領域，那種荒謬情境，對未來，已經是最有預示性的警告。

卡夫卡寫過：「有一則寓言，捏著生命的痛處。」在終於裹脅了一切的荒謬來臨之前，我們正致力去發現那一則讓我們有機會逃離未來的寓言！

二、鄉愁是什麼？可供顛覆的國族神話！

——創作者所能夠提出的詰問之中，我自己曾用一篇小說〈在巨星的年代裡〉⑪問道：「鄉愁是什麼？」對我而言，探詢的結果發現，至少，前些年留學生的鄉愁是個黑盒子，除了去國懷鄉的感傷，黑盒子裡很可能藏著各種未曾饜足的願望，包括個人一去不返的青春、未得到回報的愛情、有志難伸的際遇等等。

還有一項：讓我用涉及性別的詞彙來表達，留美未歸人士的所謂鄉愁往往近似一種男性中心的心態，其實正把本身視爲歷史主體——至於什麼國魂的、本土的召喚，目的在使本身遠離邊緣的、無止境的下墜狀態！

事實上，我在猜測，這一時也說不清的悵惘之內，潛存的可能是更沙文主義的本質：永恆的國族神話、永固的父權體系等等。

近些年來，留美作家的成品中少見這種鄉愁的鋪陳渲染，又由於創作者繼續忠於自己的追尋下去，與當年的留學生小說比較起來，以往被視為當然的自憐情緒，通過創作者更深一層的反省過程，卻暴露出清新、誠懇而耐人思辨的意義——於是，譬如像《杜鵑啼血》與《晚風習習》⑫的返鄉之路，其實多少為我們見證了國族神話的破滅，而同一位作者〈下沈與昇起〉與〈散形〉⑬中的愛慾糾葛，也讓我們看見男性中心體系的脆弱與虛妄。

總之，不只原先充斥留學生小說的感傷與鄉愁在作者的自覺後漸漸絕跡，所謂回歸所謂認同所謂報効祖國的概念也在翻新的書寫中失去了它們的神聖符號意義，保釣、文革、八九民運，以及台灣美麗島事件、解嚴前後政治風暴等等權充故事的背景無妨，但留美作者寫來最絲絲入扣的倒還是人與人之間的切身接觸⑭，無論如何，大陸人與台灣人在海外相處中繼續著大陸塊與島嶼作為政治實體的恩怨情仇，當然，交會時的牽扯傾軋，也永遠是描寫人間嗔慾的最佳題材⑮！

少去了虛耗的熱情、少去了認同於政治符號的願望，對人情差異的掌握，以及關注於異族之間異文化之間的衝突融合，乃是海外作者尤擅勝場的地方。

這裡，關於創造力與中心解體的關係，附帶提及一個研究結果：根據加州大學戴維斯分校西蒙頓教授（D. K. Simonton）的資料，在衆多變數中，國家的崩潰與創造力的勃興大有相關。

譬如在文藝復興時候，其實義大利的各個城邦正忙著從事權力角逐。而出產哥德、黑格爾、莫札特的德國，不過是從神聖羅馬帝國崩解出來的一些小藩鎮的總稱。西蒙頓教授還比較分析了一九三五支不同的古典音樂作品，發現在動盪的年代譜成的曲子，最具有流傳的潛力。

於是，我們可以大膽揣測壓抑過中國文學想像力與創造力的可能是些什麼？是文以載道的傳統？是終被政治吸納而去的熱情？是各種國家建構神話？還是正朔正史的大一統觀念？——海外寫作者穿出了這曾經引發所謂鄉愁的層層迷思的同時，未嘗不在重行開啓一個新的紀元！

三、文字帶來的焦慮？作家的永久居所！

——智利詩人聶魯達（Pablo Neruda）在二十年代被派往緬甸仰光工作，後來他對人談到，當年不僅對那個遠東城市一無所知，當他聽說駐地是仰光，回家找地圖，仰光恰巧在地圖上破了一個洞的地方。因此他說：「我被派往地圖上的空洞。」聶魯達寄自亞洲的家信，一再寫著，自己唯一的居所，就是他的西班牙文。

事實上，對海外作者，寫作用的文字才是眞正的家園歸屬。卻因爲腳踩在地圖上的「空洞」裡，對來自的地方頻頻回顧之餘，又憂心另一種當地的日用語言常來干擾，不免在自己的創作國度造成某種戕傷，一般而言，海外作者心中恆存著這樣的焦慮。但焦慮不見得是壞事，形諸文字可能是特殊的張力；而不停地檢驗文字與鄉土的聯繫，作品與其欲反映的世界也有可能顯現出益發複雜的對仗關係！我們可以舉一些目前還繼續寫作的旅美作者，他們筆下都有這樣的特點，佼佼者見諸資深作者的作品，譬如：劉大任的小說、鄭愁予的詩、楊牧的散文，他們幾位在美國待的時間愈久，中文反而愈形淬煉。就像爲「現代主義」（modernism）立下里程碑的喬伊斯（James Joyce），如果不是常年待在國外，我們並不知道——他對文字會不會還有超乎尋常的敏感度。事實上，中國近代文學領域裡文字魅力成爲一派宗師的張愛玲，她在評者的尺度下，也有異鄉人的特色，才能夠「永遠用異鄉人新鮮而隔膜的眼睛看世界」[16]。

此外，異國的歲月單調漫長，特別適於回首過去，海外作者的作品也很容易成爲記憶的細展延。從寫出《往事追憶錄》的普魯斯特（Marcel Proust），我們想到一位年輕的創作者在旅美期間試著戲仿普魯斯特，連綴成一篇同名作品的努力[17]。對回憶的處理更具野心地，另一位留美作者[18]企圖把台北的溫州街寫成福克納小說的起點與終點，那個自有生命的約那帕多郡（Yoknapatawpha County）。

無論居家的地方在哪裡，只要用文字寫作，誰能不緬懷過去——書還很稀罕的日子？但凡文學世界內徜徉遊戲的人們，又有誰不憑弔多年前自己無意中「失落的天眞」？我本人一直很贊成美國小說家德克托若（E. L. Doctorow）的說法，他說，他總想要寫的書，是像他還是孩童時興味盎然讀到的那些書籍。

我們也都記得，記得當年由一本故事書而發現了世界的狂喜，不只發現了一個世界，又讓我們看見閣樓上的燈光，一步步攀爬的時候，順便有機會從眼前這個世界逃離出去。而住在國外，伴著一盞孤燈，我們不但可以飛躍過身邊的現實，更難得的，我們還在用小時候作小讀者的母語寫作。帶著虔敬的心情，我們的盼望當然是：只要繼續寫下去，就會找到當年失落的……那本廢寢忘食正在讀的書。

註釋

①典型的像是張系國先生在《遊子魂組曲》後面引杜斯妥也夫斯基的話來自況：我爲什麼不是一

條蟲？如果我是一條蟲，至少還可以在祖國的泥土上遨遊。

②齊邦媛著《千年之淚》，第一五六頁，這一篇就是討論「留學『生』文學」。

③這樣的自問是里爾克（R. M. Rilke）《給青年詩人的信》（*Letters to a Young Poet*）中第一封信的內容。

④《此情可問天》原名 *Howards End*，扉頁上寫著 Only connect，作者原意指的聯繫大概是人與人之間的關係！

⑤卡爾維諾（Italo Calvino），這裡的說法見他寫的 *Six Memos for the Next Millennium*，其中的第五講。

⑥包赫時（Jorge Luis Borges），阿根廷小說家。分叉的故事譬如他的《歧路花園》（*The Garden of Forking Paths*）。

⑦參看李黎著《傾城》，聯經出版公司印行。

⑧參看張系國著《星雲組曲》，洪範書店印行。此處指其中〈銅像城〉一篇。

⑨參看平路〈驚夢曲〉，收入聯經出版公司印行的《椿哥》。

⑩參看平路〈台灣奇蹟〉，收入圓神出版社印行的《是誰殺了XXX》。

⑪〈在巨星的年代裡〉，收入圓神出版社印行的《五印封緘》，以及人民文學出版社印行的《玉米田之死》。

⑫參看劉大任著《杜鵑啼血》與《晚風習習》，洪範書店印行。

⑬〈下沈與昇起〉，劉大任作，首見於《台灣當代新誌》第三期。〈散形〉，劉大任作，首見於

《聯合文學》一〇四期。

⑭參看顧肇森〈素月〉，收入《季節的容顏》，圓神出版社印行。參看戴文采〈葉朵蕾〉，收入《蝴蝶之戀》，圓神出版社印行。

⑮參看陳若曦著《城裡城外》，時報出版公司印行。

⑯《浮出歷史地表》，第二四九頁。孟悅、戴錦華著，河南人民出版社印行。

⑰參看楊照寫的〈往事追憶錄〉，初見於《聯合文學》一〇一期；以及〈家族相簿〉，初見於《文學台灣》第二期、第五期、第六期、第七期。

⑱參看李渝著《溫州街的故事》，洪範書店印行。

想像故國：

試論華裔美國文學中的中國形象

單德興

華裔美國作家由於獨特的中美雙文化背景，以致在成長過程中無可避免地遭遇到許多來自美國主流社會的歧視與壓力，這些日後成爲他們創作中重複出現的主題。因此，身爲他們血緣與文化故國的中國，固然提供了其他族裔美國作家所沒有的資源，但也造成了他們在面對主流社會時的焦慮與不安；易言之，對華裔美國作家而言，中國往往既是榮耀、資產，也是恥辱、包袱。而他們在創作中也以不同的方式來「想像故國」。

本文分節抽樣檢視六位華裔美國作家的作品中想像中國的方式：黃玉雪的《五女》（Jade Snow Wong, *Fifth Chinese Daughter*, 1945）以第三人稱自傳的方式描寫舊金山華埠女子如何力爭上游；朱路易的《喫一碗茶》（Louis Chu, *Eat a Bowl of Tea*, 1961）以小說的方式生動地呈現紐約華埠社會；湯亭亭的《女戰士》及《金山勇士》（Maxine Hong Kingston, *The Woman Warrior*〔1976〕and *China Men*〔1980〕）以介於自傳和小說之間的寫作方式呈現她對於中美文化的態度；譚恩美的《喜福會》（Amy Tan, *The Joy Luck Club*, 1989）表現舊金山四對中國母親／美國女兒之間的關係；趙健秀的《杜唐納》（Frank Chin, *Donald Duk*, 1991）藉著夢與回憶來重構華裔美國人的歷史；伍慧明的《骨》（Fae Myenne Ng, *Bone*, 1993）則爲一個舊金山華埠家庭譜出安魂曲。

在分節討論上述作品之後，本文擬援引安德森「想像的社群」（Benedict Anderson, "imagined communities"）的觀念及言語行動理論，以指出：如果民族／國家等觀念是「想像的社群」，那麼這些華裔美國作家主要根據所聽說或閱讀的有關中國的資訊，再以主流社會的語文（英文）所呈現的中國則可說是「雙重想像的故國」（doubly imagined homeland）。然而，這種「想像」卻非無關緊要的向壁虛構，而是在作者的成長經驗、心路歷程、實際生活、文學創作及領受上有著相當具體的踐行效應（performative effects）。進言之，對於以往在美國歷史和文學史中被消音、滅跡的華裔美國人而言，這些作品提供了具體有力的文本，以填補主流社會各類歷史中的空白，來改變／更替美國（文學）史（the altering/alterity of American〔literary〕history），來達到林英敏（Amy Ling）主張的「以書寫錯誤來矯正錯誤」（"righting wrongs by writing wrongs"，頁一五八—七九），以及李有成所謂的「書寫／矯正」（"writing/righting"）美國文學與歷史」的目標（頁一八六），爲美國主流社會提供他類的文學／歷史（an alternative literature/history）。

1

黃玉雪（1922－　）於一九八九年爲美國華盛頓大學出版部重新印行的《五女》一書所撰寫的序言中，提到這本四十多年前出版的自傳中的一些特色以及讀者的反應。她談到自己在一九七二年首度中國之旅時忐忑不安的感覺，而且確實也發現在中共統治下的中國大陸的反美情緒，但是「自己和夫婿被當成英勇的移民後裔來歡迎……在共產黨官員所舉行的正式宴會中，我們全然自在（completely at home）」（頁ix）。她進一步寫道：「餐桌的禮儀沒有改變；我們父母半個世紀前的訓練適用於今天的北京，一如適用於舊金山華埠。我於一九七二年及今日所到之處，都置身同質性的中國人民中，覺得異乎尋常的舒服（雖然由於我外表不同，而被認出來自海外）」（頁ix）。

黃玉雪在一九四五年的原版序中說，這本自傳「雖然是『第一人稱單數』的書，但其中的故事卻根據中國習慣而以第三人稱寫出」。她並以中國傳統詩文及家書爲例，說明「即使以英文撰寫，一本由中國人所寫的『我』書，對於受過中國禮教的任何人來說，都是異常地不謙虛」（頁xiii）。她在新版序言中，再度指出此書的第三人稱敘事方式是根據「中國文學形式（反映出文化上對於個人的不重視）」（頁vii）。因此，就形式而言，作者本人便坦承這部「自我—人生—書寫」（即英文「自傳」〔“auto－bio－graphy”〕一詞在字源上的意義〔“self－life－writing”〕）在傳主／主角—敘事者—書寫者的人稱選定上，就已受到中國文學／文化傳統與成規的影響。再就內容而言，黃玉雪也如同其他自傳作家一樣，根據書寫當時的自傳計畫

(autobiographical project)揀選、排列、組合「記憶所及中形塑我的人生的重大插曲」(頁xiii),目的在於「爲美國人創造出對於中國文化更佳的瞭解。這個信條是貫穿我一生工作中許多轉折的主題」(頁vii)。

因此,在黃玉雪寫作的一九四〇年代雖然「從未出版過以一位女性華裔美國人的角度」("a female Chinese American perspective",頁vii)所撰寫的作品,但她還是在自傳中「仔細記錄了一位美國華人女孩的前二十四年」("an American Chinese girl",頁xiii)。在這兩篇相隔四十多年的序言中,從黃玉雪對於自己的稱呼由「美國華人女孩」轉變爲「女性華裔美國人」,以及新序中對於美國主流社會較爲明顯的批評,多少可以看出其自我身分/認同的改變,以及由於弱勢族裔在美國的地位逐漸提昇而比較勇於批評主流社會。

在這部華裔美國女性版的「力爭上游」中,黃玉雪以清晰流暢的文筆娓娓道出自己二十四年來的人生故事,如何從舊金山華埠的華人家庭出發,接受父母傳統中國式的教養,在家幫忙家務,日夜上學而分別獲得美國和華人學校的文憑,自食其力地得到二專的學位,在畢業典禮中代表致辭,再到女子學院繼續深造,發展出個人的能力、興趣,在二次大戰期間獻身工作,並因徵文首獎而爲新船舉行下水典禮,重新發現華埠的種種事情,最後獨力創業——在華埠開設陶藝品店並從事寫作,以促進中美文化的相互瞭解爲職志。

對於昔日以觀光客、外地人/外國人的角度或經由簡德(Arnold Genthe)的老華埠攝影來認識舊金山華人世界的人來說,黃玉雪訴說了土生土長的第二代華裔女子的親身經驗及內在世界,提供了對於華埠的修正式版本(revisionary version)。每章之前的插圖(由 Kathryn Uhl 所繪）在黃玉雪看來「可靠正確」，其與文字文本之間的互動，一併使得此自傳成爲「仔細的紀錄」（頁xiii）。讀者在閱讀這部作品之際，不時感受到的就是黃玉雪如何作爲舊金山華埠（擴言之，在美國的華人）的代言人，如何在成長及尋求獨立的過程中汲取、揀選中美兩文化的合用之處，以及如何努力促進兩種文化的相互溝通與瞭解。其中，她的中國式教養及認知扮演著決定性的角色。

中國對於黃玉雪的影響，除了原序中所提到的漠視個人及自我（在全書中也常提到中國人重視家庭、輕忽個人）之外，在正文中也隨處可見。如全書開頭部分便指出：「一直到五歲，玉雪的世界幾乎全是中國式的，因爲她的世界就是她的家庭……她所有的一些問題完全與一個中國小女孩行爲的適當與否相關」（頁二）。父親也說過，小孩在上幼稚園之前要完全接受中國式的教育。父母所教導的主要是「尊敬和秩序」，而「教導與鞭打幾乎是同義字」（頁二）。父母親除了教導傳統的中國生活規範之外，也藉著說故事、讀寫中文等方式來傳授中國的歷史與文化。即使在黃玉雪上美國學校時，不但要幫助家務，還在父母的要求下於夜晚上華人學校。這一切都可看出父母對於中國傳承的重視。此外，如中國節慶、婚禮的規矩及生活中的林林總總（如許多來自中國的食物及烹調方式，對於祖先的重視，男尊女卑的觀念，中醫與中藥，中國戲等），也可看出中國文化已經深深滲入華埠人士的觀念思想、意識型態、生活習慣各方面。而黃玉雪所目睹的外祖母的言行，父親在重要時刻所講述的祖父的故事，及全書關鍵處所穿插的中國諺語等，在在顯示了中國思想的深遠影響。即使在她與美國人的交往中，她的華人背景也有著相當重大的正面作用。

但是，身為第二代的美國華人，黃玉雪也親身承受了中國文化的負面影響，她非但不無微詞，而且試圖匡正。這點除了見於書中所述她本人成長過程中的重要插曲之外，也明顯見於她在正文中談到對於么弟的教育和新序中談到對於自己的二子二女的教育，以期彌補她本人成長過程中的缺憾。這些缺憾尤見於她在人生歷程中與父母不太相合甚或牴觸之處。就這層意義而言，這部自傳就是一位美國華裔女子尋求獨立的過程，而她的獨立與（借助美國的教育和思想方式）重新認知、評估華埠及其所代表的價值可說是一體的兩面。

若將此自傳當成獨立的過程來閱讀，則其高潮在於上了社會學之後的黃玉雪開始懷疑：「是否父母雖然於一九三八年便居住在舊金山，其實並未離開三十年前的中國世界？」（頁一二五）她進而鼓起勇氣，以理性、平和的口吻向父母轉述社會學老師的話：子女不是父母的財產，而是有獨立思想的個人，應該得到尊重。在這篇個人的「獨立宣言」之後，她以具體的行動走出自己的路，在白人主流社會中努力工作、表現傑出，為家族增光，因而得到家人的肯定。而在這一連串傑出表現之後的主要動機，就是回應別人對於華裔女子的輕蔑，例如：小時候一白人男孩對著她喊："Chinky, Chinky, Chinaman"（頁六八）；學校就業輔導處人員對華人的輕視（頁一八八—一八九）；工作場所的男主管從「經濟觀點」對於女子的歧視（頁二三四）。值得注意的是，她在尚未完全獨自創業之前，就回過頭來「重新發現華埠」（"Rediscovering Chinatown"，第廿四章的標題），肯定中華文化。因此，這種既渴盼（longing for）又疏離（distancing from）的矛盾，正是黃玉雪面對中國文化的心態。

然而，若將黃玉雪筆下所呈現的舊金山華埠當成當時的通貌也很值得商榷。因為，從她的文字敘述中可以看出，當時已有不少同代的華裔子弟不會寫中文，女子不接受高等教育，而在全書最後一頁特地引用父親的話，明白道出他當初決定定居美國是因爲對於中國社會中的婦女地位覺得可恥，「在美國這裡，基督教觀念允許女人自由和個性。我希望我的女兒有這個基督徒的機會」（頁二四六）。這裡再次強調其家庭除了受到儒家思想的影響外，基督教的影響也極爲深遠，甚至決定了全家在美國的去留。其實，基督教的色彩以及此西方信仰對於黃家的精神支持在全書經常可見。而其父擔任教堂的司庫和其母定期上教堂作禮拜（頁七三），也可看出黃家與華埠一般人士不同。因此，即使對黃玉雪來說代表著中國文化傳統的父母，其與故國文化之間實已存在著相當的距離。雖然她父母在生活及教養子女上仍沿用傳統的中國方式（包括鞭打），但在許多方面已不再囿限於傳統華埠社會的故步自封（如父親熱心公益，爲教會及社區出力）。文中數次強調對其家庭的主要思想影響來自於儒家思想與基督教，即是明證。

宗教方面的差異之外，另一重大差異就是相對於以單身漢爲主的貧苦華埠社會，黃玉雪的家庭擁有小型成衣工廠及八、九個小孩，的確是個異數。所以，這個在華埠土生土長的女子的自述，所再現的是在優越條件下所培育出的華裔女子，與當時華埠社會的一般情形差距很大。這說明了爲什麼結合了儒家思想和基督教信仰的父母不堅決反對（但也不鼓勵）女兒上大學——因爲他們不迫切需要女兒賺錢貼補家用，只求她的進修不構成家裡的經濟負擔。就是因爲這個有利的經濟條件，使得有心上進的黃玉雪能接受高等教育，以致在許多方面比一般華人更容易在美國社會出人頭地。

由於此書宣揚力求上進的美國模範弱勢族裔（model minority），並由生於斯、長於斯的華人女子以理性、平和的態度來敘述華裔社會的特色，肯定美國主流社會所給予的機會，所以出版後黃玉雪應美國政府之邀訪問亞洲各國，以促進彼此的瞭解。此一實例印證了美國主流社會，尤其是官方，對此一弱勢族裔自傳的回應。這也正是黃玉雪自許的終身職志：增進中美文化之間的溝通與瞭解。由於在她之前「從未出版過以一位女性華裔美國人的角度」（頁vii）所寫的作品，所以《五女》提供了另一族裔的文本，多少彌補了美國社會及歷史認知的空白。而在前後相隔近半個世紀的兩篇序言中，黃玉雪的自稱由「美國華人女孩」轉變成「女性華裔美國人」，此一自我重新命名也表示她已溶入了美國社會。

2

黃玉雪所描述的大致是一九二〇至四〇年代的舊金山華埠家庭（其父母於本世紀初便到美國，但因種族歧視之故，其父直到一九四三年才得以正式歸化爲美國公民〔頁ix〕），以出生於美國的華裔女性的自傳方式，呈現出作爲美國模範弱勢族裔的華裔美國人。朱路易（1915－70）出生於中國廣東台山，在美國完成中學教育，並取得學士及碩士學位。他的《喫一碗茶》則以長篇小說的形式來呈現一九四〇年代末、五〇年代初的紐約華埠（封面便寫道此書是「一部紐約華埠的長篇小說」）。雖然小說中的男女主角最後遠赴西岸的舊金山華埠，並尋得各方面的新生（脫離父親掌控、生子、得到新的工作、新的公寓、新的夫妻關係、新的朋友、「重振雄風」，然而還是未能脫離華人社會），但故事中主要描寫的還是紐約華埠的單身漢社會。因此，就文類及內容而言，與《五女》形成強烈的對比。而且，正因爲眞實呈現華埠單身漢社會的粗俗語言，以致在出版後遭人批評，甚至為一些圖書館所拒絕採購。然而，陳耀光（Jeffery Chan）在為一九七九年版的《喫一碗茶》所寫的序言中，卻盛讚此書的語言，認為成功地運用英文來傳達廣東四邑的方言。陳序中也指名批判了包含黃玉雪在內的一些作家，認為他們屈從於美國讀者大衆的「接受模式……朱路易是拒絕這種接受的第一位華裔美國作家」（頁三—四）。

相對於黃玉雪以自己的生命歷程為主軸所呈現的舊金山華埠，平日獻身社會工作的朱路易在畢生唯一的長篇小說中，以驚人的寫實手法展現了紐約華埠特殊的多樣性。由小說中我們可以看到這個以單身漢為主的華人社會，大都從事餐飲業及洗衣業，生活圈子狹窄。除了一些全家團聚的幸運兒之外（這些人或與妻子同時赴美，或返回中國結婚後偕妻子赴美），其他人或未婚，或隻身在美，把妻子留在中國（除了一位之外，其他的太太都想到美國而未果），因此閒暇時間大都花在訪友、看（華文）報、打麻將、飲茶、聊天、看戲、賭馬、嫖妓上。就是因為處於同質性很高的封閉社群中，所以任何有關社群成員的消息傳得特別快。而傳統中國文化中的一些特色——如重男輕女，愛面子，重視宗親，講究義氣等——也由於此一社群的封閉性而保存下來。

故事中的主角王賓來是在餐廳工作的「金山客」，父親王華基在紐約華埠開麻將鋪，母親遠在廣東故鄉。二十四歲的賓來奉父親之命返回廣東完婚，對象是其父在美多年老友李光的十八歲女兒李美愛。兩位父親先商量大概之後，便分別寫信告知在故鄉的妻子，由善盡父職的王華基資助兒子返鄉。雙方相親中意後，不日便迎娶。男方返鄉結婚的主要原因是王華基認為現在的美國女子靠不住，而華裔的「竹生女」也太美國化了，欠缺中國傳統女子的美德。女方之所以欣然同意，一方面因為廣東該地區一向以把女兒嫁給金山客並赴美國為榮（兩位父親就是典型的金山客），另一方面也由於賓來生得英俊且在美國有正當職業。婚後小兩口度過了短暫的甜蜜時光。但在投宿香港準備搭機返美時，王賓來卻因年少時的荒唐而性無能，返回紐約華埠後的一兩年間也只行房一次。結果，嬌妻給具「桃花運」及勾搭前科的男子周阿宋有機可趁，流言傳遍華埠。大失面子的王華基得知後以利刃截斷阿宋左耳。在王氏宗親會和平安堂的出面仲裁下，阿宋向美國警方撤回告訴並被逐出紐約華埠五年。事後，王華基無顏待在華埠，轉赴芝加哥；李光赴沙加緬度；賓來與美愛赴舊金山，展開新生。

《喫一碗茶》生動地呈現了華埠錯綜複雜的家庭、親屬、社會關係。就家庭關係而言，父親有責任照顧子女、爲子女尋找合適的對象（遵循「男大當婚，女大當嫁」的古訓），子女則回報以孝順。最明顯的例子當然就是王華基事先與好友及妻子商議，並資助賓來旅費返鄉相親、結婚，而賓來的婚事則大抵依循傳統「父母之命，媒妁之言」的模式。在媳婦給兒子「戴綠帽」的流言四起時，王華基覺得自己必須挺身而出，爲兒子討回公道、爲家族爭回面子、爲社會伸張正義，即使訴諸暴力、犧牲自己也在所不惜。

就親屬關係而言，則清楚地表現在王氏父子兩代身上。賓來在堂兄的餐廳幫忙，堂兄給他工作機會，可說兩蒙其利。堂嫂得知美愛懷孕時熱心餽贈補品，聽到傳言後轉而對美愛不屑一顧，即使因公公出面而勉強相見，卻也冷言冷語，生動地表現出妯娌之間的關係。描寫得最活靈活現的大概就屬王華基的堂兄王竹亭了。他不但是王氏宗親會會長，也是平安堂全美堂主，在華人社會素享盛譽，長袖善舞，幾十年來爲人排難解紛無數。美愛的謠言是他先聽說之後再提醒堂弟王華基留意的，而王華基割耳事件也由他運用各種關係，透過宗親會和平安堂出面擺平。結果割人耳朵、畏罪潛逃的王華基沒事，一向聲譽不佳且缺少同姓支持、勢單力薄的平安堂分子周阿宋，則被迫接受仲裁的決議：向美國警方撤回告訴並離開華埠。而王竹亭在處理此事件時的種種手腕，一言以蔽之，就是利用別人賣他面子的方式來達到自己的目的——照顧宗親，維持家族聲譽、華埠秩序於不墜。

至於朋友之間的關係則不一而足：有王華基與李光這種因多年友誼而結成的親家；有王華基曾照顧過的米基，是他傷人之後投靠的對象；有經常到王華記痲將鋪裡打牌、聊天、滿口髒話的人（包括書中勾搭友人媳婦的惡棍周阿宋）；有王賓來的多年單身室友陳雲，就是他帶領賓來到紐約嫖妓，並把公寓讓給新婚的賓來夫婦居住，也是賓來認爲唯一能吐露心聲的人（即使如此密友也對「朋友妻」美愛存有非分之想，心中反覆思索著「肥水不落外人田」及「男女授受不親」的古訓）。①

因此，就人際關係而言，華埠社會多少依然維持著中國傳統類似父子及家族有親，夫婦有情、有別（男主外、女主內），朋友有義，長幼有序的倫常。凡違反這些原則的事件都會造成個人和家族顏面的喪失，以及華埠社會秩序的紊亂。換言之，中國除了是金山客找尋「理想的」傳統式妻子的故鄉之外，還提供了家庭、親屬、社會、人際等方面的爲人處事之道，使華埠社會的成員有個依循的標準。就這方面而言，紐約華埠雖然有其落後的一面（如故步自封，輕忽美國法治，講求私了），但也對置身其中的華人提供了一些獨特的保護方式。即使賓來夫婦後來遠走美國西岸，啓開自己的新生，但以他們的能力及背景還是得待在華埠討生活。或許要等到他們的兒子國明那一代，才會有心、有能力溶入美國社會。

即使《喫一碗茶》中所呈現的紐約華埠社會似乎自成一體，但其中也不乏自我消解的成分。首先，由長輩對於竹笙子與竹笙女的批評以及類似「現在的女孩子不可靠」這類說法，可以看出在老一輩的眼中，美好的昔日已不復存在。諷刺的是，連千辛萬苦、萬里迢迢從故鄉迎娶、從小就想嫁給金山客的美愛（且為金山客李光之女）都不可靠了。雖然賓來、美愛夫婦在舊金山恢復了圓滿的家庭生活，但「故鄉女子可靠」的說法已不攻自破了。②其次，傳統的重男輕女觀念也未必那麼穩固了。書中的角色雖有「女兒到頭來總是別人家的媳婦」以及男孩子可以傳宗接代的想法，但是李光只有獨生女美愛的事實似乎並未在他心中造成太大的困擾，而賓來和美愛對於生男生女也不覺得有太大的差別（雖然後來生下的是男孩），甚至連生下來的是賓來或阿宋的骨肉也不在意。

在《喫一碗茶》中最重要的象徵當然就是那一碗中藥苦茶了。黃玉雪在《五女》中曾專章描述中國的草藥，不但簡要地解釋其原理，提到也有白人來看中醫、抓藥，並說自己數年的痼疾在吃了一帖十八味的中藥後，幾天內就「消火祛風」，完全痊癒了（頁二二六）。黃玉雪以〈和春堂〉（"The Sanctum of Harmonious Spring"）一章接續〈重新發現華埠〉，用親身體驗來印證傳統中國事物的妙用。此處賓來的性無能也是在服用了幾週的中藥之後得到改善，全書就在重振雄風聲中結束。朱路易如此安排而且以此作為書名自有其用意。對於這種安排，陳耀光有如下的評語：「吃一碗茶是中國良藥。如果賓來要重獲雄風，如果移民先驅為了要使在美國立足所做的犧牲不致白費，那麼一個時常懷有敵意的社會所配給他們的處方就不得不吞下」（頁五）。

陳耀光這個七〇年代末期的說法著重於弱勢族裔的不利地位及面對強勢團體的因應之道，自然有其時空因素。黃玉雪在一九八九年版《五女》的序中指出，「寂靜的演進」已經造成美國社會的若干改變，但是「反抗種族偏見的戰鬥尚未結束」（頁xi）。對於今日的美國主流社會而言，《喫一碗茶》則具有另一層重大意義。我們不妨套用陳耀光的句法來說：如果主張人生而平等的美國開國元勳為了要使在這塊土地建設新樂園所做的努力不致白費，那麼朱路易所提供的那一碗藥茶雖然可能苦澀（證諸此書問世之後所遭到的冷落及惡評，甚至迄今討論的文章仍不多見），但美國社會卻「不得不吞下」。

3

如果說黃玉雪以第三人稱撰寫舊金山華埠女子的自傳，朱路易以全知觀點撰寫紐約華埠社會的長篇小說，那麼湯亭亭（1940－）的前兩部作品《女戰士》和《金山勇士》對於讀者的挑戰之一就是文類的問題，而這也是早期批評家爭論的重點：此二書（尤其是《女戰士》）到底是自傳還是小說／虛構（fiction）？一般而言，該二書介於自傳與小說之間，可說是在黃玉雪的自傳和朱路易的小說之間／之外另闢蹊徑。二書所描述作者成長過程中意義重大的事件，率皆與其文化認同相關，箇中作者想像中國的方式當然關係重大，而此關係以出諸互文（intertexts）的方式則更為凸顯。③

其實，《女戰士》和《金山勇士》的命名和書名的中譯本身就大有文章：如「女戰士」所指涉的花木蘭，及這位奇女子對於成長中的湯亭亭的作用；「金山勇士」的英文名稱"China Men"，以另鑄新詞的方式如實面對美國社會對於華裔人士在歷史上的輕視（此輕視具現於

"Chinamen"一詞），並以一方圖章肯定、表彰這些「勇士」遠渡重洋、墾殖「金山」的貢獻。④而兩本書中所使用的中文字及中文互文作用更是重大。其中，有些是小到一個字的運用，如《女戰士》中根據中文的「報」字大作文章，特意把「報導」和「報復」混爲一談，而成爲藉著文字「『報』導罪行」來達到「『報』復目的」，亦即，「以報導來報復」（"The reporting is the vengeance"，頁五三）。又如，書中提到中國古代婦女自稱爲「奴」（"slave"，頁四七），並說由此可見身處重男輕女的中國父權社會中女子的地位與「奴隸」無異。凡此種種雖不免有誇大、曲解之嫌，卻可看出作者別出心裁之處。⑤當置於全書脈絡時，這些更發揮了原先在中文裡意想不到的效果。

至於較長的互文方面，如《金山勇士》中運用了《鏡花緣》、「杜子春」、屈原的故事以及類似《聊齋誌異》的鬼故事，不但顯示作者對於中國文學並不陌生（雖然其中也發生了把《鏡花緣》女兒國中林之洋的故事套到唐敖身上的情形），更重要的是作者藉著改寫這些故事來強調男女間的不平等關係、流放的主題以及張敬珏（King－Kok Cheung）所謂的「強制性的緘默」（"imposed silence，" 1988）。換言之，作者在運用舊故事的同時並賦予新意，拓展甚或多少顛覆了原來的故事。在湯亭亭更明顯描述自我成長過程的《女戰士》中，〈白虎〉（"White Tigers"）一章據用花木蘭的故事，除了描寫這位奇女子的特立獨行、驍勇善戰外，並藉此達到作者特定的叙事目的（即上述的「以報導來報復」）；而〈胡笳十八拍〉一章則據用蔡琰的故事，用來呈現流放、壓抑、沉默的處境，以及以語言文字打破沉默、超越困境的努力，並在其中尋求建立自我，進而與母親英蘭（Brave Orchid）合說一個故事。⑥

因此，湯亭亭於《女戰士》中活用中國歷史上女戰士花木蘭和女詩人蔡琰的故事，一前一後、一武一文地表明了自己這位「女戰士—說故事者／講古者」如何游移／游離於中美文化、社會規範之間。她所面對的不僅是重男輕女的中國傳統，也面對了美國白人男性主流社會。換言之，身爲華裔美國女子的湯亭亭，面對的是來自兩個文化霸權的性別歧視和種族歧視。因此，書名副標題《鬼群中童年生活回憶》（*Memoirs of a Girlhood Among Ghosts*）中的「鬼」字，除了文中所明指的各式各樣、各行各業的美國「鬼」（洋鬼子）之外，也暗指自己家族所代表的傳統價値觀的陰魂不散的中國「鬼」。這種游移／游離狀態具現了她身爲華裔美國女子的處境，以及在一連串事件中摸索、建立自我的努力。

由上述可見，這兩本書可謂是湯亭亭的「發憤之作」：由於受到中美文化的雙重壓力，使得華裔美國女子處於雙重邊陲化的弱勢地位，反而激發她積極突破困境、建立自我。最顯著的例子之一就是，中國傳統重男輕女的觀念，使得女子一方面沒有家庭及社會地位（家中男性長輩「女子無用」的論調使幼時的湯亭亭深受困擾），另一方面卻又得特別注意貞操，因此《女戰士》全書一開始就是母親的「不許說」，並訴說無名姑姑在姑丈赴美工作後受誘或被迫懷孕、生產，有辱門楣以致攜帶嬰兒投井自殺，以爲年屆青春的女兒之戒。結果母親這個禁令非但沒有達到預期的效果，反倒激發了湯亭亭創作的動機、提供了她書寫的素材。這也正是張敬珏所謂的「激發式的緘默」（"provocative silence," 1993: 23－25, 74－125）。這種緘默不但發生在湯亭亭個人及家人身上，也擴及華裔美國人身上，並激發作家挑戰此緘默。

因此，張敬珏在討論《金山勇士》的近作中指出：「《金山勇士》中父親的沉默寡言激發敘事者創造他的生平；同樣的，白人美國史避而不談中國佬，也促使她從手頭零散的資料中推測，而重新建構出已散佚的事物」（〈說故事〉，稿頁一）。張敬珏在文中進一步引用傅柯「對抗記憶」（Michel Foucault, "counter－memory"）的觀念，認爲有別於爲「傳統的歷史」所用的那種記憶，或被官方所接受、銘刻、批准的連續性的歷史與知識，對抗記憶提供了一種「替代式的訴說模式」（稿頁二）。擴而言之，這種觀點可用來抗衡美國歷史對於華人的有意抹煞，也可用來挑戰美國文學史以往對於華裔文本的漠視。

前面說過，這種強制性的緘默激發了湯亭亭以文字爲個人、家族、族裔立傳，而她立傳的主要方式則是藉由母親拿手的「說故事」（"talk－story"）。湯亭亭不論在這兩部自傳性作品或其他地方，都一再提到「說故事」對她的重大意義。「說故事」對湯亭亭來說，可分爲被動與主動兩個層面。就被動的層面而言，她是聽別人說故事的人，或接收故事的人。這些主要是中國故事，其中除了來自中國經典文學之外，許多來自母親的口述（或是母親個人的故事，或是家族成員的故事，或是轉述的中國民間傳說及歷史故事）。最特別的則是魯濱遜的故事，她幼時以爲是中國故事，一直到上學後才知道原著是英國文學作品。

就主動的層面而言，她的寫作策略也仿照說故事的方式，結合了傳說、神話、歷史、文學、民間故事、口述文本與書寫文本，以致眞實與虛構混雜，呈現出多音複聲的文本，挑戰自己所面對的雙重壓制：「說故事讓她能夠交織口述傳統與文學傳統，容納多重敘事和角度，扯裂中國人和美國人的權威」（〈說故事〉，稿頁三）。所以，湯亭亭以這種方式保持了英文「作者」（"author"）一詞的雙重意義：既是「擴大者」，也是「原創者」——作者重述、再寫、編輯、甚至竄改所得來的故事，再將其回饋給所屬的群體。湯亭亭的特殊之處就在於回饋的同時以其「女性主義式和族群的敏感」（"feminist and ethnic sensibilities," Cheung 125）批判了過去的迫害者。

質言之，湯亭亭由對抗記憶出發，而發展出個人、家族及族裔的對抗敘事（counter－narrative），以對抗敘事來體現對抗記憶，最具體的成果當然就是《女戰士》和《金山勇士》。身為「發憤之作」的這兩部自傳性作品，由於特殊的寫作手法及內容，以致能藉由與母親合說／合寫故事，達到「以報導來報復」的目的。尤其藉由其中所傳述／轉述的想像的中國，傳達了鮮明的異域色彩（exoticism），使得其作品不但暢銷於文學市場，而且在學術圈也得到重視。研讀她作品的學科包括了文學系、美國研究、人類學、民族學、歷史、婦女研究、黑人研究等。張敬珏在接受筆者訪談時指出：「湯亭亭的《女戰士》是美國大學校園裡當代還活著的美國作家的作品中最常被採用作教材的」（1993: 105）。她的作品被納入新編的美國文學史及文學選集，成為華裔美國文學的重要代表，為對抗記憶和對抗敘事作見證，達到了「以報導來報復」的目的。

4

譚恩美（1952－）是晚近聲譽鵲起的作家，自一九八九年發表第一部長篇小說《喜福會》以來，便深受各方矚目。《喜福會》一出版就躍居《紐約時報》暢銷書排行榜三十七週之久，對於剛出道的作家而言，這種情形確屬罕見。這部長篇小說繼而被改編成配有插圖的兒童文學、電影，成爲不同呈現方式的文化成品。這種特殊的「譚恩美現象」值得納入更寬廣的文化研究範疇內討論，以便「讀出」及「讀入」更多不同的意義。⑦

譚恩美於一九八九年《喜福會》出版時，曾以〈在美國文學中尋找一個聲音〉（"Finding a Voice in American Literature"）爲題巡迴演講。對於當時前景不明的譚恩美而言，這雖是美國出版業行銷的例行方式之一，但多少也表現了她在美國文學中尋求某種定位的自我期許。而從她的現身說法可以看出她對身爲華裔美國女作家的若干見解。其中主要的就是在加州奧克蘭的華人移民家庭中長大的譚恩美，父親是浸信會牧師，母親信奉佛教，因此「一直覺得自己橫跨兩個文化、兩種宗教教養」。這種跨文化的特色顯現在她的作品中。

該書以類似《十日談》（*Decameron*）、《坎城故事集》（*Canterbury Tales*）的敘事結構，透過七個敘事者（三個中國母親和四個美國女兒）來訴說以麻將搭子「喜福會」爲中心的十六個環環相扣、層層相疊的故事。在乍看如同十六個短篇小說合集的表象下，精巧地建構出四對中國母親／美國女兒之間錯綜複雜的關係：李宿願／吳菁妹，蘇安美／若絲·蘇·約旦，江靈多／未伏里·江，瑩影·聖克烈／利娜·聖克烈。除了吳菁妹因爲繼承已逝的母親成爲喜福會的成員而擔任四篇故事的敘事者外，其餘六人每人各擔任兩篇故事的敘事者。

此十六篇故事又分爲四組，首尾兩組〈千里鵝毛〉（"Feathers from a Thousand *Li* Away"）和〈西王母〉（"Queen Mother of the Western Skies"）由三位中國母親及繼承母親的吳菁妹來訴說，中間兩組〈二十六道鬼門關〉（"The Twenty-six Malignant Gates"）和〈美國式翻譯〉（"American Translation"）則由包含吳菁妹在內的四位美國女兒來訴說。因此，中間兩組女兒的敘事被首尾兩組母親的故事所包；而第一篇及最後一篇故事又由兼扮母女雙重角色的吳菁妹所敘述。四組之前各有如同前奏或過門般以斜體排印的短文開啓，而這些短文又與該組的四個故事相關：〈千里鵝毛〉訴說移民母親的心願／宿願；〈二十六道鬼門關〉和〈美國式翻譯〉表現母女之間觀念、感情的衝突；〈西王母〉則以婆婆對嬰兒外孫女的說話，希望藉由外孫女來教導女兒以往曾教過的相同課題，這使得三代之間的關係成一循環。以這種多重敘事聲音（multiple narrative voices）來建構母女之間的關係，在華裔美國文學中尚屬首見。也就是這種「各說各話」的結構，允許作者更能充分地呈現出中國母親與美國女兒兩代之間糾葛不清的矛盾（ambivalence）。

一如其他的華裔美國文學作品，《喜福會》中有關中國的部分大抵表現在老一輩的際遇、思想觀念、言行舉止以及他們對於子女的期望與教養上。因此，在有關中國母親的呈現方面，或透過她們自己訴說的故事（就李宿願而言，是透過女兒吳菁妹的回憶及訴說），或透過女兒口中的敘述。這些故事或敘述最引人矚目的就是其所包含的異國風味，而這又主要呈現於第一、四組的八個故事中：吳菁妹轉述母親在對日抗戰期間如何於桂林組成喜福會，以及在逃往重慶途中因體力不支只得拋下雙胞胎女兒的情形；蘇安美訴說孀居的生母如何被騙失身、改嫁，遭家人羞辱，割股療親，後來服毒身亡；兩歲就訂親的江靈多訴說在夫家如何遭受折磨，如何利用老人家的迷信得以脫離夫家獲致新生，前往美國，結婚生子；瑩影訴說於中秋夜遊太湖落水，不幸的婚姻，認識後來的美國先生的經過。

透過這些母親所訴說的（在）中國（時候的）故事，使讀者深深感受到另一個時空——空間在中國，時間貫串數代——裡的中國女子的遭遇，尤其是在傳統父權社會下女子所蒙受的種種不平等待遇，以及她們面對這些遭遇時的自處之道。然而，她們從不幸的經驗中所得到的人生領會，在面對美國出生、長大的子女時，卻有格格不入之感。對於在美國成長的子女來說，來自中國的母親所代表的往往是古老、神祕、迷信、落伍。她們對於子女的關愛是無庸置疑的，但是表達關愛的方式卻時常令子女難以接受，尤其一些舊式的中國想法及風俗習慣更是莫名其妙，以致母女之間的衝突時有所聞，甚或造成雙方的困擾及傷害。而這些母親由於望女成鳳，也慣於在自己和別人的女兒之間比高下，造成一些不必要的摩擦。這些都可在第二、三組由美國女兒所敘述的故事中明顯看出。

然而，母女之間的關愛以及在海外相濡以沫的中國母親之間的感情，終能超越這些摩擦、衝突與矛盾。所以，全書的結構以喜福會的阿姨們義助吳菁妹旅費訪問中國大陸，以期為已逝的成員李宿願完成找到戰亂中拋棄的兩位女兒的多年願望為始；以吳菁妹見到在大陸的兩位同母異父姊姊為終。而在三位女兒的合照中，使得母女兩代、中美雙方合而為一，完成了母親的「宿願」，平息了母親的「宿怨」：「〔拍立得相片〕灰綠色的表面轉為我們三人鮮明的形影，霎時間變得犀利而且深刻。雖然我們口中不說，我明白我們都看得出：我們一道兒，看起來就像我們的母親。她一樣的眼睛，她一樣的嘴巴，驚愕地張大了嘴瞧，好不容易，她宿願成眞」（原文頁二八八；譯文頁三一八）。

譚恩美在許多場合中提到《喜福會》的肇因是其母重病之後，譚恩美反省自己對於母親的生平究竟記得多少、認識多少。因此，她的創作動機可說是為了保存記憶——對於母親的記憶，以及與母親密切相關的對於中國的記憶。而她於〈在美國文學中尋找一個聲音〉的演講中也說：這本書中的感情是自傳式的，而細節則是虛構的。同時，她在演講中所提到的母親生平及「母親以她的恐懼、懊悔、希望來教養我」，在在讓人覺得該書主要的敘事者吳菁妹在許多方面就是作者的化身，而作者透過自傳式的感情和虛構的細節編織出這部記憶之作。所以，全書扉頁的題辭（中譯本未譯出）也就別具深意了：

獻給我的母親　*To my mother*
以及她的母親的記憶　*and the memory of her mother*
你有一次問我　*You asked me once*
我會記得什麼。　*what I would remember.*
這個，以及更多。　*This, and much more.*

這部保存記憶之作印證了她在這篇早期演講中所提到的記憶對她的意義——如自稱具有強烈的記憶之感；記憶不是恰巧記住，而是重活、重構（reliving, reconstructing）；記憶可能是故事、工具或自我折磨。此外，置於華裔美國文學的脈絡中，這些有關記憶的說法出現在初試啼聲者尋求在美國文學中定位的此篇演講裡，也暗示了記憶在華裔美國文學中的作用，以及在記憶的作用下所可能產生的華裔美國文學與主流的美國文學頡頏、互補的效應。

5

然而在市場及學術界走紅的湯亭亭和譚恩美，卻遭到趙建秀（1940－　）的嚴詞批評。他在《大哎呀！：華裔及日裔美國文學選集》（*The Big Aiiieeeee!: An Anthology of Chinese American and Japanese American Literature*）一書的九十二頁長序〈眞假亞裔美國作家一起來〉（"Come All Ye Asian American Writers of the Real and the Fake"）中，特地把〈木蘭詩二首〉以中英對照的方式排印，痛斥湯亭亭爲了投美國白人主流社會之所好而不惜竄改中國文學作品。他對譚恩美及劇作家黃哲倫也有類似的批評。趙健秀並進一步主張以《水滸傳》、《三國演義》之類的中國古典小說來建立中國文學的英雄傳統，並以此作爲華裔美國文學——擴大來說，亞裔美國文學——的重要資源。⑧

趙健秀在晚近的一部長篇小說《杜唐納》中，就把《水滸傳》及英雄人物關公、岳飛等寫入書中，爲自己的主張現身說法。主角杜唐納，年方十二，住在舊金山的華埠，父親杜金（King Duk）是中國餐館的老闆及名廚，母親是父親在家庭及事業上的幫手，唐納上有兩位孿生姊姊。與他同名的伯父則是粵劇名角。故事開始時，杜唐納討厭自己的名字，因爲它使人立刻聯想到狄斯耐樂園的唐老鴨（Donald Duck）；他也討厭所有與中國有關的事物，卻喜歡夢想自己成爲踢躂舞星。家人則喜歡做模型飛機，幾年來都把做好的模型飛機畫上人形，並依《水滸傳》梁山泊一百零八位人物命名，準備元宵節時拿到天使島（當初華人赴美時遭到拘留的島嶼）上放飛並焚燬。故事開始沒多久，他在除夕夜把懸掛於客廳天花板上伯父所做的「黑旋風李逵」偷偷取下，拿到屋頂去放，結果焚燬，於是心中一直害怕父親發現。在向父親吐露之後，父親要他補造一架同型的飛機。

全書以幽默的筆觸描寫杜唐納的心情，尤其強調他的認同問題。身爲第五代華人的他（頁二五），高祖父是建築跨美國大陸的鐵路工人，祖父喜歡當美國人，父親則偏好中國事物，甚至曾偷偷溜回廣東學粵劇，頗有天份，返回美國後擔任火車副司機員，後來從事餐廳業。杜唐納的孿生姊姊似乎沒有認同的問題，但杜唐納一直厭惡所有與中國有關的事物，尤其是中國的傳統節慶。然而在舊金山華埠，他卻不得不與家人一塊以復古的方式迎接中國的農曆新年。

全書與他認同最相關的地方之一就是有關夢、遺忘（或抹煞）與記憶的部分，而這又與他想像中國的方式息息相關。就在杜唐納毀了「黑旋風」的那個除夕夜，率領粵劇團來訪的伯父告訴杜唐納，他們本與黑旋風李逵同姓，但因身爲鐵路華工的高祖父使用杜姓人士的文件，所以後代就沿用杜姓了。⑨在修築從加州沙加緬度往東的中央太平洋鐵路時，華人克服各種天然險阻，甚至創下一天鋪設十哩一千兩百呎的世界紀錄，擊敗了從東向西的愛爾蘭工人。但是，在鐵路接通典禮的照片中卻只見到白人，在正史中也只記錄了八名與華人一塊工作的愛爾蘭人的姓名——勞苦功高的華人被完全抹煞了。⑩而在父親杜金的一本藏書以及杜唐納從圖書館借來的書中，便有鐵路華工平日工作的照片。就是這種白人歷史上的遺忘，使杜唐納心生不平，在夢中重構華人建築鐵路的歷史。在多次類似連續劇的夢境中，他參與了華人修築跨美國大陸鐵路的過程，並與手邊蒐集到的資料比對，在課堂中當衆修正老師的一偏之見。更重要的是，杜唐納在「重鋪—轉達」（"re[－]lay"）這段美國鐵路史時，修正了自己以往對於有關中國事物的鄙視，建立了對於華裔美國傳承的認同。

在杜唐納的啓蒙過程中，父親在數個關鍵時刻所說的話有著重大的催化效用。就在大年初一上街時，父親一針見血地指出杜唐納和一些華人的問題。在父親眼中，新近來自中南半島的移民並未拋棄他們所經歷的各種入侵的文化，以致能以「累積」的方式成長，適應所到的各個處境，不但沒有失去自己的認同，反而擴大了認同的範圍。眼前的實例就是：因爲他們的到來，重振了近十年來華埠的中國農曆春節。杜金此番說法可說是對杜唐納的當頭棒喝，雖然此刻的兒子尙未能領悟：要成爲美國人並不是非得拋棄華裔身分不可。父親智者的角色也出現在其他地方。

在杜唐納對於美國正史抹煞華人的貢獻而百思不解、忿忿不平時，父親明告他：「歷史是戰爭，不是運動」（頁一二三），緊接著以孔子的智慧告訴兒子有關天命的定義（與白人老師歐洲君權神授式的解說完全不同），並指出：「詩就是策略」（頁一二五）。在這裡，歷史成爲戰爭，成王敗寇是順理成章的事，寫歷史就是詮釋權的爭奪戰／爭霸戰，不要也不能仰賴別人的善意，而必須主動爭取——「華人自己不寫，就莫怪白人不寫」（頁一二三）。而在說明以「詩」爲策略時，杜金也舉周遊列國的孔子和自己在美國開餐館爲例，要以對方容易接受的修辭加以包裝甚或僞裝，讓別人樂於接受、吞服，在不知不覺中潛伏其內，達到銘刻甚至顚覆的作用及目的。這裡的「詩」可作爲文學或修辭的代名詞，而詩、史二者緊密結合。此外，父親指出，在面對主流社會時，也可運用其長處以達到自己的目的。這也是後來警員說料想不到華人會運用媒體宣傳時，父親回以自己曾善加利用美國「開放社會的策略」（The Open Society Strategy），而使得餐廳生意興旺。總之，華裔美國人必須以詩／文學／修辭的方式主動、積極介入，運用主流社會所提供的各種資源，潛伏、滲透入大衆的意識中，而在歷史上留下自己的刻痕。

杜唐納在小說開始時厭惡有關華人的一切事物，其嚴重的程度甚至使父親懷疑他有毛病，但在不得不接觸及無法逃避中逐漸改變自己的看法。此書獨特之處在於作者安排杜唐納以夢境來矯正自己的偏見，塡補自己見解上的疏漏。有趣的是，他在夢境中的事物有些可以得到事實的證明，所以是「夢想成眞」（甚至有些是與白人小朋友所作的相同的夢），但也有些（如修築鐵路的華人關姓工頭）並沒有史實可以佐證。然而由於前項的「夢想成眞」或「異床同夢」，使人相當程度地相信杜唐納那些沒有史實以資佐證的夢想也可能是眞實的。果眞如此，那麼他夢境中有關建築鐵路的細部描寫以及關工頭的迷人風采，雖然不見於美國正史，但在杜唐納的夢境中卻成眞了。而關公和《水滸傳》中的角色，不但在華埠社會日常生活中扮演著重要的角色（諸如到處可見各式各樣的關公像），而且也在杜唐納的夢境中栩栩如生地顯現（甚至那位英雄式的華人工頭就姓關）。

質言之，對杜唐納來說，這是一項個人的築夢工程——或更精確地說，建築「華工建築鐵路工程」的工程——以及使夢想落實、想像成眞的過程；對華裔美國史來說，這是以夢來彌補美國歷史的空白及縫隙，以補償美國白人歷史對華人有意的抹煞及可悲的缺憾。在這個夢想及重建記憶的過程中，中國古典小說的英雄傳統發揮了重大的作用。藉由中國小說裡的英雄人物，彌補了故事開始時杜唐納個人、家族、族裔的欠缺。其次，就華裔美國歷史或文學史而言，更重要的是趙健秀借重華人文化傳統，以書寫的方式彌補過往以美國白人主流社會的觀點所撰寫的歷史之不足，以及與之相關的美國文學史的缺憾。作者以這種實際寫小說的行爲來創始／創史（inaugurating/making histories），不但以實踐來印證自己所提倡的理論，而且爲（華裔）美國文學史增添了一部新的力作，並企圖多少致力於改變／更替美國的歷史與未來。

6

我從卡馬洛低矮的車座往街道上看，看見商店招牌上蜘蛛般的字體，裝飾好的街燈如寶塔般的頂端，那些搭配古怪的顏色：紅配綠，綠配水藍，黃配粉紅。往外看時，我心想，原來這就是從那些黯暗的灰狗巴士裡所看到的華埠景象；這個緩慢的景觀，這些奇怪的顏色組合，這些狹窄的街衢，這就是觀光客來看的東西。我心裡有些明白，因為我知道，不管人們看到什麼，不管他們如何仔細看，我們內部的故事是完全不同的一回事。（《骨》，頁一四四—四五）

出生於舊金山華埠的伍慧明，在一九九三年出版的長篇小說《骨》中，藉由敘事者傅萊拉（Leila Fu）首次以陌生化了的眼光來看自己生於斯、長於斯的華埠，體悟並肯定其中存在著有別於觀光客眼裡的故事——後者正是本書封面設計所用的德裔攝影師簡德於本世紀初前後來此地攝影時的心態。這部長篇小說主要是以兩代（父母與三位同母異父的女兒）之間錯綜複雜的關係，來描寫彼此對於舊金山華埠不同反應的「內部的故事」（"inside story"，頁一四五）。因爲是「內部的」，所以必須由生於斯、長於斯的作者來書寫（她連英語文學的學士學位都是在附近的加州大學柏克萊校區取得的）；因爲是「故事」，所以作者可以藉此建立起家族史以及由此所具體呈現的華裔美國人的歷史。這也正如同故事裡藉著敘事者口中所說出的：「我們（三位女兒）對於故國所知甚少。我們重複列祖和叔伯的名字，但是他們對我們來說一向是陌生人。家庭存在只因爲某人有個故事，而知道故事使我們連接上一個歷史」（頁三六）。這「一個」歷史（〔"a history"〕，而非「固定、單一的歷史」〔"the history"〕，更非總體化、抽象化了的歷史〔"History"〕）貫穿數代，至今依然深深影響著家庭中的各個成員，使他們不得安寧——除非將逝者的遺骨（以及對在世者的心理所產生的陰影）安置妥當。同樣地，伍慧明藉著描寫舊金山華埠的一個家庭的故事，把他們連接上「一個」歷史，而這個家族史不但反映了華裔美國史的「一個」版本，也反映了「一個」美國歷史。

伍慧明坦承華埠單身漢社會和早一代的華裔移民對她寫作的結構與內容影響深遠。老一輩的華人心裡覺得自己在美國只是過客，將來總是要落葉歸根、返回中國的，就算生前不能如願，死後的遺骨無論如何得想辦法安葬故里——不管由子女或宗親、同鄉運回故鄉。她回憶道：「許多這些老人家在生命盡頭時發現自己孤單單的。從很早開始，我就感受到他們不能返家的遺憾。在他們心中，工作和家庭是兩個完全不同的世界：美國是工作的地方；中國是生活、眞正生活的地方。他們所說的每個故事都是這麼開始的：『在中國老家……』或『當我們回到中國』……當我走出華埠時，經常遭人笑罵：『回去中國』。『回去』（*to go back*）這個字眼的重複以及何處是家這個問題，給了我回溯的小說結構的主意。」⑪

因此，就全書的結構而言，故事開始時悲劇已經發生了——次女安娜跳樓自殺——而故事中的主要事件就是安娜的自尋短見對全家人所造成的震撼與衝擊。家裡人人爲此不幸事件自責及互責，尤其父母親更是如此：對經常出海的父親來說，鍾愛的親生女兒遭此厄運是由於先人的遺骨未能安葬所致；對當縫衣女工的母親來說，則是自己的不安於室所致。在這種縱橫糾葛的情況下，叙事者萊拉試圖理出整個事件的來龍去脈，找出合理的解釋，爲死者安魂，爲生者安心，爲自己找尋一條出路。

其次就內容而言，伍慧明的華裔美國人背景對此書也發揮了重大的作用。伍慧明將此書獻給淘金時代快結束時來到美國的曾祖父「阿山」（Ah Sam）：「他留給我們一片指甲般大小的金屑。他的骨骸留在這個國家。我父親問他要不要把他的骨骸送回中國時，他說不必了。」曾祖父的遺命固然可能是因爲體恤子孫生活的艱辛，不願增加他們經濟上和心理上的負擔，但就另一層意義而言，也表明了他的心態——這種心態，套用麥禮謙的話來說，就是「從華僑到華人」，「從『落葉歸根』到『落地生根』」。

這一點對於《骨》的主題具有重大的意義。相對於「回去」故國的，則是「逃避與定居」。對於叙事者萊拉的繼父來說，雖然他時時出海討生，並以此逃避（尤其是家庭）生活中的諸多不順，但畢竟還是有個舊金山華埠的家庭與社會等著他的歸來。即使他的家庭無法讓他得到全然的安憩，至少華人社會可以提供他暫時的棲身之地，將養生息之後才回家或再度出海。母親則在華埠有著自己的工作與家庭，即使家中遭逢不幸，但是她的家就在舊金山華埠。

相反的，對於三位同母異父的女兒來說，這卻是個「離開華埠」的故事：次女安娜的方式最爲激烈，以跳樓自殺完全擺脫了華埠家庭、世界對她的繫絆；三女妮娜「逃往」紐約，先後擔任空中小姐及帶隊前往中國的導遊（另一種方式的「回去」故國以及「回來」美國）；長女萊拉（生父是個花花公子，現在澳洲「淘金」）則因感情的牽掛，留在當地學校擔任輔導人員，以便協助繼父及生母安頓遺骨，之後在母親的首肯下與新婚夫婿離開華埠，追求新生。然而，萊拉與妮娜雖然離開了華埠，卻依然定居美國，而安娜的遺骨也是安置於這塊土地。

伍慧明與黃玉雪、湯亭亭、譚恩美都受過雙語的訓練，在作品中有時也用上一些與中文相關的文字遊戲。由伍慧明對其中文書名以及英文創作的說法，可以看出這兩種語文對她的效用。伍慧明說，老一輩認爲年輕人會把所學到的中文還給老師。話雖如此，她卻願意說：「我仍能背誦一些中文詩，而中文對我的作品是個重大的影響。」這一點從她對於書名「骨」字的詮釋可以清楚看出。在本文所討論的作家中，沒有一位對於自己的書名有著如此明確的解釋。根據她的說法，「骨」就字形而言，就如「一個人形，一副骨架的意象」，而且與中文的「背」（“back”）字相似。這種說法（配合上她請人用毛筆所寫的「骨」字）不但強調了中文的象形特色，也暗暗連結上英文中的「回去」。就字意而言，她別出心裁地把「骨」加入中國的五行（相當物質化的認知方式）中，以強調「人類精神的恆久素質」。就字音而言，她則說：「『骨』在我的方言中聽起來就像英文的『好』（“good”）字。我想像老人家點著頭，甚至可能說聲『夠好』。」換言之，她以自己多少能保持中文傳統爲榮，並企求華人長輩的認可。

伍慧明對於中文書名的詮釋顯然是運用中英文所玩弄的多重文字遊戲，絕非單獨使用中文或英文所能奏效的，而讀者也不能以純粹的中文或英文來要求作者。伍慧明的文字遊戲固然有其特定的意義，但更重要的可能是她以這個具體的例證來說明「中文對我的作品是個重大的影響」，並進一步以這個雙文化的混雜現象（bi－cultural hybridity）具體而微地呈現華裔美國人的身分及文化認同。而這又應該進一步與她對英文的看法並論：「我以英文——對我曾祖父來說是個外國語——來寫《骨》，是因爲以這個語文來創建一個家（to create a home in this language），能讓我對於曾祖父的記憶、對於他那一代的人找個安息之地。」換言之，伍慧明以曾祖父遺骨安葬之地的美國的語文——也是身爲第四代華裔美國人的她所運用自如的語文——來書寫，並以此語文（英文）爲自己的記憶尋覓「一個家」、「安息之地」。

因此，本書可說是以文字譜成的安魂曲：爲故事中兩代死者的遺骨找到安息之所，讓他們入土爲安（讓「安娜」可以「安哪」）；讓故事中的生者在理清頭緒、打開心結後，得以安心面對過去、現在與未來；對於伍慧明的家族而言，是使曾祖父安眠於美國（這說明了爲什麼伍慧明將「此書獻給 Ah Sam，這是我曾祖父死時的名字；這是〔人家〕給他取的英文名字」）；而且，除了作者明白宣示要擴及「他〔曾祖父〕那一代的人」之外，也可順理成章地擴及華裔美國人。我們可以套用伍慧明的話來說，藉著書寫這個故事「使我們連接上一個歷史」，而這個歷史的遺骨，除非生者——包含華裔美國人和一般美國人——「回去」理出頭緒，否則死者不得安魂，生者不得安寧。

7

我們若將華裔美國文學加以歷史化（historicize）、脈絡化（contextualize），便可發現受到一九六〇年代美國政治、社會運動洗禮的人士，於一九八〇、九〇年代在政治、社會及學院內逐漸得勢，因而出現了一些社會的改革，以及對於美國文學（史）和文學典律的重新定義與重新建構。而六〇年代對於種族平等的訴求自然成為文學研究者強調的對象。隨之而來的便是對於美國弱勢族裔文學的重新評估。華裔美國文學在前輩作家的苦心經營下，一則受到整個大環境的影響，再則出現了一些傑出又暢銷的作家，加以新作家紛紛冒現，似乎有風起雲湧之勢，在美國的文學市場和學術界都受到相當的重視。

上文所討論的作家，雖然前後年代有別，但各自以其作品為華裔美國人這個弱勢族群作見證，以主流社會的文字書寫，以相對化（relativize）的方式提出不同於以往主流的美國（文學）史。換言之，相對於以往的美國文學、歷史，他們的作品展現了他類或替代的（alternative）書寫方式及文本，形成對抗敘事，具現了傅柯所謂的「對抗記憶」，與主流的記憶、知識與歷史頡頏。⑫在這些華裔美國作家提出對抗敘事及對抗記憶時，中國提供了他們很重要的資源。故國對他們而言，雖然在幼時可能只是耳聞，但其影響甚或宰制卻非同小可。而且，在他們成年之後訪問中國時，往往有一種「回去／回來」的感覺。前文提到，黃玉雪在首次訪問中國時，赫然發現父母親半個世紀前在舊金山華埠所教給她的種種規矩今日於遙遠的中國依然適用，因而產生特別親切的感受。譚恩美、伍慧明也有類似的反應，而湯亭亭甚至發覺自己在作品中的虛構居然找得到完全相應的實物。

安德森在《想像的社群》一書中主張所謂的民族／國家都是「想像的」，原因在於「即使是最小的民族／國家，其成員之間大多既不熟悉，也從未謀面，甚至也沒聽說過對方，但在每個人心目中卻存在著彼此團聚交會的景象。……民族／國家一向被認為是一個深摯、平等的同志的結合。就是這種兄弟之愛終使得過去兩百年來，千百萬人願意為此狹隘的想像前仆後繼，死而後已」（頁六）。安德森的用意之一在於強調這類社群的虛構性或（可能更重要的）建構性，當然值得吾人深思。然而其中的複雜性可能並非「想像」一詞所能概括，或者該說，我們宜深究「想像」一詞的複雜性及其可能產生的效應，因為「想像」可以是虛無飄渺、不著邊際的，但也可以是很強有力的，決定個人及社群的生活與思想形式，甚至產生生死以之的作用。若以言語行動理論來說，語言文字是可以導致行動、具有創始功能、會產生結果的。那麼，以語言為媒介的想像，以及由此想像所產生的文本，自然有其踐行效應。以上的幾位華裔美國作家，不管是經由口述或書寫的故事／歷史所獲致的想像的中國，對於他們的實際生活及創作都產生很直接且具體的作用，並促使他們進而以自己的方式來想像故國，其結果的文本呈現了受中國影響的華裔美國社會，提出了相對於美國主流社會的敘事、記憶與歷史。總之，他們受到「中國想像」所書寫的「想像中國」的文本，產生了創始／創史的功能。

因此，在華裔美國文學研究中，很重要的一環就是書寫（或文本性）與文學／歷史的關係。前者如這些作家如何把聽來或讀來的（中國）故事轉而以主流社會的文字（英文）表現出來；後者如長久以來在美國歷史（含文學史）上被消音、滅跡的華裔美國人，如何藉著書寫來爭回其聲音與地位。而這些又表現在若干環環相扣的問題上，例如：華裔美國作家如何以英文表現具有族裔特色的歷史／故事；他們如何以英文來呈現自己游移／游離於（現實的）美國與（想像的）中國之間的處境；這種文學表現如何在美國的文學市場及學術界中得到承認，而進入美國大眾文化、文學典律及文學史；華裔美國文學與（美國國內外的）其他弱勢文學有何異同，可能如何彼此串連、聲援；華裔美國文學在目前盛行的重寫美國文學史的運動中，佔有何種特殊地位；華裔美國文學與以漢文為主流的中國文學（史）或華文文學（史）之間可能存在著何種關係……凡此種種都值得深入思索與觀察。

註釋

①書中不時出現的「子曰」與中國諺語，具體而微地透露出傳統的中國想法及其在華裔美國社會中的作用。此一特色不但出現於上文討論的《五女》中，在其他華裔美國作品中也屢見不鮮。

②陳耀光認為美愛的通姦是對男性沙文主義的報復（頁五）。與美愛際遇相反的悲慘例子則是湯亭亭筆下的無名女（No Name Woman）的故事：湯的姑丈遠赴美國工作，而姑姑在家懷孕，在遭辱後攜帶嬰兒投井自盡（1976: 3－16）。湯母告訴她這個故事的主要目的，就是訓誡年屆青春的亭亭要小心謹慎，並要求女兒不要將此故事告訴任何人。但這反而激發了作者寫作的決心。有關這一點的討論，詳見下文。

③史書美便曾以《金山勇士》為例，討論其中「放逐（Exile）與文學作品之互涉（Intertextuality）的關係，以便定義華裔美國作家之放逐式想像（Exilic imagination）之特點與本質」（頁一五一），可供參考。

④有關此二書的英文書名及中譯所具有的豐富意涵，詳見筆者〈說故事與弱勢自我之建構〉一文註二（頁一〇六—一〇八）及註三（頁一〇八—一一〇）。

⑤證諸中文裡許多不好的字眼都帶有「女」字旁，以及罵人時經常辱及對方之女性尊長，恐怕這種性別歧視早已銘刻入語言文字裡，而且根深柢固了。

⑥對於華人或熟悉中國文學的讀者而言，其母之名「英蘭」與「『英』勇的花木『蘭』」之關係是顯而易見的。而其母在面對中國及美國的惡劣環境時的英勇，多少也爲湯亭亭提供了模仿的對象。

⑦本文所引用《喜福會》的人名及文字，係根據于人瑞的中譯本。

⑧此一主張和他早年刻意與中國及亞洲文化劃清界線的作法可謂南轅北轍。有關趙健秀早年的認同危機，可參閱林茂竹的專文。

⑨這種僞造、冒用文件以求進入並居留美國的情況，在華裔美國移民史上屢見不鮮，一般稱爲"paper boys"。下文要討論的《骨》中敘事者的繼父梁立昂（Leon Leong）當初就是花了五千美元並承諾在梁姓人士去世後把他遺體送回中國，才得以冒充其子混入美國的（頁五〇、五七）。

⑩湯亭亭對於白人漠視華人建設美國的貢獻也深表不滿，在《金山勇士》中同樣提到了華裔鐵路工人的功勞被抹煞的史實（頁一四五—四六）。

⑪有關此書的討論目前只見於一般報章雜誌上的書評，尚未出現學術論文。本文所引用的資料係由伍慧明本人提供，謹此致謝。

⑫就本文而言，魯西迪在〈想像的故國〉（Salman Rushdie, "Imaginary Homelands"）一文中的下述觀點關係尤其密切。首先，就是魯西迪所提及類似這樣流落異域的作家的認同問題，以及

其既左右逢源又左支右絀的處境：「我們的認同既是複數的又是片面的。有時我們覺得自己橫跨兩個文化；有時我們又兩頭落空」（頁一五）。本文所討論的華裔美國作家，對於這種雙文化的處境或困境感受特別深刻，而魯西迪在文章中也特別提到了湯亭亭（頁一五）。其次，魯西迪指出，我們對過去都會有一種失落感，而「離開國家和離開語言的作家可能更強烈感受到這種失落」（頁一二）。而前文討論的居留在美國世代不等、以英語為創作媒介的華裔美國作家，也深切體認到這一種失落感。第三，魯西迪引用昆德拉（Milan Kundera）的話說，要以「記憶來對抗遺忘」（"the struggle of memory against forgetting"），並以包括「記憶的小說」（"the novel of memory"）在內的「他類的藝術現實」（"the alternative realities of art"）來對抗「官方的眞理」（"State truth"，頁一四），這點不但和傅柯的論點若合符節，更是本文的主旨。

引用書目

中文

史書美。一九九一。〈放逐與互涉：湯亭亭之《中國男子》〉。《中外文學》，二十卷一期，頁一五一—六四。

李有成。一九九三。〈裴克與非裔美國表現文化的考掘〉。文收《第三屆美國文學與思想研討會論文選集：文學篇》。單德興主編。台北：中央研究院歐美研究所。頁一八三—二〇一。

林茂竹。一九八九。〈唐人街牛仔的認同危機〉。文收《美國研究論文集》。台北：師大書苑。

頁二五九—八五。
張敬珏。一九九三。〈張敬珏訪談錄〉。單德興訪談。《中外文學》，二十一卷九期，頁九三—一〇六。
——。〈說故事：湯亭亭《金山勇士》中的對抗記憶〉（"Talk－Story: Counter－Memory in Maxine Hong Kingston's *China Men*"）。單德興譯。文收《文化屬性與華裔美國文學》。單德興．何文敬主編。台北：中央研究院歐美研究所。（即將出版）
麥禮謙。一九九二。《從華僑到華人——二十世紀美國華人社會發展史》。香港：三聯書店。
單德興。一九九三。〈說故事與弱勢自我之建構——論湯亭亭與席爾柯的故事〉。文收《第三屆美國文學與思想研討會論文選集：文學篇》。單德興主編。台北：中央研究院歐美研究所。頁一〇五—三六。
譚恩美。一九九〇。《喜福會》。于人瑞譯。台北：聯合文學出版社。

英文

Anderson, Benedict. 1991. *Imagined Communities: Reflections on the Origin and Spread of Nationalism*. Rev. ed. London and New York: Verso.
Cheung, King－Kok（張敬珏）. 1988. "'Don't Tell': Imposed Silences in *The Color Purple* and *The Woman Warrior*." *PMLA* 103.2: 162－74.
——. 1993. *Articulate Silences: Hisaye Yamamoto, Maxine Hong Kingston, Joy Kogawa*.

Ithaca and London: Cornell UP.

Chin, Frank（趙健秀）. 1991. *Donald Duk*. Minneapolis: Coffee House Press.

———. 1991. "Come All Ye Asian American Writers of the Real and the Fake." In *The Big Aiiieeeee!: An Anthology of Chinese American and Japanese American Literature*. Ed. Jeffery Paul Chan, et al. New York: Meridian Books. 1–92.

Chu, Louis（朱路易）. 1961. *Eat a Bowl of Tea*. Rpt. New York: Carol Publishing Group. 1990.

Foucault, Michel. 1977. *Language, Counter–memory, Practice: Selected Essays and Interviews*. Ed. Donald F. Bouchard. Ithaca: Cornell UP.

Kingston, Maxine Hong（湯亭亭）. 1976. *The Woman Warrior: Memoirs of a Girlhood Among Ghosts*. Rpt. New York: Vintage, 1989.

———. 1980. *China Men*. Rpt. New York: Vintage, 1989.

Ling, Amy（林英敏）. 1990. *Between Worlds: Women Writers of Chinese Ancestry*. New York: Pergamon Press.

Ng, Fae Myenne（伍慧明）. 1993. *Bone*. New York: Hyperion.

Rushdie, Salman. 1991. "Imaginary Homelands." *Imaginary Homelands: Essays and Criticism 1981–1991*. London: Granta Books. 9–21.

Tan, Amy（譚恩美）. 1989. *The Joy Luck Club*. New York: Putnam.

———. Oct. 24, 1989. "Finding a Voice in American Literature." South Coast Community Church Auditorium, Irvine, CA.

Wong, Jade Snow（黃玉雪）. 1945. *Fifth Chinese Daughter*. Rpt. Seattle and London: U of Washington P, 1989.

藍墨水的下游

余光中

自古以來，海洋並非我國文學的重要主題。儘管徐福探東海、鄭和下南洋，這些傳說與歷史無人不知，中國文學的墨水裡面卻少海藍。相反地，蘇武牧於北海，張騫通於西域，卻在詩文裡留下不少白雪、黃沙。儘管如此，對海洋的嚮往仍是不絕的。孔子歎曰：「道不行，乘桴浮于海。」莊子也夸夸海話，說什麼北冥有魚，其名爲鯤，化而爲鳥，其名爲鵬，怒而飛，海運徙于南冥。

傳說又一直認爲，東海有蓬萊、方丈、瀛洲三座神山，其狀如壺，又名爲三壺山。眞是令人神往得很，可惜誰也沒有去過。不過四十年來，尤其是在文革期間，倒眞有人發現了三神山，名字卻改成了台灣、香港、澳門。十年以前，九七的危機乍現，有一些香港作家曾經幻想，或可移民澎湖。不由人不聯想到諧音的「蓬壺」，蓬萊的別名。

統一中國，是兩岸同申的願望，但同時也有不少人，慶幸四十年來還有這三座神山可投，讓中國人能夠選擇不同的生活方式。其實大陸也不妨多多體會「塞翁失馬，焉知非福」的道理，不必急求統一。如果沒有台、港先進的經濟與科技，大陸的開放當會遲緩。台港成了失馬，才會帶了胡駿來歸，也就是說，帶了西方（現代之胡）的制度與科技。反過來說，台、港逃過了文革、六四之類的屢次劫難，豈不也可以慶幸「馬失塞翁，焉知非福」？

中國文化不斷南下，從內陸伸向海洋。神山如壺，也似乎從東海移來了南海。新加坡開放移民，有不少香港人申請，似乎香港之爲瀛洲，也將不保。如此看來，更新的三神山恐怕要再向南移，移向南洋群島了。

南方，一向是我國貶官遣囚之地，從屈原、賈誼、柳宗元、韓愈到蘇軾，把文人一直貶到嶺南、海南。抗戰期間，蔡元培、許地山、蕭紅，死於香港，郁達夫死於蘇門答臘，更往南了。長壽的耆宿，如胡適、黎烈文、梁實秋、臺靜農等，後來相繼死於台灣。今日華文作家生存的空間，向南，早已遍及南洋，甚至遠達紐、澳，向東、向西，更及於歐美。海外各地的傑出作家總加起來，其份量未必比大陸輕出許多。而這四十年裡，文學在大陸陷入低潮或瀕於停頓，也爲時不短。藍墨水的上游雖在汨羅江，但其下游卻有多股出海。然則所謂中原與邊緣，主流與支流，其意義也似乎應加重估了。

希臘只是歐洲南端的一個小半島，但其文化卻成爲歐洲文化的源頭與主力。就這半島而言，又有不少大詩人來自外島：例如史詩宗匠荷馬生於凱奧斯，抒情詩名家沙浮長居列司波斯，田園詩鼻祖蕭克利特斯更遠在西西里。

英國孤懸歐洲西北，爲一島國，然而文學之盛不輸他國，莎士比亞的影響更籠罩全歐。到了浪漫時期，拜倫對歐陸的影響也無遠弗屆。愛爾蘭又在英國之西，其爲英國之邊陲，正如英國爲歐洲之邊陲，然而文學之盛不但可以入主英國，更進而撼及全歐：史威夫特、蕭伯納、王爾德、葉慈、喬艾斯、貝凱特等等都是佳例；蕭伯納與王爾德甚至領袖倫敦劇界，而葉慈更入主英國詩壇。同樣地，拉丁美洲承西班牙之餘緒，卻開拓了南半球的天地，在文學上的光芒，甚至凌駕祖國。

我們只聽人說文化，而不說武化，乃因文能化人，所以文化深入而持久，但是武功不能。蒙古入主中原，但是阿魯赤之子薩都剌，卻成了漢詩名家；滿洲征服華夏，但是正黃旗的納蘭性德卻成了漢詞後秀，悽惋直追南唐二主。正說明了文化可以超越武功，凌乎政治。到了現代，新文學的名家老舍原是旗人，蕭乾原是蒙古人，但是自然而然都成爲中國作家，用所謂國語寫作。若說這是出於強勢文化或強勢語言的壓迫，恐怕是說不通的，因爲孫中山、蔣介石，甚至毛澤東、鄧小平的鄉音，都不是國語或普通話。剛愎如毛澤東，也沒有把國語改爲湖南話。

語言當初或有約定，但俗成之後就成了自然之勢，溝通之門，不必也不易更改了。但是要能俗成，也必有其條件，那就是能與文字妥善結合，便於處理當代思想，新知近事，甚至已經創造了可觀的文學作品：這才是眞正的「強勢」，而不僅靠政治力量。也正因如此，在流行粵語而英國政府不置可否的香港，絕大部分的作家使用的不是粵語，而是國語；在新加坡，閩、粵二裔的華人也是用普通話的華文寫作，而非鄉音。

文學的流傳有賴語言，語言的使用愈普及，發展愈成熟，歷史愈悠久，它所流傳的文學當然也更受惠。薩都剌、納蘭性德用漢文寫作，等於吸收了漢文深長的傳統與表達的力量，而得以擁有今日十億以上的「潛在讀者」。這到底是漢文的「侵略」還是「被利用」，實在難說。同樣地，英國雖已撤離印度，今日印度的小說大家，包括魯西迪，卻有不少是用英文寫作，進而享譽於英語世界。愛爾蘭的作家以英文寫作成功，甚且入主英國文壇，乃是乘勢借力，應該視爲愛爾蘭的擴大，而非英國的入侵。英文因發展與流通而旺盛，愛爾蘭文卻因長久的孤立而日偈。蕭伯納與王爾德如果堅持用古老的蓋爾文（Gaelic）寫劇本，就算寫出來了，恐怕觀衆與讀者都會銳減。

這眞是十分微妙的事情：邊緣的作家可以影響，甚至率先中原，但同時也接受了中原的語言，文化。其間的得失，恐非單純的沙文主義或愛鄉情懷所能計算。

英國詩人鄧約翰在一六二三年所寫的證道詞裡說：「沒有人是一個島，自給自足；每個人都是大陸的一部分，整體的一片段。如果一片土被海浪沖走，則歐洲的損失，正如沖走了一角海岬，沖走了你朋友的田莊或是你自己的田莊。不論誰死了，我都受損，因爲我和人類息息相關。所以不要派人去問，喪鐘爲誰而敲。喪鐘爲你而敲。」

三百多年前的這一段話，眞像是爲今日的歐洲共同體而說。但是相似的話，九百年前中國的詩人早說過了。《蘇海識餘》卷四記蘇軾在海南島的儋耳，自書云：「吾始至海南，環視天水無際，悽然傷之曰：何時得出此島耶？已而思之，天地在積水中，九州在大瀛海中，中國在少海中，有生孰不在島者？覆盆水於地，芥浮於水，蟻附於芥，茫然不知所濟。少焉水涸，蟻即逕去，見其類，出涕曰：幾不復與子相見！豈知俯仰之間有方軌八達之路乎？念此可以一笑。」

中西兩大詩人的警世之言，都是在海島上說的。鄧約翰生在島上，蘇東坡則是謫居島上。兩人都要打破島的局限，不同的是：鄧約翰要歸屬於大陸，而蘇東坡則把大陸也看成一個島。鄧約翰倒頗有儒家氣象，蘇東坡則坦然有道家胸懷。不論是閉島拒陸，或是坐陸凌島的單向心靈，都不妨細味這兩段話。島，原來只是客觀的地理局限，如果再加上主觀的心理閉塞，便是雙重的自囚了。但是反過來，大陸原是寬闊的空間，但是如果因自大而自閉，也會變成一個小島，用偏見、淺見之海將自己隔絕在世外。

渡船頭的孤燈

——台灣文學的堅守精神

鄭清文

小時候，我住在新莊，就是我作品中的舊鎭。新莊的整條街道，靠淡水河，高高的矗立在河岸上。河岸再用紅磚和石頭築成河堤。新莊的對岸是板橋，不過板橋那一邊的河岸是一整片沙灘，從水邊到最近的住家，也有一兩公里之遙。

那時候，河上還沒有橋，兩邊的交通全靠渡船。板橋那邊，因爲是沙灘，大水一來，沙灘的形狀時常改變，渡船頭的地點，是隨著地形而遷移的。有時，新舊渡船頭的地點就相距兩三百公尺。因爲渡船是二十四小時服務，船夫就不分晝夜，而且風雨無阻，一個人孤單的守在渡船頭，等候著乘客。

在新莊這邊，船就靠在堤岸。而在板橋那邊，就必須在沙灘上築一條長長的沙岬，讓渡船靠近。

從板橋那邊過來的乘客，走過產業道路來到沙灘邊緣，就先要尋找渡船頭的位置。在白天，這是不會有問題的，但是，一到晚上，尤其是月黑的夜晚，整個沙灘完全漆黑，那就很難找到了。爲此，船夫就在沙岬上插一根樹枝，上面掛著一只小小的煤油燈，做爲標誌。

到了戰爭末期，煤油短缺，美國的飛機也開始來台空襲，渡船頭的煤油燈就拿掉了，只剩下那根樹枝，有些找不到的乘客還可以摸黑找到渡船，有些就在沙灘上大聲叫喊，聽船夫的回答來判定方向。

台灣文學由於傳統的問題，語言的問題，以及政治環境的問題，成長是相當緩慢的，就像渡船的乘客，必須在黑暗的沙灘上長時間摸索尋找渡船頭一般。

在這段時間中，也有多位作家，能夠認淸寫作的本意，把握寫作的方向，留下了一些值得重視的作品。

下面，我所舉出的四個例子，便是屬於這樣的作家。

日據時代，有一位叫呂赫若的作家，他是用日文寫作的。他有一篇叫〈山川草木〉的短篇小說，我曾經把它譯成中文。這篇作品的主角是一位女音樂家，由台灣到東京去學鋼琴，她的實力已可以參加鋼琴協奏曲的演奏了。在那個時代，在台灣，小一點的學校，恐怕連一架鋼琴也看不到，學鋼琴，是一種只有極少數的人才能享有的福分。有一天，因爲家庭的變故，她回到台灣來，看到了台灣的山川景色，草木香味，她決定輟學留下來。這對她個人是一種犧牲，但是她已經無法抗拒山川草木的誘惑，這也是一種對於鄉土的覺醒。在日據時代，在日本人積極推行皇民化運動的時候，用日文寫作的作家，寫出這樣的作品，是難能可貴的風範。

其次是鍾理和的《原鄉人》。原鄉人就是長山人，又稱唐山人，就是從大陸來台灣的鄉親。

鍾理和曾經去過大陸，接觸過大陸的人民。他理解他們，認同他們，但是也認清他們的一些缺點。他筆下的原鄉人，愛吃狗肉，愛吐痰。他就把這些缺點源源本本的寫下來。當時，是外省人主政的時代，所有的報章雜誌，幾乎都在外省人手裡，這樣的一篇稿子，命運是可以預卜的。它到處遭到退稿。後來，我們讀鍾理和的日記和書信，就看到他好幾次提到這篇稿子遭到退稿的命運。他明知這樣寫，不容易過關。何況，當時他正貧病交迫，很想發表作品，也很想拿到稿費來補貼家用。但是，他依然是不會隨便讓步，或隨便妥協。

李喬的〈修羅祭〉是寫一隻很有叛逆性的狗。狗是人類的朋友，是最溫馴的動物。但是〈修羅祭〉的這一隻狗卻是一個異數。這是有象徵意味的，象徵著在當時的政治環境下，叛逆性人物的命運。這隻狗的命運就注定要遭到屠殺。作者還把牠的肉吃掉。這表示，他不但認同了叛逆性，也承受了叛逆性。這是一個很重要的宣示。創作，本來就帶有叛逆的意味。叛逆傳統、叛逆威權。在那個時候，寫這種文章是很危險的。但是，李喬是必須把它寫出來。李喬的方法，就是利用寫作的技巧，把眞意隱藏下去。由於運用巧妙，他這時期的多篇作品，不但隱藏了露骨的見解，還增加了藝術上的成就。

鍾鐵民的〈約克夏的黃昏〉是寫一個牽豬哥的故事。牽豬哥，就是趕公豬去交配，是一種低賤的工作，在一般人的心目中，甚至也可以說是一種猥褻的工作。不過，它也是早期台灣農業社會的一幅風情畫。鍾鐵民的這一篇作品，用的是喜劇的手法。鍾鐵民的一生，是不幸的連續，父親鍾理和因肺結核英年早逝，他自己也患過腐骨症，終身殘廢，女兒又患過白血病。在遭遇到這麼多重大的不幸，他怎麼還能寫出喜劇？那是因爲他是一個道道地地的農人，他了解農人的喜怒哀樂。一個眞正的農人，不管發生過怎麼大的變故，變故過後，他就必須再回到田地，再恢復平常的生活。農人雖然卑微，就像金字塔最低層的那些基石，它必須，也能承受最大的生活重量。其實，這種說法也可以適用於一般人民。這便是鍾鐵民作品的內涵。

以上四位作家，只是一些採樣。後來，呂赫若在白色恐怖時期，犧牲了生命。鍾理和在貧病中過世，李喬目前仍活躍在文壇中，大至宇宙，小至粒子，他到處暢談他的反抗理論。而鍾鐵民也在美濃鄉下，繼續寫作，雖然作品不多。

他們這四個人的共同特點，就是他們都能堅守著一個重視眞實的原則。文章，本來就是應該這樣寫的，這也是寫文章的鐵則。但是，台灣在先天不足、後天失調的環境下，尤其，連在家裡寫日記，都會感到害怕的時代，也不知多少人知難而退了。也有一些作家不得已而寫了違背本意的文章。日本，在戰時，因爲當局大力箝制思想和言論，誠實的作家很難發表作品，有人稱這個時期爲文學的空白時期。但是，台灣作家，在最困難的時期，依然默默寫作，寫出眞眞實實的作品，不但沒有使一個時代空白下來，還留下一些作品，成爲承先啓後的橋樑。這些作家，能在困苦中逐漸成長而不迷失自己，是因爲他們在寫作過程中，心內一直有一個指針，就像渡船頭那一盞小小的孤燈，讓他們有一個方向，也給他們信心和力量。

清風・淨土・喜悅

——王蒙在「四十年來中國文學會議」晚宴上的即席演說

王蒙

「山重水複疑無路，柳暗花明又一村」，這是我這些年來的人生經驗，也是文學的經驗。我要特別加個註解，就是冰心老人在六十年代於報上寫過的：民間說「山窮水盡疑無路，柳暗花明又一村」，用字與詩文不符，應該改爲「山重水複疑無路」。我想用「山重水複」也可以獲得一點對自我和別人的安慰，所以我絕對不用「山窮水盡」。

從七十年代後期，所謂我「復出」文壇以後，我一直想做些事情。如大家所知，中國大陸經過長期革命風雷的激盪、革命的勝利、連年的政治運動，直到十年空前的浩劫，到了近十幾年來，才慢慢走上經濟建設較正常的軌道。在這種情況下，多年來，我一直致力提倡以理性代替衝動，以吉祥和平的心態取代驚疑和搏殺，以心平氣和取代義正辭嚴的聲討，以取長補短、「三人行必有吾師」、「十室之內必有忠信」的信心來取代隔海或隔洋的語言炮轟，因爲這種炮轟，我們已經經歷得太多了，炮聲隆隆，放炮者十分悲壯，轟來轟去的結果，會把自己的心靈轟成一片焦土。我身爲一個過來人，愈來愈感覺到這種炮轟的孩子氣。與其像悲劇裡的英雄，不如像喜劇裡的角色。

我還希望大家都能以寬容和大度取代剪除異己的霸道，以客觀的歷史主義取代對於昨天的審判。我不希望以今天審判昨天，因爲今天審判昨天的結果，常常形成明天審判今天，於是便不斷地審判、不斷地轉彎子。我的年歲雖然不是很大，但是在這方面的經驗卻很豐富，所以我是以過來人的口吻來說這些話。我也不希望以這種意識形態審判那種意識形態，以這種主義審判那種主義。

我很欣賞吳亮先生講的「從迷茫開始，到更深刻的迷茫」，雖然這句話似乎有點虛無主義的色彩，起碼卻留下切磋和探索的空間，來取代嚴格和排他的斷語。

我曾經寫過一篇文章說到，「積我五十年經驗」，因爲我已年近花甲，不免擺出老資格的架式來。「積我五十年的經驗，凡把複雜的問題說得像小葱拌豆腐一清二白，凡把解決複雜的問題說得像探囊取物，順手牽來者，概不可信。」這是我一輩子的經驗，也是留給兒孫的忠言。如此一來，就可以去掉很多煽情和火藥味，我是主張用黃油（按：指奶油）來代替大炮。我又要借用一個不倫不類的比喩，外國人很喜歡分鴿派或鷹派，從本質上來說，我是一個文人，借用這樣的比喩可能不甚恰當，不過我想到，鴿和鷹如果打起架來，鴿絕對不是鷹的對手，因爲鷹有尖嘴利爪，我尤其佩服的是鷹的那種搏殺、狠勁和戰鬥性，相形之下，鴿又如何成爲鷹的對手呢？鴿子只有純潔的羽毛與馴良的眼睛。爲了常常採取對鴿的嚮往和態度，我已經付出了代價，今後，我也準備付出代價。但是，我相信，我們的國家、華人、文學裡面還是需要鴿的純潔和善良。最終，我們還是要生活在鴿子的和平與安詳裡。

我們當然希望祖國富強、民主、法治、進步。但是文學畢竟只能做文學的事，廖沫沙先生受過很多迫害，他生前寫過兩句詩：「若是文章能誤國，興亡何必動吳鉤」，反過來說，若是文章能救國，世界上的事也就太好辦了。文學承擔了過重的使命感與任務感，反而使文學不能成為文學，使命不能成為使命，而且使得作家的生活太苦，愈是把作家捧得高，作家的日子愈是難過，這又是我的一個人生經驗。

我們當然希望得到世界、歷史，至少是全世界華人的承認，但是這只能瓜熟蒂落，水到渠成。我從來不操心中國為什麼沒有人獲得諾貝爾文學獎，因為藝術比獎金崇高百倍，一個大作家應該有信心，讓世界傾倒在他的才華、他的作品腳下。一個大作家應該有信心，讓他的得獎使某項獎增光，而不是靠某項獎來為自己的臉上貼金，如果只是為了自己的光榮而爭取得獎，這個獎不得也罷。

大作家在那兒都是大作家。耶穌降生在馬棚裡，他的襁褓放在馬槽裡，然而他還是上帝的兒子；同樣，不是大作家放到那兒也不是大作家。放在宮殿裡、放到監獄裡、放到自由女神的火炬下，都不是大作家，因為作家的工作畢竟是個人的工作。擺脫掉那種關於中心／邊緣、主流／非主流、大陸／海島的計較，我們會活得更舒服一些。

我也想借用一句話，就是我確實也在追求仙山，但是這個仙山不是地理的概念，更不是政治地理的概念，這個仙山就是藝術。我是一個入世很深的人，從小就參加政治活動，還有種種經歷都是不可迴避的。我深知藝術並不是生活在眞空，我深知藝術不斷地受到政治、經濟、權利、金錢、意識形態、社會心理、觀衆好惡，以及獎金的利誘和威逼。即使是這樣，藝術畢竟還是藝術，藝術畢竟還有自己的品格，它的品格在於心靈的一種自由，因爲人生實際上是不自由的，不僅僅在政治上會有各種各樣的問題，而且生命本身有時候就是那樣的可憐，但是正是藝術知其不可而爲之，在自己非常短暫的生命當中，渴念著一種天馬行空的境界，渴念著一種形而上學的永恆，渴念著能夠突破地理政治的意識形態的局限，能夠成爲被更多的人所接受，讓更多人聯結起來的一個因素。

我覺得藝術多少能克制和減少人的貪婪和嫉妒心。然而藝術家或文學家卻又常常是最會互相嫉妒的，至少大陸上的經驗是如此，有許多文學生活上的災難，是由作家的互相嫉妒引起的，特別是當一個作家失去了創作能力以後，他就轉而去充當文學的憲兵、警察，甚至殺手。可是，眞正的藝術或作家並不需要打倒任何人，李白需要打倒杜甫嗎？或者曹雪芹需要打倒羅貫中嗎？我覺得不必要的，同時，眞正的藝術家是不會被打倒的。

藝術也爲我們帶來一點形式的美感，因爲內容是那麼複雜、那麼讓人傷腦筋，有點形式美也夠讓人知足的。在別的問題上，還很難取得共同的語言，別人都嘲笑說，華人不管走到那裡，都在互相鬥爭，又說一個華人戰勝一個日本人，三個華人就一定要敗在日本人的手下了。但是，起碼我們還有點形式，有漢語，在語言上終其一生也未必能窮盡漢語的可能性。

我還特別要強調藝術的遊戲性，給我們一點遊戲性吧！我們實在是夠緊張了。現在只要稍稍有一點遊戲性，往往就受到左面的和非左面的、專制的和非常民主的菁英的攻擊，說是「玩世不恭的又來了」，中國有這麼多的作家，有那麼悠久的傳統，沒有點玩世不恭，怎麼活下去啊。請各方面不要動不動要作家去做烈士，作家有生活的權利。文學本來就是心靈的遊戲，當然不僅僅是心靈的遊戲，但是，起碼有一部分是心靈的遊戲，是文字的遊戲，我希望我們的文學多一點遊戲性，少一點情緒性或者表態性。

中國人生活得太緊張了，中國作家生活得太緊張了，讓文學給我們送來一點清風，讓文學給我們保留一塊淨土，讓文學給我們一點喜悅吧！

（楊錦郁／記錄）

作者簡介（依論文發表序）

齊邦媛

遼寧鐵嶺人。國立武漢大學外文系畢業，美國印第安納大學比較文學系研究。曾任國立台灣大學、中興大學教授。美國聖瑪麗學院、舊金山加州大學、德國柏林自由大學客座教授。現任台灣大學名譽教授，中華民國筆會英文季刊總編輯。授課之餘，從事中西文學交流工作。英文著作有：《印度之旅及福斯特的東方》、《史詩中的預言及人類命運》；主編英譯《中國現代文學選集》三冊。中文編選九歌版《中華現代文學選集小說卷》五冊。著有文學評論集《千年之淚》等。

劉再復

一九四一年出生於福建省南安縣。一九六三年大學畢業後一直在中國大陸社會科學院工作。在學術上，著有《性格組合論》等十部專著和論文集，在創作上，出版了《太陽·土地·人》、《人間·慈母·愛》、《尋找的悲歌》等七部散文、詩集。曾任中國大陸社會科學院文學研究所所長，《文學評論》主編，中國作家協會理事。一九八九年夏出國赴美，先後在芝加哥大學和科羅拉多大學任訪問教授。出國後發表了《再論文學主體性》、《中國現代知識份子的自我迷失》、《文學史悖論》等論文和《人論二十種》等散文。

鄭樹森

祖籍福建廈門，成長於香港。美國加州大學聖地牙哥校區比較文學博士。曾任香港中文大學比較文學組主任及國際比較文學學會執行委員。現任加州大學聖地牙哥校區比較文學教授。近年中文編著有《現象學與文學批評》、《中美文學因緣》、《張愛玲的世界》、《現代中國小說選》、《文學理論與比較文學》、《文學因緣》、《與世界文壇對話》、《國際文壇十家》、《國際文壇八家》、《國際文壇九家》、《國際文壇十二家》、《八〇年代諾貝爾獎文學選》等。

李歐梵

河南太康人，生於一九三九年。一九四九年隨家遷台，一九六一年台大外文系畢業後，申請赴美留學。一九六二年至芝加哥大學攻讀國際關係，一年後轉學哈佛攻讀東亞研究，一九六三年得碩士學位，即轉入歷史及東亞語言博士項目，一九七〇年得博士學位。先後任教於美國達特茅斯學院、香港中文大學、美國普林斯頓、印第安納、芝加哥、加州大學洛杉磯分校，一九九四年秋正式返回母校哈佛大學任教授，主講中國現代文學。英文著作有：《中國現代的浪漫作家》（博士論文）、《鐵屋中的吶喊：魯迅研究》、《魯迅和他的遺產》（編撰）等；中文方面有雜文集四種：《西潮的彼岸》、《浪漫之餘》、《中西文學的徊想》及《狐狸洞話語》。另有中英文文章數十篇。

王德威

國立台灣大學外文系畢業，美國威斯康辛大學麥迪遜校區比較文學博士。曾任教於台大及美國哈佛大學。現任美國哥倫比亞大學東亞系及比較文學研究所副教授。著有《小說中國：晚清到當代的中文小說》、《從劉鶚到王禎和》等書，並譯有傅柯《知識的考掘》。

柯慶明

台灣南投人，一九四六年生。國立台灣大學中文系畢業。現任台大中文系教授。著有《一些文學觀點及其考察》、《萌芽的觸鬚》、《出發》、《分析與同情》、《清唱》、《境界的再生》、《境界的探求》、《文學美綜論》、《現代中國文學批評述論》、《靜思手札》等。

呂正惠

東吳大學中國文學研究所博士。現任清大中文系教授。著有《小說與社會》、《杜甫與六朝詩人》、《抒情傳統與政治現實》等。

張大春 輔大中國文學碩士。現任輔大中文系講師。台視節目「縱橫書海」製作人兼主持人。曾獲七十八年度吳三連文藝獎。著有《雞翎圖》、《公寓導遊》、《四喜憂國》、《大說謊家》、《張大春的文學意見》、《歡喜賊》、《化身博士》、《異言不合》、《少年大頭春的生活週記》、《我妹妹》、《沒人寫信給上校》等。

楊照 本名李明駿，一九六三年生。國立台灣大學歷史系畢業，美國哈佛大學博士候選人。曾獲賴和文學獎、吳三連文藝獎。著有長篇小說《大愛》、《暗巷迷夜》，中短篇小說集《星星的末裔》、《黯魂》、《紅顏》、《往事追憶錄》，散文集《軍旅札記》，文化評論集《流離觀點》、《異議筆記》、《臨界點上的思索》等。

鍾玲 東海大學外文系畢業，美國威斯康辛大學比較文學博士。曾任教於紐約州立大學艾伯尼校區及香港大學。現任中山大學外文系系主任兼外文研究所所長。著有小說集《輪迴》、《鍾玲極短篇》、《生死冤家》等。

馬森 國立台灣師範大學文學碩士，英屬哥倫比亞大學社會學博士。曾任教於法國、墨西哥、加拿大及英國諸大學，並曾在南開、北京、復旦等大學以及香港嶺南學院講學。曾任《聯合文學》總編輯。現任成功大學中文系教授。著有《夜遊》、《孤絕》、

《海鷗》、《腳色》、《北京的故事》、《巴黎的故事》、《墨西哥憶往》、《電影·中國·夢》、《中國民主政制的前途》、《文化·社會·生活》、《東西看》、《繭式文化與文化突破》、《M的旅程》等。

陳長房

國立台灣大學外文研究所碩士，美國印第安納大學博士。曾任淡江大學文學院院長、西洋文學研究所所長、英文系系主任。現任國立政治大學英語系暨研究所教授。著有《梭羅與中國》、《閱讀當代世界文學》等。

黃子平

一九四九年出生於廣東梅縣，讀高中時適逢「文化大革命」，後「上山下鄉」，在海南島五指山中一農場作農工八年。「文革」後考入北京大學中文系，讀本科及研究生院凡六年，獲文學士、文學碩士學位。在北大出版社作文史編輯近二年後，受聘爲北京大學中文系講師。一九九〇年二月起，曾分別在美國哥倫比亞大學東亞系、芝加哥大學亞洲研究中心、芝加哥社會心理研究所作訪問研究。現在香港浸會學院中文系講師。論著有：《沉思的老樹的精靈》、《文學的意思》、《「二十世紀中國文學」三人談》（與錢理群、陳平原合作）和《倖存者的文學》等。參與編著：《文化：中國與世界》叢書、《漫說文化》叢書、《中國小說》年選。

蘇　煒

一九五三年生於廣州。美國洛杉磯加州大學東亞文學系碩士。曾任中國作家協會廣州青年文學會副會長，北京中國社會科學院文學研究所新學科理論研究室副主任、助理研究員。現爲美國普林斯頓大學東亞系訪問學者、普林斯頓中國學社研究員。從七〇年代開始了文字工作生涯，先後作爲記者、作家與文學批評家，曾發表過近百萬字的新聞、時評、小說、文學批評、電影劇本等，主要有：短篇小說集《遠行人》、學術隨筆集《西洋鏡語》等。

李子雲

曾任上海文學研究所現代文學組負責人，上海華東師範大學兼職教授。現任《上海文學》副主編，中國作家協會文學期刊委員會副主任，中國當代文學研究會副會長，中華基督教女青年會全國協會執委。著有《淨化人的心靈》、《現代女作家散論》、《涓流集》、《昨日風景》、《隔海觀潮》等。

李慶西

一九五一年生於遼寧大連。早年在北大荒務農，一九七七年考入黑龍江大學中文系。畢業後就職於浙江文藝出版社，現爲該社編輯。中國作家協會會員，中國文藝理論研究會理事。著有《文學的當代性》、《書話與閑話》、《人間筆記》等。其中《文學的當代性》一書，曾獲「中國當代文學研究會優秀成果表彰獎」（一九九二）。

吳　亮

祖籍廣東，一九五五年生於上海。一九八一年開始寫作，主要從事文學研究和批評。一九八五年後，爲大陸先鋒文學的主要鼓吹者和推動者。現爲《上海文化》雜誌副主編。著有《文學的選擇》、《批評的發現》、《藝術家和友人的對話》、《秋天的獨白》、《往事與夢想》、《城市筆記》、《思想的季節》和《漫游者行踪》等。編有《探索小說集》、《新小說在一九八五年》等小說集十餘種。另有大量文化批評、隨筆、前衛美術研究論文發表。

高行健

祖籍江蘇泰州，一九四〇年生於江西贛州。畢業於北京外語學院，專修法國文學。曾任多年翻譯工作。「文化大革命」期間下放農村。一九七九年開始發表作品，一九八一年成爲專業作家。現居法國。曾獲法國藝術及文學騎士勛章。著有劇本多種及小說集《給我老爺買魚竿》、《靈山》等。

程德培

一九五一年生於上海，廣東中山人。曾任《文學角》副主編。曾獲首屆當代文學研究獎，首屆二屆三屆《上海文學》理論獎，三屆《作家》理論獎，首屆上海市文學理論獎等。現任《海上文壇》副主編。著有《小說家的世界》、《當代小說藝術論》、《小說33家》等專著。發表論文二百餘篇。

李　陀

本名孟克勤，黑龍江省達斡爾族人。一九五八年高中畢業後入北京重型機械工廠當工人，業餘從事創作，八〇年成爲北京市作家協會之專業作家，後爲中國作家協會會員，是「現代派」的代表作家之一；現流亡海外。著有《帶五線譜的花環》、《燭光》、《自由落體》等。

盧瑋鑾

原籍廣東番禺，一九三九年生於香港。筆名：小思、明川。一九六四年畢業於香港中文大學新亞書院中文系，獲文學士銜。一九六五年畢業於羅富國師範學院，獲教育文憑。畢業後任中文中學教師，一九七三年赴日本，任京都大學人文科學研究所研究員。回港後再任中學中文教師。一九七八年任香港大學中文系助教，一九八一年獲香港大學哲學碩士銜。一九七九年起任香港中文大學中文系講師，一九九二年八月任高級講師。曾任「香港中華文化促進中心」文學小組委員，《八方》文藝叢刊編輯。著有《豐子愷漫畫選繹》、《七好文集》（合集）、《路上談》、《日影行》、《七好新集》（合集）、《承教小記》、《三人行》（合集）、《不遷》、《葉葉的心願》、《香港文縱——內地作家南來及其文化活動》、《彤雲箋》、《今夜星光燦爛》、《香港文學散步》、《人間清月》等。編有《緣緣堂集外遺文》、《香港的憂鬱——文人筆下的香港（1925－1941）》、《茅盾香港文輯》、《許地山卷》、《不老的繆思——中國現當代散文理論》等。

黃繼持

祖籍廣東中山，一九三八年生於香港。香港大學文學士、碩士。一九六五年起任教於香港中文大學，現爲該校中文系高級講師。曾先後與友人創辦《文學與美術》、《八方》等雜誌，兼任《八方》總編輯。所撰文藝評論、學術論文，結集成書者有《文學的傳統與現代》、《寄生草》。編有《中國近代名家著作選粹：魯迅卷》、《香港文叢：溫健騮卷》等。

梁錫華

廣東人。在大陸、香港、澳門、加拿大等地受教育，最後獲倫敦大學博士學位，主修文學。先在加拿大聖瑪利大學任職，一九七六年回香港執教中文大學，一九八五年轉嶺南學院，曾任文學院院長兼中文系主任。現任教務長兼現代中文文學研究中心主任。已結集翻譯、著述及創作二十餘冊，分別在台灣或香港出版。中國文學的研究興趣是現代文學及唐詩、宋詞。創作方面，寫散文、長篇小說之外，雜文尤多。

陳清僑

香港大學畢業，主修中文及比較文學，一九八一年獲哲學碩士。後赴美國加州大學聖地牙哥校區深造，一九八六年得比較文學博士。回港後曾任嶺南學院英文及翻譯系講師，一九八八年始任教於香港中文大學英文系至今。研究範圍包括美學、文學及文化理論。現爲《文學史》編輯委員。

張系國

江西南昌人，一九四四年生於重慶，在台灣長大。畢業於新竹中學，台大電機系工學士；留美獲柏克萊加州大學電腦科學博士學位。曾任教於美國康乃爾大學、伊利諾大學、國立交通大學、伊利諾理工學院。現任美國匹茲堡大學教授，另創辦知識系統學院。出版有長短篇小說《皮牧師正傳》、《棋王》、《昨日之怒》、《沙豬傳奇》、《捕諜人》（與平路合著）及隨筆《橡皮靈魂》等二十餘種，並提倡科幻小說，蔚爲風氣。

平　路

本名路平，山東人，一九五三年生於台灣高雄。國立台灣大學心理系畢業，美國愛荷華大學數理統計學碩士。曾獲聯合報短篇小說獎首獎，時報散文獎與時報劇本獎等。著有小說集《玉米田之死》、《椿哥》、《五印封緘》、《紅塵五注》、《是誰殺了XXX》、《捕諜人》（與張系國合著），評論集《到底是誰聒噪》、《在世界裡遊戲》、《非沙文主義》等。

單德興

祖籍山東省嶧縣，一九五五年出生於台灣省南投縣。國立政治大學西洋語文學系學士，國立台灣大學外國語文學研究所文學碩士、博士。曾任《美國研究》執行編輯，《第三屆美國文學與思想研討會論文選集：文學篇》主編，《文化屬性與華裔美國文學》論文集主編（與何文敬博士合編）。曾獲梁實秋文學獎翻譯類譯詩組佳作（一九九一年）、譯文組首獎（一九九三年）。現任中央研究院歐美研究所研究員。著有學術論文二十餘篇，訪談十餘篇，譯文多篇，譯書七種：《魂斷傷膝河》、《寫實主義論》、《英美名作家訪談錄》、《格雷安‧葛林》、《塞萬提斯》、《味吉爾》、《勞倫斯》。

余光中

福建永春人，一九二八年生於南京。曾任師大、政大、香港中文大學教授。現任教於中山大學外文研究所。創作及於詩、散文、評論，並擅翻譯，出書四十餘種，影響深遠。評論文集有《掌上雨》、《分水嶺上》、《龔自珍與雪萊》等。尚有不少評論文章，分別收入《逍遙遊》等散文集內。

鄭清文

一九三二年生於台灣桃園。國立台灣大學商學系畢業，服務於銀行界。一九五八年開始發表小說，曾獲台灣文學獎、吳三連文藝獎等多項文學榮譽。著有《校園裡的椰子樹》、《現代英雄》、《最後的紳士》、《大火》、《滄桑舊鎮》、《春雨》、《相思子花》等小說多部。

王　蒙

祖籍河北省南皮縣，一九三四年生於北京。曾任《人民文學》主編，文化部部長。現任中國大陸作協副主席。一九五六年發表短篇小說〈組織部裡新來的青年人〉，一九五七年因此被打成右派，前後擱筆二十多年。一九七八年復出文壇，發表了大量有影響的中短篇小說及評論文章，不少作品還被翻譯成英、法、德、日等國文字。

叢書目錄

001	人生歌王	王禎和著	定價140元
002	刺繡的歌謠	鄭愁予著	定價100元
003	開放的耳語	瘂弦主編	定價110元
004	沈從文自傳	沈從文著	定價130元
005	夏志清文學評論集	夏志清著	定價130元
006	如何測量水溝的寬度	瘂弦主編	定價130元
010	烟花印象	袁則難著	定價110元
011	呼蘭河傳	蕭　紅著	定價130元
012	曼娜舞蹈教室	黃　凡著	定價110元
015	因風飛過薔薇	潘雨桐著	定價130元
017	春秋茶室	吳錦發著	定價130元
018	文學・政治・知識分子	邵玉銘著	定價100元
019	並不很久以前	張　讓著	定價140元
020	書和影	王文興著	定價130元
021	憐蛾不點燈	許台英著	定價110元
022	傅雷家書	傅　雷著	定價180元
023	茱萸集	汪曾祺著	定價150元
024	今生緣	袁瓊瓊著	定價200元
025	陰陽大裂變	蘇曉康著	定價140元
028	追尋	高大鵬著	定價130元
029	給我老爺買魚竿	高行健著	定價130元
031	獵	張寧靜著	定價120元
032	指點天涯	施叔青著	定價120元
033	昨夜星辰	潘雨桐著	定價130元
034	脫軌	李若男著	定價120元
035	她們在多年以後的夜裡相遇	管　設著	定價120元
036	掌上小札	蘇偉貞等著	定價100元
037	工作外的觸覺	孫運璿等著	定價140元
038	沒卵頭家	王湘琦著	定價140元
040	喜福會	譚恩美著	定價160元
041	變心的故事	陳曉林等著	定價110元
043	影子與高跟鞋	黃秋芳著	定價120元
044	不夜城市手記	蔡詩萍著	定價130元
045	紅色印象	林　翎著	定價120元
046	世人只有一隻眼	凌　拂著	定價120元
048	高砂百合	林燿德著	定價130元
049	我要去當國王	履　彊著	定價120元
050	黑夜裡不斷抽長的犬齒	梁寒衣著	定價120元
051	鬼的狂歡	邱妙津著	定價110元
052	如花初綻的容顏	張啓疆著	定價100元
053	鼠咀集——世紀末在美國	喬志高著	定價250元
054	心情兩紀年	阿　盛著	定價140元
055	海東青	李永平著	定價500元
056	三十男人手記	蔡詩萍著	定價120元
057	京都會館內褲失竊事件	朱　衣著	定價120元
058	我愛張愛玲	林裕翼著	定價120元
059	袋鼠男人	李　黎著	定價140元

劃撥九折，聯合文學訂戶八折。如欲掛號，每本另加十四元。
本書目所列定價如與版權頁有異，以各書版權頁定價爲準。

叢書目錄

060	紅顏	楊　照著	定價120元
062	教授的底牌	鄭明娳著	定價130元
068	少年大頭春的生活週記	大頭春著	定價120元
069	我們在這裡分手	吳　鳴著	定價130元
070	家鄉的女人	梅　新著	定價110元
072	紅字團	駱以軍著	定價130元
073	秋天的婚禮	師瓊瑜著	定價120元
074	大車拚	王禎和著	定價150元
075	原稿紙	小　魚著	定價200元
076	迷宮零件	林燿德著	定價130元
077	紅塵裡的黑尊	陳　衡著	定價140元
078	高陽小說研究	張寶琴主編	定價120元
079	森林	蓬　草著	定價140元
080	我妹妹	大頭春著	定價130元
081	小說、小說家和他的太太	張啓疆著	定價140元
082	維多利亞俱樂部	施叔青著	定價130元
083	兒女們	履　彊著	定價140元
084	典範的追求	陳芳明著	定價250元
085	浮世書簡	李　黎著	定價200元
086	暗巷迷夜	楊　照著	定價140元
087	往事追憶錄	楊　照著	定價130元
088	星星的末裔	楊　照著	定價150元
089	無可原諒的告白	裴在美著	定價140元
090	唐吉訶德與老和尚	粟　耘著	定價140元
091	佛佑茶腹鳾	粟　耘著	定價160元
092	春風有情	履　彊著	定價130元
093	沒人寫信給上校	張大春著	定價250元
094	舊金山下雨了	王文華著	定價140元
095	公主徹夜未眠	成英姝著	定價130元
096	地上歲月	陳　列著	定價120元
097	地藏菩薩本願寺	東　年著	定價120元
098	四十年來中國文學	邵玉銘等編	定價350元
099	群山淡景	石黑一雄著	定價140元

劃撥九折，聯合文學訂戶八折。如欲掛號，每本另加十四元。
本書目所列定價如與版權頁有異，以各書版權頁定價爲準。

一季時尚遊戲的，竟然是一條
年秋冬到明年春夏，男裝女裝
帶子，男人、女人也都甘願被
套牢，到底是誰捧紅這條帶子
皮風，有人說是和風或中國風
設計師才是幕後操盤手！

N種魅力 卡位成功

記者袁青／專題報導

緞帶繫腰間

有滾邊的靈感 低調展示女性嬌媚

創造無形的影響力，使品牌得以維持在市場上引領風潮的領先地位。義大利的 Prada 就深諳此道。

今年秋冬 Prada 利用緞帶繫出無限風情的創意，最明顯的例子就是在衣服上以緞帶作為畫龍點睛的切割線， 甚至還推出各種色彩的緞帶作爲腰帶，成爲本季熱門單品。無獨有偶，另一位義大利同鄉 Blumarine 也在秋冬各式服裝上也採取以緞面的織布作爲腰上重點裝飾的手法，不過，和 Prada 主攻酒紅、紫色和深咖啡的緞帶腰飾的優雅氣韻不同的是， Blumarine 的緞帶腰飾有皮革和發亮的緞面兩種質材，或是爲了配搭同質感的緞面窄裙，有紅、藍、咖啡、

89.11.28(二)
联合报37版
联合副刊

中文學二○○○年

再傳喜訊

記《二十世紀後半葉中文文學》論文集在美出版

■吳婉茹

▶《二十世紀後半葉中文文學》論文集書影。

美國哥倫比亞大學教授王
威日前匆匆返台，為他的
友」齊邦媛教授及台灣文學
帶回佳音。

兩人為譯介台灣文學奮鬥多年

這兩位為譯介台灣文學
期並肩作戰的學者，數年來
斷地嘗試與國外的出版界
界接觸，希望藉由出版優
台灣文學作品譯本，讓全
的讀者認識台灣文學的精
他們的努力與熱誠近年得
經國基金會的經費支援及
的肯定，所規畫的一系列
文學作品譯本出版計畫，
十二冊，由蔣經國基金會
所有編輯、翻譯等前置作
經費，再交由哥大出版發行
三年來陸續完成：蕭
《千江有水千江月》、張
《野孩子》、王禎和《玫
瑰我愛你》、鄭清文《
馬》、朱天文《荒人手記
及今年剛出版的李喬《寒
等六冊，正在製作的是《
明短篇小說選》、吳濁流
細亞的孤兒》及張
《城》，而規畫中的有李
《吉陵春秋》、以老兵為
探討的兩岸中國人現象的
選集及原住民文學選集。

聽到王德威說李喬《寒
已經出書了，齊邦媛簡直
相信自己的耳朵，她情不
地說：「天哪！是真的嗎
為了這本書寫了多少的信
門了多久，真的已經出
嗎？哦！這真是我今年所
最好的消息了！」

▼齊邦媛（右）與王德威
品而並肩奮鬥，培養出革

聯合文叢 078

四十年來中國文學

編　　者／邵玉銘・張寶琴・瘂弦
發 行 人／張寶琴

主　　編／初安民
執行編輯／陳維信
美術編輯／吳月春

出 版 者／聯合文學出版社有限公司
地　　址／台北市基隆路一段180號7樓
電　　話／7666759・7634300轉5107
郵撥帳號／17623526聯合文學出版社有限公司
登 記 證／行政院新聞局局版臺業字第6109號

印 刷 廠／秋雨印刷股份有限公司
總 經 銷／聯經出版事業公司
地　　址／台北縣汐止鎮大同路一段367號三樓
電　　話／(02)6422629

出版日期／86年元月　初版二刷
定　　價／500元

版權所有◉翻印必究
《本書如有缺頁、破損、裝幀錯誤、請寄回調換》

ISBN 957-522-098-6

Printed in Taiwan

國立中央圖書館出版品預行編目資料

四十年來中國文學 / 邵玉銘,張寶琴,瘂弦主編.
-- 初版. -- 臺北市 : 聯合文學出版 ; 臺北
縣汐止鎮 : 聯經總經銷, 民83
面 ; 公分. -- (聯合文叢 ; 78)
ISBN 957-522-098-6(平裝)

1. 中國文學 - 歷史 - 民國34- 年(1945-
) - 論文,講詞等

820.908 83010586